DEREK MEISTER

Rungholts Ehre

Buch

Lübeck – anno 1390. Als zwei Büttel an Rungholts Tür klopfen und seinen Lehrling zum Scharfrichter abführen wollen, ahnt Rungholt nicht, dass er bereits Spielball in einer dunklen Verschwörung ist. Doch mit einem Mal wird die Ehre seines Hauses beschmutzt und sein Kaufmannslehrling des Mordes bezichtigt. Wer steckt wirklich hinter dem grausamen Mord an einem mysteriösen Fremden, der von weit her gekommen zu sein scheint? Was führte den Mann in den Norden? Und wieso versucht der Mörder, dessen Identität zu vertuschen? Unversehens muss der bärbeißige Patrizier Rungholt – ein Mann mit unablässigem Zahnschmerz und großer Neigung zum Hamburger Bier – gegen den Hohen Rat der Stadt ermitteln. Ihm bleiben nur wenige Tage, um den Mord aufzuklären und bis zur Verlobung seiner Tochter Mirke den wahren Mörder zu stellen …

Autor

Derek Meister wurde 1973 in Hannover geboren. Er studierte Film- und Fernsehdramaturgie an der Filmhochschule Potsdam-Babelsberg und schreibt erfolgreich Serien und Spielfilme fürs Fernsehen – sowie rasant-spannende Romane, mit denen er sich eine große Fangemeinde erobert hat. Er lebt mit seiner Familie in der Nähe des Steinhuder Meers.

Weitere Informationen unter: www.derekmeister.com

Von Derek Meister bereits erschienen:

Rungholts Ehre · Rungholts Sünde · Knochenwald ·
Todfracht · Flutgrab
Die Sandwitwe · Blutebbe

Derek Meister

Rungholts Ehre

Historischer
Kriminalroman

blanvalet

Penguin Random House Verlagsgruppe FSC® N001967

3. Auflage

in der Penguin Random House Verlagsgruppe GmbH,
Neumarkter Str. 28, 81673 München
produktsicherheit@penguinrandomhouse.de
(Vorstehende Angaben sind zugleich
Pflichtinformationen nach GPSR.)

Dieses Werk wurde vermittelt durch die Literarische Agentur
Thomas Schlück GmbH, 30161 Hannover.
Umschlaggestaltung: © Johannes Wiebel | punchdesign,
unter Verwendung von Motiven von Shutterstock.com
(© DrObjektiff, © Eky Studio, © javarman, © vector illustration, © jocic)
und akg images
Karten und Vignette: © Marion Meister
BL · Herstellung: wag
Satz: Uhl + Massopust, Aalen
Druck: GGP Media GmbH, Pößneck
Printed in Germany
ISBN 978-3-7341-0551-7

www.blanvalet.de

Für
Marion und Marietta

Durch die Größe deiner Weisheit hast du mit deinem Handel deinen Reichtum vermehrt, dein Herz wollte wegen deines Reichtums hoch hinaus …

In die Grube werden sie dich hinabfahren lassen, und du wirst den Tod eines Erschlagenen sterben im Herzen der Meere.

Hesekiel 28: 5–8

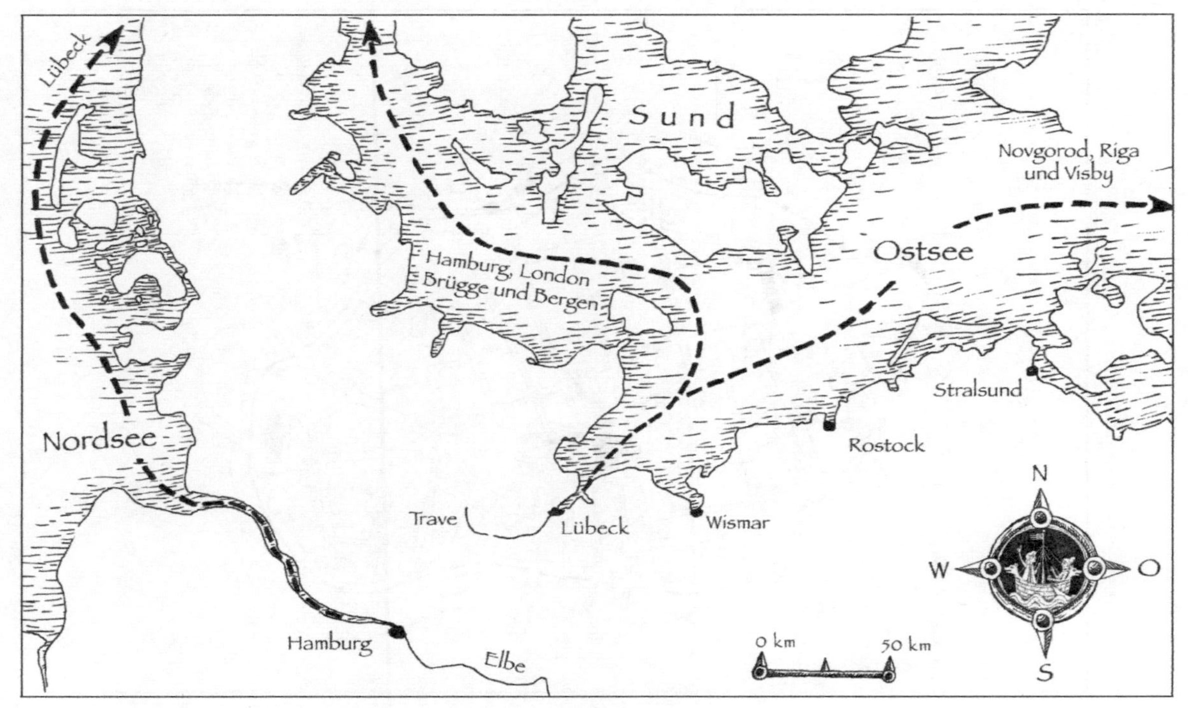

Lübeck
Sund
Novgorod, Riga
und Visby
Hamburg, London
Brügge und Bergen
Ostsee
Nordsee
Stralsund
Rostock
Trave
Lübeck
Wismar
Hamburg
Elbe
0 km
50 km
N
W
O
S

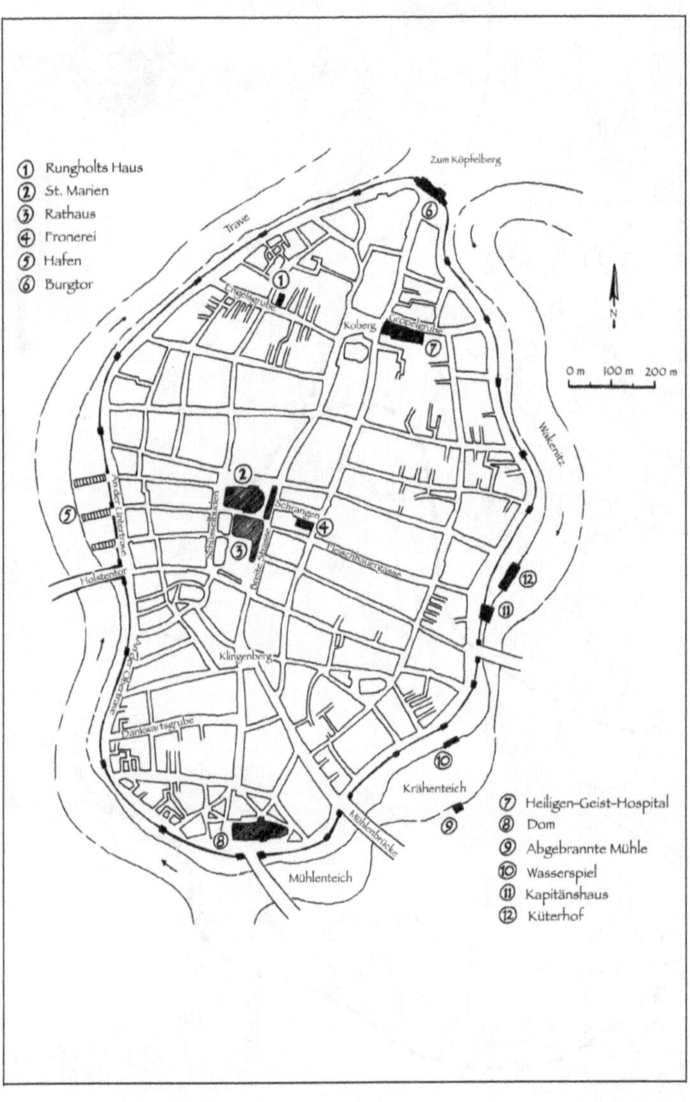

① Rungholts Haus
② St. Marien
③ Rathaus
④ Fronerei
⑤ Hafen
⑥ Burgtor
⑦ Heiligen-Geist-Hospital
⑧ Dom
⑨ Abgebrannte Mühle
⑩ Wasserspiel
⑪ Kapitänshaus
⑫ Küterhof
Zum Köpfelberg
Trave
Wakenitz
Koberg
Gröpelgrube
Engelsgrube
Schrangen
Breite Strasse
Fleischhauergasse
An der Untertrave
An der Obertrave
Holstentor
Klingenberg
Dankwartsgrube
Krähenteich
Mühlenbrücke
Mühlenteich
0 m
100 m
200 m
N

Prolog

Niemand bemerkte die Leiche.

Der Tote trieb stromabwärts.

Er glitt langsam den Fluss hinab, trieb seicht dahin. Äste, Abfall und die stinkende Beize der Gerber umspülten den leblosen Körper. Doch der Tote schob sich hindurch, schob sich durch den Dreck und die übel riechende Brühe des Lübecker Hafens. Er glitt durch all dies, als würde er schweben. Schwerelos. Die Augen starr gen Himmel, den Mund geöffnet. Das zerschlagene Gesicht umspült von den Wellen des Flusses.

Der Tote glitt dahin. Er glitt vorbei an den schlanken Booten der Wakenitzschiffer, die im Seichten dümpelten. Vorbei an der Stadtmauer, die mit ihrem Wehrgang weit sichtbar war. Er glitt an einem befestigten Stadttor entlang und erreichte den Seehafen. Die Kräne des Kais zeichneten sich im Morgendunst ab. Schemenhaft. Stakend hielten sie ihre Ausleger über den Fluss. Der Mann schwamm unter ihnen hindurch und an nassen Lumpen vorüber, an Obst, das Kinder in die Trave geschmissen hatten und an zerschlagenen Fässern einer unliebsamen Fracht.

Niemand sah den Toten. Es war noch vor der Morgenmesse. Die Prim hatte erst begonnen und Lübeck, die Königin der Hanse, das Zentrum des Ostseehandels, ruhte noch an diesem kalten Morgen 1390. Das klare Wetter drückte die Kälte in die Gassen. Der Himmel war beinahe weiß, nur einzelne Eiswolken zeichneten sich wie flüchtig hingeworfen ab und spiegelten sich matt im Wasser, bevor der Mann sie auf seinem Weg durchschnitt.

Die Stadt lag auf einem sanften Hügel. Während sich im Süden die Trave und die Wakenitz trafen, schmiegten sich die beiden Flüsse im Norden nur aneinander und ließen eine natürliche Landzunge zwischen sich. Die beiden Flüsse machten Lübeck uneinnehmbar und die Trave war Lübecks Händlern das Tor zur Ostsee und damit zu Reichtum und Macht. Bald würde das Wasser salziger, das sanfte Schaukeln des Flusses zur gefährlichen Strömung werden. Sie würde den Körper an Travemünde vorbei, hinaus auf das offene Meer tragen. In die Ostsee.

Möglicherweise würde der Mann jenem Weg gen Osten folgen, den die Kaufleute in ihren Koggen Jahr für Jahr nahmen. Von Lübeck die Trave hinauf in die Ostsee, dann weiter bis nach Schonen. Oder der blutige Körper würde gar der starken Ostsströmung folgen und bis ins Russenland getragen werden.

Der Tote war dem Fluss ausgeliefert. Wie ein Federkiel im Wasser Tinte verliert, so sickerte aus seinem eingeschlagenen Schädel Blut. Wieder und wieder wurde sein Kopf unter die Oberfläche gedrückt. Das schwere Blut zeichnete tanzende Fäden ins brackige Wasser und spielte mit seinem dunklen Haar. Es zeichnete eine Art stetig wechselnde Landkarte ins Travewasser. Ein flüchtiges, fragiles Gespinst aus verästelten Adern. Wege und Kanäle aus dunklem Rot, die die sanfte Strömung verwischte.

Beinahe lautlos rieb der Körper am Bauch einer Kogge entlang und verfing sich im freistehenden Ruderbalken. Der Weg des Toten fand ein jähes Ende.

Mit einem entsetzlichen Krachen drückte das Schiff den Mann gegen die Holzpfeiler des Kais. Wieder und wieder ließ die Kogge in ihrem scheinbar sanften Pendeln die Knochen des Fremden brechen.

Über der Trave lag morgendlicher Septembernebel.

Die Ostsee war fern.

1

Der Schmerz verebbte. Er hörte nicht abrupt auf, er verging nur langsam. Sickernd. Wie das Wasser bei Ebbe kaum sichtbar weicht, so zog sich kaum merklich Rungholts Schmerz zurück.

Sammelt sich der Schmerz wie das Wasser? Verschwindet das grässliche Wasser mit den Gezeiten oder gibt es dort draußen im Meer einen Berg aus Wasser? Und sammelt sich der Schmerz ebenso, wenn er verebbt? Bildet er einen See aus Schmerz, in dem sich aller Schmerz vereint, um bei der nächsten Sturmflut nur machtvoller zurückzukehren? Rungholt versuchte, die Gedanken an den Schmerz abzuschütteln. Es gelang nicht.

»Rungholt?« Jemand rief nach ihm, doch Rungholt drehte sich nicht um. Verkniffen starrte er auf die Beplankung der *Möwe*. Zwanghaft konzentrierte er sich auf die mit Hanf und Moos kalfaterten Planken der Kogge. Alles im Bemühen, sich nicht mehr auf den Schmerz zu konzentrieren, der in seinem Kiefer pochte. Er verfolgte das sanfte Auf und Ab des Schiffes, konzentrierte sich auf die sich überlappenden Bretter, zählte, verglich und folgte sinnlos den Maserungen und Klinkernähten. Denke an etwas anderes, ermahnte er sich. Irgendetwas. Er presste die Augenlider zusammen, holte Luft. Ein Stoßgebet.

Für ihn als ungeduldigen Menschen ließ das Schlagen in seinem Backenzahn viel zu langsam nach, nahm der Alltag um ihn herum viel zu schleppend wieder Gestalt an. Irgendwo hinter ihm kläfften Wulfframs Hunde. Der Böttcher hatte vier Bullenbeißer und musste die Viecher immer mit hinunter zum Hafen nehmen, wo sie dann angesichts des geschäftigen Treibens ihr Theater vollführten. Rungholt konnte das abgehackte Bellen der Hunde nicht ertragen. Doch jetzt war er froh, es wieder wahrzunehmen.

Langsam kehrten auch die anderen Geräusche zurück, die Farben und das Leben ringsum. Rungholt hörte einen Trupp Arbeiter, die sangen. Das Getrappel der Pferde auf den Holzbohlen. Das Rollen von Fässern über Planken. Und von irgendwo, leiser und entfernt, das Hammerschlagen und Sägen der Zimmerleute. Ihr Krach wurde von der Werft die Trave hinauf geworfen und hallte von den Backsteinhäusern wider. Der Funkenregen in Rungholts Schädel verblasste mit jedem Herzschlag. Das Klopfen und Zerren, das sich den Kiefer hinab bis in den Hals fortsetzte – auch dieses verebbte.

Endlich ließ sein Schmerz nach.

»Rungholt? Ist dir schlecht? Wieder das Wasser, hm? Rungholt?« Marek Bølge, der Kapitän der *Möwe* hatte seine drei Belader stehen gelassen und war besorgt an den Kai getreten. Er sah Rungholts fässerne Statur von der Seite an und kratzte sich seine zerschundenen Oberarme. Sie waren von den Tauen und von Schlägereien vernarbt. Als Rungholt stumm abwinkte, fuhr Marek fort. »Wir haben jetzt fünfzehn Fässer. Was ist mit denen hinter dem Kran? Soll ich die Männer anweisen, sie zu laden? Hm? Im Frachtraum ist noch Platz.«

Rungholt antwortet nicht.

»Dein Drittel ist erst halb voll … Rungholt?«

Rungholt nickte stumm, er merkte, dass er immer noch auf die Kogge starrte und tat einen Schritt vom Kai zurück. Er hätte an diesem diesigen Morgen nicht selbst in den Hafen kommen und die Beladung seiner Kogge überwachen sollen, schoss es ihm durch den Kopf.

Eigentlich vertraute er Marek. Schon seit ein paar Jahren

machte er Geschäfte mit dem jungen Mann aus dem Skåneland. Marek Bølge kam aus Bornholm. Und damit war er Däne. Deswegen verschwieg Marek auch lieber seine Herkunft in den Wirtshäusern. Hier in Lübeck wollte niemand mit den verhassten Dänen etwas zu tun haben. Rungholt jedoch mochte den fröhlichen, jüngeren Mann, der selbst nur ein paar Brocken Dänisch sprach und seine Insel schon seit seiner Kindheit nicht besucht hatte. Darin waren sie sich gleich: Sie beide hatten den Ort ihrer Kindheit seit Jahrzehnten nicht gesehen. Marek, weil er nicht wollte; Rungholt, weil er nicht konnte.

Rungholt hatte sich nie über seinen Kapitän beklagen müssen. Auch wenn Marek mit seinen buschigen Augenbrauen, seiner wettergegerbten Haut, den kräftigen Armen und seinen Narben äußerst verschlagen wirkte, so war er ein anständiger Kerl. Und er verstand es, jeden noch so winzig kleinen Winkel im Frachtraum der Kogge stets zu Rungholts Zufriedenheit auszunutzen. Marek war der ordentlichste Mensch, den Rungholt je kennen gelernt hatte.

Ich hätte bei meinem Weib bleiben sollen, überlegte er. Alles ist besser, als an diesem frühen Morgen am Hafen zu warten. Ich hätte mit Alheyd die Vorbereitungen zu Mirkes Toslach durchsprechen, vielleicht die Wirtschaftsbücher durchgehen und das Wintergeschäft mit Novgorod kalkulieren sollen. Warum bin ich nur immer so argwöhnisch?

Ich stehe Marek nur im Wege, dachte Rungholt. Er lädt ohne mich das Salz und den Wein viel schneller. Nur der Herrgott und ich wissen, dass es der Argwohn ist, der mich so früh ans Wasser getrieben hat. Was ich nicht selbst sehe, macht mich misstrauisch. Die Ungewissheit lässt mich umherlaufen, wie einen kopflosen Vitalienbruder. Nur dass diese Piraten das Wasser lieben, während es mir Angst einflößt.

Der Gedanke ließ ihn unbewusst zwischen Kogge und Kai hinab sehen, im selben Moment hasste er sich für den Blick aufs schaurige Wasser: Es lag trügerisch da, beinahe schwarz vom Kai aus. Ein kalter, dunkler Strom, der alles mit sich hinaus ins Nichts zog. Rungholt wandte sich ab. Der Anblick von Wasser machte ihn frösteln. Angst kroch ihm dann seinen Rücken hinauf, und packte seinen Hals. Es war schon genug, dass sein Misstrauen ihn mit seinem eitrigen Backenzahn bestrafte. Verflixte Sache.

»Die Fässer, Rungholt«, wiederholte Marek geduldig.

Rungholt mahlte probehalber mit dem Kiefer, bevor er schluckend antwortet. »Ladet sie alle. Auch die von hinten. Die Russen sind ganz versessen auf das Lüneburger Salz. Sie wollen diesen Winter den Schonen und ihren Heringen ein Schnippchen schlagen.«

Ein Bündel Fässer wurde hoch zur Kogge gehievt, bestimmt zwei Lasten. Eine ganze Tonne Salz, die über das breite Deck des Einmasters schwang. An der Reling nahmen die Belader das Netz mit den Fässern entgegen. Sie brüllten sich Kommandos zu und schafften es, die Fässer sanft unter Deck zu wuchten. Ein Drittel des Schiffs war für Rungholt bestimmt, den restlichen Laderaum teilten sich drei weitere Händler und Kapitän Marek.

Es hatte sich als nützlich erwiesen, so gut wie alles in Fässern zu transportieren. Selbst Bücher wurden in die Tonnen gepackt, die sie vor dem Wasser einigermaßen schützten. Rungholts Salzladung war für Novgorod bestimmt. Zwar unterhielt er auch mit Brügge Geschäfte und schickte ab und an eine Kogge ins Kontor in den Norden nach Bergen, doch mit dem Geschäft gen Osten war er groß geworden. Und so waren Novgorod, Riga und Danzig seine Haupthandelsrouten.

»Du solltest zum Bader gehen mit dem Zahn, sag ich dir«, meinte Marek. Rungholt wurde aus seinen Gedanken gerissen.

»Jetzt fang du mir auch noch damit an, Marek! Ist es nicht genug, dass meine Weiber zu Haus sich über mich das Maul zerreißen? Die reden auch schon ständig auf mich ein.« Rungholt befühlte vorsichtig mit der Zunge den eitrigen Zahn. Ein Stück war wohl abgebrochen, und der Stumpf drohte, in seine

Zunge zu schneiden. Doch das Schlimmste war der Eiter und die Schwellung des entzündeten Zahnfleischs. Kaum mit der Zunge an den Zahn gestoßen, durchzuckte ein neuerlicher Schmerz seinen Schädel. Sein Körper verkrampfte sich. Ein weiteres Stoßgebet an die Heilige Medard!

Rungholt fluchte. Er hielt sich die Wange und wandte sich seinem Kapitän zu.

Marek sah Rungholt mitleidig an: »Das ist ja nicht mit anzusehen. Hol dir einen Medicus ins Haus. Das Geld wäre gut angelegt.«

»Einen Arzt?« Rungholt spie das Wort förmlich aus. »Willst du mich umbringen?«

»Des Öfteren! Schon. Ja.«

Rungholt überhörte den Kommentar geflissentlich. »Ha! Diese Pfuscher haben doch nur ihr Salär im Sinn. ›Gut angelegt?«, knurrte er. »Das wird schon werden. Der fällt raus.«

Marek musste lachen. »Seit wann bist du Optimist, hm?«

Feixend wandte er sich wieder dem Netz mit den Fässern zu, griff mit einem Haken hinein und bugsierte es zu den Beladern der Kogge. Auch Rungholt musste grinsen, soweit es der Zahn zuließ. Doch er wusste, dass seine Weigerung ernst gemeint war. Er hatte schlicht Angst vor einem Arzt, einem Medicus – diesen Kurpfuschern. Er hatte genug Geld, um sich einen guten Leibarzt zu leisten, doch der Glaube, dass es der Arzt selbst war, der den Tod erst mitbrachte, ließ ihn um diese Zunft einen weiten Bogen schlagen.

Zufrieden, dass jedenfalls die Beladung voranschritt, wandte sich Rungholt von der Kogge ab. Er sah am sperrigen Schwungrad vorbei, in dem sich zwei Arbeiter abmühten und den Kran bewegten. Schweißüberströmt stemmten sie sich gegen die Rundung des Laufrades, wurden Teil der schweren Holzkonstruktion und trieben so den klobigen Ausleger erneut vom Pier zur *Möwe* hinüber.

Er sog die kühle, morgendliche Septemberluft ein. Nebel lag über der Trave, doch der Himmel war nahezu wolkenlos.

Rungholt ließ seinen Blick über die Häuser gleiten, deren Giebel hinter der Stadtmauer hervorlugten. Ein Farbenspiel aus Rot und Gelb zeichnete sich vor dem frühen Himmel ab. Das kräftige Dunkelrot der Giebelhäuser an der Obertrave, das ins Gelb changierende Schimmern der geschlämmten Ziegel und das schwarze Glitzern der lasierten Schmucksteine, die die Häuser zierten.

Beinahe weiß ist das Blau des Himmels, dachte Rungholt, und genoss den Blick auf seine Stadt. Lübeck. Die Stadt der sieben Türme. Was war schon ein Brügge, was war ein Hamburg oder ein Köln? – Lübeck. Sie war das Tor zur Welt.

Als sein Blick die beiden Türme von St. Marien streifte, die zwischen den gezackten Giebeln der Kaufmannshäuser gen Himmel strebten, frohlockte sein Herz. Über fünfundsechzig Klafter, hundertfünfundzwanzig Meter, ragten die Türme grazil zu Gott empor. Mit ihnen hatte sich der Rat, hatten sich die Kaufleute Lübecks ein Denkmal gesetzt. Fast ein Jahrhundert hatten die reichsten Lübecker Geld für den Bau gesammelt. Die Aufgabe war von Patrizier zu Patrizier weitergereicht worden. Rungholt konnte sich noch erinnern, wie sein alter Herr von den politischen Querelen gesprochen hatte, die beim Bau ausgebrochen waren. In der Wärme der Dornse hatte Nyebur häufig Schwänke über die Streitereien der mächtigen Ratsherren zum Besten gegeben. Die kleine Schreibstube in Nyeburs Diele war dann voll von dem guten Rauch des Quendelkrauts und dem Duft feiner Gewürze gewesen, und Nyebur hatte erzählt und erzählt. Rungholt, kaum vierzehn Jahre alt, hatte sich die Pfeife schmecken lassen und jedes Wort in sich aufgesogen.

Und nun ist deine Tochter beinahe so alt, wie du damals, dachte Rungholt beim Anblick der Kirche. Und in wenigen Wochen, im November schon, wird Mirke in dieser Kirche heiraten. Ich werde dafür sorgen, dass der Lübecker Rat vor Vorfreude zergehen wird. Mit der Verlobung, der Toslach, am Freitag im Rathaus, werde ich den Lübecker Kaufleuten einen

Ausblick auf die Hochzeit schenken, den sie nicht vergessen werden. Mirkes Toslach soll eine so prächtige Verlobung werden, dass man bis zur Heirat nur von mir, dem angesehenen und ehrbaren Kaufmann und Vater, und von seiner wunderbaren Tochter spricht.

Rungholt musste lächeln. Vielleicht war es trotz der Schmerzen, trotz seines Ekels vor dem Wasser eine gute Entscheidung gewesen, sofort nach der Morgenmesse in den Hafen zu kommen. Der Gedanke an seine Tochter erfüllte ihn mit Stolz.

Sie trafen sich heimlich.

Am frühen Morgen auf der Lastadie. So hatten sie es ausgemacht. Hinter den Holzstapeln aus mächtigen Stämmen, die zur Verarbeitung aufgeschichtet lagen, und den staksigen Holzgerippen der Koggen konnte man ungestört sein. Genug verschwiegene Winkel und Orte. Lüdjes Werft lag flussaufwärts des Hafens. Sie war abschüssig zum Fluss hin und durch die Holzstapel, durch die Gestelle und Gerüste, durch das ganze Drunter und Drüber des Holzes, vom Hafen her schlecht einzusehen. Hier hörte niemand mit. Hier wurde man nicht gestört. Ein verschwiegener Ort direkt hinter der Stadtmauer und am Wasser.

Hier konnten sie sich lieben.

Weil er so aufgeregt war, dass sie sich endlich wieder sahen, hatte der fünfzehnjährige Daniel nicht schlafen können. Um sich abzulenken, war er am Abend fortgeschlichen und die Nacht über durch Lübeck gestromert. Schließlich war er im Travekrug gelandet. Er hatte ein paar Bier getrunken und dann gewürfelt. Später hatte er mit einem Fremden bis in die Nacht Tres Canes gespielt. Daniel liebte Tres Canes. Darin war er ein Könner, und so hatte er immer übermütigere Einsätze auf den Tisch der Wirtsstube gelegt. Ständig hatte er die Hunde im Würfelbecher und seinen Gegenüber immer höhnischer angegrinst. Der Verlierer hatte wirres Zeug gemurmelt und seinen Einsatz nicht zahlen wollen. Dieser unheimliche Kerl. Dabei waren in Daniels Becher eindeutig die drei Hunde. Die drei Einsen.

Die Erinnerung an den letzten Abend ließ Daniel an seine Wange fassen. Sie war noch etwas geschwollen und rot. Eine Strieme zog sich auf ihr entlang, wo der Fremde ihn mit seinem Ring getroffen hatte. Daniel lächelte in sich hinein, während er seine Blessur betastete. Das wunde Fleisch gab ihm ein Gefühl von Lebendigkeit. Ein Gefühl, das er als kleiner Junge in Riga oft gehabt, jedoch die letzten Jahre bei Rungholt in der Schreibstube mehr und mehr vermisst hatte.

Daniel und der Fremde hatten sich geschlagen, doch Daniel hatte es diesem schlechten Verlierer gezeigt. Der würde niemanden mehr um seinen Gewinn prellen wollen.

»Tut es weh?« Mirke wrang ihr Taschentuch aus, hielt es Daniel hin. Doch der hörte nicht sofort.

»Was? Nein. Nur ein bisschen.« Er lächelte sie an, nahm ihr das Tuch ab und tupfte sich die Wange.

Sie saßen auf einem verwitterten Holzstamm nahe dem Wasser. Das Licht der frühen Morgensonne wurde von dem Plätschern der Trave reflektiert und spielte in ihrem Gesicht. Er gab ihr das Taschentuch wieder.

Mirke wollte es wegstecken, als sie merkte, dass Daniel etwas hineingelegt hatte. Eine silberne Tassel. Eine große Metallschließe aus zwei scheibenförmigen Fibeln, die mit einem Kettchen verbunden waren, lag in dem Tuch.

Die Fibeln, die man sich an den Mantel oder Umhang steckte, um ihn am Hals zusammenzuhalten, waren filigran verziert. Lotusblätter rankten sich zart um die Ränder der Scheiben, um in der Mitte zu einer fein gearbeiteten Blüte zu verschmelzen. Die Nadel zum Feststecken war zart aber robust. Der Goldschmied hatte das Silber gekonnt an die Scheibe gelötet und eine glänzende, federnde Bügelspange geschaffen. Die Tassel war wunderschön.

»Für mich?« Mirke juchzte vor Freude. Daniel nickte und wurde beinahe vom Baumstamm gerissen, als sie ihn umarmte.

Er lachte, während sie ihm freudig rechts und links Schmatzer gab.

Sie kannten sich schon lange. Zwei Jahre war es her, seit Daniel zu Rungholt gekommen war, um Kaufmann zu werden. Er konnte sich kaum daran erinnern, wie er Mirke das erste Mal gesehen hatte. Sie waren ja noch beide Kinder gewesen. Sie hatten zusammen gespielt, Daniel hatte auf die damals elfjährige Mirke Acht gegeben. Oft waren sie, wenn Daniels Studium es zuließ, in den Hof hinter Rungholts Haus gegangen. Dort hatten sie an einer Mauer mit Murmeln gespielt. Wer mit den Tonkugeln der kostbaren Glasmurmel am nächsten kam, hatte gewonnen. Das Spielen und die Arbeit im Haus hatten die beiden zusammengebracht. Ständig hatten sie etwas ausgeheckt. Seinem Lehrer, dem Kaufmann Rungholt, musste es wohl vorgekommen sein, als habe er ein Kind mehr, das es zu erziehen galt.

Aus ihrem Spiel wurde in diesem Sommer Ernst. Immer häufiger hatten sie sich heimlich getroffen. Vor drei Wochen dann waren sie das erste Mal zu den Mühlen außerhalb der Stadt geschlichen. Ihre Annährungen waren noch schüchtern, obwohl sie nicht Daniels erste Frau war. Er hatte sich schon ein paar Mal mit den Hübschlerinnen aus den Gängen am Hafen eingelassen. Doch diese Weiber waren käuflich. Mirke hingegen war in seinen Augen beinahe heilig. Und eine gute Partie, das war sie ebenfalls. Immerhin war Rungholt ein Ratsmitglied und wohlhabend obendrein. Das Problem war nur, dass Daniel dies alles nicht war. Er war nur ein Kaufmannslehrling, noch nicht mal ein Geselle, der – statt seinem Meister nachzueifern – dessen Tochter schöne Augen machte.

Und dies gerade jetzt. Jetzt, wo Mirke den reichen Patrizier Sebalt von Attendorn heiraten sollte. Die Vorbereitungen für Mirkes Toslach waren beinahe abgeschlossen. Der Zeitpunkt für ihre Affäre hätte nicht prekärer sein können, als direkt vor dem Eheversprechen. Die Toslach würde bindend sein, und es galt, sie vor dem Rat der Stadt, den mächtigsten Kaufleuten, abzulegen. Und vor Gott.

Daniel war drauf und dran, Mirke zu entehren. Die Hochzeitsnacht fand nicht ohne Grund unter Aufsicht der Familie und der Mägde statt. Was, wenn sie keine Jungfrau mehr sein sollte? Was, wenn Rungholt sie beide erwischte – oder ihr Zukünftiger Attendorn, dieser gebildete, dieser reiche... dieser... dieses gestandene Mannsbild?

Daniel sah sich schon gepfählt, aufgespießt auf seiner geliebten Mirke liegen. Der Holzpfahl durch ihn und durch Mirke gerammt. Er schüttelte den Gedanken ab, versuchte, nicht mehr daran zu denken.

Noch war es kein Bruch des göttlichen Eheversprechens, noch war es nicht mal das Brechen der Toslach. Dennoch, sie beide standen direkt davor. Und sie wussten es. Mirke betrachtete noch immer die glitzernde Tassel, ließ sie im Licht blitzen. Daniel sah ihr dabei zu – und bei Gott, bei seiner brennenden Wange und all seinen Sommersprossen – die düsteren Gedanken verflogen augenblicklich.

Daniel wollte es nicht tun, doch die Verführung, einen Blick zu erheischen, war einfach zu groß. Er schielte durch die weiten Ärmellöcher ihres mit Brokat bestickten Kleids und sah auf ihre Brüste. Sie zeichneten sich fest durch die eng anliegende Cotte ab, die sie unter ihrem Surkot trug. Ihre Brustwarzen waren eine teuflische Verführung, die man durch diese Fenster nur bewundern konnte.

Als Mirke seinen Blick bemerkte, musste sie schmunzeln. Keck starrte sie zurück, schnell sah er weg.

Jeden Moment galt es mit ihr auszukosten, schoss es ihm durch den Kopf. Jeden Moment. Auch wenn es Daniels letzter Morgen werden sollte, er musste sie berühren, sich an sie schmiegen.

»Nicht so schnell!« Sie nahm seine Hand und schob sie von ihrem Schenkel. »Du willst mich doch wohl nicht verführen, Daniel Brederlow?«

Er setzte das unschuldigste Gesicht auf, das er konnte. Mirke musste lachen. Verschmitzt meinte er: »Ach. Jetzt sag bloß, ich bin's selbst gewesen. Hab mich heimlich selbst in der Schreibstube aufgesucht und dem armen Kaufmannslehrling einen Zettel unter die Bücher geschoben, heute Morgen nicht zum Schmied zu gehen. Hm?«

»Na ja …«, sagte sie. »Vielleicht warst du es. Ja. Du warst es selbst! Du redest doch immer mit dir, wenn du in die Bücher kritzelst. Brabbelst so merkwürdiges Zeug vor dich her.« Mirke äffte ihn nach und kicherte.

Er knuffte sie.

»Vielleicht war ich wirklich gar nicht da. Vielleicht hat dir ja ein Gespenst eingeredet, nicht zum Schmied zu laufen, sondern hierher zu kommen.«

»Gespenst? Du kommst mir wirklich manchmal vor, als ob du nicht von dieser Welt wärst.« Die Sonne warf ein Glitzern auf ihre Wangen. Daniel schloss die Augen und wollte sie küssen, doch als er sich ihr näherte, hörte er sie nur glucksen.

»Daniel Brederlow! Das sollte doch wohl kein Kompliment sein!«, sagte sie. Dann musste sie lachen, »Ich bin ja auch nur Einbildung. Los! Sonst bin ich ganz weg!«

Mirke raffte ihr Kleid hoch, sprang auf und rannte juchzend davon.

Na warte! Daniel setzte ihr nach, holte sie bei einem Koggengerippe ein. Er drückte sie gegen die Planken. Sie lachte, fasste ihn bei der Hüfte und küsste ihn inniglich.

»Wir müssen mit meinem Vater reden«, begann sie. Er stoppte sie mit einer Geste, begann, mit ihren Haaren zu spielen, drückte sie an sich. Dann tat er, als wollte er sie küssen, rannte aber davon.

»Du bist dran!«, rief er. Er schlug Haken und lief hinter einen Stapel Eichenholz. Lüdje hatte die Stämme gehortet. Bestimmt zweihundert Lasten. Ein mannshoher Klafter Holz für seine Koggen. Daniel huschte um ein weiteres Holzgerippe eines Schiffs.

Am Ende des Holzskelettes spähte er um den Achtersteven. Mirke folgte ihm bereits. Hatte sie gesehen, dass er hinter die Spanten geschlichen war? Sie war nicht mehr weit entfernt. Daniel sah sich um. Einige Klafter weiter, die Böschung hinab, begann das Schilf. Sollte er in die Trave steigen und sich im Seichten verstecken? Das Wasser war bestimmt nicht sehr kalt.

Er lief die Böschung zur Trave hinunter und stakste über einen ausgeglühten Feuerplatz mit schon gebogenen Spanten. Sie waren noch warm vom Vortag, als Lüdje sie mit seinen Männern erhitzt und dann Stück um Stück gebogen hatte. Die Vorfreude darauf, wie er Mirke überraschen konnte, wenn sie keinen Klafter neben ihm am Ufer stand und nach ihm sah, trieb ihn ins knietiefe Wasser.

Zwischen den sich wiegenden Schilfrohren hindurch konnte er sehen, wie sie nach ihm rief. Als sie in seine Richtung sah, wich er zurück und musste sich das Lachen verkneifen. Gleich würde sie die Böschung herabkommen, und er würde aus dem Wasser springen und sich mit ihr im Arm vor dem Schilf rollen.

Da war eine verwitterte Mole mit muschelverkrusteten Pfeilern. Keine zwei Klafter hinter ihm. Langsam schob er sich rückwärts darauf zu, den Blick nicht von Mirke lassend.

Erst nahm Daniel den Widerstand des Körpers gar nicht wahr und trat noch einen weiteren Schritt zurück. Dann blickte er sich um. Sofort überkam ihn Panik. Mirke, die noch auf der Böschung stand, hatte er schlagartig vergessen. Er war so erschrocken, dass er vergaß zu schreien. Ein Toter. Hier. Direkt vor der Stadt. Der Körper sah schlimm zugerichtet aus. Der Schädel war dem Mann wohl eingeschlagen worden. Sein ärmliches Hemd war rot vom Blut. Das Wasser der Trave hatte es nicht ausspülen können. Der Tote musste zwischen den vertäuten Koggen hindurch geschwemmt worden sein und sich endgültig an einem der verwitterten Pfeiler der Mole und dem Schilf verfangen haben.

Irgendetwas war seltsam an der Leiche, irgendetwas war eigenartig. Die pechschwarzen Haare, die schmalen Ohren. Die Neugierde siegte. Langsam watete Daniel durch das Wasser näher an den Körper heran. Er traute sich nicht, die Leiche zu berühren. Aber er war sich sicher. Ja, Daniel kannte den Toten. Es war der Fremde, mit dem er in der Nacht in Streit geraten war. Es war dieser eitle Rindskopf, der erst Tres Canes spielen, dann aber Daniel seinen Gewinn nicht auszahlen wollte. Der Mann aus dem Wirtshaus.

Er blickte sich nach Mirke um. Sie rief, neckte und lockte. Daniel reagierte nicht. Das Versteckspiel war beendet. Im doppelten Sinne, wie Daniel feststellen musste. Erst würde der Büttel kommen, die Marktfrauen und die Standbesitzer. Die Mägde und Männer aus dem Hafen. Und der Stadtrat. Und dann Rungholt. Sicherlich Rungholt. Sein Lehrmeister, in dessen Haus er ein- und ausging. Der Mann, zu dem Daniel aufblickte und dessen Tochter er aufrichtig liebte. Sie alle würden kommen und den Toten begaffen. Und Rungholt war ganz und gar nicht dumm. Er würde mit einem Blick erkennen, was Daniel und seine Mirke hinter den Holzstapeln von Lüdjes Lastadie trieben. Er würde Daniel grün und blau schlagen, würde die Knute zücken und ihn nach aller Kunst verprügeln. Schlimmer noch. Vielleicht würde er ihn nach Bergen ins Kontor schicken oder ihn totschlagen. Und er hatte Recht damit, gestand Daniel sich ein. Rungholt hatte Recht, wenn er ihn aufknöpfte, wie einen räudigen Dänen.

All das schoss ihm durch den Kopf, als er knietief im Wasser stand, die Leiche neben sich. Er begann zu zittern. Es wurde kalt im Wasser. Und während er am Schilf vorbei Mirke beobachtete, fasste Daniel einen Entschluss.

Freudig rief Mirke ihm zu, als er ans Ufer sprang. Sie wollte ihn lachend fangen, doch Daniel überhörte ihre Rufe.

Er lief. Er rannte zwischen den Holzstapeln hindurch, an den halbfertigen Koggen vorbei, am Hafen entlang. Er bog ab, schlug Haken. Ab in die Ellerbrook, weiter, links ab, an den

Bäckerbuden in der Mengstraße vorüber. Mitten hinein ins Gedränge von Händlern, Marktschreiern, Gesindel. Der Morgen hatte die Lübecker vor die Buden gelockt. Tratsch, Gegacker, Lachen. Schweine, Hühner. Geschrei und Gegrunze. Der Geruch von gebackenem Brot und glimmenden Holzscheiten. Doch Daniel hatte keinen Sinn für all die Gerüche und Farben.

Ein dicker Bäcker wollte einer Magd ihr Brot reichen, da schoss Daniel heran. Der Mann zerrte die Magd aus dem Weg. Daniel drückte sich mit Ellbogen durch die Menge, stolperte, fing sich, lief weiter. Eine Traube von Händlern stritt um den Karren eines fahrenden Bäckers. Daniel sprang einfach über den Handwagen mit dem aufgebockten Ofen. Er stieß eine fette Köchin beiseite. Heringe pladderten auf die Kopfsteine.

Er hörte ihre Verwünschungen nicht. Während sofort andere Frauen der dicken Köchin zur Hilfe eilten, war Daniel schon um die Ecke in die Schüsselbuden eingebogen. Er hörte keine Flüche, keine Rufe. Er hörte nichts. Kopflos verschwand er im Gemenge des großen Marktes vor dem Rathaus, bevor ihn die Masse auf der anderen Seite wieder ausspie.

In der Wahmgasse drückte er sich dann in einen der schmalen Gänge zwischen den Häusern. Der dunkle Gang war niedrig. Daniel musste gebückt hindurchrennen. Der überbaute Schacht war keinen Klafter breit. Nur ein Sarg musste hindurch passen, so schrieb es der Rat vor. Nachdem Lübeck, eine Halbinsel mit begrenztem Raum, vollständig bebaut war, hatte man begonnen, in den Höfen hinter den Häusern ärmliche Buden und Bretterverschläge zu errichten. Sie waren nur durch diese Gänge erreichbar. Hier wohnten die Armen. Gesindel, Dirnen, Wakenitzschiffer. Gestrandete.

Daniel achtete nicht auf die Bettler, deren Ruhe er störte und die ihn lauthals anblafften. Mit einem Mal fand er sich in einem winzigen Hof wieder. Er endete geradewegs an einer Mauer aus abgebröckelten, verwitterten Ziegelsteinen, hinter der sich ein weiterer Gang anschloss. Rechts und links die schiefen, ärmlichen Buden. Wohin? Er blieb stehen, hechelte nach Luft. Er war ein guter Läufer. Schnell und ausdauernd. Er war fünfzehn.

Die Leiche im Wasser.

Er sah sich um. Dort war eine junge Fichte, halb umgeknickt. Er konnte auf sie hinauf, sich an einem Ast hochziehen und über den umgeknickten Stamm entlang. Über die Mauer.

Der Tote. Der Tote und sein gespaltener Schädel.

Er würde fliehen. Sie würden ihn nicht erwischen.

Das Blut. Das Blut im Wasser. Das besudelte Hemd des Toten. Seine Knochen. Grotesk gebrochen und auf brutale Art verwinkelt. Unmenschlich.

Immer noch raste sein Herz von der Lauferei.

Dieses Gesicht.

Er kannte sein Gesicht. Er hatte nicht gedacht, es jemals wieder zu sehen. Als er sich am Baum hochziehen wollte, verließen ihn für einen Moment seine Kräfte. Das Wasser. Die Leiche. Das Blut. Das Gesicht. Die Bilder drängten sich ihm auf. Daniel übergab sich an der Fichte, bevor er genug verschnauft hatte und sich hinaufzog. Er balancierte zur Mauer und sprang hinüber. Die Gassen Lübecks hatten ihn wieder. Ihm war jetzt klar, wohin er gehen würde.

2

Kaum war Daniel fortgerannt, hatte Mirke nachgesehen, was passiert war. Vom Ufer aus hatte sie den Mann im Wasser gesehen. Sie hatte geschrien und war fortgelaufen. Auf halbem Weg war sie umgekehrt. Das Mädchen hatte sich hinter einem der Koggengerippe verborgen und aus sicherer Entfernung beobachtet, was geschah. Lüdjes Zimmerleute, die hinten bei der Stadtmauer Spanten gesägt hatten, hatten ihre Schreie gehört. Die Männer hatten sofort alles stehen und liegen gelassen. Einer hatte nach Lüdje gerufen, die anderen waren zum Ufer geeilt. Es dauerte nicht lange, bis sich eine Menschenmenge versammelt hatte.

Auch Rungholt und Marek war das Unglück nicht entgangen. Nachdem sie die Schreie und kurz darauf das Getuschel der Leute im Hafen gehört hatten, hatten sie das Laden abgebrochen. Rungholt hatte einem der Belader befohlen, auf die Waren Acht zu geben, dann war er mit Marek zur Lastadie geeilt. Er hatte Mühe gehabt, dem athletischen Marek das Ufer hinunter zu folgen, doch der Kapitän hatte auf ihn gewartet, ohne ein Wort zu verlieren.

Kurz darauf hatte Rungholts massiger Bauch die Menge der Gaffer geteilt wie ein Kiel das Wasser.

Rungholt sah sich den Toten flüchtig an. Lüdje und seine Männer hatten die Leiche durch das Schilf an Land gezogen und sie aufs schlickige Gras der Uferböschung gebettet. Überall an der Leiche klebte noch Blut. Ihr Mantel war abgerissen und aufgewetzt. Das Hemd des Fremden war blutig. Gebrochene Knochen staksten aus seinem Leib.

Kein schöner Anblick, dachte Rungholt und ermahnte sich sogleich, dass der Tod niemals schön anzusehen war. Ob er nun derart daher kam – brutal und plötzlich – oder sich schleichend ins Gewand stahl, wie bei all den Gebrechlichen oben im Heilig-Geist-Hospital. Vor vierzig Jahren, als Rungholt noch ein Junge war, hatte die Pest sich heimlich eingeschlichen und dann unverhohlen gewütet. Der von Prellungen übersäte und aufgerissene Körper dort im überfluteten Gras erinnerte ihn an diese Pestkranken. An ihre unförmigen Auswüchse und ihre offenen Beulen. Der leblose Körper in seinem roten, nassen Hemd dort im matschig getretenen Gras, er erinnerte ihn auch an ein anderes Schreckensbild. Einen Vorfall im verschneiten Osten, den sich Rungholt nicht gerne ins Gedächtnis rief.

Weißer Schnee blutet.

Er wandte sich ab. Er hatte nur einen kurzen Blick auf die Leiche geworfen. Er wollte nicht mehr sehen. Ein Unfall wohl, redete er sich gut zu. Ein Mann fällt ins Wasser und wird zwischen den Schiffen zerquetscht. So ist das Wasser, stellte er für sich fest. Gemein und tückisch.

Rungholt rief ein paar Handwerker und zwei Knechte zur Ordnung, die gar zu eifrig gafften. Er befahl Lüdjes Zimmerleuten, die Leiche wieder so zurück ins Wasser zu tragen und sie so schwimmen zu lassen, wie sie sie vorgefunden hatten. Widerwillig und voller Ekel, den Toten noch einmal berühren zu müssen, taten die Männer, wie befohlen. Rungholts Autorität als Ratsmitglied wurde anerkannt. Dann wies Rungholt Lüdje an, mit seinen Männern auf den Toten Acht zu geben, dass sich niemand der Leiche nähere. Denn bevor sie die Leiche anfassen durften, hatten sie das Varrecht abzuhalten, eine Gerichtsversammlung über den Leichnam. Nachdem er für Ruhe gesorgt hatte, ließ Rungholt nach den Ratsmitgliedern schicken. Und schließlich auch nach dem Arzt.

So kam es, dass Rungholt diesen Morgen doch noch nach einem Medicus rief, obwohl er diese doch so wenig ausstehen konnte und so sehr fürchtete.

Diesmal jedoch würde der Arzt den Tod keineswegs selbst mitbringen. Der Tod war ihm Stunden voraus.

Nachdem der Arzt eingetroffen war, folgte wenig später ein ganzer Tross von Bürgern. Einer der vier Bürgermeister Lübecks führte den Zug aus Ratsmitgliedern und Neugierigen an, ihm folgte abseits der Fron mit seinen Gehilfen. Unter den Ratsherren konnte Rungholt den Stadtschreiber und den Fiskal ausmachen. Rungholt nickte dem Fiskal zu. Er kannte den fünfzigjährigen, hühnerbrüstigen Mann flüchtig, der als Fürsprecher der Stadt bei Gerichtsverhandlungen auftrat. Ihnen allen folgte polternd und mit weitem Schritt der junge Herman Kerkring, einer der zwei Rychtevoghede Lübecks.

Kerkring war ein pausbackiger Jungspund, der durch seinen Vater in den Rat gekommen war. Ein Mann, der es unverhohlen auf den Platz des Bürgermeisters abgesehen und im Rat nicht allzu viele Freunde hatte. Unwirsch bahnte sich Kerkring einen Weg durch die Menge. Er sah mürrisch drein, als wollte er sagen, dass ein anderer diesen lästigen Kleinkram übernehmen solle. Als Rungholt Flecken von Mus auf dem mit Pelz verbrämten Mantel des jungen Mannes sah, war ihm klar, dass sie Kerkring beim Essen gestört hatten. Seine Leidenschaft, wie jeder wusste. Entsprechend schlecht gelaunt nahm er sich als Richteherr der Sache im Schlamm der Lastadie an.

Man hatte Kerkring eine Kiste gebracht, auf die er sich stellte. Er wollte sich die langen Schnabelschuhe nicht dreckig machen und liebte es wohl auch, andere zu überragen. Er ließ die Menge mit einer Geste verstummen. Es gehört sich für einen Richter nicht, dachte Rungholt, den großen Auftritt zu lieben. Dennoch gut möglich, dass meine Abneigung gegen ihn nur aus purem Neid resultiert. Mit seinen fünfundzwanzig Jahren hat er es weit gebracht, dachte Rungholt. Mit fünfundzwanzig, was habe ich da gemacht? Vor zwanzig Jahren? Mich in Novgorod durch verfluchte Eisstürme gekämpft. Vielleicht bin ich wirklich nur neidisch und vielleicht ist Kerkring doch kein so übler Mensch. Vielleicht tue ich ihm ja Unrecht. Rungholt beschloss abzuwarten.

Er war nicht der Einzige, der Kerkring skeptisch gegenüber stand. Vielen im Rat war der Mann zu jung, vor allem zu mächtig für sein Alter. Mit fünfundzwanzig Jahren wurde man kein Richteherr. Viele im Rat sprachen ihm die Weisheit und die Erfahrung ab, wirkliche Entscheidungen treffen zu können. Doch noch mehr Mitglieder des Rats unterhielten Geschäfte mit seinem Vater Berthold Kerkring, und so hatten sie dessen Sohn, wenn auch knapp an Stimmen, zu einem ihrer Richter ernannt.

In Anbetracht der Menge, die sich versammelt hatte, wich Kerkrings schlechte Laune seinem Geltungsbedürfnis.

»Ich habe den Auftrag, im Namen des Hochedlen und Hochweisen Rats die erste Hand daran zu legen«, sprach Kerkring, »damit Gerechtigkeit gehandhabt und die Bosheit bestraft werde. Damit denn auch keine Blutschuldenlast auf diese Stadt und deren Gebiet geladen werden möge.« Mit gewichtiger Mine blickte Kerkring sich um. Die Menge war verstummt. Er fuhr fort. »Weil man nicht eigentlich weiß noch wissen kann, ob jemand an dieses Menschen Tod schuldig sei, so wird darüber gegenwärtiges Varrecht geheget.«

Sofort begann der Stadtschreiber, mit seinem Griffel ein ordentliches Protokoll zu führen. Er hatte sein Pult aufgeklappt, das er sich umschnallen konnte und auf das er einige kleine Wachstafeln legte. Mit dem Griffel kratzte er routiniert Notizen in das Wachs. Später würde er alles genauestens ins *liber judicii* abschreiben, in das Buch des Gerichts. Das Varrecht, das sie nun abhielten, war dazu bestimmt, über den Toten Gericht abzuhalten. Und eine erste Leichenschau vorzunehmen, damit es erlaubt war, den Toten unter die Erde zu bringen. Außerdem würde im Falle eines Mordes die Anklage ans Blutgericht weitergegeben, sodass ein möglicher Mörder angeklagt werden konnte. Sollte es ihn geben, so hatte er nun um seinen Hals zu bangen.

Rungholt ließ seinen Blick schweifen. Er kannte das Prozedere des Varrechts nur zu gut. Es war ein ritualisiertes Zwiegespräch zwischen Kerkring und dem Fiskal – zwischen Richteherr und Stadtsprecher. Noch immer dümpelte die Leiche im Seichten. Der festgelegte Dialog zwischen den beiden nahm und nahm kein Ende. Rungholt hob die Hand vor die Augen. Die Sonne blendete etwas. Es war kühl. Möwen waren gekommen. Neugierig hatten sie sich auf den Koggengerippen und am Ufer niedergelassen. Die fahrigen Nebelbänke waren im Begriff, sich gänzlich zu lichten. Die steigende Mittagssonne löste sie schnell auf. Leichte Böen hatten eingesetzt.

Als die Frage nach einem Kläger gestellt wurde, wurde Rungholt wieder aufmerksamer. Gespannt wartete er darauf, dass ein Kläger vortrat. Doch er wurde enttäuscht. Niemand in der Menge erhob das Wort. Scheinbar kannte niemand den Mann. Auch nach mehrfacher Aufforderung meldete sich niemand.

Der Tote blieb ein Fremder.

Und kurioserweise war genau dies der Grund, weswegen Rungholt langsam daran zweifelte, dass es ein Unfall gewesen war. Er konnte nicht sagen, weswegen er nicht mehr glaubte, dass der ärmliche Mann eines natürlichen Todes gestorben war. Aber er war derselben Meinung wie der Fron und der Arzt. Die beiden hatten, nachdem das Varrecht abgehalten und die Leiche endlich wieder an Land gebracht worden war, damit begonnen, den Fremden grob in Augenschein zu nehmen, und waren beide skeptisch, ob es sich nur um einen Unfall handelte.

Kerkring tat zuerst alle Einwände des Arztes ab und wollte den Fremden sofort verscharren lassen. Es gab keinen Kläger, demnach kein Verbrechen. Rungholt wurde klar, dass der Rychtevoghede wohl nur schnell zu seinem Mus zurückwollte. Als der Fiskal dem Arzt beisprang und ebenfalls Bedenken äußerte, nicht vorschnell zu handeln, kündigte der Richteherr dann doch einen Aufschub der Beisetzung an. Sie würden den Mann erst morgen aus der Stadt bringen und bei den Bettlern verscharren – wenn er denn eines natürlichen Todes gestorben war.

Schon jetzt ahnte Rungholt, dass es kein Begräbnis am morgigen Tag geben würde. Denn entweder der Mann dort im Seichten der Trave hatte Selbstmord begangen, oder jemand hatte den Reisenden umgebracht.

3

Hinrich Calve war ein schlanker, hoch gewachsener Mann. Beinahe zwei Meter, stahlblaue Augen, lichtes Haar. Sein geradezu dreieckiger Schädel mit dem hervorstechenden Kinn hatte ihm als Kind den Spitznamen »Hacke« eingebracht. Doch die Zeiten, in denen er gehänselt wurde, waren längst vorüber. Letztes Jahr war er in die Lübecker Zirkelgesellschaft aufgenommen worden, und als kleinerer unter den Lübecker Kaufleuten war die Aufnahme eine große Ehre. Es war etwas Besonderes, das ihm zeigte, er gehörte fortan der besseren Schicht an. Dafür hatte er hart gekämpft. Mit den Jahren hatte es Calve zu einer eigenen Kogge gebracht, die er sich sprichwörtlich vom Munde abgespart hatte. Ein kleines Schiff zwar nur, das nicht mehr als zwanzig Lasten trug, doch Calve musste den Laderaum nur mit einem Schiffer teilen. Und dies war sein eigener Sohn, Egbert.

Zusammen hatten sie eine Vollemascopei gegründet, bei der sie zu gleichen Teilen ihr Vermögen einbrachten. Mit vollem Risiko, doch dafür mussten sie den Gewinn mit niemandem teilen. Und ihr Gewinn würde beträchtlich sein. Calve führte Geschäfte mit Brügge. Er hatte sich letzten Winter entschlossen, sie auch nach Schonen hin auszuweiten. Deswegen war seine Kogge mit teurem flandrischem Tuch aus Brügge unterwegs nach Stralsund. Hier in Stralsund wollte er Salz hinzukaufen und alles von Egbert nach Schonen bringen lassen. Das Salz wurde dort für die Konservierung des Herings dringend gebraucht.

Calve war voller Vorfreude, Egbert nach Wochen auf See nun im Stralsunder Hafen wieder in die Arme schließen zu können. Aus Brügge hatte ihn vor einer Woche der Brief erreicht, dass Egbert das Tuch unter dem veranschlagten Preis bekommen und sich nun mit der Kogge aufmachen würde, die Waren um Dänemark herum und durch den Sund direkt nach Stralsund zu schiffen.

Während Egbert den Seeweg angetreten hatte, hatte Hinrich Calve mit seinem jüngsten Sohn Johannes den Landweg von Lübeck nach Stralsund gewählt. Ihre Fahrt war reibungslos verlaufen. Von Lübeck aus dauerte es, so es das Wetter zuließ, zwei bis drei Tage bis nach Stralsund. Während Egbert später nach Schonen aufbrechen sollte, würde Calve mit einigen Fässern voller Pelze wieder über Land zurück nach Lübeck reisen.

Als Calve an das Wiedersehen mit Egbert dachte, erfüllten Stolz und Glück sein Herz. Alles lief reibungslos. Für einen Moment fühlte er sich wie einer der Ratsherren, die – scheinbar unbesiegbar – durch die Gassen Lübecks schritten. Diese Patrizier schlossen Geschäfte von solchem Wert per Handschlag ab, dass es Hinrich Calve schon Mühe bereitete, sie sich überhaupt vorzustellen. Doch auch seine geheimen Pläne trieben voran wie ein mächtiges Schiff mit Rückenwind. Sie griffen ineinander wie die Zahnräder einer komplizierten Uhr.

Calve sah zum Rathaus hin. Sein Geschäftspartner war im Ratskeller verschwunden. Sarnow hatte nur etwas fragen wollen, deswegen war Calve gar nicht erst abgestiegen. Am liebsten hätte er den Salzkauf und das Feilschen um die Pelze schnell abgeschlossen, um bei einem Bier Sarnow besser kennen zu lernen, doch nun war er gezwungen, noch etwas auf den Mann zu warten.

Calve sah sich suchend nach seinem jüngsten Sprössling um, dem die Warterei zu langweilig geworden war. Er richtete sich im Sattel auf und ließ seinen Blick an den Backsteinhäusern des kleinen Platzes vorübergleiten. Dann sah er zu einer Bauruine hin. Wasser hatte sich in einem Kellerloch gesammelt. Johannes spielte hinter den Mauerruinen. Sein Lachen und Juchzen drang über die Baustelle und den Teich zu Calve. Der Junge jagte eine Schar Möwen um den Tümpel, doch die Vögel wollten es sich partout nicht gefallen lassen, von einem Zehnjährigen mit einem Holzschwert verscheucht zu werden. Lächelnd sah Calve seinem spielenden Sohn zu.

Die Stimme seines Geschäftspartners riss ihn aus den Gedanken.

»So, Hinrich. Wir können.« Sarnow war auf seinem Braunfalben neben Calve erschienen. Er richtete seinen Pelzkragen. Calve hatte den Geschäftsmann sofort aufgesucht, nachdem sie in die Stadt geritten waren. Sarnow war ein schlanker Mann mit lichtem Haar, dessen Gesicht durch die beiden Grübchen, die sich tief in den Wangen abzeichneten, streng wirkte.

Er ließ sein Pferd neben Calves traben und tätschelte seinem Falben den Hals. »Es wäre vielleicht besser, wir würden erst zu mir reiten, anstatt in den Hafen«, sagte Sarnow.

»Danke für die Einladung. Aber ich möchte so schnell es geht, das Schiff entladen«, entgegnete Calve.

Sarnow setzte an, wollte etwas erwidern. Er kam nicht dazu, denn Calve unterbrach ihn: »Der Junge, wisst Ihr.« Er nickte zu Johannes hin. »Er will unbedingt noch Eure astronomische Uhr sehen. Ich dachte, wir holen Egbert im Hafen ab, löschen den Kahn soweit und reiten dann zur Nikolaikirche, um ihm die Uhr zu zeigen. Wir können ja später bei Euch auf den Handel anstoßen.«

Sarnow nickte, doch man merkte dem Mann mit den strengen Mundwinkeln an, dass er nicht zugehört hatte.

Unbeirrt fuhr Calve fort: »Johannes spricht von nichts anderem als dieser Uhr. Den ganzen Tag. Vorgestern in der Messe, selbst da hat er davon geredet. Wie ein Weib auf dem Fischmarkt. Und als ich ihm endlich beteuerte, dass wir uns die Uhr ja ansehen, da hat er so laut gejubelt, dass der Priester mit der Hostienschale den Kelch umgestoßen hat. Seine ganze Corporale war rot. Das schöne Tuch, nicht mehr zu gebrauchen. Der Mann hat dreingesehen wie der Leibhaftige persönlich.«

Calve lachte. Sein Johannchen, dieser Kindskopf. Er war wirklich sein Ein und Alles. Auch Sarnow schmunzelte, doch sein Lächeln wirkte gequält. Endlich sah Calve, dass es in Sarnow arbeitete. Irgendetwas wollte er loswerden. War er deswegen schon bei der Begrüßung so still gewesen? Hatte er ihn deswegen nicht in den Ratskeller bestellt, sondern schnell auf der Straße empfangen und still seinen Falben genommen? Waren sie deswegen so stumm losgeritten?

»Seht Euch die Uhr ruhig an. Ich selbst halte sie zwar für Firlefanz, aber den Leuten gefällt's«, sagte Sarnow, der dem Blick des hochgeschossenen Calve begegnete.

»Na, immerhin wisst Ihr jetzt immer genau die Zeit.«

»Oder wie schnell sie vergeht… Sie vergeht eigentlich immer zu schnell. Eigenartig ist das.« Sarnow versuchte erneut ein frohes Gesicht aufzusetzen. Irgendetwas stimmt nicht, zauderte Calve. Und während er seinen neuen Freund ansah, verfestigte sich der Gedanke. Irgendetwas verschwieg Sarnow ihm.

»Euer Junge ist ein intelligenter Bursche, Calve. Er ist etwas Besonderes.«

Calve nickte. Er hatte drei Kinder als Säuglinge verloren. Noch an der Mutterbrust hatte der Tod sie geholt. Nur Egbert, inzwischen über zwanzig Jahre alt, und der kleine Johannes hatten überlebt. Johannes war wirklich etwas Besonderes. Der Junge hatte Phantasie, und er war begabt, was Zahlen und Berechnungen anbelangte. Beim Rechnen auf der Linie zog er die Münzen schneller als so manch gerissener Kaufmann. So ungestüm und kindlich er mit seinen zehn Jahren auch war, so neugierig und findig war er auch. Noch zwei Winter und er würde in ihre Handelsgesellschaft als Lehrling einsteigen.

Er sah sich nach seinem Sohn um. »Sarnow, wenn es etwas gibt, was…« Er brach ab, setzte erneut an. »Wir sind Freunde, Ihr könnt es mir sagen, wenn Ihr mir zu viel Rabatt eingeräumt habt. Ich kann verstehen, dass das Salz dieses Jahr sehr gefragt ist. Wenn Ihr nachverhandeln wollt…«

Sarnow hatte verstanden, doch er blieb stumm.

Calve, der auf eine Antwort wartete, deutete Sarnows Schweigen dahingehend, dass er sich wohl geirrt hatte. Wahrscheinlich galt ihr Geschäft noch. Und nichts war vorgefallen.

»Gut, dann wollen wir aufbrechen.« Calve klatschte in die Hände, um sich selbst Mut zu machen. Schnalzend gab er seinem Pferd die Zügel und rief nach seinem Sohn.

»Johannes! Wir wollen in den Hafen. Egbert wartet. Wir müssen die Kogge löschen.«

Johannes lief zu ihnen.

»Vater! Wenn wir die Kogge mit den neuen Kränen entladen, dann können wir sechseinhalb Lasten mit einem Mal von Deck holen.« Seine Worte überschlugen sich beinahe, so schnell musste er alles loswerden. Calve musste lächeln. Das Köpfchen seines Sohnes war voll von solchen Zahlenspielereien. Wo er stand und ging rechnete es in seinem kleinen Schädel. »Und – also wenn wir … Ich meine … Vater, also wenn wir 90 Lasten haben, ja? … Und jedes Mal das Löschen so lange braucht, wie wenn ich die Fischergasse in Lübeck zweimal hinuntergehe, dann …«

Zufrieden gab der Junge schließlich bekannt, dass sie mit den neuen Kränen so viel Zeit beim Entladen sparen würden, wie er brauche, um halb Lübeck zu umrunden. Calve warf Sarnow einen glücklichen Blick zu. Johannes – kaum zehn Jahre alt und schon ein Rechengenie.

»Per Galopp – oder im Trab?«, neckte Calve ihn.

»Ach Papa! Zu Fuß doch. Rum*gehen*«, entrüstete sich Johannes und schüttelte über seinen Vater nur den Kopf. »Doch nicht mit den Pferden. Da ist man aber auch noch schneller. Lass mal rechnen. Wenn ein Pferd fünfmal so schnell ist, wie ein Mann, dann …«

»Willst du die Uhr noch sehen?«

»Die astronomische?« Calves Sohn blickte ihn staunend an. »Ist sie denn schon fertig?«

Calve suchte eine Antwort bei Sarnow.

»Nein. Ich denke, Lilienfeld wird noch ein paar Jahre brauchen. Aber er hat eine kleinere mitgebracht und sie aufgehängt. Bis in die Nacht hinein bastelt er an einem großen Nachbau. Ein bisschen kann man schon sehen.«

»Wirklich?« Johannes strahlte wie ein Honigkuchenpferd.

Die beiden sahen ihm zu. Der Junge war im Begriff, sich auf sein Pferd zu schwingen, doch der Gaul wollte nicht still stehen. So gut Johannes auch rechnen konnte. Was seinen Kopf bis zum Bersten füllte, schien seinen Muskeln und seiner Koordination zu fehlen. Endlich war der Junge aufgestiegen. Doch bevor Calve seinem Sohn Befehl geben konnte, zum Hafen zu reiten, fasste Sarnow seinen Arm.

»Hinrich, wartet«, sagte Sarnow.

Calve fixierte den stattlichen Mann neben sich auf dem Pferd. Etwas Besonnenes, etwas Ruhiges ging von diesem Stralsunder aus. Und etwas unsagbar Trauriges.

Sarnow fuhr leise fort: »Ihr braucht Euren Sohn nicht schicken. Es wird keine Kogge kommen.«

Hinrich verstand nicht.

»Eure Kogge. Sie ist... Sie ist überfällig.«

»Überfällig? Sie ist nicht vorgestern in St. Mauritius eingelaufen?«

»Nein. Egbert, er... er wird wohl nicht kommen.« Sarnow bemerkte, dass er zu hart gesprochen hatte und versuchte es anders. »Ihr seid mein Freund und mein Geschäftspartner, Hinrich, aber... aus unserem Geschäft wird wohl nichts. Es tut mir Leid.«

Calve war verwirrt. Er verlangte Antwort. Was war geschehen? Was verschwieg Sarnow?

Sarnow zügelte umständlich sein Pferd, nestelte an den Riemen. »Die Überfälle im Sund, sie haben dramatisch zugenommen. Kaum ein Schiff in letzter Zeit, das die Passage um Dänemark unbeschadet genommen hat.« Er seufzte. »Selbst im Konvoi werden unsere Schiffe aufgerieben, Hinrich. Unsere Friedeschiffe, die die Konvois schützen sollen, sie nützen nichts. Die Vitalienbrüder scheinen jede Route genau zu kennen. Wir –« Er konnte Calve nicht ansehen, nicht bei dem, was er ihm nun zu sagen hatte. »Heute Morgen haben wir die Leiche eines Seemanns gefunden.«

Weiter kam Sarnow nicht, denn Calve hatte in sein Zaumzeug gegriffen und Sarnows Pferd zu sich gedreht.

»Egbert?«, fragte Calve.

Ihre Blicke trafen sich. Sarnow schwieg.

»Ihr sagtet, ihr habt einen Seemann gefunden?«

Das Abendlicht tauchte Sarnows Gesicht in warmes Rot, aber seine Züge wirkten dennoch streng. »Drüben. Am Strand auf Rügen. Mit Sicherheit können wir es noch nicht sagen, aber… Ich habe eben gehalten, um mit dem Bürgermeister zu sprechen. Ich musste wissen, ob es stimmt.«

Hinrich schien nicht zu verstehen. Er starrte Sarnow an, doch sein Blick ging durch ihn hindurch. Starr.

Johannes rief. »Vater? Nun komm endlich. Egbert wird sicher schon warten, und wir wollen doch noch zur Uhr!«

Der Junge war schon vorausgeritten, er hatte nichts mitbekommen. Calve antwortete nicht.

»Ihr hättet ihn wohl kaum erkannt, Hinrich. Tut es Euch nicht an. Er ist schnell gestorben. Noch bevor die Vitalienbrüder ihm zusetzten. Er wurde drüben an der Insel Öhe angespült. Vor Schaprode.«

»Sie… Sie haben ihn einfach in die Ostsee geworfen?« Calve hatte nur die Hälfte gehört. Seine Gedanken hingen bei Egbert, seinem ältesten Sohn. Nur langsam wurde ihm bewusst, dass Egbert, dass dieser Bär von einem ausgewachsenen und erfahrenen Schiffer, tot auf einer Gott verlassenen, salzigen Wiese vor Schaprode lag. Die Tränen schossen ihm in die Augen. Vitalienbrüder, Serovere… Diese Kaperer waren die Plage Gottes. Möge sie die Pest holen. Mögen sie im Fegefeuer schmoren! Der Schmerz presste ihm die Augen zusammen. Nicht weinen.

Die Sonne war im Begriff unterzugehen. Seine Handknöchel färbten sich weiß, so fest klammerte er sich an die Zügel, während er starr weiter ritt.

Durch die schreienden Möwen rief fröhlich Johannes.

4

Rungholt kehrte erst am frühen Abend in sein Haus in der Engelschegrove zurück. Die Gasse, in der er wohnte, erschien ihm oft wie eine einzige, geschwungene Welle aus gezackten Backsteingiebeln. Die Häuser beidseits der nur teilweise mit Kopfstein gepflasterten Flucht schienen den Besuchern ihr Gesicht zuzuwenden und sie zu begrüßen.

Die Engelsgrube führte sanft geschwungen vom Ufer der Trave hinauf zu St. Jakobi, eine der kleineren Kirchen Lübecks. Unweit von ihr hatten die Kaufmänner vor mehr als hundert Jahren eine Schule eingerichtet. So war die Ausbildung der Schüler nicht mehr nur Sache der Kirche allein. Auch Rungholt war oben am Ende der Engelsgrube in die Schule gegangen. Mit mehr als vierzehn Jahren hatte er damals zwischen den jüngeren Kindern gesessen. Einst hatte Nyebur ihn hingeschickt. Und nun schickte er seinerseits seinen Lehrling Daniel in die Schule.

Rungholt war froh, hier zu wohnen. Die Gasse zwischen dem Hafen und der Breiten Straße lag abseits des eigentlichen Kaufmannviertels. Hier fühlte er sich wohl. Da er das Wasser verabscheute und mied, wo immer er konnte, galt er als Außenseiter unter den Kaufleuten und seinen Mitstreitern im Rat. Vielleicht hatte er sich deswegen vor einigen Jahren, als er das Backsteinhaus mit den drei verwitterten Giebelstaffeln kaufte, für diese Lage entschieden. Intuitiv, wie er auch seine Geschäfte tätigte. Andererseits war es das Viertel der Schiffer, in dem er nun wohnte. Ein Umstand, der angesichts seiner Wasserangst nicht gerade für seine Intuition sprach. Rungholt stellte sich trotz allem gerne vor, dass die Engelsgrube eine Art Sinnbild für das Leben eines tüchtigen Kaufmannes darstellte: Geschwungen führte sie hinab von der Kirche und der Schule – dem Göttlichen und dem Wissen – bis hinab zum Hafen und dem Meer – bis hinab zu Arbeit und Tod.

Dat bose vemeide unde acht de ryt! – Das Böse vermeide und achte das Recht! So hatte es sich Rungholt zur Gemahnung über die Tür seines Hauses meißeln lassen.

Als er die weite Diele betrat, hatte er den Fremden am Ufer schon beinahe wieder vergessen. Nachdem Kerkring mit dem Fiskal das Varrecht abgehalten hatte, war Rungholt mit dem jungen Richteherrn aneinander geraten. Die beiden hatten sich nicht einigen können, wohin sie die Leiche einstweilen bringen sollten.

Zufrieden stellte Rungholt fest, dass in seiner Diele reges Treiben herrschte. Die Knechte waren dabei, einen Karren zu entladen. Sie hatten ihn in die Diele gefahren und hievten nun die Fässer mit Pelzen und Hering hinauf in den Speicher unter dem Dach. Sie grüßten Rungholt, der nur kurz Weisung gab und sich dann hinter das Haus zurückzog. Hier hatte er an die Rückseite einige Buden für seine Bediensteten angebaut. Dennoch gab es noch einen kleinen Hof mit zwei Bäumen und einem Kräuterbeet, das seine Magd Hilde inniglich liebte. Einige dornige Büsche schlossen das Beet ab. Auf der anderen Seite wurde der Hof von einer Mauer abgegrenzt, an die ein Gatter und ein kleiner Schuppen für Schweine und Ziegen gebaut worden war. Zufrieden ob seines frühen Tagwerkes setzte sich Rungholt auf die Bank im Hof. Er hatte seine Pfeife und einen Krug Bier mit hinausgenommen. Nun lauschte er den Vögeln und musste grinsen, als er sich das Gesicht des Baders ins Gedächtnis rief. Der Bader aus der Fischergrube war wenig begeistert gewesen, als sie den toten Mann zwischen seine Zuber und Bottiche gelegt hatten. Dem armen Mann haben wir wohl für Tage das Geschäft versaut, dachte Rungholt schmunzelnd, aber besser so, als den Fremden gleich zu verscharren oder auf dem Markt aufzubahren und von allen angaffen zu lassen, wie es Kerkring gewollt hatte.

Ob es ein Unfall war, wie der junge Richteherr glaubte, oder Mord, wie Arzt und Fron vor sich hin geflucht hatten, hatte man noch nicht sagen können. Der Arzt hatte sich jedenfalls geweigert, den Unbekannten in seinem Haus aufzunehmen. Immerhin war es möglich, dass der Mann selbst ein Mörder war und sich eigenhändig entleibt hatte. Und wer Selbstmord beging, war ein Sünder, hatte ein todeswürdiges Verbrechen verübt und musste bestraft werden. So waren auch erste Stimmen laut geworden, ob man den Fremden nicht einfach in ein Fass stopfen und wieder der Trave übergeben sollte. Was, wenn der Atem des Toten durch die Sünde eines Selbstmordes vergiftet war? Mit seiner Weigerung hatte der Arzt sich viel Verständnis bei den Zuschauern verschafft, doch Rungholts Meinung, was Quacksalber anbelangte, nur bestätigt.

Sein Backenzahn schmerzte. Er gurgelte etwas mit dem leichten Bier. Das Bier war allemal bekömmlicher als das Wasser der Stadt. Der Druck unter seinem Zahn wollte jedoch nicht nachlassen. Rungholt ging hinein, entschied sich für einen Wacholderschnaps aus seinem geheimen Sortiment. Der Alkohol brannte, als hätte er sich einen glühenden Kienspan in die Wange gerammt. Er fluchte so laut, dass ein Knecht besorgt angerannt kam. Nachdem das Brennen einer molligen Wärme von innen wich, war Rungholt zufrieden wieder in den Hof getreten. Der Genever aus Flandern war ein edler Tropfen. Wahrlich. Geht auch ohne Arzt, dachte er und setzte sich wieder auf die Bank. Er schenkte sich noch einmal ein.

Was für ein guter Genever. Ich sollte noch mehr Fässer bestellen und sie nächstes Jahr nach Novgorod verschiffen, überlegte er zufrieden. Vielleicht ist das auch was für meinen zukünftigen Schwiegersohn, für Attendorn, das Schlitzohr. Seit Wochen bekniete Attendorn ihn, endlich eine Kompanei zu gründen. Jedoch zögerte Rungholt noch, die Verträge zu unterschreiben. Erst wollte er Attendorns Brautgabe auf solide Füße stellen. »Wenn ich schon das hohe Risiko eines Geschäfts mit Euch eingehe«, hatte Rungholt gesagt, »dann möchte ich für meine Tochter eine nicht minder hohe Absicherung!« Schließlich hatte Attendorn nicht nur Geld, er hatte auch eigene Schiffe im Rücken. Zwei Koggen nannte er sein Eigen.

Bis zu Mariä Himmelfahrt vor zwei Jahren waren es sogar drei Koggen gewesen, doch dann hatten die Vitalienbrüder ein Schiff aufgerieben. Es war irgendwo im Sund gesunken. Man hatte niemals wieder etwas von der *Heiligen Berg* gesehen. Dennoch war Rungholts Schwiegersohn in spe noch immer reich. Es war also nur fair, diesem Patrizier einiges an Morgengabe für seine Tochter Mirke abzuverlangen. So spekulierte Rungholt auf das schlanke, aber edle Kapitänshaus an der Wakenitz und auf mindestens ein bescheidenes Grundstück in der Marlesgrube. Die Heirat war ein Handel, den es wohl zu durchdenken und möglichst vor der Verlobung strategisch abzuschließen galt.

Rungholt schmauchte ein paar Züge und versuchte, sein Rotrückchen zu finden. Seit Jahren schon beobachtete er den kleinen Vogel, der im Gestrüpp nistete, und nahm regen Anteil an dessen Leben. So hatte er im Mai gesehen, wie der kleine Sperlingsvogel mit seinem Weibchen mehr als fünf Eier ausgebrütet hatte. Wahrscheinlich waren schon mehrere Generationen der Vögelchen gekommen und gegangen, doch Rungholt hatte in seiner querschädeligen Art für sich entschieden, dass es immer dasselbe Rotrückchen samt Familie war. Heute konnte er seinen Vogel aber nirgends entdecken. Er hörte nur sein Tschilpen.

Rungholt gönnte sich auf der Bank nur eine kurze Pause. Nyeburs Knute hatte ihm beigebracht, bis zum Vesperbrot zu arbeiten und dann erst zu saufen. Nur wenn es galt, noch dringend ein Schiff zu löschen oder ein schnelles Geschäft zu tätigen, arbeitete Rungholt länger.

Das Schifflöschen habe ich schon hinter mir, frohlockte Rungholt, während er an seinem dritten Krug nippte. Gut, dachte er, dass ich so früh heute Morgen im Hafen war. Die Änderungen in Attendorns Vertrag sind schnell aufgesetzt. Mirke und seine Frau Alheyd würden vom Markt bestimmt eine Leckerei mitbringen. Sie wollten gegen Abend zurück sein. Dann wäre Rungholt längst fertig, könnte das Kochen beaufsichtigen und gut versorgt nach der Vesper im Ratskeller ein paar weitere Humpen kippen.

Er schnappte sich den Genever und zog sich in seine Dornse zurück. Der kleine Raum vorn in der Diele des Kaufmannshauses war sein Allerheiligstes. Hier bewahrte er die Unterlagen und Register auf sowie gut versteckt seine Kasse. Hier standen sein Schreibpult, seine schweren Bücher, seine Waagen und Rechenhilfen. Die Bücher und Unterlagen, so unordentlich sie auch verstreut lagen, strahlten etwas aus, das ihn beruhigte. Der Geruch der Tinte und der Codices erinnerte ihn an seine Geschäfte, an Abschlüsse und Niederlagen. Der Glanz der Feinwaagen im Futteral, die präzise Mechanik der Instrumente, mit denen er wog und vermaß, das ordentliche Rechenbrett und schließlich das Klimpern der Rechenmünzen selbst gaben seinem Alltag eine Form.

Hinter einem losen Nussholzbrett an der Wandverkleidung neben seinem Schreibpult hielt er seine Weine und Schnäpse verborgen. Rungholt stellte den Genever zu den anderen edlen Tropfen zurück. Er hatte es sich zur Gewohnheit gemacht, die Schlückchen zu verstecken. Er redete sich ein, es sei wegen seines Weibes Alheyd, um ihr keinen Grund zum Murren zu liefern. Seine Frau konnte es nicht leiden, wenn er Schnaps oder Wein trank. Eigentlich konnte sie es nicht leiden, wenn er sich überhaupt ein Schlückchen gönnte.

Er hatte kaum Attendorns Verträge herausgesucht und zu redigieren begonnen, als es klopfte. Doch er erwartete keinen Besuch, und so schaute er erst auf, als das Hämmern des Türklopfers partout nicht verstummen wollte. Jemand ließ den Schnabel des eisernen Sperlings unablässig gegen das Türblatt knallen.

Rungholt knurrte. Er knurrte gern. Er setzte seine Stegbrille ab und horchte. Er rief nach der Magd, da fiel ihm ein, dass Hilde ja mit Mirke und seinem Weib auf den Markt gegangen war. Wer sollte ihn jetzt stören? Daniel? Der kam stets ohne Klopfen herein. Die Marotte hatte er ihm nicht ausprügeln können. Brummelnd legte Rungholt seine Brille beiseite und streckte seinen Rücken. Mit seinem dicken Wanst stieß er das Tintenfass um. Obwohl es schwer war, wog sein Bauch mehr. Gerade noch rechtzeitig konnte er es schnappen. Zwar kleckerte er sich die Finger voll, doch Attendorns Pergamente waren gerettet. Nur ein paar Spritzer. Auch wenn Rungholts Statur einem aufgedunsenen, runden Holländerkäse glich – das zumindest hatte ein Streit suchender Händler einst behauptet –, so waren seine Reflexe tadellos. Was auch der Händler damals zu spüren bekommen hatte.

Einen Moment stand Rungholt da. Sein Herz pochte wild. Die Vorstellung, was durch das kleine Missgeschick hätte geschehen können, ließ seinen Mund sofort trocken werden. Er sah sich das geschnitzte Ornament an, das sein Tintenfass aus Kalkstein zierte. Der Kopf eines bärtigen Russen. Ein Geschenk aus Novgorod. Nyebur hatte es ihm für seine Dienste geschenkt. Er durfte nicht vergessen, Daniel die Hochzeitsverträge zur Sicherheit abschreiben zu lassen.

Das Klopfen wollte nicht enden. Murrend sah Rungholt seine dreckigen Finger an, die vor Tinte schwarz schimmerten, und suchte nach einem Stück altem Leinen oder einem Fetzen Pergament, um das Ungeschick wegzuwischen.

»Ich komme ja. Moment.« Rungholt beeilte sich, wischte im Gehen seine Finger an seinen Beinlingen ab und maulte. Es musste wichtig sein, wenn jemand ihn derart penetrant sprechen wollte.

Als er die Tür öffnete, war er erstaunt. Nur zwei Büttel standen vor seinem Haus. Männer, die vom Rat eingesetzt waren, um für Ordnung zu sorgen, die als Wächter und Aufseher arbeiteten, Baustellen überprüften oder – wie diese beiden – Botengänge übernahmen.

Rungholt ergrimmte, als die zwei nicht davon abzubringen waren, Einlass zu verlangen. Es war nicht ihr Recht, dies zu fordern. Er war Herr dieses Hauses, und er würde es ehrenvoll die nächsten Jahrzehnte bleiben. Selbst einen Handwerker hätte er nicht ohne Anmeldung und Absprache hereingelassen. Er hielt die frechen Burschen zurück.

»Schert euch!«, fuhr er die beiden an. Dann sah er, wie dreckig sie waren. Rungholt sah sofort, dass ihre schlichten Wämser weder einen Bund am Ärmel noch einen Kragen hatten. Die Hemden waren aus minderer Schafswolle, die Ärmel und Ellenbogen abgewetzt, der Saum steif vor Dreck – oder war es gar Kot, der an ihnen klebte? Hatten die beiden sich geschlagen und waren auf der Straße in den Mist gefallen?

»Wenn ihr Schabernack treiben wollt«, bellte er, »dann haut ab zu den Gerbern. Zwischen deren stinkenden Bottichen fallt ihr beiden jedenfalls nicht auf.«

»Es-Es tut uns – tut uns L-L-L-Leid, Herr«, stammelte einer der Büttel. »W-W-Winfried sch-sch-schickt uns. Herr Winfried.«

»Winfried? Der Richteherr? Der Vogt?«

Der Bursche nickte unterwürfig. Sein Begleiter stieß ihm in die Rippen und drängte sich nach vorne. Der Mann war älter und recht klein vom Wuchs. Sein Körper wirkte schief, als würden sich seine Knochen neigen. Eine Hand war verkrüppelt. Er hielt sie hinter seinem Rücken verborgen. Im Gegensatz zum Stotterer wirkte sein kantiges Gesicht verschlagen. Rungholt bemerkte sofort, dass der Mann mit Genugtuung sprach, als er ihn verschmitzt angrinste.

»Ganz recht. Vom Richter kommen wir. Von Winfried. Winfried dem Kahlen. Und wir soll'n Euren Burschen holen.«

»Ihr holt hier niemanden.« Rungholt schloss die Tür, ohne eine Antwort abzuwarten. Was bildeten sich diese stinkenden Raufbolde ein? Einen ehrbaren Händler in seiner Arbeit zu stören und in sein Haus kommen zu wollen? Unverfroren. Und wieso um Himmels willen war Winfried nicht selbst gekommen? Und was wollten die beiden mit Daniel?

Als das Klopfen erneut begann, spürte er, wie der Zorn in ihm aufstieg. Rungholt starrte auf die Tür und schnaufte.

»Was fällt euch ein, Pack!«, brüllt er, die Tür kaum aufgerissen.

Der Büttel mit dem hinterfotzigen Grinsen streckte ein abgegriffenes Pergament vor. Nur ein paar Zeilen, in Eile hingekritzelt. Rungholt riss es ihm aus der Hand. Er konnte ohne Brille nichts erkennen. Die Nachricht verschwamm ihm vor den Augen. Dennoch tat er, als sei der Inhalt nur eine Lappalie und belferte: »Ihr und schreiben? Soll das ein Scherz sein?«

»Der kahle Winfried hat's uns gegeben. Wir sollen Euren Burschen holen.« Der Büttel sprach mit fester Stimme. Rungholt tat, als überfliege er den Schrieb.

»Meinen Burschen? Meinen Lehrling! Daniel?«

»Ganz recht. Daniel Brederlow. Oder habt Ihr mehr als einen?«

Rungholt tat einen Schritt vor. Seine massige Gestalt füllte die Tür. Er baute sich vor dem dreisten Kerl auf, griff langsam das derbe Hemd des Mannes und wischte seine tintenbesudelten Finger daran ab. Die beiden Männer fixierten sich. Es dauerte, bis der Büttel zu Boden blickte und endlich geziemend zurückwich. Eine derartige Aufmüpfigkeit war Rungholt nicht gewohnt.

Sofort mischte sich der Stotterer versöhnlich ein und entschuldigte sich erneut vielmals, dass Winfried nicht persönlich gekommen sei, aber –

Weiter kam er mit seiner Ausführung nicht, denn jemand hustete laut neben ihnen.

»Er kann sehr wohl persönlich kommen. Verfluchtes Wetter, verflucht. Es ist einfach zu nass und zu kalt. Selbst für Ende September«, meinte Winfried, bevor ein neuerlicher Hustenanfall seine Worte erstickte.

Richter Winfried der Kahle war ein buckliger Kauz. Sein Gesicht war von Falten zerfurcht, und Altersflecken ließen es dreckig wirken. Seine Wangen hingen herab, ein bisschen wie die Lefzen eines Hundes. Rungholt schätzte das Alter seines Freundes auf sechzig Jahre, doch er hatte schon bei mehreren

Ratssitzungen munkeln hören, dass Winfried biblische achtzig war. Winfried selbst hatte sein Alter vergessen. Er hatte vor Stunden schon die Büttel losgeschickt und sich dann, als er von Rungholt nichts hörte, selbst auf den Weg gemacht. Mit einem strengen Seitenblick hielt Winfried die Büttel zurück. Geld gab es für ihre schlechten Dienste keins. Rungholt registrierte es wohlwollend und schob seinen fässernen Bauch zwischen die zwei stinkenden Burschen.

Nachdem Winfried ausgehustet hatte, klopfte er Rungholt auf die Schulter und sprach dabei lächelnd: »Sequitur ver hiemem. Der Frühling folgt dem Winter. Zum Glück.«

Der Alte liebte seine lateinischen Sinnsprüchlein. Rungholt nahm seinen Freund beim Arm und geleitete ihn stützend ins Haus. Die beiden gaben ein seltsames Bild ab, überragte Rungholt den Greis doch um ganze zwei Köpfe und war ungefähr das Dreifache an Statur.

Rungholt schürte das Feuer, damit es in der Dornse wärmer wurde. Er wusste, dass Winfried leicht fror und wollte es dem alten Kauz in der Schreibstube so heimelig wie möglich machen. Auch wenn ihm die Hitze schon jetzt den Schweiß auf die Stirn trieb. Der Richter ließ sich ächzend auf den Stuhl nieder, den Rungholt ihm hinschob.

Rungholt bemühte sich, schnell Ordnung zu schaffen, und räumte sein Schreibpult leer, packte die Bücher und Federn beiseite. Dann ließ er sich nieder.

»Wollt Ihr ein Pfeifchen? Winfried?« Rungholt legte seinen abgegriffenen Beutel mit Kräutern auf seinen Bauch. Der Fettwulst war prächtig als Ablage geeignet, weswegen Mirke ihn lachend immer »Vaters Vordeck« nannte.

Winfried verneinte. Der Greis war noch immer dabei, sich behutsam auf Rungholts Stuhl niederzulassen. Es dauerte seine Zeit, bis er sich gesetzt hatte. Rungholt begann, seine Pfeife zu stopfen. Winfried lehnte seinen Stock an die Wand und sah sich in Rungholts Dornse um.

»Hat sich nicht viel verändert seit meinem letzten Besuch bei dir. Was macht die Toslach, Rungholt?«

»Ihr seid doch nicht gekommen, um mit mir über Mirkes Verlobung zu plaudern.«

»Kommst gleich zur Sache. Suum cuique. Jedem das Seine. Jedem das Seine.« Er strich seine letzten Haare quer über seinen sonst kahlen Schädel. Von rechts nach links. Er zitterte – doch Winfried zitterte schon seit Jahren. Rungholt sah sich den alten Mann an. Von Jahr zu Jahr wird sein Zittern schlimmer, überlegte Rungholt. Er hat den Schalk nicht im Nacken, sondern in den Fingern, wie die Marktfrauen sagen. Doch lacht dieser Schalk zusehends bitterer, dachte Rungholt.

»Es stimmt wohl, leider. Ich bin nicht wegen Mirkes Verlobung hier. Danke für die Einladung übrigens«, meinte Winfried. »Ich bin gekommen, um Daniel zu holen.«

»Ich werde dir Reiter zur Seite stellen«. Das große Langhaus der Basilika von St. Nikolai ließ Sarnows Worte widerhallen. Er wusste nicht, ob er dem hageren Mann vor sich auf die Schulter schlagen und ihm so Mut geben sollte. Schon seit einer Stunde hatte Calve nur das Nötigste gesagt.

Es war sicher kein Zufall, dass Calve nach der Nachricht, sein Ältester sei im Sund ermordet worden, in der Kirche des Heiligen Nikolai eingekehrt war. Dem Schutzpatron der Seefahrer. Ihm hatten die Stralsunder eine imposante Kirche errichtet, deren zwei Türme weithin sichtbar waren.

»Nein, Sarnow.« Calve hatte seinen Freund gar nicht angesehen. Schweigend starrte er hoch zu den Uhren. Er war wie ausgewechselt nach der Nachricht vom Tod Egberts. Stumm. Wie schlagartig verroht.

Die beiden sahen sich die Uhren an. Die kleine Vorlage und das große Meisterwerk, das langsam im Begriff war zu entstehen. Ein bisschen wie Vater und Sohn, schoss es Calve jäh durch den Kopf. Selbst jetzt schon, Jahre vor der Vollendung, war die astronomische Uhr fantastisch anzusehen. Golden leuchtende Scheiben drehten sich gegeneinander. Kunstvoll gezeichnete Gestirne rotierten auf seltsamen Bahnen und wurden von Zeigern geschnitten. Alles bewegte sich, manches schnell, vieles nur ganz langsam. Kein Wunder, dass sein Sohn sie unbedingt hatte bestaunen wollen. Sein Sohn. Sein einziger nun. Johannes. Er würde einmal, wenn er erwachsen ist, besser werden, als die kleine Vorlage, die sein Vater darstellte. Calve stöhnte kaum hörbar. Nach dem Schock hatte sich Verbitterung in ihm ausgebreitet, wie schlackiges Eis im November die Tümpel füllt. Er hatte Egbert nicht einmal sehen wollen. Sein Sohn lag noch in einer Kapelle nahe Schaprode, einige Stunden Ritt entfernt. Calve hatte es nicht über sich gebracht, seinen Leichnam anzuschauen. Auch Sarnow hatte ihm davon abgeraten und ihm zugesichert, dass sie Egbert würdig nach Lübeck überstellen würden. Keinen Tag länger als nötig wollte Calve noch in Stralsund bleiben.

»Nehmt die Männer, Hinrich. Tut mir den Gefallen. Es sind gute Reiter. Der Landweg nach Lübeck ist nicht sicher. Vor allem, wenn Ihr des Nachts noch aufbrechen wollt.«

»Ich weiß, aber wer soll sie bezahlen?« Eigentlich waren Reiter zu teuer, er konnte sie sich nicht leisten. Vor allem jetzt nicht. Jetzt wo sein Ältester tot war und seine ganze Ladung samt seiner einzigen Kogge auf dem Meeresgrund lag – oder von den Vitalienbrüdern auf Gotland verschachert wurde. Doch wusste er, dass Sarnow Recht hatte, es war ein Wagnis, bei Nacht zu reiten. Schon am Tage war der Weg unsicher. Aber ein sicherer Handelsweg existierte nicht. Noch nicht.

»Ich wollte noch Eure Pelze kaufen. Zumindest den kleinen Wagen voll«, meinte Calve, doch er schien nicht bei der Sache. Er sah sich nach Johannes um.

»Hinrich, tut mir trotzdem den Gefallen und nehmt die Männer, in Gottes Namen«, beharrte Sarnow.

Calve sah, wie Johannes sich die Uhr von allen Seiten fasziniert ansah. Seine Wangen waren rot vor Aufregung, als er das Räderwerk der Uhr besah und geflissentlich auf seine kleine

Wachstafel abzeichnete. Johannes bemerkte den Blick und warf seinem Vater ein begeistertes Lächeln hin. Er sah die Tränen nicht, die Calve wegwischte.

Egbert war tot. Calve hatte nicht vor, ihm zu folgen. Noch nicht, so Gott wollte. Sarnow hatte Recht. Es gab einen guten Grund die Reiter zu nehmen – den besten Grund, den sich Calve vorstellen konnte: Johannes.

Calve seufzte. Er ließ seinen Blick durch die Kirche wandern und am Chorgang entlang. Schließlich nickte er. »Eure Reiter will ich nicht ausschlagen. Ihr habt Recht, sie werden nützlich sein.« Er bedankte sich knapp, schüttelte Sarnow die Hand. »Johannes«, rief er. »Wir brechen auf!«

Johannes wollte nicht hören, übertrieben schüttelte er den Kopf und sprang zur anderen Seite der Uhr. Er versteckte sich hinter einem der Gerüste, die für die Uhr aufgebaut worden waren, tat, als habe er nichts verstanden und zeichnete weiter auf die kleinen Tafeln.

»Komm, wir reiten nach Hause. Zurück nach Lübeck.«

Johannes kam seufzend. »Och, jetzt schon? Können wir nicht noch ein bisschen bleiben? Wir können doch warten, bis Egbert endlich einläuft.«

»Es geht nicht, Johannchen. Komm. Wir müssen noch den Wagen laden.« Er tätschelte seinem Jungen den Kopf, der sich artig bei Sarnow verabschiedete.

Trauer und Wut, aber auch Hoffnung bewegten Calve. Es war richtig gewesen, den Reisenden nach Lübeck zu holen und das Geld aus der Stadtkasse anzunehmen. Es war richtig gewesen, sein Vermögen aufs Spiel zu setzen. Und auch die paar Silberlinge, die noch übrig waren, würden gut angelegt sein. Wahrlich gut. Schon Egbert zuliebe musste er mit dem Fremden seine Pläne weiter vorantreiben. Auch wenn sie monströs waren und wenn es noch Monate dauern sollte, die letzten Zweifler zu überzeugen. Seine Arbeit, Egberts Opfer, ja selbst Johannes Rechnerei –, es war alles nicht umsonst. Die Arbeit des Fremden würde ihm, wenn schon nicht Rache, so doch Genugtuung bringen. Und vor allem eines: Gewissheit. Die Gewissheit, dass Johannes niemals das gleiche Schicksal wie Egbert würde teilen müssen. Niemals würde Johannes im Sund zwischen Schonen und Dänemark sterben müssen. Kein Schiff aus Brügge würde jemals mehr von Vitalienbrüdern aufgebracht werden!

Und so wurde der Glaube an den Reisenden, den Daniel tot am Ufer der Trave gefunden hatte, Calves leuchtender Stern. Er stand am Himmel und wies ihm den Weg, als sie Stunden später im Dunklen von Stralsund nach Lübeck aufbrachen.

In Rungholts Dornse war es wärmer und wärmer geworden, sodass Rungholt unter einem Vorwand hinausgeschlichen war und das Feuer wieder gezügelt hatte. Die Gesprächspause war ihm willkommen gewesen. Nur langsam war sein Gemüt beim Anblick des Feuers abgekühlt. Winfried, sein Freund – der Vogt und Richteherr –, hatte tatsächlich angedeutet, Daniel habe den Fremden umgebracht. Rungholt war es mehr und mehr vorgekommen, als gleiche das Gespräch einer Verteidigungsrede. Mehrfach hatte er Winfried gegenüber beteuert, nicht zu wissen, wo Daniel sei. Er hatte ihn heute Morgen zum Schmied geschickt. Eigentlich hatte der Junge längst wieder hier zu sein.

Rungholt überflog noch einmal Winfrieds Schreiben. Der kurze Brief drückte Winfrieds Bedauern aus, gegen Rungholts Lehrling vorzugehen, doch dass der Fiskal in Absprache mit Richteherr Kerkring befohlen habe, Daniel sicherheitshalber in Gewahrsam zu nehmen. Um die »Blutschuld von der Stadt abzuwenden«, wie es hieß. Ich muss ihn überzeugen, dass Daniel keine Schuld trifft. Schon um meiner Geschäfte willen. Rungholt stand auf, schmiss das Pergament wütend beiseite. Wäre der Fremde verscharrt worden, wäre alles in bester Ordnung.

Doch Winfried ließ nicht locker. Er hakte nach und fragte, ob Rungholt nicht irgendetwas wisse. Ein Versteck von Daniel vielleicht? Einen Lieblingsplatz? Rungholt verneinte. Er fragte sich, ob Winfrieds junger Amtskollege Herman Kerkring den Alten auf ihn gehetzt hatte.

Es gefällt mir nicht, wie der alte Kauz mich nach Daniel ausfragt, dachte Rungholt. Ich weiß nicht, wo er steckt. Mit welchem Recht beschuldigt Winfried meinen Lehrling? Den Lehrling eines ehrbaren Ratsherrn?

»Ihr wisst genauso gut wie ich, Winfried, dass die Anschuldigungen gegen Daniel nichts weiter sind als … als … als ein Hirngespinst! Dieser junge Kerkring, dieser Spund von einem Rychtevoghede, redet sich da was ein.« Daniel ist fünfzehn, dachte Rungholt. Er ist ein Kind. Und ein Kindskopf. Natürlich hat Daniel Wutausbrüche, ist patzig und unbeherrscht. Rungholt hatte dies des Öfteren mitbekommen, doch das verschwieg er wohlweislich seinem Freund. Stattdessen meinte er: »Daniel kann ungestüm sein, nun schön. Aber er meuchelt niemanden und wirft ihn dann in die Trave!« Als er Winfrieds zweifelnden Blick sah, fühlte er sich tief verletzt. Wie konnte sein Freund so etwas denken?

»Unsinn!«, wiederholte Rungholt. »Unsinn! Unsinn! Unsinn!« Er hieb mit der Faust auf sein Schreibpult.

Dat bose vemeide …

Er bemühte sich, Ruhe zu bewahren. Ein guter Hanseat hatte seine Gefühlswallungen im Griff. Noch ein Schluck Wein, aber es wollte nicht unbedingt besser werden. Zu ungeheuerlich war die Anschuldigung gegen Daniel und damit gegen Rungholt als Lehrmeister.

»Ich bin sein Vormund, Winfried. Ihr könnt mir trauen.«

Winfried seufzte tief. Rungholt merkte, dass es dem alten Mann nicht leicht fiel, er aber gezwungen war, seinem Freund zu widersprechen.

»Nun, Rungholt … wie lange kennen wir uns?«, fragte Winfried überraschend.

Rungholt konnte hören, wie die Frauen vom Markt zurückkehrten. Er überlegte nur kurz und winkte ab: »Zehn, zwölf Jahre. Ist doch gleich.«

»Fünfzehn. Es sind über fünfzehn. Auf dem Weg zu dir habe ich einmal nachgerechnet. Ich hatte genug Zeit. Das Wetter.« Er nickte zum Fenster hin, dessen Scheibe mit Horn beschlagen war. »Es lässt meine Beine zu Holz werden, weißt du. Knochen wie Backstein und Muskeln wie Brei. Verfluchtes Gebein.« Er kicherte kehlig.

Rungholt lächelte aufgesetzt und dachte: Worauf willst du hinaus, du Schlitzohr?

»Wird schon werden«, sagte Rungholt knapp, »Fünfzehn Jahre, sagtet Ihr? Na, da sollten wir einen Schluck drauf trinken.«

Rungholt erhob sich, um die Situation aufzulockern. Mit ein paar Schritten war er bei seinem Geheimfach. Er wählte einen Krug voll gutem Burgunderwein, doch Winfried winkte ab.

»Lass gut sein. Ich bin nicht gekommen, um unsere Freundschaft zu begießen. So gerne ich es täte, Rungholt. Ich wollte nur sagen, wir kennen uns fünfzehn Jahre, und wie viel weiß ich über deine Sünden? Und damit meine ich nicht die vielen Biere. Auch nicht die kleine Böttcherin, du erinnerst dich?«

Ja, Rungholt erinnerte sich an die hübsche Böttcherin. Vor einigen Jahren wäre er beinahe gestorben, als er sich mit einem ihrer Fässer an einem Abgrund heruntergelassen hatte, um einen Gang im Fels zu finden.

»Sünden? Was für Sünden? Wollt Ihr mich beschuldigen?« Rungholt war jetzt wirklich verärgert. Er spürte, wie sein Herz schneller schlug.

»Ich wollte nur sagen, wir kennen uns fünfzehn Jahre, und ich meine dich zu kennen, aber ich kenne nicht jedes Geheimnis von dir.«

Und das ist auch gut so, dachte Rungholt. Das ist wirklich besser so, Winfried! Du wärest nicht mein Freund, wenn du sie wüsstest. Es geht dich nichts an.

Weißer Schnee blutet. Dat bose vemeide…

»Ich habe keine Geheimnisse«, log Rungholt grantig. Er hatte sich wieder gesetzt und schenkte sich allein einen Schluck ein. Er war ganz Ohr, lauerte, während er am Wein nippte. Sein Herz pochte, und sein Zahn begann wieder zu schmerzen. Es war nicht gut, dass Winfried so verschlungen begonnen hatte. Entweder schämte sich Winfried für die Worte, was Rungholt nicht wirklich glauben konnte, oder sein alter Freund wollte ihn erpressen. Der Alte lächelte sein zahnloses Lächeln.

»Ich kenne dich fünfzehn Jahre, aber wie lange kennst du deinen Lehrling Brederlow?«

»Und damit seine Sünden? », schloss Rungholt die Frage. Eine Pause entstand. Sie sahen sich an.

»Daniel hat keine. Ebenso wie ich keine habe. Er ist ein guter Junge. Aufmüpfig vielleicht, aber ein guter Junge. Er ist unschuldig!«

Winfried unterbrach Rungholt so heftig, dass er seine Worte unter Husten herausbellte. »Rungholt! Er ist weggelaufen! Die halbe Stadt hat gesehen, wie er von der Trave angerannt kam und über den Markt ist. Hals über Kopf. Daniel ist geflohen. Nur wer voll Schuld ist, flieht. Dass er ein netter Bursche ist, weiß ich selbst. Aber auch du weißt nicht, was in seinem Schädel vorgeht! Letzte Woche hatte ich eine Dirne in der Fronerei. Die war lieblich anzusehen, bei Gott, aber sie hat zwei Freiern die Kehle aufgeschlitzt.«

Rungholt wollte das nicht hören.

»Wir haben sie vorgestern lebendig unter dem Galgen vergraben und gepfählt.«

Rungholt wandte sich ab. »Das ist Eure Welt. Lasst mich in Ruhe damit!«

Nein. Er wollte das nicht hören.

»Da irrst du dich, Rungholt. Ich sehe sie nur jeden Tag. Diese Welt. Tagein, tagaus. Du jedoch, du warst Besucher in ihren Städten.«

»Wollt Ihr mich einen Lügner nennen? Ich bin Daniels Vormund – und dies ist ein ehrbares Haus.«

Nein, Rungholt wollte das nicht hören.

Weißer Schnee blutet.

»Gewiss. Aber du verschweigst vieles. Und Daniel?«, er seufzte. »Daniel wohl auch.«

»Ich bin kein Sünder, Winfried!« Rungholts Herz raste. Seine Wangen waren rot, heiß. Der verfluchte Zahn hämmerte. Er spürte, dass seine Ader am Hals hervortrat.

»Dennoch, kennst du dich mit Sünden aus, Rungholt. Da helfen dir auch deine Wallfahrten nach Aachen nichts. Und wenn Daniel –«

Weiter kam Winfried nicht. So schnell es seine Masse zuließ, fuhr Rungholt hoch. Er packte Winfried. In seinen Augen stand Zorn. Er spürte, wie sich alles zusammenzog, er selbst zu einer einzigen geballten Faust wurde, die bereit war, blind um sich zu schlagen.

»Was wisst Ihr schon über meine Sünden!«, zischte er und hatte Winfried am Kragen gepackt. Er starrte den Greis an, als verlangte er eine Antwort. Doch eigentlich wollte er nichts hören. Er wollte diesen klapprigen Alten nur in die Schranken weisen. So sprang man nicht mit Rungholt um. Mit ihm nicht!

Es war Winfrieds ängstlicher, brüchiger Blick, der Rungholt zur Vernunft brachte. Er ließ sich zurück auf den Stuhl fallen, vermied es aus Scham über den cholerischen Ausbruch, seinen Freund direkt anzusehen. Zittrig goss er sich Wein nach. Winfried ging nicht weiter darauf ein. Er räusperte sich nur, richtete fahrig sein Haar. Er wartete auf eine Entschuldigung, doch Rungholt gab ihm nur sein Tuch zurück, das bei der Attacke auf den Boden gefallen war.

»O tempora, o mores!«, schnaufte Winfried. »Vielleicht sollte ich doch einen Wein nehmen«. Er lächelte Rungholt unsicher an. Der nickte stumm und schenkte ein. Winfried schnaubte in seinen Ärmel und es entstand eine unangenehme Pause bis er fortfuhr: »Daniel ist weggelaufen, ergo ist er schuldig. Und das sage ich dir nicht als Freund, das sage ich dir als Richter.« Er seufzte. »Ich sage es dir, weil es immer so ist und immer so sein wird.«

»Für immer ist nur der Tod«, sagte Rungholt. Er überlegte kurz, ob er sich für seinen Anfall eben entschuldigen sollte, und entschloss sich dagegen. Er nahm noch einen Schluck.

»Rungholt! Du verstehst nicht, du bist ein grober Klotz.« Winfried tupfte sich verärgert den Mund mit seinem Tuch ab. »Du *willst* es nicht verstehen, oder? Selbst wenn Daniel es nicht war, der Rat wird davon ausgehen. Und zu Recht. Daniel hat seine Schuld eingestanden. Er ist geflohen. Fatetur facinus, qui iudicium fugit!«

Rungholt tastete nach seiner Pfeife. »Ihr denkt zu einfach, Winfried. Für seine Flucht kann es andere Gründe geben.«

»Mag sein. Aber wir haben ihn heute nach dem Mittag friedlos gesprochen.«

»Das habt Ihr nicht getan!« Die Worte kamen schneidend.

Winfried zuckte unwillkürlich zurück. Er wollte etwas einwenden, aber Rungholt fauchte: »Was muss ich zahlen. Wie hoch ist der Betrag, dass Ihr die Verfestung aufhebt?«

»Wir? Kerkring. Er wird Daniels Namen nicht aus dem *liber proscriptionis* streichen, Rungholt. Es tut mir Leid. Er will den Fall unbedingt gesühnt wissen.«

»Kerkring! Wenn er den Jungen für vogelfrei erklärt, dann … Er bringt ihn damit um, Winfried!«, bellte Rungholt. Er stand auf, schnappte sich das Stück Pergament. »Ihr habt sein Todesurteil unterschrieben, noch bevor das Gericht zusammengesessen hat!«

Sie hatten ihre Anschuldigung zu einer Anklage werden lassen, hatten aber das Urteil gewissermaßen schon gesprochen, indem sie Daniels Namen ins Buch der Verfestung geschrieben hatten. Im *liber proscriptionis* standen alle, all die Namen der Friedlosgesprochenen. Sie alle konnten von jedem Strolch aufgeknüpft werden. Daniel hatte keine Rechte mehr. Jeder konnte ihm auflauern, ihn zum Rathaus schleifen oder gar töten.

Winfried schüttelte den Kopf. Er erwiderte, dass es deswegen so dringend sei zu wissen, wo Daniel stecke. Da er ihn jedoch nicht abholen konnte und Rungholt nichts wusste, verabschiedete sich Winfried schließlich. Er hatte sich auf eine Ratssitzung am Abend vorzubereiten, versprach aber bei Kerkring ein gutes Wort für Daniel einzulegen.

Er war gerade unverrichteter Dinge aus dem Haus gegangen, als Mirke schüchtern an Rungholts Tür klopfte. Sie hatte das Gespräch belauscht und nur gewartet, bis der Greis verschwunden war. Sie hatte geweint. Rungholt beruhigte sie, als sie schluchzend begann von Daniel zu sprechen. Er ließ sie in die warme Dornse, und Mirke berichtete schüchtern, dass sie wisse, wo Daniel stecke. Wohlwollend bemerkte er, dass sie den Jungen schützen wollte. Bis Kerkring den Fehler korrigiert und Daniels Namen aus dem *liber proscriptionis* wieder getilgt hatte, war es in der Fronerei wesentlich ungefährlicher, als vogelfrei umherzulaufen. Oder sich gar vor den Toren der Stadt herumzutreiben. Rungholt musste unwillkürlich lächeln. Wieso war er nicht gleich darauf gekommen, Mirke zu fragen? Die beiden waren wie Geschwister. Sie taten fast alles gemeinsam und hingen aneinander wie Pech und Schwefel. Erst sehr viel später sollte Rungholt sich erneut die Frage stellen, weswegen Mirke tatsächlich von der abgebrannten Mühle am Krähenteich wusste. Und wieso sie dachte, dass sich Daniel gerade dieses verschwiegene Plätzchen als Versteck ausgesucht hatte.

Kaum hatte Mirke unter Tränen herumgedruckst, schickte Rungholt Boten aus. Er wollte Daniel lieber im Gefängnis sehen, als vom Mob gesteinigt in irgendeiner Gasse.

Zwei Riddere preschten auf Hengsten durchs Mühlentor. Den beiden Leibwachen des Rates folgten drei Büttel. Die Männer schossen aus dem Tor auf den schmalen Damm und galoppierten an der Stadtmauer entlang, die man vorgebaut hatte, um auch die Mühlen zu schützen. Sie ritten an den Gerbern vorbei, die gerade ihre Häute auf dem Wehrgang zum Trocknen auslegten. Ohne Rücksicht zu nehmen, trieben sie ihre

Pferde auf die schmale Brücke vor den Wassermühlen. Als die fünf Reiter an den Frauen vorbeipreschten, die hier ihre Wäsche wuschen, schrien einige von ihnen in Panik auf. Um nicht unter die Hufe zu kommen, sprangen sie ins Wasser und ernteten das Gelächter der anderen Weiber.

Die Reiter nahmen die Windmühle am anderen Ufer des Krähenteiches ins Visier. Der Blitz hatte sie im Frühjahr getroffen, und sie war im Nordteil herabgebrannt. Dort hatten sich Teile der Mauer gelöst und waren ins flache Wasser gestürzt. Die andere Seite der Mühle ragte noch immer zweistöckig empor. Die abgebrannten Flügel bestanden nur noch aus schwarzen Balken, und der Hauptteil des Mühlwerks war eingestürzt und hatte große Stücke der Decke mit sich gerissen. Trotz allem stand genug Mauerwerk, um sich dort zu verbergen und von oben einen sicheren Blick auf das bewehrte Stadttor zu werfen.

Doch deswegen hatte sich Daniel nicht hierher zurückgezogen. Er kannte die Mühle von seinen heimlichen Treffen mit Mirke, und sie war das Erste, was ihm als Versteck außerhalb der Stadt eingefallen war. In der Ruine kannte er sich aus, und sie lag nah genug an der Stadt, um keine wilden Tiere oder einen Überfall zu fürchten. Vor einigen Stunden war er durch das innere Stadttor geschlüpft und über die Brücke am Krähenteich gerannt. Er hatte sich an den Gerbern und Wäscherinnen vorbeigeschlichen und war am gegenüberliegenden Ufer des Teiches bis zur Mühle gelaufen. Dort war er nach oben geklettert und hatte sich hinter die rußigen Steine gelegt. Den Blick immer aufs Tor gerichtet. Doch niemand war gekommen. Er hatte am ganzen Körper gebibbert. Die Kälte war ihm in die Beine gekrochen. Er hatte nicht gewusst, was er tun sollte. Es war wohl ein Fehler gewesen zu fliehen. Aber wohin hätte er gehen sollen? Zu Rungholt? Zu Mirke zurück? Er hatte sich die nassen Beinlinge ausgezogen und sich erschöpft und grübelnd hinter die Mauerreste gelegt.

Von dort, halbwegs verborgen hinter den Resten der Steine

und eines abgebrannten Mühlenflügels, konnte man die Reiter jetzt gut sehen. Sie trieben ihre Pferde an, ließen sie zum See hin und auf dem schmalen Pfad für die Treidler galoppieren und umringten die Mühle. Doch Daniel sah sie nicht. Er war eingeschlafen. Vor Kälte ganz steif und mit tausend Gedanken im Kopf war er erschöpft eingenickt.

Die Männer hatten leichtes Spiel.

5

Stimmen hallten durch das Erdgeschoss des Rathauses. Um das Vestibül zu betreten, musste Rungholt sich erst an einigen aufgebrachten Marktschreiern vorbeischieben, die im Eingang schwatzten. Sie verstellten die Vorhalle, von der eine Treppe hinauf zu den Schreibstuben führte, und warteten scheinbar darauf, dass die Sitzung im Saal ein Ende fand. Die Markthändler hatten ein paar der Kammern und Buden im unteren Geschoss des Rathauses angemietet. Hier verhandelten sie sonst lautstark über Preise und Qualität, heute jedoch tuschelten sie von etwas anderem. Rungholt schnappte auf, dass jemand in die Stadtkasse gegriffen und einige Silbermünzen entwendet hatte.

Unter den Händlern standen auch Männer mit deutlich kostbarer Schecke. Aufwendige Gürtel, besetzte Schnallen, feiner Brokat, weicher Pelz. Es waren Seekaufleute, Brügge- und Bergenfahrer. Auch einige Ratsmitglieder waren darunter, die sich die Beine vertraten. Goldbehangene Hälse reckten sich Rungholt entgegen. Als sie ihn erkannten, nickten sie dem dicken Mann ehrerbietend zu und traten zur Seite. Rungholt grüßte nur knapp die Herren, die er kannte. Er schob sich durch die Wartenden und wandte sich nach rechts. Er öffnete die Tür zum Ratssaal.

Der Audienzsaal des Rates war beeindruckend, auch wenn

er mit dem großen Hansesaal im ersten Stock nicht mithalten konnte. Die derben Holzpfeiler waren mit Girlanden bunt geschmückt. Geschnitzte, mannsgroße Holzfiguren stützten die Decke als Streben. Sie waren aufwendig bemalt. Die Wände waren mit Bildern aus der Lübecker Stadt- und der biblischen Heilsgeschichte geschmückt. Schwere Tafelbilder von Kaiser Friedrich Barbarossa und der feierlichen Unterzeichnung des Reichsfreiheitsprivilegs von 1226 schmückten die Seiten. Barbarossa hatte Lübeck verbrieft, dass die Stadt für immer frei sein sollte – nur dem König und dem Kaiser untertan. Zum ersten Mal in der Reichsgeschichte hatte so eine Stadt die gleiche rechtliche und politische Stellung wie die Landesfürsten erhalten. Lübecks Weg zur Macht war geebnet und wurde fortan von den Ratsmitgliedern gelenkt, die über Wohl und Weh des Lübecker Volkes entschieden.

Das Lenken artete oftmals in laute Debatten aus, wie Rungholt auch heute feststellte. Er war in der Tür stehen geblieben und blickte am Fiskal mit seinen Schreibern vorbei auf eine hitzige Diskussion.

Der Rat saß im hinteren Teil des Raumes, der mittels eines Gatters vom Rest abgetrennt worden war. Holzbänke mit Verzierungen umliefen dort die Wände, so dass die Männer gut Platz fanden und beraten konnten.

Winfried stand auf seinen Stock gestützt in der Mitte. Seine wenigen Haare waren ganz zerzaust vor Erregung. Er gestikulierte schwankend. Alles werde er unternehmen, den Raub aufzuklären, brachte er gerade hustend hervor. Die hohen Mitglieder des Rates würden wissen, wie wichtig ihm die Zerschlagung der Vitalienbrüder sei. Da brauche man jede Mark.

Wie Rungholt heraushören konnte, hatte Winfried vor einigen Tagen vorgeschlagen, Kriegsschiffe auszurüsten und gegen die Vitalienbrüder im Sund zu schicken. Zunehmend waren in den letzten Jahren Koggen der Hanse aufgebracht, die Ladungen gestohlen und die Kaufleute und Seefahrer abgeschlachtet worden. Winfried galt als Wortführer der Fraktion, die mit aller Härte gegen die Serovere vorgehen und zum Befrieden Schiffe mit Söldnern in die Ostsee entsenden wollte. Es hieß, Winfried sei auf seine alten Tage hart wie Schiffsholz geworden und wolle jeden gemeuchelten Hansa mit drei abgehackten Köpfen von Vitalienbrüdern bezahlen. Die Politik seiner Friedeschiffe kam ihm dabei ganz recht.

»Wir sollten uns mit diesem schändlichen Griff in die Stadtkasse nicht von einem wohldurchdachten Plan abbringen lassen, was wir gegen die Bedrohung durch die Serovere unternehmen wollen«, ereiferte er sich. »Ich sage, lasst uns den Diebstahl aufklären und dem Dieb die Hand abhacken. Aber ich sage Euch auch: Lasst uns zu wichtigeren Dingen übergehen und über die Finanzierbarkeit einer Flotte sprechen, dass wir gegen die Vitalienses vorgehen können!«

Einige der Männer stimmten dem Alten zu.

Rungholt musste unwillkürlich mit dem Kopf schütteln. Wo waren sie hingekommen? Wohin segelte diese Stadt? Sein Lehrling in der Fronerei und einer der ehrwürdigen Männer hatte scheint's seinen Handel durch einen Griff in die Stadtkasse aufgebessert. Rungholt fragte leise einen der Schreiber, wie viel gestohlen worden sei. Der Mann wusste es nicht, meinte aber, es seien etliche Mark lübisch. Ein »hübsches Geschäft«, wie er sich ausdrückte.

Johan van Stove, ein noch junger Kaufmann, der erst seit wenigen Monaten dem Rat angehörte, widersprach Winfried. Er wollte eine Kommission gründen, die dem Diebstahl im Rathaus nachging. Immerhin hatten nur die beiden Kämmereiherren einen Schlüssel zur Truhe.

Die beiden angesprochenen Männer sprangen auf. Sie würden sich den schwarzen Peter nicht so einfach unterschieben lassen, denn schließlich würden sich die Bürgermeister den Schlüssel zur Stadtkasse des Öfteren ausleihen. Von einigen Ratsmitgliedern ganz zu schweigen.

»Selbst ich hab den Schlüssel oft genommen«, beruhigte Winfried. »Ihr habt ja Recht, Van Stove. Wir sollten eine kleine

Gruppe bilden, die nachforscht. Und ich sage Euch auch, wo wir beginnen sollten: Bei den Büchern. Habent sua fata libelli.«

Rungholt schmunzelte. Selbst hier vor dem Rat konnte Winfried sich seine Sprüche nicht verkneifen. Er sah, wie sein Freund sich zu den Kämmerern bewegte. Er bemerkte, dass der Alte eine kumpelhafte Art einschlug, um seine Worte milder erscheinen zu lassen.

»Ich bin mir fast sicher, dass eher ein Fehler in den Geschäftsbüchern ist, als dass wirklich Geld in der Kasse fehlt«, sagte er. Die beiden Kämmereiherren wollten protestieren, aber Winfried stoppte sie. »Schließlich könnt ihr nicht einmal beziffern, wie viel wirklich fehlt. Wie hoch ist der Schaden?«

Er horchte in die Runde. Keine Antwort.

»Nun, ich denke, das spricht nicht für die Bücher.«

Getuschel. Van Stove stimmte zu, versuchte den Tumult zu schlichten. Winfried tupfte sich den Mund. Als er sich umdrehte, gelang es Rungholt endlich, ihm einen Blick zuzuwerfen.

Rungholt nickte seinem Freund zu und gab per Zeichen zu verstehen, dass er im Vestibül auf ihn warten würde. Winfried bejahte stumm und wandte sich weiter der Debatte zu. Kurz darauf erhoben sich einige der Ratsmitglieder, darunter auch die vier Bürgermeister. Lübeck hatte zahlreiche mehr, doch nur vier amtierten gleichzeitig. Die Bürgermeister suchten mit den Kämmerern, mit Winfried und Van Stove einen Nebenraum auf, um in Ruhe zu beratschlagen. Die Männer mussten auf Winfried warten, der ihnen, auf den Stock gestützt, mühevoll folgte.

Rungholt, der das Lateinische nur schlecht beherrschte, wusste auswendig, was über dem reich geschnitzten Portal geschrieben stand, durch das die Männer an der Seite des Saals verschwanden: »Nichts ist ein schändlicherer Fehler als Habgier, besonders bei den Führern und denen, die das Gemeinwesen steuern.«

Rungholt wandte sich ab. Der Diebstahl ist eine Sache,

dachte er. Mein Lehrling eine drängendere! Leise schloss er die schwere Tür zum Ratssaal hinter sich und lehnte sich an eine der Säulen, die das Kreuzgewölbe der Vorhalle trugen. Kerkring ist nicht unter den Ratsmitgliedern gewesen. Wahrscheinlich hat er mit Daniels Festnahme genug zu tun. Festnahme. Verfestung, murrte er innerlich. Was bildet sich dieser pausbackige Jungspund ein? Nur gut, dass sie den Jungen so schnell gefunden haben, bevor ihm jemand den Schädel einschlug.

Rungholt sah zum ersten Stock hinauf. Er musste zu Kerkring, musste Daniel freikaufen. Schade ums Geld, aber der Mord würde sich schon aufklären. Wahrscheinlich würden sie einen Schläger festsetzen, der gesteht. Gut, dass Winfried bereit war, ihn zu unterstützen. Schließlich war Winfried der Kahle ebenfalls Richteherr und doppelt so erfahren wie Kerkring.

Unruhig blickte Rungholt zur Tür des Saals hin, hinter der noch immer Stimmen zu hören waren. Er wünschte sich, der Alte würde sich beeilen. Die lautstarken Diskussionen der Markthändler, die durcheinander redeten und unsinnig behaupteten, die ganze Stadtkasse sei geraubt worden, begannen, ihm auf die Nerven zu gehen.

»Ihr habt hier gar nichts zu verlangen, Rungholt!«

Herman Kerkring schlug mit der flachen Hand auf den Tisch, dass das Obst in der verzierten Zinnschale neben seinem fettigen Grillhühnchen nur so erzitterte. Rungholt fuhr zusammen. Im selben Moment ärgerte er sich, dass dieser junge Kerl von einem Richteherr ihn hatte mit einer solch plumpen Geste überraschen können. Kerkring hatte das Zusammenzucken gesehen, das bemerkte Rungholt sofort. Und er wusste, was das hieß: Der Jungspund würde es ihm als Schwäche auslegen. Verflixt. Rungholt biss sich auf die Lippen und warf einen Blick zu Winfried, der neben ihm saß und sich sein Tuch vor den Mund hielt.

In der kleinen Rathauskämmerei über dem Laubengang roch es muffig, obwohl die Fenster offen standen. Rungholt vermochte nicht zu sagen, ob es Kerkrings angefangenes Hühnchen mit Mus war oder die Berge alten Pergaments, die stanken. Rungholt spürte beim Anblick des glänzenden Hähnchens seinen Magen. Sein Zahn begann wieder zu schmerzen.

»Dann *bitte* ich Euch«, versuchte es Rungholt erneut. Er kam sich klein und unbeholfen vor. Er war als Mitglied des Rates ins Haus an der Breiten Straße gekommen und stand nun in dieser zugestellten Kammer voller Bücher und Rollen da wie ein lausiger Bittsteller.

»Wir sind doch beide Männer von Ehre, Kerkring«, versuchte er den jungen Mann milde zu stimmen. Doch Herman Kerkring warf nur einen kurzen Blick auf das *liber proscriptionis*, bevor er es entschieden schloss. Er stand auf und trat an die reich verzierten Fenster der Kämmerei. Draußen klapperten die offenen Fensterläden gegen den Laubengang.

»Er steht unter meiner Munt. Er wird frei vor dem Gericht erscheinen. Das versichere ich Euch«, sprach Rungholt weiter. Er sah zum Rücken des Richteherrn und wartete, dass Kerkring etwas erwiderte. Doch Kerkring blieb stumm. Er blickte durch das Fenster hinab auf den dunklen Marktplatz. Draußen fegte der Wind über den verlassenen Markt. Die Böen hatten zugenommen. Sie kamen vom Meer her. Es würde diese Nacht kalt werden, kalt und sternenklar.

Kerkring schloss die prunkvollen Glasfenster.

»Dass Ihr sein Vormund seid, Rungholt, bezweifelt niemand. Doch scheint's habt Ihr viele Aufgaben, die ebenfalls gänzlich Eure Fürsorge beanspruchen.« Endlich wandte sich Kerkring wieder Rungholt zu und musterte ihn.

Was soll ich davon halten, grübelte Rungholt. Der Junge ist etwa halb so alt wie ich es bin und wirft mir vor, dass ich meine Munt verletze? Wie selbstherrlich, wie eingebildet war dieser Rychtevoghede? Er merkte, wie der Wunsch in ihm wuchs, diesem Richteherr zu sagen, was er von ihm hielt.

Winfried musste es gespürt haben, denn er hielt sachte Rungholts Arm. Nur nicht aufregen. Rungholt schnaufte leise.

Winfried tupfte sich die Lippen. »Herman, du hast sicher Recht, dass Daniel nicht hätte fliehen sollen, aber Rungholt wird für den Jungen aufkommen. Facit experientia cautos, Kerkring.«

»Ja«, fuhr Rungholt dazwischen. »Streicht seinen Namen. Ich zahle Euch für Daniel das Manngeld. Das Manngeld wird jawohl nicht so hoch…« Er wollte weitersprechen, aber Winfried hatte so laut begonnen zu husten, dass er abbrach. Er sah Winfried an und begriff, dass dieser ihn nur vor einem Fehler hatte bewahren wollen.

Kerkring setzte sich wieder an seinen überfüllten Tisch. Mit einem Nicken wies er den Schreiber an, das Zimmer zu verlassen. Dann widmete er sich seinem Huhn.

»*Manngeld*. Nun, ich denke, Daniel Brederlow hat niemanden umgebracht?«, meinte Kerkring trocken.

Rungholt schloss die Augen. Mist. Er spielt mit mir. Er weiß ganz genau, dass ich es anders meinte.

»Ihr braucht kein Bußgeld zu entrichten. Eine Sitzung des Rates ist schon einberufen. Wir beraten uns morgen. Die Verfestung bleibt bestehen. Es sind über vierhundert Namen von Friedlosen in diesem Buch, und ich werde Daniels sicherlich nicht streichen, wo es Beweise gegen ihn gibt.«

»Beweise«, knurrte Rungholt. »Ja ja. Er ist weggelaufen.«

Kerkring nickte bestätigend, jedoch nur, um dann seinen Trumpf auszuspielen. »Beweise. Richtig. Wir *wissen*, dass dein Lehrling dem Fremden den Schädel eingeschlagen hat.« Sein Blick wanderte zwischen Rungholt und Winfried hin und her.

Rungholt verstand nicht, fragend sah er den jungen Vogt an.

»Wir haben Zeugen«, meinte der, leckte sich die Finger ab. »Jemand hat Euren Burschen gesehen.«

Hatte er ›Burschen‹ gesagt, grinste er etwa? Hatte Rungholt das eben wirklich gesehen? Diesen Anflug eines Lächelns auf

Kerkrings Lippen? Die Wut stieg augenblicklich in ihm empor. Er spürte, wie seine Wangen in Sekunden glühten. Das Blut schoss ihm wieder mal in den Schädel. Sein Zahn. Sein inneres Zittern kam zurück – und die Bilder.

Er. Ein Rungholt. Ein anderer Rungholt, dennoch er. Er, gebeugt über diesen feisten Jüngling von einem Richteherr. Die Klinge seiner Gnippe in Kerkrings fetten Bauch gerammt und –

Dat bose vemeide unde acht de ryt!

Rungholt atmete hörbar aus. Er stand auf. Nur ruhig. Sei nicht immer so jähzornig und ungerecht, dachte er. Kerkring tut nur, was du an seiner statt auch tun würdest. Gleich einen kühlen Schluck Hamburger Bier. In Ruhe mit Winfried über alles nachdenken, einen Plan zurechtlegen. Nur die Ruhe.

Er stellte sich an die Butzenfenster und sah hinaus. Er schloss die Augen und dachte an Bier und sein Rotrückchen. Der Gedanke an ein Kühles und das sanfte Zwitschern des kleinen Vogels beruhigte ihn etwas.

Durch die Ritzen des Fensters konnte er den Wind zerren hören. Durch die gefärbten, kleinen Scheiben war nicht viel zu erkennen, aber Rungholt sah den Kaak auf dem Marktplatz auch so vor sich. Am Pranger mit der Schandsäule war er oft vorübergegangen. Ein Fron mit Rutenbündel in der Hand schmückte den Pfahl, an den Diebe und Betrüger gekettet wurden. Rungholt hatte nie verstehen können, dass die Bürger – ja selbst seine Frau – Freude daran hatten, einen kleinen Taugenichts ausgepeitscht zu sehen oder gar selbst mit Obst zu beschmeißen. An die Schandsäule würde Daniel jedoch nicht kommen. Leider. Ihn würde man aus der Stadt herausbringen.

Der Wind drückte und riss an den Fenstern. Als Rungholt seine Hand an den Rahmen legte, konnte er den nahenden Sturm spüren. Die Fenster klapperten unruhig. Rungholt drückte sie fester zu und wandte sich an Kerkring.

»Ihr habt also Zeugen? Wen wollt Ihr denn benennen, Kerkring?«, fragte Rungholt.

Hermann Kerkring lächelte voller Überlegenheit. Er wischte sich das Fett vom Mund in seinen Rock. Schmatzend schluckte er den Bissen herunter, auf dem er gerade gekaut hatte.

»Hm, ja, wen soll ich da nennen? Wir haben Hadke Peterson, Christoph Vorste, Jordan Zwicklow und …«, er schielte auf ein Pergament, auf dem noch weitere Namen standen. »Und eine ganze Reihe weiterer Unbescholtener.«

Zwei Zeugen hätten nach lübischem Recht ausgereicht, Rungholts Kaufmannslehrling an den Galgen zu bringen. Jetzt hat dich dieser Kerl innerhalb von wenigen Augenblicken ein zweites Mal überrascht, dachte Rungholt nicht ohne Anerkennung. Kerkring tut seine Arbeit gut, man sollte ihn nicht unterschätzen.

»Sie alle haben mitbekommen, dass Daniel sich mit dem Fremden im Travekrug gestritten hat. Bis aufs Messer. Soweit ich unterrichtet bin, haben sie sich geschlagen. Und Daniel weigert sich zu sagen, wo er heute in der Früh war«, fuhr Kerkring fort.

»Ihr meint, dass der Fremde am Morgen ermordet wurde? Kurz bevor wir ihn fanden?«

Kerkring nickte. »Man hat ihm wohl heute früh den Schädel eingeschlagen und ihn dann in die Trave geworfen.«

»Und Daniel weigert sich zu sagen, wo er war?«, hakte Rungholt nach.

»Ganz recht. Ihr sagtet, er sei beim Schmied gewesen? Da war er nicht.«

Für eine Sekunde tauchte der Gedanke daran auf, was passieren würde, wenn Kerkring und der Rat Recht hätten. Was, wenn Daniel wirklich schuldig war? Sofort schämte sich Rungholt für diesen Gedanken. Er verwarf ihn. Er sperrte ihn weg, irgendwo hinter die Gedanken an eine reiche Vesper und seine Zahnschmerzen. »Aber Hadke, Christoph und – und dieser Jordan. Die haben nur den Streit gesehen?«

Kerkring sah auf sein Pergament. Er las geflissentlich nach, nickte dann. »Ja. Aber das Blutgericht wird es ans Licht bringen.« Er pulte Fleisch aus seinen Zähnen. »Sie haben gesehen, wie sie sich schlugen. Mehr nicht.« Er warf einen abgeknabberten Knochen in seinen leeren Zinnkelch für den Wein. Ein Klong war zu hören. Kerkring lauschte dem Geräusch abwesend.

»Sie haben nicht gesehen, wie er ihn in die Trave warf? Ihn erschlug?«, fragte Rungholt.

Kerkring überlegte, schließlich seufzte er und sagte: »Zwei Tage. Zwei Tage. Mehr kann ich Euch nicht geben, Rungholt.«

Er erhob sich.

Der junge Mann hat keine Manieren, dachte Rungholt. Knochen gilt es stets mit dem Messer abzuschaben, nicht mit Zähnen oder gar den Fingernägeln.

Kerkring nickte Winfried zu. »Mein letztes Wort. In zwei Tagen, so Gott will, wird das Hohe Gericht zusammensitzen. Und so wie die Lage aussieht, geht es dann wohl zum Köpfelberg.«

Rungholt knurrte. Zum Köpfelberg, zum Hügel mit dem Galgen und dem Haustein außerhalb der Stadt. Zwei Tage, es war einfach zu wenig Zeit.

»Es ist zu wenig Zeit, Kerkring. In zwei Tagen werdet Ihr den wahren Schuldigen niemals finden.«

»Nun, ich für meinen Teil denke, wir brauchen gar nicht mehr zu suchen.« Er nickt Rungholt und Winfried ernst zu. Ein Zeichen, dass ihre Zeit abgelaufen war. Er rief den Schreiber herein. »Ich denke, wir haben ihn schon gefunden.«

Rungholt schnaufte und sah zu Winfried hin. Er wollte, dass sich der Alte einmischte und mit seinem Amtsbruder redete. Winfried spürte die Augen seines Freundes auf sich. Er strich seine Haare über die Glatze und versuchte ein Lächeln. Es misslang kläglich. Winfried senkte seinen Blick.

Es steckt mehr hinter Daniels übereilter Verfestung und dem schnellen Termin für das Blutgericht, dachte Rungholt vage. Es steckt mehr dahinter, als der alte Winfried mir sagen will. Rungholt beschloss, sich dieses ungute Gefühl zu merken. Er streckte Kerkring seine Hand hin. »Gut! Sollen es zwei Tage sein. Noch hat Euer Blutgericht kein unschuldiges Blut vergossen. Und ich werde zusehen, dass es dabei bleibt.«

Winfried langte zittrig nach seinem Stock und verzerrte vor Schmerz das Gesicht. Rungholt half ihm aufzustehen. Bald würde es tiefe Nacht sein. Zeit für einen Besuch.

Der Wind schlug die Fenster auf. Mit einem Knall hieben sie gegen den Rahmen. Rungholt fuhr der Schreck in die Knochen. Steif stand er da, den Kopf vor Schrecken herumgerissen, und starrte auf das klappernde Fenster.

Der Wind war eisig.

Rungholt und Winfried streckten ihre Hände zum Feuer, um sich zu wärmen. Rungholt sah sich in Mareks Küche um. Überall stapelte sich akkurat das billige Geschirr. Ausgewischte Krüge standen nach Größe sortiert neben groben, zu Türmen aufgestapelten Daubenschalen. Neben der Feuerstelle in der Mitte des Raumes waren Schiffsmodelle aufgestellt. Im Umfeld der aufgeräumten und wohl gegliederten Küche wirkten die Modelle, an denen Marek gerade arbeitete, geradezu wundersam makellos. Der Kapitän setzte sie in stundenlanger Arbeit aus winzigen Stücken Tuch und Holzsplittern zusammen. Pferdehaar wurde zu Tau, Ton wurde zu kleinen Männchen. Es beeindruckte Rungholt, dass ein solch kräftiger Mann sich mit einer solch filigranen Arbeit beschäftigte. Auch wenn Rungholt sie für eine unsinnige Spinnerei hielt.

»Weiberkram«, brummelte er.

»Was?«, fragte Marek, ohne den Blick von seiner winzigen Nadel zu nehmen.

»Äh, nichts, Marek. Schöne Schiffe. Wirklich.« Er wendete sich schnell den Modellen zu und entdeckte sogar sich selbst als winzige Lehmfigur. Die tropfenhafte Gestalt mit den roten Wangen und den drohenden Händen, die vor ein paar zerschlagenen Fässern stand, konnte nur er sein. Rungholt warf

Winfried, der sich im Hintergrund hielt, einen Blick zu. Die beiden schmunzelten.

»Bin ich das? Wirklich gut getroffen.«

»Du brauchst dich hier nicht einzuschmeicheln«, meinte Marek. Mit angestrengtem Gesicht fädelte er ein dickes Rosshaar auf die Nadel. Es sah jedoch eher aus, als würde seine Zunge den Faden führen und nicht seine Hand. »Ich komme nicht mit zum Bader, Rungholt. Nein. Mach ich nicht. Du willst da einbrechen!«

Rungholt wusste, dass Marek nicht gern gegen Vorschriften verstieß. Ja, eigentlich ein Freund der Regeln war. Und das war auch gut so. Schließlich war er Kapitän, hatte Entscheidungen zu treffen und sich um Mannschaft und Ladung zu kümmern. Rungholt hingegen empfand Regeln oft als störend oder überflüssig. Zu oft war er angeeckt oder aufgelaufen auf Sandbänke voll unnötiger Bestimmungen. Es lag eine Risikobereitschaft und Mut darin, die Regeln des Rates so großzügig auszulegen, wie Rungholt es häufig tat. Doch auch wenn er dafür insgeheim bewundert wurde, so spürte er, dass an seinen Übertretungen, ja Verfehlungen, oft nur seine blinde Selbstüberschätzung schuld war.

»Einbrechen… Also Kapitän Bølge, was denkt Ihr? Der Bader hat uns erlaubt, dass wir in die Badstube dürfen. Wirklich. Der Mann wusste nur nicht mehr, wo die Schlüssel sind.«

»Erlaubt… » Marek schüttelte den Kopf. »Soso. Natürlich.«

Rungholt und Winfried waren nach der Unterredung mit Kerkring zu den Zeugen aufgebrochen. Sie hatten Hadke Peterson befragt und waren dann zu Jordan Zwicklow gegangen. Beide Male hatte Rungholt dieselbe Geschichte hören müssen: Daniel hatte einen Mann im Travekrug verprügelt. Sie seien beide aus dem Krug geworfen worden, und Daniel sei dem Mann wütend hinterhergerannt. Peterson und Zwicklow hatten zwar die Tat selbst nicht gesehen, waren sich jedoch sicher, dass Daniel betrunken und wütend genug gewesen war, um dem Mann den Schädel einzuschlagen. Es gab keinen

Grund, weswegen die beiden lügen sollten. Rungholt hatte ihren Aussagen glauben müssen und darauf verzichtet, auch Christoph Vorste zu befragen. Stattdessen hatte er noch in dieser Nacht die Leiche sehen wollen. Winfried und Rungholt hatten den Bader aber derart besoffen vorgefunden, dass sie ihn nicht hatten wecken können. Das Badhaus war verschlossen gewesen. Da die beiden sich außerstande sahen, allein ins Badhaus einzusteigen, war Rungholt kurzerhand zu Marek gegangen.

»Wer redet von Einbruch, Marek? Wir wollen nur, dass du uns ein bisschen den Weg zeigst.« Seine begöschige Antwort löste einen Hustenanfall bei Winfried aus. Der plötzliche Krach ließ Marek das Pferdehaar verlieren. Er fluchte und musterte Winfried, wollte wohl eine Entschuldigung, doch Winfried sah den jungen Mann nur lächelnd an. Dann wandte Winfried sich seelenruhig an Rungholt. Er wolle lieber nicht weiter wissen, was die beiden besprechen, keuchte er. Er warte draußen auf sie.

Rungholt kam zu Marek. »Marek. Ich weiß ja, du bist nicht Freund des Risikos. Aber du willst doch wohl auch nicht, dass Daniel...« Er sprach es nicht aus. »Du hast Recht. Ich muss mir den Toten von heut früh ansehen. Es ist wichtig. Ich brauche dich.«

Brüderlich schlug er Marek auf die Schulter.

»Verflixt! Rungholt!«, stieß Marek hervor und kniete sich hin.

Verdattert sah Rungholt auf ihn herab. »Was denn?«

»Die Nadel.«

Rungholt brummelte. Er blickte hinab auf seinen stämmigen Kapitän, der auf den Knien herumrutschend nach seiner Nadel tastete.

»Lass das deine Frau machen.« Rungholt biss sich auf die Lippen. »Du hast ja keine. Entschuldige.«

»Nein, ich entschuldige *nicht*. Ich habe keine, und die Nadel war die letzte.«

Rungholt verdrehte innerlich die Augen. Normalerweise hätte er einen seiner Knechte zum Badhaus mitgenommen, doch die konnten das Maul nicht halten. Er brauchte jemand Verschwiegenes, der genug Kraft hatte und notfalls Leute einschüchtern konnte, sollte jemand dumme Fragen stellen. So langsam bezweifelte Rungholt, dass er mit Marek die richtige Wahl getroffen hatte, mit diesem Kapitän, der noch immer schimpfend in seiner Küche herumkroch.

»Nun hilf mir bitte mal.«

»Was?« Rungholt war entsetzt. Er? Er sollte auf den Boden? Sich hinknien?

»Na los. Soll ich nun mit zum Bader oder nicht?«

Rungholt seufzte. Bei seinem Gewicht kam das Hinknien eher einer stöhnenden, brummelnden Imitation von Winfried gleich. Er hatte sich gerade niedergelassen, als sich die Tür öffnete.

Winfried sah die beiden Männer einträchtig auf dem Boden knien. Stumm sog der Alte durch seinen zahnlosen Mund die Luft ein. Dann schickte er ein Stoßgebet zur Küchendecke. »Par nobile fratrum. Nie zu spät, Buße zu tun.«

Es war kalt, und der Wind pfiff und schnitt in die Haut. Rungholt blies sich in die Hände und bemerkte, wie nervös Winfried war, der einige Meter vor ihm stand. Der Alte lehnte auf seinem Stock vorn bei der Häuserecke und spähte die Straße hinunter. Würde er auch jeden sehen, der sich näherte? Vielleicht war es ein Fehler, dass er den Greis mitgenommen hatte, schoss es Rungholt durch den Kopf. Winfried war sein Freund, aber Winfried war auch langsam wie eine Kogge bei Flaute. Der alte Richteherr hatte darauf bestanden, mit zum Haus des Baders zu gehen. Rungholt hatte zugestimmt. Letztlich auch, weil Winfrieds Wort im Rat viel galt und er das gleiche Amt wie Kerkring innehatte. Wenn Rungholt etwas erreichen wollte, dann war es klug, einen gewichtigen Zeugen an seiner Seite zu wissen.

Die Gasse verlor sich unten an der Wakenitz. Sie hatten es erst vorne am Badhaus versucht, doch das Vorhängeschloss war selbst von Marek nicht aufzubekommen. Außerdem waren zu viele Bettler unterwegs, zu viele Betrunkene und zu viele Augen hinter den Fenstern der dunklen Giebel auf der anderen Straßenseite. Also waren sie in die kleine Quergasse neben dem Badhaus gegangen, die den Hügel hinaufführte. Hier gab es eine Möglichkeit, in den ersten Stock des Badhauses zu gelangen. Gesetzt den Fall, dass Marek sich hochziehen konnte. Besser, wenn er *wollte*. Denn der Kapitän zögerte.

Er hatte die Hände schon an den Schmuckvorsprung aus Backstein gelegt, als er plötzlich meinte: »Eine Last.«

Das kam überraschend. Dieser verschlagene Hund, dachte Rungholt, fängt der mitten in der Nacht mit mir zu handeln an.

»Man nutzt die Notlage eines Händlers nicht zu seinen Gunsten«, belehrte Rungholt ihn von unten.

»Ach. Hat Nyebur dir das beigebracht?«

»Ja. Und es steht in unserem Kompaneibuch.«

»In Euren Statuten? Hm, ich bin Kapitän. Davon weiß ich nichts.« Unverhohlen lächelte er Rungholt an. »Außerdem ist es spät. Ich sollte ins Bett.«

»Du machst mich arm«, grummelte Rungholt. »Eine Last. Nun gut. Du sollst eine Last Frachtraum bekommen.«

»Und ein Fässchen deines Lieblingsweins?«

»Der Burgunder?« Rungholt war wirklich entsetzt.

»Ich nehm auch den Wacholderschnaps.«

Rungholt sah zu ihm hoch. Er spürte einen Anflug von Zorn und bedachte Marek mit einem Blick. Marek konnte froh sein, dass er ihn so sehr mochte. Dreist, dachte Rungholt, nutzt der meine Fettleibigkeit aus.

»Was ist, Rungholt? Wieder Zahnschmerzen?«, frotzelte Marek.

»Ich kann mir auch einen neuen Kapitän suchen!«

»So? Ich kann mir auch Schöneres vorstellen, als mitten

in der Nacht an einer Wand zu hängen. Hinter der ein Toter liegt.«

»Ich würd's ja selber tun! Wenn ich nicht so fett wär.«

»Selbstmitleid steht dir nicht.«

Winfrieds Zischen ließ die beiden verstummen. Kam jemand? Rungholt spähte die dunkle Gasse hinab: Nichts. Winfried wollte sie nur zur Eile mahnen. Rungholt bedeutete ihm, bitte weiterhin Wache zu halten.

»*Eine* Last. Kein Schnaps, kein Wein, kein Bier!«, sagte Rungholt. Marek streckte die Hand vor. Rungholt schlug ein. Ehe er es sich versah, hatte sich der kräftige Däne schon am Sims hochgezogen und ein Bein über die Kante geschwungen. Die Jahre am Schreibpult über den Pergamenten haben mich fett werden lassen, grübelte Rungholt. Mit zwanzig habe ich so etwas auch noch gekonnt. Selbstmitleid, wer spricht von Selbstmitleid? Der Fleiß war es, der meinen Bauch hat wachsen lassen.

Er hörte von oben, wie die dünne Tierhaut riss, die als Fenster diente. Marek war eingestiegen. Kurz darauf ließ er den Männern eine Leiter herunter. Rungholt schickte Winfried an, zuerst zu gehen. Er half dem alten Richteherr bei jedem täppischen Schritt. Als er selbst die Sprossen bestieg, knarrten und knackten sie bedenklich.

Nachdem sie endlich eingestiegen waren, schlichen sie auf der hölzernen Galerie im ersten Stock entlang, auf der man vorzüglich sitzen und schwatzen konnte. Sie umlief die Hälfte des großen Raumes. Sie folgten ihr, dann der schmalen Stiege ins Erdgeschoss. Rungholt und Marek warteten auf Winfried.

Unten sah sich Rungholt um. Das Badhaus lag im Schummer. Die Zuber und Tröge waren leer. Dennoch roch es überall nach Kräutern und wunderlichen Extrakten. Das Holz von Boden und Wänden hatte den Geruch der Öle und Pflanzen aufgenommen, die der Bader so geschickt für seine Gäste zusammenmischte. Rungholt schritt voraus in die umgebaute Diele, in der die großen Tröge standen. Hier war tagsüber der Teufel los.

Auch Winfried seufzte sehnsuchtsvoll beim Anblick der herrlichen Tröge. Er flüsterte, wie sehr er seinen wöchentlichen Badetag vermisse. Das fröhliche Schwatzen zum Lautenspiel, Schmaus und Trunk mit einer nackten Schönen. Zu dumm, dass seine greise Haut das heiße Wasser nicht mehr gut vertrug.

Sie traten durch ein paar bunte, schmuckvolle Vorhänge, die die Bäder voneinander trennten. Hier hatten sie am Morgen den Toten zwischen die Zuber gelegt. Doch nun war er nicht mehr da. Rungholt vergewisserte sich, dass er auch den richtigen Gang erwischt hatte. Aber auch hinter den anderen Trögen war kein Körper zu sehen. Der Bader muss den Leichnam nach hinten geschleppt haben. Rungholt hätte es nicht gewundert, wenn der Mann den Badebetrieb einfach wieder aufgenommen hatte. Hoffentlich hatte niemand den Leichnam abgeholt.

Rungholt ging an den Zubern vorbei, passierte die Bänke, auf denen die Kaufleute und das Gesindel gemeinsam beim Dampfbad schwitzen konnten, und gelangte zu einem separierten Raum. Er öffnete die Tür. Es war dunkel in der Kammer. Marek zündete einen Kienspan an, damit sie in dem kleinen Raum etwas Licht hatten.

Die Officina des Badhauses. Rungholt hatte Ähnliches nur bei einem befreundeten Kaufmann gesehen, der sich auf Heilkräuter und Öle spezialisiert hatte. Die enge Werkstatt, in der der Bader seine Arzneien, Pasten, Salben und die herrlichen Öle herstellte, war von oben bis unten mit Regalen zugestellt. Sie waren zugerümpelt und voller Krüge und Schalen. Schwere Bücher lagen herum. Von der Decke baumelten getrocknete Gewürze und Kräuter. Wurzeln lagen verstreut neben stinkenden Resten von irgendetwas. So ordentlich und sauber der Bader vorne zwischen seinen Zubern war, so wenig organisiert ging es in seinem heiligsten Refugium zu. Wahrscheinlich mischt er sich hier die wunderlichsten Drogen zusammen und schafft es nur noch mit Mühe im Badhaus den Eindruck von Sauberkeit zu erwecken, dachte Rungholt. Ich sollte den Rat auf das Chaos hier aufmerksam machen. Winfried dachte wohl dasselbe, jedenfalls warfen sie sich wegen der Unordnung einen Blick zu.

Der Leichnam lag unter dem großen Tisch, der den halben Raum ausfüllte.

Der Tote wirkt, als sei er nur ein weiteres Stück Medizin, dachte Rungholt, so achtlos hingeschoben und noch in seinen blutigen Kleidern. Nur eingewickelt in muchtiges Leinen und unter das Möbel geschoben. Im Schein des Kienspans ließ Rungholt einen ersten Blick über den Körper des Toten gleiten. Neben all diesen Krügen und Werkzeugen, den Geweihen und getrockneten Tierorganen und den Bündeln an Heilpflanzen wirkt der Tote, als sei er nur ein Stück Fleisch. Etwas, das man in den Zuber schmeißt, in dem man sich sonst vergnügt, um es zu sieden.

Rungholt riss sich vom Anblick des Leichnams los. Mit gedämpfter Stimme befahl er Marek, den Tisch leer zu räumen und den Leichnam hervorzuziehen. Sie mussten den Mann auf den Tisch legen, damit Rungholt ihn von allen Seiten ansehen konnte. Schon unter dem Tuch konnte Rungholt sehen, dass Knochen aus dem Leib des Toten staksten und seine Glieder unnatürlich verrenkt waren. Sie standen im falschen Winkel ab oder waren vollkommen verdreht. Marek packte zu, doch der Tote entglitt ihm immer wieder, als er ihn heben wollte. Rungholt half, indem er sich die verdrehten Beine schnappte. Doch auch gemeinsam konnten sie den Fremden nicht heben. Immer wieder, wenn sie ihn hochwuchten wollten, entglitt ihnen der kalte Körper und rutschte zurück. Rungholt keuchte vor Anstrengung. Sofort stand ihm der Schweiß auf der Stirn.

»Oh Gott, bitte. Rungholt. Was soll denn das beweisen?« Winfried hatte sich abgewendet. Der Ekel hatte ihn gepackt. Zittrig hob er sein Tuch vor seinen Mund und begann nervös seine Lippen zu tupfen. »Wir hätten ihn gleich mit dem Schindkarren abfahren sollen.« Selbstmörder wie totes Vieh einfach auf dem Acker zu vergraben, war recht und billig. Eine Selbstentleibung war ein schweres Vergehen, das sie hätten bestrafen müssen. Daniel wäre damit aus dem Schneider.

»Ihr glaubt, er hat sich selbst umgebracht?« Rungholt war erstaunt. Wie kam Winfried darauf? Das ungute Gefühl, das Rungholt beim Gespräch mit Kerkring gehabt hatte, kehrte augenblicklich zurück. Wusste Winfried mehr, als er sagte? Redete er nur so daher, wie er auch übers Wetter und seine Gebrechen schimpfte, oder wusste er etwas? Hatte Winfried deswegen in der Kämmerei zu Boden gesehen, weil er längst einen ganz anderen Verdacht hatte? Auch wenn es so war, aus irgendeinem Grund hatte er zu Kerkring nichts gesagt.

»Ob er sich umgebracht hat? Woher soll ich das wissen?« Winfried zuckte kaum merklich mit den Schultern und vermied es immer noch, den kalten Leichnam anzusehen. »Ein schnelles Eselbegräbnis auf dem Schindanger hätte uns das hier jedenfalls erspart.« Er deutet auf die zerschmetterte Leiche, die Marek verrenkt hielt. Da wurde ihm bewusst, was er sah, und er musste vor Ekel erneut das Gesicht verziehen. Rungholt wusste nicht genau, ob er in Winfrieds Gesicht gerade wirklich nur Gleichgültigkeit oder tatsächlich eine Lüge gesehen hatte. Er entschied sich, vorerst davon auszugehen, dass Winfried nur plapperte und ihm der Tote wirklich nur zuwider war. Rungholt wischte sich den Schweiß von der Stirn und widmete sich wieder dem Leichnam.

Er schob das Tuch besser unter den Toten, während Marek den Körper so gut es ging anhob. Auch jetzt, so daliegend auf dem Laken, das sie besser packen und hochheben konnten, war der tote Körper schwer. Marek und Rungholt wuchteten den Mann auf den Tisch. Sie ächzten, bis sie ihn schließlich auf das Holz gelegt hatten.

Das Travewasser hatte den Leichnam aufgeweicht. Es hatte wohl seinen Magen gefüllt, wie Rungholt annahm. Verfluchtes Wasser. Die Lippen des Toten und seine Haut waren aufgedunsen und blau. Die Totenflecken waren längst vollständig erschienen. Rungholt erkannte trotz allem, dass er ein hübscher, stattlicher Mann gewesen sein musste. Sein Körper war nicht nur gut genährt, er war auch von äußerst wohlgeformter Statur. Die Arme sehnig und muskulös, die Haut einst wohl von sanfter Bräune. Dichtes, krauses schwarzes Haar und braune Augen. Auch jetzt noch, gute fünfzehn Stunden nach dem Fund, schien der Fremde festen und unbeirrten Blickes. Die Augen strotzten vor Kraft. Im Gegensatz zu dem mehrfach gebrochenen Schädel, der auf bizarre Weise verformt war.

Dieser Blick, dachte Rungholt, als er um den Tisch ging und sich die Leiche genau besah, dieser Blick hat etwas Majestätisches. Etwas Würdevolles, das sich Rungholt nicht erklären konnte. Bestimmt nur der gnädige Blick eines schnellen Todes, redet Rungholt sich ein. Sicher nur ein morbider Scherz Gottes, dass dieser Fremde im Tode so fest geradeaus sah, als würde er sein Leben gemessen durchschreiten. Rungholt schätze den Mann auf Mitte dreißig, höchstens vierzig. Er hatte slawische Züge. Oder vielleicht ein Italiener? Bräunliche Haut, dunkle Augen, schwarzes Haar. Rungholt hob die Hand des Toten, um sie sich genauer anzusehen. Instinktiv griff er in die Tasche, um seine Brille herauszuholen, doch er hatte sie wie so oft vergessen. Angewidert registrierte Richter Winfried, dass Rungholt daraufhin der kalten, wächsernen Hand näher und näher kam, um überhaupt etwas sehen zu können. Beinahe stieß Rungholt mit der Nase an die Finger des Toten. Es hatte den eigentümlichen Anblick, als würde Rungholt der Leiche einen Handkuss geben wollen.

Auch Marek hatte es bemerkt und legte seine Hand auf den Arm des Richters, um still auf sich aufmerksam zu machen. »Deswegen nennt man ihn drüben in Russland ›Bluthund‹. Oder? Hm? Wegen dem da, mein ich …«

Winfried nickte stumm. Er schnüffelt tatsächlich an der Leiche wie ein Hund, dachte Winfried. Wie Jagdhunde, die Witterung aufnehmen.

Einige Geheimnisse Rungholts kannten die beiden, doch sie kannten nur den harmlosen Teil. Bluthund. Es war nicht das Schnüffeln an Leichen allein, was Rungholt einst diesen Spitznamen eingebracht hatte. Viel eher war Rungholt vor Jahren in Russland wie ein Bluthund unerbittlich auf einer Fährte geblieben. Es war eine Hetzjagd gewesen – bis zum Tode.

Rungholt sah dunkle Flecken an den Fingern des Fremden. Prüfend blickte er auf seine eigenen. Sie waren ebenfalls noch schwarz von der Tinte. Auch wenn die Kleckse auf den Kuppen des Fremden durch das Travewasser verwaschen waren, es war eindeutig Tinte und keine Totenflecken.

»Mord soll es also sein? Wir werden sehen.« Rungholt seufzte. »Den Schädel hier, den hat man ihm jedenfalls *nicht* eingeschlagen. Ich nehme an, dass die Kogge bei Lüdjes Lastadie ihn zerquetscht hat.« Er drehte ihnen den offenen Schädel hin.

Winfried sah stöhnend weg.

»Wieso? Er ist doch vollkommen zerschlagen, hm?« Marek besah sich den Kopf des Toten.

»Genau deswegen. *Vollkommen.* Reich mir mal den Stößel dort.« Rungholt deutete auf einen Stampfer aus Marmor, mit dem der Bader seine Zutaten zerrieb. Marek reichte ihn herüber. »Wenn ich dir eins über den Schädel gebe, dann bricht dein Kopf hier.« Rungholt deutete den Schlag bei Marek an, dann zeigte er einen Streifen über Mareks Kopf. »Er bricht entlang zum Beispiel dieser Linie. Oder es bleibt ein Loch.«

»Ha. Mein Schädel hält deinen Schlag aus.«

Rungholt sah ihn abschätzig an, sagte aber nichts.

»Im Ernst. Du kennst doch meinen Querkopf.«

Rungholt ging nicht darauf ein. »Bei einem Schlag, mit einem Leuchter, mit einem Kelch oder mit diesem Stößel hier, da bricht der Schädel, indem er an einer Stelle eingedrückt wird. Hier aber ist der Schädel auf ganzer Fläche regelrecht zermalmt worden. Seht ihr?«

Während Winfried sich die Lippen abtupfte und der Aufforderung lieber nicht nachkam, streckte Marek seinen Hals und sah sich die Wunden unter dem verklebten Haar interessiert an.

Rungholt fuhr fort. »Er ist quasi gegeneinander verschoben worden und mehrmals gebrochen. Die ganze Schädelplatte. Die Kogge bei Lüdje hat ihn zerquetscht.«

»Ich seh's. Aber du bist doch kein Arzt. Hm? Wie kommt's, dass du so etwas weißt?«, fragt Marek.

Rungholt musterte den Kapitän. Da war nicht der Hauch eines Vorwurfs in seinen Augen, die Frage war reine Neugierde. Nichts sonst. Rungholt schmunzelte.

»Ich weiß es eben, Marek. Wenn du wissen willst woher, bekomme ich vorher zwei Lasten.«

Marek lachte, brach aber sofort ab, als er Winfrieds mahnenden Blick sah.

Rungholt wandte sich wieder der Leiche zu. »Als wir ihn eben auf den Tisch heben wollten, da ist er uns weggeglitten. Der Tote müsste längst steif sein. Ihr wisst doch, wenn man hoch zu Gott fährt, erstarren alle Glieder. So lange, bis Gericht gehalten wurde.« Winfried und Marek nickten. »Der Mann hier ist aber nur teilweise steif. Ich nehme an, dass die Kogge die Starre gebrochen hat, als sie ihn zerquetschte.« Jetzt hörte auch Winfried gebannt zu. Er traute sich sogar näher an den Tisch heran, vermied jedoch einen Blick zum Toten.

»Der Kiefer ist vollkommen steif. Und hier, der Arm und das linke Bein lassen sich bewegen, die anderen Glieder nicht. An den Fingern und am Handgelenk ist die Starre auch noch vorhanden. Interessant.« Wie immer, wenn Rungholt konzentriert arbeitete, redet er mit sich selbst.

»Und was heißt das?«

»Es heißt nichts weiter, als das dieser Mann hier schon seit einigen Stunden im Wasser gelegen haben muss, bevor er zerdrückt wurde.«

Winfried mischte sich ein. »Daniel hatte in der Nacht mit

ihm Streit. Wenn er ihn erschlug, muss er schon einige Zeit im Wasser gewesen sein. Das bringt uns doch nicht weiter.«

»Doch. Kerkring meinte, er sei am Morgen ermordet worden. Und dass Daniel nicht sagen will, wo er am Morgen war. Dieser Mann hier wurde aber am Abend umgebracht – oder in der Nacht.«

»Umgebracht? Also doch!« Winfried hustete.

»Ein Selbstmord war das nicht. Es ist ein wenig umständlich, meint Ihr nicht, den Dolch zu nehmen, bevor man sich ins Wasser stürzt?« Marek und Winfried verstanden nicht sofort.

Rungholt wies auf einen dunkelroten Fleck, der sich kreisförmig am verschmierten Hemd des Mannes abzeichnete.

»Er ist wohl erstochen worden«, brummte er. Kurios war nur, dass das Hemd an dieser Stelle kein Loch aufwies. Es war wohl verschoben. Rungholt zog seine Gnippe. Er klappte das kleine Messer auseinander und schlug den derben Mantel des Fremden beiseite. Er zerschnitt das grobe Hemd, durch das teilweise die Knochen ragten. Tatsächlich konnte man trotz der Brüche und der Blutergüsse, trotz der Abschürfungen und der Leichenflecken einen klaren Einstich in der Brust erkennen. Er zeigte Marek und Winfried die Wunde.

Wieder beugte sich Rungholt nah an den Toten und begutachtete die Öffnung. Sie war vielleicht zwei, drei Finger lang und nur einen halben breit. Ein schmaler, roter Stich und drumherum der Bluterguss. Er war entstanden, als der Handschutz des Dolches auf das Fleisch des Fremden geprallt war, nachdem sich die Klinge ganz im Körper des Mannes versenkt hatte.

»Es hat jemand mit großer Kraft zugestochen.«

»Scheint ein Schwert gewesen zu sein, hm?«, sagte Marek.

Rungholt antwortete nicht, stattdessen mussten Marek und Winfried mit ansehen, wie er mit einer Hand die Wunde aufzog, um dann mit einem Finger tastend hineinzufahren.

Schließlich verneinte Rungholt. Es war wohl eher ein Dolch

oder ein langes Messer. Die Wunde war zu schmal, die Klinge demnach zu spitz und schlank für ein Schwert. Genau konnte Rungholt es aber erst sagen, wenn er die Leiche noch näher untersuchen würde. Doch das musste warten, denn bei einer weiteren Untersuchung wollte er auf keinen Fall Marek oder Winfried dabeihaben. Wahrscheinlich würde er den Leichnam aufschneiden müssen, um mehr Details zu erfahren. Und eine Leichenöffnung war eine Todsünde. Wenn er den Mann aufschnitt, konnte dessen Fleisch nicht mehr auferstehen. Sollte sich Rungholt für die Schändung entscheiden, dann hatte es heimlich zu geschehen.

»Lasst uns den Mann zurücklegen und zu Daniel gehen«, beschloss Rungholt.

Winfried lächelte milde. »Rungholt, es ist mitten in der Nacht. Sie werden dich nicht in die Fronerei lassen. Ob du ein Ratsherr bist oder nicht.«

Winfried hatte Recht. Es war zu spät. Rungholt hatte die Zeit ganz vergessen. Er nickte. Das würde er morgen früh als Erstes erledigen.

Daniel hatte ihm zu beichten, was vorgefallen war. Er durfte die Knute nicht vergessen.

6

In der Nacht kam der Traum.

Rungholt rannte. Gleißendes Licht um ihn. Er war geblendet, konnte nichts sehen. Seine Augen schmerzten. Er kniff sie zu und stolperte vorwärts – in der kuriosen Ahnung, etwas zu verfolgen. Seine Füße brannten, als liefe er auf glühenden Kohlen. Ihm war heiß. Er schwitzte stark. War er in Russland? Auf dem Gebiet des Deutschen Ordens? Er keuchte und strauchelte, rannte weiter. Im Laufen warf er seine lange Glocke ab. Der schwere, gefütterte Mantel flog einfach davon. Dann warf er seine restlichen Kleider fort. Erst als er nackt war, bemerkte er, dass nicht Hitze es war, die seine Füße verbrannte, sondern Schnee. Er lief mitten auf einem grenzenlosen Feld aus Schnee. Er überstrahlte alles, blendete schmerzhaft. Rungholt suchte, aber seine Kleider waren verschwunden. Wie irr lief er umher, bis die Schmerzen seiner Füße es nicht mehr zuließen. Plötzlich hatte er einen Dolch in der Hand. Aus dem Nichts. Als er den kunstvoll bearbeiteten Knauf ansah, lief Blut seinen Arm herab. Sein ganzer Unterarm war rot besudelt. Es troff auf den Schnee. Er schaute an sich herunter. Der Schnee sog das Blut begehrlich auf. Angewidert ließ er den Dolch fallen. Noch bevor die Klinge den roten Schnee berührte, wurde alles zu einer einzigen Eisfläche. Hart und unbarmherzig. Und unter dem marmornen Eis tauchte eine Frau auf. Die Frau schrie. Sie schrie unter dem Eis.

Und ihre Haut war Pergament. Und ihre Lippen waren blau. Und Rungholt verstand nicht, was sie rief.

Bevor es Rungholt gelang, aus dem Traum an die Oberfläche zu tauchen, hatte er das Gefühl, keine Luft zu bekommen. Japsend wurde er wach. Die Schreie der Frau wurden augenblicklich zum Lärmen der Raben, die sich im Hof hinter dem Haus zankten. Rungholt hatte die Mistviecher immer wieder vertrieben, weil er Angst um seinen Rotrücken hatte. An diesem Morgen war er jedoch froh, dass die großen Krähen ihn geweckt hatten. Mit geschlossenen Augen lag er da.

Dat bose vemeide unde acht de ryt!

Draußen war es noch dunkel. Leise erhob er sich. Seine Fußknöchel knackten. Sein Bauch verhinderte einen genauen Blick auf die steifen Glieder. Ohne Alheyd zu wecken, zog er sich an. Er steckte seine Gnippe und seine Geldbeutel ein und verließ das Haus im Morgengrauen.

Die Fronerei war ein mehrstöckiges Gebäude direkt an den Fleischerschrangen, den kleinen Buden der Knochenhauer. Sie hatten ihre Stände noch nicht aufgebaut, als Rungholt durch den Morgennebel an der St. Marien abbog und zur Fronerei hinunterging.

Zwei Wächter empfingen ihn müde. Als Rungholt eintrat, konnte er links die Treppe zum Torturkeller sehen. Er hoffte inständig, dass Daniel eine peinliche Befragung erspart blieb. Kaum hatte er das Haus betreten, riefen die Gefangenen nach ihm. Sie flehten und beschimpften ihn durch die Türen. Sie ließen ihre Dauben und ihre Löffel gegen die Holztüren krachen und machten Rabatz. Den Zellen der Fronerei, die nur ein paar Meter maßen, hatte man Städtenamen gegeben. Für jeden Händler, jeden Kaufmann sein Plätzchen.

Ohne nachzufragen brachten die Wärter ihn zu Daniel. Sie führten Rungholt zu *Hamburg,* eine der größeren Zellen. Mein Gewicht wiegt im Rat. Winfried hat es auf mein Geheiß hin veranlasst, Daniel die große Zelle zu geben. Immerhin das habe ich erreicht, dachte Rungholt. Der Junge muss nicht im Stehen schlafen und in seinem eigenen Kot ausharren. In den anderen Zellen hätten wir beide zusammen kaum Platz.

Daniel lag auf dem Boden inmitten des Reisigs, das seine Zelle bedeckte. Der Gestank von Kot und Urin war beißend. Er sah mitgenommen aus, als habe er die ganze Nacht nicht geschlafen. Aber Rungholt sah, dass es dem Jungen trotz allem gut ging. Sie hatten ihn nicht geschlagen.

Daniel wurde erst wach, als die Wachen hinter Rungholt die schwere Holztür wieder schlossen. Wohlwollend bemerkte Rungholt, dass Daniel froh war, ihn zu sehen. Sofort plapperte er los, dass er nicht wisse, weswegen sie ihn eingesperrt hatten, und dass er nichts getan habe. Rungholt glaubte ihm nicht ganz. Irgendetwas in Daniels Stimme sagte Rungholt vage, dass der Junge etwas verschwieg.

»Aber du bist weggerannt, Daniel«, sagte Rungholt, nachdem sich die erste Aufregung gelegt hatte. Daniel nickte und wischte sich den Rotz von der Nase. Er setzte an, etwas zu sagen, aber Rungholt sah, dass er es nicht über das Herz brachte. Ich werde wohl nachhelfen müssen, dachte Rungholt beim Anblick des verschlossenen Jungen. Ihm ein bisschen schmeicheln, dass er mit der Wahrheit herausrückt.

»Daniel, du bist ein ausgezeichneter Lehrling. Du weißt das. Du hättest nächstens mit Kapitän Bølge nach Novgorod gedurft.«

»Wirklich?« Daniel lächelte. Rungholt fuhr fort. »Ich habe noch nie einem Lehrling meine Fracht anvertraut, noch nie. Aber zu dir habe ich Vertrauen. Und du, du kannst mir auch vertrauen.«

Daniel nickte und nahm einen Schluck aus dem Wasserkrug, den die Wächter in der Zwischenzeit gebracht hatten.

»Wieso bist du weggelaufen? Wieso willst du nicht sagen, wo du gestern Morgen warst?« Rungholt wartete auf eine Antwort.

Daniel ließ sich Zeit. Dann brachte er ein »Ich« heraus, bevor er den Kopf schüttelte und schwieg. Rungholt verlor langsam die Geduld. Nur die Ruhe, Rungholt, ermahnte er sich, der Junge hat viel durchgemacht.

»Also? Warum bist du weggelaufen?« Rungholt spürte, dass Daniel seinen ganzen Mut zusammennahm, bevor er antwortete.

»Ich habe seine Tassel geklaut.«

»Du hast… Wem? Dem Fremden? Du hast ihm die Fibeln für den Mantel gestohlen?« Rungholt war fassungslos. Daniel, sein Lehrling, ein Dieb! Unter seinem Dach. An seinem Tisch. Er hätte seine Hand für Daniel ins Feuer gelegt – und nun das! Er stritt sich mit Fremden und klaute ihnen Schmuck.

Rungholt packte seinen Lehrling und drückte ihn gegen die rauen Backsteine. »Dafür werden sie dir die Hand abhacken. Daniel, verstehst du? Warum hast du das getan?« Die Wut drohte Rungholt die Worte zu versagen. »Du dummer Junge!«, zischte er. »Du dummer Junge.«

Er schlug ihm ins Gesicht und stieß ihn weg. Rungholt hätte dem Jungen am liebsten die Knute spüren lassen, dieses Stück steifen Taus mit einem Nagel gespickt, doch er hatte sie vergessen. Im Kerzenschein sah er die Angst seines Lehrlings und atmete durch. Er zwang sich, Ruhe zu bewahren, wandte sich ab. Atmen, ein- und ausatmen. Ruhig, Rungholt. Wieder dieser Moment, in dem die Wut ihn übermannte und seinen Verstand wie eine sturmreife Stadt im Blitzstreich nahm. Rungholt hasste diesen Moment, weil er dann nicht klar denken konnte.

Ich hätte mich bei Winfried entschuldigen sollen, schoss es ihm durch den Kopf. Es war nicht richtig gewesen, dem Alten so an die Gurgel zu gehen. Und dann dachte er an ein Bier. Ein schönes Bier, und in Ruhe hinter dem Haus seinem kleinen Rotrückchen lauschen… Er wurde ruhiger. Noch immer konnte Rungholt nicht glauben, was Daniel ihm gerade gebeichtet hatte.

Fassungslos schüttelte er den Kopf, sah durch die schmalen Gitter der Fronerei nach draußen auf die Kirche St. Marien. Doch auch dort wartete nur Tristes. Graue Wolken, schwerer Himmel.

»Wenn schon. Ob ich die Tassel für seinen feinen Mantel geklaut hab oder beim Würfeln gewonnen. Was macht's für'n Unterschied? Das blöde Kettchen. Die werden mich aufs Rad spannen, da ist es ja wohl gleich, ob ich ein oder zwei Hände hab«, maulte Daniel.

Der Junge war auf das Reisig gesunken. Er rieb sich die Wange und sah trotzig seinen Herren an, der massig vor dem Fenster stand.

»Werd auch noch frech, du!« Rungholt drehte sich um und tat einen Schritt auf den Jungen zu, der sofort an die Wand zurückwich. Rungholt schüttelte den Kopf. Daniel hatte einfach zu viel Mut, war zu aufmüpfig – und zu schlau.

»Wir haben gespielt. Tres Canes. Ich hab sie gewonnen«, sagte er empört. War seine Entrüstung echt?

»Du hättest Richter Winfried das mit der Tassel sagen müssen, Junge! Du hättest die Wahrheit sprechen müssen. Vor Gott!«

»Die Wahrheit…« Daniels Verachtung war nicht zu überhören.

»Ja, die Wahrheit. Du hast seine Tassel geklaut. Hast du den Mann auch erstochen?«

Daniel schwieg, schmiss nur sinnlos einige der Zweige von sich.

Rungholt packte ihn und zog ihn auf die Beine. »Wo warst du gestern Morgen! Wo!«

Wieder Schweigen. Rungholt schüttelte ihn. Daniel ließ es über sich ergehen. Rungholt fixierte seinen Lehrling finster, riss sich dann aber zusammen. Freundlich schlug er ihm den Dreck vom Wams.

Eigentlich konnte er sich nicht vorstellen, dass Daniel die Tassel geklaut hatte. Er hatte ihn vor zwei Jahren aufgenommen, weil sein Vater – ein Rigaer Kaufmann, mit dem Rungholt regelmäßig Geschäfte trieb – darum gebeten hatte. Er wollte, dass Daniel einmal in seine Fußstapfen trat, und soweit Rungholt dies die Jahre über beobachten konnte, entwickelte sich der Junge zu einem prächtigen Kaufmann. Auch wenn sein Handeln noch viel zu stark von Trotz und seinen Gefühlen geleitet wurde. Was die Sturheit anbelangte, da stand Daniel seinem Meister wahrlich in nichts nach.

»Du hast also um die Tassel gespielt, und du hast gewonnen, sagst du?« Keine Antwort. Daniel schwieg. Rungholt fragte nochmals, wie es sich zugetragen hatte, doch Daniel starrte nur auf den Boden. Rungholt entschied sich, den Jungen aus der Reserve zu locken.

»Du lügst, Daniel. DU hast verloren! So war es doch. Du hast beim Tres Canes verloren und warst so wütend, dass du dem Mann aufgelauert hast, als er aus dem Travekrug kam. Es gibt Zeugen! Du bist ihm nach und hast ihm den Schmuck gestohlen, dann hast du ihn in die Trave geworfen. War die Tassel kostbar? War sie hübsch?«

»War aus Silber. Mit Blättern drauf. Ja. Ich fand schon.« Endlich sah Daniel ihn an. Doch sein Blick hatte nicht die Spur von

Reue. Er war nur voller Härte und Trotz, als sei es Daniel gleich, was mit ihm geschah. Runghholt kannte diesen Blick, den Daniel immer aufsetzte, wenn er sich unrecht behandelt fühlte. So hatte Rungholt einmal Daniels Bilanzen heimlich verfälscht, um zu beweisen, dass er seine Codices gefälligst gut verschlossen halten musste. Als er Daniel am nächsten Tag auf seine angeblichen Rechenfehler hinwies, hatte Daniel schier getobt. Trotzig war er davongelaufen und wollte eine ganze Woche nicht mit Rungholt sprechen. Erst die Knute und die Drohung, ihn nach Bergen ins Kontor bringen zu lassen, hatten den Jungen zur Besinnung gebracht.

»Wo ist sie jetzt?«

Daniel schwieg.

»Hast du sie noch?«

Daniel schüttelte den Kopf.

»Wo ist sie?«

Keine Antwort.

»Mein Gott, Daniel, mach's Maul auf! Bist du dem Mann hinterher, hast du ihn erstochen?«

Endlich suchte Daniel nach Worten. »Wir haben im Travekrug gewürfelt, aber dieser, dieser … Dieser Betrüger! Der hat seine Tassel gesetzt. Dann hat er verloren und wollte sie nicht hergeben. Unheimlich war der. Hat mich beleidigt. Der hat mich verflucht. Hab's nicht verstanden. Der keifte nur fremdes Zeug.« Daniel war jetzt sichtlich stolz, als er von der Schlägerei erzählte. »Der hat da im Krug gewohnt, und ich hab die Tassel dann behalten, als er feige weggerannt ist. Na und? Wer soll'n wissen, dass der am nächsten Morgen tot ist. »

Dieser kecke Kindskopf, wieder ging er auf Angriff. Er hatte einfach zu viel Temperament. Und das hatte ihn bis in die Fronerei gebracht. Schlimmer. Vielleicht brachte es Daniel auch an den Galgen oder zerschlagen hoch aufs Rad vor die Stadt. Rungholt seufzte. Daniel war noch zu jung, um das Gewicht des Todes richtig zu fürchten. Er hatte noch keine Angst vor ihm, weil der Tod noch nicht Teil seines jungen Lebens war.

Er war nur eine Art neues Abenteuer. Bei Rungholt sah es anders aus. Der Tod war Bestandteil von Rungholts Leben, seit er dreizehn Jahre alt war. Und spätestens seit gut zwanzig Jahren. Seit damals vor der Scheune im Schnee mit all den Toten…

»Wenn es so ist, Junge, dann frag ich dich: Wieso bist du abgehauen? Wieso bist du weggerannt, als wir die Leiche gefunden haben? Nur wer voller Schuld ist, rennt weg!« Daniel wollte sofort antworten, biss sich dann aber auf die Lippen und blickte zu Boden.

»Und warum willst du nicht sagen, wo die Tassel ist? Und wo du den Morgen warst? Du solltest doch zum Schmied! Ich versteh dich nicht, Daniel.«

Schweigen.

Selbst nachdem Rungholt ihn mehrfach ermahnte, die Knute zu holen und ihm jedes Wort aus dem Leib zu prügeln, blieb der Junge stumm. Als Rungholt spürte, dass Daniels Sturheit ihn erneut zur Weißglut zu bringen drohte, rief er nach den Wachen.

Missmutig verließ Rungholt die Fronerei. Für die Wachen des Frons hatte er nur ein Knurren übrig, nachdem sie ihn zum Ausgang gebracht hatten. Dann besann er sich anders und steckte ihnen etwas Geld zu, damit sie Daniel gut behandelten. Er war froh wieder im Tageslicht zu sein. Hier draußen war es allemal angenehmer, als in der stickigen Fronerei zwischen all diesen Ehebrechern, diesen Dieben, diesen Schuldnern, zwischen all diesem Pack. Seine Wut verflog nur langsam.

Der Wind blies scharf. Er drückte von der Wakenitz her durch die Gasse. Die Luft schmeckte salzig. Niesel kündigte sich an. Rungholts Heuke war gut gefüttert, dennoch fror er. Er schlug den Mantel fest um den Leib und zog seine Gugel ins Gesicht.

Zwei Jungen prügelten eine Sau die Gasse hinauf. Sie waren

wohl unterwegs zum Schlachthof. Ein paar alte Gerberinnen sahen den beiden schnatternd zu, wie sie sich mit dem störrischen Vieh abmühten. Sie lachten, verzogen sich aber alsbald zurück zu ihren Werkstätten. Der Wind war einfach zu schneidend. Nur wenige Bürger waren auf der Straße, und die, die trotz des Wetters ihren Geschäften nachgehen wollten, flüchteten bereits vor dem nahenden Regen.

Der Winter würde früh kommen. Rungholt musste zusehen, dass alle Händler die *Möwe* fertig beluden und Marek noch vor Erntedank auslief. Marek muss die russischen Transporteure in Kronstadt rechtzeitig erreichen, sonst ist meine Lieferung ins Novgoroder Kontor hinfällig, dachte Rungholt. Wenn Marek zu spät ausliefe, wäre die Neva gefroren und der Zugang zum Ladogasee versperrt. Und damit der Weg nach Novgorod unpassierbar. Vierzig Lasten Salz und zwanzig Fässer rheinländischer Wein. Ein Vermögen ans Eis verschenkt.

Außerdem musste Rungholt mit Marek reden, dass dieser anstelle von Daniel die Geschäfte für Rungholt in Novgorod übernahm. Rungholt grauste vor dem Gedanken, sämtliche Termine neu abzustimmen und die Mannschaften anders zusammenzustellen. Im Novgoroder Peterhof kennt man Marek, er wird den Handel sicher ebenso gut allein abschließen, wenn Daniel ausfällt, dachte Rungholt. *Ausfällt* – er bemerkte erschrocken, dass er sich die Situation schönredete und abschweifte, lieber an seinen Handel dachte, an all die saftigen Prozente und den satten Profit, anstatt an Daniels Schicksal. Rungholt war wirklich gut darin zu vergessen.

Schon seit Jahren war er nicht mehr selbst nach Novgorod gereist. Früher war er stets über Land zum Kontor gefahren und hatte über die Wintermonate dort verweilt. Ein Winterfahrer – ein Landfahrer war er gewesen. Er galt als Kauz, der den Spott seiner Hansebrüder mit störrischer Ruhe ertrug. Novgorod, die Stadt an der Volchov, verhieß Reichtum, Abenteuer und ein karges Leben im abgeschotteten Peterhof. Das Viertel hinter den schützenden Mauern, die Kirche, in der sie alle zusammen zwischen den Waren schliefen. Rungholt hatte es bis zum Oldermann gebracht. Dann war Irena gekommen. Und er hatte sich verliebt.

Während Rungholt sich gegen den Wind stemmte und den Bengeln mit ihrem quiekenden Schwein über den Hügel folgte, grüßte er im Vorbeigehen einen Kaufmann. Es war der Bankier De Alighieri, den sie in Lübeck alle nur den Florentiner nannten. Er hatte das einzige und erste Bankhaus in Lübeck, aber Geschäfte auf Kredit abzuschließen war Hanse-Geschäftsleuten untersagt, und Alighieri genoss deswegen keinen guten Ruf. Rungholt zwang sich dennoch zu einem Lächeln.

Bald wird Mirke sich verloben, fiel es Rungholt ein, ich muss zusehen, dass ich die Einladungen rechtzeitig aussprechen. Es ist wichtig, wen ich in mein Haus bitte. Es gibt so viel zu planen. Die Toslach vorbereiten, die Hochzeitsverträge durchgehen und mein vermaledeiter Zahn… Alles zu seiner Zeit. Erst muss ich herausfinden, ob der Fremde wirklich im Travekrug abgestiegen ist, vielleicht komme ich so endlich auf eine erste Spur, wer er ist und warum er sterben musste.

Übermorgen wollte Kerkring zu Gericht sitzen. Zwei Tage. Zu wenig Zeit. Vielleicht deswegen. Vielleicht hatte er einfach vor dem allzu nahen Unheil Angst, das Daniel ereilen würde, und verbannte deswegen dessen Schicksal aus seinen Gedanken. *Ausfällt…* Das Vergessen war ein vorzügliches Mittel. Sich ständig zu gemahnen, würde Rungholt nur weiter unter Druck setzen, und er hasste Druck. Gerne trieb er andere zur Tat, aber selbst getrieben zu werden, ließ ihn bocken wie einen störrischen Gaul.

Irgendetwas war ihm schon in der Fronerei an der Aussage seines Kaufmannlehrlings aufgefallen. Aber was? Er hatte so lange auf Daniel einreden müssen, bis dieser endlich das Maul aufgetan hatte, und doch hatte er etwas verschwiegen. Was, wenn Daniel log? Da war er wieder, der kurze Gedanke, dass Daniel doch etwas verheimlichte. Irgendetwas, da war sich Rungholt jetzt beinahe sicher. Er hätte die Knute mitnehmen und es aus dem Burschen so herausbringen sollen.

Ausführlich hatte er vom Tres-Canes-Würfelspiel mit dem Fremden im Travekrug berichtet, hatte erzählt, wie er mit dem Fremden in Streit geraten war. Doch irgendetwas passte nicht. Irgendetwas an Daniels Aussage war wie ein falscher Betrag auf einer Abbrechnung. Der Travekrug, Tres Canes, der Streit, die Tassel. Ein kleiner Fehler, der sich einschleicht und das Gesamtergebnis verfälscht.

Die Kälte war Rungholt ins Beinkleid gekrochen. Er blies sich in die Hände und bog in die Breite Straße ein. Vor ihm ragte der Dom in den bleiernen Himmel. Eine Kathedrale aus Backstein, die nur durch St. Marien übertroffen wurde. Die hohen Seitenkapellen wurden schon seit Wochen ausgebessert. Als Rungholt näher kam, bemerkte er, wie einer der Bauaufseher eine Magd fortschicken wollte, die auf einige Kinder aufpasste. Wegen ihres koketten Lächelns begann er jedoch, mit ihr zu plänkeln. Den Kindern gefiel's. Sie hatten ihre Narrenfreiheit und tobten um die Gerüste herum. Über ihnen hantierten auf schmalen Brettern die Arbeiter, klopften poröse Steine aus dem Seitenschiff, um sie mit an Seilen gebundenen Kippen herabzulassen. Sie beeilten sich angesichts des nahenden Sturms. Rungholt bog in die Hartengrube. Die schmale Gasse herab konnte er schon das Schild des Travekrugs im Wind schwingen sehen. Es war ein gepflegtes Haus, das letzte vor dem Hafenbecken der Untertrave, wo die kleinen Schiffe der Wakenitzschiffer vertäut lagen.

Im Travekrug ging es hoch her, obwohl es erst kurz vor der Mittagszeit war. Qualm und Essensgeruch schlugen Rungholt entgegen. Lautes Lachen vermischt mit dem tönenden Palavern beim Würfelspiel. Die Gäste drängten sich an der Theke und hatten alle Bänke besetzt. Im vorderen Teil gab die Zirkelgesellschaft einen Umtrunk. Sein Lehrling mochte ein trotziger Bursche sein, ein Schlitzohr von fünfzehn Jahren, der so viele Sommersprossen wie Flausen mit sich herumtrug, doch zu zechen wusste Daniel. Rungholt drückte sich durch das Treiben, bemüht, mit seinem Bauch nichts von den Tischen zu reißen. Einige der bechernden Männer sahen seine edle, gefütterte Heuke aus bestem Stoff und traten beiseite, weil sie erkannten, dass sie es mit einem Ratsmitglied zu tun hatten.

Während sich Rungholt nach der Wirtin umsah, wurde ein Heringshändler auf ihn aufmerksam. Es war der Hanser Jakob Bringer. Ein schlaksiger Schonenfahrer, ein Kaufmann, der mit seiner fröhlichen Art und seiner Hartnäckigkeit überraschend schnell in den Kreis der reichen Lübecker aufgestiegen und Sprecher der Zirkelgesellschaft geworden war.

»Ah, Rungholt. Kommt. Die Zirkelgesellschaft lädt ein. Kein schöner Grund, aber auch beim Leichenschmaus lässt sich saufen!« Jakob lachte. Seine Wangen waren rot. Er wankte auf Rungholt zu und versuchte, ihn an den Tisch mit Trauergästen zu lotsen. Angesichts der Geselligkeit und vor allem mit Blick auf die zahlreichen, steinernen Bierkrüge, den saftigen Schaum und den verführerischen, bernsteinfarbenen Inhalt, drohte Rungholt für einen Moment schwach zu werden. Ein Bier. Ein einziges nur. Ein Krug schnell gestürzt mit Jakob dem Heringshändler, dessen Bekannten aus Schonen und den Mitgliedern der Zirkelgesellschaft, danach konnte Rungholt ja immer noch die Wirtin befragen.

Der Heringshändler drückte ihm lachend einen Krug in die Hand und wollte ihn schon zum Tisch ziehen, als Rungholt etwas auffiel. Grübelnd blieb er stehen und betrachtete den hageren Mann, der ihn am Arm genommen hatte. Endlich hielt auch Jakob inne, verfolgte Rungholts skeptischen Blick, der noch immer die Schecke zu mustern schien. War etwas mit Jakobs eng anliegendem, verziertem Jäckchen?

»Oh, nein! Matilde wird mir die Ohren lang ziehen«, lachte Jakob. »Wo ist denn der Dreck? Stinkt es?« Prüfend musterte Jakob seine Kleider zupfte und zerrte und roch. Er kleckerte sich dabei erst recht Bier über den Latz. Rungholt ließ seine

Finger kurz über den bunten Stoff von Jakobs Kleid gleiten, dann klopfte er dem Heringshändler nett auf den Arm.

»Du siehst blendend aus, Jakob. Aber wir müssen das Zechen leider verschieben. Grüß mir Matilde.«

Rungholt ließ seinen Blick über die Gäste schweifen. Zufrieden sah er sich nach der Wirtin um. Er hatte etwas zu erledigen – angesichts Jakobs kostbarer Schecke war ihm endlich klar geworden, was nicht zu Daniels Darstellung passte.

»Auf drei! Kommt … Und eins und zwei und … drei!« Hinrich Calve stemmte sich gegen das schwere, hölzerne Rad. »Los! Jetzt!«, befahl er dem Fuhrmann, der vom Bock den Pferden die Zügel um die Ohren schnalzen ließ. Mit zwei Söldnern versuchte Hinrich, den Tonnenwagen anzuschieben. Vergeblich. Gemeinsam stemmten sie sich gegen das Rad, rutschten jedoch immer wieder im Schlamm weg. Der Wagen steckte fest.

Calve hatte sich noch gestern in der Kirche vor der astronomischen Uhr endgültig entschieden aufzubrechen. Er hatte nicht länger in Stralsund bleiben wollen. Der Stadt, in die sein toter Egbert gebracht werden würde, nur um ihnen nach Lübeck nachzureisen. So hatten sie in der Nacht Wismar passiert und waren nun kurz nach Grevesmühlen.

Im Dunkeln waren sie nur schleppend vorangekommen. Sarnows Sorgen, dass Calve überfallen werden könne, blieben unbegründet. Stund um Stund hatte sich der kleine Tross, bestehend aus Calves Tonnenwagen, der von den drei Söldnern auf ihren Pferden umringt wurde, vorwärts bewegt. Sein Sohn Johannes war nicht müde geworden, die Berittenen nach ihren Schwertern und Schilden auszufragen. Meist hatte sich Calve zurückfallen lassen und war hinter dem Wagen geritten, den Blick auf die grauen Zweige der Bäume. Sie hatten sich unablässig im Wind gewiegt, und genauso wogend waren Calves Erinnerungen an Egbert vorbeigezogen. Sie wischten vorüber, um dann erneut aus dem Dunkel aufzutauchen. Er hatte sich daran erinnert, wie sie zusammen das erste Mal nach Brügge gefahren waren. Damals, Johannes war noch nicht geboren, hatte Egbert zum ersten Mal die fremde Stadt und den großen Hafen gesehen. Der Knirps war so freudig herumgehüpft, dass er sich in einer Tauschlinge verfangen hatte und über Bord gegangen war. Ihm war nichts passiert, aber sie hatten ihn aus dem Hafenbecken fischen müssen. Zur Belustigung der Fischerinnen, die den pitschnassen Bengel erst einmal unter ihre Fittiche genommen hatten.

Die Gedanken an Egbert und das monotone Traben hinter dem Wagen hatten Calve schwermütig werden lassen. Vor einigen Stunden hatte es zu regnen begonnen. Sofort war der schmale Pfad, auf dem sie gen Lübeck rumpelten, aufgeweicht. Schlaglöcher füllten sich mit tückischem Schlamm, in denen die schweren Räder des Tonnenwagens versanken. Calves Gefolge war nur mühsam vorangekommen. Immer wieder musste er mit den Söldnern die verfluchten Holzscheibenräder anschieben und den Wagen aus dem Dreck zerren. Dabei waren die beiden vorgespannten Pferde nur eine kleine Hilfe, denn schon die ganze Nacht hindurch hatten sie unter Last gestanden und waren entsprechend erschöpft.

Nervös sah sich Calve um. Der Wind ließ die Wipfel der nahen Bäume unheimlich rascheln. Der Regen auf den Zweigen hatte sich mittlerweile zu einem stetigen Pladdern gewandelt. Sie mussten aus dem Wald heraus. Der Weg nach Lübeck war nicht sicher. Aber welche Handelsroute war das schon? Immer noch konnte Calve es nicht fassen, dass Vitalienbrüder seine Kogge im Sund vor Dänemark aufgebracht haben sollten. Das Schiff und Waren im Wert von mehreren zehntausend Silbermünzen waren verloren. Der Verdienst eines Jahres und das Glück seines Lebens. Egbert. Wäre Johannes nicht gewesen, Calve hätte sich in Stralsund wohl selbst etwas angetan. So jedoch hatte er am späten Abend in Sarnows Haus doch noch drei Fässer voll Pelze aus dem Osten geladen. Nur gut, dass sein Freund darauf bestanden hatte, ihm die Berittenen mitzugeben.

»Es wird gleich stürmen. Beeilt euch!«, rief Calve gegen den Wind und wischte sich das Regenwasser aus dem Gesicht. Sie alle waren vollkommen durchnässt. »Noch mal auf drei…«

Erneut stemmten sich die Männer ächzend gegen den Wagen. Fluchend musste Calve zusehen, wie das Rad, das sie so mühsam bewegt hatten, mit einem saftigen Schmatzen erneut zurück in die Matschkuhle glitt. Der Wagen hing fest.

»Johannes!« Calve sah sich nach seinem Sohn um. Der Zehnjährige war zurückgefallen und ließ seinen Kohlrappen abseits bei einem der Söldner verschnaufen. Der Mann sollte Ausschau halten, wurde nun aber von Johannes abgelenkt. Der Junge interessierte sich mehr für das Schwert und den schweren Brustpanzer des Mannes, als für die Probleme mit dem Karren. Fasziniert ließ er sich das Langschwert des Söldners zeigen.

»Johannes! Setz ab! Mach dich endlich nützlich, Junge! Hol einen Knüppel. Wir müssen etwas unterschieben.«

Der Junge gehorchte sofort. Zufrieden verfolgte Calve, wie Johannes in den angrenzenden Wald lief. Er nickte dem Söldner zu, der daraufhin dem Jungen per Pferd etwas folgte, um ihn im Auge zu behalten. Johannes würde mal ein guter Kaufmann werden, da war sich Calve sicher. Oft fragte er sich, ob er nicht zu nachlässig mit seinem Sohn umging. Er liebte den Jungen zu sehr, als dass er ihn richtig züchtigen konnte. Schon nach ein paar Schlägen brachte es Calve nicht mehr über das Herz. Er hatte die Schläge immer seiner Frau überlassen müssen, die den Knaben härter führte. Calve sah, wie Johannes mit Reisig und Knüppeln im Arm zu ihnen eilte.

Während der Junge mit den Söldnern die Äste unter die Räder steckte, blickte Calve zum Himmel. Die Wolken sahen nicht verheißungsvoll aus. Heftiger Sturm kündigte sich mit starken Böen von der Ostsee her an, und ihr Tross war noch immer Stunden vor Lübeck. Sie mussten sich beeilen, wenn sie noch am Abend ankommen wollten und dem Unwetter entgehen. Da stieß ihn sein Sohn an.

»Soll ich noch Holz holen, Vater?«

»Nein, das wird reichen. Pack mit an.« Johannes nickte. Calve strich ihm übers nasse Haar. Zusammen stemmten sie sich gegen das Rad. Auch wenn Johannes die Mathematik mehr faszinierte als das eigentliche Geschäft – er war ein guter Junge. Er war ein guter Junge.

Rungholt wartete auf die Wirtin und sah sich nochmals in der Kneipe um. Der Heringshändler Jakob Bringer, der gern seinen überraschenden Erfolg zeigte, war kein ungewöhnlicher Gast. Der Travekrug war eine Gaststätte für den gehobenen Stand. Hier verkehrten kleine Kaufleute und ehrbare Kapitäne – kein Gesindel oder gar Handwerker. Auch wenn unter den Gästen keine reichen Patrizier waren, so war die Kundschaft dennoch gut betucht. Seide und bunte Farben herrschten vor. Tuch aus Flandern, feinste Wolle aus England. Auch Jakob hatte eine durchaus kostbare Schecke getragen, wie Rungholt bemerkt hatte. Und genau dies passte nicht zu ihrem Leichenfund.

Der Tote, so wie Rungholt die Wasserleiche mit Marek und Richter Winfried auf den Tisch in der Badestube gewuchtet hatten, war ein ärmlicher Mann. Er hatte nur einen löchrigen Mantel getragen und ein speckiges Unterkleid. Rungholt hatte grobe Schafwolle gespürt, als er dem Fremden das Hemd aufgeschnitten hatte, um den Einstich zu sehen. Es war Schafwolle von minderer Qualität. Selbst ein schlechter Händler hätte dies sofort gefühlt.

Hatte Daniel sich geirrt? War der Mann vielleicht doch nicht hier im Krug abgestiegen? Oder war der Fremde letztlich vermögender, als seine Kleidung es verhieß?

Rungholt schob sich zum Ende der Theke vor und klopfte ungeduldig auf die Anrichte. Die Wirtin, eine plumpe Frau, deren Wangen mit Warzen besetzt waren, wandte sich absichtlich ab. Rungholt musste sie erst anfahren, bevor sie sich bemüßigt fühlte, seine Fragen zu beantworten. Widerwillig nuschelte sie, dass sie den Namen des Fremden nicht kenne. Ihr

Gast habe sich nicht vorgestellt, ja er rede insgesamt wenig. Aber immerhin sei er höflich. Der letzte Kommentar war eindeutig an Rungholt gerichtet, der keinen Sinn darin sah, die fette Witwe mit Charme zu bezaubern. Ihn gemahnte ihr schiefes Grinsen mit den vergammelten Zähnen an seinen schmerzenden Backenzahn. Und das gefiel ihm ganz und gar nicht.

»Er sah mir südländisch aus. War er aus Florenz? Vielleicht Venedig?«, fragte Rungholt.

»Weiß nicht, wo er her ist. Auch egal. Warum wollt Ihr sein Zimmer sehen? Der ist die ganze Zeit nicht im Haus.« Sie zog einen leeren Krug zu sich. »Mit seinem dunklen Haar kann er Slawe sein. Mir gleich. Und wenn er damit Däne wär'.«

»Ist vorgestern Nacht etwas vorgefallen? Ich meine außer der Schlägerei?«

Sie zuckte mit den Schultern. »Wollt Ihr was trinken oder weiter dumme Fragen stellen?« Rungholt gab keine Antwort. Sie musterte ihn, dann drängte sie sich an Rungholt vorbei und wischte den Tresen ab. »Nett ist er. Aber dieser andere, dieser Rotz, der musste ja den Streit anfangen. Hat hier rumgeschrien und ist dem armen Mann an die Gurgel. Deswegen seid Ihr doch gekommen?«

Rungholt hielt sie am Arm. »Der *Rotz* war – *ist* mein Lehrling. Und mein Lehrling fängt keinen Streit an. Zeigt mir endlich das Zimmer dieses Mannes. Oder soll ich erst den Fiskal holen?« Er musste sich anstrengen, nicht laut zu werden.

Die Alte riss sich schnaufend los. »Wenn Ihr der Leumund von diesem…« Es bereitete ihr neckische Freude, es lustvoll auszusprechen. »…*Rotz* seid, dann lass ich Euch lieber in keines meiner Zimmer. Einen Stuhl hat er zerschlagen, Euer *ehrbarer* Bengel, und eine Öllampe von der Decke geholt.«

Sie wollte sich einem der anderen Gäste zuwenden, besann sich dann jedoch eines Besseren und musterte Rungholts edles Gewand. »Andererseits, wenn Ihr der Herr des Jungen seid, so könnt Ihr sicher auch für seinen Schaden aufkommen. Er steht doch unter Eurer Munt.«

Rungholt schlug ihre Hand weg, mit der sie seine Heuke betatschen wollte. Er zog knurrend einen seiner Geldbeutel hervor, die er am Gürtel trug. Zumeist hatte er drei oder vier der Beutel dabei, sodass niemand ihm alle Silberlinge auf eins abschneiden konnte. Er schob der Alten zwei Münzen hin. Die Wirtin sah das wenige Geld missmutig an, steckte die Münzen jedoch trotzdem ein.

»Wenn Ihr das Zimmer sehen wollt… Er ist heute noch nicht heruntergekommen. Ihn zu stören kann Ärger bedeuten, Ihr versteht? Nachher fehlt mir etwas in der Kasse. Man sollte die Ruhe der Gäste nicht stören.« Sie wollte mehr Geld. Rungholt lächelte.

»Nun, seine Ruhe kann wohl nicht mehr gestört werden. Er ist tot.« Soweit Rungholt das beurteilen konnte, war das Entsetzen der Alten echt. »Er wurde gestern in der Früh aus der Trave gefischt. Zerquetscht.«

»Gestern? Das kann nicht sein. Er war gestern in seinem Zimmer. Den ganzen Tag. Hat wohl über seinen Pergamenten gebrütet.«

»Ich dachte, er sei die Tage über immer fort gewesen?«

»Ja. Der geht immer früh am Tag und kehrt erst spät zurück.«

»Und vorgestern, als es den Streit gab?«

»Vorgestern auch. Aber er hatte Pergamente unter dem Arm. War wohl ein guter Geschäftsabschluss. Hat jedenfalls den ganzen Abend gut Trinkgeld gegeben und dann gespielt. Und dann fing Ihr… Ihr *Rotz* zu schlagen an.« Sie lachte. »Tot. So tot kann er nicht sein. Heut Morgen hatte er ja noch Besuch von zwei Dirnen aus dem Badhaus.« Sie grinste schief, merkte dann jedoch, dass es Rungholt ernst war.

Rungholt hatte Mühe, ihr die schmale Stiege hinaufzufolgen. Er hielt sich am wurmigen Geländer. Das Treppensteigen ließ ihn hörbar atmen. Er spürte die Anstrengung und bei jedem Herzschlag die Wurzel seines schlimmen Zahns pochen. Den Hintern der Wirtin vor Augen ermahnte er sich, endlich etwas deswegen zu unternehmen. Mirke und Alheyd hatten Recht, wenn sie ihn ständig wegen seiner Feigheit vor den Ärzten aufzogen. Er schwitzte. Immer noch hatte er die Gugel um den Hals. Er streifte sie ab, tupfte sich damit die Stirn und schob seinen mächtigen Körper weiter die Stiegen hinauf. Die Wirtin wartete bereits. Sie klopfte an der Tür. Keine Reaktion. Sie flüsterte etwas. Rungholt verstand es nicht, denn er kämpfte noch immer mit dem schlagenden Schmerz in seinem Kiefer. Keuchend versuchte er, Luft zu bekommen, und strengte sich an, nicht allzu sehr an seinen Zahn zu denken. Sie klopfte erneut, dann schob Rungholt sie beiseite. Er ermahnte sie, den Unsinn zu lassen, steckte seine Gugel ein und stieß die Tür auf.

Sie schwang auf und offenbarte ein winziges Gästezimmer mit zwei Fenstern, die nur mit getränkten Leinen verhangen waren. Die hölzernen Fensterläden standen offen, sodass der Wind hineinwehte. Die Fenster zeigten zur Hartengrube hin. Von draußen konnte Rungholt Pferdegeklapper hören.

Er war überrascht. Hier also sollte der Fremde Quartier bezogen haben, bis sie ihn gestern aus der Trave gezogen hatten? Anstatt einzutreten warf er der Wirtin einen Blick zu. Er merkte, dass sie gleichfalls verblüfft innegehalten hatte und an seinem wuchtigen Körper vorbeischielte.

Vor ihnen lag das kalte Zimmer. Bett, Schemel, Schrank. Das Bett zugeklappt, der Schemel starr vor dem Tisch, der Schrank leer. Das Zimmer war ausgeräumt. Gereinigt und gefeudelt. Nichts kündete vom Fremden. Zögernd drückte sich Rungholt durch die schmale Tür. Er fragte die Alte, ob sie nicht bemerkt habe, dass der Fremde in der Nacht gegangen sei? Sie schüttelt stumm den Kopf, fassungslos sah sie sich um.

»Tot, sagt Ihr? Nun, vorher muss er noch mal hinaus sein und seine Sachen mitgenommen haben. Gut, dass er im Voraus bezahlt hat.«

Rungholt wurde hellhörig. »Im Voraus? Wie viele Tage? Wie

lang hat er hier schon gewohnt?« Er öffnete den Schrank. Dunkel und leer. Nichts. Wie er erwartet hatte. Er schloss ihn wieder.

»Fünfzehn Nächte war er schon hier. Und für sechs weitere hat er gezahlt. Und er hat gut gezahlt, das kann ich Euch sagen.«

Rungholt überhörte den Tadel geflissentlich. Es stimmte also. Der Fremde, egal ob ärmlich gekleidet, hatte Geld bei sich gehabt. Viel Geld, wie es schien, wenn er knapp drei Wochen im Voraus zahlen konnte. Von den Dirnen und von der wertvollen Tassel als Würfeleinsatz, ganz zu schweigen. Kein Wunder, dass die Alte ihn in Schutz nahm. Es war wohl ihr profitabelster Gast gewesen.

Mirke glitt der Keramikteller aus der Hand. Er zersprang auf den Steinen des Küchenbodens. Der kostbare Teller lag in Scherben. Sofort bückte sich Mirke und versuchte, alles aufzuklauben, wobei sie grummelte. Sie fluchte Verwünschungen wie ein Rohrspatz.

»Mirke, du sollst nicht fluchen!« Mirkes Stiefmutter Alheyd schürte die Glut des Ofens, auf dem schon das Essen brutzelte.

»Entschuldige Mutter.«

Auf der kniehohen Feuerstelle köchelte es seit Stunden. Das Essen duftete verführerisch aus den Bronzetöpfen. Würziger Geruch von Gebratenem, verwoben mit dem frischen Duft nach Früchten und dem süßlichen Dunst von Karamell erfüllte die offene Küche. Sebalt von Attendorn wurde erwartet und zu seiner Ehre hatten Alheyd und Hilde ein Ferkel aufgespießt. Die Magd ließ unablässig Fett darüber zerlaufen und sah zu, wie es gold glänzend über die knusprige Schwarte rann und in den Fettfänger tropfte. Das Bratenfett würde gerade recht kommen, um Rungholts ausgetretene Stiefel und Schuhe einzureiben. Das Leder musste dringend vor Wintereinbruch wetterfest gemacht werden. Vielleicht blieb auch noch genug Fett für leckeres Schmalz übrig. Das Ferkel, wohl abgeschmeckt und eingerieben mit Zimt, Ingwer, Safran und reichlich Basilikum sollte nur einer von fünf Gängen werden. Ein Festmahl für Attendorn.

Alheyd schüttelte grinsend über Mirke den Kopf. »Mit deinem Fluchen kommst du wirklich nach deinem Vater, Mirke.«

Hilde gluckste und ließ vom Ferkel ab. Ihr Kichern hallte schrill durch Küche und Diele. Es ließ auch Alheyd lachen. Sie grinste Mirke an, die noch immer Scherben aufhob, und ahmte brummelnd Rungholt nach: »Na, ist doch wahr, Mirke! *Verdammt* noch eins, verfluchter Mist, verfluchte Saubande!«

Alle drei prusteten los. Alheyd schnitt sich beinahe in den Finger, als sie den letzten Fitzel Kohl in den Grapen schnipste. Sie gab sich Mühe, ihre Unsicherheit gegenüber ihrer Stieftochter mit Humor zu überspielen, das hatte Mirke bemerkt. Die schlanke Frau mit dem langen blonden Haar, der zierlichen Nase und den blitzenden Augen, war immer redlich mit Mirke umgegangen. Doch Mirke wollte nicht ihre Tochter sein. Und auch nicht so tun als ob. Allein, dass Alheyd darauf bestand, Mutter genannt zu werden, widerstrebte Mirke, die nur mit Rungholt oder mit Hilde über ihre Probleme sprach. Vielleicht war Mirke mit acht Jahren auch damals einfach schon zu alt gewesen, als Alheyd Rungholts zweite Frau wurde und das Haus in Beschlag nahm.

Mirke bückte sich und hob eine große Scherbe auf, ließ sie in einen Eimer fallen.

»Hol einen Besen, Mirke. Du schneidest dich doch, Kindchen.« Obwohl Alheyd es fürsorglich meinte, stieß die Aufforderung bei Mirke eine Saite an. *Kindchen.* Sie war dreizehn! Immer musste ihre Stiefmutter sie tadeln, und immer musste es nach ihrer Nase gehen. Waren Mirke und ihr Vater, waren sie beide allein nicht auch glücklich gewesen? Mirke hatte nie begriffen, weswegen Rungholt nach dem Tod ihrer Mutter Johanna unbedingt ein neues Weib um sich haben musste. Reichten ihm denn Mirke und Hilde und die Knechte im Haus nicht? Sie waren die Einzigen um Rungholt gewesen, nachdem Mirkes Schwestern aus dem Haus waren.

Gut, sie hatten beide lange getrauert, nachdem Mutter gestorben war – doch Mirke hatte sich dem Verlust mit unbeugsamem Trotz gestellt und ihn so überwunden. Zumindest äußerlich. Die Zeit allein mit Rungholt war großartig gewesen. Er hatte sie oft mit in den Hafen zu den Schiffen genommen. Sie durfte mit den Knechten toben und in den Speichern fremder Handelsleute Verstecken und Vitalienbruder spielen. Und selbst das Rathaus hatte sie mit drei frechen Gören aus der Marlesgrube damals zu ihrem Spielplatz erklärt. Ständig waren sie die Treppen hinauf- und heruntergewetzt, hatten in den Laubengängen und Fluren Fangen gespielt oder die Händler unten auf dem Marktplatz geärgert, wenn sie mal wieder mit ihrer aufgeblasenen Schweinsblase versuchten, die Torbögen bei den Ständen der Goldschmiede zu treffen. Bei Rungholt hatte Mirke viele Freiheiten genossen. Mehr als andere Mädchen in ihrem Alter. Doch diese Kinderspiele lagen weit zurück.

Der bittersüße Gedanke an die unaufhaltsam weichende Kindheit flackerte in ihr. Ein wenig so, wie die blakenden Öllampen in der Diele. Draußen war es dunkel, so düster, als sei es bereits Nacht, dabei war der Abend erst angebrochen. Ein Unwetter zog sich zusammen.

Mirke rupfte den Besen aus der Ecke und kehrte auf. Als sie gestern beim Besticken ihres bunten Verlobungskleides aus Versehen ein Loch hineingeschnitten hatte, war Alheyd schier wahnsinnig geworden. Sie beide hatten an dem Surkot schon seit Wochen gearbeitet, hatten weißes Eichhörnchenfell ausgesucht, passende Muster für das Stickwerk an der Schulter gezeichnet und den Schnitt des Kleides mehrfach geändert. Mirke wollte den Surkot mit einer eng anliegenden Cotardie aus Seidenbrokat tragen, und sie hatte sich auf das Kleid gefreut.

Ihre Stiefmutter hatte bemerkt, wie durcheinander und fahrig Mirke gewesen war und hatte sofort nach dem Grund fragen müssen. Mirke wusste nicht, inwieweit sie Alheyd trauen konnte. Wenn ihre Stiefmutter erfuhr, dass sie Daniel liebte und die Verlobung mit Attendorn nur zu gerne aufgekündigt hätte… Nicht auszudenken, was dann geschah. Sie hatte das Kleid still geflickt und alle Fragen abgewiegelt. Schließlich hatte Alheyd Rungholt aufgetragen, für das *Kindchen* neuen Stoff zu kaufen.

Sie war ungerecht. Und sie schämte sich für die schlechten Gedanken gegenüber Alheyd. Vielleicht war sie ihrer Stiefmutter nur so garstig gegenüber, weil sie müde war und ihre Gedanken immerzu um Daniel kreisten.

Sie hatte letzte Nacht wach gelegen und viel geweint. Mal dachte sie an Daniel, was er durchlitt und welche Qualen er in der Fronerei wohl auszuhalten hatte? Dann hatte sie gegrübelt, wie sie es anstellen konnte, Rungholt nach Neuigkeiten auszufragen. Sie hatte sich herumgewälzt, jedes Geräusch im Haus war zu laut gewesen, und ihre Gedanken waren immer wieder zur bevorstehenden Verlobung mit Attendorn zurückgekehrt. Sie hatten sich schlingernd um Liebe, Verlobung und Heirat gedreht und darum, dass sie nun im Begriff war, endgültig erwachsen zu werden. Liebe und Freundschaft erschienen ihr plötzlich wie die reich gefüllten Töpfe einer naiven Kindheit. Aber sie wollte die Liebe nicht aufgeben. In der Nacht hatte sie von drei eigenen Kindern geträumt, die in ihrem Haus umhertobten. Sie hatte gedacht, dass Daniel der Vater sei, doch dann war Attendorn erschienen – stattlich und gepflegt – und hatte sie in den Arm genommen und geküsst und…

Da war sie hochgeschreckt und hatte sich in der dunklen Kammer umgesehen. Horchend hatte sie wachgelegen. Es war beinahe Morgen gewesen, als sie Rungholt nach Hause kommen hörte. Müde war sie heute Morgen Rungholt hinterhergeschlichen, hatte aber nicht jeden seiner Schritte beobachten können. Sie hatte gesehen, dass er in die Fronerei und schließlich zum Travekrug gegangen war, aber als er auch nach einer Stunde nicht herausgekommen war, hatte sie ihren Einkauf für Alheyd fortsetzen müssen.

Während sie die in Zuckersirup eingelegten Früchte bereitlegte, sah sie ihre Stiefmutter an. Eine hübsche Frau, gewiss, aber Rungholt hatte Mirke vor der Hochzeit gesagt, dass er Alheyd nicht liebe. Er habe nur ein Versprechen gegenüber ihrem toten Manne eingelöst. Die Liebe werde sich schon mit den Ehejahren einstellen, hatte ihr Vater gesagt. Für Mirke unbegreiflich. Wie kann sich Liebe *einstellen*?

Hatte es denn keine Gewandschneiderin sein können, oder besser noch das Weib eines verstorbenen Geschäftsmannes? Oder die Braut eines Vitalienbruders. Ja, das wäre jedenfalls spannend gewesen – ihr Vater und die rothaarige Braut eines Serovere! Doch ausgerechnet Alheyd? Die Witwe eines befreundeten Handwerkers? Eines Salunenmakers? Jeden Morgen und jeden Abend betete Alheyd zu Severus von Ravenna, dem Schutzpatron der Tuchmacher, und nicht zum heiligen Nikolaus – und mit Geschäften kannte sie sich auch nicht aus. Nur mit ihren Tüchern. Wie konnte man jemanden heiraten, den man nicht liebt?

In einem kleinen Grapen karamellisierte Zucker. Mirke rührte um. Der süße Sirup wurde dunkler. Mit Blick auf das braun glänzende Ferkel wurde ihr schlagartig bewusst, dass dies dort ihr Festmahl war. Ein Mahl um ihren zukünftigen Ehemann zu beeindrucken. Ein Gelage, an dem über ihr Leben gefeilscht werden würde. Ihr schwindelte, als sich der Gedanke an Attendorn und ihre zukünftigen Kinder mit den Gedanken an das Murmelnspielen mit Daniel vermischten und alles sich mit dem Duft des gebratenen Schweins vermengte. Es war zu viel für sie – zu viele Gefühle auf einmal.

»Ist dir nicht gut?«

»Ich muss mich setzen.«

Alheyd schob Mirke einen Schemel hin. Sie sah ihre Stieftochter besorgt an.

»Es geht schon.« Mirke setzte sich.

»Es ist wegen Daniel, nicht?«

Mirke schreckte auf. »Daniel? Nein, wieso? Natürlich nicht…«, brachte sie hervor. »Es ist nur…«

Wusste Alheyd etwas? Sie spürte sofort die Tränen und den Kloß in ihrem Hals. Nur ruhig. Sie weiß nichts.

»Sei so nett und hol noch etwas Petersilie aus deinem Garten, Hilde.« Alheyd reichte der Magd eine Schere und wartete, bis sie gegangen war. Dann fuhr sie bedächtig fort: »Du liebst ihn, hab ich Recht?«

»Was? Woher…« Mirke zuckte zurück. Sie biss sich auf die Lippen. Jetzt – oh Gott – jetzt hatte sie es verraten, und Alheyd würde es Rungholt petzen und dann…

»Ich weiß, dass du mir nicht vertraust und ich keine Mutter für dich bin, Mirke, aber halte mich bitte nicht für dumm. Ich bin ja nicht blind. Du kannst von Glück sagen, dass dein Vater seinen dicken Querschädel so voll mit seinen Geschäften hat.« Sie lächelte aufmunternd, doch Mirke schlug das Herz bis in den Hals. Waren sie und Daniel wirklich so unvorsichtig gewesen?

Alheyd zog sich einen Hocker heran, setzte sich zu Mirke und nahm ihre Hand. »Ich möchte, dass du mich verstehst, Mirke. Daniel ist ein guter Junge. Und es ist eine Schande, dass sie ihn in die Fronerei gesperrt haben. Er hat nichts getan. Da bin ich mir sicher.« Mirke nickte. Alheyd lächelte und fuhr sanft fort: »Aber die Liebe, Mirke… Die Liebe ist sehr flüchtig. Wie ein… wie ein schlecht gesponnenes Tuch. Es sieht nicht nur unfein aus, das Tuch. Es zerreißt vor allem schnell. Gerade, wenn es mit heißer Nadel gestrickt wurde. Verstehst du?«

Mirke zog die Hände zurück. Sie verstand sehr wohl. Aber was hatte das mit Daniel und ihr zu tun? Sie liebte Daniel nicht erst seit gestern. Und nun war er eingesperrt, und über ihn sollte Blutgericht gehalten werden.

»Und die Heirat ist das starke Tuch. Das nicht zerreißt«, antwortete sie sarkastisch.

»Ja, die Heirat bringt die Liebe. Sie bringt sie langsam, aber dafür fest und praktisch. Schau dir deine Schwestern an. Anegret und Margot sind auch glücklich. Man muss Geduld haben.«

»*Praktisch. Geduld!*«, sagte Mirke. Beißender Geruch stieg auf. Der Zucker! Mirke sprang auf, drängte sich an Alheyd vorbei zur Feuerstelle.

»Die Heirat ist nicht die Liebe, Mirke. Eine Friedelehe hat noch niemandem Glück gebracht. Glaub mir.« Sie stellte sich zu Mirke an den Ofen, reichte ihr einen Holzschaber. »Ich hatte auch Angst, als ich das erste Mal geheiratet habe. Ich kannte meinen Gerhard kaum, so wie du Attendorn kaum kennst. Aber Gerhard war ein ehrbarer Mann. Ein Mann mit Anstand und Größe.«

Mirke schabte den Zucker aus dem Grapen. Das Karamell war zu einer bitteren Masse verbacken und klebte im Kochtopf. Sie sah nicht zu Alheyd. Schwarzer Zucker.

Hilde erschien mit der Petersilie in der Tür, doch Alheyd warf ihr einen stummen Blick zu, woraufhin die Magd wieder verschwand. Mirke rief, sie solle ruhig kommen, aber Hilde überhörte es geflissentlich.

Ihre Stiefmutter nahm Mirke bei der Schulter. »Wir werden in der Hochzeitsnacht alle an eurem Bett wachen. Ich und Hilde. Du brauchst keine Angst zu haben. Aber erst einmal kommt die Toslach.«

Mirke zog den Grapen vom Feuer. Bisher hatte sie nicht gewagt, an die Hochzeitsnacht zu denken. Das alles kam viel zu überraschend. Erst seit drei Monaten hatte Rungholt das *Geschäft* eingeleitet und mit Attendorn gesprochen, der dringend eine Frau suchte. Anstatt wie die anderen Mädchen schon Jahre vor der Hochzeit versprochen zu werden, stand ihre Verlobung für den Freitag an. Und im November schon die Heirat. Erst die Upslag in der Kirche, das feierliche Jawort, dann die mehrtägige Brutlacht, das Fest mit unzähligen Gästen und mit reichlich Wein und Bier, zu Hause. Und später dann die … die Hochzeitsnacht.

»Es geht schnell vorbei. Glaub mir«, sagte Alheyd.

Es geht schnell vorbei – und wie ernst Alheyd sie dabei ansah. Als sei die Hochzeitsnacht die schmerzhafte Behandlung eines Wundarztes. Beiß die Zähne zusammen, es geht schnell vorbei. Sollte Mirke das Mut machen?

»Attendorn ist ein anständiger Kaufmann. Ein Mann mit Manieren und Einfluss«, fuhr Alheyd fort. »Seine Morgengabe wird beträchtlich sein. Die Liebe wird kommen. Du wirst sehen. Und dann wirst du die Vorteile eurer Verbindung genießen. Attendorn ist ein aufrechter Mann ...«

... und ein Langweiler führte Mirke den Satz in Gedanken zu Ende. Es war ja nicht so, dass sie Attendorn hasste. Sie konnte sich nur einfach nicht vorstellen, in seinen Armen zu liegen. So, wie sie es so oft bei Daniel getan hatte. Attendorn war so ... so reif. So alt. Mirke stellte sich an die kleine Pumpe und beförderte Wasser vom Becken aus dem Keller hoch. Sie ließ etwas in den Topf laufen. Hilde würde den Grapen später mit Eisenwollen auskratzen müssen.

»Deine Kinder werden wohl später Bürgermeister werden, und seine und Rungholts Geschäfte leiten, wenn die beiden sie in einigen Jahren nicht mehr wahrnehmen können. Die Attendorns und die Rungholts. Zusammen werden wir eine der stärksten Familien Lübecks sein, Mirke. Du solltest deinem Vater dankbar sein, dass er die Verlobung mit Attendorn so geschickt ausgehandelt hat.«

Alheyds mildes Lächeln ließ Mirke noch mehr bocken. »Ausgehandelt. Niemand verhandelt über mich.«

»Ein großer Satz für mein kleines Mädchen.« Alheyd wollte Mirke auf die Nase tippen, aber Mirke ließ ruppig den Topf ins Wasser fallen.

»Ich bin nicht dein Mädchen.« Etwas von dem noch heißen Zucker spritzte auf ihre Hand. Sie schrie und steckte sie sich in den Mund. Als Alheyd nach der Hand sehen wollte, riss Mirke sie ihr weg und lief nach oben auf ihr Zimmer.

Sie wollte sich in die weichen Kissen fallen lassen und heulen, aber sie hatte den Verschlag zu ihrem Alkoven wie jeden Morgen zugeklappt. Wütend stand sie vor den Holztüren und versuchte sie aufzureißen, aber die Griffe waren schon seit Jahren abgerissen, sodass sie immer in die Ritze greifen und herumzupfen musste. Dafür hatte sie jetzt aber keine Zeit und keine Geduld. Sie war viel zu wütend und zu traurig und zu patzig und…

Sie ließ sich auf den Holzboden fallen und hieb mit den Fäusten auf die Dielen. Alles Erwachsensein war von ihr abgefallen. Sie war so wütend und kam sich so machtlos vor, und das ließ sie noch wütender werden.

Als eine Stunde später Alheyd mit Hilde kam, um sie für das Gastmahl herzurichten, da hatte sie ihr Steckenpferd entzweigebrochen und zwei ihrer Lieblingspuppen dem Drachen zum Fraß vorgeworfen. Alheyd hatte einen der starken Knechte rufen müssen, der Mirke festhielt, damit sie sie ankleiden konnten. Und unablässig hatte Mirke unter Tränen gezischt und gebrummelt und geflucht. Ganz ihr Vater.

Rungholt fluchte. Er sah sich im leeren Zimmer um und versuchte zusammenzusetzen, was er bisher wusste. Die Alte hatte er hinausgeschickt. Mittlerweile war es wegen des nahenden Sturms so dämmerig draußen, dass er eine Kerze angezündet hatte. Er setzte sich aufs Bett und ließ seinen Blick schweifen. Ein wenig so, wie er es auf der Bank hinter seinem Haus immer tat, wenn er über die Geschäftsbücher nachsann oder Rotrückchen zusah.

Der Fremde war nicht ins Hafenbecken gestürzt oder letzte Nacht von Daniel erschlagen worden. So wie Kerkring es annahm, war es nicht geschehen. Der Fremde war niedergestochen worden, noch bevor man ihn in die Trave geschmissen hatte. Letzteres wohl, damit niemand ihn fand.

Und nun hatte jemand im Travekrug alle Spuren beseitigt, die auf den Fremden hinwiesen. Die Wirtin hatte gesagt, der Mann habe Pergamente bei sich gehabt, doch hier war nichts mehr zu finden. Angesichts der ärmlichen Kleidung und des leer geräumten Zimmers gab es nur eine Schlussfolgerung: Jemand hatte den Fremden ermordet und nicht einmal davor zurückgeschreckt, dem Toten die Kleidung aus- und ärmliche anzuziehen. Der Mörder hatte dem Fremden den lumpigen Mantel und das grobe Hemd übergestreift. Jemand wollte verhindern, dass die Herkunft des Fremden ans Tageslicht kam.

Rungholt versuchte, die Ereignisse in einen Zusammenhang zu stellen. Ähnlich, wie er es immer mit seinen Frachtlisten tat, die er stundenlang grübelnd aufeinander abstimmte. Bei den Gedanken an seine Kalkulationen, wurde ihm bewusst, dass er besser seine Wachstafeln hätte holen sollen, um alles festzuhalten. Seitdem er von einem Novgoroder Händler um den Lohn einer viertel Kogge gebracht worden war, hatte er es sich zur Gewohnheit gemacht, seine Überlegungen und Notizen lieber in Wachs zu ritzen. Auch wenn er sich einredete, nichts zu vergessen, es entglitt ihm so manches. Da war es besser, immer die Gewissheit zu haben, alles sei notiert. Auch wenn er vieles ungelesen glatt strich.

Was hatte er bisher herausgefunden? Nicht viel. Daniel streitet mit dem Fremden am Abend. Danach bringt jemand den Fremden um, zieht ihm andere Kleidung an und stößt ihn ins Wasser. Irgendwann zwischen der Tat und jetzt kommen zwei Hübschlerinnen in sein Zimmer, das nun vollkommen leer ist. Wahrscheinlich, dass es die beiden Hübschlerinnen waren, die das Zimmer ausgeräumt hatten. Hatten die Dirnen den Fremden auch in den Hafen gelockt, waren sie es gar, die den Mann abgestochen hatten? Wohl kaum. Die beiden Frauen waren viel zu spät im Travekrug aufgekreuzt. Wenn Rungholts Annahmen der Leichenstarre stimmten, so war der Fremde schon Stunden tot gewesen, bevor die Frauen hierher gekommen waren.

Wie waren überhaupt die Habseligkeiten des Fremden hinausgelangt? Seine Kleidung, seine Waffen, die Pergamente?

Hatten die Hübschlerinnen alles durch die Fenster hinab in die Hartengrube geworfen? Aber warum hatte es dann niemand gesehen? Keiner der Gäste hatte etwas bemerkt, kein Büttel auf der Straße war hellhörig geworden?

Rungholt zog das Leinen vom Fenster und blickte hinunter in die Gasse. Gegenüber sah er einen Schmied. Einige Leute schwatzten auf der Straße, während der Mann das Eisen schlug. Rechts und links führten Gänge zwischen den Häusern hindurch. Vor den schmalen Eingängen lungerten Bettler. Unmöglich, hier am Tage etwas unbemerkt herunterzuschmeißen. Er schloss die Fensterlade. Es musste einen anderen Weg geben, alles verschwinden zu lassen.

Es wurde Zeit, dass sich Rungholt ein gutes Stück fettigen Bratens gönnte, seine geschwungene Hornpfeife anblies und nach seinem ureigensten Bierbestand sah. Dem in seinem Magen. Er musste einen klaren Gedanken fassen, und was war da besser, als zu Hause ein paar Krüge hamburgischen Biers zu leeren. Oder sollte er zum Heringshändler nach unten gehen und sich zu ihm an den Tisch setzen? Das würde er tun. Vielleicht war einer der Gäste schon gestern hier, und er konnte so etwas mehr erfahren. Rungholt wusste, dass er sich selbst belog, denn bei einem Bier blieb es nie. Und schlaue Fragen zu stellen, war nach einigen Humpen unmöglich. Dennoch beschloss er, nach unten zu gehen.

Er wollte schon die Kerze löschen, als er ein Funkeln unter dem Bett bemerkte.

Ganz leicht konnte Rungholt es sehen. Erst hielt er es für Einbildung, dann meinte er, dass seine Stegbrille ihm vielleicht einen Streich spielte. Doch er trug seine Brille immer noch nicht. Wie immer hatte er vergessen, sie mitzunehmen. Sie lag noch im Kontor auf seinen Büchern, dort, wo er friedlich gearbeitet hatte. Bevor dies alles gestern über ihn hereingebrochen war wie eine Sturmflut.

Er bewegte die Kerze ein wenig hin und her. Wieder das Funkeln. Irgendetwas blitzte kaum merklich unter dem Bett.

Er kniete sich hin, spähte unter den groben Holzverschlag des Bettes. Sofort schoss das Blut in seinen Kopf, und der Schweiß stand ihm auf der Stirn. Sein Zahn. Rungholt keuchte. Hatte es nicht gereicht, nach Mareks verflixter Nadel zu suchen? Eine knappe Armeslänge entfernt war etwas.

Es muss unters Bett gefallen sein, überlegte er, und hat sich zwischen die Dielen geklemmt. Rungholt stellte die Kerze ab. Er ächzte laut und brummelte Verschwörungen vor sich her, als er sich weiter vorstreckte. Verärgert bemerkte Rungholt, dass die Alte wieder aufgetaucht war und ohne anzuklopfen nun im Türsturz stand und ihn beobachtete. Sie unterdrückte wohl ein gehässiges Lachen. Alte Hexe. Aber wahrscheinlich gab er in der Tat ein lächerliches Bild ab. Ein Mann von über einem Schiffpfund, von nahezu drei Zentnern, auf allen vieren, den Kopf unters Bett gesteckt und nahe daran, sich die Haare mit der Kerze abzubrennen.

Er zog seine Gnippe aus dem Gürtel, klappte das Messer auf und stocherte unter Stöhnen zwischen den Dielen. Tatsächlich konnte er das glitzernde Stück zwischen den Fugen herausbrechen. Es kullerte unter dem Bett hervor.

Eine Kugel. Ein Kügelchen aus golden schimmerndem Bernstein. Mit dem kleinen Ding zwischen den Fingern kam Rungholt hoch. Er bückte sich nach der Kerze und betrachtete die Kugel genauer. Es war die Kugel eines Paternosters. Die Kugel eines Rosenkranzes aus Bernstein.

Als er sie zwischen den speckigen Fingern drehte, hinterließ sie eine Spur.

Geronnenes Blut.

7

Sie kamen langsam voran, aber sie kamen voran. Zwar hatte der Wind zugelegt, und der Regen peitschte über das Land, doch Calves Tross war nun auf einem steinigeren Abschnitt des Weges unterwegs. Sie hatten ein kleines Dorf passiert, das nur aus einigen Bauernhöfen bestand. Vor ihnen führte eine schmale, hölzerne Brücke über die Stepenitz.

Calve konnte die Windmühlenfelder vor Lübeck förmlich schon rattern hören. Nur noch wenige Stunden und sie würden hinter der Stadtmauer Unterschlupf finden. Daheim. Daheim in der besten aller Hansestädte. Ab durchs Hüxtertor, und Calve würde sich am Kamin trocknen, würde Schinken schneiden und sich wärmen. Er würde einen Leichenschmaus halten und um Egbert trauern und eine würdevolle Messe in St. Marien veranlassen. Und danach würde Calve sich an seine Pläne gegen die Vitalienbrüder setzen und erst wieder aufstehen, wenn er sein Vorhaben beendet hatte und den Rat auf seiner Seite wusste.

Das Geld, das er von Winfried dem Kahlen bekommen hatte, war nützlich gewesen. Es würde ihm schon gelingen, den Rat zu überzeugen, und dann würde Lübeck den Serovere das Wasser abdrehen. Stück um Stück würden sie die Vitalienbrüder aushungern. Er brannte schon darauf, Johannes in die Pläne einzuweisen. Es würde dem Jungen sicher Freude bereiten und –

Der Pfeil schoss aus dem Unterholz. Er schlug durch die schwere Brustplatte des Söldners, riss ihm, als sei der Mann nur aus russischem Wachs, ein Loch in die Brust und fuhr mit einem entsetzlichen Schmatzen durch den ganzen Körper des kräftigen Reiters. Dann verlor er sich surrend im Wald irgendwo hinter dem Mann.

Röchelnd sackte der Reiter zusammen, versuchte zu atmen, spuckte Blut. Sein Pferd blieb einfach stehen, mitten auf der

Brücke. Der zuckende Söldner auf dem Sattel gab ein groteskes Bild ab, bevor er vom Pferd rutschte und über die Brüstung ins Wasser stürzte. Hinrich Calve riss die Zügel seines Pferdes herum. Wegelagerer? Es war so schnell gegangen. Alle blickten sich um, konnten aber niemanden erspähen.

RIT-RIT-RIT-RIT-RIT-RITRITRITRITRITRITRITRITRIIIIIII.

Da. Das Ratschen. Das scharfe Klackern. Jemand spannte die Armbrust erneut, kurbelte in blinder Eile. Die Klaue spannte Ruck um Ruck die Sehne. Per Stangengewinde wurde sie mit brachialer Kraft gezogen. Nur eine Frage von Sekunden, bis der nächste Schuss erfolgte.

»Im Wald! Vorn, da links! ... In den Wald! Los!« Calve brüllte die beiden verbliebenen Söldner am Wagen an. Er presste seinem Pferd die Fersen in die Seite und ritt zurück zum Karren. Die beiden Söldner zögerten nicht, galoppierten an Calve vorbei über die Brücke. Sie zogen ihre Schwerter und preschten auf den Wald zu.

Johannes riss sein kurzes Holzschwert aus der Scheide. Er wollte den Reitern nach. Mit schrillem Kommando rief Calve seinen Sohn zurück. Der Junge parierte. Gott sei Dank.

Die beiden Reiter hatten das Wäldchen auf der anderen Uferseite erreicht und schwangen ihre Schwerter. Hinrich und Johannes konnten sehen, wie sie auf einen Lanzenträger losgingen, der zwischen den Bäumen erschienen war.

»Lass mich ihnen helfen!«, flehte Johannes.

»Du bleibst hier! Hörst du!«

»Aber ...«

»Kein Aber! Du bleibst hier. Verstanden?« Calve riss ihm das Schwert aus der Hand. »Wir müssen nach hinten. Los!« Sie standen noch immer mitten auf der Brücke und waren leichte Beute. Das Rattern der Armbrust irgendwo im Unterholz, keine zweihundert Klafter entfernt.

Johannes blickte wie gebannt zu den beiden Reitern. Es gelang ihnen dem Lanzenträger den Schädel zu spalten, noch bevor er einen von ihnen vom Pferd holen konnte.

Der nächste Pfeil. Ein Schrei. Es war der Fuhrmann. Der Pfeil traf seinen Kopf, als er hinter den Wagen flüchten wollte. Der Mann schlug auf dem Boden auf. Er war sofort tot.

RIT-RIT-RIT-RIT-RIT-RIT-RIT-RIT.

Erneut das Ratschen.

Calve griff Johannes' Zügel. Wenn der Junge nicht allein kommen wollte, musste er ihn eben von der Brücke ziehen. Endlich verstand Johannes und wendete sein Pferd. Sie mussten hinter den Wagen kommen. Schutz suchen.

Plötzlich war Stille. Das brutale Ratschen war verstummt.

Calve konnte nicht anders, er musste sich umdrehen und durch den Regen ins Grün starren. Die Söldner waren dort, hatten den Armbruster zwischen den ersten Baumreihen aufgespürt und –

Ein Schmatzen, ein Knacken ließ ihn herumfahren.

Johannes.

Der Pfeil war in den Bauch des Kindes gefahren und an der Wirbelsäule zerbrochen. Ein Stück ragte nun aus Johannes Seite. Mit aufgerissen Augen starrte er seinen Vater an. Stumm. Die Zügel noch immer in der Hand.

RIT-RIT-RIT-RIT-RIT-RIT-RIT-RIT.

Dann das Klingen von Schwertern.

Calve sprang vom Pferd, eilte zu seinem Sohn. Johannes hatte noch immer nicht realisiert, was geschehen war. Er saß nur verrenkt in seinem Sattel. Fast unmerklich begann er zu rutschen. Calve fing ihn auf und landete mit dem Jungen mitten auf den schlammigen Planken der Brücke. Er packte Johannes. Er zog den Knaben durch das Blut des ersten Söldners, durch den ganzen Dreck, den Matsch bis hinter den Wagen. Aneinander gedrängt blieben sie hinter der Holzscheibe des Rades verschanzt. Johannes stöhnte. Er blutete stark und japste nach Luft. Calve beruhigte ihn, sprach sanft auf ihn ein, während er immer wieder am Rad vorbei ins Wäldchen spähte.

Da waren sie. Sie kamen aus dem Unterholz. Fünf Mann. Er konnte noch sehen, wie die beiden Söldner den Armbruster attackierten, dann jedoch angesichts der Übermacht der anderen Wegelagerer flohen. Sie gaben ihren Pferden die Hacken und trieben sie über die Brücke zurück.

Calve machte neben dem toten Armbrustschützen zwei gepanzerte Reiter, zwei Lanzenträger mit Hellebarden und einen Ritter mit Schwert aus. Die Angreifer gingen direkt vor der Brücke in Stellung. Eine Blockade. Und jeder Versuch, sich zurückzuziehen, bot ihren Gegnern freies Schussfeld.

Krachend schlug ein Pfeil ins Holzrad, ließ es splittern. Einer der Lanzenträger hatte die Waffe des Toten Armbrusters an sich genommen und auf die fliehenden Söldner gezielt. Calve zuckte zusammen, sein Blick fiel auf seinen Sohn. Es war nur eine Frage der Zeit, bis die Wegelagerer vorrückten. Calve strich Johannes den Dreck von der Wange. Johannes röchelte jetzt, sein Atem rasselte. Entsetzt starte Calve auf die Wunde. Der Pfeil hatte Johannes Seite durchbrochen. Fleischreste und Fett hingen an der Spitze des Bolzens, der grotesk aus seinem Leib ragte. Blut sickerte aus der Wunde.

»Beweg dich nicht, Johannchen. Hörst du? Es hört gleich auf. Es hört gleich auf.«

Calve riss sich einen der angenestelten Beinlinge ab. Er musste die Blutung stoppen, irgendwie. Hektisch schlang er den Beinling um Johannes Bauch. Er war sofort durchtränkt. Das Blut wollte einfach nicht aufhören zu fließen.

Es würde eine stürmische Nacht werden. Eine Nacht, in der auch sein zweiter Sohn sterben würde, sollte es ihnen nicht gelingen, die Belagerung zu durchbrechen. Calve sah Johannes an, der vor Schmerz ohnmächtig zu werden drohte. Seine Lider flatterten wild, er stöhnte. Calve versorgte ihn mechanisch. Schnell und ohne viel über seine Handgriffe nachzudenken. Er arbeitete wie die astronomische Uhr in Stralsund. Immer weiter und weiter, ohne ein Ausweg zu wissen.

Als sich Rungholt zu Jakob Bringer an den Tisch gesetzt hatte, hatte er gehofft, eine kurze Zeit verschnaufen zu können.

Doch nun fiel es Rungholt schwer, dem Gespräch der Zirkelmitglieder und ihren Gästen zu folgen. Es war ein Leichenschmaus zu Ehren eines ihrer Geschäftspartner, der von Vitalienbrüdern im Sund aufgerieben worden war. Ein Besäufnis auf den tüchtigen Heringshändler Dröhler, einen angesehenen Mann in der Zirkelgemeinschaft und Jakob Bringers Freund. Rungholt kannte Dröhler und dessen Schicksal nur flüchtig. Vor einem Monat hatte man seine Kogge zerstört und ihm den Kopf abgeschlagen. Sein Leichnam war erst vor wenigen Tagen am Strand gefunden worden.

Während des Besäufnisses kreisten Rungholts Gedanken immer wieder um den Fremden und um die Gefangennahme seines Kaufmannlehrlings Daniel. Rungholt hatte eine halbe Gans mit Rosmarin bestellt und einige Humpen Bier. Doch das Lachen und Feixen der Ratsmitglieder, die schnittigen Zoten des netten Jakob Bringer, all dies versickerte in Rungholts Gedanken, wie Krug um Krug das Bier in seiner Kehle.

Er setzte für Bringer und seine Freunde ein falsches Lächeln auf wie Vitalienbrüder falsche Flaggen, doch er war nicht bei der Sache. Seine Gedanken waren oben in jenem leeren Zimmer, das der Fremde für so viele Tage angemietet hatte und das nun gesäubert war. Beinahe hätte er den Kopf gehoben und tatsächlich gegen die mit dicken Holzpfeilern verstrebte Decke gesehen. Als könne er durch die rußverkrusteten Bohlen einen klärenden Blick in das Zimmer werfen und so ergründen, was wirklich vorgefallen war.

Der Alltag, das gesellige Palaver und Geschwätz, sinnierte Rungholt und trank sein Bier, das Lobpreisen und Anekdotenschwingen geht voran und voran. Es wirft ein sanftes Kissen auf. Ein Kissen, auf das wir uns gern betten. Hinein in die betäubenden Worte. Und friedlich schließen wir die Augen, obwohl das Bestialische um uns voranschreitet.

Rungholt hatte die Wirtin genauer über die beiden Hübschlerinnen befragt, doch nur erfahren, dass sie im Krug unbekannt waren und bisher keinen Gast bedient hatten. Es hatte sich bei den beiden um eine herbe, dicke Schönheit und ein gackerndes, junges Mädchen von wohl kaum fünfzehn Jahren gehandelt. Rungholt hatte einem Jungen, der Weinfässer im Hinterhof der Wirtschaft verladen hatte, einen Pfennig in die Hand gedrückt und ihn zu Kapitän Marek geschickt. Der Schone sollte sich nach den beiden Dirnen umhören. Bestimmt kannte sie jemand. Marek hatte unter den Seefahrern einen guten Ruf, er würde sicher über die beiden Hübschlerinnen etwas herausfinden.

Die Bernsteinkugel hatte Rungholt in einen seiner Geldbeutel gelegt. Es war offensichtlich, dass es sich um eine Perle handelte, die für einen Rosenkranz geschliffen worden war. Rungholt würde es nicht wundern, wenn sie hier aus Lübeck stammte. An der ganzen Ostseeküste gab es keine besseren Schleifer als hier. Paternoster aus Bernstein waren teuer, und dies wiederum stützte Rungholts Verdacht, dass jemand dem Toten andere Kleidung angezogen und dadurch gezielt versuchte hatte, das einstige Leben des Fremden zu verschleiern. In seinen Gedanken schrieb Rungholt den Vermerk, einen der Paternostermaker aus der Wahmstraße aufzusuchen und ihn nach der Kugel zu befragen.

Das Blut an ihr zeigt, dass dort oben etwas Brutales stattgefunden hat, überlegte Rungholt und knabberte seine Gänsekeule ab. Auch wenn der Fremde nicht sofort ums Leben gekommen sein sollte, so haben sie ihn sicher schwer verletzt. Der Einstich in seiner Brust hatte in jedem Falle zu seinem Tod geführt, soweit Rungholt dies beurteilen konnte.

Während er der Gans die knusprige Haut abzog, stellte er es sich vor: Der Fremde in seinem Zimmer, die Pergamente vom Geschäftsabschluss, wie die Wirtin gesagt hatte, beiseite geschoben. Er hatte den Rosenkranz über die gefalteten Hände gelegt. Betete versonnen zum Herrn Jesus. Da stürzt jemand ins Zimmer. Er will aufspringen, doch der Dolch stößt vor. Der Fremde will sich schützen, reißt die Hand hoch. Der Dolch durchtrennt den Paternoster. Die Kette zerreißt. Er schreit auf.

Den Dolch tief in seiner Brust. Jemand presst ihm die Hand vor den Mund, drückt ihn zurück in den Raum. Kugeln ergießen sich über die Holzbohlen. Der Fremde greift an die Wunde, zittert, sackt zusammen. Röchelnd fällt der Mann auf die Dielen. Zwischen die Kugeln des Rosenkranzes. Eine der Kugeln rollt unter das Bett. In die Ritze. Der Fremde wird fortgezogen.

Ein stimmiges Bild? Ich bin auf dem richtigen Weg, dachte Rungholt. Die Spuren werden sich finden. Sie haben sich bisher bei jedem Fall gefunden. Jeder Mord hinterlässt seine Spur. Genau, wie jeder Mörder vor Gott stehen wird.

Und während Jakob Bringer von Heringen und von Visby und seinen abenteuerlichen Überfahrten schwadronierte, saß Rungholt abwesend auf der Bank und starrte tatsächlich gegen die Decke. Wie komplizierte Handelslisten, wie ein komplexes Geschäft, das es zu bewältigen galt, so setzte Rungholt die Punkte Schritt für Schritt zusammen. Einen Punkt bildeten die beiden Hübschlerinnen.

Sie haben das Zimmer gesäubert. Sie haben alle Spuren verwischt, dachte Rungholt. Wie die Kleidung verschwand ist nicht merkwürdig, stellte er fest. Die beiden Frauen haben sich die Kleider des Fremden untergezogen und die Pergamente eingesteckt und sind unter aller Augen aus dem Travekrug spaziert. Doch diese einfache Antwort ruft neue Fragen hervor. Die Frage ist nicht, *wie* die Hübschlerinnen die Kleider und Pergamente des Fremden hinausgebracht haben, die Frage ist: *Warum*? Warum so spät? Warum kommt *erneut* jemand und räumt *später* – Stunden nach dem Mord – auf?

Warum mussten erst zwei Hübschlerinnen die Spuren vernichten? Hatte es der Mörder nicht selbst tun können? Die Antwort darauf wurde Rungholt mehr und mehr zur Gewissheit: Der Mörder hatte die Spuren aus dem einfachen Grund nicht verwischt, weil er nicht daran gedacht hatte, es zu tun, oder, weil es niemand von ihm verlangt hatte. Deswegen die Hübschlerinnen. Aber warum waren die Frauen nicht ebenso heimlich gekommen und verschwunden wie der Mörder und die Leiche?

Rungholt hatte recht gehandelt, Marek nach den Dirnen im Hafen suchen zu lassen. Nur sie konnten ihm verraten, wer hinter dem Reinemachen steckte, ja, vielleicht auch, wer den Mord ausgeführt hatte. Und während Rungholt sein Bier austrank und das wohlige Gefühl des Alkohols spürte, wurde ihm klar, weswegen die Hübschlerinnen gekommen waren, und nicht der Mörder ein zweites Mal. Und warum sie nicht den Weg des Mörders hatten nehmen können. Es musste sich etwas zwischen dem Zeitpunkt des Mordes und dem heutigen Tag verändert haben.

Jakob Bringer ließ seine Deckelkanne gegen Rungholts scheppern. Mit den roten Wangen eines Betrunkenen rief er einen Trinkspruch. Die Schonenfahrer stießen an, dass das Bier aus ihren Krügen spritzte. Rungholt nickte nur knapp. Er stürzte den letzten Schluck herunter und stand auf.

Die Wirtin war nicht erfreut zu sehen, dass sich Rungholt erneut die Stiege nach oben schob. Er fuhr sie an, als sie ihm folgen wollte. Sie winkte murrend ab und musste sich um zwei Betrunkene kümmern.

Oben sah Rungholt sich japsend nach Luft um. Der Flur führte unter dem Dach des Dielenhauses entlang nach hinten. Schwere Balken stützten den First. Mit Lehm und Stroh hatte man Fachwerkmauern rechts wie links eingezogen und so die Zimmer abgetrennt. Neben ihm befand sich die Kammer, in der der Fremde gewohnt hatte. Keuchend stand Rungholt einen Moment da und horchte auf seinen pochenden Zahn.

Es hatte sich etwas verändert hier im Travekrug. Deswegen waren die Hübschlerinnen unten durch die Gaststube gekommen, während die Leiche auf anderem Wege hinausgebracht worden war. Und die Wirtin hatte Rungholts Vermutung mit ihren schnodderigen Worten gestützt, als er ihr eben das Geld fürs Bier hingelegt hatte: Sie hatte gestern das Zimmer hinten links vermietet. Es hatte leer gestanden, als der Mord stattfand.

Rungholt klopfte. Von drinnen rief jemand, er solle sich verziehen. Rungholt tupfte sich mit seiner Gugel die Stirn, dann trat er mit dem Fuß gegen das Türblatt. Er hatte nur laut sein wollen, doch die Tür krachte ohne Widerstand auf.

Ein pickliger Kindskopf von Anfang zwanzig, ein sehniger Junge mit glattem Kinn und Schultern wie ein Ochse stand fluchend vor ihm. Die Cotardie, die der Kerl sich schnell übergestreift hatte, saß so eng an, dass sich Rungholt wunderte, wie er überhaupt Luft bekommen konnte. Sie war bunt und reich verziert und die Ärmel protzig mit Pelz verbrämt. Das ganze Gewand war viel zu kurz. Dieses Tüchlein ein Obergewand zu nennen, ist eine Schande für jeden Gewandschneider, schoss es Rungholt durch den Kopf. Wie um Himmels willen können die jungen Leute nur mit etwas derart Obszönem herumlaufen?

Der Junge wollte, halb nackt wie er war, Rungholt angehen, doch Rungholt drehte sich zur Seite, so dass der Junge an seinem Bauch abglitt. Mit einem einzigen Satz presste Rungholt den Mann mit seinem Wanst an das Gefach neben der Tür. Er erklärte dem Jungen knapp, dass er sich gefälligst benehmen solle, denn Rungholt suche nur eine Leiche. Das verdutzte Gesicht des Schlaftrunkenen war eindeutig das Lustigste, was Rungholt an diesem Tag zu sehen bekommen hatte.

»Eine Leiche? Ihr habt ja gesoffen!«, meinte der Jungspund und schnüffelte. Rungholt ließ sich nichts anmerken, doch es war ihm sofort peinlich, dass der Kerl es nicht im Spaß gemeint hatte. Roch er wirklich so stark? Nach den zwei – oder waren es vier? – Bieren?

»Was geht's dich an! Du warst heut Nacht auch kein Waisenknabe«, entgegnete er und nickte zum Raum hin. Nyebur hatte Rungholt eingeschärft, die Scrivekamere eines fremden Händlers schnell und ohne Zögern zu betreten und sich dann in Ruhe umzusehen. Möglichst so, dass es dem fremden Händler nicht auffiel. Man konnte eine Vielzahl auch über geschlossene Handelsbücher erfahren. Allein zu sehen, wo die Bücher in der Dornse lagen, ob es ein ausgebreitetes Rechentuch gab, ob Becher herumstanden. Wie der unbekannte Händler mit seiner Arbeit umzugehen pflegte, sagte viel über seine Geschäfte aus.

In den Büchern dieses Knaben stand nur eines geschrieben: eine ausschweifende Nacht mit viel Alkohol und mindestens drei Dirnen. Zumindest ließ die Anzahl der zerrissenen Unterkleider neben seinem Bett darauf schließen. Rungholt hatte auch sofort gesehen, dass der Fremde tatsächlich erst kürzlich ins Zimmer eingezogen sein musste. Sein Gepäck war zwar aufgeschnürt, aber die Kleider lagen alle noch zusammengelegt im aufgezogenen Wäschebeutel.

Rungholt drückte sich an dem Jungen vorbei in die Kammer und trat zum Fenster. Der Kerl bemerkte erst jetzt, dass er gar keine Unterhose trug.

Was hatte er doch für ein Glück, Attendorn für seine Mirke gefunden zu haben, dachte Rungholt. Attendorn protzte nicht, hatte Manieren, und er war stark. Rungholt hatte einmal gesehen, wie Attendorn aus dem Stand in ein Fass gesprungen war. Mehrmals hintereinander. Und er war als einstiger Bürgermeister reich. Er tat nicht nur so, wie dieser eingebildete Fatzke, der sein letztes Geld für dreiste Kleider und seinen Schwanz herausgeschmissen hatte. Anstand und Manieren. Wie es sich für einen gottgefälligen Kaufmann gehörte.

»Ich bin seit gestern hier. Aber in diesem Rattenloch bleib ich nich' lange. Beschissene Stadt, scheußliches Zimmer«, meinte der Junge abfällig während er sich etwas anzog.

»Weil es zieht?«

Der Junge nickte. »Auch. Und weil ihr Hansaleute so unfreundlich seid wie euer Wetter.« Er wollte gerade über die kaputte Tür lästern, da ging ihm auf: »Woher wisst Ihr das? Das mit dem Ziehen?«

Rungholt steckte seinen Arm durch das leinenbespannte

Fenster. »Zerrissen. Du solltest dich bei der netten Wirtin beschweren.«

Rungholt sah sich die Bodendielen an. Er brauchte nicht lange, um das Blut zu erkennen. Es musste viel gewesen sein. Eine große Lache vor dem Fenster und auch Spuren an der Wand. Jemand hatte notdürftig versucht, es wegzuwischen. Doch es war in die Maserung der Dielen eingedrungen und hatte seine verräterischen Schatten in den Kratzern des Holzes hinterlassen. Der Mörder – oder waren es mehrere? – hatte den Fremden durch den Gang in dieses hintere Zimmer geschleift. Ein Zimmer, das vorgestern noch leer stand und das den Vorteil bot, nach hinten auf den Hof hinauszuzeigen.

Der Mörder muss die Leiche mit aller Kraft hoch gewuchtet haben, dachte Rungholt. Selbst der starke Marek hätte damit Mühe. Nicht erst seit dem Badhaus wusste er, wie viel Kraft nötig war, eine Leiche zu heben.

Rungholt zerriss das Leinen gänzlich und lehnte sich aus dem Fenster. Tatsächlich hörten die Schindeln nach einigen Handbreit auf, und das Dach fiel steil ab. Es war der Hof, in dem der Weinbursche gearbeitet hatte, den Rungholt zu Marek geschickt hatte. Sein Handkarren mit den leeren Fässern stand noch unweit der Einfahrt. Rungholt konnte sehen, dass man mit einem Fuhrwerk bequem auf die Hartengrube gelangen konnte. Er sah keinerlei Blutspuren unten im Hof, doch er hatte auch nicht wirklich erwartet, welche zu entdecken. Wahrscheinlich hatte der Mörder die Leiche auf einen Wagen fallen gelassen, vielleicht auf einen Karren mit Heu oder mit Getreidesäcken. So war er wahrscheinlich auch hier hochgekommen, über den Wagen und ins leere Zimmer.

»Sie ist doch wohl nicht etwa aus dem Fenster geklettert?«

»Wer?« Rungholt wurde aus seinen Gedanken gerissen.

»Na, Eure Leiche.« Der Jungspund grinste schief und versuchte, an Rungholt vorbeizusehen.

Normalerweise hätte Rungholt ihn wohl angeraunzt, doch

vom Hamburger Bier milde gestimmt, lächelte er nur zahm. »Sagen wir so: Jemand hat ihr dabei geholfen.«

Rungholt strich über den Fensterrahmen. Das norddeutsche Wetter hatte ihn verwittern und das Holz brüchig werden lassen. Warum waren die beiden Hübschlerinnen später gekommen? Was für ein Risiko, die Kleider zu holen. Wieso hatte der Mörder nicht selbst alle Spuren verwischt und das Quartier des Fremden ausgeräumt? Dass dies kein schneller Raubmord war oder der blutige Ausgang eines Streits, das war Rungholt schon in dem Moment klar geworden, als er das leere Zimmer des Fremden gesehen hatte. Dieser Mord war geplant gewesen. Rungholt dachte: Der Tod des Fremden ist nicht der Abschluss, oder das Finale eines Streits, einer Auseinandersetzung, einer Fehde. Dieser Tod ist von langer Hand vorbereitet und kaltblütig durchgeführt worden.

Er blickte über die Dächer Lübecks und spürte, wie eine Idee in ihm aufkam. Der Himmel war in tiefes Schwarz getaucht. Schwere Wolken schoben sich heran, auf ganzer Breite des Horizontes drückten sie auf Lübeck herab. Entfernt konnte Rungholt einen ersten Blitz sehen. Den Donner hörte er nicht. Und als er durch die Nieselschwaden auf die Dächer und die Trave sah, da wurde es ihm schlagartig bewusst:

Ich bin es.

Es ist noch im Gange, schoss es ihm durch den Kopf. Jemand will nicht, dass ich etwas über den Fremden herausbekomme.

Ich bin es. Diese Losung schlug in Rungholt etwas an. Die Warnung wollte nicht verschwinden. Ich habe die Hübschlerinnen auf den Plan gerufen. Jemand im Hintergrund reagiert auf mich. Es begann mit dem Fund der Leiche. Es war mein Blick, den ich auf den Toten geworfen habe, der alles in Gang setzte. Er taucht wieder auf. Der Fremde. Diese Leiche im schlickigen Gras, und wir wollen sie nicht verscharren. Der Tote taucht auf, er treibt nicht aufs Meer hinaus. Daniel wird verfestet, aber ich beginne nachzufragen. Und plötzlich verschwinden Dinge. Seine Kleidung, seine persönlichen Sachen. Plötzlich taucht Winfried auf, und der Richteherr Kerkring setzt mir ein Ultimatum. Es war nie geplant gewesen, auch die Pergamente und die Sachen des Fremden zu verstecken. Warum auch. Sie wären verkauft worden, in alle Himmelsrichtung verstreut. Ihm andere Kleidung anzuziehen und ihn in den Fluss zu werfen, hätte gereicht, damit niemand herausbekommt, wer er ist. Doch dann stelle ich Fragen.

Dieses Schiff, dessen Mannschaft wir alle sind, es fährt unter vollen Segeln in den Sturm.

Es hat gerade erst begonnen, wurde es Rungholt bewusst, und der unbekannte Kapitän dieses Schiffes bestimmt allein, wohin die Reise geht. Er ist es. Er befiehlt, ob wir durch Untiefen segeln und alle ersaufen sollen, oder ob wir geschont werden. Wie den Fremden, so kann der Mann im Dunkeln auch mich über Bord werfen. Hinab in das schwarze Nichts des Meeres.

Rungholt fröstelte. Die Trave wälzte sich bleiern dahin. Er blickte auf und sah den Möwen nach. Sie kreisten in einem großen Schwarm aufgeregt über dem Fluss. Helle Flecke vor schwarzen Wolken. Es waren Hunderte. Sie kreischten und flatterten durcheinander, sie ahnten das nahende Gewitter.

Ihre ruhelosen Schreie hallten über die Dächer.

8

Sie fühlte nach ihrer Beute. Ihr gefiel das Klackern. Zufrieden schob sie das Säckchen zurück. Sie hatte extra unter einem Daubenvorsprung angehalten, um in Ruhe nach ihrem Beutel zu sehen. Sie waren noch alle da. Heute war es ihr leicht gefallen, den letzten Freier im Badhaus abzuwimmeln. Mochte ihr ein Geschäft durch die Lappen gehen, wen kümmert's? Mit etwas Glück hatte sie bald mehr Geld, als sie sich jemals erträumt hatte. Es war eine halbe Stunde vor der vereinbarten Zeit.

Dörte hatte den alten Freier im Badhaus stehen gelassen, hatte sich schnell angezogen und pfeifend ihre Sachen geschnappt. Selbst der starke Regen machte ihr heute nichts aus. Er hatte vor einigen Minuten eingesetzt, und sie war dennoch vergnügt durch den Sturm ins Gerberviertel geeilt. Hier würde sie sich mit Lisel treffen und gründlich beratschlagen, was sie mit ihrer Beute anstellen würden. Sie mussten ein Versteck suchen und sich absprechen, dass sie die Bernsteinkugeln nicht zu schnell verkauften. Schon so einige Paternoster der werten Herren hatte sie gesehen, vor und nach den Schäferstündchen. Aber kein Paternoster hatte so viele Perlen, wie sie in diesem unheimlichen Zimmer heute früh gefunden hatte. Dörte konnte zwar nicht zählen, aber sie hatte sich bestimmt Kugeln von zwei Rosenkränzen in die Taschen gestopft.

Sie hatte nicht vor, auch nur eine der Perlen dem Krüppel zu überlassen. Dieser dreckige Büttel. Es war eine Schmach, was der Geizkragen ihnen für die schwere Arbeit gegeben hatte. Beinahe eine halbe Stunde hatten sie Pergamente zusammengerafft. Sie hatten aufgewischt, sich die Kleidung, die noch im Zimmer herumlag, untergezogen, sich alles unter ihre Röcke gebunden und den Rest an Pergamenten in ihre Beutel gestopft.

Dörte steckte ihr Säckchen zurück, drückte das Bündel Kleider an ihre Brust und eilte weiter die Stufen zum Krähenteich hinunter. Die ausgetretenen Steinstufen der engen Gasse waren durch den Regen glitschig. Sand knirschte unablässig unter den Trippen an ihren Schnabelschuhen. Die enge Gasse verstärkte das Knirschen und Klappern, die hohen Mauern warfen jedes Geräusch zurück. Die Flucht schien kein Ende zu nehmen. Rechts und links bröckelnder Backstein, nur selten durchbrochen von Moos und krüppligen Birkenschößlingen, die aus den Ritzen und winzigen Vorsprüngen nach Licht kämpften. Es war dunkel, und es roch moderig. Der einsetzende Regen hatte statt frischer Luft nur muffigen Gestank gebracht.

Da hörte sie Schritte. Sie blieb stehen. Folgte ihr jemand? Dörte blickte sich um: die hohen Backsteinmauern rechts wie links, der pladdernde Regen. Das Dunkel hinter ihr war undurchdringlich. Sie spähte hinein. Nichts. Dörte horchte. Von fern konnte sie das Gewitter hören. Ein Donnergrollen. Dann war es still. Sie drehte sich wieder um, sah die Stufen hinab. Die Schatten der letzten Stufen lagen lauernd und klamm.

Irgendwo abwärts des Hügels plätscherte das Regenwasser. Und als sie genau hinhörte, erkannte sie das Knarren und Ächzen des Wasserspiels, das die Brauer am Krähenteich gebaut hatten. Das war es wohl nur. Nichts weiter. Niemand hatte sich im Gewitter vor die Tür gewagt, nur sie allein. Du redest dir etwas ein, ermahnte Dörte sich. Dennoch setzte sie ihre Schritte äußerst vorsichtig auf die feuchten, ausgetretenen Stufen. Das Regenwasser lief an ihren hölzernen Trippen entlang, die auf den Stufen schabten, und floss geradewegs voraus. Hinab ins Dunkel. Das Kratzen der Trippen störte sie. So viel Lärm zu machen, sie war eine leise Person.

Endlich erreichte sie das Ende der Treppe, die unter einigen Schwibbögen endete. Die Bögen stützten die schmale Flucht ab. Wasser troff in Fäden von ihnen herab. Sie suchte unter einem der schmalen Bögen Schutz und sah sich um.

Vor ihr lagen ein paar weitere Meter des Durchgangs. Er endete in einem kleinen Hof, nicht größer als die Fläche eines Hauses. Von ihm zweigten weitere Fluchten ab, durch die man nur gebeugt gehen konnte. Dörte gab ihren Schutz auf, huschte unter den Schwibbögen weg und eilte über den kleinen Hof in den nächsten Gang. Sie zog den Kopf ein, schritt schnell durch den schmalen Gang, über dem sich eines der Handwerkshäuser erhob. Dann stand Dörte mit einem Mal in einem zweiten, diesmal größeren und verwinkelten Hinterhof, von dem weitere Durchgänge und Gässchen abführten.

Ein toter Platz hinter den Kaufmannshäusern. Unübersichtlich. Holzbuden lehnten schief an den Rückseiten der Häuser. Einige waren eingefallen, die restlichen nur notdürftig ausgebessert worden. Auch sonst machte der Ort keinen heimeligen Eindruck. Der Boden war schlichter Lehm, kein Baum, keine Blumen. Nicht mal ein kleines Beet. Jemand hatte Baumstümpfe zum Sitzen vor eine vermoderte Schweinehütte gerollt. Doch wegen des Regens war alles verlassen. Eigentlich bezweifelte sie auch, dass hier jemals jemand bei schönem Wetter saß. Es roch nach Kot. Wann immer sie Lisel besucht hatte, waren sie so schnell es ging zum Hafen hinabgelaufen, wo sie in eines der Badhäuser oder in eine Kaschemme gehen und so dem Gestank der Gerber und Grauwerker entkommen konnten. Schon lange hatte Dörte sich ein anderes Leben erträumt. Sie und ihre Freundin, die Lisel.

Schnell rannte sie über den Hof. Der Regen war hier im Freien noch stärker als auf der Treppe zwischen den aufragenden Backsteinmauern. Der Lehmboden war aufgeweicht. Dörtes Trippen versanken tief. Sie huschte zu einem Häuschen hin. In der Holzbude mit dem vertrockneten Gesteck an der Tür wohnte ihre Freundin. Lisel hatte die Bude mit Pech abdichten lassen, doch es half nicht wirklich gegen Regen und Sturm. Der Eingang war nur ein zusammengehauenes Gatter, das als Tür diente. Bretter, kreuz und quer vernagelt, waren der einzige Schutz vor Wind und Kälte. Die Hübschlerin spürte, dass ihr von der Seite Blicke folgten. Wahrscheinlich der alte, geile Kauz von dem Lisel so oft sprach. Laut ihren Erzählungen wohnte ein ekliger Kerl mit schwieligen Händen auf der anderen Seite des tristen Hofes. Ein Wakenitzschiffer mit einem offenen Bein. Ein rappeliger Witwer, der ständig vor Lisels Tür herumlungerte, aber keinen Witten hatte, um ihre Dienste zu bezahlen. Lisel hatte sich wegen dieses ekelhaften Kauzes extra ein Messer neben die Strohsäcke gelegt, auf denen sie schlief. Sie mussten hier beide weg, aus dem Viertel heraus, vielleicht in eine andere Stadt. Bald würden sie sich den Traum erfüllen.

Sie stieß Lisels Tür auf und trat schnell ein, um vor dem Regen geschützt zu sein.

»Ach Lisel! Was für 'n Scheißwetter. Du kannst –«

Dörte brach ab. Sie stand in Blut. Niemals wieder in ihrem Leben schrie sie so laut.

Dörtes Schrei hallte über den verwinkelten Hof, drang in die kleinen Durchgänge und Gassen. Er schreckte jemanden auf, der trotz dieses stürmischen Regens draußen beschäftigt war. Es war der Krüppel, den die beiden Frauen hatten aufsuchen wollen. Der einhändige Büttel, der vor Rungholts Tür gestanden hatte und mit seinem stotternden Kompagnon so begehrlich Einlass gewünscht hatte. Der gedrungene Mann war von oben bis unten mit Dreck verschmiert. Seine Kleider waren schwarz vor Erde und Lehm.

Er wischte sich mit seiner lehmverkrusteten, stummeligen Hand das Wasser aus dem Gesicht. Kettchen klimperten. Er hatte sich einen ledernen Armschutz um seine verkrüppelte Hand und das Gelenk gebunden. Wenn sie schmerzte, konnte er die Hand mit Hilfe des Lederkorsetts und der Kette an sein Hemd nesteln. So hing sein verwachsener Arm ruhig vor seinem Bauch, während er sich bewegte.

Er stand in einer Baugrube und hatte Lisel, die reglos auf dem aufgeweichten Lehmboden lag, an die eng anliegende Cotardie gegriffen. Er zerrte daran, zog sie näher zur Grube hin. Da riss das Kleid. Lisels Brust rutschte heraus. Er hatte keine Muße, dies sonst so interessante Stück Fleisch anzusehen. Er tatschte danach, drückte die Brust irgendwie zurück ins Unterkleid. Dann packte er die Frau an den langen, braunen Haaren und zog ihren Körper das letzte Stück zur Grube. Mit einem Ruck zerrte er die pummelige Hübschlerin über die Kante zu sich herab. Sie hatte ein Loch im Schädel und starrte in den Regen. Er wollte die Hure in die Grube schmeißen, so dass es aussah, als sei sie gestolpert und habe sich den Kopf aufgeschlagen, als er den Schrei hörte.

Der Einhändige horchte auf. Er knurrte eine Verwünschung, dann wuchtete er Lisels Körper gänzlich über die Kante und ließ die Frau das letzte Stück achtlos fallen. Ihr Körper war noch warm. Lisels Kopf knallte auf die freigelegten Wasserrohre. Das alte, schwere Holz ließ ihren Kopf gänzlich aufplatzen. In ihrer blauen, aufgerissenen Cotardie war die weiße Brust wieder zur Schau gestellt. Die Augen blickten in den Regen, der Kiefer war abartig verzogen. Sie lag verrenkt auf den einfachen Holzrohren. Wie eine Puppe in die Ecke geworfen. Blut hatte ihre lange Haare verklebt. Durch den aufgeplatzten Schädel sickerte Gehirnflüssigkeit und vermischte sich mit dem Regenwasser. Das Blut und die Flüssigkeit rannen ihren Hals herab. Er konnte sich vom Anblick der pummeligen Hure nicht losreißen, jedoch sagte ihm der Schrei, dass jemand die Bude betreten hatte. Er musste los. Noch bevor er seine Arbeit hatte vollenden können, war jemand aufgekreuzt. Er spuckte aus. Wahrscheinlich war es die andere Hure. Diese kleine Schlampe, die er ebenfalls beauftragt hatte, das Zimmer zu reinigen. Sie waren in einer halben Stunde verabredet, und er hatte vorgehabt, erst Lisel umzubringen und dann der jungen Hübschlerin bei ihrem Treffpunkt aufzulauern. Wer konnte ahnen, dass die beiden Weiber sich vorher treffen wollten?

Er wischte sich den Regen aus dem Gesicht und zischte eine Verfluchung. Lisel starrte ihn an. Dieser Blick. Dieser kalte, dieser starre Blick. Er mochte sie nicht, die Toten.

Endlich wandte er sich ab und zückte seinen Dolch. An der schlanken Klinge klebte noch Lisels Blut. Er hatte der Hübschlerin den Tod so schmerzlos wie möglich bringen wollen. Deswegen hatte er seinen Gnadegott, sein Misericord, genommen. Aber das Weib hatte sich gewehrt. Er hatte ihr in den Rücken gestochen mit dem schlanken Dolch. Tief und fest, nachdem sie ihm die Tür geöffnet hatte. Sie war jedoch nicht zusammengebrochen, sondern hatte ihn nur angefallen. Sie hatte gebrüllt und ihn im Todeskampf zu Boden gerissen. Und plötzlich hatte sie selbst ein Messer in der Hand, während ihm sein Misericord entglitten war. Seine schlimme Hand hatte Schmerz durchzuckt, und er hatte entsetzt gesehen, wie dieses Weib ihm das Messer durch die Handfläche gerammt hatte. Mittendurch. Er hatte ihr den Schädel mit ihrem steinernen Grapen zertrümmern müssen, dass sie von ihm abließ. Die Hure.

Er umklammerte den Misericord fester. Dieses Mal würde er richtig zustechen. Durch die flache, zierliche Brust der jungen Hübschlerin würde sein Gnadegott schnell das Herz finden, oder er stach ihr in den schlanken Hals. Ja. Der Hals war gut.

Er zog sich aus dem Bauloch, hatte Mühe, sich mit der gesunden Hand an der aufgeweichten Erdnarbe abzustützen. Schon als Säugling waren seine Knochen weich gewesen und hatten sich verformt. Seine linke Hand war verkrüppelt, seine Beine standen wie ein O, und sein Rücken war krumm gewachsen. Aber er hatte gegen die Schmerzen und gegen seinen Körper angekämpft, hatte mit Gewichten und dem Schwert geübt und seine Muskeln gestählt, damit sie die Arbeit seiner gekrümmten Knochen übernahmen. Er mochte sie nicht, die Toten, weil die reglosen, verwinkelten Körper ihn zu oft an sein eigenes Gebrechen ermahnten. An seinen Körper und die bockigen Knochen. Ein Gefängnis.

Dörte stand im Chaos. Die Strohsäcke zerwühlt und verschoben, Lisels einziger Grapen zertrümmert, die Wasserschüssel in Scherben auf dem Boden. Der Boden. Er war voller Blut. Sie stand direkt darin und starrte an sich herab auf den mit Blut besudelten Lehm. Sie hielt sich die Hand vor den Mund. Es war so frisch. Fasziniert starrte Dörte auf das leuchtende Rot zu ihren Füßen. Sie irrte nicht. Es dampfte noch. Eine Mischung aus Entsetzen und Neugier breitete sich in ihr aus. Was war hier geschehen? War es Lisels Blut? So viel? Da sah sie Büschel von Lisels Haaren und das Stück eines Fingernagels. Er war Lisel wohl abgebrochen, als –

Das Entsetzen siegte. Sie schrie. Sie musste weg. Sofort. Sie umklammerte das Bündel Kleider, als gebe es ihr Halt, dann stürzte sie rückwärts nach draußen.

Rittlings rannte Dörte in den Mann. Er brüllte etwas, wollte sie packen. Sie roch seinen Atem und spürte seine dreckige Hand auf ihrem Arm. Sie schlug um sich, kreischte. Endlich hatte sie sich befreit. Er versuchte, sie erneut zu greifen, und grinste schief. Dörte trat ihm panisch gegen das Schienbein. Ihre Trippe rutschte vom Schuh. Einerlei. Nur weg. Weg von hier. Sie stieß den Mann von sich, der fluchend zurücktaumelte.

Es war nur der Alte von gegenüber. Er war neugierig zur Bude herübergewankt, nachdem er den Schrei gehört hatte. Ohne sich umzusehen rannte sie an den Buden entlang und stolperte, bevor sie sich die zweite Trippe von ihrem Schuh riss. Die Holzstückchen blieben im Lehm stecken. Ihre Schnabelschuhe hatten sie einen Monatslohn gekostet. Egal. Als sie sich umsah, konnte sie hinter dem Alten einen zweiten Mann sehen. Ein Schatten im Regen. Sie konnte ihn nicht genau erkennen, aber sie sah, dass der zweite Mann kleiner und viel muskulöser war. Ein junger Kerl. Jünger als der alte Schiffer. Und er hatte eine lange Klinge in der Hand. Es war der Mann, der ihnen den Auftrag gegeben hatte, die Stube des Fremden leer zu räumen. Der Krüppel, der nichts von ihren Perlen wissen durfte. Und bevor sie sich wieder umwandte und rannte, blitzte sein Dolch im Gewitter auf. Dörte hörte das Klimpern eines Kettchens. Und sie sah im grellen Licht eines Blitzes, wie der Mann mit einer einzigen Bewegung dem Alten die Klinge in den Hals rammte.

Hatte er sie gesehen? Dörte wusste es nicht. Ohne nachzudenken bog die junge Hübschlerin in einen der Gänge ein und rannte.

9

Männer wie Attendorn ließ man gewöhnlich nicht warten.

»Ich weiß auch nicht, wo er bleibt.« Alheyd setzte ihr bezauberndstes Lächeln auf. Sie sah den Herrn verlegen an, der in der Diele stand und sich den Regen aus den Schläfen strich. Einige seiner Haare waren schon ergraut. Er ging stramm auf die vierzig Jahre zu. Nachdem Alheyd sich entschuldigt hatte, standen sie beide ein wenig verloren da.

Attendorns Familie bestand nur aus ihm selbst. Es gab niemanden, der darauf brannte, seine Geschäfte zu übernehmen. Er war der Erstgeborene neben drei Geschwistern, die allesamt in Süddeutschland ihr Glück versucht hatten, während er erst Bürgermeister von Lübeck wurde und dann für Jahre nach Brügge gegangen war.

Attendorn gab einen Ton von sich, der an ein säuselndes Pfeifen erinnerte. Irgendwo zwischen einem genervten Seufzer und einem belustigten, anerkennenden Schnaufen. Und tatsächlich überlegte er noch, ob er zornig werden oder ob er die Sache eher heiter nehmen sollte. Entweder war der dicke Brautvater vergesslich oder dumm. Oder aber Rungholt versuchte auf diesem Wege, Anerkennung und Aufmerksamkeit zu erhaschen. Letzteres war ihm gelungen.

Attendorn war mit seinem Knecht durch das Gewitter geeilt, immer darauf bedacht, dass seine schweren Pergamentbücher nicht vom Regen aufweichten. Er hatte seinem Knecht extra ein Fässchen feinsten Spätburgunders in den Arm gedrückt. Der Diener hatte das Fass ohne Murren den ganzen Lübecker Berg hinauf- und die Engelsgrube wieder hinabgeschleppt. Es war ein drei Jahre alter Wein, dessen dunkles Rot geradewegs ins Schwarz wechselte. Ein Geschenk Philipps des Kühnen für ein beträchtliches Pfandgeschäft, das Attendorn vor Jahren abgeschlossen hatte. Er hatte Philipp Geld geliehen und es später mit Zins und Zinseszins zurückbekommen. Zwar war der Zinshandel verpönt und das Geschäft mit Krediten in Lübeck verboten, aber Attendorn liebte das Risiko. Er wagte gerne einen Einsatz, wenn der Gewinn stimmte. Dies mochte er auch an seinem zukünftigen Schwiegervater: Rungholt liebte das Unbekannte und das Wagnis ebenso wie er – mehr, als dass er sich an Regeln hielt. Rungholt würde ein guter Handelspartner sein. Und der edle Tropfen, den er mitgebracht hatte, genau das Richtige für den wichtigen Anlass. Für seine Verlobung. Heute würden sie ihn trinken, und in drei Tagen im Danzelhus würde er einen ganzen Wagen voll davon spendieren. Vorausgesetzt, er mundete auch dem Brautvater. Doch der ließ auf sich warten.

»Nur gut, dass wir Rungholts untrügliche Nase für ein drängendes Geschäft kennen. Ich nehme doch an, dass es ein wichtiger Handel ist, der ihn aufhält?« Attendorns Stimme war tief und beruhigend, seine Augen fixierten mit ihrem blassen Blau die Hausherrin. Sie waren so hell, dass es immer den Anschein machte, er weine.

Alheyd nickte. »Nun, Herr von Attendorn, wir Frauen verstehen von derlei Dingen ja nicht viel, aber ich denke, er ist bei einem besonderen Handel.« Sie lächelte ihr scheues Lächeln. »Um die Verlobung noch etwas zu versüßen.«

»Versüßen? Nun, das klingt ganz nach unserem Leckermaul Rungholt. Ich denke, er hätte gewollt, dass wir unserem Magen etwas gönnen.« Attendorn zwinkert Alheyd zu und stupste seinen Knecht an, den Wein in die Küche zu bringen.

Mirke verharrte leise am Fuß der Wendeltreppe und sah durch die Diele. Sie wusste nicht recht, wie sie auf Attendorn zugehen sollte, der sich am Tisch mit Alheyd unterhielt. Er hatte sie noch nicht gesehen. Sie kannte diesen Mann ja kaum. Und in ihrem kostbaren Gewand, das Hilde und Alheyd ihr vorhin so mühsam angezogen hatten, kam sie sich steif und ungelenk vor. Als wäre sie nicht sie selbst, sondern nur eine ausgestopfte Puppe. Dabei sah sie hübsch in ihrem langen Gewand aus Gulden Stuckh aus. Eingenähte Metallfäden ließen ein gleichmäßiges Muster im Stoff schimmern, der Brokat fiel in Falten an ihr herab. Bunt und fröhlich. Sie hatte sich für ein Surkot mit engem Ausschnitt entschieden, um Attendorn keinen Blick auf ihr Unterkleid zu schenken. Aber Attendorn hätte wohl auch kaum wie Daniel gegafft. Als Alheyd ihr eines mit Teufelsfenstern ausgesucht hatte, hatte sie sich so standhaft geweigert, bis ihr die Tränen gekommen waren. Alheyd hatte ihr dann ein Kleid mit auffallenden Flügelärmeln hingelegt. Sie waren hübsch gezaddelt. Obwohl es Mirke nicht gewollt hatte, hatten Alheyd und Hilde ihr später Atours gebunden und an die zwei Haarhörnchen bunte Fäden geknüpft. Die aufwendige Frisur ließ sie nicht gerade entspannter werden.

Musste sie ihren Bräutigam jetzt schon sehen? Reichte es nicht, ihn bei der Verlobung zu sehen? Gewiss, Attendorn hatte ihr den Hof gemacht. Er war charmant. Durchaus. Nicht so ein ungehobelter Kerl, nicht so frech, nicht so spontan… nicht so… nicht so *süß* wie der sommersprossige… Er war ein Erwachsener.

Sie zwang sich, nicht an Daniel zu denken.

Sie würde diesen Abend durchstehen.

»Setzt Euch. Riecht Ihr das? Unser Ferkel. Es ist… Es wird köstlich sein«, hörte Mirke ihre Stiefmutter trällern. Sie sah, wie Alheyd um den Tisch huschte und versuchte, es Attendorn recht zu machen.

Mirke sah sich ihren zukünftigen Bräutigam genauer an. Alles an Attendorn strahlte Würde aus. Angefangen von seiner seidenen Schecke, die mit kostbarem Feh verbrämt und aufwendig abgesteppt war, bis zu seinen Beinlingen in leuchtenden Farben und dem Dupsing. Gerne ließ Attendorn seine Hände auf dem schweren Ledergürtel ruhen, der sich um seine Hüfte spannte. Ein großes, auffälliges Emblem zierte den Dupsing. Eine stattliche Kogge, die anstelle eines Segels einen Stapel Tuchballen hatte. Der breite Ledergürtel mit dem Emblem gab ihm wohl Halt, wenn er ihn benötigte.

Mirke sah, wie Alheyd Attendorn offen anlächelte. Sie nahm die Hand des Mannes und geleitete ihn um den Tisch. »Jetzt wirds Essen bestimmt reichen«, meinte sie lächelnd. »Jetzt, wo Rungholt nicht da ist.«

Attendorn schnaufte lachend. Wohl wahr. »Wenn Rungholt nicht kommt, reicht das Essen für die Knechte glatt mit.«

Mirke spürte, dass Attendorn sie mochte. In ihrer Nähe war er ein wenig zu ungezwungen gewesen, ein wenig zu frei, als es sich für einen Mann seines Standes ziemte. Seine Wangen waren oft vor Aufregung leicht gerötet gewesen, und er hatte sich nervös die trockenen Lippen benetzt.

Immerhin war Attendorn Bürgermeister – wenn auch nicht mehr im Amt – und hohes Ratsmitglied Lübecks. Außerdem, so hatte Rungholt Mirke eingebläut, stand er der Zirkelgesellschaft vor. Der kleinen und feinen Gesellschaft aus Seehandelsleuten und Patriziern der Stadt. Von seinen Handelsbeziehungen und seinem Vermögen einmal abgesehen, war Sebalt von Attendorn allein durch seine Ämter einer der einflussreichsten Patrizier Lübecks.

»Ihr bleibt also?«, fragte Alheyd.

Insgeheim, das sah selbst Mirke, hatte er die Einladung schon akzeptiert, obwohl Rungholt nicht anwesend war. Er gab jedoch nicht sofort Antwort, denn jetzt war er ganz von Mirke eingenommen, die er gerade entdeckt hatte. Sie war endlich schüchtern an den Tisch getreten.

Mirke zwang sich zu einem offenen Lächeln und betete inständig, dass er nicht merkte, wie sehr sie geweint hatte. Dann sah sie erschrocken, dass Attendorn um den Tisch kam und zu ihr vortrat. Seine Augen leuchteten blassblau. Ohne dass sie etwas tun konnte, hatte er auch schon ihre Hand genommen und ihr ritterlich einen Handkuss gegeben. Mirke kam sich wie in einem Traum vor. Nicht, dass er derart fantastisch war – es war eher wie ein Traum, bei dem man sich selbst zusieht. Sie sah sich in diesem Augenblick lächelnd bei Sebalt von Attendorn stehen, vor der gedeckten, aber noch leeren Tafel, sah

Alheyd lächelnd mit ihren Ohrringen spielen und glücklich strahlen, sah den verliebten Attendorn mit der schon leicht faltigen Stirn, dem gezwirbelten Bart und dem wunderbaren Umhang über seiner pelzverbrämten Schecke und dem mächtigen Dupsing. Sie hörte sich selbst etwas sagen, etwas Nettes wohl, denn Attendorn und Alheyd nickten fröhlich.

Dann spürte Mirke, wie warm Attendorns Hand war. Er hielt sie noch immer fest. Auch er, reicher an Jahren und gebildeter als sie, war aufgeregt. Sein feiner Schnurrbart kitzelte an ihrem Handrücken. Der fesche Bart war so etwas wie sein Markenzeichen. Unter den Männern war es mehr und mehr in Mode gekommen, einen Bart zu tragen, aber Attendorn fettete ihn und zwirbelte ihn zurecht, sodass er etwas Verwegenes bekam. Einmal hatte er ihn mit Kalk gebleicht und struwwelig abstehen lassen. Ein bisschen wie bei einem Wikinger. Er war über den Markt stolziert und hatte jeden angeblafft, der ihn hänseln wollte. Attendorn war korrekt und intelligent und in einigen Dingen durchaus eigen. Er wusste, was er wollte, das war Mirke schon auf der Kirmes Ende letzten Winters aufgefallen. Er war nicht so wankelmütig, so verspielt und gleichzeitig so erhitzt wie … wie Daniel. Schon wieder Daniel.

»Sie bleiben demnach«, stellte Alheyd schlicht fest, nachdem sie noch immer keine Antwort gehört hatte.

»Selbstverständlich. Es wäre zwar gütig, das Essen an die Bettler zu geben, aber dennoch eine Todsünde, es nicht selbst zu verspeisen.« Er wandte sich wieder Mirke zu, und sie spürte augenblicklich, wie ihre Wangen heiß wurden. Was sollte sie nur tun? War es richtig zu lächeln? Sich schon hinzusetzen? War es korrekt, mit Attendorn zu sprechen, oder musste sie immer warten, bis ihr Bräutigam sie am Tische ansprach? Nein, halt, noch war er nicht ihr Bräutigam. Noch war er nicht einmal ihr Verlobter. Hätte sie bei Vaters und Alheyds Versuchen, ihr das alles beizubringen, doch nur ein bisschen mehr zugehört.

Alheyd bemühte sich sofort, Attendorn einen Platz anzubieten. Sie rief Hilde. Die Magd nahm dem Patrizier die Bücher ab, die er bei sich führte, und verschwand, um einem Knecht mit dem Essen zu helfen. Das Ferkel duftete köstlich.

Alheyd hatte darauf bestanden, dass Attendorn neben Mirke sitzen solle, doch Attendorn hatte vornehm abgelehnt. Attendorn, Alheyd, Mirke. In dieser Reihenfolge. Die Zukünftigen gut getrennt, wie es sich geziemte. Das Ende der Tafel blieb leer. Der gedrechselte, aufwendige Stuhl mit der hohen Lehne und dem Ornament eines bärtigen Russen blieb kalt.

Da der Hausherr fehlte, sprach Attendorn das Tischgebet. Es fiel länger aus als jenes, das Rungholt für gewöhnlich hielt. Steif und gezwungen begannen sie zu essen. Einige Male versuchte Alheyd, ein Gespräch zu entfachen. Es gelang ihr nur schlecht, dennoch war Mirke für jeden ihrer Versuche aufrichtig dankbar. Mirke spürte, dass Attendorn sie die ganze Zeit über verstohlen ansah.

Ist er wirklich verliebt, grübelte Mirke. Eigentlich kannte sie ihn erst seit dem Frühjahr, als sie sich zufällig getroffen hatten. Zur Fastnacht war Mirke mit Rungholt Hete Wegghe essen gewesen, da war Sebalt von Attendorn an ihrem Tisch im bunten Treiben aufgetaucht. Er hatte reichlich Krüge mit Milch in der Hand und für Rungholt einen Henkel voll Starkbier.

In der wogenden Menge der Kirmes drängten sich unablässig die Bedienungen mit den Heißwecken. Das Gebäck wurde ständig nachgereicht. Die Kirmes fraß sich lachend voll. In dem Trubel auf dem Marktplatz waren sie ins Gespräch gekommen. Mirke hatte von ihren Träumen erzählt, dass sie auch einmal Händlerin werden wolle, weil es viel zu wenige Frauen gebe, die Handel trieben. Attendorn hatte wenig gesagt, hatte zugehört und ab und an lachend beigepflichtet. Erst später war Mirke aufgefallen, dass sich Rungholt diskret mit seinem Bier zurückgezogen hatte. Und noch viel später hatten sich Attendorn und Mirke beim Weckenessen geneckt, hatten den fettigen Teig in die Milch gestippt, sich an die Nase getippt oder gegenseitig die süßen Brote lachend in den Mund geschoben. Eigentlich, wenn Mirke an Fastnacht zurückdachte, war es ein gelungener Abend gewesen. Ihn mit Attendorn zu verbringen, hatte ihr das Gefühl gegeben, endlich jemand zu sein. Eine Frau. Sein aufrechtes Interesse zeigte ihr, dass sie endlich erwachsen geworden war.

Sie waren beim Ferkel angelangt, als Rungholt pitschnass und abgehetzt in die Diele trat.

Seine Entschuldigung war aufrichtig, aber dennoch, wie sooft wenn er sich entschuldigen musste, nur ein schnelles, verschlossenes Knurren. Er habe das Treffen nicht vergessen, er habe nur noch dringlichen Geschäften nachgehen müssen, die keinen Aufschub erlaubten. Immerhin lächelte er und war aufrichtig glücklich, Attendorn zu sehen. Er drückte dessen Hände und umarmte ihn. Während Alheyd mit dieser Ausrede keineswegs zufrieden schien und sofort roch, dass Rungholt getrunken hatte, zeigte sich Attendorn begeistert. Er hatte Recht gehabt: Dringende Geschäfte hatten den beleibten Fuchs aufgehalten.

Rungholts gieriger Hunger und sein lautes Lästern über die Vitalienbrüder ließen das Gespräch endlich ausgelassen werden. Die Steifheit fiel, besonders nachdem ein weiteres Fass Bier angestochen wurde. Beim dritten Krug merkte Mirke, dass Attendorn zusehends unruhiger wurde. Er sah immer öfter auf den Vertrag, der die ganze Zeit schon zugeschlagen auf dem Tisch lag, und nach den kandierten Früchten zerging er förmlich vor Unruhe.

Endlich schnappte Attendorn sich das Buch mit dem Vertrag und begann über die Brautgabe zu sprechen. Rungholt schien geradezu gleichgültig drein zu blicken, aber Mirke wusste, dass sie für ihn etwas Besonderes war. Zumindest hatte sie es immer geglaubt. Immerhin hatte er sie nicht, wie ihre mittlerweile erwachsenen Geschwister, schon mit zehn Jahren verlobt. Bei ihr hatte Rungholt gezögert. Sie war das jüngste Mädchen in

Rungholts Haus. Sie musste etwas Besonderes für ihn sein. Oder redete sie sich nur etwas ein?

Nachdem Rungholt auf Attendorns Drängen, den Vertrag zu unterzeichnen, nur ausweichend antwortete, setzte Attendorn nach.

»Rungholt, Ihr wisst, dass ich sie liebe.« Mirke schoss sofort das Blut in den Kopf. Er nahm ihre Hand. »Es soll an der Brautgabe nicht scheitern. Wir werden gut zusammenarbeiten, Rungholt.«

»Ihr sprecht von Liebe? Mirke ist meine Tochter«, begann Rungholt. »Sie ist mein Ein und Alles. Und es schmerzt mich sehr, sie gehen zu lassen, Attendorn.«

»Nun, Rungholt. Sie wird ja nicht nach Dänemark auswandern. Sie wird unter meine Munt gestellt und wird über Haus und Hof in der Marlesgrube wachen. Ich habe schon die Handwerker bestellt. Solange das Haus gebaut wird, können wir in meinem jetzigen unterkommen.«

»Die Marlesgrube also?«, Rungholt klang enttäuscht. »Nicht das Kapitänshaus an der Wakenitz?«

»Rungholt, Ihr wisst genau, dass dort der Kapitän der *Heiligen Berg* wohnt. Ich habe Peterson nach dem Untergang meines Schiffs das Haus als Rente vermacht. Für seine Dienste gegen die Vitalienbrüder. Ein Glück, dass der Mann sich hat retten können.« Er trank einen Schluck. »Ich werde uns ein neues Heim in der Marlesgrube bauen.«

Rungholt knurrte und schob seine Früchte beiseite: »Kapitäne kriegen ihren Schlund nicht voll. Wie die piepsenden Spatzenküken. Die wollen immer mehr und mehr.«

»Ich kann Peterson doch nicht aus dem Haus schmeißen.«

»Gewiss nicht. Gewiss.« Rungholt schenkte sich Wein nach. Attendorn wollte, dass Rungholt den Vertrag unterzeichnete und schob ihn zu Rungholt hin. Der achtete nicht darauf.

»Ihr kommt für den Bau in der Marlesgrube auf?«

Attendorn nickte.

»Ich denke, es wäre nur fair, Euer zweites schmales Grundstück dort ebenfalls meiner Tochter als Morgengabe zu überschreiben.«

Attendorn legte die Stirn in Falten. Er überlegte. »Als Morgengabe hatte ich an neunhundert Mark lübisch gedacht und die Ländereien an der Travemündung, die –«

Rungholt schmiss seine Brille zu seinen Früchten. »Mein Herr!«, polterte er. »Seht Euch das Kind doch an!«

Er deutet auf Mirke. Sie war zusammengezuckt, saß steif da und starrte auf ihren Teller. »Steh doch mal auf, Mirke. Komm.«

Mirke sah sich Hilfe suchend um, doch selbst Alheyd – die einzige Frau neben ihr – nickte lächelnd.

»Nun los doch, Mirke. Steh mal auf. Zeig dich mal!«

Widerwillig tat sie wie gewünscht. Rungholt deutete, sie solle sich drehen. Und sie dachte: Ich hasse das hier. Ich mag das nicht. Ich bin wie ein Schwein auf dem Markt, ein Gaul, den man kauft.

Rungholt zeigte auf seine Tochter. »Sie ist mehr wert als neunhundert Mark. Und was soll sie mit Euren salzigen Wiesen unten an der Trave, wenn Ihr … nun, wenn Ihr einmal sterben solltet.«

»Gott bewahre!«, sagte Attendorn.

»Ja, aber leider tut er's nicht oft, unser lieber Herrgott.« Rungholt lächelte Attendorn an. »Und dann? Dann steht mein Kindchen hier allein da? Mit kotigen Wiesen und ein paar Mark?«

Die beiden Männer sahen zu Mirke hin, die sich verschüchtert wieder gesetzt hatte.

Mirke blickte starr auf den Tisch, doch am liebsten wäre sie aufgesprungen und zu Daniel gelaufen. Mit ihm fort. Für immer aus der Stadt. Für immer weg von ihrem Vater, der sie so wenig zu lieben schien, und von Alheyd, die sie so wenig verstand. *Es geht schnell vorbei* – Lüge. Nichts war vorbei. Daniel würde auf den Köpfelberg gebracht werden, und am nächsten war Tag ihre Verlobung… Ihre Wangen glühten. Als Attendorn sie kurz darauf ansprach, lächelte sie nur geziemend. Denn was wirklich in ihr brannte, waren weniger die Wangen, es war ihr Herz. Es schien ihr, als sei es weiß vor Hitze wie die Glut der Schmiede der Sporenschläger oben am Kohlmark. Es glühte weiß vor Zorn und weiß vor Liebe zu Daniel.

Attendorn schien bemerkt zu haben, dass es in ihr brodelte, denn er meinte: »Vielleicht sollten die Damen lieber schon einmal abräumen. Sie haben mit unseren Geschäften ja eh nichts zu schaffen, nicht Rungholt?«

Er meinte es fürsorglich, damit Mirke nicht anhören musste, wie die beiden schacherten. Sebalt von Attendorn war so ganz anders als Daniel. Er sprach immer gewählt und hatte Manieren. Mirke wollte schon aufstehen und das Geschirr hinaustragen, da hielt Alheyd sie sanft am Flügelärmel fest. Mirke sollte sich wieder setzen.

»Meine Tochter darf ruhig hören, wie viel ihr Zukünftiger bereit ist zu geben«, sagte Rungholt und zog sich den Vertrag heran. Aber er klappte das Buch zu und stützte sich darauf. »Mirke ist mein Liebstes. Wie viel würdet Ihr bieten, dass man Euch nicht das Herz herausschneidet?«

Attendorn sah Mirke an, er schwieg. Dann lehnte er sich lächelnd zurück, stützte sich auf seinen Dupsing. Seine Augen leuchteten verliebt. Er stöhnte, aber sein beschwerliches Klageseufzen klang gespielt. »Das Grundstück als Morgengabe und die Hälfte einer Kogge sowie einen guten Betrag in Silber.«

Attendorn lächelte, seine Lippen waren schmal. Rungholt brummte. Verflucht noch eins. »Es ist mir wichtig, dass das Kapitäns…«

»…haus wird auch morgen noch stehen«, schloss Attendorn. »Lassen wir das Feilschen um das Wittum, Rungholt. Eure Tochter ist mit allem Gold der Hanse nicht aufzuwiegen. Lasst uns morgen verhandeln und uns heute besser kennen lernen. Apropos *kennen lernen*: Ihr müsst meinen Spätburgunder versuchen. Ein vorzüglicher Tropfen. Ich bin sicher, selbst den Damen wird er munden. Exquisit, wie der Franzmann sagt.«

Mirke bemerkte, dass ihr Vater nicht so schnell beigeben wollte. Zumindest sollte Attendorn seinen Vorstoß unterschwellig bestätigen. Sie wusste, dass es Rungholt sehr am Herzen lag, mit Attendorn eine Wedderlegginge zu gründen. Er wollte das Kapitänshaus zu einer Brauerei ausbauen, mit Attendorn das Geld in eine Handelsgesellschaft fließen lassen und durch die Heirat auch nach Flandern vorstoßen. Seit Wochen träumte er davon, nach der Heirat Umsatz in Brügge zu machen, wohin Attendorn exzellente Kontakte hatte. Von der Gründung einer gemeinsamen Handelsgesellschaft waren sie jedoch, wie es aussah, weit entfernt. Ihr war es nur recht. Sollten sie sich niemals einig werden.

Rungholt brummte. Mirke konnte die Gedanken ihres Vaters förmlich hören. Er überlegte, ob er es wirklich dabei belassen sollte. Immerhin hatte er lange über seine Forderungen in der Scrivekamere gebrütet, und es wurde Zeit, dass Attendorn sie zur Kenntnis nahm. Freitag würden die beiden Familien dem Rat die Vermählung bekannt geben und Sebalt von Attendorn offiziell um Mirkes Hand anhalten. Damit war Mirke verlobt, und ihr wurde klar, dass es dann kein Zurück mehr gab. Auch für ihren Vater nicht mehr, der ihre Heirat als eines seiner Geschäfte ansah. Ein langfristiges vielleicht, vielleicht sogar ein schweres, aber dennoch nur ein Geschäft. Und es galt, dieses Geschäft möglichst besiegelt zu wissen, bevor man sein bestes Stück fortgab.

Nur murrend lenkte Rungholt schließlich ein und meinte, dass man morgen immer noch verhandeln könne. »Ich möchte meine Mirke nicht hergeben, ohne eine Sicherheit zu haben. Das versteht Ihr sicherlich. Ihr Preis ist mir als Vater wichtig.«

Attendorn nickte. »Es wird zu Eurem Schaden nicht sein, Rungholt. Lass uns dieses Treffen aber lieber im heiteren Suff beenden!« Attendorn zwinkerte Alheyd zu. »Vielleicht ist es der Beginn einer wunderbaren Wedderlegginge, hm?«

Das erhellte Rungholts Gesicht merklich.

»So spricht mein Schwiegersohn«, polterte er.

Mirke schob den Männern die Krüge hin, und Alheyd ließ das Fässchen aus der Küche holen. Sie stießen an. Der Wein war eine Offenbarung. Selbst Rungholt, der lieber Bier als Wein trank, schnalzte anerkennend mit der Zunge.

Mirke saß reglos da und sah ihnen zu, wie sie becherten. Alles zog sich in ihr zusammen. Sie war kein Kindchen mehr, also würde sie es durchhalten, egal wie ungerecht ihr das Geschacher erschien. Mit aufgesetztem Lächeln starrte sie auf die Köstlichkeiten, zählte die Rippen des Ferkels und die Äpfel in ihrem Kompott. Sie war erst dreizehn Jahre alt, doch sie spürte eine Kraft in sich, die ihr Vater oftmals unterschätzte. Er würde schon sehen, wozu ihr Dickschädel gut war. Sie würde nicht abwarten, bis Rungholt etwas unternahm. Sie würde Daniel selbst helfen.

In störrischer Ruhe aß sie ihre kandierten Früchte und lauschte, was die Männer besprachen, während ihre Zungen vom Wein schwerer wurden. Der Gedanke, heimlich selbst etwas zu unternehmen, ließ sie lächeln.

Als Hilde abräumte, folgte Mirke der Magd in die Küche. Dort vergewisserte sie sich, dass sie niemand sah. Sie langte ins restliche Fleisch, das für Hilde und die Knechte warm gehalten wurde, und wickelte eine Keule in ihr Tuch. Schnell holte sie noch eine zweite Portion und ließ das Bündel verschwinden.

10

Johannes schüttelte sich vor Krämpfen. Calve hatte ihm einen Ast zwischen die Zähne gesteckt, damit er darauf beißen konnte. Er zitterte stark und hieb wieder und wieder in den Matsch. Seine Hand war sicher längst gebrochen. Doch immerhin hatte Calve die Blutung aufhalten können. Er hatte wohlweislich den Pfeil nicht herausgezogen, um die Wunde nicht noch größer auszureißen. Die Spitze und das Stück Schaft, das herausragte, hatte er einfach abgebrochen und weggeworfen. Dann hatte er Moos und noch mehr Stoff um die aufgerissene Wunde gepackt und unablässig Anweisungen geschrien, bis die Söldner endlich ein Brett der Beplankung aus dem Wagen gebrochen hatten. Das hatte er Johannes an die Seite gedrückt, dem Jungen ein Hanfseil um die Hüfte geschlungen und das Brett mit aller Macht angezogen, indem er es mit einem Knüppel aufdrallte. Er hatte den Knüppel gedreht und gedreht, das Seil hatte sich gezwirbelt. Weiter und weiter, bis die Planke Johannes die Seite quetschte und der Junge bis zur Besinnungslosigkeit gebrüllt hatte. Er hatte nicht mehr aufhören wollen zu schreien. So laut hatte er geschrien, dass einer der Söldner Calve anstieß, endlich aufzuhören, das Seil zu spannen. Es sei gut.

Johannes Wunde war abgepresst, und gleichzeitig schiente das Brett seine Seite. Gott sei Dank hatte vor einer Stunde auch der Regen nachgelassen. Doch jetzt, mitten in der Nacht, war die Temperatur stark gefallen. Calve hatte die Söldner losgeschickt, um einige der jungen Birken zu fällen. Damit hatte er für Johannes eine simple Bahre bauen lassen, sodass der Junge nicht mehr im nassen Dreck liegen musste. Außerdem konnten sie ihn so notfalls hinter sich herziehen.

Um den Jungen zu beruhigen, sprach er auf ihn ein. Er erzählte ihm von seinen Plänen gegen die Serovere.

»Ich verspreche dir, dich mit in den Wald zu nehmen«,

sagte Calve und fühlte die Stirn seines Jungen. »Der Fremde hat bestimmt schon mit den Versuchen begonnen. Es ist unglaublich, was er alles kann. Du wirst sehen…?«

Der Junge war eingeschlafen, dennoch sprach Calve sanft weiter: »Ich nehm dich mit zu ihm, Johannchen. Ich nehm dich mit. Du wirst dich mit dem Fremden gut verstehen. Seine Berechnungen sind faszinierend. Ich nehm dich mit.« Calve gab dem Jungen einen Kuss und stand auf.

Er lugte am Wagenrad vorbei zur Brücke: Dunkel und kalt lag das andere Ufer da. Ihre Angreifer hatten sie weiter beschossen, doch war es Calves Männern gelungen, einen Langbogen aus dem Tonnenwagen zu holen, und sie hatten das Feuer erwidert. Just in dem Moment, als der gepanzerte Reiter und sein Lanzenträger über die Brücke vorrücken wollten, waren sie bereit gewesen. Sie hatten dem Lanzenträger ein hübsches Loch in seine Schulterplatte geschossen. Röchelnd hatte sich der Mann zurück über die Brücke retten wollen, doch Calves Söldner hatte ihm einen zweiten und einen dritten Pfeil verpasst. Der Mann war schreiend auf der Brücke zusammengesackt. Irgendwo dort im Dunkeln lag er noch immer. Zitternd wahrscheinlich, wie Johannes. Seine Schreie waren derweil zu einem kehligen Klagen geworden. Und auch dieses ebbte ab. Mehr und mehr Zeit verstrich zwischen seinen Rufen, die immer öfter gurgelnd erstickten.

Doch Calve kannte kein Mitleid. Nicht mit Wegelagerern, die einen seiner Söldner und den Fuhrmann getötet und Johannchen beinahe umgebracht hatten. Mögen sie bei lebendigem Leibe im großen Topf gesotten werden.

»Herr?«, sprach der Söldner. Calve sah auf. Der Mann mit dem Langbogen war zu ihm getreten. Obwohl es stockfinster war, bückte er sich hinter den Wagen, um kein Ziel zu bieten. »Wir müssen hier fort, Herr. Die werden nich' lange warten, bevor sie wieder angreifen.«

Calve nickte. Er wusste, dass sie wohl im Morgengrauen kommen würden. Und wenn sie den Wagen stürmen sollten, konnten Calve und seine Männer nichts ausrichten. Flucht war das Beste, war die einzige Möglichkeit. Nur wohin? Hinter ihnen lag der Wald von Grevesmühlen und vor ihnen die Stepenitz. Das Flüsslein war durch den andauernden Regen zu einem reißenden Strom geworden, der sich unter der Brücke vorbeiwälzte. Das Tosen war bis hinter den schweren Wagen zu hören. Die Stepenitz war hier auf diesem Abschnitt viel zu tief, um zu furten. Calve überlegte. Furten, das war wohl ihre einzige Chance. Im Wald mit dem verletzten Johannes wären sie eine leichte Beute. Schnell hätten die Männer sie aufgespürt. Wenn sie jedoch den Wagen hier lassen und irgendwie auf die andere Seite gelangen konnten. Dann wäre ihr Gut verloren, aber... Er hielt inne. Das Gut verloren. Was scherte er sich noch um die Waren? Sie wollen nur die Fässer voller Pelze, schoss es ihm durch den Kopf. Sie haben selbst Verlust erlitten, sie wollen nicht kämpfen, sie wollen rauben. Es sind Wegelagerer, wahrscheinlich die Mannen eines verarmten Adligen.

»Du!«, er rief den Söldner zu sich. Der Mann ließ seinen Bogen sinken. »Gib mir Deckung!«

Calves hagere Statur überragte den gedrungenen Söldner um einen guten Kopf. Er packte den Mann am Kinn und drückte ihm das Gesicht in Richtung der Feinde. »Du sollst mir Deckung geben! Verstanden?«

Der Söldner nickte. Dann sah er Calve nach, der um den Tonnenwagen gehen wollte, jedoch noch einmal innehielt.

»Wenn mir was passiert...«, sagte Calve zum Söldner und blickte zu Johannes hin, der sich in Krämpfen wandte. »Dann kümmere dich um ihn.« Calve wartete, dass der Mann antwortete, doch der blieb stumm. »Verstanden?«, hakte er schroff nach.

Der Söldner bejahte. Calve war es recht. Bevor der Mann etwas erwidern konnte, hatte er schon einen kleinen Schild gepackt und war erneut um den Wagen gehuscht. Der Söldner drückte sich an die Holzverplankung und zog einen Pfeil aus seinem Köcher. Den Langbogen im Anschlag verfolgte er, wie Calve im Dunkeln verschwand.

Calve streckte das Schwert über seinen Kopf und hielt sich den Schild vor. Er trat in die stockfinstre Nacht.

Langsam schritt er auf die Brücke zu und rief seine Gegner.

Es war mitten in der Nacht. Attendorn war längst gegangen, und Rungholt grübelte noch immer. Er hatte sich in seine Dornse zurückgezogen und eine Pfeife angesteckt. Der Rauch des Quendelkrauts hüllte seine Gedanken und den kleinen Schreibraum ein. Er hatte versucht, am Vertrag mit Attendorn zu arbeiten und seine Forderungen und die Abmachungen einzuarbeiten, aber immer wieder waren seine müden Gedanken zum Travekrug zurückgekehrt. Und zu jenem leeren Zimmer und zu jenem Fenster mit den Blutflecken. Er wusste nun, wie die Leiche aus dem Wirtshaus gelangt war. Rungholt hatte im Hof nachgesehen, aber der Regen hatte alle Spuren verwischt. Auch bei gutem Wetter wäre es unmöglich gewesen, einzelnen Karrenspuren zu folgen. Rungholt hatte Abdrücke einer dreckigen Hand auf einem der weiß verputzten Gefache unter dem Fenster gefunden. Für ihn war es klar, dass der Mörder auf einen Karren gestiegen war und sich dann die letzten Meter bis zum Fenster hochgezogen hatte. Rungholt hatte gehofft, dass diese Erkenntnisse ihm eine neue Fährte eröffneten, doch nun musste er sich bei einem Pfeifchen eingestehen, dass es sich keinesfalls so verhielt. Vielmehr begannen die Spuren zu verblassen. Sie verschwanden im Quendelrauch. Ein bisschen so, wie die Koggen sich in den Nebelbänken verloren, wenn sie im Herbst die Trave hinab gen Ostsee fuhren. Das Wenige, was er an Anhaltspunkten hatte, verblasste. Erst langsam, dann immer schneller, bis es Rungholt schien, als hätte es nie einen Hinweis gegeben.

Doch dem ist nicht so, ermahnte sich Rungholt. Es bleiben noch die Rosenkranzkugel, das Verschwinden der Kleider und die Hübschlerinnen. Genug Ansätze, um weiterzukommen.

Rungholt bezweifelte nicht, dass Marek die Frauen finden würde.

Er feuerte noch einmal mit einem Kienspan seine Hornpfeife an und zog paffend. In Ruhe legte er den Krautbeutel auf sein Vordeck und schmauchte.

Bevor die Müdigkeit ihn übermannte, kam ihm eine Idee. Nur kurz. Ein Aufblitzen wie Alheyds Lächeln, wenn er wieder einmal seine Brille verlegt hatte und fluchend zu ihr gelaufen kam, damit sie ihm sagte, wo er sie hingelegt hatte. Die Idee war einfach. Und Rungholt wusste von seinem Lehrer Nyebur und aus seinen Geschäften, dass meist die einfachen Ideen die guten waren. Die Frage, die er sich wieder und wieder stellte, war folgende: Wo hatte der Fremde seine Pergamente geschrieben? Er hatte an der Leiche Tintenflecke an den Fingern gesehen. Die Kuppen an Zeigefinger und Daumen waren vor Tinte schwarz, so wie Rungholts eigene Finger es oft waren. Der Mann war ein Schreiber gewesen, jemand, der sich mit dem Worte auskannte, der wahrscheinlich fließend Latein sprach und schrieb. Ein Gelehrter, ein Stadtschreiber, ein Notar. Die grantige Wirtin hatte ihm bestätigt, dass der Fremde meist erst am späten Abend zurückkam. Er war am Mordabend mit Pergamenten ins Wirtshaus zurückgekehrt. Doch von woher zurückgekehrt? An welchem Ort hatte er die Tage verbracht? Und was genau hatte er die zwei Wochen über getan? Nur geschrieben? Rungholt hatte im Rathaus nachgefragt, aber auch dort war der Mann unbekannt, und niemand wurde vermisst. Ebenfalls schien ihn kein Reeder im Hafen zu kennen, niemand hatte ihm eine Schreibstube vermietet. Die Antwort ließ auf sich warten. Und ihm wurden die Augen schwerer und schwerer.

»Kommst du?« Alheyd stand im Türrahmen und sah besorgt drein.

Ich muss ein erbärmliches Bild abgeben, dachte Rungholt. Das Kraut auf den Kleidern verstreut, die Wange angeschwollen und das Haar speckig, völlig in Gedanken und Augenringe wie ein Uhu. Gut, dass mir jedenfalls mein Wanst bleibt, der von Größe und Macht zeugt.

Er nickte Alheyd zu und war erfreut, dafür ihr besagtes Lächeln geschenkt zu bekommen. Er klopfte seine Pfeife aus und fächelte den Rauch beiseite. Danach folgte er ihr nach oben ins Bett. Kaum hatte er seinen Kopf auf die schweren Kissen gebettet, zog der Schlaf ihn hinunter.

Es war mitten in der Nacht, als der Bote klopfte und Rungholt aus seiner dämmrigen Ruhe riss. Er zögerte nicht, griff seinen Mantel und obwohl Alheyd protestierte, eilte er ins Gewitter hinaus.

Möge Mirke in ihrem Leben niemals so dreinsehen müssen, schoss es Rungholt durch den Kopf. Der Anblick des verängstigten Mädchens erschütterte ihn. Jedes Mal, wenn er in ihre Augen sah, litt er ein wenig mit. Vielleicht war es dieses Mitleid, weswegen er die junge Dirne in dieser Nacht wohlmöglich nicht eindringlich genug befragte. Vielleicht lag es daran, dass Rungholt immer noch vom Gelage mit Attendorn betrunken war. Oder tatsächlich daran, dass die Hübschlerin zu verstört war, als dass er es über's Herz brachte, ihr zu drohen.

»Es geht dir gut?«, fragte Rungholt.

»Ja, mein Herr. Is' alles in Ordnung. Gut, Herr.«

Rungholt nickte brummend. Er war müde, und er spürte das Bier und den Burgunder in sich arbeiten. Dennoch merkte er sofort, dass sie nur höflich sein wollte. Das Mädchen nannte sich Dörte, und sie stand unter Schock.

Nachdem der Weinjunge, den Rungholt beim Travekrug beauftragt hatte, zu Marek gegangen war, hatte der Kapitän auf Rungholts Geheiß hin im Hafen nach den Dirnen gefragt. Es dauerte nicht lange, bis Marek einen Schiffsjungen gefunden hatte, der ihm etwas über das Hübschlerinnengespann sagen konnte. Er hatte erfahren, dass sie vor allem an der Obertrave, im Hafen der Wakenitzschiffer, ihrem Geschäft nachgingen. Dort hatte ein Freier aus dem Badhaus Marek schließlich erzählt, die jüngere der beiden erst vor wenigen Stunden gesehen zu haben. Mit einem Bündel in der Hand. Er sei der Hübschlerin beinahe in die Arme gelaufen, unten am Wakenitzufer nahe dem Krähenteich. Als er sie angesprochen hatte, sei sie einfach weiter geeilt. Sie sei furchtbar durcheinander gewesen, ganz durchnässt und zerzaust. Und weil er gedacht hatte, es sei gar ein Kind, das sie da unter dem Arm forttrug, war er ihr nachgegangen. Er hatte gesehen, dass sie bei einem der Schwarzbäcker geklopft hatte.

Dort in der Backstube hatte Marek die junge Hübschlerin schließlich tatsächlich vorgefunden. Dörte hatte sich hierher geflüchtet, weil sie den alten Bäcker kannte. Es war nicht ganz klar geworden, ob sie wirklich seine Tochter war, die vor Monaten weggerannt war, oder ob der allein stehende Bäcker nur einfach ein guter Kunde der Dirne war. Letzteres schätzte Rungholt, war allemal wahrscheinlicher.

Dörte saß in einer Nische beim Ofen. Auf einem Tisch bei ihr hatte der Bäcker Laibe von Schwarzbrot gestapelt. Teiglinge gärten. Der Bäcker hatte mit den Vorbereitungen für den nächsten Morgen schon begonnen. Leere Formen standen bemehlt bereit. In einer Ecke lehnten Holzschießer, um die Laibe später aus dem Ofen zu holen. Einige Fässer und Säcke mit Roggenmehl stapelten sich gegenüber. Ein Regal war mit den schon fertigen Broten gefüllt, in den anderen stapelten sich Backformen und Werkzeug. Es roch nach aufgehendem Teig und knusprigem Getreide.

Der Schwarzbrotbäcker hatte Dörte ein Kleid gegeben und ein Tuch, so dass sie sich hatte trocken reiben können. Nun saß die Hübschlerin fahrig und still da und löffelte Mus aus einer geböttcherten Holzdaube. Dazu riss sie Brot ab. Rungholt sah, dass sie das Mus herunterschlang, als sei es ihr letztes Mahl. Sie wirkte gehetzt, ihre Augen huschten oft und schnell nach links und rechts. Dörtes Bewegungen waren abgehackt. Verstört schien sie die dunklen Ecken der kleinen Bäckerei abzusuchen. Der Alte hatte sich Mühe gegeben, Licht zu machen, aber die kleine, mit Talg gefüllte Lampe bei den Roggensäcken konnte die Schatten zwischen den Formen, Fässern und Schießern nicht vertreiben. Das Mädchen versuchte, nicht zu zittern, aber sie hielt die heiße Daubenschale derart fahrig und tattrig, wie es Rungholt nur bei halberfrorenen Bauern in Russland gesehen hatte. Sie musste Fürchterliches durchgemacht haben. Rungholt hatte außerdem bemerkt, dass sie keine Trippen trug.

Ihre Schuhe sind kostbar. Wer ruiniert solche Schuhe absichtlich in einem Unwetter? Ich denke, sie hat die Trippen verloren, als sie wegrannte. Sie ist geflohen, dachte Rungholt. Deswegen ist sie so verstört.

Blitze ließen die beengte Backstube aufleuchten. Rungholt zog sich einen Stuhl heran und setzte sich. Er achtete darauf, dass sie nicht zu ihm aufblicken musste.

Dann gab er Marek einen Wink, sich in den Durchgang zum Wohnraum zu stellen. Vielleicht gab der muskulöse Marek ihr zumindest ein wenig das Gefühl von Sicherheit. Rungholt hoffte nur, dass Marek sie nicht noch mehr einschüchterte.

»Ist das Mus gut?«

Sie nickte.

»Soll ich noch welches holen lassen?«

Dörte schüttelte kaum merklich den Kopf. Ein wenig musste sie lächeln, wohl, weil noch nie ein Herr ihr so etwas angeboten hatte.

»Nun, aber ich werde mir wohl auch eine Daube nehmen«, Rungholt winkte dem Bäcker. Sofort legte der seinen Handschieber beiseite, mit dem er seine Tafel säuberte. Kurz darauf musste sich Rungholt zwingen, nach dem üppigen Ferkel und den kandierten Früchten auch noch das heiße Mus zu löffeln. So mächtig sein Magen auch war, er wollte bei jedem Schluck zerreißen und wenn der heiße Brei an seinen Zahn stieß – Heilige Medard! Diese Blitze waren schlimmer als das Gewitter draußen.

Still saßen sie da und aßen, während der Regen unablässig

auf die Schindeln trommelte. Marek wurde zusehends ungeduldiger. Es war dunkelste Nacht. Was trieb Rungholt da? Sie waren ja wohl kaum zum Essen hergekommen. Aber genau danach sah es aus. Rungholt aß sein Mus in aller Ruhe und nickte dabei immer wieder der Hübschlerin zu, als wollte er ihr stumm andeuten, wie lecker der Brei sei. Es wirkte. Das Mädchen wurde zusehends gefasster.

Nachdem Rungholt ausgelöffelt hatte, strich er das Mehl vom Tisch und legte sorgsam sein Bündel Tafeln vor sich. Er holte seinen Griffel aus der Tasche. Einen Stylus aus geschnitztem Bein mit verziertem Griff. Er war einem Vogelschnabel nachempfunden. Rungholt zupfte, ein wenig stolz darüber an alles gedacht zu haben, den Riemen seines Wachsbuchs zurecht und schlug die erste Tafel auf. Er wollte nach seiner Brille … Er hatte sie wieder vergessen. Zum Verrücktwerden. Kopfschüttelnd nahm er sich eine der Tafeln und beugte sich über das Wachs, als wollte er es essen. Er begann mit seinen Fragen. Die Hübschlerin warf einen verdutzten Blick zu Marek. Der lächelte aufmunternd zurück. Sie hatte ja Recht. Er hatte einen Kauz als Freund, kauziger als jeder mit Skorbut befallene, bucklige Schiffer.

»Ich habe dich etwas gefragt, Dörte.«

»Oh. Entschuldigt, mein Herr.«

»Dich hat jemand angefallen. Du warst im Travekrug, heute früh. Und später hat dich jemand angegriffen. Ich hab doch Recht?«

Dörte war erstaunt, dass er vom Travekrug wusste.

»Also?«, hakte Rungholt nach.

Sie begann zögerlich. Auf keinen Fall wollte sie zugeben, dass sie mit Lisel das Zimmer des Fremden ausgeräumt hatte, also begann sie bei der unheimlichen Begegnung vor ein paar Stunden. Doch nachdem Dörte von ihrem Treffen mit ihrer Freundin zu erzählen begonnen hatte, brachen die Worte mehr und mehr aus ihr heraus. Voller Angst berichtete sie von dem Blut in der Bude. Von Lisel und von ihrem Treffen. Sie begann zu weinen. Lisel sei wohl tot, mutmaßte sie. Und sie erzählte Rungholt von dem alten, geilen Wakenitzschiffer, dass sie ihre Trippen verloren hatte, und schließlich zögernd von der dunklen Gestalt mit dem langen Dolch.

»Hast du ihn erkannt?«

»Nein.«

»Du hast ihn noch nie gesehen?«

Dörte überlegte, schüttelt den Kopf. »War klatschdunkel da. Und hat gepladdert.«

Rungholts erste Tafel füllte sich. Sehr langsam. Zu langsam, wie er fand. Sie wird nicht konkret, dachte er. Sie weicht aus und lamentiert. Erst sprudelt jede Kleinigkeit aus ihr heraus, und sie redet sich alles von der Seele, aber nun, kaum hat sie sich etwas gefangen, beginnt sie meinen Fragen auszuweichen. Sie weiß mehr, als sie verrät. Ist es der Mann? Oder etwas anderes, über das sie nicht reden möchte? Sie verschweigt uns etwas.

»Wie groß war er?«

Dörte zuckte mit den Achseln. Damit gab sich Rungholt nicht zufrieden. Er schob die Tafel beiseite, fixiert sie.

»Was hatte er an? War er edel gekleidet oder wie … wie der Bäcker da?« Er nickte zum alten Mann hin, der zurückgezogen seinen Teig für morgen knetete und immer wieder durch das Mehl husten musste.

»Ungefähr so.«

»Ungefähr?« Rungholt wurde langsam ungeduldig. Normalerweise hätte er sich das Mädchen vorgeknöpft, hätte ihr gedroht oder sie gepackt und ihr ein wenig den Arm verdreht, aber er war zu müde. Sein Bauch war gefüllt wie der einer gemästeten Gans, und in seinem Schädel breitete sich der Alkohol aus und ließ ihn noch träger werden. »Also war er ärmlich gekleidet. Ein Mann von der Straße?«

Sie überlegte, nickte endlich. Rungholt notierte. So ging es weiter. Beinahe jedes Wort musste Rungholt ihr aus der Nase ziehen. Zum Schluss hatte er nicht viel. Der Mann sei kleiner als Marek gewesen, aber so muskulös wie Marek. Und er hatte dreckige Kleider angehabt, richtig dreckige Kleider. Als habe er soeben einen Schweinestall ausgemistet. Er hatte blondes, kurzes Haar und einen Bart. Die Beschreibung stellte Rungholt seufzend fest, passte auf ein Drittel aller Lübecker.

Marek hatte sich zu den beiden gesetzt und klapperte versonnen mit den Backformen, während Rungholt weitere Fragen stellte. Es dauerte, bis Marek sich traute, Rungholt zu bitten, auch etwas sagen zu dürfte.

»Du warst im Travekrug, wie Herr Rungholt sagte. Wir wissen, dass du dort Sachen geklaut hast. Wo sind die?«, fragte er.

Rungholt war froh über Mareks Unterstützung. Er sah, dass sie zusammenzuckte. War ihre Beute so kostbar? »Du hast sie mit Lisel gestohlen, so hieß sie doch, deine Freundin?«

Dörte nickte.

»Ihr habt sie gestohlen und dann? Was habt ihr damit gemacht?«

Sie schüttelte den Kopf, sah zum Bäcker hin.

»Es waren Kleider und Pergamente! Wir wissen, dass ihr beide dort wart. Im Travekrug!«, fuhr Rungholt sie an.

Für den Bruchteil einer Sekunde wanderte Dörtes Blick durch den Raum. »Liesels Mörder. Der hat sie.«

»Du lügst!« Rungholt hieb auf den Tisch. Endlich war er aus der Lethargie erwacht. »Sag uns, wo die Kleider und die Pergamente sind!«

Er musste aufstoßen. Sodbrennen quälte ihn.

»Ich – ich weiß es nich'. Die war'n unheimlich. Ich hab sie verbrannt.«

»Was heißt das, *unheimlich*?«, fragte Marek.

»Was heißt das, *verbrannt*?«, fragte Rungholt.

Beide starrten die junge Dirne verdattert an.

»Was es heißt? Unheimliche Zeichen eben!« Dörte beugte sich etwas vor. »Der, der das geschrieben hat, der war mit'm Teufel im Bunde. Herr, ich lüge nich'. Wirklich.« Rungholt und Marek sahen sich an. »Ich kann nich' lesen, Herr. Aber die Zeichen auf dem Pergament da. Die … die war'n nich' von Gottes Welt. Nein. Das war keine Schrift, wie Ihr sie schreibt!«

Rungholt kräuselte die Stirn. Sollte er ihrem Geschwätz glauben? Sie log doch schon wieder. Sie führt uns an der Nase herum, die kleine Dirne, dachte er.

Er wischte sich über den Mund. Er hatte einmal mit Nyebur einem gefährlichen Geldfälscher gegenübergesessen. Der Mann war ein sehr geschickter Lügner gewesen. Doch es hatte ihm nichts genutzt. Rungholt hatte gesehen, wie Nyebur den Mann entlarvte. Der Trick bestand darin, sein Gegenüber glauben zu machen, man warte auf weitere Erklärungen. Ihn anzusehen, starr und abschätzig. Die meisten fürchteten den Blick. Hatten Angst, dass es der Böse Blick sei, der sie verflucht. Rungholt konnte es sich leisten, mit derlei Aberglauben zu spielen. Schließlich war er angesehen und ein reicher Mann. Und er achtete darauf, den Trick nicht bei Händlern oder anderen einflussreichen Leuten anzuwenden. Das Gerede wäre sonst schnell zu groß.

Rungholt sah sie fest an. Wenn sie sich verteidigte, log sie. Außerdem wichen Lügner dem Blick gern durch Blinzeln aus oder sahen zur Seite. Er starrte sie an, sah ihr direkt in die Augen. Dörte sah nach unten.

»Es – es … Es waren Kreuze drauf. Und Sterne. Und … und, ja Sternzeichen, glaub' ich. So Zeug. Wie die Schiffer die benutzen. Mit Linien und Kreisen. So Bögen, und überall Gekrakel. Teufelskram. Verse … und … und Beschwörungen. Hexenzeug. Wenn ich's doch sag! Ich – ich hab's verbrannt. Ehrlich! Unten beim Wasserspiel. Zum Gottgefallen.«

Rungholt glaubte ihr. Hier hatte sie die Wahrheit gesagt. Sie hatte die Pergamente wirklich verbrannt.

»Und die Kleider?«

Wieder wanderte ihr Blick an Rungholt vorbei, nur kurz. »Ich, ich hab' sie nicht mehr.«

Rungholt nickte. Er erhob sich und tat, als ginge er ziellos durch den Raum. »So Dörte, du hast die Kleider nicht mehr.

Interessant. Und was hast du deinem Retter hier angeboten, dass er dich hereinlässt?«

Der Alte horchte auf. »Ich habe nichts bekommen, Herr.«

Rungholt nickt erneut wissend, dann zog er ein nasses Bündel aus einem der Regale. Es war neben die alten Brote geschoben worden, doch die dunklen Wasserflecken auf dem mit Mehl und Mäusekot bedeckten Regal hatten es verraten. Es war das Bündel, zu dem die Hübschlerin so oft sehen musste. Kostbare Kleider und Stulpenstiefel. Es waren sicher die des Fremden. Der Alte nahm Rungholt beiseite.

»Hören Sie, Herr. Damit habe ich nichts zu tun. Die Kleine kam völlig verängstigt her, und ich … ich habe sie nur wärmen wollen.«

Rungholt seufzte und meinte ironisch: »Nun, die Nächte für einsame Männer sind besonders kalt. Egal, ob sommers oder winters, hm?«

Eifrig nickte der Bäcker. Hatte sich die Vaterfrage also gleichfalls geklärt. Rungholt ließ den Alten stehen.

»Ich höre!« Er packte die Kleider vor der Hübschlerin auf die Backformen. Er wartete. Doch Dörte sagte noch immer nichts.

Rungholt brummte, aber als Marek die junge Frau anfahren wollte, stoppte Rungholt ihn.

»Lass gut sein«, sagte er und kramte in seinem Geldbeutel.

Dörte sah zwischen den Männern unsicher hin und her. Rungholt streckte ihr die Faust hin, als reiche er ihr einen Taler. »Machen wir es anders. Eine Dirne ist doch immer auf ihren Profit bedacht? Insofern gleichen wir uns. Huren und Händler.«

Er schmunzelte Marek an.

Die Hübschlerin lächelte aus Höflichkeit gleichfalls, doch es brauchte zwei Aufforderungen von Rungholt, bis sie ihrerseits ihre Hand hinstreckte. Rungholt öffnete seine Pranke. Die Bernsteinkugel fiel ihr in die Hand.

»Ich denke, du hast die anderen Perlen eingesteckt.«

Das Mädchen saß mit offenem Mund da, starrte auf ihre zierliche Hand, in der die blutbefleckte Kugel lag. Angst und Erstaunen rangen in ihr, bis die Trauer über ihr verlorenes Glück alles übermannte. Mit Tränen in den Augen schüttelte sie den Kopf. Rungholt pickte die Kugel wieder aus ihrer Hand und hielt sie Dörte vors Gesicht, sodass sie ihm in die Augen sehen musste.

»Wer war dein Auftraggeber? Wer wollte, dass du und deine Freundin die Stube ausräumen? Wenn du mir den Namen sagst, dann kannst du jedenfalls diese eine Kugel behalten. Ehrenwort.« Sie wischte sich die Tränen weg.

»Also?«

Dörte sah hinab auf ihre leere Daube. Sie überlegte, und Rungholt vergewisserte sich, ob sie es auch ernsthaft tat. Sie log nicht, da war sich Rungholt sicher, als sie erwiderte: »Ich kenne seinen Namen nicht.«

11

Sie wurde wach. Die Sterne schimmerten milchig durch die dünne Hornscheibe ihres Fensters. Mirke fluchte über sich selbst. Lange hatte sie dagelegen, bereit aus dem Haus zu huschen, und dann war sie doch eingeschlafen. Langsam stieg sie aus dem Bett. Ihre Füße tapsten auf den Dielen. Vorsichtig, damit die Bretter nicht knarrten, huschte sie zu ihrem Schrank und streifte sich eine schlichte Cotardie über. Sie hatte sich ein dunkles Kleid ausgesucht. Eines ohne Zatteln und Verzierungen, nicht so kostbar und aufreizend wie noch vor ein paar Stunden. Ganz schlicht. Ähnlich den Kleidern, die die Hospizschwestern trugen.

Mirke wollte direkt nach unten, aber kaum hatte sie die ausgetretene Wendeltreppe betreten, fiel ihr ein, dass sie ihr Bündel mit dem Essen vergessen hatte. Du dumme Ziege, schalt sie sich, jetzt musst du noch mal an ihrer Kammer vorbei.

Schnell schlich sie wieder zurück. Ein sanftes Schnarchen drang aus der Schlafstube ihrer Eltern. Mirke spähte hinein. Ihr Vater war nicht da. Erschrocken blieb sie stehen und horchte. Wo war er? Wo war Rungholt? Er schlich doch wohl nicht in der Nacht allein im Haus herum? Sie blickte zurück zur Wendeltreppe, aber von unten konnte sie keinen Lichtschein sehen. Sie lauschte noch einen Moment und beschloss, dass Rungholt wohl wieder außer Haus war. Wahrscheinlich zechte er irgendwo.

So schnell es ging, lief sie zu ihrem Zimmer. Sie hatte ihr Bett so aufgeworfen, als würde sie noch darin liegen. Mirke zog das Bündel mit dem stibitzten Essen aus ihrem Alkoven hervor. Es roch gut. Sie steckte es ein und huschte nach unten in die Diele.

Sie wollte gerade zur Haustür, als sie doch Licht bemerkte. Schwach konnte sie den Schein seiner Öllampe unter der Dornsetür sehen. Was trieb Rungholt noch so spät? Mirke hielt vor dem Tisch inne. Sollte sie zurück? Oder an seiner Tür vorbeischleichen?

Langsam schob sie sich vor, immer die breite Haustür im Auge, die geradewegs auf die Engelsgrube führte. Von draußen hörte sie das unablässige Trommeln des Regens. Auf Höhe der Dornse konnte sie es sich nicht verkneifen, doch einen Seitenblick zu riskieren. Die Tür war nur angelehnt. Durch den Spalt sah sie ihren Vater. Er saß grübelnd mit Kleidern in der Hand an seinem Schreibpult. Vor sich einen Krug, wohl Wacholderschnaps. Selbst Mirke wusste, wo er den Schnaps versteckte, aber es war niedlich mit anzusehen, wie er ihn einem Eichhörnchen gleich immer verbarg. Er hielt sich die Brille vor und studiert angestrengt den Stoff der Kleider. Doch Mirke war sich nicht sicher, es schien, als sei er eingeschlafen, so still und reglos wirkte er.

Ganz leise wandte sie sich um und –

Sie war gegen einen der Weinkrüge gestoßen, die ihr Vater mit Attendorn geleert hatte. Die Männer hatten bis spät in die Nacht gezecht und in der Diele ein Durcheinander hinterlassen. Entsetzlich laut hallte der Zinnkrug auf den Steinen der Diele wider. Verflixt! Sie riss den Kopf herum. Durch den Türspalt konnte sie sehen, wie Rungholt aus seinem Schlaf hochfuhr und sich schmatzend umsah. Er horchte. Mirke huschte zur Seite. Sie konnte ihr Herz pochen hören. Sie sah sich um, in der Diele gab es nicht viel, hinter dem man sich hätte verbergen können. Die Küche? Würde sie es bis zur Küche schaffen und sich hinter dem Kamin verstecken können? Sie entschied sich anders, verbarg sich hinter dem schweren Tisch, an dem sie vor einigen Stunden noch gegessen hatten.

Rungholt erschien im Türrahmen, und Mirke wunderte sich, dass er sein Messer gezückt hatte. Konzentriert horchte er ins Dunkel. Dann schwang er die Öllampe, blickte sich um. Er trat weiter hinaus, und sie konnte sein angespanntes Gesicht im Schein der Lampe sehen. Warum war er so ängstlich? Sie hatte ihn noch nie mit einem Messer in der Hand nachts durchs Haus schleichen sehen.

Er wandte sich ihr zu, deutlich konnte sie seinen forschenden Blick im flackernden Schein erkennen. Sie zuckte hinter den Tisch zurück und hielt den Atem an. Rungholt schob sich weiter vor. Noch zwei Klafter und er wäre auf ihrer Höhe.

Sie versuchte, sich klein zu machen. Nicht atmen, nicht bewegen. Wie beim Versteckspiel mit Daniel. Wie oft war er geradewegs an ihr vorbeigelaufen? Doch Vaters Schritte waren langsamer, ahnender. Sie kamen näher. Mirke drückte sich unter den Tisch. Ein Quietschen! Ein Quieken. War sie gegen die Eichenplatte gestoßen? Sie hätte beinahe aufgeschrien. Sofort hielten Rungholts Schritte inne.

Er schwang seine Lampe herum. Eine Maus. Er zischte ihr eine Verwünschung zu und rieb sich die müden Augen. Er knurrte einen Fluch. Mirke verstand sein Brummeln nicht.

Ihr Herz ließ das Blut in ihren Ohren rauschen. Sie wartete regungslos, bis seine Schritte nur noch gedämpft aus der Schreibstube zu hören waren und sie das Knarzen des Stuhls vernahm. Doch dann sah sie, dass er die Tür zur Dornse offen gelassen hatte.

Es würde ihr nicht gelingen, unbemerkt an der Scrivekamere vorbeizukommen. Selbst, wenn sie kroch, würde er sie sehen. Mirke dachte hektisch nach. Sie kniete im Dunkeln unter dem Tisch und horchte auf ihr Herz. Es beruhigte sich nur langsam.

Der Donner rumorte, es hörte sich an, als hinge das Gewitter direkt über dem First. Auf die Dachschindeln trommelte der Regen, und ab und an zuckte das grelle Licht der Blitze durch die kleinen Fenster an den Giebeln.

Mirke war die Treppe hoch bis auf den zweiten Dachboden geschlichen. In der Ecke bei der Stiege, durch die sie auf den Boden gelangt war, standen drei Schnitzaltäre. Halb zugedeckt warteten sie auf ihre Verschiffung. Es roch nach Wachs und nach Pelzen. Das wasserdichte Holz der Fässer, in denen Wein, Gurken und Stockfisch, aber auch Pottasche und Bücher lagerten, verströmte einen angenehm rauchigen Geruch. Die Fässer hatten ihn vom Qualm des Schornsteins, der hier oben endete, aufgenommen. Der Rauch konservierte das Getreide. Bei jedem ihrer Schritte, wirbelte sie Staub auf. Er tanzte im Schein ihrer Öllampe, die sie aus ihrem Zimmer geholt hatte. Zermahlene Getreidekörner und Spelzen rieselten durch die Ritzen zwischen den Balken. Eine Vielzahl Säcke und Fässer stapelten sich bis unter die Schindeln. Roggen, Gerste und Salz.

Mirke leuchtete mit ihrer Öllampe über die kleinen Apostelfigürchen des Schnitzaltars, dann den Weg zwischen den Säcken und Fässern hindurch, aber der Gang in diesem von Knechten sortierten Lagerchaos führte geradewegs ins Dunkel.

Sie tastete sich vor, da stürzte sie beinahe. Unter ihr war plötzlich kein Boden mehr. Ihr entfuhr ein Schrei. Sie griff nach rechts zu den Säcken hin, schaffte es aber nicht. Als sie das Gleichgewicht zu verlieren drohte, sprang sie einfach. Sie landet auf der anderen Seite des Lochs, durch das die Knechte die Waren hoch in den Speicher hievten. Einer der Burschen hatte versäumt, das Geländer aufzustecken. Bei ihrem Sprung war die Öllampe ausgegangen. Jetzt war es stockfinster. Ihr Herz hämmerte. Wieder ließ ein Blitz alles ringsum aufglühen.

Sollte sie nicht einfach zu Rungholt gehen? Sollte sie nicht zu ihrem Vater? Ihm beichten, wie sie dachte und wen sie liebte? Rungholt war immer ein gerechter und liebevoller Vater gewesen. Sie erinnerte sich noch, wie er eines Abends mit einem Hund nach Hause gekommen war, obwohl er Hunde nicht ausstehen konnte. Auch wenn er vor dem Welpen keine Angst hatte, so bemerkte selbst Mirke, dass ihm das Tier unangenehm war. Doch als sie es ihm zuliebe wieder abgeben wollte, hatte er ihr zugeredet, den Hund zu behalten. Da war sie noch ein Kind gewesen, acht oder neun. Damals. Damals hatte es auch noch keinen Daniel gegeben.

Endlich hatten sich ihre Augen an das Schwarz ringsum gewöhnt. Einzelne Konturen konnte sie schon wieder wahrnehmen. Vor allem jedoch sah sie die Luke zur Engelsgrube hin, durch die schwach blaues Mondlicht durch den Regen schimmerte. Mirke tastete sich weiter zwischen den Fässern und Ballen entlang.

Wenig später hatte sie die Luke mit dem Flaschenzug erreicht. Rungholt hatte den kleinen Zug mit vier Flaschen einbauen lassen, als ein Stammkunde mit seinem schmutzigen Karren jedes Mal die Diele eingesaut hatte. Mirke konnte sich an den pausbackigen Bäcker Grebel mit seinen dreckigen Handwagen noch gut erinnern, weitaus intensiver jedoch, konnte sie sich an den Tag erinnern, an dem Rungholt den Flaschenzug mit seinen Knechten eingebaut hatte. An diesem Tag hatte sie zum ersten Mal ihren Mut an der wackligen Aufhängung mit dem eisernen Haken ausprobiert und dafür von Rungholt den Hintern versohlt bekommen.

Der Haken schwang draußen im Wind. Sie blickte nach unten. Der Regen zog Fäden hinab auf die hingeworfenen Kopfsteine zwischen den großen Pfützen. Die Gasse dort unten kam ihr viel zu klein vor. Sie war doch nur zwei Stockwerk über der Diele. Es sah hoch aus. Sollte sie wirklich?

Der Balken des Auslegers, der gut einen halben Klafter über die Straße ragte, war glitschig vom Regen und Möwenkot. Mirke biss die Zähne zusammen. Denke an Vaters Worte: Wenn du dir etwas vornimmst, dann tue es auch. Stehe zu deinem Wort, und stehe zu deinen Absichten. Der weise Kaufmann überlegt gründlich, der schlechte Kaufmann hadert.

So ungefähr hatte ihr Vater es ihr einmal erklärt, als sie sich nicht sicher war, ob sie einen Kreisel oder eine Murmel zum Geburtstag haben wollte. Es war ein paar Tage nach dem Tod ihrer Mutter gewesen. Und sie beide – Rungholt und sie – hatten dort vor der Mauer im Hinterhof gestanden, wo jetzt die Tassel versteckt war, die Daniel ihr geschenkt hatte. Daniel…

Hadern wollte sie nicht, aber hatte sie auch gründlich überlegt?

Sie hielt sich an dem Ausleger fest und trat auf die Bohle, die das Loch im Giebel abschloss. Der Rahmen, an dem sie sich festhielt, war vom Staub der Jahre und dem Wasser marode und brüchig geworden. Der Regen weichte ihn auf und bildete einen Film auf dem Holz, als hätte es jemand mit Bratenfett eingerieben. Sie versuchte, mit der freien Hand den Haken zu greifen, erwischte ihn aber nicht.

Sie klammerte sich fest, angelte mit einem Fuß nach dem Haken. War es früher auch so schwierig gewesen? Oder hatte sie sich als Kind nur nicht so viele Sorgen gemacht? Damals war das Leben noch arglos und die Gefahr nur ein weiteres Abenteuer. Wenn Rungholt oder Alheyd sie erwischten, ja, wenn einer der Knechte oder Hilde hinaufkämen, dann würde sie wohl die Knute zu spüren bekommen. Rungholt würde sie grün und blau schlagen und ihr Hausarrest bis zur Hochzeit geben.

Sie gab auf und sah sich im Speicher um. Irgendwie mussten die Knechte das verteufelte Ding doch heranziehen können. Da entdeckte sie ein abgegriffenes Entereisen in der Ecke. Es gelang ihr damit auf Anhieb, den Flaschenzug mit dem Haken zu sich zu bugsieren. Sie hakte den Zug an den Rahmen und sah sich nach einem Eimer oder einem leeren Fass um. Neben dem Entereisen standen Bottiche. Sie entschied sich für einen, in dem sie mit beiden Füßen Platz fand. Es war eng, aber es würde gehen.

Mirke wickelte sich das Seil um die Hand, griff mit der zweiten zu und zerrte. Die Angst zu stürzen lähmte sie beinahe. Doch sie wollte nicht aufgeben. Denn für was man sich entschieden hat, das sollte man unbeirrt beschreiten. Mit Gottes Hilfe und im Vertrauen auf den Allmächtigen. Leise betete sie. Die Fürbitte gab ihr Mut. Sie klammerte sich an das Seil und stieg mit dem anderen Fuß in den Eimer. Tatsächlich stand sie nun im Kübel und hielt sich selbst durch den Zug in der Luft. Langsam gab Mirke Seil nach. Elle um Elle senkte sich der Eimer.

Er setzte sanft auf. Mit zittrigen Beinen stieg sie heraus und sah nach oben. Sie hatte es wirklich getan. Wie damals, als sie gerade einmal sieben Jahre alt gewesen war.

Mirke stellte den Eimer leise in einen Pferdetrog. Sollte Rungholt das Seil bemerken, würde er sicher denken, nur der Wind habe es oben aus dem Speicher geweht. Niemand sah sie auf die Straße treten. Der Regen hüllte Mirke ein und ließ sie im Dunkeln verschwinden, als sie die Engelsgrube hinauflief.

Finsternis. Um ihn herum war es dunkel wie in einer Salinengrube. Calve konnte seine Hand nicht vor Augen sehen, geschweige denn erkennen, wo er hintrat. Täppisch setzte er Fuß vor Fuß. Seine Lederschuhe, längst aufgeweicht durch den steten Regen, schlurften durch den Matsch. Sie rieben vorsichtig über das nasse Holz. Stück um Stück tastete er sich auf der Brücke vor, stieß immer wieder gegen irgendetwas. Steine, einen Pfeil, ein loses Brett, abgesplittertes Holz oder gar gegen das Fleisch des getroffenen Pferdes.

Calve wischte sich das Wasser aus dem Gesicht. Es half nicht. Es rann ihm am Körper hinunter. Seine Kleider klebten an seiner Haut. Unter ihm rauschte die Stepenitz. Sie brach sich an einem der Holzpfeiler der Brücke, und Calve konnte die Spritzer des Wassers spüren, die wie Meeresgischt durch den Regen sprühten. Einen Augenblick lang überlegte er, ob es nicht besser gewesen wäre, eine Fackel anzuzünden. Doch dann hätte er sich als Zielscheibe geradezu ausgestellt. Er wollte verhandeln und keinen Märtyrertod sterben.

»Wo steckt ihr? Tretet heraus!«, rief Calve gegen das Tosen des Wassers. Er starrte ins Dunkel. Nur wenn der Wind ab und an eine der schweren Gewitterwolken aufreißen ließ, konnte er das Wäldchen im Mondlicht sehen. Schemenhaft hoben sich dann silbern die tanzenden Wipfel der Bäume ab.

»Wir verhandeln. Ihr bekommt die Ladung, wir freies Geleit!«

Keine Antwort. Der Wald blieb stumm.

Im Dunkel orientierte sich Calve am Stöhnen des gepanzerten Lanzenträgers, der immer noch irgendwo dort, irgendwo nur ein paar Klafter vor ihm, auf der Brücke lag und wimmernd Blut spuckte. Langsam ertrank er in seinem eigenen Saft, der in seine Kehle drang. Sein ersticktes Husten wies Calve den Weg.

»Kommt schon«, rief er noch einmal zum Waldstück auf der anderen Seite. Er sah nicht einen Mann. Keine Gestalt, keinen Schatten an den Bäumen, kein verräterisches Augenpaar. Nichts. Selbst als die Wolkendecke wieder aufriss und der Mond durch den Regen drang, konnte er niemanden erspähen. Doch er spürte, dass sie noch immer dort waren. Verborgen. Ihn belauerten und versuchten zuzusehen, was er tat. Die Lanzenträger und der Ritter hatten sich gut verschanzt.

»Ihr bekommt die Waren! Wir wollen nur weiterziehen. Hört ihr?«

Sein Fuß stieß gegen etwas Weiches. Calve sah nach unten und versuchte durch die Dunkelheit etwas zu erkennen. Er war beim verletzten Lanzenträger angekommen. Der Mann packte Calves Knöchel. Sein Druck war schwächlich, Calve taumelte dennoch erschrocken zurück. Der Lanzenträger wollte etwas sagen, doch seine Worte gingen röchelnd unter. Er spuckte Blut. Es floss ihm unentwegt aus dem Mund. Der Mann war kaum zu erkennen, nur seine Augen leuchteten aus dem dreckstarren Gesicht. Er verdrehte sie flehentlich. Das Weiß der Augäpfel leuchtete.

Calve keuchte. Er nickte dem Mann zu und hob sein Schwert. Es war ein glatter Schlag. Sofort kehrte Ruhe ein.

»Was willst du?«, schallte es ihm entgegen. Es war eine feste Stimme. Eine entschlossene Stimme. Wohl der Ritter, der sich durchgerungen hatte, etwas zu erwidern. Zwischen dem Tosen des Flusses und dem Regenrauschen der Bäume konnte er ein Pferd schnauben hören. Irgendwo drüben am anderen Ufer.

»Verhandeln will ich. Ihr bekommt die Fässer voll Pelz und lasst uns ziehen.«

»Du willst uns deine Ware überlassen?« Der Mann war im Dunkel am Ende der Brücke, links bei den angrenzenden Bäumen.

»Ja. Ihr bekommt die Ware, und wir passieren die Brücke. Und niemand wird mehr geopfert.« Calve horchte. Berieten sie sich? Calve fixierte die rauschenden Bäume am gegenüberliegenden Ufer. Nur vage konnte er sie im Mondschein sehen, er erkannte niemanden.

Es dauerte, bis die Antwort kam. »Die Ware gegen euer Leben. Bei Tagesanbruch dürft ihr die Brücke passieren. Den Wagen lasst ihr, wo er ist.«

Den ganzen Weg die Engelsgrube hinauf und die Via Regia entlang hatte sie sich vor dem Regen an die Häuser gedrückt und dabei überlegt, wie sie es anstellen sollte, in die Fronerei zu gelangen. Es war immerhin spät in der Nacht und ein Besuch, gerade von einer jungen Frau, sehr ungewöhnlich. Zuerst hatte sie überlegt, mit offenen Karten zu spielen und sich als Rungholts Tochter vorzustellen. Immerhin war Rungholt angesehen und ein Mitglied des Lübecker Rats. Selbst der dümmste Büttel wusste, dass Rungholt Macht besaß. Den Gedanken jedoch, den ehrenvollen Namen ihres Vaters als Vorwand zu benutzen, hatte Mirke gleich wieder verworfen. Wenn sie sich zu erkennen gab, würde ihr Vater beim nächsten Besuch in der Fronerei sicher erfahren, dass sie dort gewesen war.

Die Wachen würden sie nicht unbedingt als Rungholts Tochter erkennen. Dazu hatte Rungholt zu wenig mit dem Fron und seinen Männern zu tun. Und vielleicht, so spekulierte Mirke, wussten sie auch gar nicht genau, wen sie überhaupt in ihrer Zelle hatten. Sie würde ihren ursprünglichen Plan probieren.

Der Wachhabende kicherte. Er hatte Mirke geöffnet und versperrte ihr nun mit seiner schlanken Gestalt den Zutritt zur Fronerei. Er grinste und sah auf das Mädchen vor seiner Tür abschätzig herab. Er war kaum älter als Mirke. Ein Junge von vielleicht vierzehn Jahren. Mirke erklärte, dass sie eine Schwester aus dem Heiligen-Geist-Hospital sei, die den Gefangenen Brederlow sehen wolle. Sie log und das nicht einmal schlecht. Alheyd hätte gestaunt. Doch der sehnige Junge mit den schnellen Bewegungen schien sie nicht verstehen zu wollen oder nahm ihr nicht ab, aus dem Spital zu kommen. Mirke konnte Bierflecken auf seinem Hemd sehen und dass seine Ärmel nur mit Eile angenestelt worden waren. Sie hatte ihn scheint's beim Zechen gestört – oder beim Schlafen.

»Eine Schwester? Wie eine Schwester siehste mir nicht grad aus.« Er lacht erneut und packte zu. Ehe sich Mirke versah, hatte er sie schon durch die Tür in die Fronerei gezogen. Der Junge drückte Mirkes Hintern und schob sie zur Seite. Mirke spürte, wie sie gegen den Rahmen der Tür gepresst wurde und der Wächter näher kam. Seine Wangen waren rot durchfurcht. Wie bei ihrem Vater, wenn der soff.

»Nun – *Schwester.* Bevor du unsern kleinen Gast besuchst, kannst du mir ’n bisschen Fürsorge zukommen lassen, oder?«

Seine Bewegungen waren schnell und ungestüm. Er war noch ein halbes Kind, wirkte jedoch wie ein Hafenarbeiter. Unter seiner Nase war erster Flaum, es lohnte sich nicht, ihn abzurasieren. Während Daniel noch immer etwas Kindliches an sich hatte, war bei diesem Jungen davon nichts mehr zu spüren. Eine Narbe zog sich auf seiner Wange entlang und warf sich braun an seinem linken Mundwinkel auf. Mirke kam die Narbe wie ein Aal vor. Etwas Glitschiges, dass sich in seinen Mund wandte oder daraus hervorkroch. Sie riss sich zusammen. Sei keine Memme. Sie würde es durchstehen. Auch wenn Alheyd sie immer noch für ein Kindchen hielt.

Er wollte sie küssen. Angeekelt drehte sie ihren Kopf weg. Sie spürte seine Finger an ihrem Rücken, langsam wanderten sie herab zu ihrem Gesäß. Er drückte sie an sich. Sie konnte seinen Atem spüren. Es war eine riesige Dummheit, in der Nacht als Frau allein in die Fronerei zu kommen.

»Zeig mal, was du Feines hast!« Er grabschte nach ihrer Brust, als sie ihr Knie hochriss. Sein Aufschrei ging in Keuchen unter. Er hielt sich seine Eier und taumelte zurück. Eine winzige Sekunde war Mirke über sich selbst erschrocken. Hatte *sie* das gerade getan? Und was würde jetzt geschehen? Er würde der dreckigen Hure, für die er sie hielt, die Kehle aufschneiden und vorher sicher Schlimmeres mit ihr anstellen. Die Angst vor dem Jungen, aber auch der Triumph, ihm Paroli geboten zu haben, vermischten sich.

»Fasst man so eine Schwester vom Spital an?«, rief Mirke, weil sie nicht wusste, was sie sonst tun sollte. Sie baute sich vor dem Mann auf, der immer noch keuchend und gebeugt durch den Vorraum taumelte. Als er sich aufrichtete, war sein Blick voller Zorn. Mirke wich instinktiv vor ihm zurück. Die Wut war geradezu spürbar, als er auf sie zukam.

»Vom Spital? Vom Heiligen-Geist-Spital?« Eine ältere Stimme hallte von den Zellen her. »Darius, lass die Schwester los.«

Sofort hielt der Junge inne. Mirke sah, dass er nur unwillig dem Befehl des Mannes folgte, der in den Vorraum trat. Es war der Fron. Ein Herr mit Lederschürze und derben Holzpantinen. Er wischte sich die Finger mit einem Lappen ab, an dem unzweifelhaft Blut klebte, warf ihn zur Öllampe auf den Registriertisch und zog Darius ruppig beiseite. »Ihr seid sehr jung.«

»Die-die anderen haben sich nicht getraut.«

»Nicht getraut? Was wollt Ihr hier? Mitten in der Nacht?« Er musterte sie.

Mirke antwortet nicht sofort. Sie ermahnte sich, endlich etwas zu sagen. Irgendetwas. Doch sie konnte nur stumm zwischen den beiden Männern hin und her sehen. Ihr Herz raste.

»Ihr seht mir nicht grad aus wie 'ne Schwester vom Spital.«

Sag was! Mirke setzte ein Alheyd-Lächeln auf und trat auf den Mann zu. Noch ehe sie den Mund öffnen konnte, hatte Darius schon schützend die Hand vor den Fron geschoben. »Vorsicht, Herr. Die Kleine hat die Tollwut. Die muss selbst ins Spital rein.«

»Bestimmt nicht«, meinte Mirke. »Eher hat Ihr Wachhund da die Tollwut.«

Der Fron lächelte. »Köter, die bellen, beißen nicht. Sagt man nicht so?« Er tätschelte Darius gönnerhaft das Haar. Der Junge kochte vor Zorn und blitzte Mirke an.

»Also? Warum kommt Ihr, Schwester? Mitten in der Nacht?«, fragte der Fron.

»Daniel Brederlow. Ihr habt ihn doch hier? Es kann sein, dass er… dass er krank ist.«

»Eine Krankheit?« Während der Fron gefasst nachfragte, konnte Mirke befriedigt sehen, dass Darius das Herz erneut in die Hose rutschte. Der blöde Kerl war restlos bedient. Seine Augen fuhren ängstlich in Richtung der Zellen, dann zurück zu seinem Herren.

»Nun. Wir haben die Leiche in Augenschein genommen«, fuhr Mirke fort. Sie tastete sich Satz für Satz vor. »Der Rychtevoghede Winfried war so gütig, uns einen Blick auf den Toten werfen zu lassen. Den Toten, den Brederlow entleibte. Die Spitalmütter oben vom Heiligen Geist haben sich nicht getraut. Mussten die Novizin vorschicken.« Sie machte absichtlich eine Pause und blickte in die gespannten Gesichter der beiden Männer. Um ihren Worten noch mehr Brisanz zu verleihen, flüsterte sie leise: »Pocken.«

Darius wich zurück, schimpfte brabbelnd etwas von Kot und Hexendreck und raufte sich das Haar. Der Fron spuckte aus. Er sah auf und musterte erneut Mirke. Sie hielt seinem Blick stand. Schließlich nickte er.

Selbstsicher trat sie an ihm vorbei. »Der Richteherr Winfried hat den Wundarzt geholt, der die Ausschläge des Toten öffnete. Nun sind wir uns bei Brederlow nicht sicher. Aber wenn er auch… Vielleicht muss er ins Leprosium nach Grönau oder ins Siechhaus.« Sie lüpfte ihr Tuch ein wenig und offenbarte kurz die kleine Karaffe, die sie aus der Küche stibitzt und in der sie Daniel etwas Bier abgefüllt hatte. Die Männer sahen nicht, dass sie schon voll war. »Ich muss eine Harnschau abhalten und ihn untersuchen.«

»Folgt mir.« Der Fron drängte sich an Mirke vorbei.

Mirke hatte vor drei Jahren miterlebt, wie Rungholt schier ausgerastet war, nachdem sie sich Flecken ins Gesicht und auf die Arme gemalt und ächzend einen Schwächeanfall gespielt hatte. Jaulend und keuchend war sie durch die Diele gewankt. In blanker Angst um sie und ihrer aller Leben hatte er das Haus räumen lassen. An diesem Tag verlor er durch Mirkes Spiel einen wichtigen Kunden und mehr als hundert Witten für die Leibärzte, die er rufen ließ. Das Einzige, was Mirke ihm an diesem Sommertag geschenkt hatte, waren mehr graue Haare. Im Gegenzug setzte es eine Tracht Prügel. Sie hatte sie bis heute nicht vergessen. Rungholt hatte sie mit der Knute derart grob gezüchtigt, dass ihr Rücken blutete. Eine Woche hatte sie nicht sitzen können. Nie wieder hatte er sie so geschlagen. Dass Rungholt vor Sorge umso brutaler zugeschlagen hatte und sich bei jedem Schlag sein Jähzorn mit Erleichterung und Liebe zu einem galligen Brei vermischt hatten, ahnte sie nur. Er hatte geweint, aber sie hatte sein Gesicht nicht gesehen, als sie über seinem Knie lag und schrie.

Sie durchquerten die Diele. Aus dem Augenwinkel konnte Mirke neben der Haupttreppe, die nach oben zu den Wohnräumen der Wachen führte, in die kleine Stube mit Kamin sehen. An ihm hatten sich Darius und sein Herr wohl gerade noch gewärmt. Mirke sog alle Eindrücke in sich auf. Sie kannte das Haus nur von außen. Einmal hatte sie vor der Fronerei gewartet, bis Alheyd Rungholt ausgelöst hatte. Büttel hatten ihn betrunken beim Hafen gefunden und hierher gebracht, nachdem er sie angefallen hatte. Das lag zwei Jahre zurück. Ihr Blick fiel noch einmal auf die Treppe und auf die Stufen daneben, die hinabführten. Sie hatte vom Folterkeller der Fronerei gehört. Die Kinder erzählten sich blutige Geschichten. Ihr Herz schlug ihr bis in den Hals. Wie würde Daniel wohl aussehen?

Der Fron riss einen Eisenriegel von der schweren Tür. Mirke bemerkte, dass der Mann keine Anstalten machte, in die Zelle zu treten.

»Ihr müsst nicht mit hinein, wenn Ihr nicht wollt«, meinte sie. »Ich denke, er wird mir nichts tun.«

Erleichtert trat der Mann zurück.

»Ich klopfe, wenn ich fertig bin.« Sie konnte hören, wie er hinter ihr die Tür zudrückte und verschloss.

Innen war es dunkel. Sie konnte Daniel nicht sehen. Ihre Augen hatten sich noch nicht an die Dunkelheit gewöhnt.

»Mirke?« Daniel saß an die Mauer gedrückt. Als er Schritte gehört hatte, war er lieber von der Tür weggekrochen. Sie hatten ihm bisher nichts getan. Nur der junge Wächter hatte ihn mit dem Essen geneckt und das Mus über ihn gekippt und ihn angebrüllt, als er seine Notdurft in der falschen Ecke verrichtet hatte. Aber ansonsten hatten sie ihn nicht gequält.

Es war auch kein Gehilfe des Folterherrn aufgetaucht, der ihm zu einem Geständnis verhelfen und eine peinliche Befragung durchführen sollte. Doch es war nur eine Frage der Zeit, bis Kerkring oder ein anderer Rychtevoghede den Auftrag erteilen würde, ihm mittels Gewalt ein Geständnis zu entlocken. Seine ungestüme Art hatte ihn hierher gebracht, da hatte Rungholt Recht. Aber seine patzige Art hatte er schon bereut, da war Rungholt noch nicht einmal aus der Fronerei getreten. In den Folterkeller – auf die Streckbank oder zwischen die Daumenquetsche? Darauf konnte er gut verzichten. In Furcht, doch noch zur peinlichen Befragung abgeholt zu werden, war er in die hinterste Ecke gekrabbelt. Er hatte sich die Holzdaube vom Mittag geschnappt, um etwas in der Hand zu halten – irgendetwas.

Er rappelte sich vom Reisig auf.

»Mirke?«, wollte er noch einmal fragen, aber sie stoppte ihn mit strengem Blick. Er verstand nicht sofort, war aber still.

»Setz dich hin!«, befahl sie laut. Sie ahnte, dass der Fron lauschte. »Los, setz dich. Ich bin von den Schwestern des Spitals geschickt worden.«

Daniel verstand noch immer nicht. Erst als sie ihm deutete, dass alles in Ordnung sei, begriff er. Er konnte immer noch nicht glauben, dass es wirklich sie war, die ihn besuchen kam.

Endlich konnte Mirke ihn genauer erkennen. Daniels Kleider waren zerrissen und standen vor Schmutz. Die Zelle stank entsetzlich. Sie maß kaum zwei auf einen Klafter. Kot und Urin verströmten ihren beißenden Geruch. Mirke musste sich anstrengen, nicht zu würgen. Noch hatte sie sich nicht an den Gestank gewöhnt und unterdrückte den unvermeidlichen Reiz, sich die Hand vor den Mund zu halten.

»Ich brauche ein wenig Livor von dir. Zeig mir deinen Arm, dass ich ein wenig Saft nehmen kann«, befahl sie laut. Sie umarmten sich. Selbst hier in dieser stinkenden Zelle konnte sie seinen gewohnten Geruch wahrnehmen, wenn sie ihre Nase in seine Haare drückte. Er strich ihr über den Rücken. Sie hockte sich zu ihm in das Reisig.

»Haben sie dich geschlagen?«, flüsterte sie.

Er verneinte. Sein Lächeln tat gut. Er drückte ihre Hand und meinte dann laut zur Tür: »Oh Gott, was habe ich denn? Ist es schlimm?«

Sie holte das Bündel heraus. Er aß schnell und gierig.

»Das werden wir schon sehen. Zieh dein Hemd aus!«, rief sie. Er tat es tatsächlich. Falls der Fron oder dieser grässliche Darius hereinplatzen sollten, sah es jedenfalls ein wenig danach aus, als untersuche sie ihn. Er drückte sie an sich. Sie konnte seinen nackten Körper spüren. Seine Hände und Armen waren voller Kraft, er zog sie fest an sich. Normalerweise hätte sie sich geziert, aber nun ließ sie es dankbar zu. Es tat gut, ihn zu spüren, auch wenn er zitterte und sein Oberkörper kalt war. Sie küsste seinen Nacken. Er fasste ihr Gesicht und strich ihre Wangen. Sie küssten sich.

»Wie bist du hier hereingekommen?«, flüsterte er.

Sie erzählte ihm von der Harnprobe. Daniel knuffte ihr glücklich in die Seite. Die Worte drangen nur so aus ihm heraus. Er lobte sie und redete davon, dass sie sein Mädchen sei, und dass nichts sie trennen könne.

Mirke jedoch schwieg. Er bemerkte, dass es in ihr arbeitete, und dann fiel ihm die Toslach ein. Wann würde sich Mirke verloben? War es morgen schon? Oder erst übermorgen? Er begann schon, sein Zeitgefühl zu verlieren.

»Du schaffst das, Mirke«, er streichelte aufmunternd ihren Arm, »Attendorn ist kein schlechter Mann. Ein bisschen leise vielleicht, aber er ist nicht übel.«

Sie sah auf. Er lächelte. Meinte er das ernst? Wie sollte sie das verstehen? *Kein schlechter Mann?* Wollte er etwa, dass sie mit diesem Attendorn zusammenkam, der ihrer beider Vater hätte sein können? Dann begriff sie, dass er ihr nur Mut zusprechen wollte. Und tatsächlich hörte sie sich »Danke« sagen. Sie sagte es, aber sie dachte, dass eigentlich doch er es sein sollte, der Mitleid und Fürbitte verdiente. Nicht sie. Sie würde nur einen Mann zur Seite bekommen, den sie kaum kannte. Ein Mann mit keckem Bart und Manieren. Sie würde für ihr Leben ausgesorgt haben. Ein geringes Übel im Gegensatz zu Daniels Schicksal, denn vielleicht würde Daniel nie mehr die Chance bekommen, für sein Leben zu sorgen.

»Er ist ein Trottel«, sagte sie. »Attendorn ist ein Trottel. Er ist nicht schlauer als die ollen Gänse von der Dankwarts Witwe.« Sie ahmte den gezwirbelten Bart von Attendorn nach und streckte keck den Kopf in die Luft. Sie lachten leise. Sie lachten tatsächlich; selbst an diesem Ort saßen sie beieinander, als würden sie mit den Murmeln im Hof spielen. Beinahe so, wie letzte Woche in der abgebrannten Mühle. In der Ruine zwischen den verkohlten Brettern und den eingefallenen Backsteinmauern, als Daniel sie zum ersten Mal geküsst hatte und sie lachend zurückgewichen war.

Sie schmiegte sich an ihn. Seine Bartstoppeln kratzten angenehm. Sie hätte gern hier geschlafen. Bei ihm, an seiner Seite. In dieser unwirtlichen, in dieser kahlen Kammer. Sein Geruch war ihr Zuhause – auch wenn er stank wie ein Fass voll Jauche.

»Mag sein, dass ich es schaffe. Ich kriege fünf Kinder und putze das Gemüse. Aber ich will nicht«, sagte sie schließlich. Nie würde sie ihre Verlobung durchstehen. Attendorn lächelnd in die Arme schließen? Fürs Leben? Ihr Leben war doch noch so lang. »Wichtiger ist, dass du es schaffst, Daniel Brederlow.« Sie tippte auf seine Nase. »Du kommst hier heile raus. Der Herrgott bestraft keine Unschuldigen. Glaub mir, wir holen dich raus.«

Er nickte. »Was ist mit deinem Vater? Sucht er nach dem Mörder?«

»Ja. Er schläft kaum. Er sucht und befragt die Leute. Er hat schon eine Spur, glaube ich. So wie er grummelt.«

»Gut. Sehr gut. Meinst du, er findet ihn?«

Mirke überlegte. Sie dachte nach. Sie tat nicht nur, als würde sie überlegen, um ihn dann zu beruhigen. Sie wollte ehrlich zu ihm sein. Was hatte sie von ihrem Vater zu halten? Diesem dicken Brummbären, der fluchte und vor lauter Nein-Sagen vergessen hatte, wie man lächelte. Was sollte sie von diesem Brocken denken? Er war ein strenger Vater, aber stets gerecht gewesen, soweit sie zurückdenken konnte. Und noch eine Tugend hatte Rungholt, die vielen seiner Geschäftspartner und Bekannten abging: Er war hartnäckig. Rungholt konnte derart verbissen und verbohrt an eine Sache herangehen, dass Alheyd und Mirke oft schier verzweifelten. Und er hatte Daniel ins Herz geschlossen. Zumindest als Lehrling. Er hatte in Daniel investiert, und ihr Vater verlor nicht gerne, in was er investiert hatte.

»Ja. Er wird den Schuldigen aufspüren. Ich bin mir sicher. Er wird ihn schnappen und ihn dem Richteherrn übergeben.« Sie küsste ihn.

»Rungholt ist ein großartiger Mann und ein guter Lehrer.«

»Es gibt großartigere Männer.« Sie giggelte. »Hast du es ihm erzählt?«

»Das mit uns?«

Sie nickte.

»Gott bewahre. Nein. Werde ich auch nicht. Wenn ich's Rungholt sage, dann wird er dich verhauen und auf die Straße schmeißen. Er wird so zornig sein, dass er dich rauswirft und dir die Munt entzieht. Du bist dann nicht mehr seine Tochter, Mirke. Er würd's bereuen, aber ist dann zu stolz, dich wieder aufzunehmen. Du kennst ihn doch.«

Mirke musste lächeln. Sie kannte Rungholt, natürlich. Und Daniel lag genau richtig.

»Und mich wird er auch fallen lassen – zu Recht, würd' ich sagen«, fuhr er fort. »Wieso sollte er sich weiter umhorchen? … Ich – Ich bin nur ein Lehrling, der… der seine Tochter liebt.«

Sie sahen sich an. Mirke lächelte, aber sie schwieg. Er hatte

Recht. Rungholt durfte nicht erfahren, dass sie sich liebten. Noch nicht.

»Es wird keine Toslach geben. Die Verlobung wird ausfallen. Und es wird auch keine Heirat geben«, sagte Mirke.

Sie sahen sich an. Als Mirke bemerkte, dass Daniel etwas erwidern wollte, legte sie ihm die Hand auf die Lippen. »Selbst wenn ich im Himmel auf dich warten muss«, sagte sie lächelnd.

Er erschrak, aber sie knuffte ihn.

»Große Worte für ein kleines Mädchen, hm?«, sagte sie und wollte ihn erneut küssen, doch das Krachen des Türriegels ließ sie hochfahren. Schnell hielt sie die Karaffe mit Bier gegen das Licht, tat als studiere sie den Inhalt.

Ihre Augen tränten, als sie auf den Schrangen trat. Sie hatte dem Fron und diesem widerlichen Darius gesagt, dass wohl keine Gefahr von Daniel ausgehe. Dann hatte sie ihnen nochmals die Karaffe voller Bier gezeigt. Vor dieser Harnprobe waren die beiden zurückgewichen wie der Teufel vor dem Weihwasser. Einen Moment lang hatte sie überlegt, Daniel für krank zu erklären – aber wer weiß, was sie dann mit ihm angestellt hätten. Vielleicht hätten sie ihn wegen seiner angeblichen Pocken gleich totgeschlagen oder ihn als Aussätzigen vor die Stadt gejagt.

Sie blickte den Hügel hinauf zum Rathaus. Das ausladende Gebäude, dessen Zimmer und Säle sie aus Kindertagen so gut kannte und dessen leicht öliger Geruch des Holzparketts ihr oft in die Träume gefolgt war, dieses Haus lag nun dort oben und schwieg. Es lag wie ein kalter Klotz an der Breiten Straße. Seine schwarz lasierten Backsteine glitzerten im Mondlicht. Sie ließen die wahre Größe des Rathauses in der Nacht nur erahnen. Es erschien Mirke beinahe, als verschlucke das glitzernde Schwarz des Hauses die Sterne ringsum, als bilde das Haus einen Schlund. Einen Erdschacht, ein großes Grab, in dem die Würdenträger über Daniels Schicksal entscheiden würden. Übermorgen früh schon. Sie würden entscheiden und aus der Stadt hinausziehen, um am Köpfelberg Blutgericht zu halten – und tags darauf sollte Mirke vor dieselben Ratsmitglieder treten und würde Attendorn ihre Verlobung bekannt geben. Und die Freude würde groß sein, und es würde gelacht werden und getanzt und gebechert.

Bei dem Gedanken daran, dass die Ratsherren angetrunken und gut gelaunt nach ihrer Verlobung dann am Köpfelberg bei den Hurengräbern standen und Daniels Hinrichtung zusahen, drehte sich Mirkes Magen um.

Da verstummte mit einem Mal der Regen. Das Rauschen und Pladdern endete wie mit einem Schlag.

Ein seltsames Gefühl krabbelte Mirke hinauf. Wie die kühlen Finger einer Hand, die sich ihren Rücken und dann ihren Hals hoch tasteten. Stille. Kein Getrommel mehr. Von irgendwo hörte sie einen Hund jaulen. Das undeutliche Gefühl, beobachtet zu werden, ließ sie den Kopf herumreißen. Nichts. Sie stand allein auf dem Schrangen vor der Fronerei. Sie horchte. Die stumme Dunkelheit war kaum zu ertragen. Du bildest dir etwas ein, ermahnte sie sich und blickte wieder zum schwarzen Rathaus hin. Innerlich ballte sie die Faust. Sie war nicht bereit, ihrem Schicksal zu folgen. Ständig hatten Rungholt und Alheyd auf sie eingeredet – von klein auf hatte man sie auf das Leben als Ehefrau vorbereitet –, doch Attendorn würde sie nicht heiraten. Er würde sich nicht einmal mit ihr verloben. Sie würde ihre Toslach zu verhindern wissen.

12

Draußen hackten die Raben sich in die Hälse und schrien. Rungholt erwachte nach einer traumlosen Nacht. Sein Rücken war steif, und seine Beine knackten, als er sich aus dem Bett drehte. Sein Zahn schmerzte unerträglich. Jemand bohrte mit einem rostigen Nagel in seiner Wange herum, so kam es ihm vor.

Er gurgelte mit Dünnbier. Es half nicht. Überhaupt nicht. Es wurde eher schlimmer. Kaum hatte er das Bier ausgespuckt und kaum war sein guter Geschmack verflogen, schmeckte Rungholt Eiter.

Er musste etwas mit dem Zahn unternehmen.

Sehr zögerlich zog er mit seinen wurstigen Fingern seinen Mund auf und sah in den Zinnspiegel. Das Zahnfleisch war geschwollen, direkt am Zahn war es dunkelblau. An einigen Stellen schwarz. Er spuckte Blut in die Schüssel. Vielleicht sollte er Marek bitten, ihm einfach ins Gesicht zu schlagen. Der hätte seine Freude und er vielleicht das leidige Problem gelöst.

Rungholt fluchte und benetzte vorsichtig sein Gesicht mit Wasser. Nochmals mit etwas Kaltem zu spülen, traute er sich nicht. Der Schmerz riss zu sehr an seinem Kiefer. Er zog sich an.

Ernüchtert hatte Rungholt feststellen müssen, dass die Hübschlerin nur wenig wusste. Er hatte gehofft, eine Spur zu dem Auftraggeber zu bekommen, der wahrscheinlich auch der Mörder des Fremden war. Doch Rungholt war enttäuscht worden. Dörte hatte erzählt, wie sie den Auftrag erhalten hatte, das Gästezimmer zu säubern. Sie habe alle Gewänder und alle Rollen und Bücher mitnehmen sollen, hatte sie gesagt. Sie habe die Kleider und Pergamente verstecken sollen und später dem Mann überreichen, der sie vorgestern im Hafen an der Obertrave getroffen hatte.

Aber dieses Treffen war auch das einzige Mal gewesen, bei dem Dörte den Mann gesehen hatte. Er hatte sie in der Nacht am Holzkran im Hafen der Wakenitzschiffer getroffen, um ihr den Auftrag zu erteilen. Erst hatte sie ihn für einen gewöhnlichen Freier gehalten, einen schüchternen vielleicht. Doch der Mann hatte es geschickt verstanden, sich nicht zu erkennen zu geben. Ihr war aufgefallen, dass er stank und von kleiner Statur war. Klein, aber nicht zierlich – eher so, wie ein vertrockneter Laib Brot: in sich zusammengeschrumpft, dafür jedoch fest wie das Holz eines Badezubers. Sein Gesicht hatte sie nicht sehen können.

Als Dörte sich ihm hinter dem Kran genähert hatte, war er sofort in den Schatten zurückgewichen und hatte einen schmalen Dolch gezückt. Er hatte sie gewarnt, hatte gezischt und sie eine dreckige Hure genannt. Dann hatte er ihr das Geld zugeworfen. Als sie die Witten aufgeklaubt und wieder aufgesehen hatte, war er verschwunden. Sie war noch um den Kran geschlichen – doch er war nirgends zu sehen. Die schlanken Treidelboote der Wakenitzschiffer hatten still im Hafenbecken gelegen, und er war so plötzlich verschwunden, wie er aufgetaucht war.

Marek hatte noch versucht, durch Drohungen mehr aus der Hure herauszubekommen, jedoch hatte Rungholt ihn alsbald abgehalten. Ihm war klar geworden, dass die junge Hübschlerin tatsächlich nichts wusste. Sie hatte ihnen die Bernsteinkugeln gegeben, und Rungholt hatte sein Versprechen wahr gemacht und ihr eine der Perlen überlassen. Wohlwollend hatte Rungholt registriert, dass Marek anscheinend Feuer gefangen hatte und sich mehr und mehr für den Fall interessierte. Das war gut, Rungholt konnte jede Hand und jeden Kopf brauchen, der ihm half. Die Zeit verflog.

Sie waren mit Dörte zurück zu Lisels Bude geeilt. Rungholt hatte sehen wollen, was vorgefallen war, doch im Licht ihrer Öllampen waren keine Spuren mehr zu erkennen. In der Hütte waren weder Blut noch Spuren eines Kampfes zu sehen gewesen. Nichts hatte auf einen Mord hingewiesen. Rungholt hatte die Hübschlerin erneut befragen wollen, doch angesichts der aufgeräumten Bude war Dörte davongerannt.

Zwar hatte Rungholt erkennen können, dass jemand die Erde des Bodens abgetragen hatte, und Marek hatte sogar Scherben unter einem Sack voll angestoßenem Geschirrs gefunden – aber direkte Spuren eines Verbrechens hatten sie nirgends entdeckt. Rungholt und Marek hatten jeden Winkel mit ihren flackernden Lampen abgeleuchtet. Dabei hatte Marek angefangen, das Spurensuchen mit dem Fischen zu vergleichen. Der Schone aus dem Skåneland hatte nicht aufgehört mit Schwatzen. Damals auf Bornholm, als er mit seinem Schwager jeden Tag hinausgefahren sei, um Hering zu fangen, habe ein Fels ihr Netz zerrissen und sie hätten es aus zig Stücken wieder zusammennähen müssen. Genauso sei es mit diesem Mord, hatte er gefaselt, während er alle dunklen Ecken abgeleuchtet und Lisels ganze Sachen durchsucht hatte. Man müsse die Fäden zusammenbringen, um im Trüben erneut zu fischen. Dann war Marek in seiner plaudernden Art abgeschweift und hatte davon erzählt, wie sie einst den Hering mit bloßer Hand vor der Steilküste Bornholms gefischt hatten. Und sie mit ihren Schiffen nicht vorangekommen waren, weil sie in Fischschwärmen feststeckten. Goldene Zeiten.

Obwohl Rungholt immer frustrierter geworden war, weil alle Spuren gekonnt verwischt waren und sie partout nichts finden konnten, hatte er sich Mareks Geplapper wohlwollend angehört. Der dänische Kapitän würde trotz seines Hangs zum weibischen Palaver bei diesem Fall ein guter Helfer sein. Dass Attendorn nach dem Desaster mit der *Heiligen Berg* seinem Kapitän Peterson eines seiner Häuser zur Verfügung stellte, konnte Rungholt gut verstehen. Seitdem Marek und er sich anno 1386 zusammengefunden und Geschäfte gemeinsam angepackt hatten, waren sie zu Freunden geworden, obwohl sie beide dies wohl verneint hätten. Tief im Innern genoss es Rungholt, für Marek ein Lehrer zu sein, wie es einst Nyebur für ihn gewesen war. Rungholt mochte ihn wie einen Sohn. Immer öfter erwischte er sich bei dem Gedanken, Marek in seinem Haus einen Platz zu geben, oder für ihn jedenfalls ein besseres Haus zu suchen und auch zu zahlen.

Als Rungholt hinab in die Küche kam, war es kalt in der weiten Diele. Der Sturm war in der Nacht schlagartig abgeflaut, doch nun war die frühe Kälte ins Haus gekrochen und nahm den großen Raum in Beschlag. Unaufhörlich rückte der Winter näher.

Rungholt war der Erste, der wach war. Selbst die Knechte und die Magd schliefen noch. Er wollte gerade in den Hinterhof gehen und Daniel wecken, als ihm bewusst wurde, dass der Junge ja fort war. Eingesperrt.

Wie die Gewohnheit uns prägt, dachte er schlaftrunken. Vor zwei Jahren hätte ich nie gedacht, einmal einen Lehrling zu haben, der mir wie ein Sohn ans Herz wächst. Rungholt konnte sich noch gut daran erinnern, wie Daniel mit seinen gestriegelten köterblonden Haaren, den blitzblanken, aber viel zu großen Stiefeln und den krummen Trippen vor ihm gestanden hatte. »Ich bin's«, hatte er keck gegrinst. Mehr hatte er nicht gesagt, war einfach eingetreten, als habe Rungholt niemanden sonst erwartet.

Rungholt entfachte das Feuer. Er holte Tran und füllte sorgsam die Öllampen in Küche und Diele auf, zündete sie an. Auch wenn sie die Kälte nicht so schnell vertrieben, es würde immerhin ein wenig heimelig werden. Er überlegte, ob er die Bretter vor den mit Schweinsblasen bespannten Fenstern zuziehen sollte, entschied sich jedoch dagegen. Es war erst September. Er weigerte sich zu glauben, dass der Winter schon begonnen hatte. Kaum hatte er Licht entfacht und wollte sich wieder den Kleidern des Fremden widmen, als Alheyd und Hilde die Treppe herunterkamen.

Bei der Morgensuppe nuschelte er vor sich hin, weil er bei jedem Wort befürchtete, gegen den Zahn zu stoßen. Alheyd, die ihn unablässig nach Daniel ausfragte, machte keinen Hehl daraus, dass sie von Rungholt wegen des gestrigen Essens enttäuscht war. Nicht nur, dass er bei einem solch wichtigen Treffen zu spät gekommen war, nein – er hatte es auch nicht geschafft, Attendorn zu der Dreingabe zu bewegen. Die Höhe der Brautgabe und die zukünftige Zusammenarbeit mit Attendorn waren nach wie vor offen. Rungholt, der sich sonst sofort grummelnd verteidigt oder beleidigt zurückgeblafft hätte, blieb stumm. Etwas stimmte nicht, bemerkte Alheyd sofort. Ihr Mann bekam den Mund nicht auf. Sprichwörtlich.

»Na? Angst, dass du gegen den Zahn kommst beim Brummeln? Ist es schon *so* weit, ja?«, stichelte sie.

Er hätte ihr gerne die Zunge herausgestreckt. Er liebte es, sie zu necken. Sie liebten es beide. Die drei Jahre, die sie nun verheiratet waren, waren sie sich mehr und mehr näher gekommen. Leider konnte er ihr nicht die Zunge zeigen. Unmöglich. Nicht ohne – AAHHH!

Sie hatte sein Kinn gepackt. »Lass mal sehen.«

Er schüttelte den Kopf.

»Sei nicht albern, Rungholt. Du kannst ja kaum die Suppe essen. Was, wenn du nicht mal mehr trinken kannst?« Sie grinste. Das war ein Argument.

Er öffnete den Mund … und schloss ihn sofort wieder. Selbst er hatte es gerochen. Es stank, als hätte er eine Ratte verspeist. Eine tote.

»Wut mür weid.«

Alheyd nickte. Sie hatte sein »tut mir Leid« verstanden. Und wenn nicht, war es auch nicht schlimm. Sie verstanden sich auch ohne Worte. Sie verschwand kurz und kehrte mit einer kleinen Ampulle zurück.

»Ich weiß doch, wie ungern dir etwas Leid tut. Versuch das hier.«

»Waff iw daw?«

»Nelkenöl. Damit es da nicht mehr so stinkt.« Sie zeigte auf seinen Mund und lächelte. Und zwar lächelte sie derart liebevoll, dass Rungholt augenblicklich argwöhnisch wurde. Wenn Alheyd so zuckersüß griente, wollte sie entweder mehr Geld für Kleider oder führte etwas im Schilde. Sie tupfte sich etwas auf den Zeigefinger und wollte, dass er erneut den Mund öffnete. Er schüttelte den Kopf. Nicht mit ihm.

»Mach iw welft.«

Alheyd seufzte, Männer. Gut, soll er es selbst machen. Der Sturkopp. Alheyd träufelte ihm etwas auf den dicken, noch immer tintegrauen Finger und erklärte, dass er den Zahn damit einreiben solle. Eine Kräuterfrau habe ihr das Mittelchen vorgestern auf dem Markt verkauft. Es würde auch nur ein bisschen wehtun, aber Rungholt sei ja ein ganzer Kerl. Im Grunde sogar mehr als einer, körperlich betrachtet.

Er öffnete den Mund, er sah noch einmal auf seinen Finger und die durchsichtige Flüssigkeit. Harmlos. Dann fuhr er mit dem Finger hinein. Sein Schrei weckte halb Lübeck.

Die Sonne war noch nicht aufgegangen, dennoch strahlte der Himmel in einem gleichmäßigen, blassen Blau. Eine stete Brise wehte vom Meer her, und wie immer bei diesem klaren Wetter konnte man das Salz in der Luft riechen. Das Gewitter war in der späten Nacht weitergezogen und hatte sich über Land verflüchtigt. Nur die Pfützen zwischen den vereinzelten Steinen in der Mitte der Straße und der aufgeweichte Boden ringsum zeugten noch vom Unwetter.

Rungholt eilte die Gasse hinauf in Richtung des Heiligen-Geist-Hospitals. Täppisch bewegte er seinen dicken Körper von einem hingeworfenen Stein zum nächsten, streckte die Beine aus und versuchte, nicht in den Schlamm zu treten. Seine Bemühungen glichen einem ungelenken Tanz.

Es gelang ihm nicht, trockenen Fußes auf die Breite Straße zu gelangen. Einige Male rutschte er ab und trat daneben. Oben am Koberg angelangt waren seine Schnabelschuhe trotz Trippen mit Dreck und aufgeweichtem Kot überzogen. Er musste unbedingt dafür sorgen, dass die Engelsgrube einen Bürgersteig erhielt. Einen durchgehenden aus großen Kopfsteinen, einen wie ihn die Breite Straße besaß. Er fluchte und murmelte eine Verwünschung und erschrak über sich selbst: Es tat nicht mehr weh beim Fluchen, und sein Gebrummel – laut vor sich hingesprochen – war wieder zu verstehen. Insofern hatte das Nelkenöl geholfen. Es hatte zwar kein Wunder bewirkt, aber seinen Nerv gründlich betäubt. Alheyd überraschte ihn doch immer wieder.

Rungholt fragte den Bernsteindreher in der Glockengießergasse nach den Kugeln. Der Mann hieß Theo Geizriebe, und so mancher mutmaßte, dass er den Namen nicht von ungefähr trug. Es wurde gemunkelt, Geizriebe habe einige seiner Arbeiten aus seiner eigenen Rippe geschnitzt – wie Gott Eva –, doch soll es Theo nur aus Geiz getan haben. Blank poliertes Gebein statt teurem Bernstein. Während sich Rungholt nach einem Geschenk für Mirke und für Alheyd umsah, schaute sich Geizriebe die Kugeln an. Er brauchte nicht lange, um den Bernstein zu bestimmen.

»Ich denke, es handelt sich um Simetit«, sagte er und gab Rungholt die Kugeln zurück. » Seht Ihr? Hier die wunderschön rötliche Färbung? Und hier«, er zeigte auf weitere Kugeln in Rungholts Hand, »hier sind so gut wie keine Einschlüsse zu erkennen. Nun, sehr reiner Bernstein. Schönes Rot. Simetit.«

Rungholt konnte mit der Antwort nichts anfangen. Geizriebe musste ihm erklären, dass es sich um Bernstein aus dem Süden handelte. Aus Sizilien wohl. Daraufhin wollte Rungholt wissen, ob der Rosenkranz in Lübeck geschliffen worden war, doch anstatt die Frage zu beantworten, holte Geizriebe seufzend weiter aus.

»Rosenkranz? Das kann selbst ich nicht genau sagen, aber die Kugeln sind alle gleich groß. Ich sehe keine Anfangs- und Endperlen, keine Unterteilungen … Nun, Herr, merkwürdig, nicht? Eine wundervolle Arbeit. Gewiss. Aber nicht aus Lübeck. Und … Nun, vor allem kein Paternoster.«

»Was?« Rungholt war sprachlos, die ganze Zeit lang hatte er gedacht, es seien die Kugeln eines Rosenkranzes.

»Kein Paternoster. Es ist eben kein Rosenkranz, wie Ihr vermutet, Herr. Ihr habt doch schon einen in der Hand gehabt?«

»Ich weiß schon, was ein Rosenkranz ist«, brummte Rungholt. Dennoch klang es wie eine Rechtfertigung, und das war es auch, denn Rungholt war zwar gläubig, die Wallfahrten in Ehren, aber er besaß selbst keinen einzigen Rosenkranz – und er hatte es längst aufgegeben, den Herrgott mit einem Paternoster um einen Gefallen zu bitten.

»Wollt Ihr mich beleidigen!« Rungholt packte Geizriebes Hand und sah ihn wütend an.

»Nein. Ich … dass … dass Ihr es wisst, hat auch … niemand bezweifelt. Herr«, stammelte Geizriebe entschuldigend. »Aber, diese Arbeit ist … nun … kein Rosenkranz. Zu viele Kugeln. Achtundneunzig. Da mache ich Euch beinahe zwei Kränze daraus. Und sie sind alle, nun, gleich groß. Das wundert mich.«

Rungholt ließ ihn los.

»Ich denke, es ist Schmuck. Eine Kette. Eine Kette für eine Frau, eine Morgengabe, ein Geschenk.«

»Geschenk?« Rungholt brummte. Schmuck? Sollte etwa ein Weib Grund des Mordes sein? Auch wenn sie oft schuld an Mord und Totschlag waren, so konnte sich Rungholt nicht recht vorstellen, dass es auch in diesem Falle zutraf. Ein Mord aus Eifersucht oder Habgier? Wenn ja, welche Frau kannte der Fremde in Lübeck?

Rungholt wusste keine Antwort. Er sah sich einen Bernsteinschmetterling als Gewandfibel an und machte sich zu St. Marien auf. Vielleicht hatte sein frühes Aufstehen immerhin noch ein Gutes und er konnte vor der Morgenandacht mit dem Priester über die Hochzeit reden.

In Gedanken versunken drückte er sich durch die Menge, die sich schon vor den Litten der Krämer versammelt hatte, und wartete, dass die kleinen Buden sich öffneten. Kinder ärgerten drei Köter, die sich gegenseitig Knochen abjagten. Die Hunde rannten bellend um die Beine der Mägde und Gesellen, die früh vor Sonnenaufgang aufgestanden waren, um ein Schnäppchen zu ergattern.

Rungholt sah über ihre Köpfe den Schrangen hinab auf die Fronerei und dachte einen Moment erneut an Daniel. Er hoffte wirklich, dass der Junge den Mut und die Ausdauer aufbrachte, dem Fron und seinen Mannen zu widerstehen. Gott sei Dank, dachte Rungholt, gehört Lübeck nicht zu den Städten, in denen viel gefoltert wird. Daniel ist zäh, er wird die Tortouren und den Dreck schon aushalten. Dennoch. Verflucht seien alle dickbäuchigen Schreiberlinge. Wie konnten sie seinen Lehrling eines Mordes bezichtigen? Einen Lehrling aus gutem Hause? Bei dem Gedanken an die Schreiber und Richteherren konnte er nicht anders, als sich umzudrehen und zum Rathaus zu blicken. Dort im ersten Stock, von der Breiten Straße nicht zu sehen, hockte vielleicht schon Kerkring, fraß zeitig seine Morgensuppe und war sich des Prozesses sicher. Und damit seines Ansehens im Rat als durchsetzungsstarkes Mitglied.

Einen Moment sah Rungholt vor seinem inneren Auge, wie Kerkring sich beim nächsten Hansetag aufplustern und die Bürgermeister brüskieren würde. Verdammte Brut.

Rungholt hatte nicht übel Lust, Kerkring eine der Bernsteinkugeln in seinen verfressenen Rachen zu stopfen und ihm dann vom Verschwinden der Kleider und dem Gespräch mit der Hübschlerin zu erzählen. Kerkring musste ihm mehr Zeit geben. Es ging nicht anders. Rungholt würde ihn aufsuchen müssen. Aber noch nicht jetzt. Er wandte sich ab.

Ich habe nicht genug in der Hand, um ihn wirklich zu beeindrucken und ihn zu zwingen, das Blutgericht über Daniel zu vertagen. Das Schlimmste, was mir passieren kann, ist, übereilt zu Kerkring zu laufen, so dass er mich wieder überrascht, der Fettsack, und ich wie die dänischen Trottel bei Bornhöved dastehe.

Rungholt ließ die Fronerei gänzlich im Rücken und schritt aufs Rathaus zu. Er sah empor zu St. Marien. Der mächtige Backsteinbau, der seine Strebebögen wie die Finger einer Hand ausgespreizt hielt, lag im blauen Morgenlicht. Meergrün schimmerte das Dach der niedrigen Beichtkapelle und des Chors. Dahinter erhoben sich die Doppeltürme der Fassade. Von dort, wo Rungholt nun ging, sah es beinahe aus, als habe die Kirche drei Türme, denn der Dachreiter mit seinem

Glockenspiel erhob sich als dritter Zacken zwischen den beiden Haupttürmen gen Himmel.

Als Rungholt die Kirche betrat, verlangsamte er unwillkürlich seinen Gang. Er taumelte beinahe, den Kopf zum hohen Gewölbe gerichtet. Die Trippen unter seinen verzierten Lederschuhen hallten bei jedem Schritt im Mittelschiff wider. Die Kirche raubte Rungholt noch immer den Atem. Weder in Riga, in Rostock oder Wismar noch in Stralsund hatte er eine solche gottgefällige Halle gesehen. Selbst das Aachener Münster, das er auf seinen Heiligtumsfahrten mehrmals staunend betreten hatte, empfand er nicht als so schön, wie diese schlanke, hoch gewachsene Kirche. Die grazilen Arkadenpfeiler führten geradewegs zwanzig Klafter empor in den Himmel – und durch ihre bemalten Seiten und das diffuse, noch matte Lichtspiel der Fenster, hoch oben über den Bänken und Seitenkapellen, würde bald Gottes Herrlichkeit in bunter Pracht erstrahlen. Schwerer Geruch von Weihrauch hing in der Luft.

Nur ein paar Kaufleute und ihre Kinder hatten sich schon eingefunden. Leise standen sie im Mittelschiff und warteten, denn es war noch Zeit bis zur Morgenmesse. Die Kinder flitzten zwischen den Pfeilern herum und tollten auf den Grabplatten. Sie versuchten, einen Ball zu fangen, den sie immer wieder gegen eine Wand der Seitenkapelle warfen. Einer der Männer schritt ein, zog seinen Bengel bei den Haaren zurück. Er schleifte den Sommerspross zu seinem Platz und schimpfte so laut mit ihm, dass die Silberplatten seiner Kette klapperte. Beim Anblick des Jungen, der zu weinen begann, dachte Rungholt an Mirke. Was hatte dieses Mädchen für Unsinn in ihrem Leben getrieben. Kaum dreizehn und für jeden Monat ihres zarten Seins ein dutzend Streiche parat. Unwillkürlich musste Rungholt lächeln. In zwei Tagen, am Freitag, würde ihre Toslach vor dem Rat stattfinden, und alle einflussreichen Familien Lübecks – auch Kerkring, der dicke Pfeffersack –, sie alle würden Zeugen werden, wie Attendorn versprach, Rungholts Tochter zu ehelichen.

Wärme stieg in Rungholt auf, wie der Geist nach einem Becher Wacholderschnaps. Schon letzte Woche, als er mit dem Priester die Hochzeit besprochen hatte, hatte er dieses zufriedene, mollige Gefühl verspürt. Ich habe Mirke in einen sicheren Hafen gebracht, dachte er, als er sah, wie der Kaufmann mit seiner Trippe auf den schluchzenden Jungen einschlug. Ich habe sie aufgezogen, und ich habe zugesehen, dass für sie gesorgt ist. Mehr kann ich nicht tun.

Mirke wird nie wieder Hunger leiden. Sie wird glücklich sein mit ihrem Vormund Sebalt von Attendorn. Und wenn ich mich nicht ganz dumm anstelle, dachte er, bringe ich Attendorn um sein zweites Grundstück in der Marlesgrube und sein Kapitänshaus. Und im Gegenzug soll er die gemeinsame Wedderlegginge bekommen, und ich werde nach Brügge expandieren und mir eine Brauerei bauen.

Was die Hochzeit anbelangte, so würde er nach dem Kirchgang das größte Fest im Danzelhus veranstalten, das Lübeck je gesehen hatte. Und danach würde er in seiner Diele noch zwei Tage weiterfeiern. Rungholt hatte schon Wein und über fünfzig Fässer Hamburger Bier geordert. Wenn nur Daniels Verfestung nicht ihren Schatten über die festlichen Tage warf. Rungholt schüttelte den Gedanken für einen Moment ab.

Er sah sich nach dem Priester um, konnte ihn aber nicht ausmachen. Gerade wollte er nach hinten zur Sakristei gehen, als er eine vertraute Stimme hörte. Leise wurden immer wieder die gleichen Worte wiederholt: *Jesus Christus ward gefangen – und an ein Kreuz gehangen. Das Kreuz war vom Blute rot – wir beklagen sein Martyrium und seinen Tod. Für Gott vergießen wir unser Blut – das ist für unsere Sünden gut.*

Es war ein alter Bußgesang, fiel Rungholt auf. Nyebur hatte ihn einmal erwähnt. Er stammte von Geißelbrüdern. Nyebur hatte oft von den Geißelbrüdern gesprochen, die der Pest voraus in Lübeck anno 1350 eingezogen waren. Sich mit Eisendornen schlagend waren sie durch die Gassen prozessiert und hatten immerfort diese Litanei vor sich hergesagt. Sie hatten die Kirche für die Plage mitverantwortlich gemacht. Rungholt hatte die Geschichte oft von Nyebur hören müssen, denn sein alter Lehrer fand sie äußerst amüsant. Nicht wegen der Pest, sondern weil der Lübecker Rat die Geißelbrüder in die Wakenitz hatte schmeißen lassen, allesamt. Auf dass sich die Eiferer eine andere Stadt zum Kirchenlästern und Geißeln suchen sollten.

Rungholt ging am Gestühl für den Rat vorbei, das vor der Bürgermeisterkapelle stand und trat zu den Statuen von Ecclesias und Synagoge, die gemeinsam den Eingang bewachten. Die Frauenfiguren blickten lächelnd herab. Ecclesias mit dem Kelch voll Jesublut und einem Kreuz in der Hand und neben ihr – auf der anderen Seite des Eingangs – die wunderschöne Synagoge. Sie hatte eine gebrochene Thorarolle und die Steintafeln Moses gegriffen. Ihre Augen waren verbunden, und im Gegensatz zu Ecclesias wirkte ihr Lächeln hämisch. Sie hatte sich abgewandt vom Christentum.

Als er zwischen den Figuren hindurchschritt und in die kühle Kapelle trat, überlegte Rungholt, dass es wohl ständig diese eine Frage war, die sich alle stellten: Sollen wir unser Leben nach Gott ausrichten und nach seinen Worten leben? Oder sollen wir unser Leben in die eigenen Hände nehmen? Auch wenn dies hieß, Gottes Ruf so manches Mal kein Gehör zu schenken?

Wenn man die Wahrheit liebt, wie ich es tue, dachte Rungholt, ist der Glaube oft hinderlich. Oder andersherum.

Es war Attendorn, der in der hinteren Ecke der Kapelle hockte. Er hatte sich auf den steinernen Boden gekniet und sprach monoton die Worte. Rungholt hatte nicht gedacht, dass Attendorn derart bußfällig sei, aber er musste zugeben, dass es ihm gefiel. Attendorn war ein Mann von Ehre und des Glaubens – was Letzteres anbelangte, war es bei Rungholt lange her, dass er sich auf die nackten Steinplatten gekniet hatte. In dunklen Stunden bezweifelte er, jemals dem Fegefeuer zu entgehen, auch wenn er nackt über den Boden der Marienkirche rutschen und sich wie die Geißelbrüder mit Eisendornen den fetten Leib entzweihauen würde. Zu vielen Menschen hatte er ins todverzerrte Antlitz gesehen.

Dat bose vemeide unde acht de ryt! – Das Böse vermeide, und achte das Recht. Nur ein Spruch. Ein kleines Motto an seinem großen Haus. Rungholt kannte zig andere Leitsprüche. So gläubig war Rungholt sehr wohl, als dass er sie hätte aufbeten können. *Haben nie gesündigt, haben nie gefrevelt, haben nie gezweifelt in dunkler Stund…*

… unde acht de ryt! Nur dieser Spruch, er wirkte am meisten in ihm. Dieser widerhallende Satz. Wie oft hatte er über die Worte nachgedacht, wie oft hatte er sich gegen sie gestellt? Und wie oft hatte er sie wissentlich gebrochen?

Weißer Schnee blutet.

Für Gott vergießen wir unser Blut – das ist für unsere Sünden gut. Rungholt hatte stets nur das Blut anderer vergossen. Und er hatte stets nur die anderen für ihre Sünden büßen lassen. So war er selbst zum Sünder geworden.

Damals, als sich der Schnee um die Scheune rot färbte. Als sie aus Novgorod flohen, aber nicht bis Riga kamen.

Er wollte sich nicht erinnern.

»Rungholt!«, riss es ihn aus den Gedanken. Attendorn hatte sich schon erhoben. »Ich habe Euch gar nicht kommen hören.«

Attendorn strich sich seinen Rock glatt und klopfte seine Beinlinge ab. Er reichte Rungholt schwungvoll die Hand.

»Ihr wart so versunken, ich wollte nicht stören«, sagte Rungholt verlegen.

Attendorn sah sich zu seinen Wachskerzen um, die er zum Gedenken Jesu angezündete hatte. Ein kleines Vermögen tropfte vor dem Schnitzaltar vor sich hin und wurde Opfer der zitternden Flämmchen. Er lächelte Rungholt an. »Ich dachte vor der Toslach könne es nicht schaden… Schön, Euch wieder zu sehen. Gestern Nacht doch noch selig eingeschlummert?«

Lachend klopfte Attendorn Rungholt die Schulter.

»Tut mir Leid, dass ich Euch gestern so lange habe warten lassen. Das wollte ich Euch noch sagen. Ihr wisst ja, dass ich eine Menge um die Ohren habe. Nicht nur die Hochzeit…«

Attendorn nickte. »Gewiss. Ich habe Winfried im Rathaus rumoren hören. Er war gestern bei Kerkring, und die beiden haben sich über Euren Lehrling unterhalten. Daniel heißt er, nicht? So ist doch sein Name? Daniel Brederlow?«

Rungholt horchte auf. »Winfried war bei Kerkring? Mir hat er gesagt, er müsse zu einer wichtigen Ratssitzung und sei den ganzen Gestrigen mit Protokollen beschäftigt. Irgendwelche Verträge mit Rostock und Wismar wegen der Serovere und den Magdeburgern.«

»War er wohl auch. Ihr wisst ja, ich bin nicht mehr amtierender Bürgermeister, aber man hat ja doch gern sein Ohr auf dem Tisch.« Sie verließen die kleine Seitenkapelle. »Winfried war gestern tatsächlich beim Rat wegen der Magdeburger. Er hat vorgeschlagen, sechs Friedeschiffe auszurüsten.«

»Sechs Schiffe gleich?«, fragte Rungholt.

»Ja. Sie haben letzte Woche wieder eine unserer Koggen im Sund aufgebracht. Anstatt gegen die Dänen herzuziehen, reiben sie alles auf, was die Ostsee befährt. Eine wirkliche Plage. Aufknöpfen sollte man sie, die Vitalienbrüder.«

Attendorn sah betroffen zum Taufbecken in der Apsis hin und streifte kurz einen der drei knienden Engel, die das Becken stützten. Sein Blick blieb auf den bronzenen Jesusfigürchen haften. In einem Kranz um das Becken erzählten sie die Leidensgeschichte Christi. Für einen kurzen Moment beschlich Rungholt das Gefühl, dass Attendorn ein wenig zu bestürzt war. Er kannte den Mann mit Zwirbelbart und äußerst gepflegter Erscheinung eher als kühlen Kopf – als harten Taktierer und gewieften Handelsmann. Doch dann fiel Rungholt die *Heilige Berg* ein. Attendorns Kogge, die von Vitalienbrüdern geplündert und im Sund versunken war. Der Überfall war zwei Jahre her, aber immer noch ein herber Verlust für Attendorn. Nicht nur an Ladung und Geld, sondern viel mehr an fähigen Männern. Rungholt wusste, wie schwer es war, tüchtige Seeleute zu finden. Er bemerkte, dass sein zukünftiger Schwiegersohn wirklich erregt war. Ein Vermögen war ihm geraubt worden, indem die *Heilige Berg* gesunken war. Ein Vermögen und seine besten Schiffer waren dem Meer zum Opfer gefallen – unter ihnen der berühmte Henneke Paschedach, dessen Bruder ein Vitalienbruder war und mit dem Lübeck vor einigen Jahren Frieden geschlossen hatte. Auch Henneke lag nun tot auf dem Meeresgrund. Einzig der Kapitän hatte überlebt.

Es zerrt alle hinab. Wen es will, den holt es sich. Ob Arm, ob Reich, ob Bettler, ob Edelmann … Es packt das Leben und zerrt es hinunter in den ewigen Schlick. Unabdingbar. Dunkel und schnell. Die See ist wie Gottes Gnade – unergründlich.

»Friedeschiffe«, sagte Rungholt nochmals, »das haben wir vor zehn Jahren schon getan und sind gegen sie gezogen. Es wird nichts bringen. Das müsste doch auch Winfried wissen. Die Vitalienbrüder können sich im Sund vorzüglich verstecken und immer wieder zuschlagen. Würde mich nicht wundern, wenn die Bornholm oder Visby einnehmen. *Friedeschiffe.*« Er spie das Wort förmlich aus. Es war erst wenige Monate her, dass das Gerücht umging, das mecklenburgische Adelshaus habe öffentlich aufgerufen, mit Kaperschiffen in der Ostsee gegen die Dänen vorzugehen. Dass jedoch auch ständig Hanseschiffe den brutalen Kaperern zum Opfer fielen, schien die Mecklenburger nicht zu stören. Schlimmer: Rostock und Wismar hatte den Vitalienbrüdern angeblich die Häfen geöffnet, so dass sie dort Zuflucht suchen konnten. Angeführt von Herzog Johann von Mecklenburg hatte der Mecklenburger Landadel den Serovere einen Freibrief für ihre brutale Kaperei ausgestellt. Seit dem Aufruf – »all denjenigen, die auf ihre eigene Gefahr ausfahren wollen, das Reich zu Dänemark zu schädigen, mögen die Häfen offen stehen« – zogen von überall her Freiwillige, Glücksritter und armer Adel nach Rostock und Wismar. Sie rotteten sich zusammen, takelten Koggen und Prahme auf. Die beiden Städte boten sicheren Hafen für die Verbrecher, obwohl sie beide in der Hanse waren.

»Wir kriegen nicht einmal unsere Bruderstädte Wismar und Rostock dazu, die Häfen für die Vitalienbrüder zu schließen. Wenn wir nachher noch gegen die Vitalienses kämpfen, stecken wir mitten drin in einem Krieg zwischen Mecklenburg und den Dänen«, fuhr Rungholt fort. Er schüttelte den Kopf, wollte lieber nicht daran denken. Friedeschiffe, Koggen aufgetakelt mit Balliste und bewaffneten Söldnern. Das war keine Lösung gegen die brutale Piraterie in der Ostsee.

»Ihr habt Recht. Es war noch nie Aufgabe der Hanse, sich in Auseinandersetzungen einzumischen. Es sei denn, es geht um unseren Absatz.« Attendorn lächelte.

Sie waren am Kirchentor stehen geblieben. Handelsleute nickten ihnen beim Betreten der Kirche zu. Sich bekreuzigend hielten sie inne, bevor sie sich einen Platz zum Beten suchten. Die Andacht würde bald beginnen. Attendorn fuhr fort: »Und Friedeschiffe auszusenden wird vielleicht unsere Handelsflotten schützen, aber es würde sofort aussehen, als stünden wir gegen Mecklenburg.«

»Und auf Seiten Königin Margaretes und ihrer Dänen. Gott bewahre …«

»Und es würde Unsummen verschlingen. Kein gutes Geschäft.«

Rungholt nickte. Da hatte der Fuchs von einem Händler einfach Recht. Koggen zu Kriegsschiffen umzubauen und Söldner zu beschäftigen war horrend teuer, und es musste aus Zöllen bezahlt werden, die wiederum den Absatz und den Gewinn eines jeden schmälerten. Und in eine offene Auseinandersetzung zweier Häuser hineingezogen zu werden, war für die friedliche Hanse ein unkalkulierbares Risiko, das schnell zu einem finanziellen Albtraum werden konnte. Sie stellten sich damit faktisch gegen Mecklenburg und provozierten den Kaperkrieg gegen ihre Handelsschiffe noch.

»Ich werde mir Winfried zur Brust nehmen«, sagte Rungholt. »Greise neigen doch gern zu vorschneller Härte. Vielleicht sollten wir mehr Waren über Land bringen. Zumindest nach Hamburg und von dort in die Nordsee. Die Fracht nach Brügge und nach England ließe sich ohne den gefährlichen Sund ausliefern.«

Weiter kam er nicht, denn Attendorn unterbrach ihn mit einem Nicken. »Hm. Und sie verrottet auf dem langen Weg… Nun, sprecht mit Winfried. Friedeschiffe halte auch ich für das falsche Zeichen. Auch wenn meine *Heilige Berg* aufgebracht wurde, so sind selbst nach Margaretes Thronbesteigung doch nur wenige Koggen gekapert worden. Im Konvoi zu fahren, könnte schon die Serovere abhalten.«

Rungholt knurrte. »Wahrscheinlich habt Ihr Recht. Man möchte sie allesamt an den Masten hängen und mit Ameisen ihre Eingeweide stopfen.«

»Das möchte man. In der Tat… Apropos Strafe: Ich habe gehört, dass Ihr wegen Daniel die Leute befragt?«

Rungholt nickte.

»Verstehe«, meine Attendorn knapp. Er schien es dabei belassen zu wollen. Jedoch bemerkte Rungholt, dass sein Schwiegersohn in spe grübelte. Er dachte wohl darüber nach, einen geeigneten Einstieg zu finden.

Attendorn zwirbelte schließlich seinen Bart. »Ihr seid der Richtige für diese Arbeit. Es heißt, Ihr habt vor vielen Jahren in Russland einen Mord aufgeklärt?«

Rungholt winkte brummend ab. Er wollte darauf nicht eingehen. Er hatte in Russland einen Mord aufgeklärt – einen mehrfachen. Ja. Und die Spur hatte vor einer Scheune nahe Riga geendet. Doch er hatte nicht den Mörder gehetzt, er selbst war durch das Gebiet des Ordo Teutonicus verfolgt worden. Er wusste nicht, wie sich die Geschichte über seine angeblich grandiose Verbrecherjagd in Lübeck hatte verbreiten können. Vielleicht hatte er selbst geschwatzt, als er mal wieder einen über den Durst getrunken hatte, vielleicht hatte Mirke etwas gehört und unter den Kindern angegeben oder Winfried hatte es … Bestimmt. Es war bestimmt Winfried gewesen, dem alten Kauz gegenüber hatte er einmal Andeutungen gemacht, und Winfrieds Zunge saß von Jahr zu Jahr lockerer.

»Reicht es Euch, wenn meine Forderungen bis zur Vesper ausgearbeitet sind?«, fragte Rungholt, um nicht auf die Russlandgeschichte eingehen zu müssen.

Attendorn lächelte und drückte freundschaftlich Rungholts Hand. »Zur neunten Stunde wäre mir lieber, aber die Vesper soll reichen«, sagte er und seufzte. Es war das Seufzen eines Mannes, der eine Bürde zu tragen schien. Irgendetwas bedrückte ihn. Einen Moment dachte Rungholt, es könnten seine Forderungen sein – doch dann wurde ihm bewusst, dass Attendorn wohl schon schwierigere Geschäfte in seinem Leben abgeschlossen hatte.

»Was habt Ihr?«, fragte Rungholt.

Attendorn antwortete nicht sofort. »Kerkring hat mich als Schöffen ausgesucht. Ihr wisst, unsere Familie ist schon seit Generationen Schöffe bei Gericht.«

Rungholt verstand erst nicht, bis ihm klar wurde, worüber Attendorn sprach.

»Ihr seid Schöffe bei Daniels Thing?«

»Ich habe versucht abzulehnen – aber Kerkring schätzt mein Urteil. Habt Ihr schon eine Fährte, wer es wirklich gewesen ist?«

»Ihr glaubt auch nicht, dass es Daniel war?«

»Nein. Ich glaube, dass ich in ein ehrbares Haus heiraten werde, Rungholt. Es liegt mir fern, mich an Kerkrings Spekulationen zu beteiligen.«

Das war gut. Es würde zwölf Schöffen geben, einen wusste Rungholt demnach schon auf Daniels Seite. Rungholt war froh, diese klaren Worte zu hören. Er bat Attendorn, doch mit zum Priester zu kommen. Schließlich galt es, die Hochzeit im November vorzubereiten, und es musste noch viel besprochen werden. Leider musste Attendorn sich entschuldigen.

Der Brautvater hatte das Festmahl zu geben, feixte er, und darin sei Rungholt ja ein Fachmann. Lachend schlug er Rungholt gegen die Brust. »Ich hatte bis eben noch einen Schädel.«

Rungholts wohliges Gefühl der Zufriedenheit kehrte zurück. Außerdem fiel ihm in diesem Moment auf, dass das Nelkenöl noch immer wirkte. Heilige Medard! Heilige Alheyd!

Die Wegelagerer hatten ihnen befohlen, hintereinander über die Brücke zu kommen. Calve war klar, dass sie im Gänsemarsch aufgereiht ein einfaches Ziel im Morgengrauen boten. Doch er war bereit, dieses Risiko zu tragen. Die brutalen Räuber würden die Fässer mit Pelzen bekommen und sie ziehen lassen. Eine weitere Auseinandersetzung wäre für sie nur Vergeudung von Mann und Kraft. Einfacher als mit der kampflosen Übergabe der Waren hatte Calve es den Wegelagerern nicht machen können. Sie hatten gewonnen, noch bevor ein Kampf entschieden werden musste.

Nachdem Calve in der Nacht verhandelt hatte, war er im Dunklen zurück hinter den Wagen getapst. Er hatte seinen Söldnern befohlen, Johannes auf der Bahre festzubinden und sie an Johannes' Kohlrappen zu schnüren. Ein Söldner sollte den Rappen reiten und aufpassen, dass Johannes möglichst weich gezogen wurde. Er selbst würde auf seinem Hengst folgen. Calve hatte den beiden Söldnern befohlen, ihre Taschen mit so viel Essen voll zu stopfen, wie sie im Wagen noch fanden. Dann hatten sie den Fuhrmann am Wegesrand beerdigt, hatten im Dunkeln gegessen und gewartet, dass die Sonne hinter den Wolken aufging.

Doch kaum hatten die ersten Vögel zu singen begonnen, waren sie hinter dem Wagen hervorgekommen. Einer nach dem anderen. Voran der Söldner auf dem Kohlrappen, langsam die Bahre ziehend. Daneben der zweite Söldner, der zu Fuß auf Johannes achten sollte, und hinten Calve auf seinem Hengst. Sie trotteten langsam auf die Brücke und gleichmäßig voran. Calve rief, um sie anzukündigen und nochmals ihre

Übereinkunft zu bekräftigen. Er machte den Wegelagerern ihre Beute schmackhaft, rief, dass sie mehr als drei Fässer voll Pelze bekommen werden.

Sie waren auf Höhe des toten Ritters, zwei Drittel über der Brücke, als Calve sah, wie die Wegelagerer vorsichtig aus dem Unterholz traten. Voran der Ritter, mit dem Calve in der Nacht verhandelt hatte. Sein Schwert steckte in der Scheide am Sattel, und er kam ruhig auf Calves Tross zu. Befriedigt stellte Calve fest, dass die Männer am Ende der Brücke mit gesenkten Waffen zurückwichen und für sie Platz machten.

Calve nickte. Der kantige Mann sah streng von seinem Pferd aus drein, aber auch er nickte schließlich stumm und kaum merklich. So als wollte er trotz des Mordens um sie herum noch einmal die Absprache bekräftigen, Calve ziehen zu lassen. Er wollte sich wohl dem Wagen widmen und sehen, was sie erbeutet hatten. Ruhigen und gemessenen Schrittes ritt er an dem Kohlrappen, an der Bahre und schließlich an Calve vorbei, der weiter über die Mitte der Brücke trabte.

Da sah Calve plötzlich, wie der Reiter noch vor dem Tonnenwagen sein Pferd herumdrehte. Er stutzte. Wollte der Mann seine Beute gar nicht sehen? Wollte er… Er wollte hinter sie kommen. Das war es. Er wollte sie auf der Brücke einkeilen. Der Ritter zückte sein Schwert und riss es in die Höhe. Ein Zeichen. Ein Hinterhalt.

Calve riss den Kopf herum, sah wieder nach vorn. Gerade noch konnte er erhaschen, wie ein Pfeil ins Auge des reitenden Söldners drang und ihm den Schädel zerriss. Der Mann war tot, bevor sein Körper auf der Brücke aufschlug. Das Pferd scheute und bäumte sich auf. Calve sprang von seinem Hengst, eilte vor. Panik ergriff den zweiten Söldner, der neben der Bahre und dem Kohlrappen hergegangen war. Calve rief ihm zu, den Rappen zu beruhigen, doch es war zu spät. Der tote Söldner hatte sich im Bügel verhakt und wurde mitgeschleift. Den Toten an seiner Seite ging der Rappe durch. Schnaubend drehte er sich, wieherte, bäumte sich immer wieder auf. Der zweite Söldner langte dem Pferd ins Geschirr, wurde aber weggeschleudert. Die angehängte Bahre flog herum. Mit einem Krachen drückte sie Calve an die Brüstung der Brücke. Er schrie auf, als die scharfen Astreste der Zweige, die sie vom Birkenstamm geschlagen hatten, seine Beine aufrissen und er eingeklemmt zwischen Bahre und Brüstung hin und her geschliffen wurde. Auch Johannes schrie.

Da sah Calve den Ritter hinter ihnen auf dem Pferd. Er preschte über die Brücke. Er hatte sein Schwert zum Kampf bereit. Und Calve schoss bei diesem Anblick ein Gedanke durch den Kopf, den er so schnell nicht vergessen sollte. Alles um ihn herum schien einzufrieren: *Sie wollen nicht die Ware. Sie wollen uns. Sie wollen uns töten.*

»Schnall ihn los. Mach ihn los!«, brüllte Calve und versuchte, sich zu befreien. Gegen einen Berittenen hatten sie keine Chance. Er packte die Bahre und drückte sie von sich. Seine Beine schmerzten. Sie waren durchlöchert und aufgerissen, aber es waren nur kleine Wunden. Der Söldner packte den Sattel, an dem die Bahre festgeschnallt war. Doch das Pferd scheute noch immer, trat um sich. Immer panischer versuchte der Mann, die Riemen zu lösen, um die Bahre freizubekommen. Er wurde jedoch nur hin und her geschleudert. Da drang schon der Hufschlag des Ritters zu ihnen. Lauter und lauter. Unter den schweren Tritten des Pferdes knallten die nassen Bohlen.

Calve lief um die Bahre herum, wollte dem Mann zu Hilfe kommen. Doch zu spät. Der Reiter war beinahe bei ihm. Noch wenige Klafter. Endlich löste sich das Band. Die Bahre rutschte auf den Boden, und das befreite Pferd schoss los – just in dem Moment, als der Ritter bei ihnen war und ausholte. Er traf nur den Kohlrappen und schlitzte ihm im Galopp den Hals auf. Das Pferd wieherte schrill, ein schräger Schrei. Ein Kreischen. Das Tier brach zusammen. Doch es hatte ihnen einige Sekunden Zeit verschafft, denn der Ritter hatte Calves Söldner verfehlt und war an ihnen vorbei. Er musste sein

Pferd erst herumreißen und das Schwert erneut heben. Außerdem verstellte er die Schussbahn des Armbrusters.

Calve rammte die Bahre gegen die Kante der Brückenbrüstung. Dann hatte er das Gestell gekippt. Der Söldner sah, was Calve vorhatte, sprang ihm zur Seite. Gemeinsam drückten sie gegen die Bahre, versuchten, sie mit dem festgebundenen Johannes über die Brücke zu drücken. Johannes wurde gequetscht, als sie mit aller Gewalt nachfassten und ihn über die Brüstung hebeln wollten. Er schrie. Hinter ihnen hörte Calve das Knallen der Hufe. Der Reiter kehrte zurück. Da. Die Bahre. Sie drehte sich langsam über der Brüstung. Immer schneller. Calve hob unten an, schob nach. Er ließ nicht los, wurde mitgerissen, als die Bahre plötzlich gänzlich abrutschte und steil hinab ins Dunkel stürzte. Calve fiel hinterher.

Eiskaltes Wasser umfing ihn und ließ alle Schmerzen gefrieren. Stille um ihn. Nur gedämpfte Laute unter Wasser. Dann tauchte er auf, spuckte Wasser und riss den Kopf hoch. Der Söldner sprang. Gerade rechtzeitig bevor der Ritter zum Schlag ausholte.

Calve klammerte sich an das Gestell, das er die ganze Zeit nicht losgelassen hatte. Immer wieder wurde er unter Wasser gedrückt. Er knallte gegen einen Stein und spürte augenblicklich, dass seine Stirn aufplatzte. Auch in seinem Mund schmeckte er mit einem Mal Blut. Die Stepenitz zog ihn weiter, wirbelte ihn herum und ließ ihn schlucken und japsen. Verzweifelt versuchte er, Johannes' Holzrahmen hochzuhalten, versuchte, seinen Sohn aus dem Wasser zu stemmen, so dass sein kleiner Kopf nicht überspült wurde.

Calve klammerte sich an die dünnen Birkenstämme. Über ihm und unter ihm, überall sah er die Wipfel der Bäume. Schaumiges, eiskaltes Wasser. Das Rauschen des Wassers wurde zum Grollen. Irgendwo hinter ihm rief sein Söldner. Calve verstand es nicht, hielt sich nur irgendwie an Johannes' Bahre fest und dachte nur eines: *Lass nicht los, was immer geschieht.*

Nachdem Attendorn sich verabschiedet hatte, suchte Rungholt den Priester Jakobus auf. Er fand ihn in der Sakristei, die mit Codices regelrecht voll gestellt war. Der Pfarrer zog sich für die Morgenmesse um. Es war kalt im kleinen Saal, doch Jakobus schien es nichts auszumachen, denn er war beinahe nackt. Rungholt sah sich um. Selbst auf dem Boden lagen schwere Bücher, so dass man nur Pfade zwischen ihnen einschlagen konnte. Auf einem Schreibpult stapelten sich einige besonders dicke Wälzer, die umgefallen waren. Rungholt konnte sehen, dass neben Pergamentrollen noch Teller mit Essensresten auf der Anrichte standen und Besteck herumlag. Kleider lagen im ganzen Saal verstreut. Nur die Reliquien und die Utensilien für die Messen waren feinsäuberlich in einer edlen Vitrine mit schweren Glastüren und Schnitzereien aufgestellt. Der Rest war ein Durcheinander, wenn auch ein gemütliches. Staub tanzte golden im Raum. Rungholt sah hoch zu den kostbaren Fenstern, die begannen, ihr buntes Licht in den Raum zu lassen. Zwei Ministranten bereiteten den Weihrauch vor. Einer der jungen Männer blies Kohle im Fässchen an, während der andere sorgfältig etwas Weihrauch auf dem Schiffchen platzierte.

Ihre Begrüßung war herzlich. Rungholt war schon einige Male bei Pfarrer Jakobus gewesen, um alles für das Traueversprechen und den Einzug in die Kirche, das Trauwort und den Gabentausch zu klären. Nicht zu vergessen die Lieder und Psalmen. Mirkes Hochzeitsfest im November würde mehrere Tage dauern, und Rungholt hatte eine ganz klare Vorstellung, wie die Trauung in der Kirche abzulaufen hatte.

»Du musst dir keine Sorgen machen, Rungholt«, meinte Jakobus und kramte seinen Amikt unter einem Stapel Bücher hervor. Als er sich das schmale Schultertuch umband, konnte Rungholt sehen, dass Jakobus' Tonsur schon verwachsen war. Wahrscheinlich hatte er es schlicht vergessen, sie nachrasieren zu lassen. Der Pfarrer suchte seine Albe. Grübelnd schritt er die Sakristei ab, konnte sein fußlanges, weißes Untergewand aber nirgends finden.

»Ich bin vielleicht manchmal ein wenig schusselig, was meine weltlichen Dinge anbelangt, aber ich kriege deine Hochzeit schon zusammen, Rungholt. Meine Schäfchen vergesse ich nie. Die Upslag wird göttlich werden. *Göttlich*, ach das gefällt mir.« Er lachte vergnügt und zog die Albe hinter einem Tischchen hervor, auf dem Pergamente verstreut lagen. Er brummelte seiner Albe etwas Aufmunterndes zu und fuhr gleich fort: »Wo ist denn meine Stola?«

Rungholt sah sich den Pfarrer mit dem kugelrunden Bauch an und musste innerlich den Kopf schütteln. *Ein wenig schusselig…* Es ging das Gerücht, Jakobus verlöre ständig seine Kleider – vornehmlich bei den Weibern im Bett.

»Ich hoffe, die Hochzeit wird standesgemäß abgehalten«, sagte Rungholt und wollte dem Pfarrer ein kurzes Pergament reichen, auf dem er Gesänge und Vorschläge für den Ablauf der Zeremonie aufgeschrieben hatte. Einige der Lieder und Bibelstellen, die traditionell üblich waren, hatte Rungholt durch andere ersetzt, so dass das Wort Sünde nicht gar so oft fiel. Außerdem hatte sich Rungholt vorgenommen, beim Trauversprechen vor der Kirche noch einen gehörigen Schluck auszuschenken, bevor der Einzug stattfand. Er hatte ein paar Spielleute angesprochen und im Rat durchsetzen können, dass er eine kleine Litte an der Kirche nur für seinen Ausschank nutzen durfte.

Als er die Liste Jakobus geben wollte, war der hinter einem Regal verschwunden und kramte nach seiner Stola. Rungholt wartete. Er zog eines der Bücher aus dem umgekippten Haufen und blätterte darin. Gelangweilt sah er sich die Illuminationen an, entzifferte ein paar Brocken hie und da. Aber das Latein fiel ihm schwer. Er konzentrierte sich auf die Bilder. Auf einer Seite war die Illumination einer Kreuzzugbegebenheit. Wohl die Darstellung der Einnahme der Heiligen Stadt. Der letzte Kreuzzug lag über hundert Jahre zurück.

Pfarrer Jakobus kam zurück. Er hatte seine Stola gefunden und sich ein ärmelloses Messgewand, die Kasel, übergeworfen.

Verrenkt versuchte er, einen Reliquienbeutel an seinen Gürtel zu binden ohne die Bibel in seiner Hand loszulassen. Jakobus bemerkte, dass Rungholt in einen seiner Codices starrte ohne sich zu rühren.

»Rungholt?«

Rungholt fuhr hoch. Er hatte gar nicht ins Buch gesehen, sondern war beinahe eingenickt.

Mit einem Lächeln nahm der Pfarrer Rungholt beiseite und sah zu der Darstellung der Stadtbelagerung. »Manchmal gehe ich in der Zeit ein wenig zurück, um meine Schäfchen auf den tugendhaften Weg zu führen. Mit dem Schwert seinen Glauben unter die Ungläubigen zu bringen, mag tugendhaft erscheinen, aber nicht immer ist es Gottes Wunsch«, sagte er und begann zu rezitieren: »›Und Abimelech rief Abraham und sagte zu ihm: Was hast du uns angetan! Und was habe ich an dir gesündigt, dass du über mich und über mein Königreich eine so große Sünde gebracht hast?‹« Er lächelte Rungholt an, beinahe schelmisch. »›Dinge, die nicht getan werden dürfen, hast du mir angetan.‹ – Erstes Buch Mose. Im Kapitel 20. Irgendwo.« Er zwinkerte.

Rungholt schluckte. Seine Kehle war wie zugeschnürt.

Weißer Schnee blutet.

Wusste Jakobus vom Deutschen Orden? Wusste er vom roten Schnee, wusste er vom Blut, von den Verstümmelten, die um Gnade geschrien, die weinend um Vergebung gebettelt hatten?

Langsam leide ich unter dem Wahn, verfolgt zu werden, dachte Rungholt. Ich sollte lieber aufpassen, was ich denke. Ich wäre nicht der Erste, dessen Gedanken immerzu im Kreis laufen, wie ein Hund, der nach seinem Schwanz schnappt. Er weiß nichts. Niemand weiß, was im Schnee passiert ist. Und niemand weiß, welche Dinge ich dort vor Riga noch getan habe, die nicht hätten getan werden dürfen.

Mit einem herzlichen Nicken zupfte der Pfarrer Rungholt die Liste aus der Hand. Er las sie und warf dabei immer wieder ein »Gefällt mir« oder »So wird es geschehen« ein. Schließlich schob Jakobus alle Pergamente einfach von seinem Tischchen und legte den Zettel ordentlich auf eine freie Ecke.

»Damit er nicht wegkommt bis November.« Er lächelte Rungholt an. Der brummelte ein Amen. Trampelten heute alle auf seinen Nerven herum? Er spürte den gewohnten Zorn in sich aufsteigen. Er nahm den Zettel, griff sich eine Gabel vom Geschirr und rammte seinen Schrieb an den Rahmen der Vitrine. Die Utensilien wackelten. »Lass ihn da hängen, da siehst du ihn vielleicht jeden Morgen, wenn du deine Kleider suchst.«

»Ah, gute Idee! Gute Idee!«, säuselte Jakobus und schnippte den aufgespießten Zettel an. Trällernd forderte er Rungholt auf, ihm in die Messe zu folgen.

Während Rungholt der Morgenansprache zuhörte, schweiften seine Gedanken immer wieder ab. Das Getratsche und Gefeilsche der anderen Kaufleute, das Gekicher der Kinder und der gleichmäßige Rhythmus des Priesters, der das Paternoster sprach, lullten ihn ein. Obwohl das Stehen unbequem war und sein Bauch zwischen den Kaufleuten kaum Platz fand, wäre er beinahe eingenickt. Seine Gedanken wollten gerade wegsickern, als ihn ein Bauchgrummeln heimsuchte. Plötzlich hatte er das ungute Gefühl, etwas übersehen zu haben. Nicht bei den Hochzeitsvorbereitungen, sondern etwas bei Daniel und dem Mord.

Das Vaterunser war noch nicht verklungen, das Paternoster erfüllte noch das Kirchenschiff, da wandte sich Rungholt um und sah zur Sakristei hin. Als Jakobus die Oration anstimmte, hatte Rungholt sich schon durch die Menge gedrückt. Schnellen Schrittes ging er zurück in den Nebenraum.

Es war inzwischen heller hier. Die Sonne schien bereits durch die hohen Fenster. Die getäfelte Sakristei lag gänzlich im Glanz des tiefen Morgenlichts. Es war noch immer kalt.

Langsam sah sich Rungholt in dem unordentlichen Saal um. Da war das Pult, darauf der Stapel mit den Pergamentbüchern, in denen er geblättert hatte. Rungholt suchte sich einen Pfad zwischen den Büchern hindurch, die auf dem Boden lagen. Langsam nährte er sich dem Pult. Die Kante, auf der die schweren Bücher auflagen, war von den Armen des Priesters abgewetzt, das Holz des Pultes glatt und hell gerieben.

Er nahm das Buch, das oben auf lag und erkannte es am Einband. Er trat heran und griff nach seiner Brille, froh, sie nicht vergessen zu haben. Sorgfältig knipste er sie sich auf die Nase. Aus dem Kirchenschiff war ein Lied zu hören. Gesang drang zu ihm, wurde jedoch durch die Berge aus Pergament gedämpft. Geizriebes Worte klangen in ihm an. Was hatte der Paternostermaker gesagt?

Er beugte sich noch tiefer über das Pult, sah hinab in den aufgeschlagenen Codex aus großen Pergamentseiten.

»Zu viele Kugeln. Achtundneunzig. Da mache ich Euch beinahe zwei Kränze daraus«, hatte Geizriebe gesagt. Doch er hatte Unrecht.

Die achtundneunzig, die neunundneunzig Perlen – wenn man die eine mitrechnete, die Rungholt der Hübschlerin überlassen hatte –, sie bildeten keine zwei Kränze, keinen Schmuck…

Der Codex war reich verziert mit Ornamenten und Initialen. Die Mitte der Seite bildeten vier Miniaturen, die mit Rosen und Insignien umrahmt waren. In den Bildchen ging es um die Einnahme einer Stadt. Rungholt, der das schwere Buch vom Pult genommen hatte, war besonders von der mittleren, großen Illumination gefesselt. Ein Kreuzritter stilisiert im Kampfe mit einem Bogenschützen. Er hatte seine erhobene Lanze dem orientalischen Bogenschützen in die Seite gerammt und fegte ihn geradewegs von seinem Pferd. Die beiden kämpften vor den Toren Palästinas. Der Ritter war wohl Ludwig IX., der Heilige, dessen heldenhafter Kriegszug dargestellt wurde. Rungholt konnte den Kreuznagel Jesu in seiner freien Hand erkennen. Doch der Heilige war Rungholt in diesem Moment gleichgültig. Seinen Blick fesselte jemand anders; es war der weißbärtige Orientale auf den Zinnen der Stadt, der angstvoll seinen Blick zu seinem Götzen hob und ihn um Hilfe anflehte.

Denn in seiner Hand hielt er eine Perlenkette mit unzähligen Kugeln.

Rungholt überschlug mit geübtem Händlerblick, dass es weit mehr als fünfzig sein mussten. Wahrscheinlich über achtzig – feinsäuberlich waren die Perlen aufgereiht auf einer Schnur, die dem Mann wie ein Paternoster in der Hand lag. Doch es war kein Rosenkranz, es war eine Gebetsschnur, gewiss, aber kein Paternoster. Was er unter dem Bett gefunden und was die Hübschlerin gestohlen hatte, waren die Gebetskugeln eines Ungläubigen. Die Bernsteinkugeln einer Tesbih. Rungholt hatte noch nie eine solche Gebetsschnur gesehen, aber auf seinen Reisen gehört, dass die Muselmänner damit die neunundneunzig Namen ihres Gottes aufzählten.

Der Fremde war ein Muselmann. Die dichten schwarzen Haare, die braun gebrannte Gestalt. Kein Italiener, kein Florentiner Händler. Er war ein Mann aus dem Morgenland. Ein Belesener. Ein Gelehrter aus dem Süden.

Endlich hatte Rungholt den Hauch einer Spur, einen ersten Anhaltspunkt für die Identität des Fremden.

Pfarrer Jakobus kam mit einem Messdiener herein. Beide schlugen sich die Kleider aus und schimpften über den Staub. Fragend, ob er helfen könne, verschaffte sich Jakobus Luft, indem er sich das Amikt abband und die Kasel auszog. Er war überrascht, Rungholt noch in der Sakristei zu sehen.

Rungholt log, nur noch einmal seine Liste durchgegangen zu sein. Sein Blick fiel auf die Kleiderberge des Pfarrers und die Unordnung auf dem Boden. Als er hochblickte und Jakobus sah, der stöhnend die Kasel ausklopfte, hatte er eine Eingebung, wie er vielleicht den Kleidern des Fremden doch noch ein Geheimnis entlocken konnte.

»Du hast wirklich nichts mehr auf dem Herzen? Willst du

beichten? Du brauchst keine Sorge haben. Gott beschützt dich. Ich werde deine Notizen schon nicht verkramen. Wirklich. Ich werde dich und deine Tochter Mirke ins Gebet einschließen …« – weiter kam der Priester nicht, denn Rungholt hatte sich schon an ihm vorbeigedrückt und war schnellen Schrittes in der Menge der Kirchengänger verschwunden.

13

Als Alheyd mit Hering und Brot vom Markt gekommen war, hatte sie gestutzt noch bevor sie das Haus richtig betreten hatte: Rungholt hatte die ganze Diele gefegt. Er hatte die Stühle, den Tisch und die ganzen Vorratskisten beiseite geschoben und alles abgewischt und ausgekehrt.

Das erste Mal seit sie mit ihm verheiratet war, hatte er selbst im Haus Hand angelegt. Als Hilde ihn darauf hinwies, dass der Wandmaler bald kommen werde und das Fegen sich nicht lohne, hatte er sie angefahren. Sie solle sich um ihren Dreck kümmern. »Weib, tu Krautzeugs rupfen oder was immer. Steh hier nicht rum, und lass mich machen!«, hatte er gebrummt. Er hatte tatsächlich mit Wasser und Lappen rumgehudelt – so gründlich hatte selbst Alheyd mit Hilde niemals ausgekehrt. Er hatte den Knechten sogar verboten, weiter Getreide einzulagern, und sie angebelfert, den beladenen Handkarren, der in der Diele stand, gefälligst nach draußen zu ziehen. Dann hatte er alle Knechte und Hilde fortgeschickt. Er hatte seine eigenen Männer zum Müßiggang ermuntert und sie ins Badhaus getrieben. Mitten am Tage! Mitten in der Woche!

Und nun musste Alheyd zusehen, wie Rungholt ächzend auf eine Leiter geklettert war und mit puterrotem Kopf unbedingt die Luke zum Speicher schließen wollte. Seitdem sie in seinem Haus wohnte, hatte sie die Klappe nie geschlossen gesehen. Auch Mirke, die schläfrig von der Schule heimkehrte, stand sprachlos in der Diele. Rungholt musste sie verscheuchen. Unter Fluchen schloss er die Klappe zum Speicher. Jedes Brett hatte er vor die Fenster gezogen und die Tür zur Straße hatte er fest verrammelt.

Als Alheyd wenig später mit einem gerupften Huhn aus der Küche trat, hatte Rungholt sie – vor Zorn ganz rot angelaufen – zurück an den Herd gedrängt.

Kurz darauf klopfte Marek. Doch kaum war er eingetreten, belferte Rungholt ihn an, gefälligst die Schuhe auszuziehen und barfuß in die Diele zu treten.

Was der gute Vater nicht alles für die Hochzeit seiner Tochter tut, dachte Alheyd und spaßte mit Marek, der lieber aus Rungholts Schusslinie getreten war. Da Rungholt jeden, der ihm zur Hand gehen wollte, anblaffte, hatten sich Marek und Alheyd in die Küche zurückgezogen. Hier warteten sie, welche Anflüge den Hausherrn noch befielen.

Eine gute Stunde später war Rungholt mit dem Feudeln scheint's fertig und brachte den Eimer in die Küche. Doch auch wenn er mit Putzen fertig war, schien er noch etwas im Schilde zu führen. Dass er sich nicht ums Essen scherte, dass er keinerlei Anstalten machte zu naschen und dass er das Bier stehen ließ, all das waren ungute Zeichen. Er war mit seiner Narretei noch nicht am Ende.

Marek erzählte ihm, dass er gehört habe, eine Hübschlerin sei bestattet worden, die bei einem Unfall umgekommen sei. Man habe die Hure auf dem Schindacker beim Köpfelberg begraben. Schon in der Früh.

Rungholt brummte bestätigend, er hatte nie daran gezweifelt, dass Dörtes Freundin tot war. Aber er schien sich mehr für sein Reinemachen zu interessieren als für die Neuigkeiten.

Marek hielt es nicht mehr aus. Er ließ sein Bier stehen und folgte Rungholt in die Diele. Er solle gefälligst nicht so viel Wind machen, sagte Rungholt, und sich zur Seite stellen und warten. Aber Marek ließ sich nicht einschüchtern. Er betrachtete genau, was Rungholt weiterhin trieb.

Sein Freund hängte Kleider auf. Quer durch die Diele. Fein säuberlich und sehr sorgsam auf eine Hanfleine, die er durch das ganze Zimmer gespannt hatte. Die Kleider hingen aufgesteckt die ganze Diele entlang. Die seidigen Obergewänder neben den schweren Mänteln und den prachtvoll bestickten Hemden. Alle Kleider, die Rungholt von der Hübschlerin bekommen hatte. Kleider, von denen er nun wusste, dass sie wahrscheinlich aus Konstantinopel oder einer anderen Stadt des Südostens stammten. Doch das Aufhängen war sinnlos, denn die Kleider waren trocken.

Als Marek sie berührte, schrie Rungholt laut auf. Marek tat einen Satz zurück. Es gab Tage, an denen Marek wirklich an Rungholts Geisteszustand zweifelte und sich ernsthaft überlegte, Rungholts gesamten Alkohol ein für alle Mal in die Trave zu kippen.

Rungholt tapste herum und besorgte große, frisch gewaschene Leinentücher. Marek war ihm behilflich, sie in der Diele auszubreiten, wobei Rungholt darauf achtete, sie nicht über den Boden zu schleifen. Als sie damit fertig waren, kam Winfried. Rungholt ließ auch ihn ein. Er verschob es, den Alten nach seinem Besuch bei Kerkring zu fragen, genauso, wie er es aufschob, sich nach den Friedeschiffen zu erkundigen. Winfried war gekommen, um Rungholt mitzuteilen, dass sie den Fremden beerdigt hatten. Seine Leiche war ordentlich beigesetzt worden.

Die Nachricht verärgerte Rungholt etwas, denn er hatte eigentlich vorgehabt, den Fremden noch einmal im Badhaus aufzusuchen und ihn aufzuschneiden. Allein und heimlich. Das Zerstören des Körpers war eine Todsünde – aber das Exhumieren des Fremden schier unmöglich. Rungholt war zu sehr von seinen kuriosen Vorbereitungen eingenommen, um wütend zu werden. Und zu sehr, um sich Gedanken zu machen, warum man den Fremden trotz seines ungeklärten Todes so schnell begraben hatte.

Schließlich holte Rungholt einen von Alheyds Teppichklopfern. Er verlangte, dass sich die Männer an die Wand stellten, und befahl den Weibern, in der Küche zu bleiben. Dann schritt er langsam die Kleider ab und drosch gleichmäßig auf sie ein. Die Kleider des Fremden waren schon abgetragener, als sie aussahen. Ihr Stoff schien sich bei jedem Schlag aufzulösen.

Im milchigen Licht des Vormittags tanzte der Staub. Einige Gewebefäden schwebten nieder. Dann Krümel und Dreck. Marek wollte sich ansehen, was geschah, aber Rungholt hielt ihn mit einer Geste zurück.

»Bleib wo du bist. Rühr dich nicht!«

So standen die drei noch einen Moment da und sahen den Kleidern zu, die langsam ausbaumelten. Und sie sahen dem Staub zu, der die Diele beinahe einnebelte und sich dann mehr und mehr legte.

Winfried musste sich das Husten verkneifen, er hielt sich das Tuch vor die fleckigen Wangen und kniff seine Augen zu. Sie tränten. Alles Verkrampfen half nichts. Winfried bekam seinen Hustenanfall, doch anstatt dem Alten auf den Rücken zu klopfen und ihm gut zuzureden, fuhr Rungholt ihn an.

»Hand vor den Mund«, zischte er und sprang zu ihm. Er drückte dem erstaunten Winfried die Pranke vor den Mund und schob ihn Richtung Küche. »Hustet gefälligst draußen! Ihr bringt mir hier noch alles durcheinander!« Winfried war über die Attacke so verdattert, dass er sich verschluckte und das Husten zu einem Gurgeln wurde und er kaum noch Luft bekam. Alheyd reichte ihm schnell einen Schluck Dünnbier.

Marek tapste von einem Fuß auf den anderen und druckste ungeduldig herum. Nur Rungholt blickte geradezu verzückt drein. Er war begeistert wie ein Kind, das zusieht, wie sein erstes Zähnchen herausfällt. Seine Idee schien tatsächlich Früchte zu tragen.

Wenig später sahen die drei Männer grübelnd auf die Laken herab. Rungholt war noch einmal in seine Dornse geeilt und hatte seine Brille geholt. Nun beugte er sich mit den beiden über sein Experiment und hielt die Brille, dass sie ihm nicht von der Nase rutschte. Er wollte sich hinknien, doch als das Blut ihm in den Kopf schoss, entschied er sich anders. Diesmal war Marek dran, in die Knie zu gehen. Normalerweise hätte er wohl protestiert, aber er war zu neugierig, was Rungholt mit diesem ganzen Zinnober bezweckte.

Marek konnte Pferdehaare, Schuppen und Mäusedreck sehen. Spelzen von Getreide waren auf die Laken neben die gekringelten Stofffädchen gefallen, Sand und Lehm. Kerzenwachs und eine Brotkrume konnte er erkennen. Selbst das Restchen eines Apfelgriebses und ein Stückchen eines Federschafts waren auf die Unterlage gerieselt. Rungholt nahm das Stückchen und sah es sich an. Es war der Rest eines Schreibkiels. Ein Span, wie er entsteht, wenn man den Kiel mit dem Messer neu anschnitzte. Er hatte sich wohl in den weiten, umgeschlagenen Säumen der Ärmel verfangen. Die Brotkrumen und das Mehl stammten sehr wahrscheinlich vom Bäcker und waren an die Kleider geraten, als die Hübschlerin sie dort versteckte.

Rungholt staunte. Er hatte nicht damit gerechnet, an Kleidern derart viele Spuren zu finden. Es waren beinahe zu viele Spuren.

Er polterte in die Küche und begann die Gewürzkrüge vom Regal zu racken, um sie dann alle auszukippen. Wütend bestürmten ihn Hilde und Alheyd, die Finger von den kostbaren Gewürzen zu lassen. Sie zeterten, dass Rungholt sie noch in den Wahnsinn treibe. Erst die Diele für die Toslach putzen, dann alles wieder dreckig machen. Ihm war es egal. Er hatte einen Plan gefasst. Koste es, was es wolle.

Mit drei Krügen kam er zurück. Vorsichtig schüttete er mit einem sauberen Pergament das, was auf die Laken niedergerieselt war, in die Tonkrüge.

»Wenn es dir gelingt, das zu verkaufen, dann sollst du in der Hölle schmoren«, sagte Marek anerkennend.

»Du wärst bestimmt mein bester Kunde. So viel Dreck, wie ich dir schon verhökert habe.« Rungholt lachte.

»Sehr lustig, Rungholt. Sehr lustig.« Marek verschränkte die Arme vor der Brust und spielte den Beleidigten. Amüsiert sah Rungholt den vorlauten Kapitän an, der stämmig dastand und wie ein Rindvieh fragend dreinblickte. Und plötzlich kam Rungholt eine neue Idee.

Liespfund, dachte er. Liespfund. Und sah die eisernen Lasten vor sich, die sie am Markt immer bei der städtischen Waage benutzen. Ich brauche eine Art Gewicht. Wenn ich hier zu viele Spuren und zu viel *Dreck* habe, wie es Marek nennt, dann brauche ich etwas, das ich auf die andere Seite der Waage in die Schale werfen kann. Eine Referenz. Ein Gegengewicht, um die Fussel und Krumen auszusortieren, die unwichtig sind. Eine Last, die ich an die Waage hänge, um zu sehen, was im Dreck anders ist.

Glücklich über seine Idee lachte Rungholt auf. Er sah grinsend zu Marek und Winfried hin und kicherte in sich hinein. Die beiden bekamen es zwar nicht mit der Angst zu tun, aber ein mulmiges Gefühl breitete sich kurz bei ihnen aus. Hatte Rungholt der Alkohol oder sein fauliger Zahn nun gänzlich verrückt werden lassen? Sein eindringlicher Blick und das schiefe Grinsen ließen es vermuten. Vor allem Marek befürchtete Schlimmes.

»Alles in Ordnung mit dir?«, fragte Winfried und tupfte sich die Stirn.

Rungholt konnte nicht aufhören zu grinsen. »Ja. Alles in Ordnung. In bester Ordnung.«

Dann zeigte er auf Marek, der sofort zusammenzuckte.

»Ähm, ja?«

Rungholt sah den jungen Kapitän ruhig an und meinte noch ruhiger: »Könntest du dich bitte ausziehen?«

»*Was*?« Marek schüttelte sich. »*Nein*! Nein! – Also – ich – *Was*?«

Der alte Winfried lachte los. Sein kehliges Glucksen wurde jedoch sofort durch Husten erstickt.

Auch Rungholt fiel kichernd ein. »Nun tu nicht so, als hätte man Kapitän Marek Bølge das nicht schon des Öfteren gefragt. Bist doch gut gebaut.«

»Rungholt? Hast du noch alle Planken beisammen?« Marek war entsetzt. Umso mehr, als er sah, dass Rungholt sich gar nicht um ihn kümmerte, sondern schon im Begriff war, ein zweites Leinentuch zu holen.

»Jammer nicht! Zieh dich aus! ... Und häng deine stinkenden Kleider an die Leine. Aber vorsichtig.« Die beiden Männer sahen sich abschätzend an. Rungholt hatte zwar noch ein Lächeln auf den Lippen, aber sein Blick war geradeheraus. Er wurde mit jedem Zögern ernster. Schließlich schüttelte Marek seufzend den Kopf.

»Der Herr sei deinem Dickschädel gnädig«, raunte er. »Das wird teuer, Rungholt. Das wird so was von teuer. Wenn ich dir jetzt auch noch die Hübschlerin aus dem Badhaus mimen soll, dann ... dann bin ich weg. Für immer. Sag ich dir. Das ist so sicher wie das ...«

»Amen«, unterbrach ihn Rungholt. »Hör auf zu maulen. Du hast gestern Nacht schon genug gequasselt!« Er streckte auffordernd die Hand nach Mareks Kleidern aus.

Als Rungholt mit einem neuen Leinenlaken zurückkehrte, war Marek bis auf die Bruche ausgezogen, die ihm gerade bis auf den Oberschenkel reichte und an der Hüfte zusammengebunden war. Er sah ein wenig aus, wie ein viel zu großes Kind in Windeln.

»Es ist verdammt kalt hier, weißt du das eigentlich?« Marek rieb sich den nackten Oberkörper. Im Gegensatz zu Rungholt, der selbst unter den Armen Fettpolster hatte, konnte man bei Marek jeden Bauchmuskel sehen.

»Ich hab heute selbst angefeuert ... Außerdem, bei deinen Narben spürst du das doch gar nicht. Du willst doch nur den Preis hochtreiben. *Kalt* – papperlapapp!« Er hängte Mareks Kleider auf die Schnur, dabei ging ihm etwas anderes auf. »Sag mal, Marek, was machst du eigentlich auf meiner Kogge, wenn es stürmt. Dich in Decken hüllen und rumjammern?«

»Was ich an Deck *meines Schiffes* mache, geht dich einen kotigen Berg voll Dreck an.«

»*Deines* Schiffes? Es ist immer noch *mein* Schiff, zumindest der Großteil davon. Und es ist *meine* Ladung auf der du dann bibbernd rumhockst!«

»Auf See ist es *meine* Ladung. Ich entscheide als Kapitän. Allein.« Er tippte Rungholt gegen die Brust: »Und da kann ich sehr wohl untätig rumsitzen, so viel es mir passt, mein *Herr*! Auch in Decken und auch auf dem Krams, den du mir ins Schiff geschmissen hast. Wenn ich will. Ich kann sogar die Ladung über Bord werfen lassen, wenn's sein muss.«

Alheyd, Mirke und Hilde ließen die beiden verstummen. Sie hatten sehen wollen, worüber die Männer stritten. Mit gerupften Gänsen in der Hand standen die drei in der Diele. Jetzt konnten sie nicht anders, als sich kichernd anzügliche Blicke zuzuwerfen. Besonders die propere Hilde musterte Marek und dessen straffen Bauch und die muskulösen Arme derart anerkennend, dass es selbst dem erfahrenen Kapitän die Röte ins Gesicht trieb. Er hockte auf einem Stuhl, bis auf seine Unterhose splitternackt und zitterte vor sich hin.

»Es ist … also … ein … ähm … ein …«, stotterte er.

»Eine Leibesvisitation, ob Marek von seiner letzten Fahrt russische Läuse mitgebracht hat«, sprang Winfried ein. »Quod deus bene vertat.«

Marek nickte. »Vertat. Genau. Russische Läuse.« Er kratzte sich demonstrativ. »Böse Biester, mein ich. Bei Gott.«

Winfried legte zittrig sein Haar über die Glatze. Die drei Männer lächelten die Frauen so scheinheilig an wie Kinder, die beim Naschen erwischt wurden.

Nachdem Rungholt Mareks Kleider ebenfalls ausgeklopft hatte, zogen sich die Männer in die Dornse zurück. Rungholt hatte allen Staub und alle Reste in die Krüge rieseln lassen. Nun rührte er mit dem Federkiel darin herum, dann schüttete er beide Krüge jeweils auf feines Pergament, das er sorgsam auf sein Schreibpult gelegt hatte, und verstrich die Häufchen. Winfried und Marek beugten sich darüber.

»Dreck. Da hast du zweimal Dreck, Rungholt. Gratuliere«, sagte Winfried und wollte mit dem Finger in den Staub und die Stoffreste stippen. Rungholt hielt seine fleckige Hand zurück.

»Ihr bringt es durcheinander, Winfried. Es ist kein Dreck – es ist… Es ist wie…« Rungholt sah auf die beiden Häufchen. Mareks und den des Fremden. Er wusste nicht genau, wie er seinen Einfall beschreiben sollte. Marek sah ihn interessiert an, wollte gierig Rungholts Worte von den Lippen ablesen, aber Rungholt hielt inne.

Da sprang Marek ein: »Es ist wie das Lotholen an Deck. Stimmt's? Was im Lot ist, mein ich. Ob Muscheln oder Sand – das zeigt, wo man ist.«

Der Schone wird von Tag zu Tag pfiffiger, dachte Rungholt. Bald muss ich ihn für seine Ideen bezahlen. »Besser hätte ich es auch nicht erklären können, Marek. Der Dreck hier kann uns vielleicht zeigen, wo der Mann zuletzt war. Oder was er gegessen hatte.« Rungholt hob vorsichtig den Rest des Apfelgriebses heraus, wandte sich an Winfried. »Habt Ihr den Musfleck auf Kerkrings Pelz vorgestern gesehen?«

Winfried nickte.

»Wenn wir Kerkrings Kleider ausgeklopft hätten, vielleicht hätten wir eine Gänsefeder gefunden oder eine Brotkrume. Und gewusst, dass er wieder unten bei der Dankwarts Witwe war, um sich bei ihr gütlich zu tun.«

»Du meinst *mit* ihr, hm?«, warf Marek ein.

»Das ist Alchemie, Rungholt. Das ist Werk eines schändlichen Goldmachers. Es wird dir niemals sagen, wo der Fremde seine Schreibstube hatte«, sagte Winfried.

»Leider«, seufzte Rungholt. »Leider bin ich kein Goldmacher.«

»Religentem esse oportet, religiosum nefas.« Winfried tupfte sich die Stirn. »Sei vorsichtig, Rungholt, was du sagst. So mancher Alchimist ist schon gerädert worden. Gottesfürchtig muss man sein, abergläubisch sein ist Sünde!«

»Ich bin kein Ketzer. Und auch kein Alchimist. Ich bin Händler, das wisst Ihr genau.« Er lächelte Winfried offen an. »Seht es einmal so: Es ist ein wohlüberlegter Plan. Mehr nicht. Wie ein gutes Geschäft abgewickelt wird. Stück um Stück, so müssen wir vorgehen. Sinnvoll. Wenn wir den wahren Täter finden wollen.«

Noch immer schien der Alte mit der Erklärung nicht zufrieden, und Rungholt hatte das vage Gefühl, dass es ein Fehler gewesen war, ihn ebenfalls hierher zu rufen. Obwohl Attendorn Winfrieds Besuch bei Kerkring heruntergespielt hatte, war dieser Besuch doch merkwürdig. Was hatte Winfried bei Kerkring zu suchen gehabt? Bei dem Mann, der Daniel in die Fronerei gebracht hatte und ihn, Rungholt, derart unter Druck setzte? Mareks Worte rissen Rungholt aus den Gedanken.

»Planvoll klingt gut«, meinte Marek. »Also erstens: Ist im Plan auch vorgesehen, dass ich einen Husten kriege, schlimmer als Winfrieds? Oder kriege ich meine Kleider wieder? Und zweitens: Was um Himmels willen sagt dir der Dreck nun, hm?«

Rungholt tippt mit der Feder in das Staubhäuflein des Fremden. Er zeigte den anderen die Spitze seines Federkiels, auf der er etwas aufgespießt hatte. Eine funkelnde Schuppe.

»Er muss in Heringen gebadet haben. Das sagt mir der *Dreck*. Denn du Marek, du hast jeden Tag mit Heringen am Hafen zu tun – aber du hast nur ein paar Fischschuppen an deiner Kleidung.«

»Weil ich schon lang keinen mehr gegessen hab«, sagte Marek. »Oh, ich glaub, mein Magen knurrt. Hört ihr das?«

Rungholt ließ den Einwand nicht gelten. Vorsichtig zerstrich er die Fädchen und den Staub, überall waren die Schuppen zu sehen. Während Marek fasziniert wie ein Kind auf die glitzernden Plättchen sah, brummelte Winfried etwas von Blasphemie.

Auf dem Weg zum Hafen verabschiedete sich Winfried. Er sagte, er habe noch Verträge durchzusehen und müsse mit dem Rat über die Angriffe der Vitalienbrüder sprechen. Rungholt erinnerte sich an Attendorns Worte und auch daran, dass er Winfried auf die Friedeschiffe als Flotte gegen die Serovere ansprechen wollte. Jedoch vertagte er dies Gespräch lieber nochmals auf einen ruhigeren Zeitpunkt.

Bevor Winfried sich auf seinen krummen Beinen herumgedreht hatte und davongewankt war, erinnerte er Rungholt daran, dass dessen Tochter übermorgen verlobt werde. Rungholt solle dies wichtige Fest doch bitte nicht vergessen. Obwohl Rungholt dem Greis zunickte, fühlte er sich von dem Alten bloßgestellt. Als sei er ein kleiner Junge, der nichts im Kopf behalten könne. Als würde er die Toslach seiner Tochter verschlafen. Wollte Winfried ihn vor Marek schlecht machen? Oder wollte er, dass Rungholt sich gefälligst um die Toslach kümmerte und nicht um Daniels Schicksal?

Er sah dem Alten nach, zittrig und gebeugt tapste Winfried fort, und mit jedem seiner Schritte kehrte ein unbestimmtes Gefühl zu Rungholt zurück. Das Gefühl, dass Winfried ihm etwas verheimlichte. Er nahm sich vor, dem Richteherr möglichst bald genauer auf den Zahn zu fühlen. Er konnte sich nicht vorstellen, dass sein alter Freund ihn anlog, aber er schien dennoch mit etwas hinter dem Berg zu halten.

Der Heringshandel stellte sich als Sackgasse heraus. Die Fischhändler am Hafen hatten keinen Fremden gesehen. Nur einer der Belader konnte sich daran erinnern, einen Mann weggescheucht zu haben, der bei seiner Prahme herumgelungert hatte. Die Beschreibung passte zum Fremden, zumindest hatte der Mann, der laut des Verkäufers das Boot begutachtet hatte, schwarze Haare und die Statur des Muselmannes. Als Rungholt und Marek jedoch hinter dem Verkäufer und seinen Trägern hereilten, um weitere Fragen zu stellen während die Männer Fässer entluden, konnte sich niemand mehr genau erinnern. Selbst als Rungholt sie mit Geld köderte, fiel ihnen nichts Gescheites ein. Rungholt wurde von Minute zu Minute unsicherer, ob sie der richtigen Fährte nachgegangen waren. Mareks Gemaule ließ seine schlechte Laune zurückkehren. Er fühlte sich matt. Ihm wurde bewusst, dass er schon seit zwei Nächten nicht richtig geschlafen hatte.

Müde schlenderten sie die Ellerbrook zurück. Vielleicht war der Fremde tatsächlich nur in einen Bottich mit Heringen gefallen? Oder er hatte sich eingesaut, als er ein paar der Fische verspeist hatte. Essen Muselmänner Heringe?, überlegte Rungholt. Ich weiß es nicht.

Er musste sich eingestehen, überhaupt sehr wenig über die Männer und die Sitten im Süden zu wissen. Sein Gebiet war immer der Osten und der Norden gewesen. Nach Brügge war er gekommen, schon. Nach Bergen und nach Novgorod. Doch niemals südlicher als Aachen.

Was hatte er in der Hand, was war bei seinem albernen Versuch mit dem Abklopfen des Stoffes herausgekommen? Nichts. Seine Theorie war eingesackt wie Alheyds Birnenkuchen. Das Stück eines Federkiels, ein bisschen Apfel. Ein paar Schuppen in einem Gewand. Was sollte es bringen? Winfried hatte Recht, dachte Rungholt, so werde ich den Mörder niemals stellen.

Sie trennten sich. Auf dem Weg nach Hause hielt sich Rungholt auf dem Bürgersteig in der Mitte der Straße und versuchte, nicht in den Matsch zu treten.

Enttäuscht setzte er sich auf seine Bank hinter dem Haus. Wir kommen nicht weiter. So viele gute Ideen, dachte er, ein derart starkes Rudern gegen den Wind, um dann doch keine Ufer zu finden.

Er stopfte Quendelkraut in seine Pfeife und zog kräftig, um sie anzuheizen. Er beobachtete, wie die Blätterraspeln aufflammten und weiß anglühten. Die Quacksalber behaupteten, das Rauchen helfe gegen Zahnschmerz. Heilige Medard. Seine Schmerzen waren unverändert, egal, wie viel er paffte. Sie waren zurückkehrt, als er auf die Kleider eingedroschen hatte. Und nun stieß selbst der heiße Qualm qualvoll an die Wurzel und schien am Schmelz des verfluchten Zahns regelrecht entlangzukratzen. Es zog und zerrte so schlimm, dass er möglichst versuchte, den Rauch nur in eine Wange zu ziehen. Sie war schon wieder angeschwollen. Wahrscheinlich hatten die Kurpfuscher die Linderung nur behauptet, damit sie mehr Kraut zum Rauchen verkaufen konnten, mit dem sie selbst Handel trieben. Halsabschneider. Blut saugendes Dreckspack.

Ich muss wohl neues Nelkenöl draufschmieren, grübelte er. Der Gedanke daran reichte, um ihn erschaudern zu lassen. Nein, lieber nicht. Doch es stand außer Frage, dass er etwas gegen die Schmerzen unternehmen musste.

Rungholt schmauchte vorsichtig. Er sah sich in seinem schmalen Hinterhof um. Die Raben waren mit der aufgehenden Sonne verschwunden. Ein paar ihrer Federn waren unter den Busch geweht und hatten sich schwarz und grau in den Dornen verfangen. Er horchte. Sein Rotrückchen blieb stumm. Ich muss nach dem Kleinen sehen, dachte er, ich muss sehen, ob die Raben ihm das Köpfchen aufgehackt haben, oder ob es ihm gut geht. Und ich muss Daniel besuchen – aus dem selben Grund.

Er wuchtete sich von der Bank, wollte schon ins Haus, um sich ein Bier zu holen, als ihm bewusst wurde, dass er doch gerade nach dem Nest und dem Rotrücken sehen wollte. Grübelnd blieb er stehen. Er schmauchte. Der heiße Qualm kratzte an seinem Zahn. Die leidigen Zahnschmerzen vergällen mir das Rauchen. Und das Nachdenken, das muss ein Ende haben, dachte er. Ein für alle Mal.

Später sollte Rungholt, gefragt nach dem Besuch bei der Heilerin, immer behaupten, dass das Weib hässlich gewesen sei und derart gestunken habe, dass er vorsichtshalber gegangen sei. Schlechte Luft brachte Tod und Verderben, da hätte er lieber kehrtgemacht und mit seinem Zahn Frieden geschlossen. Lieber das, als die Bude dieser Hexe zu betreten. So sollte er es vor Alheyd und Mirke darstellen. Erinnern würde er sich jedoch stets an ihre Brüste und ihr einnehmendes Lächeln. Und an ihren Fuß. Besonders an ihren Fuß. Diesen zierlichen Fuß mit dem unglaublich schweren Tritt.

Nachdem Rungholt sein Rotrückchen unversehrt in seinem Nest im Dornenbusch vorgefunden hatte, hatte er etwas Mut geschöpft. Viel konnte er erst einmal nicht tun, und anstatt untätig herumzusitzen und zu rauchen, hatte er beschlossen, tatsächlich seinen Zahn ziehen zu lassen. Da er den Leibärzten Lübecks nicht traute, hatte er noch einmal kurz Marek aufgesucht und von diesem die Adresse einer gewissen Sinje erhalten, einer Heilerin am Lohberg. Die Frau sollte Wunder wirken und heilende Hände haben.

In der Tat war sie schön. Rungholt musste sich nicht einmal bemühen, ihr in die Ärmel zu sehen, weil ihr Surkot keine mehr hatte. Sinjes Untergewand war so dicht anliegend, dass Rungholt ohne hinzustarren die Schönheit ihrer schweren Brüste genießen konnte. Ihre langen Haare fielen wild auf ihre Schultern und ihre Wangen waren frisch. Gar nicht so, wie die ernsten, freudlosen Gesichter der Ärzte. Dank ihres Anblicks war Rungholt von seinem Schmerz ein wenig abgelenkt. Und für wenige Minuten, in denen er mit der Frau um den Preis der Behandlung feilschte, war er froh, Marek aufgesucht und sich überwunden zu haben, hierher zu kommen. Er hatte eine gute Wahl getroffen, keinen der Quacksalber mit seinen Pesthänden an seinem Zahn rumpfuschen zu lassen. Seine Euphorie hielt jedoch nur wenige Minuten an, denn ehe er es sich versah, fand er sich auf einem Holzstuhl wieder. Schwere Lehne. Abgeriebener, fleckiger Sitz. Kein gutes Zeichen.

Sinje ließ eine kleine Kiste aus Nussholz auf den Tisch neben ihn fallen. Trällernd suchte sie darin herum. Sie sprach beruhigend auf ihn ein – und er starrte auf ihre Brüste und war weit fort. Als ihm dämmerte, dass das Weib ihn eingewickelt hatte, war es bereits zu spät. Da klammerte er sich schon an die Armlehnen, und spreizte die dicken Oberschenkel, um sich festzukeilen. Sie stand direkt in seinem Schritt und hatte sein Kinn gepackt. Er spürte sofort, dass er nicht der Erste war, der sich so festgehalten hatte. Es waren Kratzspuren und Rillen unter seinen schwitzigen Fingern zu spüren. Das Holz des Stuhls war strapaziert, wieder und wieder hatten sich Hände daran gekrallt. Verzweifelt, wahrscheinlich in Todesangst. Warum musst du auch in ihr Teufelsfenster starren, warf er sich vor, sonst hättest du bemerkt, dass ihr sprichwörtlich schon viele Männer zum Opfer gefallen sind!

Er wollte etwas sagen, aber da zischte sie ein sanftes »Ssssschhh«. Plötzlich stellte Sinje ihren nackten Fuß auf seine Brust, geradewegs über sein dickes Vordeck. Er wurde nach hinten gedrückt, die Stuhllehne kippte gegen einen der Ständerbalken des Fachwerks. Sie lächelte und schob ihren Kopf über ihn und trat mit ihrem zierlichen Fuß weiter zu, so dass er sich nicht rühren konnte. Rungholt bekam kaum Luft.

»Ist das wirklich notwendig?«, presste er heraus. Dann sah er sie mit der Zange vor seinem Gesicht hantieren. Den metallenen Geschmack der Zange konnte er schon förmlich schmecken, konnte spüren, wie sich die eisernen Greifer um seinen fauligen Zahn legten und kalt an seinen Schmelz stießen. Das Zupfen und Reißen, das Knirschen. Das Splittern, bis der Schmerz … Sie musste ihm nicht antworten, Rungholt hatte verstanden. Er schluckte. Es würde notwendig sein. Keine Frage. Er biss die Zähne zusammen.

»Leg den Kopf zurück und Aaaaaaa.« Lächelnd spielte Sinje ihm vor, was er zu tun hatte. Ihre grünen Augen blitzten heiter. Ihre Lippen waren schön. Konzentrier dich auf die Lippen. Rungholt tat, wie ihm befohlen, öffnete den Mund jedoch nur ein bisschen. Schüchtern sperrte er ihn auf. Ängstlich. AAAARWWWW – Diese Zange! Sie drang in seinen Mund und –

Rungholt schüttelte sich. Mit ganzer Kraft stemmte er sich gegen ihren Tritt und wuchtete seine Pfunde nach vorn. Er hob sich vom Stuhl. Sie fiel halb rückwärts, fing sich tänzelnd.

»Jetzt hätte ich dir fast die Nase abgerissen«, trällerte sie überrascht und klapperte mit der Zange. »Du Dummerchen.«

»Es ist genug! Schluss! Aus!«, polterte er und drückte ihre Hand weg. Noch etwas schwankend stand er da bis das Blut aus seinem Kopf geflossen war. Es war ihr anzusehen, dass sie so leicht nicht aufgab.

»Setz dich! Ja, wo sind wir denn hier!«, fuhr sie Rungholt an. »Auf den Stuhl! Sonst kommst du morgen wieder und jammerst doppelt.«

»Ich setzt mich nirgends, Weib! Jetzt nicht und morgen erst recht nicht. Und mein … und mein Jammern geht dich nichts an.«

»Ach, und warum bist du dann hier? Nur, um auf meinen Busen zu starren? Du stinkst wie eine Jauchegrube.«

Sie ist wirklich verärgert, dass sie mich nicht quälen darf, stellte er verdattert fest. Verstehe einer die Frauen. »Nimm das Geld, und wir vergessen es.«

»Ich nehm dein Geld gern, aber noch lieber will ich deinen Zahn.« Sinje grinste. »Er stinkt, und du stinkst auch. Wie ein Gaul.«

Ich gebe ihr Geld, dass sie nichts tut – nein, eher dafür, dass sie *mir* nichts tut – und sie? Sie fährt mich an. Auch keine schlechte Geschäftsidee. Vielleicht sollte ich in die Medizin investieren, anstatt die Quacksalber zu verfluchen. Krank werden die Menschen schließlich immer. Er warf ihr einen Witten hin und machte, dass er aus der Bude kam. Gott sei Dank folgte sie ihm nicht und rief ihm nichts Unflätiges nach. Wenn die Leute ihm nachgeschaut hätten, wäre er aus Scham im Boden versunken. Tatsächlich lächelte sie nur. Er konnte ihr Grinsen sehen, als er sich noch einmal umwandte. Da stand sie in der Tür und winkte ihm fröhlich mit der vermaledeiten Zange in der Hand nach. Miststück.

14

Der Regen hatte endgültig nachgelassen. Die bleiernen Wolken hatten sich aufgelöst und den Himmel in ein fades Grau getaucht. Gleichmäßig und eben. Ein konturloser Morgen.

Calve wusste nicht wie und wusste nicht wo. Irgendwann hatte er einen Stein zu greifen bekommen und sich festgeklammert, während Johannes' Bahre vor ihm im Wasser zerrte und ihn mitreißen wollte. Doch Calve hatte nicht losgelassen, hatte es geschafft, die Bahre zwischen zwei Ufersteinen zu verkeilen und endgültig Halt zu finden. Sein Söldner hatte mit dem Langbogen ins Geäst einer umgestürzten Fichte haken können, keine zehn Klafter vor ihm. Der Mann zog sich schon auf den Baumstamm. Um sie herum toste der Fluss.

»Seid Ihr gesund?« Die Worte drangen nur leise über das Donnern der Stepenitz herüber. Calve rief zurück, dass er klarkomme. Danach sah er, dass der Söldner sich auf den Stamm hievte und zum Ufer balancierte. Seine Beine waren durch die Steine des Flusses aufgeschlagen und aufgeschrammt. Feine, blutende Schnittwunden überzogen sie.

Calve sah an sich herab. Auch er hatte überall Schürfwunden und Prellungen. Durch das eisige, beinahe harsche Wasser spürte er den Schmerz nicht. Die Löcher in seinen Waden fühlten sich nur an, als drücke jemand mit dem Finger stark auf die Haut. Alles war taub. Während er so auf seinen geschundenen Körper herabsah, wurde ihm eines wieder bewusst: die Wegelagerer. Sie hatten nicht die Waren gewollt. Sie hatten sie umbringen wollen. Die Angreifer hatten sie in einen Hinterhalt gelockt, um sie zu töten. Calve wusste nicht weswegen, wusste nicht, auf wessen Befehl sie handelten, aber sie würden nicht aufhören, sie zu jagen, bis sie tot waren. Da war er sich sicher.

Er stemmte sich durchs Seichte ans Ufer. Er musste sich anstrengen, um die Strömung zu überwinden. Der Söldner kam zu ihm geeilt, glitt über die Ufersteine. Er ließ sich bei Calve ins Wasser und zog ihn weiter ins Flache.

»Die Erlösung ist oft besser als ein Martyrium«, meinte der Söldner und nickte zur Bahre hin, die noch immer zwischen den Steinen verkeilt war. Johannes stöhnte nicht mehr. Er ließ nur seinen Kopf apathisch umherrollen. Calve konnte sehen, dass seine Verbände durchnässt waren und sich das Blut langsam wieder hindurcharbeitete.

»Ein Martyrium voller Schmerzen hilft niemandem. Auch ihm nicht«, sagte der Söldner.

»Ich soll ihn zurücklassen? Meinen Sohn!«, unerwartet heftig brüllte Calve los. Er sprang den Mann an, packte dessen Wams, zerrte den Söldner zur Seite und drückte ihn gegen einen der Steine. »Niemals! Ich lasse niemand zurück. Selbst, wenn er …« Calve brach ab, sah zu Johannes hin, und obwohl der Junge ihn wohl nicht verstand, setzte Calve nur leise fort: »… selbst wenn er unterwegs stirbt und seine … seine *Erlösung* findet.« Er stieß den Söldner fort und drückte sich ruppig an ihm vorbei durchs Wasser.

»Geh! Holt Holz. Wir machen ein Feuer. Wir müssen uns wärmen.«

Der Söldner sah ihn unschlüssig an. Johannes mitzunehmen war nicht nur eine Tortur für sie beide, der sterbende Junge konnte sich auch schnell als tödliches Hindernis entpuppen.

»Hol Feuerholz!« Calves Ruf ließ den Mann zusammenzucken. Zufrieden sah Calve, dass er sich endlich aus seiner Starre löste und zu den Felsen watete, um sich hochzuziehen.

Calve konnte das Motzen des Mannes nicht hören, als dieser im Wald umhertapste. Er hatte sich wieder Johannes zugewandt und versuchte, den Jungen auf seinem Gestell aus dem Fluss zu heben. Die nassen Birken des Rahmens entglitten ihm jedoch mehrmals, und als er die Bahre auf halbem Weg auf einen der Steine ziehen wollte, schrie Johannes vor Schmerz auf. Er schrie derart entsetzlich und so laut, dass Calve vor Schreck beinahe die Bahre losgelassen hätte.

Kraftlos ließ er sich neben seinem Sohn in den Uferschlick sinken. Er lehnte sich an einen der Steine und nahm Johannes' Hand, damit er nicht mehr um sich schlagen konnte.

»Wir machen ein Feuer.« Er strich seinem Sohn über die Wange und küsste ihm die dreckverkrusteten Haare. »Wir machen ein Feuer«, sagte er noch einmal, um es vor sich selbst zu rechtfertigen und gleichfalls innerlich abzusegnen.

Er wusste, dass sein Plan noch unklar war. Ein vager Einfall eher. Weniger als das, es war eher eine bloße Idee. Weitere Auseinandersetzungen mit dem Söldner würde Calve nicht durchstehen, dazu war er zu geschwächt und die Situation zu ausweglos. Das wusste er. Der Söldner war nur noch hier, weil er selbst keinen besseren Plan hatte.

Johannchen war eingeschlafen. Calve wusste nicht, ob es richtig war, ihn schlafen zu lassen. Der Schlaf würde ihm Kraft geben, aber er war auch ein erstes Zeichen dafür, dass der Tod nahte. Sie mussten aus dem Wasser heraus, Calve konnte sich jedoch kaum bewegen. Die Kälte umklammerte seine Glieder. Seine Arme und Beine schmerzten, und während er seinen Sohn ansah, befiel ihn gleichfalls eine bleierne Müdigkeit.

Er wusste nicht, wie lange er so im eiskalten Wasser hockte. Als der Söldner von der Uferböschung her rief, hatte der Mann schon ein kleines Feuer entfacht. Calve fluchte. Er hatte zwar befohlen, Feuerholz zu holen, doch hatte er ein anderes Feuer im Sinn gehabt. Schroff rief er dem Söldner zu, Johannes endlich aus dem Wasser zu ziehen.

Calve erhob sich. Er spähte flussaufwärts, dorthin wo hinter der Biegung die Brücke sein musste. Calve zitterte, doch er rief sich ins Gedächtnis, dass er Kaufmann war. Er, Hinrich Calve, Mitglied der Zirkelgesellschaft und angesehner Lübecker, war Händler der Hanse und bereit auch größte Risiken einzugehen, um sein Ziel zu erreichen. Er würde die Konfrontation suchen. Er würde seinen Plan umsetzen. Komme, was wolle.

Verärgert über seine Feigheit und das anhaltende Schlagen im Kiefer kehrte Rungholt in die Engelsgrube heim. Er sehnte nichts dringlicher herbei als einen guten Schluck Bier. In der Tat grübelte er darüber, ob er nicht einen Pfosten nehmen und sich gegen die Wange schlagen oder Alheyd bitten sollte, es zu tun.

Noch vor seiner Haustür hörte er Attendorns Stimme und Alheyds Lachen. Ihre helle, freundliche Stimme vermischte sich mit Attendorns Bariton. Rungholt zögerte, bevor er eintrat. Er klopfte besonders sorgfältig den Dreck von seinen Trippen. Einen kurzen Moment lang befürchtete er, die beiden in einer verfänglichen Situation zu ertappen. Auch wenn er Alheyd eines Freundes wegen geheiratet hatte, so hatte sich zwischen ihnen über die letzten Jahre die Liebe gefestigt. Rungholt erstaunte dieser abwegige Gedanke, immerhin handelte es sich doch um Mirkes zukünftigen Bräutigam. Er ertappte sich aber in letzter Zeit immer häufiger dabei, argwöhnisch und eifersüchtig zu sein. Alheyd tat so gut.

In der Diele waren die Knechte dabei, einen Wagen mit Salz und kostbarem Wein zu entladen und alles in den Speicher zu hieven. Von seiner Wäscheleine war nichts mehr zu sehen. Anstatt der Kleider hingen nun Blumen und Gestecke an den Pfosten, und Hilde knotete grüne und gelbe Bänder ins Gebälk. Die Verlobung, schoss es Rungholt durch den Kopf. Du alter Querschädel. Die Toslach. Du hättest doch Stoff mitbringen sollen für Mirkes Kleid, das sie zerstochen hat. Außerdem, hattest du nicht bei Geizriebe vorbeisehen und einen kleinen Bernsteinschmetterling kaufen wollen, um Alheyd ein Geschenk zu machen? Und zum Goldschmied hättest du gemusst. Einen Ring für die Verlobung kaufen. Du grober Klotz. Du schusseliger, verfluchter Rindskopf.

Wie konnte er nur immer so vergesslich sein, wenn es um seine Frau und Mirke ging? Noch vor ein paar Tagen hatte es für ihn nichts Wichtigeres als die Verlobung gegeben, und nun war sein Kopf voll von Blut, Totschlag und Mord. Er schämte sich, und der Ärger über sich, die Feigheit, den Zahn – dies alles vermischte sich und wurde zu einer unbestimmten Wut.

Ein unbekannter Bursche trat auf ihn zu. Er hatte eine Lederschürze umgebunden, die mit Farbe beschmiert war. Sein Haar war vor Kalk weiß und seine Finger bunt besprenkelt. Er hatte Tempera mit Öl und Eiern angerührt.

»Wer bist du? Was ist?«, fuhr Rungholt den jungen Mann schroff an. Der Bursche deutet durch die Diele, wo sein Meister im Begriff war, die Stirnseite mit Fäden zu vermessen. Die Wandmalerei, schoss es Rungholt durch den Kopf. Die Skizzen der beiden Darstellungen waren schon schwach angelegt. Auf der jeweiligen Seite der Tür zum Hof hatte Rungholt sich links für eine alttestamentarische Darstellung König Davids entschieden, und rechts wollte er Alheyd in den Arm nehmen – als profanes Liebespaar vor seinem Rechentuch in der Scrivekamere.

Rungholt hatte den Auftrag für die Malereien vollkommen vergessen. Überall standen Tönnchen mit braunen, roten und blauen Pigmenten herum. Kleine Zuber mit angerührter Farbe verstellten den Durchgang zum Hof. Der Bursche redete auf Rungholt ein und stellte so viele Fragen, dass Rungholt nicht wusste, welche er zuerst beantworten sollte. Nachdem Rungholt dem Maler die Hand geschüttelt hatte, zeigte er ihm, wie er sich die Zeichnungen vorstellte. Leider ging ihm jeglicher Sinn für Malerei ab, so dass er seine Vorschläge nur unpräzise anhand der Skizzen auf den vorgefertigten Pergamenten andeuten konnte.

Er fand Attendorn mit Alheyd in der Küche. Hier hatten sie sich wegen der Aufregung, die die Maler in der Diele verbreiteten, an den Herd zurückgezogen. Sie hatten die Kiste, die sonst an der Wand zur Diele stand, als Tisch vor den offenen Kamin geschoben. Darauf hatte Attendorn Tuchballen ausgebreitet und erklärte Rungholts Frau gerade, weswegen er die Stoffe für Mirke passend fand.

Rungholt bemühte sich, seinen Ärger herunterzuschlucken

und bot Attendorn, der ihn fröhlich empfing, sofort einen Humpen Bier an.

Der feine, grüne Wollstoff den Attendorn für Mirke gekauft hatte, war von außerordentlicher Qualität. Die Ballen trugen noch mehrere Siegel. Darunter das Brügger Emblem mit dem doppelköpfigen Adler. Links glänzte sein Antlitz gold auf schwarz, rechts hob er sich schwarz auf gold ab. Attendorn zeigte es lächelnd, eine Anspielung wohl darauf, dass Rungholt mit einer Wedderlegginge ebenfalls am Tuchhandel Gewinn bringend beteiligt sein sollte. Dann riss Attendorn seines und die restlichen Siegel des Stalhof aus London, woher die Wolle stammte, vom Ballen ab.

»Ihr kennt Euch doch aus mit Stoffen«, sagte Attendorn und ließ Alheyd das Tuch befühlen. Rungholt stürzte sein Bier herunter und ließ eine Hand ebenfalls über den Stoff gleiten. Gewöhnlich handelte er nicht mit Tuch oder Wolle, doch er spürte sofort, wie kostbar der Stoff war. Er lächelte Attendorn zufrieden zu, der glücklich dastand, die Hand auf seinen Dupsing gestützt. Rungholt sah seinem Schwiegersohn in spe die Freude auf die Verlobung und die bevorstehende Hochzeit an.

»Ich habe es letzte Woche aus Brügge geliefert bekommen. Van Rysselberghe hat es geschickt. Ihr wisst schon, mein Einkäufer im Brügger Kontor.«

Rungholt nickte. Attendorn war bekannt für seine guten Verbindungen nach London und Brügge. Er goss ihnen Bier nach.

»Auf die Toslach«, sagte Rungholt.

»Auf die Verlobung. Und die Upslag im November.« Attendorn stieß an und trank herzhaft, dann wandte er sich Rungholt vertraulich zu. »Es tut mir Leid, wenn ich Euch damit belästige, aber bitte schaut Euch die Verträge bis Vesper an, Rungholt. In Ruhe. Ihr könnt damit auch jederzeit zu mir kommen, falls es Fragen gibt.«

Rungholt brummte. Er hatte es versprochen. »Sebalt, ich bin ein Mann von Ehre. Wenn Ihr mit mir übereinstimmt und das

Kapitänshaus aufs Wittum schlagt, bin ich sogar bereit, Eure Prozente im Schonenhandel langfristig zu erhöhen. Wir nehmen Eure Kogge für den Brüggehandel, und ich werde Euch Frachtraum in der *Möwe* geben. Nach Riga und Novgorod.«

Attendorn trank aus. »Das würdet Ihr tun?«

Rungholt klopfte ihm die Schulter. »Natürlich. Ich weiß auch, wer seinen Stauraum nächstes Jahr verringern will.«

Attendorn war neugierig.

»Gericke«, meinte Rungholt, »der Kleine, unten vom Holstentor. Hat sich letztes Jahr ein bisschen übernommen, der braucht nicht so viel Platz.« Er brach ab, um Attendorn beiseite zu nehmen und ihm leise zuzuflüstern. »Die haben ihm in Visby quasi den Stockfisch in den Hintern gesteckt.« Rungholt lachte.

»Gericke hat Verlust gemacht?«

Mit beiden Händen zeigte Rungholt so schwungvoll die Größe des Verlustes, dass beinahe sein Bier aus dem Krug schwappte. »Aber lasst Gericke. Ihr kriegt bei mir Anteil am Laderaum, wenn das Kapitänshaus Mirke gehört. Unter uns, der Hering wird nächstes Jahr gut gehen. Wir haben einen kalten Winter vor uns, da wird der Fang nächstes Jahr großartig. Und wenn Marek noch vor Ende November nach Novgorod aufbricht, wird er im Frühjahr besonders geschmeidige Felle mitbringen.« Zufrieden sah Rungholt, wie Attendorn überlegte. Dann sagte er: »Sebalt, Ihr habt keine Söhne, Ihr wisst nicht, wie es mit den Kindern ist. Kaum sind sie außer Haus, geschieht nachher noch ein Unglück.«

»Na na.«

»Nein, nicht bei Euch. Ich weiß. Aber trotzdem. Mirke ist mein Nesthäkchen. Ich brauche eine Absicherung.« Er nickte dem jüngeren Händler zu, dass sich in dessen keckem Bärtchen etwas Bierschaum verfangen habe.

Attendorn wischte ihn dankend weg und nickte: »Unterschreibt den Handelsvertrag. Ihr sollt Euer Kapitänshaus bekommen.«

»Hand drauf?«

»Hand drauf.«

Rungholt spürte Attendorns Griff. Er gefiel ihm, denn er war stark und fest, ohne dass sich Attendorn aufgesetzt darum bemühte. Er konnte Attendorns Ringe und dessen raue Handfläche spüren. Die Geschäfte hatte Attendorn viel herumkommen lassen. Er war der Richtige für Mirke. Rungholt hatte weise entschieden. Der Handel war nach alter Sitte besiegelt.

Alheyd schlug sich lachend das Tuch um die Schulter, sie hatte gehört, was die Männer besprochen hatten. Frech mimte sie mit dem grünen Tuch die Braut, tat einen gespielten Knicks: »Einen kleinen Schnaps aufs Haus?«

Attendorn lachte. *Aufs Haus,* die Zweideutigkeit war ihm nicht entgangen. »Einen großen bitte. Weil's das Kapitänshaus ist.«

Als Alheyd sich keck mit dem Tuch wegdrehte, stutzte Rungholt. Er sah Fäden, winzig kleine Abriebe, die zu Boden fielen. Kleine Fädchen aus dem Tuch. Er nahm Alheyd den Stoff ab. Er war völlig intakt. Nirgends ein Loch oder ein Ziehfaden. Dennoch wehten scheinbar Reste auf den Boden. Sie stammten vom Schnitt des Stoffes, hatten sich beim Wickeln der Ballen wohl auf den Stoff gelegt.

Die Fäden, dachte er. Dieser Stoffstaub. Du hast ihn schon gesehen.

»Rungholt? Noch ein Bier?«, hakte Alheyd nach.

Doch Rungholt gab keine Antwort. »Entschuldigt mich«, sagte er stattdessen. Ohne ein weiteres Wort eilte er in seine Dornse. Alheyd und Attendorn sahen ihm verwirrt nach.

Sofort widmete sich Rungholt den Krügen mit dem ausgeschlagenen Dreck des Fremden. Als er in den Resten, die vom feinen Mantel des Toten stammten, mit seinem Stylus stocherte, sah er es: Genau die gleichen hauchfeinen Gewebereste wie bei Attendorns Stoff. Rungholt hielt seine Brille von sich, um die Fäden zu vergrößern, und starrte durch eines der

Gläser. Viel war nicht zu erkennen. Eilig holte er eine kleine Schatulle, in der er noch einige Lesesteine aufbewahrte und legte einen der geschliffenen Bergkristalle auf den Fadenrest. Indem er den Lesestein ein wenig hin und her bewegte, konnte er durch die Vergrößerung des durchsichten Kristalls gut erkennen, dass der Faden nicht zum Mantel des Fremden passte. Er hatte eine andere Farbe und war viel gröber, als der feine Stoff. Abgeriebene Reste, wie sie beim Verarbeiten von Tuch entstehen.

Rungholt hatte gedacht, dass die Kleider abgetragen waren und sich das Gewebe auflöste, doch es konnten ebenso gut Reste von abgeriebenen Fäden sein, wie sie bei der Herstellung entstanden. Doch weder sahen die Kleider des Fremden aus, als seien sie gerade erst geschnitten worden, noch sahen sie aus, als fielen sie alt auseinander. Und der Lesestein offenbarte, dass der grobe Fussel wohl nicht vom feinen Tuch des Fremden stammte.

Aufgeregt wandte sich Rungholt noch einmal seinen Krügen zu. Er stellte fest, dass alle Kleider des Fremden mit dem Fadenstaub regelrecht bedeckt waren. Es ließ nur einen plausiblen Schluss zu: Unmittelbar vor dem Verschwinden der Kleider war der Fremde in einer Schneiderei gewesen. Eine Schneiderei, eine Tuchmacherei. Er muss dort gewesen sein, dachte Rungholt und ihm schoss durch den Kopf: Wahrscheinlich war er die ganze Zeit dort, wenn alle Kleider diese Stoffrestchen haben. Vielleicht war der Fremde in einer Tuchmacherei untergekommen, hatte dort seine Pergamente geschrieben? Ja. Er hatte seinen Arbeitsplatz bei einem Tuchmacher, einem Weber, vielleicht einem Gewandschneider. Oder war der Fremde gar selbst ein Schneider aus dem Orient?

Rungholt wusste seine Fragen nicht zu beantworten, obwohl es ihm auf unerklärliche Weise abwegig erschien, dass der Mann selbst ein Schneider gewesen war. Er hatte zu gepflegt ausgesehen und die Tintenreste an den Fingern sprachen ebenfalls eine andere Sprache. Nein, schloss er, der

Fremde ist dort untergekommen. Er hat seine Schreibstube dort gemietet. So muss es sein. Ein Ort, an dem er ungestört arbeiten kann – die Werkstatt eines Schneiders, eines Tuchmachers. Vielleicht der Raum eines Webers.

Rungholt raffte die Kleider zusammen und versteckte sie bei seinen Flaschen hinter den Wandpaneelen, da räusperte sich Attendorn. Er stand in der Tür, bereit zu gehen.

»Ich seh schon, Ihr seid beschäftigt«, sagte er etwas enttäuscht. »Wieder Daniel? Hm? Braucht Ihr etwas? Kann ich Euch unterstützen? Schließlich sind wir bald eine Familie. Soll ich ein Wort bei Kerkring einlegen?«

Rungholt verneinte. Nicht, dass er Attendorns Wort nicht schätze, es war nur so, dass er lieber gerne selbst für alles verantwortlich war. Und Kerkring wollte er nun wirklich lieber allein die Stirn bieten. »Ich danke Euch. Ich werde es mir überlegen.«

»Tut es. Und scheut Euch nicht, mich zu fragen. Ach, aber vergesst unseren Vertrag nicht. Bitte.«

»Keine Sorge, ich werde ihn heute noch unterzeichnen und versiegeln.«

Attendorn war zufrieden. Er warf sich seine gefütterte Schaube über und setzte sich seine Gugel auf. »Sie werden Daniel nichts tun. Ihr kennt doch Kerkring. Der ist immer schnell dabei und reißt sein Maul auf.«

Rungholt hoffte, dass Attendorn Recht behielt, doch er dachte, dass es diesmal wohl anders laufen könne. Diesmal wollte Kerkring seinen Worten Taten folgen lassen – ein Exempel statuieren, damit er nicht wie ein Dummschwätzer dastand. Rungholt verabschiedete Attendorn herzlich. Er versicherte dem Zukünftigen nochmals, dass er sich heute noch um den Vertrag kümmern werde.

Im Begriff, kurz darauf selbst das Haus zu verlassen, hörte er Alheyd kramen. Seine Frau war angesichts der Toslach und den Vorbereitung so planvoll, so wenig aufgeregt. Während ihm ständig Gedanken durch den Kopf schossen und er weder ein noch aus wusste, hatte Alheyd alles fest im Griff. Was hätte er nur ohne sie getan? Gerade stauchte sie die Wandmaler zusammen, dass sie ihre Farben gefälligst beiseite räumen sollten, dann war sie auch schon damit zugange, Mirkes Kleid abzustecken.

Rungholt zögerte. Übermorgen würde die Verlobung vor dem Rat stattfinden, und er hatte sich bisher geradezu miserabel vorbereitet. Er hatte sich ein paar Sätze aufgeschrieben, die er vor den ehrbaren Kaufleuten sprechen wollte, aber die Notizen waren schon von letzter Woche. Außerdem hatte er vorgehabt, auch für sich neue Kleider zu kaufen. Eine edle, fehverbrämte Schecke. Er würde sich eine schneidern lassen, die auch mit seinem dicken Bauch gut aussah. Und er wollte sich neue, bunte Beinlinge kaufen. Außerdem musste er ins Badhaus. Wahrscheinlich hatte die Heilerin Recht, und er stank wie ein Ochse. Und wenn er sich schon nicht um sein eigenes Wohl kümmerte, so hätte er im Haus bleiben und Alheyd bei den Vorbereitungen helfen sollen. Das Fest am Nachmittag der Toslach war nicht zu unterschätzen. Er hatte zwar nur Attendorn und einige Ratsmitglieder eingeladen – sechzig Mann, die ihm nahe standen –, doch es war wichtig durch das Verlobungsgelage seine Geschäftspartner und Standesträger auf die Upslag einzustimmen, auf den Kirchgang im November, und auf das anschließende, viertägige Hochzeitsfest, die Brutlacht. Sie mussten noch Schweine kaufen und Gänse, es galt alles für die Verlobung fertig zu schmücken und genügend Holz für den Ofen heranzuschaffen. Er hatte zwar jeden Burschen, der nicht bei der Kogge sein musste, unter Hildes und Alheyds Befehl gestellt, aber dennoch waren die Vorbereitungen enorm.

Er ging durch die Diele zu seiner Frau. Sie diskutierte mit den Malern.

Alheyd wollte wissen, wohin er schon wieder ginge. Er vertröstete sie und meinte, er wolle noch etwas Schönes für die Verlobung kaufen. Er hoffte, sie werde die Wachstafeln nicht bemerken, die er unter seinen Tappert geschoben hatte.

»Rungholt, Rungholt«, mahnte sie. »Du kannst von Glück reden, dass Hilde und ich alles so gut geplant haben. Ihr Mannsbilder und die Feste. Immer schön ans Saufen denken, aber wer das Gelage vorbereitet – das ist euch egal. Hauptsache Bier und Wein und ordentliches Essen.« Sie pikte ihm in den Wanst. »Und deine kostbaren Wachstafeln machen dich auch nicht schlanker.«

»Es tut mir Leid, dass ich nicht an den Stoff gedacht habe.« Er küsste sie und überlegte, ob er ihr die Wahrheit sagen und sie in seine Nachforschungen einweihen sollte. Vielleicht war es klüger, ihr zu sagen, was er herausgefunden hatte. Und vielleicht war es auch schlau, an ihr Verständnis zu appellieren. Sie schien noch immer zu glauben, dass Daniel auf wundersame Weise von allein freikäme. Als wäre das Blutgericht, das morgen abgehalten werden sollte, nur ein Gerücht vom Hörensagen. Doch da irrte sich Alheyd.

»Du brauchst dich nicht entschuldigen, Rungholt«, sagte sie. »Ich weiß genau, dass du dem Mörder nachstellst. Solange du mir die Verlobung nicht verschläfst, solange sollst du meinen Segen haben. Aber sei vorsichtig, ja? Hol du den armen Daniel aus der Fronerei, und ich kümmere mich mit Hilde um die Toslach.« Sie nahm ihn in den Arm, soweit sein Bauch und die Tafeln es zuließen.

»Wir treffen uns nachher im Danzelhus, um mit dem Wirt zu reden, ja?« Er rieb seine Nase schnurrend an ihrer.

»Es ist nicht nass genug!« Calve wedelte mit Tannengeäst, doch die Glut wollte nicht durchziehen. Ihm war der Widerspruch seiner Worte gar nicht bewusst, denn sein Feuer sollte nicht warm und hell sein.

»Wenn schon. Kommt, wir sollten auf die Anhöhe und los. Wir müssen hier weg.« Der Söldner trat zu Calve und war im Begriff, aus Wut gegen die aufgehäuften Äste zu treten, die auf einer Senke vor sich hin schwelten.

Während der Söldner murrend Feuerschwamm von einigen

Birken gerissen und sie als Zunder gesammelt hatte, war Calve durchs Unterholz gestapft. Er hatte Reisig und Gras gesucht und die lichte Senke nur wenige Minuten den Fluss aufwärts gefunden, die für seinen Plan perfekt war. Gemeinsam mit dem Söldner hatte er Zunder und Geäst dorthin geschleppt. Dann hatte er feuchtes Gestrüpp geholt, um es auf das Feuer zu schmeißen, das der Söldner entfacht hatte. Es war ihnen geglückt mit einem Feuerstein und dem Schwert des Söldners den trockenen Reisig zu entflammen. Doch Calve hatte zu schnell das feuchte Geäst darauf gelegt, so dass das Feuer keine Chance hatte, erst das Gras zu entfachen.

Calve ließ das Fächeln sein und richtet sich auf. Seine hagere Statur überragte den kompakten Söldner, doch einen direkten Kampf mit dem Mann würde er niemals durchstehen. »Wir warten, bis sie kommen. Wir nehmen uns ein Pferd und fliehen. Das ist der einzige Weg!«, zischte er. Er konnte die Verachtung des Mannes ihm gegenüber spüren. »Wenn wir ein Pferd haben, kommen wir hier weg. Und Johannchen mit uns.«

»Johannchen!« Der Söldner spuckte aus und drehte sich zu Johannes um. Der Junge lag noch immer auf das Gestell gebunden da. Sie hatten ihn aus dem Fluss gezogen und in die Sonne gelegt. Johannes hatte inzwischen starkes Fieber bekommen. Calve hatte erst die Kleider des Jungen trocknen wollen, doch einsehen müssen, dass ihnen dazu keine Zeit blieb. Sie waren nicht weit genug von der Brücke weggespült worden, als dass es lange dauern würde, bis die Verfolger sie gefunden hatten.

Und *dass* sie sie fanden, dafür würde Calve sorgen.

»Wir brauchen mehr Rinde, dass es durchzieht. Holt etwas!«, meinte Calve. Er hoffte, der Kämpfer merkte nicht, dass seine Stimme zitterte. »Und schlag ein paar der nassen Tannenzweige ab.«

Der Söldner blaffte Calve an, doch als Calve nicht wich, wandte sich der Mann fluchend ab. Nur widerwillig verschwand er erneut im Wäldchen und folgte dem Befehl.

Calve war froh. Er widmete sich wieder dem schwelenden Feuer, fächelte mit einem Tannenzweig etwas Luft zu und hoffte, dass er es endlich entfachen konnte. Dabei war es ausweglos. Sie mussten mehr Gras und Reisig darauf tun. Er reckte seinen dreieckigen Schädel in die Luft und blickte zurück durch die Bäume. Er spähte in die Richtung, aus der er vermutete, dass ihre Verfolger bald kämen. Noch war es ruhig. Aber er war sich sicher, dass sie bereits nach ihnen suchten. Er hatte eine Stelle unweit des Flusses für ihr Feuer gewählt, die ihm strategisch günstig erschienen war. Es war eine natürliche Erdkuhle von knapp zehn, fünfzehn Klaftern Durchmesser. Auf der einen Seite wurde sie vom Fluss begrenzt, an dessen Ufer schroffe Findlinge lagen, und auf der anderen Seite wurde die Senke von einem niedrigen, zwei Mann hohen Steilhang abgeschlossen. Ringsherum standen Tannen, Fichten und vereinzelt Birken.

Mit etwas Glück konnte es ihnen gelingen, den verletzten Johannes den Steilhang hinaufzubekommen und hinter den Findlingen Schutz zu finden. Die Angreifer konnten nur durch die schmale Passage der Bäume in die Senke gelangen und würden dann praktisch wie Schweine im Gatter vor ihnen herumlaufen. Sie hatten dann nur die Wahl, entweder zurück in den Wald, aus dem sie gekommen waren, oder geradewegs weiter durch die Senke auf der anderen Seite zwischen den Bäumen zu verschwinden. Und genau dort würde er sich etwas Besonderes einfallen lassen.

Er packte Johannes' Gestell und zog den Jungen vom Fluss weg in die Senke. Es hinterließ Spuren im sandigen Boden, als er es an der Feuerstelle vorbei zum Steilhang zog. Er ließ den Jungen am Fuße des Hangs liegen. Ein Knall ertönte, Calve fuhr herum. Sie waren –

Nein. Sie waren noch nicht da. Es war nur der Söldner, der mit seinem Schwert einige der Äste abhackte. Sein Schlagen drang durch die Bäume bis zur Senke und hallte entfernt wider. Auch der Söldner hatte innegehalten.

Ihre Blicke begegneten sich, ohne dass Calve ihn genau sah.

Aus dem Gebüsch heraus bemerkte der Söldner, wie Calve erschrocken innegehalten hatte, nun aber durch die Senke ins gegenüberliegende Wäldchen eilte. Der Söldner hieb leiser einen weiteren Ast ab, so dass Calve nichts bemerkte. Doch anstatt die Äste zusammen zu raffen, nahm er sein Schwert und schlich durchs Gebüsch zurück. Calve war im Wäldchen verschwunden. Er konnte sehen, dass der Händler einen langen Ast suchte, um ihn dann mit seiner Gnippe anzuspitzen. Er wollte wohl eine weitere Falle bauen. Mit zwei Schritten war der Söldner bei Johannes. Er würde nicht sein Schwert benutzen, er würde dem Jungen einfach den Hals zudrücken. Dann wäre er endlich tot. Und sie könnten ohne Ballast fliehen, anstatt mit einem selbstmörderischen Angriff den Feinden die Stirn zu bieten. Er glaubte einfach nicht, dass Calves Falle aufgehen könne, sie waren nur zu zweit, ihre Gegner in der Überzahl und kampferprobt.

Nochmals sah er sich um: Calve war nicht zu sehen, er arbeitete im Wald.

Leise ließ er sich neben dem Jungen auf die Knie fallen. Er spürte den Sand unter seinen Knien. Johannes war abwesend, brabbelte vor sich hin. Der Junge hatte die Augen geschlossen, dennoch sah der Mann, wie er unter den Lidern wild mit den Augen rollte.

Er legte seine große Hand um Johannes' Hals. Die Haut des Jungen war weich wie der Sand, aber heißer als der kalte Boden. Er konnte das starke Fieber des Jungen spüren. Es würde kein Mord sein. Er würde den Jungen nur erlösen, denn in wenigen Stunden würde Johannes durch die Verletzung und das Fieber eh gen Himmel fahren.

Er drückte zu. Doch plötzlich durchzuckte den Mann ein Flattern. Er begriff nicht.

Der Mann spürte den Schmerz kaum. Er kam wie ein dumpfes Pochen. Gerade noch hatte er Johannes die Finger um den Hals gelegt, als ein dumpfer Schlag seinen Körper erfasste. Er blickte hinab und hatte das Gefühl, als pisse er sich in seine Bruche. Etwas Warmes rann seinen Unterkörper hinunter. Langsam zeichnete es sich auf seinem abgesteppten Wams ab. Dann bemerkte er den Stock. Die Birke steckte in ihm. Der angespitzte Stab war durch sein Schulterblatt gedrungen und ragte triefend unter seinem Hals aus seinem Körper. Er konnte die Spitze sehen, aber er begriff nicht.

Er sah sich um. Wie ein Fisch öffnete und schloss er den Mund und sah sich um.

Calve stand am Rand des Wäldchens und starrte entsetzt auf die Senke. Er hatte den Stock mit aller Kraft auf den Söldner geworfen, als er bemerkte, dass dieser Johannes erwürgen wollte. Doch er hatte nicht gedacht, dass er treffen und mit dem angespitzten Stab eine derartige Wunde reißen würde.

Der Söldner erhob sich taumelnd. Sein Blut troff auf Johannes, der davon nichts mitbekam. Der Kämpfer wandte sich gänzlich um, und plötzlich brüllte er. Ein Schrei voll unbändigem Hass und unbändiger Wut. Calve konnte es kaum glauben, aber der Mann rannte auf ihn zu, obwohl ihm der Speer noch immer grotesk oberhalb der Brust aus dem Körper stakste.

Calve lief nicht. Er stand nur da. Er stand da und sah den bulligen Mann mit dem Speer im Leib auf ihn zurasen. Er konnte sich nicht bewegen, konnte nicht flüchten oder angreifen. Ihm blieb nur das Gaffen. Ungläubiges Gaffen. Und im Angriffsgeschrei des Söldners, in diesem unmenschlichen Gebrüll, sah Calve schließlich auf seinen Sohn und dachte noch einmal, dass alles richtig war, was er tat. Es war richtig, die Verbrecher und Gottlosen zu opfern, um Johannchen durchzubringen. Er selbst würde für ihn sterben. Das letzte Opfer, das er seinem Sohn erbringen würde.

Doch noch war es nicht nötig. Der Söldner begann im feuchten Sand zu schlingern. Er taumelte, griff den Stock in seinem Leib und wollte ihn herausziehen, doch der Ast wollte sich nicht bewegen. Er fiel. Er rappelte sich auf und zückte den Bogen, den er noch immer umhängen hatte. Mit irrem Blick griff er nach dem Köcher. Kein Pfeil. Die, die er nicht im Wasser verloren hatte, waren durch sein Stolpern verstreut. Seine Hand tastete im Sand. Er fand einen der Pfeile und legte an.

Calve stand noch immer reglos.

Der Söldner rutsche auf den Knien, spannte den Bogen. Er versuchte anzuvisieren, doch er war zu schwach. Endlich verlor er das Gleichgewicht. Blut quoll aus seinem Mund, und der Mann fiel, den Bogen in der einen, den Pfeil in der anderen Hand, in den Sand. Der Söldner kippte um wie ein gefällter Baum.

Calve, der Kaufmann aus Lübeck, war zum Mörder geworden. Stumm starrte er den Toten an und begann zu beten.

15

In der Scrivekamere herrschte ungewohntes Durcheinander. Überall standen Flaschen herum, Kleider waren verstreut und einige Wachstafeln lagen wie achtlos hingeworfen auf dem Schreibpult, das vor Unterlagen überquoll. Zufrieden stellte Mirke fest, dass Rungholt wohl mehr mit Daniel beschäftigt war, als es seinen Geschäften gut tat. Mirke wusste, dass ihrem Vater Daniel viel bedeuten musste, wenn er seine geliebten, lukrativen Geschäfte derart vernachlässigte. Nachdem sie in den Stapeln von Büchern und Vertragsrollen nicht fand, was sie suchte, widmete sie sich Rungholts Versteck. Sie hatte ihren Vater schon oft ertappt, wie er die Paneele weggestellt hatte, um heimlich an seinen Alkohol zu kommen. Und neben die teuren Karaffen und Fässchen voll Wacholderschnaps legte Rungholt auch öfters Dinge, die ihm wichtig waren. Wenn Attendorns Vertrag nirgends in der Scrivekamere lag, dann würde sie ihn dort finden.

Behutsam nahm sie die Paneele von der Wandverkleidung und lehnte sie vorsichtig an das Schreibpult, so dass sie kein Geräusch machte. In der Wandverkleidung aus Nussholz, die Rungholt vor Jahren hatte anbringen lassen, als es ihm in der Schreibkammer zu kalt gewesen war, befand sich eine viereckige Öffnung. Einige der Backsteine in der Mauer waren ausgehöhlt worden. Hier lag, neben den Krügen und Karaffen voller Schnaps und Wein, das Bündel Kleider. Mirke sah sofort, dass es nicht Rungholts eigene Kleider waren, sondern jene, die er ausgeklopft hatte. Mirke hatte sich heute Mittag zur Tür der Schreibkammer geschlichen und mit angehört, wie Rungholt und Marek darüber redeten, dass der Tote vielleicht ein Heringshändler war oder mit einem solchen zu tun hatte. Sie hatte sich vorgenommen, so schnell es ging, Daniel nochmals zu besuchen. Wenn sie Glück hatte, war ihr Schwesternspiel in der Fronerei noch nicht aufgefallen – und wenn sie Pech hatte… Sie wollte lieber nicht darüber nachdenken.

Vorsichtig nahm sie die Kleider heraus und legte sie auf Rungholts Stuhl, so dass sie nicht dreckig wurden. Sie achtete peinlich darauf, dass das Bündel nicht unordentlich wurde. Tatsächlich lag unter den Kleidern der Vertrag. Attendorns Siegel, die Kogge mit den Tuchballen als Segel, erkannte sie sofort. Rungholt hatte die Pergamente noch immer nicht unterschrieben. Zufrieden zog sie den dünnen Codex gänzlich heraus und steckte ihn unter ihr Kleid. Daraufhin legte sie das Bündel sorgfältig zurück und schloss die Paneele. Niemand hatte sie bemerkt.

Im Hof herrschte aufgeregtes Treiben. Die Knechte hatten sich ein Gatter vom Nachbarn geliehen, damit sie die Stallung im Hof ausbauen konnten. Nun jagten dort ein paar Enten die neuen Hühner. Ziegen blökten herum und vollführten Sprünge. Mirke hatte vorgeben wollen, den Tag über ihre Freundinnen zu besuchen, um sie einzuladen, aber sie hatte in Wahrheit Rungholt nachschleichen und herausfinden wollen, was er wusste. Aber dann hatte Alheyd befohlen, dass sie mit Hilde zum Markt gehen und Hühner aussuchen solle. Gleich würden sie noch einmal den Koberg hinaufgehen. Es fehlten noch Gänse für das Festmahl. Alheyd wollte mehr als fünfzehn Stück. Außerdem galt es, noch heute zwei Schweine beim Fleischhauer auszusuchen, die sie vor der Toslach geliefert bekommen sollten.

Hilde war nirgends zu sehen. Leise konnte Mirke sie mit Alheyd in der Küche rumoren hören. Vom Dachboden drangen Gepolter und Stimmen zu ihr. Die Männer rollten Fässer umher, verschoben Kisten und stellten alles fürs Fest zusammen. Mirke konnte sie über das bevorstehende Gelage plappern hören und wie sie sich bei der Arbeit anschnauzten, doch zu sehen war niemand.

Am liebsten hätte sie das Pergament sprichwörtlich den Schweinen vorgeworfen, doch das einzige Schwein im Gatter döste vor sich hin. Wenn es die Abmachung nicht mehr gab, musste die Toslach verschoben werden, denn es würde Tage dauern, bis Attendorn den Vertrag erneut aufgesetzt und Rungholt ihn wieder überprüft hatte. Ohne Vertrag keine Verlobung, da war sich Mirke sicher. Rungholt würde es niemals zulassen, seine Tochter ohne Gegenleistung zu verloben. Sie zog die Schriften unter ihrem Kleid hervor und hielt sie über den Zaun ins Gatter. Kaum hatte sie den frechen Ziegen den Codex hingehalten, kamen mehr und mehr angelaufen. Sie fraßen ihr Seite nach Seite aus der Hand. Sie hatte schon beinahe alles verfüttert, als Hilde auf den Hof trat. Sie hatte Rungholts Stiefel und kaltes Kochfett dabei und blinzelte in die Sonne.

»Deine Mutter räumt die Küche aus. Geh da lieber nicht hinein. Sie will alles neu kalken. Der Wandmaler und sein Bursche, die stöhnen schon und steigen ihr aufs Dach. Der ganze Kalk staubt in die Diele und ruiniert ihr frisches Bild.« Hilde lachte. »Was für ein tolles Durcheinander.«

»Aha. Ich dachte, ich hol noch Holz.« Mirke hatte Angst, dass Hilde an ihrer Stimme bemerkte, dass sie log. Die letzten Fetzen des Vertrags hatte sie schnell hinter dem Rücken verschwinden lassen. Mirke lächelte und blieb einfach am Gatter stehen, da sie nicht wusste, wohin mit den letzten zerknitterten Schnipseln. Hilde setzte sich auf die Bank und begann, die Stiefel zu einzufetten. Das Leder war porös und rissig.

»Holz ist gut«, sagte Hilde. »Der Winter kommt früh. Wir sollten zusehen, dass wir alles gewichst bekommen. Und wir sollten die Holzläden für die Fenster kontrollieren.«

Vorsichtig schob sich Mirke zurück an die Mauer. Hier hatte sie mit Daniel immer Murmeln gespielt. Hinter ihrem Rücken tastete sie die Feldsteine der Wand ab. Sie fühlte die Ritze, in die sie schon die Tassel gelegt hatte. Sie diente ihr seit Kindertagen als heimliches Versteck. Hier hatte sie immer ihre Lieblingsmurmeln versteckt und einmal Apfelkerne, aus denen sie einen Baum heranziehen wollte. Die Vögel hatten sie geholt. Möglichst unauffällig stopfte sie die Fetzen Pergament in das schmale Loch im Mörtel.

»Was machst du denn da?«

»Ich?« Oh nein, sie hatte sich zur Mauer umgesehen. Wie eine Anfängerin, die nicht weiß, wie man lügt. Wie dumm.

»Nein, nicht du«, trällerte Hilde fröhlich, »die ganzen anderen Kinder hier.« Die Magd sah sich gespielt im Hof um.

»Ich bin kein Kind.«

»Oh, entschuldigt, meine Dame. Ich wollte nur lustig sein. Du lachst gar nicht mehr, Mirke. Du solltest fröhlicher sein. Deine Mutter bereitet ein wirklich einmaliges Fest vor. Über deine Toslach wird man noch in Wochen sprechen, wahrscheinlich bis zum Herbst. Bis zu deiner Vermählung.«

»Ich weiß.« Sie strengte sich an, nicht zu traurig zu klingen. Sie ging zu Hilde: »Ich dachte, ich fütter unser Festmahl.« Die Bemerkung stimmte sie nur kurz fröhlich. Sie tat, als würde sie die leeren Hände von Spelzenresten befreien und tätschelte über den Zaun hinweg eine der Ziegen.

»Futter fürs Futter. So gefällt mir das. Meinst du, Rungholt gibt mir etwas mehr Platz für meinen Kräutergarten, wenn deine Hochzeit um ist?«

Mirke wusste es nicht. Sie setzte sich zu Hilde und half ihr beim Wichsen der Stiefel. Doch kaum hatte sie begonnen, da hörte sie ihre Stiefmutter von drinnen rufen. Ein langes »Hiiiiilde« drang aus der Küche.

»Klingt, als hätte sie den Kalk gegessen«, sagte Hilde und lachte so laut los, dass ihr der Stiefel vom Schoß fiel.

Mirke zwang sich ein Lächeln auf. Ihre Gedanken waren jedoch bei Daniel.

16

»RUHE!« rief Rungholt den Männern zu, doch außer Marek wollte ihn niemand hören. Es stank wie eine Sickergrube voll Scheiße. Rungholt fächelte sich Luft zu und versuchte, sich nicht anmerken zu lassen, dass ihm der Schweiß unangenehm den Rücken hinunterlief. Die Fackeln an den Wänden des Fachwerkhauses verströmten eine Hitze, die ihm das Gefühl gab, eines der Schweine in Alheyds Grapen zu sein. Gedünstet für die Toslach. Die Hitze ließ den süßlich fauligen Geruch von Eiter und Entzündungen, von Säften jeder Art und den beißenden Gestank von kotverschmierten Kleidern in der niedrigen Kaschemme aufsteigen. Sie mischte die Schwaden zu einer Art schmierigem Äther unter dem Gebälk.

Das Gegröle der Männer schlug Rungholt auf die Ohren. Während sich ein paar heruntergekommene Fischer an der Theke voll laufen ließen, jagte ein humpelnder Bettler mit offenen Beinen einer der Huren hinterher. Zwei stämmige Burschen auf Krücken neckten den Wirt. Sogar Wulffram, der Böttcher, war gekommen. Der Fässermacher kaute auf einer ledernen Schinkenwurst und versuchte, seine Bullenbeißer davon abzuhalten, sie ihm wegzuschnappen. Rungholt sah, dass den Hunden Speichelfäden von ihren Lefzen hingen. Sie gierten nach dem Stück Schinkenwurst, wie die Taugenichtse,

Bettler und Krüppel nach Rungholts vierzig Witten, die er ausgeschrieben hatte. Irgendwann würde Rungholt Wulfframs Tölen noch einmal eigenhändig in der Trave ersäufen. Ihr Kläffen knallte durch den niedrigen Raum und stachelte einige der Gäste an, die Biester noch mehr zu necken und aufeinander zu hetzen.

Überall hörte Rungholt die Henkelkannen klappern. Das haltlose Saufen war selbst für ihn zu viel. Erst einmal ein Schluck Bier drauf. Verfluchte ehrlose Brut. Rungholt nahm einen tiefen Zug. Es war die zweite Kanne, die er binnen Minuten gestürzt hatte. Das Bier ließ ihn noch mehr schwitzen. Aber ein wenig kehrte die Kraft zurück. In Gedanken ging er noch einmal durch, was er den Männern sagen wollte. Eigentlich mochte er Ansprachen vor Publikum. Vorher zierte er sich gerne, doch wenn er erst einmal begonnen hatte, dann fühlte er, wie eine unsagbare Kraft ihn durchströmte. Er kam sich dann wichtig vor, wichtig und erhaben. Doch es kam wohl auf die Zuhörer an. Nochmals ermahnte er die stinkende Meute zur Ruhe.

Rungholt war zu Marek geeilt, als er herausgefunden hatte, dass der Fremde in einer Schneiderei oder bei einem Wollweber gearbeitet haben muss. Doch im Gegensatz zu Rungholt war Marek weniger begeistert. In Lübeck gab es einfach zu viele Schneider und zu viele Geschäfte, die mit Tuch und Gewebe handelten oder sie herstellten. Wie wollte Rungholt da dasjenige Haus finden, in dem der Fremde Unterschlupf gefunden hatte? Unmöglich. Alle Läden und Stellen ablaufen? Sich auf den Marktplatz stellen und rufen?

Bei Letzterem hatte Rungholt nur gelacht und gemeint, dass dies genau das sei, was er vorhatte. Sich gewissermaßen auf den Marktplatz stellen und rufen. Dann alles absuchen.

»Ruhe!«, rief Rungholt, jedoch drang seine Aufforderung nicht durch das laute Gejohle. Marek half ihm auf einen Stuhl. Schwankend stand er oben und blickte auf die Horde, die die kleine Gaststätte gefüllt hatte. »RUHE!«, polterte er nochmals. Nur einige der Männer drehten sich zu ihm. Rungholt nickte

Marek zu. Der sprang auf einen der Tische und trat den versammelten Zechern einfach die Becher aus der Hand. Sofort brach am Tisch die Hölle los. Marek musste sich mit Händen und noch mehr mit Füßen wehren, dafür war der Rest der Männer immerhin ruhig und sah gespannt, wenn auch nicht auf Rungholt, so immerhin zum kämpfenden Marek. Dieser warf Rungholt einen flehenden Blick zu, als er an seinen Haaren gezogen wurde, während zwei weitere Schläger ihren Unmut über das verschüttete Bier an seinem Bauch auslassen wollten. Rungholt ließ Marek noch ein wenig zappeln und quittierte dessen Blick nur mit einem breiten Grinsen. Marek war darüber so außer sich, dass er glatt den weibischen Haarezerrer wegschlug und sich befreite. Genau so hatte Rungholt sich das vorgestellt.

Zufrieden rief er in die Runde, man möge das Gerangel einstellen, sonst werde er den Richteherr holen und die Versammlung auflösen. Dann würde niemand Geld bekommen! Sie ließen Marek los. Rungholt schnippte ihm eine Mark zu, wovon der sogleich eine neue Runde bestellte, um die Gemüter zu beruhigen. In der Pause, die entstand, nahmen die Männer Rungholt endlich wahr. Sie kamen näher, schoben die Stühle beiseite und bildeten einen Halbkreis um den Tisch. Rungholt streckte seinen Bauch heraus und bekam kaum Luft in der von Schweiß und Qualm geschwängerten Luft. Seine Wangen waren rot vor Aufregung.

»Ich habe Euch rufen lassen«, begann Rungholt, »weil Ihr die Straßen besser kennt, als so manches Ratsmitglied.« Er zwinkerte einer der Dirnen zu, die verschämt zu Boden blickte. Die Männer lachten. »Und weil die Straßen Lübecks Euer Zuhause sind. Ihr kennt jeden Gang, jeden Hof, jede Mauerritze. Ich möchte, dass Ihr ausschwärmt und eine Schneiderei findet. Eine Schneiderei oder einen Salunenmaker, einen Weber. Etwas in der Art. Ein Geschäft oder ein Lagerraum, der vor wenigen Wochen angemietet wurde. Ein Fremder muss dort aus- und eingegangen sein.«

Einige der Männer winkten ab.

»Davon gäbe es hunderte!«, hörte Rungholt sie murren. Schneidereien gäbe es viele in Lübeck und Lager mit Stoffen noch viel mehr. Nur Badestuben und Heringe seien zahlreicher.

Schnaufend bemerkte er, wie sie feixten und höhnisch lachten. Aber er sah den einhändigen Mann in der Menge nicht, der alles genau mit anhörte und darauf bedacht war, nicht allzu viel des guten Biers zu trinken. Ruhig stand der Mann da, hatte seinen Arm mit der verkrüppelten Hand mittels eines Kettchens an sein Hemd gebunden. Er würde alles seinem Auftraggeber mitteilen, würde ihm sagen, dass Rungholt die Bettler, Aussätzigen und Gottlosen der Stadt versammelt hatte, um den Ort zu finden, wo der Fremde geschrieben haben mochte. Einen Ort, von dem weder er noch sein Kunde etwas ahnte. Sie hatten angenommen, dass er nur im Travekrug gewohnt hatte, aber scheinbar wusste der dicke Kaufmann dort vorn mehr als sie beide. Und wenn Rungholt den Ort des Fremden tatsächlich in Erfahrungen brächte, würde er zu viel wissen. Die Befehle seines Auftraggebers in Ehren, spätestens dann galt es wohl, den dicken Kaufmann auch sein Misericord spüren zu lassen.

Der Mann schob sich weiter nach vorn, um besser zu hören. Er nickte Wulffram zu und tätschelte den Bullenbeißern den Kopf, während er lauschte.

»Laden oder Lagerraum oder Bäcker? Oder doch ein Tuchmacher? Oder oder oder…« Die Meute lachte. Ein paar winkten ab, ließen Rungholt stehen. Rungholt war wütend geworden. Schnaufend atmete er ein und aus und sah den frotzelnden Männern zu. Voller Wut über ihr Getratsche nahm er seinen Krug und warf ihn so hart er konnte einem der Männern an den Schädel. Ein Kiefer knackte, verschob sich entsetzlich. Blut und ein Zahn spritzten weg. Der Mann sackte stöhnend zusammen. Jemand hielt ihn fest.

»Ihr sauft auch mein Geld«, sagte Rungholt von seinem

Tisch herab. »Ihr sauft mir die Haare vom Kopf und seid zu faul, Euch mehr zu verdienen?«

Ein Raunen ging durch die Menge, einige kicherten nervös. Nur der Einhändige, der sich hinter einem der Pfeiler hielt, trat noch einen Schritt vor und musterte Rungholt. Er konnte sich eine gewisse Anerkennung gegenüber diesem cholerischen Fettwanst nicht verwehren: Er hatte den dicken Patrizier immer für einen aufgeblasenen Angeber gehalten, doch der brutale Wurf zeigte nicht nur eine unbedingte Entschlossenheit, es macht dem Einhändigen auch klar, dass Rungholt skrupellos sein konnte und wenn nötig bereit war, das Gesetz zu brechen. Für eine solche Attacke vor Zeugen hätte er ihn ohne weiteres dem Richteherr anzeigen können.

Marek schoss derselbe Gedanken durch den Kopf. Verdattert sah er auf den Verletzten und auf Rungholt. Nur für einen Bruchteil einer Sekunde hatte Marek so etwas wie Mitleid auf Rungholts Gesicht gesehen, dann waren seine Züge wieder versteinert. So manches Mal machte Marek die aufbrausende Art seines Freundes Angst. In solchen Momenten fragte er sich, was in Russland vorgefallen war.

Einen Augenblick später kam der Bettler wieder zu sich. Ihm wurde nur schleppend bewusst, was geschehen war. Stöhnend sah er, dass Blut sein dreckiges Kinn hinab auf die fauligen Verbände seiner Beine tropfte. Sein Kiefer hing schief, und die Lippe war aufgeplatzt, so dass man sein Zahnfleisch sehen konnte. Im Saal wurde es totenstill, nachdem zwei Bettler den stöhnenden Mann nach draußen gebracht hatten.

»Ich bin ein fleißiger Geber, und ich scheue nicht, die Klingelbeutel der Armen zu füllen. Gott sei mir gnädig, aber wenn ich Euch versoffenen Haufen ansehe, dann war es wohl ein Fehler, Euch zusammenzurufen.«

Stille. Die Männer sahen sich an. Sie wussten nicht, was sie sagen sollten.

»Hat denn keiner von Euch Interesse, Geld zu verdienen?«

»Dass Ihr austeilen könnt, haben wir gesehen. Aber könnt Ihr auch in Gold austeilen?« Ein Krüppel mit nur einem Bein streckte keck den Kopf nach vorn und rotzte in Rungholts Richtung.

»Nein.« Rungholt lächelte. »Aber ich kann's versilbern.« Darauf hatte er gewartet. Er würde ihnen ein Angebot machen, das sie nicht ablehnen konnten: »Ich werde jenem, der mir den Ort nennt, an dem der Mann untergekommen ist, vierzig Witten zahlen.«

Er warf einen seiner Geldbeutel auf den Tisch vor Marek. Die Münzen darin klirrten satt. Marek schüttete das Geld in seine Hand, so dass es jeder sehen konnte. Sie hatten dies alles abgesprochen. Bis auf den Wurf des Kruges. Es waren vielleicht zehn Witten und einige Pfennige, aber allein dies reichte schon, um die Männer näher kommen zu lassen.

Ein Raunen erfüllte die Kaschemme. Vierzig Witten. Hundertsechzig Silberpfennige. Das verhieß neue Schuhe, Butter, Brot und mit Glück ein paar Eier. Oder Bier für einen Monat.

Dann fuhr Rungholt fort. »Er muss dort gearbeitet haben. Jemand muss ihm einen Platz vermietet haben.«

Er blickte in die Gesichter der Männer. Es waren gezeichnete Gesichter. Kranke Gesichter. Beulen von der Pest. Pocken, Schwielen, Kriegsverletzungen. Die Männer waren beinahe alle ehrlos, aber sie würden ihm helfen – auch wenn es nur wegen seines Geldes war.

Rungholt bog in die Engelsgrube. Ihm fiel ein, dass er noch die Brosche besorgen und sich mit Alheyd im Danzelhus treffen wollte. Der schöne Schmetterling aus Bernstein würde ihr bei der Toslach vorzüglich stehen. Wenn er ihr die Brosche kaufte, könnte er beim Goldschmied den Verlobungsring für Mirke aussuchen. Seine Müdigkeit war zu einem zähen Brei geworden, der statt Blut in seinen Adern floss und seine Augen zum Tränen brachte.

Rungholt kaufte bei Geizriebe den Schmetterling und ging

dann zum Krähenteich hinunter, wo der Goldschmied seinen Laden hatte. Mirkes Ring war fantastisch. Er war schlicht gehalten, aus reinem Gold mit filigranen Blättchen an der Seite. Ein Meisterstück. Rungholt ließ sich seine Zufriedenheit absichtlich nicht anmerken und schaffte es so, den Preis zu drücken. Müde machte er sich dann über den Koberg direkt zum Danzelhus auf.

Die Wolkendecke war aufgerissen. Die Sonne strahlte in einem milchigen Rot durch die tausenden, kleinen Schäfchenwolken, die der Sturm und das kalte Wetter hinterlassen hatten.

Die geschnitzten Gestalten an den Trägerbalken des Danzelhuses schienen nicht zu lächeln, stattdessen hatte Rungholt bei ihrem Anblick das Gefühl, sie würden ihn auslachen. Die fröhlichen Figuren – festlich gekleidete Männer und Weiber – waren Galionsfiguren gleich ins Gebälk gesetzt worden und stützten die langen Bundbalken des Daches. Ihre bunten Kleider, die schwungvollen Arme und ihre tanzenden Bewegungen sollten dem Saal im Flügel des Rathauses etwas Heiteres verleihen. Doch heute grinsten diese stummen Gäste nur schief. Sie schienen in den Tanzsaal und auf Rungholt herabzusehen, als wollten sie sagen: *Du alter Querschädel, du wirst auf der Toslach deiner eigenen Tochter kaum die Augen aufbehalten können. Sieh dich doch an!*

Trotz der bleiernen Müdigkeit war Rungholt nervös. Er fand seine Notizen, die er sich vor einigen Tagen schon gemacht hatte, stümperhaft. Er hätte sich die Liste der Besorgungen noch einmal ansehen müssen, hatte dies jedoch wegen der Ermittlungen nicht mehr getan. Er war froh, dass Alheyd bereits mitten im Gespräch mit dem Wirt war. Die zerknitterten Pergamentreste, auf die er das Nötigste geschrieben hatte, waren sie längst durchgegangen.

Alheyd und Rungholt begannen, mit dem Wirt zu diskutieren. Die Anzahl der Gäste belief sich auf gut achtzig Personen, wobei Rungholt für den Wein und das Bier selbst sorgen wollte. So wollte er vermeiden, dass es mit Wasser gestrecktes Gesöff gab. Auf der Verlobung seiner Tochter sollte es auf keinen Fall Dünnbier geben und erst recht keinen gewässerten Wein. Den Ablauf der Festlichkeit im Danzelhus wollte sich der Wirt jedoch nicht aus der Hand nehmen lassen. Es war sein gutes Recht, die Abfolge der Mahlzeiten zu bestimmen. Nach Rungholts Geschmack waren seine Mengen jedoch viel zu gering. Er wünschte sich das Doppelte an Schweinen und Gänsen. Als die Sprache auf die Anzahl der Drozten kam, winkte Rungholt ab. Zehn Bedienstete für achtzig Gäste? Das war entschieden zu wenig. Er drückte dem Wirt einen Witten in die Hand und betonte, dass es davon reichlich gäbe, einen Aufschlag, wenn er zufrieden mit dem Gelage sein sollte. Der Mann sollte doch nicht jeden Taler zweimal umdrehen. Der Wirt verstand. Er rief seine Frau, die im hinteren Teil des Danzelhuses mit zwei Drozten den Schmuck des letzten Festes abnahm. Die Frau zeigte sich von Rungholts Großzügigkeit beeindruckt. Sie versicherte, es sei kein Problem, auch zwanzig oder fünfundzwanzig Drozten für den Abend zu verpflichten. Rungholt war zufrieden.

Während sie sich über die Anlieferung und den Tagesablauf absprachen, drang Tumult von der Breiten Straße. Leise konnte Rungholt durch die bunten Bleiglasfenster des Tanzhauses den Lärm hören. Männer stritten sich. Rungholt stellte sich unauffällig, so dass Alheyd es nicht merkte, an eines der angelehnten Fenster und zog es einen Spalt auf. Er sah zu Alheyd hin, aber die war noch immer mit dem Wirt beschäftigt. Er zeigte ihr Becher und Krüge, und sie sollte wählen, welches der beiden sie für die Toslach wünsche. Unten, auf dem noch nassen Kopfsteinpflaster, rief ein ärmlicher Mann Verwünschungen. Er schwang eine seiner Krücken und torkelte durch die Pfützen vor den Buden der Goldschmiede, über der man das Tanzhaus errichtet hatte. Zwei Ratsmitglieder, die vom Porticus des Rathauses lautstark mit dem Bettler schimpften, hatten ihm scheint's einen Büttel auf den Hals gehetzt. Er versuchte, den krakeelenden Mann auf die Straße zurückzustoßen. Doch der Kranke stieß immer wieder die Hand des Büttels weg, raffte seine Lumpen zusammen und wollte nicht weichen. Einige Schaulustige waren stehen geblieben und feixten. Da hörte Rungholt, dass der Mann seinen Namen rief. Spuckend verlangte er Zutritt zum Rathaus und startete schwankend einen erneuten Versuch, eingelassen zu werden.

»Was ist denn?« Alheyd hatte von den Tellern aufgeblickt.

»Ähm. Es – es tut mir Leid. Du musst hier allein weitermachen.« Rungholt lächelte verlegen, schloss das Fenster. So schnell er eben mit seinem Bauch an der Tafel vorbei kam, schritt er den Saal entlang. Das Lange Haus wollte kein Ende nehmen.

Am Ausgang des Danzelhuses, der ins Rathaus führte, wäre er beinahe mit Kerkring zusammengeprallt. Kerkring stand an der Tür zum Tanzsaal, hatte ein schweres Buch in der Hand und tat schnell, als diktiere er seinem Schreiber. Rungholt grüßte nur flüchtig, dann war er an Kerkring vorbei und schon den ersten Absatz der Treppe hinunter. Kerkring sah ihm über das Geländer nach.

Kaum war Rungholt die ersten Stufen der Treppe hinab zum Vestibül geeilt, da stach es ihm in der Brust. Er hatte so ein Stechen schon des Öfteren verspürt. Meist, wenn er den Tag über schief gesessen oder zu angestrengt über seinen Rechnungen gebrütet hatte. Er dachte sich nicht viel dabei. Es war nur ein flacher, kurzer Stich, der stets nach einigen Augenblicken abklang und sich dann wie eine Hand seicht auf die Seite legte. Er stammte wohl von seinem verspannten Rücken.

Rungholt blieb an eine der Backsteinsäulen gelehnt stehen, um Luft zu holen. Er horchte auf das Ziehen, das bei jedem Atemholen verklang. Durch das Vestibül schallten die Rufe des Mannes. Rungholt sah hinauf zum Kreuzgewölbe und rieb sich die Seite. Dann eilte er durch den Vorsaal und stieß die Tür zur Straße auf.

»Lasst ihn. Er will zu mir.«

»Der wollte ins Rathaus. Dreckspack«, entgegnete der Büttel. Er hatte den Bettler am Umhang gepackt und wollte ihn wegzerren. Der Mann verlor eine seiner Krücken. Die beiden Ratsmitglieder lachten. Rungholt warf ihnen einen Blick zu und zog den Büttel vom Krüppel weg.

»Ich weiß. Ist gut. Er gehört zu mir.« Rungholt hob die Krücke auf, nahm den Mann beiseite und schob ihn ein paar Schritte die Straße hinab. Der Mann schlingerte und stützte sich auf seine Krücken. Rungholt konnte seine Beine sehen, sie waren von hühnereigroßen Eiterbeulen besetzt. Rungholt stellte sich vor, doch der Mann hatte ihn längst erkannt. Er war angetrunken und stank nach Rauch und Bier. Aufgeregt sprach er auf Rungholt ein und zeigte dabei immer wieder die Breite Straße hinab und zum Klingenberg hin. Dort waren die Buden der Salzhändler von rufenden Männern umlagert. Drei Mann entluden einen Pferdewagen aus Lüneburg, indem sie das Salz von der Pritsche in Fässer schaufelten. Händler schlängelten sich mit Säcken voll des kostbaren, weißen Goldes durch die feilschenden Käufer.

Mit kehligem Krächzen versuchte der Bettler, Rungholt etwas zu erklären, doch er verstand den Mann nicht. Er musste erst mit dem Ohr nah an den Mund des Fremden kommen. An diese stinkende, mit schwarzen und schiefen Zähnen zugestellte Schnauze, deren Lippen vor Jahren aufgesprungen und nie wieder verheilt waren.

Rungholt hielt sich ein Tuch vor seinen Mund, wie Winfried es immer tat, und überwand seinen Ekel. Der Gestank des Kranken war unerträglich. Er betete, der Mann solle schnell reden – und verständlicher. Am liebsten hätte er eine Schnabelmaske wie die Ärzte aufgehabt, damit der schlechte Atem nicht seinen Körper vergiften konnte. Nicht dass seine Säfte von diesem fauligen Ausdünstungen verunreinigt wurden. Doch Rungholt musste sich mühsam den Sinn des Krächzens zusammenreimen. Es seien mehr als dreißig Mann und selbst Kinder ausgeschwärmt. Schwindler und Betrüger, Bettler und

Aussätzige. Alle hatten sie die Unterkunft des Fremden gesucht. Sie hatten jeden Winkel Lübecks durchkämmt, hatten Huren und Bader befragt, waren Gastwirten auf die Nerven gegangen und hatten sich den Nachmittag über nicht selten gegenseitig in die Haare bekommen. Doch nur der Bettler – er allein – habe den Unterschlupf entdeckt. Das betonte der Mann immer wieder. Er verlangte seine Witten, aber Rungholt hielt ihn zurück. Es war unmöglich herauszubekommen, wo genau der Kranke das Quartier aufgespürt haben mochte. Sein Gestank ließ Rungholt würgen. Er mahnte den alten zur Eile und drohte ihm, endlich den Ort zu nennen, aber der Bettler weigerte sich. Rungholt sollte ihm folgen. Der Kranke wollte Rungholts Ärmel greifen und ihn mitziehen, aber Rungholt stieß den Mann fort. Auch wenn er den gesuchten Platz gefunden hatte, von einem Ehrlosen ließ sich Rungholt nicht betatschen. Er wies den Alten lautstark in seine Schranken. Hustend und zeternd wankte der Kranke schließlich voraus.

Rungholt wollte ihm folgen, sah jedoch noch einmal hoch zum Rathaus. Am Fenster über den Bogen der Goldschmiede konnte er Alheyd im Fensterspalt erkennen. Sie nickte ihm ein »Geh nur« zu. Er lächelte knapp, dann folgte er dem Krüppel zum Salzmarkt am Klingenberg.

17

Flink und geschickt holte der Einhändige den Tonkrug aus seiner Umhängetasche. Er schätzte das Gewicht des Gefäßes mit seiner heilen Hand und war zufrieden. Es würde funktionieren. Er sah hinüber zu Rungholt, der sich mit Marek traf und dem Krüppel folgte. Er hatte nur zu warten.

Nachdem der Krüppel beim Dünnbier herumposaunt hatte, er habe die Unterkunft des Fremden gefunden, war der Einhändige von der Kneipe am Hafen direkt in sein Quartier am

Ende der Gröpelgrube geeilt. Einen kurzen Moment hatte er überlegt, dem alten Mann auf seinen Krücken einfach die Kehle aufzuschneiden, doch er hatte sich eines Besseren besonnen. Es machte keinen Sinn, den Überbringer schlechter Botschaften umzubringen. Er musste die Unterkunft selbst zerstören. Also war er zu seinem Verschlag in der Gröpelgrube gerannt. Sofort war er von seinen jungen Geschwistern und seiner Mutter umringt worden, doch er hatte sie schroff weggeschubst. Er hatte keine Zeit gehabt zum Spielen und keine Zeit für Erklärungen.

Flugs war er in dem Anbau verschwunden, den er letzten Winter aus geklautem Holz gebaut hatte. Die zusammengezimmerte Kammer war ein Taubenschlag und sein Refugium. Hierher zog er sich zurück, schliff seine Messer und bastelte an neuen Waffen. Hier hatte er einige Eisen gehortet und Fuder voll Sand, mit denen er täglich seine Muskeln drillte. Der große Schwarm Tauben war aufgeregt um seinen Kopf geflattert, als er eilig nach seinen Tonkrügen gesucht hatte. Flaum und Federn waren herumgeweht, und die aufgeregten Schreie der Vögel hätten ihm beinahe das Herz gebrochen. Die Tauben waren sein Schatz, und er hasste es, sie aufzuschrecken. Normalerweise bewegte er sich stets bedächtig und langsam im Schlag. Er hatte versucht, sie zu beruhigen, hatte leise auf sie eingeredet, damit die kostbaren Tiere wieder Ruhe fanden. Doch es hatte alles schnell gehen müssen. Fix hatte er aus einem Versteck unter den Brutkästen einen der kleinen Krüge geholt und einen Docht von seinem Gestell geschnitten. Vor einigen Monaten hatte er Wachs gestohlen und es eingeschmolzen, um damit eigene Dochte zu tränken.

Es war alles bestens vorbereitet – *er* war bestens vorbereitet. Noch bevor er der dicken Hübschlerin den Schädel eingeschlagen hatte, war ihm klar geworden, dass der Auftrag mit diesem Mord kein Ende finden würde. Mit ihr war alles zu seiner Zufriedenheit verlaufen. Der Rat hatte keine Fragen gestellt, und die Hübschlerin war auf dem Hurenhügel am

Köpfelberg verscharrt worden. Mögen ihrer Gebeine auf dem Schindacker ihre verdiente Ruhe finden. Die Rychtevoghede, allen voran Winfried und Kerkring, hatten nicht nach Zeugen suchen lassen.

Nur ihre Freundin, diese hübsche, kleine Hure, die er an der Hütte gesehen hatte, sie machte ihm Sorge. Mit ihr hatte er im Hafen gesprochen. Hatte sie ihn im Gewitter vor der Hütte erkannt? Sei's drum, er würde die Wurzel des Übels beseitigen, da war es nicht mehr nötig, die Kleine aufzuspüren und sie abzustechen.

Er drückte sich in den Schatten, drehte den Krug in seiner gesunden Hand und beobachtete Rungholt, der Marek begrüßte. Nur Geduld. Er würde den Krug noch nicht benutzen. Erst würde er warten, bis sich der Fette sicher fühlte. Dieser eingebildete Sturkopf. Dann würde er dem Ganzen ein Ende bereiten. Ein für alle Mal. Er würde zwei Fliegen mit einer Klappe schlagen. Kein Rungholt mehr, das hieß keine Nachforschungen mehr. Sein Auftraggeber würde zufrieden sein, und er würde seine Hand aufhalten und so viele Witten hineingelegt bekommen, dass er, seine Mutter und die Geschwister sich ein schönes Leben machen konnten.

Nervös zog er den Lederriemen am Gelenk seiner verkrüppelten Hand zurecht. Die Kettchen klimperten. Der Riemen war verrutscht. Er sollte seine Hand stützen, doch manchmal scheuerte der breite Lederriemen unangenehm am Gelenk und zwischen den Fingern. Verflucht seien seine Knochen. Er stellte den Krug neben sich und schnallte den Arm von seinem Hemd ab. Vorsichtig bewegte er ihn und die verkrüppelten Finger. Soweit es möglich war.

Als Rungholt mit dem Kranken um die Ecke bog, folgte ihnen Marek. Rungholt hatte darauf bestanden, ihn rufen zu lassen, und sie hatten sich auf dem Klingenberg zwischen den Salzständen getroffen. Gemeinsam waren sie dann in die Mühlenstraße gezogen, wobei der Krüppel, so flink es auf den Krücken ging, immer wieder vorausgeeilt war. Schließlich war er bei einem der Häuser stehen geblieben und hatte auf das Zunftschild am Giebel gewiesen: Es waren drei Weberschiffchen, Spitze an Spitze.

Die Männer sahen den Einhändigen nicht, der sich geschickt im Schatten einer Eiche verborgen hielt.

»Herr, Eure Gabe. Die vierzig Witten?« Der Krüppel wollte sein Geld, aber Rungholt wiegelte ab. Noch war nichts bewiesen. Er klopfte und wartete, dass jemand öffnete. Marek wurde unruhig. Was erwartete sie hier? Wie passte dieser Ort mit dem Fremden zusammen?

Auch Rungholt sah sich um. Sie standen vor einem schlanken, dreistöckigen Haus mit hohen Staffelgiebeln. Es sah gepflegt aus. Das Haus eines eher wohlhabenden Webers. Rungholt versuchte, durch eines der Pergamente der Fenster zu sehen, konnte jedoch im Innern nichts erkennen. Da wurde die Tür geöffnet. Ihnen gegenüber stand ein Mütterlein, das Rungholt kaum bis zur Brust reichte. Rungholt musste sie mehrfach fragen, bis sie verstand, was er wollte. Doch immerhin erklärte die Alte, dass tatsächlich ein Fremder hier gewesen sei. Sie habe das dem Krüppel schon gesagt, krächzte sie.

Rungholt drückte dem Kranken die versprochenen Witten in die Hand. Er hatte nicht so viel bei, konnte den Mann jedoch überzeugen, mit Fluchen und Spucken aufzuhören und ihm zu vertrauen. Er würde ihm noch mehr Geld geben, wenn er bei Rungholt vorbeikam. Der Mann wollte Marek und Rungholt ins Haus folgen, aber Rungholt bellte ihn an zu verschwinden und drückte ihm schließlich noch eine Mark in die Hand. Der krüppelige Alte wich nur zögerlich. Rungholt rief ihm zu, dass er ein paar Rosenkränze für ihn beten solle.

In der Diele war es noch kälter als draußen. Die alte Frau zog eine Decke über ihren schweren Kleidern zurecht. Es roch muffig, und nur wenig Licht drang durch die kleinen mit Pergament bespannten Fenster. Sie bat Rungholt und Marek, auf ihren Sohn zu warten. Rungholt stellte sich vor und betonte, dass er gern bereit war, ihre Mühen zu entgelten. Das Argument überzeugte die Alte. Jedoch überraschte sie nun ihrerseits Rungholt, indem sie sofort das Geld verlangte.

Rungholt stieß Marek an, er sollte der Frau etwas geben. Seine Münze hatte er schon dem Bettler in die Hand gedrückt. Marek tat's seufzend und musste beleidigt mit ansehen, wie die Alte prüfend in die Münzen biss.

Die beiden erfuhren, dass tatsächlich vor zwei Wochen ein fremder Mann den Keller angemietet hatte. Das ganze Haus gehörte dem Sohn der Alten, einem gewissen Kohlmeier, der scheint's in der Zirkelgesellschaft mitsprach. Er hatte den Keller an einen Wollweber vermietet, der jedoch Schulden angehäuft hatte und vor zwei Monaten seine Werkstatt aufgeben musste. Rungholt konnte spüren, wie die Aufregung ihm ins Gesicht schoss und seine Wagen zu röten begann, während er der Alten durch die Diele folgte. Ein Wollweber. Nach der Pleite des Webers hatte sich Kohlmeier, ihr Sohn, nach einem neuen Mieter umgehört und war schließlich mit dem Fremden aufgekreuzt. Dieser sei stets ordentlich gewesen und ein höflicher Mensch. In den Keller sei sie dennoch tunlichst nicht gegangen. Da habe etwas nicht gestimmt mit dem Mann, der nur selten sprach und nur Brocken aus Latein sagte, die sie nie verstand.

Zweifellos war es der Fremde gewesen, der sich hier eingemietet hatte. Jener Muselmann, der inzwischen beerdigt war. Wir sind auf der richtigen Spur, dachte Rungholt. Es hat tatsächlich geklappt, trotz Mareks Einwand, dass wir die Schreibstube niemals finden werden.

Rungholt fragte nach, was denn mit dem Mann nicht gestimmt habe, aber die Frau antwortete ausweichend. Das werde Rungholt gleich selbst sehen, meinte sie und schloss die schwere Tür auf, die hinab in den Keller führte. Sie holte einen Kienspan aus der Küche. Der offene Raum glich einem Schweinestall, Rungholt hatte noch nie zuvor in einer Küche so viel Unordnung gesehen. Überall lagen Essensreste verstreut,

Decken und Kissen. Holzscheite waren umgekippt, Grapen lagen verstaubt auf dem Boden. Die Wände waren schwarz vor Ruß. Er warf Marek einen Blick zu, aber der zuckte nur mit der Schulter.

Die Alte ging voraus, Marek folgte. Hinter ihnen drückte sich Rungholt vorsichtig die gewundene Treppe hinab. Vor ihm tanzten die Schatten. Mareks kräftige Statur verbarg den Schein des Kienspans. Der Abgang war kaum breiter als Rungholt selbst, die Stufen ausgetreten. Es waren nur wenige Tritte, die hinabführten. Auf Rungholt machte die geschwungene Treppe den Eindruck, als sei sie nachträglich aus dem Backstein geschlagen worden wie ein Schacht aus einem Berg. So rau ragte der Backstein rechts wie links aus der Wand. Roter, bröckliger Stein, der Rungholt und Marek umschloss, wie der ausgemeißelte Durchlass einer Höhle. Die Alte redete noch immer vor sich hin, jedoch hatte Rungholt schnell bemerkt, dass sie sich nur wichtig machten wollte, weil sie auf weitere Silberlinge spekulierte.

Einen Schritt weiter knallte Rungholt unachtsam mit dem Kopf gegen den niedrigen Durchgang. Schmerz durchfuhr seine Stirn. Wütend rieb er sich den Schädel und musste ihn weit einziehen, um sich durch den schmalen Durchlass am Ende der Treppe zu drücken.

Sie standen in einem dunklen Keller, einem niedrigen Gewölbe. Nur durch ein kleines Fenster an der Seite zur Straße sickerte Licht. Milchig und fad schimmerte es durch die Bespannung. Man konnte kaum die Hand vor Augen erkennen. Die Alte zog einen weiteren Span von der Wand und entfachte ihn. Sie gab ihn Marek, dann verabschiedete sie sich schnell. Sie wolle an diesem sündigen Ort nicht länger bleiben.

»Sündig?«, rief Rungholt ihr fragend nach, aber sie winkte nur brabbelnd ab und war verschwunden. Marek und Rungholt sahen sich um. Im Schein des Kienspans war nicht viel zu erkennen.

Leere Handspindeln lehnten in einer Ecke, einige Fässer und Säcke mit Wollresten stapelten sich gegenüber. Spinnen hatten ihre Netze daran gespannt. Überall auf den Geräten und Gestellen lag Staub. In einem schmalen Regal stapelten sich Wollballen, andere Fächer waren mit Krimskrams und etwas Werkzeug gefüllt. Webschiffchen hingen aufgereiht an einer der Wände.

Als Rungholt weiter in den Raum hineinging, stieß er mit dem Kopf gegen Holz. Klappernd schlugen die Rollen eines Webstuhls aneinander. Tatsächlich stand der Stuhl direkt vor Rungholt, doch eine dicke Schicht Staub verriet, dass er schon lang nicht mehr benutzt worden war. Der Wollweber war ausgezogen und hatte seine Geräte als letzte Rate hier lassen müssen. Kohlmeier spekulierte anscheinend darauf, sie noch zu Silber zu machen. Auf dem Stuhl waren derbe Wollfäden aufgezogen. Der Weber hatte am Tage seines Auszugs noch ein schlichtes Kleid begonnen. Rungholt wischte mit dem Finger über den Rahmen des Webstuhls. Winzige Stofffussel blieben mit dem Staub an seinen Fingerkuppen haften. Er schritt absichtlich zügig an dem Rahmen vorbei und konnte sehen, wie sein Luftzug die Fussel aufwirbelte. Er hatte also Recht behalten.

Er wollte Marek etwas zurufen, doch dieser kam ihm zuvor: »Das solltest du dir mal ansehen, Rungholt.« Mareks Stimme klang merkwürdig blass.

Rungholt konnte ihn leise beten hören. Der Kapitän stand da, rieb seine Narben an den Armen und murmelte: »*Vater unsir. du in himile bist. din namo werde giheiliget. din riche chome…* Dein Wille geschehe auf Erden, wie im Himmel. Unser täglich Brot gib uns heute. Und vergib uns unsere Schuld, wie wir vergeben unsern Schuldigern.«

Für einen winzigen Moment sah Rungholt aufgeschnittene Leiber vor seinem inneren Auge. Das Menschenfleisch in eigenem Blut.

Dat bose vemeide…

Bitte nicht noch mehr aufgerissene Leichen. Nicht noch mehr entstellte, tote Leiber. Nicht noch mehr Erinnerungen.

Weißer Schnee blutet.

Mareks Gebet im Ohr beeilte er sich, zu ihm zu treten. Der Kapitän war schon einige Klafter weitergegangen und durch einen engen Wanddurchbruch getreten. Er stand beim Fenster zur Straße und sah sich um. Nun sah es Rungholt auch. Wie hätte er es übersehen können?

Die Wände des Kellers waren ein einziges Mosaik. Einem Wandteppich gleich hingen überall Pergamente und beschriebene Tücher. Unzählige Notizen, Tabellen, Illustrationen. Selbst unter die Decke hatte der Fremde Tierhäute gehängt, auf denen er etwas mit geschwungener Schrift ausgeführt hatte. Für einen Moment standen die beiden staunend da. Die Übermacht an Zeichen und Skizzen, an Geschriebenem und an eigenartigem Zahlenwerk war zu groß.

Rungholt riss ein Pergament von der Decke und sah es sich im Schein des Spans genauer an. Hingekritzelte Formen. Gewöhnliche Tinte. Ausgeprägte Handschrift. Aber er konnte nicht entziffern, was wirklich auf dem Bogen stand. Er konnte es einfach nicht – sosehr er auch das Blatt zum Lichtschein schwenkte und zu entziffern versuchte.

Das Gekrakel sah aus, wie unzählige Teufelssymbole. Die Haken dort – ein Teufelsfuß? Das Symbol hier – ein Stern? Und das dort? War es nicht ein ketzerisches Kreuz? Ein Hinkefuß und Dreileib? Waren die hingeschmierten Worte, waren sie eine Beschwörungsformel? War der Fremde gar ein verdammter Hexer? Ein Teufelsanbeter?

Rungholt spürte, wie die Panik seine Kehle hinaufkroch. Gut, dass Marek ein Gebet gesprochen hat, dachte er. Hilf uns Gott, wenn der Muselmann nicht nur ein Ungläubiger war, sondern mit dem Teufel im Bunde stand. Verflucht wären wir. Und Daniel hat seine Tassel gestohlen.

Rungholt zuckte innerlich zusammen. Er wollte sich die Konsequenzen einer Verwünschung, eines Fluches nicht ausmalen. Kann es sein? Ist der Fremde deswegen in der Nacht so aufbrausend gewesen und hat meinen Lehrling angegangen? Weil er ein sündiger Teufel war? Ein Mann, der vom Teufel geritten in der Trave ertränkt wurde? Rungholt versuchte, Ruhe zu bewahren. Er hatte einen Kloß im Hals. Zwar hatte er schon bösere Sünden gesehen als blasphemische Zeichnungen auf Pergamenten, aber dennoch.

Waren es magische Symbole? Hatte Dörte, die junge Hübschlerin, Recht, als sie vom Teufel gesprochen hatte? Hatte sie gut daran getan, die Pergamente zu verbrennen? Und was war mit der Alten, mied sie deswegen diesen Keller. Weil er verflucht war? Rungholt hatte Geschichten gehört – von behaarten Männern, die im Wald lebten und die Händler überfielen, um sie zu essen. Von Satansanbetern, die Menschen fraßen und heidnische Riten abhielten. Dort draußen vor den Toren der Stadt in den Wäldern der Slawen.

Krude Zeichnungen und beschriftete Blätter. Rungholt konnte die Zeichen des Fremden nicht deuten. Doch selbst er, der sich mit Sprachen nicht sehr gut auskannte, sah sofort, dass es sich nicht um Latein handelte. Die Zeichen waren zu fremd. Weder keltisch, noch schonisch, noch slawisch. Marek hatte das Vaterunser beendet und sah sich die Skizzen an. Er war viel herumgekommen, doch so etwas hatte auch er noch nie gesehen. Die Schrift war nicht einmal kyrillisch.

Rungholt gab Marek das Pergament und wandte sich den Aufzeichnungen zu, die der Fremde auf seinem Schreibpult hinterlassen hatte. Er blätterte die Seiten durch, wobei er sehr wohl ein System erkennen konnte. Es war eine Sprache, das ja. Aber sie schien aus längst vergangener Zeit zu stammen, aus einer fernen Welt. Immer wieder sah er, dass der Fremde mit der Tinte gekleckst hatte. Er hat dies wohl in Eile geschrieben, dachte Rungholt. Es sieht aus wie das Geschreibsel eines Irren im Fieber. Die Schrift eines Besessenen. Schon einmal in seinem Leben hatte Rungholt ein solches Gekritzel gesehen. Bischof Mihail in Novgorod, er hatte eine solche staksige

Schrift gehabt. Der Alte mit dem besudelten Mantel eines Popen, den dreckverschmierten Beinlingen und dem Federkiel, mit dem er gerne Fleischbröckchen toter Tauben aufspießte, um sie den Hunden vom Schreibpult hin vorzuwerfen. Mihails Kopf saß nun nicht mehr auf seinen Schultern. Rungholt versuchte, seine Gedanken an Bischof Mihail und an die Stadt aus Eis abzuschütteln. Die Flucht nach Riga, die Toten, diese blutblühenden Leiber – dies alles lag Jahrzehnte zurück.

Dat bose vemeide unde acht de ryt!

Er schüttelt die Erinnerung ab wie er Dreck aus den Kleidern schlug. Und er dachte für einen Moment: Nur ein kranker Geist hat dies geschrieben. Ein wirrer Geist. Er hat all dies hingekritzelt. Verschnörkelte Symbole, die gegen die Leserichtung geneigt standen. Krakelig. In Hast hatte der Fremde seine Notizen hinterlassen.

Rungholt sah sich noch einmal um. Im Schein des Kienspans konnte er den Schreibplatz des Fremden schemenhaft erkennen: Es gab einen nüchternen Stuhl vor dem Schreibpult. Dann einen Stapel mit Pergamentbüchern auf dem Boden und ein niedriges Regal unter dem Fenster, das mit Rollen und Dokumenten voll gestopft war. Die bröckelnden, ungekalkten Wände des Kellerraums waren mit Zeichnungen, Tabellen und Schriftstücken gespickt. Rungholt hatte sogar eine Ahnung, weswegen einige von ihnen zusammen an einer Mauer gruppiert worden waren. Es waren Pläne, Wegepläne, Handelsrouten oder Küstenkarten. Irgendetwas dergleichen. Andere wiederum zeigten Tiere und Menschen, die an Seilen zogen und etwas errichteten. Eine Konstruktion aus Holzstämmen, die aneinander gebunden waren. Eine Art Kran zog mit Flaschenzügen Stämme in Position, Schreiner bearbeiteten Balken, Bauern trieben Ochsen an, die Stämme zogen.

Vor dem Fenster zur Straße stand in einer Nische ein Dreibein. Ein Stativ auf dem eingekerbte Hölzer im Rechtenwinkel montiert waren. Außerdem lagen an der Wand entlang vielleicht zehn gleich lange Latten von mehr als drei Klaftern

Länge. Zahlen waren in sie eingekerbt. Nachdem Rungholt herangetreten war, konnte er auch ein langes Seil erkennen. Es lag aufgerollt neben dem Fenster. In gleichmäßigem Abstand waren Knoten hineingebunden worden. Ganz so, wie ein Schiffsseil zum Abfaden der Tiefen. Er rief Marek heran. Es war nur ein dünnes Seil, eine Leine, wie Marek feststellte, und sie war tatsächlich dem Seil ähnlich, mit dem sie die Untiefen ausmaßen. Jedoch schätzte Marek es auf mindestens hundert Klafter. Viel zu lang, um auf einer Kogge sinnvoll zu sein.

Rungholt trat zum Regal mit den Dokumenten und zog eine der Rollen heraus. Sie war versiegelt. So, als ob der Fremde die Rolle einem Wappenträger, einem Ratsmitglied oder Königlichen gezeigt hatte. Rungholt erbrach das Siegel. Es war billiges Wachs, minderwertiges Material, das spröde brach. Das Siegel zeigte ein Bündel Getreide und darüber eine Sichel. Es war nicht gut zu erkennen, aber Rungholt erinnerte es unterschwellig wieder an Novgorod. An die stürmischen Jahre im Eis und an die Jahre mit den Russen, die –

Ein Klimpern. Ein leises Klirren von der Straße her. Er vernahm kurz, wie sich jemand dem Fenster nährte. Nur ein paar Schritte. Dann hörte er plötzlich ein Ritschen. Und er sah das mit Harz getränkte Leinen des Fensters. Es wurde in einem Ruck zerschnitten und –

Licht.

Rungholt riss den Kopf herum, sah unter das Fenster. Plötzlich war alles gleißend hell um ihn. Plötzlich war alles Tag. Plötzlich waren seine Augen geblendet, und er kniff sie zusammen.

Ganz wie damals im Schnee nahe Riga, als er nicht sehen konnte, wohin er trat. Und seine Augen geträn hatten vor beißender Helligkeit. Und der Schmerz ihn überfiel. Plötzlich war alles heiß und hell wie das Eis, das knirschend gedroht hatte.

Das Tongefäß war keinen Klafter neben ihnen aufgeschlagen. Es zerplatzte. Feuer sprengte heraus. Flammende Splitter und Tropfen zerstoben. Jemand hatte eine Brandbombe durch das Kellerfenster geworfen. Wie brennendes Wasser spritzten die Flammen gegen eines der Regale mit Pergament. Das Feuer schoss auf Rungholts Mantel, setzte seinen Arm in Flammen und fraß sich schnell durch den Stoff. In einem einzigen Blitz hatte sich das Gemisch aus Schwefel, Baumharz und zerriebenem Steinsalz überall im Raum verteilt. Es fauchte Rungholt entgegen, verschlang alles knisternd. Marek schrie. Rungholt konnte ihn nicht sehen. Die Hitzewelle schlug ihn zurück. Erst jetzt bemerkte er, dass sein linker Arm lichterloh brannte. Panik ergriff ihn. Er fasste einfach nach dem Tappert, riss ihn hektisch ab. Mit dem brennenden Mantel schlug er dann auf die Flammen ein, die schon das Regal hinabflossen. Die Pergamente und Pläne tropften brennend zu Boden.

»Rungholt!« Mareks Ruf drang durch das Zischen und Knacken. Von irgendwo hinter ihm. Von irgendwo aus dem Rauch. Von der Treppe her. »Raus da! Los! Raus! Komm schon!«

Die Flammen leckten am Holz der Decke, züngelten an einem der Pfeiler. Es war unmöglich, sie auszuschlagen. Sie hatten Rungholts Tappert gänzlich entzündet. Er schmiss ihn hustend fort. Zum Feuer kam jetzt der Qualm. Er sah Schwaden aus weißem Rauch, die in seine Lunge schnitten und in seinen Augen brannten. Er presste sich die Hand vor den Mund. Da bemerkte er, dass sie brannte. Als er sich den Mantel heruntergerissen hatte, hatte er in das Gemisch der Brandbombe gefasst und nun flackerten auf seiner rechten Hand die Flammen. Er fluchte, schlug schimpfend mit der linken auf sie ein. Endlich hatte er das Feuer auf dem Handrücken erstickt.

Sattes, schweres Feuer. Das Schreibpult des Fremden fiel ihm im Handstreich zum Opfer. Rungholt hörte, wie Marek erneut nach ihm rief, hörte das Schreibpult durch die Hitze bersten. Um ihn herum war nur noch Feuer.

Vorwärts, durch die Flammenwand. Taumeln. Der Stimme

entgegen. Rennen, stolpern. Mareks Gestalt – verschwommen. Dann die Hand des Kapitäns, ein Packen und Rungholt wurde hinausgerissen, die Treppe hinauf.

Die Diele. Er konnte die Dielendecke sehen. Das Gesicht der Alten, über ihn gebeugt. Rungholt spuckte Ruß. Immer noch brannte die Hitze. Er blickte sich um. Da war Marek, rannte Richtung Haustür. Wie in Trance wendete Rungholt den Kopf und sah das Licht aus dem Treppenansatz schlagen. Er rappelte sich auf und dachte: *Ich sollte nicht.*

Aber Rungholt kam auf die Beine, er rannte an der Küche vorbei, rannte zum Kellerabgang und zurück in die Flammen. Marek war in der Haustür stehen geblieben, sah ihm nach. Er öffnete den Mund, um etwas gegen das tobende Feuer zu brüllen, doch es war zu spät. Er konnte nur noch sehen, wie Rungholts wuchtige Statur in den Flammen verschwand. Hustend sackte Marek in der Diele zusammen.

Die Hitze war brutal. Sie schlug Rungholt mit Wucht ins Gesicht, so dass er seinem Körper regelrecht befehlen musste weiterzugehen. Die Hitze sprang ihn an. Ein bissiger Hund, der Stücke aus seiner Haut zu reißen schien. Er deckte sich Mund und Nase mit dem Ärmel ab, sah sich um. Er konnte nichts erkennen, weil die Flammen ihm grell entgegenschlugen und der Qualm ihn husten ließ. Seine Augen fühlten sich wie glühende Kohlen an, tränten. In seiner Lunge tobte der Rauch. Er griff das Nächstbeste. Wahllos langte er in einen Stapel mit Pergamenten, die erst zur Hälfte brannten. Er griff sich die Zettel und Rollen und stürzte rückwärts zum Durchgang hin. Die Luft blieb ihm weg, und er spürte, wie die Ohnmacht ihn zu übermannen drohte. Er taumelte spuckend, hieb die Unterlagen in seiner Hand gegen den Webstuhl. Funken sprühten, das Pergament erlosch. Er fiel zur Treppe, die letzten Meter sackte er zusammen, kroch auf die Stufen zu. Dann hinauf. Stufe um Stufe. Endlich oben in der Diele rappelte er sich halbwegs auf und taumelte Richtung Dornse, nur weg. Durch den Rauch ins Freie.

Kaum auf der Straße, knickten ihm die Beine weg. Die Knie knackten verdächtig, als sie in den Dreck aufsetzten und die Pergamente neben ihm kokelnd zu Boden fielen. Er sah, wie die Glut immer mehr Ringe aus den Blättern fraß und wie sich die verschmorten Teile und Ecken ablösten, sah, wie schwarze Fetzen abrissen und schwerelos davonwehten.

Das Nächste, was er wahrnahm, war Mareks Hand, die aus der aufgebrachten Menge vor dem Haus nach ihm griff und ihn auf die Beine zog. Von irgendwo hörte er sich rufen, Marek solle in Gottesnamen nach den Blättern und den Rollen sehen, die um sie verstreut lagen. Sie durften nicht gänzlich verbrennen.

Dann stand Rungholt reglos da und blickte auf das Haus. Seine Haare waren von Asche bedeckt, sein Gesicht schwarz. Die Kleider an vielen Stellen verkohlt, der Stoff verbrannt und zerrissen.

Die Flammen schlugen durch die Fenster. Längst hatten sie auch den ersten Stock entfacht und die Decke aus Stroh und Kuhdung krachte zusammen. Die schweren Balken waren glühend geborsten. Um ihn herum riefen Menschen. Von überall waren sie herbeigeeilt. Sämtliche Bader des Viertels halfen mit Ledereimern und Fässern. Selbst Töpfe wurden gefüllt. Eine Kette wurde gebildet, jemand schrie hektische Kommandos über die überfüllte Gasse. Ein Trupp war auf das Dach geklettert, nur gehalten von einem dünnen Seil versuchten sie, den Dachstuhl einzuschlagen. Er brannte schon und drohte das Nachbarhaus zu entfachen. Die Flammen nahmen sich gierig, was sie fanden. Die Männer mussten zurückweichen, als die Dachbalken herabstürzten. Einige der Helfer schrien auf und konnten nur mit Mühe wegspringen.

Rungholt achtet auf all dies nicht. Er blickte in das Flammenspiel, nahm es aber nicht wirklich wahr. Nicht jetzt, dachte er. Es ist nicht fair. Gerade habe ich eine Spur, gerade bin ich einen vermeintlichen Schritt weiter gekommen und nun ist alles zerstört. Er blickte hinab auf seine Hand. Sie war rot. Blasen hatten sich gebildet.

Marek reichte ihm ein nasses Tuch. »Er steckt mit dem Teufel im Bunde, sag ich dir! Mit dem Teufel, Rungholt.«

»Ja, Marek. Es geht mit dem Teufel zu. Aber er steckt nicht mit dem Teufel im Bunde. Nein.«

»Das wissen wir nicht. Wir haben nichts. Nichts haben wir. Was haben wir denn schon? Alles verbrannt, mein ich.«

Mareks Worte senkten sich wie eine bleierne Last auf Rungholts Schultern. Schließlich sagte er: »Wir haben eine Menge. Eine Menge haben wir, Marek.«

Er warf dem Kapitän ein aufmunterndes Lächeln zu, doch er dachte: Ich habe nichts. Ich habe kaum einen Anhaltspunkt, und ich habe keine Zeit. Morgen wird Daniels Thing stattfinden. Und die Schöffen werden ihn verurteilen, weil ich nichts in der Hand habe, das seine Unschuld beweist. Der Junge wird auf den Köpfelberg kommen. Sie werden ihn hängen.

Er wickelte das Tuch um die Hand und spürte den Schmerz augenblicklich. Die Kühle des Gewebes schien seine Hand erst wirklich zu entzünden. Er wischte sich die Stirn ab und bemerkte, wie sehr er zitterte. Ich falle auseinander, dachte er. Eine Kogge, die auf See zerrieben wird und mehr und mehr Leck schlägt. Bald bin ich eins der staksigen Gerippe auf Lütdjes Lastadie. Möge Gott dafür sorgen, dass mein Körper unbeschadet in den Himmel fährt.

Marek hatte Recht. Sie hatten zu wenig herausbekommen, zu wenig in der Hand. Es war zum Verrücktwerden. Ein Fremder mietet in einem guten Bezirk einen Keller an. Er haust dort seit einem Monat. Schreibt, arbeitet. Er bringt seine Sachen, seine Unterlagen dort hin, doch niemand sieht den Muselmann. Niemand hat scheinbar Kontakt zu ihm. Der Fremde selbst hat genug Geld, um im Travekrug unterzukommen. Er zahlt für die ganzen Wochen. Jemand bringt ihn dort um, zieht ihm fremde Kleider an und wirft ihn in den Fluss. Das haben wir. Und das blasphemische Geschreibsel eines Irren.

Es macht keinen Sinn, dachte Rungholt. Er betrachtete die wenigen Blätter, die er hatte retten können. Sie waren mit geometrischen Skizzen übersät. Es standen überall Zahlen und Zeichen daneben. Komplizierte Formeln, die Rungholt nicht verstand. Es waren auch keine römischen Ziffern, sondern arabische. Er hatte von diesem Zahlensystem schon gehört. Einige Kaufleute in Brügge wendeten es wohl schon an, doch er selbst hatte nie gelernt, die Ziffern zu lesen. Geschweige denn mit ihnen zu rechnen.

»Wir sind noch nicht am Ende«, sagte er zu Marek.

Der Kapitän nickte. »Wir müssen die Alte finden. Die weiß bestimmt noch mehr.«

Rungholt seufzte zustimmend.

Die Alte stand bei den Nachbarn und zeterte lautstark. Sie weigerte sich, mit Rungholt oder Marek zu sprechen. Nachdem die beiden Männer höflich auf sie zugetreten waren, hatte die Alte sie angefallen und Marek das Gesicht aufkratzen wollen. Sie hätte die beiden am liebsten umgebracht. Geifernd hatte sie immer wieder gerufen, dass die beiden es gewesen seien, die den Keller angezündet hatten. Die Nachbarinnen konnten die Alte nur mit Mühe beruhigen.

Rungholt war klar, dass sie von ihr nichts mehr erfahren würden. Da sah er einen Mann mitten auf der Straße ausharren. Er blickte das Haus an, aber er schien nicht zu begreifen. Als die Alte dem Mann um den Hals fiel, ahnte Rungholt, dass es sich um Kohlmeier handeln musste.

Rungholt und Marek warteten, bis die Alte ihren Sohn weinend begrüßt hatte, dann passten sie einen guten Moment ab und nahmen den Mann beiseite. Sie stellten sich höflich vor und berichteten ihm, was geschehen war. Doch Kohlmeier war völlig fassungslos und faselte die ganze Zeit nur etwas über ein Tintenfass, von dem er nicht wusste, ob er es weggestellt hatte. Wie ein kopfloses Huhn noch ein paar Meter rennt, so stakste er durch die Helfer, taumelte herum und wollte gar mitten ins zusammenstürzende Haus hinein. Rungholt und Marek hielten ihn zurück. Rungholt begann, ihn nach dem Keller auszufragen.

»Der Keller? Was für einen Keller?« Kohlmeier schien immer noch nicht zu begreifen, aber jetzt hörte er die Worte, die Rungholt zu ihm sprach.

»Ihr habt den Keller vermietet, nachdem der Wollweber ausgezogen ist. Ist Euch etwas an dem Mieter aufgefallen?«

»Welcher Mieter?«

»Der Fremde, der seine Schreibstube eingerichtet hat.«

»Ich muss den Webrahmen verkaufen und die Tuche. Kauft Ihr Tuche?«

»Nein. Hört doch zu! Wir wissen, dass Ihr einem Mann den Keller vermietet habt und –«

»Wenn die Wolle verkauft ist, kann ich endlich die Küche ausbauen. So wie es sich Mutter so sehr wünscht. Ich dachte an eine Wasserleitung, wisst Ihr? Und einen Kamin mit Abzug.« Er winkte dem Muttchen und faselte weiter. Marek sah Rungholt an, der Mann war nicht bei Sinnen.

Rungholt packte ihn bei den Armen und schüttelte ihn. »Hört zu! Hört mir zu!«

Der Mann faselte weiter.

Rungholt fasste fester zu und zog ihn zu sich. »Seht mich an!«, befahl er.

Endlich hörte Kohlmeier auf zu brabbeln. Rungholt fixierte seinen Blick. Die Asche hatte Kohlmeiers Haare schlohweiß gefärbt, Tränen hatten Bahnen auf den rußigen Wangen gezogen. Seine Augen waren rot.

»Hat der Mann, der den Keller gemietet hat, mit Euch über seine Arbeit gesprochen?«

»Welcher Mann?«

Rungholt atmete aus. Herr im Himmel. Er wollte seine Fragen gerade langsam wiederholen, als Kohlmeier zu Rungholts Verwunderung meinte: »Es gab zwei Männer.«

Rungholt verstand nicht.

»Ein Kaufmann aus der Zirkelgesellschaft hat den Keller angemietet. Für seinen Schreiber. Ein gelehrter Mann ist das. Der ist eingezogen. Der andere hat den Keller angemietet.«

»Wann war das?«

»Vor... Vor ein paar Wochen. Einem Monat. War ein stummer Kauz, dieser Gelehrte. Ich habe doch noch die Sachen vom Wollweber im Keller gehabt, wollt sie vorher verkaufen... aber das hat ihn nicht gestört. Hat immer nur geschrieben und komische Apparaturen gebaut.«

»Apparaturen gebaut?«

Kohlmeier nickte. »Ich weiß nicht, wofür die waren.«

Mit zittrigen Fingern wischte er sich etwas Ruß weg.

»Hat dieser Kaufmann, der für diesen Gelehrten den Keller gemietet hat, auch einen Namen?«

Kohlmeier sah über die Straße zu seiner Mutter hin, die weinend bei den anderen Weibern stand, und suchte in seinem Kopf nach dem Namen.

»Er heißt Hinrich«, sagte er schließlich, »Hinrich Calve.«

18

Es war Calve nicht leicht gefallen, den toten Söldner nur in ein Gebüsch zu zerren. Viel zu lange hatte er über dem toten Körper gestanden und auf das blutige Wams hinabgeblickt, bevor er sich durchringen konnte, den Mann nicht zu begraben.

Er deckte die Leiche mit Ästen ab, zu mehr hatte er keine Zeit. Möge Gott über seine Tat Gericht halten. Später. Jetzt galt seine ganze Sorge Johannes. Er musste ihn mit der Bahre den Steilhang hinaufbringen. Danach würde er weiter nasses Gras und Äste aufs Feuer legen und sich auf der Anhöhe in Stellung bringen. Es waren noch fünf Pfeile im Köcher, doch Calve war klar, dass er nur einen, vielleicht zwei davon abschießen konnte, bevor seine Überraschung keine mehr sein würde.

Er lief durch die Senke, holte einige der Äste, die der Söldner noch geschlagen hatte und legte sie aufs Feuer. Als es brannte, holte er die feuchten Stöcke und das Gras. Es qualmte stark. Unmöglich, die Rauchwolke zu übersehen. Selbst wenn seine Verfolger weit abwärts von ihnen suchten, dies Signal mussten sie einfach erspähen. Calve schnappte sich den Köcher und den Langbogen, band sich beides um und zog Johannes zum Abhang. Er würde den Jungen hinaufschieben und sich auf die Lauer legen. Wenn er Glück hatte, würden seine Verfolger noch vor der Dämmerung kommen.

Er versuchte, die Bahre mit Johannes den sandigen Abhang hochzudrücken, doch sie rutschte jedes Mal zur Seite weg oder drohte umzukippen. Die Grasnarbe war einfach zu hoch. Er lehnte den Rahmen vorsichtig an die Kante und kletterte hinauf. Dann griff er von oben die Trage und zog, so kräftig er konnte. Mit der Brust über der Kante liegend, die Bahre mit beiden Händen gepackt, zerrte er an seinem Jungen. Johannes hatte die Augen mittlerweile geöffnet. Er war wach, aber schien noch immer nicht ansprechbar. Calve konnte die Stämme der Bahre nicht gut packen. Er legte Bogen und Köcher ab und griff erneut zu. Jedoch verließen ihn sofort die Kräfte. Die Bahre war einfach zu sperrig. Er sprang wieder hinunter und überlegte, wie er seinen Jungen die anderthalb Klafter nach oben bringen konnte. Da ließ ihn ein jähes Knacken aufschrecken.

Er hörte Reiter durch das Unterholz brechen. Sie waren nahe.

In Panik versuchte er, die sperrige Trage doch noch den Abhang hinaufzuschieben, aber er rutschte mit den Füßen im losen Sand zurück. Er sah sich zur Senke um. Noch waren die Reiter nur zu hören, aber Calve hatte vorgehabt, sich oben in Ruhe in Stellung zu bringen. Und dort oben lagen nun sein Bogen und seine Pfeile. Er musste eine Entscheidung treffen. Jetzt. Sollte er sich hochziehen und den Bogen holen, oder sollte er seinen Sohn …? Johannes! Die Entscheidung war gefallen.

Ihm blieb keine Zeit. Er musste vor allem Johannes verstecken. Hektisch sah sich Calve nach der Waldseite um, in der er die Fallen aufgebaut hatte, und wo jetzt auch der Söldner versteckt lag. Leise betete er, während er Johannes' Bahre durch die Senke zum Wäldchen zog. Er schlug sich mit der Bahre in das Unterholz und suchte den dichteren Abschnitt auf, wo unter einem Busch der Söldner lag. Kaum hatte er seinen Sohn zwischen die Bäume gezogen und dem dämmernden Jungen Zeichen gegeben, bloß ruhig zu sein, da musste er mit ansehen, wie der Ritter auf der anderen Seite der Senke aus dem Wald brach. Ihm folgten die beiden gepanzerten Reiter und der Lanzenträger, der die Armbrust bei sich führte.

Calve hielt inne. Er bedeckte seinen Sohn mit Ästen, hoffte, dass niemand ihn finden würde, denn schwer verletzt und aufgeschnallt auf den Rahmen war er ein wehrloses Opfer.

Er musste irgendwie an den Bogen kommen, dies hieß jedoch, seine Deckung aufzugeben. Behutsam schob Calve die Äste beiseite und spähte auf die Senke. Die drei Reiter waren zum Feuer getrabt. Der Ritter gab dem Lanzenträger Befehl nachzusehen, ob die Spuren weiter flussabwärts führten. Doch der Lanzenträger wollte nicht so recht. Zu gut wusste er, was mit seinem Kollegen an der Brücke geschehen war. Er zögerte, nahm die Armbrust ab und spannte sie. Erst mit der Waffe im Anschlag näherte er sich dem Wald.

Lautlos zückte Calve sein Schwert. Er wartete, bis der Lanzenträger hinter zwei dicht stehenden Birken verschwunden war, dann huschte er um die Bäume. Jetzt hatte er den Rücken des Mannes direkt vor sich. Er zögerte, hatte Angst, der Mann könne seinen Herzschlag hören, sich plötzlich umdrehen. Doch dann tat Calve einen Satz vor und schlitzte dem Lanzenträger den Hals auf. Nur der Helm des Mannes, der auf dem Waldboden aufschlug, machte ein Geräusch. Ansonsten war alles leise abgelaufen. Calve griff sich die Armbrust des Mannes und huschte zurück an den Waldrand.

»Siehst du was? Sind sie da hindurch?«, wollte der Ritter

wissen. Während er ein paar Fuß in Richtung des Flusses tat und dann rufend dem Lanzenträger nachtrabte, blieben die beiden gepanzerten Reiter am Feuer zurück.

»Sie müssen noch hier sein. Das Feuer glüht noch, wir haben sie aufgeschreckt.« Einer der Männer stieg ab, um sich die Fußspuren und das Feuer, das noch immer stark qualmte, genauer anzusehen.

»Ja, ich weiß«, gab der Ritter zurück und spähte dem Lanzenträger nach. Er konnte niemanden im Unterholz sehen.

»He! Gib Antwort!«, rief er noch einmal.

»Hier stimmt was nicht.« Der Gepanzerte hob die nassen Äste an und warf sie auf den Sand. »Wir sollten weiterreiten. Würd mich nicht wundern, wenn sie da oben auf der Anhöhe lägen.« Er zeigte herüber zum Steilhang.

Der Ritter nickte ihm zu. »Zwischen die Bäume! Hier sind wir ungeschützt.«

Calve nahm das Pferd unter dem gepanzerten Reiter ins Visier. Leise legte er an, atmete ruhig und zielte. Er traf das Tier am Hals. Es brach augenblicklich zusammen. Der Reiter schrie, dann begrub ihn das Pferd unter sich. Sein Brustkorb wurde zerschmettert, als das schwere Tier im Todeskampf um sich trat und verzweifelt versuchte, sich wieder aufzurichten. Der Ritter und der zweite Gepanzerte rissen die Köpfe herum. Woher war der Schuss gekommen? Vom Hang?

So schnell es ging, kurbelte Calve, spannte die Sehne. Er hoffte, das Rattern der Armbrust würde ihn nicht gleich verraten. Er hatte Glück. Die Bäume der Senke ließen das Geräusch widerhallen. Sein Standort war nicht klar auszumachen. Da er nicht genügend Kraft hatte und außerdem nicht geübt genug war, konnte Calve die Armbrust nur wenig spannen. Schnell legte er an. Einatmen. Zielen… Er traf den zweiten Gepanzerten an der Schulter. Der Mann, der das Feuer untersucht hatte, wankte jedoch nur einen Fingerbreit. Der Pfeil hatte seine Panzerung nicht durchschlagen. Erschrocken sah er in die Richtung, aus der der Pfeil gekommen war.

Der Ritter auf seinem Rappen hatte den zweiten Schuss ebenfalls verfolgt. »Dort drüben. Los! Sie sitzen im Gebüsch!«

Seine Befehle schallten über die Senke, bevor er auf den Wald zupreschte, in dem sich Calve verborgen hielt. In blinder Panik kurbelte Calve ein drittes Mal, doch ihm blieb keine Zeit, die Armbrust genug zu spannen. In Todesangst riss er sie schließlich einfach hoch. Der Pfeil verfehlte den Ritter um mehrer Klafter. Er schlug irgendwo beim Fluss ins Wasser.

Ihm blieb keine Zeit, erneut anzulegen, denn der Ritter sprang vom Pferd und zog sein langes Schwert. Der Mann war nicht gepanzert und hatte nicht den Fehler begangen, mit dem Pferd ungelenk zwischen die Bäume zu reiten. Auch Calve wollte nach seinem Schwert greifen, aber das hatte er abgelegt, als er die Armbrust gespannt hatte. Er trug nur noch ein Messer. Ein stumpfes Klappmesser. Ihm blieb nur die Flucht. Schnell schmiss er die Armbrust weg und rannte tiefer in das Wäldchen. Er hörte, wie der Ritter nach seinem Gepanzerten rief und die Verfolgung aufnahm.

Der Mann war schnell und holte Calve fast ein. Calve schlug einen Haken, rannte quer zur Senke zwischen den Birken hindurch, als er auf den schmalen Pfad kam, hier –

Zu spät. Hier hatte er seine Falle aufgebaut. Er trat auf einen Ast, den er halb über eine Kuhle gelegt hatte. Der Trittstab schoss blitzschnell nach oben. Wie eine Harke, auf die man tritt. Doch der Stab zog einen zweiten Ast mit sich: Calves angespitzten Ast. Der Ast, mit dem er den Hellebardenträger oder eines der Pferde hatte erwischen wollen, der dann jedoch seinen Söldner getötet hatte. Nun riss ihm dieser Speer selbst eine Wunde in die Seite. Gott sei Dank hatte er sich in letzter Sekunde zur Seite geworfen. Calve schrie auf. Die Spitze hatte seine Hüfte aufgerissen. Es brannte, doch die Wunde war nicht sehr tief. Da schoss der Ritter, keine fünf Klafter hinter ihm auf den Pfad. Brüllend und mit erhobenem Schwert lief der Mann auf ihn zu. Calve riss den Speer aus der Verknotung mit dem anderen Stab und schleuderte ihn auf den Ritter. Der

Mann parierte, das Schwert zertrümmerte den Speer in der Luft. Dann war der Ritter bei ihm und hieb mit dem Schwert geradewegs von oben auf Calve nieder. Der Kaufmann schrie, fiel nach hinten weg und hatte plötzlich den Trittstab in der Hand. Er rollte zur Seite und riss den stumpfen Stab hoch. Die Wucht, die der Ritter in seinen Schlag gelegt hatte, traf ihn nun selbst. Er fiel dem Stab regelrecht entgegen, während Calve den Ast hochriss. Der stumpfe Stab drang geradewegs durch die Kleidung und schräg in den Magen des Ritters bis hinauf in seine Brust. Die Kraft war so groß, dass der Ast Calve aus der Hand gerissen wurde und sich in den Boden bohrte. Aufgespießt sackte der Mann zusammen. Sein Schwert verfehlte Calve knapp. Stumpf hieb es in den Dreck des Waldwegs, doch da war der Mann schon tot.

Calve nahm das Schwert auf. Die Waffe lag schwer in der Hand, viel zu schwer für einen Kaufmann. Er konnte damit kaum rennen, und schleifte es mehr hinter sich über den Boden her, anstatt es zu tragen. Calve hielt sich die Seite und drückte sich zurück in den Wald, wo er den gepanzerten Reiter hörte. Der Mann rief nach seinem Herrn. Calve konnte zwischen den Bäumen sehen, dass er ebenfalls abgestiegen war und nun mit erhobenem Schwert durch das Unterholz schlich. Immer näher kam er dem Gebüsch, wo Calve Johannes abgelegt hatte. Offensichtlich hatte der Mann etwas gehört, denn er hielt inne. Aber er blickte sich nicht zu Calve um, der noch etliche Klafter entfernt war – er sah zu Johannes. Calve war sofort klar, dass der Mann seinen Sohn gehört hatte.

Calve rannte durch die Bäume. Die Birken und Tannen schienen nach ihm zu greifen, ihre knorrigen, vielfingrigen Äste nach ihm auszustrecken. Immer wieder musste er sich ducken, wegtauchen, ihnen ausweichen. Da. Er konnte den Mann sehen. Der Gepanzerte war schon nah an Johannes' Busch, nur noch wenige Klafter. Der Mann trat vor die Äste. Mit einem Ruck riss er die Zweige beiseite. Er zögerte nicht, stieß zu.

»NEIN!« Calve schrie auf und schwang mit aller Kraft das Schwert über seinem Kopf. Johannes! Plötzlich war er hinter dem Mann, der sich kaum umdrehen konnte, als das Schwert schon schnitt. Calve hieb ihm von hinten in den Hals. Die Klinge fuhr nur zur Hälfte hindurch und der Mann drehte sich röchelnd um. Niemals vorher hatte Calve etwas so Entsetzliches gesehen. Das Blut spritzte seinem Opfer rhythmisch unters Kinn, dann kippte sein Kopf grotesk weg. Calve stürzte vor zum Gebüsch. Wenn er Johannes ins Herz gestochen hatte oder in den Hals…

Es war der Söldner. Der Mann hatte der Leiche des Söldners einen Hieb verpasst. Es war der falsche Busch. Johannes musste weiter rechts, bei den flachen Steinen unter den Ästen liegen.

Calve sank vor Erschöpfung auf den Waldboden. Er ließ das Schwert fallen. Dann begann er, gleichzeitig lauthals zu lachen und zu weinen. Mit einem Mal hörte Calve, wie Johannes etwas sagte. Es war das erste Mal seitdem ihn der Bolzen der Armbrust getroffen hatte, dass sein Junge sprach. Calve trat zu ihm und befreite ihn von den Ästen. Er kniete sich nieder. Er konnte nicht verstehen, was sein Sohn versuchte zu sagen, dennoch gab ihm die Stimme des Jungen Kraft.

Wenig später hatte er die Bahre durch den Qualm des Feuers auf die Senke gezogen und das Pferd eines der Gepanzerten beruhigt. Es dauerte etwas, aber schließlich ließ das Tier es sich gefallen, dass er die Trage anband.

Calve ritt los. Er drehte sich nicht zu den Leichen um, die auf der Senke und im Wäldchen lagen.

»Hast du nicht ›jeden Moment‹ gesagt?«, brummte Rungholt.

Er sah sich mürrisch in der kleinen Diele um. Das Einzige, was seine Stimmung etwas hob, war die Tatsache, dass diese Diele viel weniger schmuckvoll war als seine eigene. Er hatte immer versucht, gegen seinen Neid anzukämpfen, aber auch diese Eigenschaft hatte er bisher nicht abstreifen können.

Ebenso wie sein Aufbrausen und die Ungeduld. Außerdem war Neid, auch wenn er eine Todsünde war, für einen Kaufmann keine so schlechte Eigenschaft. Er war stolz, vor allem, als er an die neue Wandmalerei dachte. Bis zu Mirkes Hochzeit wollte er noch die Findlinge aus dem Dielenboden reißen und sie durch wundervoll schimmernde Gotland-Fliesen ersetzen. Sein Haus sollte seinen Reichtum zeigen, genau wie Alheyds Schmuck und das prunkvolle Fest. Alles sollte strahlen. Hinrich Calves Diele jedoch zeigte keinen Prunk, keinen übermäßigen Reichtum. Die Möbel schienen zusammengesucht, die Sitzbänke ringsum waren aus minderem Holz. Überhaupt war das ganze Haus sehr gedrungen und schmal, nur etwas mehr als zwei Klafter breit und vielleicht fünf Klafter lang. Das schlanke Haus in der Ellerbrook passte, so wie es war, direkt in Rungholts Diele. Gut, man hätte die Dachbalken herausnehmen müssen.

Ungeduldig begann er, die Brandblasen an seiner Hand zu drücken. Es tat weh, aber es zeigte ihm jedenfalls, dass etwas auf sein Tun hin reagierte. Er warf der Magd, mit der er wartete, einen gequälten Blick zu. Die dürre Frau zwang sich ein Lächeln ab.

»Sie ist nur zum Schmied. Sie kommt jeden Moment«, sagte sie und stickte weiter an ihrem Tuch.

Rungholt konnte die Zeit förmlich verstreichen hören. Wie klebriger Honig, wie Baumharz rann sie lähmend langsam. Sinnlos. Rungholt grummelte und musste gähnen. Er war vom Brand hierher geeilt, weil er einen gewissen Hinrich Calve, Händler und Mitglied der Zirkelgesellschaft, sprechen wollte. Und nun saß er untätig herum und sah diesem Hungerhaken von einer Magd beim Sticken zu. Er wartete. Von draußen begann ein Schlagen. Jemand ließ einen Hammer auf einen Amboss niederfahren. Das gleichmäßige helle Klirren drang durch die Diele. Rungholt sah sich danach um, aber die Tür war geschlossen.

»Ist aber ein langer Moment«, knurrte er.

»Sie ist schon vor zwei Stunden weg und –«

»Zwei Stunden!« Rungholt wäre beinahe entsetzt aufgesprungen. Nur seine Körperfülle hielt ihn davon ab.

»Zwei Stunden, ganz recht Herr. Deswegen müsste Frau Calve auch jeden Moment wiederkommen. Ihr müsst Euch eben gedulden.« Die Magd legte ihre Arbeit beiseite und sah Rungholt skeptisch an. Er hatte sich nicht mal gewaschen, war noch immer verschmiert von Ruß und Dreck. Seine Kleider stanken nach Rauch. Das einst so schmuckvolle Rot und Gelb war zu einem fahlen Braun geworden. Ein Ärmel war halb weggebrannt. Das Tuch hing verkohlt herab. Er rutschte auf seinem Stuhl herum. Gedulden? Hat sich was mit Geduld, dachte Rungholt. Jemand hat versucht, mich umzubringen. Jemand hat Spuren vernichtet. Und dieser Jemand hat den Keller abgefackelt, den ihr feiner Herr angemietet hat. Für einen anderen Jemand, der längst verscharrt ist. Gedulden. Ich bin nicht so reich, dass ich mir Geduld leisten kann.

Am liebsten hätte er ihr die Stickerei weggerissen und verlangt, dass sie ihn sofort zu Calves Frau bringe. Calve selbst, so hatte er von der Magd erfahren, war angeblich gar nicht in der Stadt. Jetzt hatte er tatsächlich eine seiner Blasen aufgestochen. Etwas Wasser lief heraus und über seinen Handrücken. Erst jetzt wurde ihm bewusst, dass seine Arme noch immer völlig rußig waren. Das Haus in der Mühlenstraße war eingestürzt, nur zwei Grundmauern hatten noch gestanden, als er gegangen war. Die angrenzenden Häuser waren ebenfalls in Mitleidenschaft gezogen worden. Er hatte Marek zu sich in die Engelsgrube geschickt und ihm einen Schrieb ausgestellt, damit Alheyd ihm für den Bettler Geld aus der Hauskasse gab. Marek sollte in der Engelsgrube warten und den Krüppel auszahlen.

»Ich brauche etwas Wasser für meine Hand«, sagte er streng und erhob sich. Er wusste, dass die Magd sich niemals trauen würde, ihm die Bitte abzuschlagen. Sie führte ihn in die Küche. Zufrieden stellte Rungholt fest, dass es in diesem Haus keine

Wasserpumpe gab. Er hatte also Recht gehabt, was den Wohlstand der Calves anbelangte. Das Wasser stammte wohl aus einem Brunnen im Hof. Die Magd stellte ihm einen Eimer voll hin. Er bedankte sich und begann, sich den Ruß von Hand, Armen und Gesicht zu wischen und seine Blasen zu kühlen.

Die Magd wartete mit den Tüchern. Erst als sie sah, dass Rungholt Schmerzen hatte und sich ein feuchtes Tuch um die Hand schlang, fragte sie: »Kann ich Euch helf –?«

»Du kannst! Ein starkes. Nicht das Dünnbier«, meinte Rungholt sofort.

Seufzend legte sie die Tücher auf den Herd und ging. Rungholt schlich ihr nach und sah, wie sie im Keller verschwand. Sofort ging er durch die Diele zu Calves Scrivekamere. Er hatte nur einen Augenblick, aber den wollte er nutzen.

Er wusste nicht, was er suchte. Einer Eingebung folgend, wollte er einen Blick in die Kammer werfen, bevor die Hausherrin kam. Wie Nyebur es früher immer vorzog, schon vor wichtigen Verhandlungen die Lagerhallen zu betreten und sich ein erstes Bild zu machen. Er wollte ein Gespür für den Mann bekommen, von dem er hoffte, ihn bald zu sehen.

Calves Dornse war spartanisch eingerichtet. Die Kammer war so klein, dass Rungholt sich kaum umdrehen konnte, ohne etwas auf den Boden zu fegen. Die Wände waren nicht verkleidet, das Schreibpult schmucklos, und ein Stuhl fehlte. Das einzige Fenster war klein und nur durch Pergament verhangen. Rungholt konnte Pferdewagen auf der Straße hören. Alles in allem machte die Kammer den Eindruck eines emsigen, sehr ordentlichen Kaufmanns, der nicht viel Wert auf Prunk legte. Er sah auf das Schreibpult und öffnete eine Schatulle, darin war ein Siegelstempel. Calves Siegel – drei stilisierte Köpfe. Er wandte sich um, und erkannte die Gesichter auf einem Gemälde an der Wandseite des Kamins. Ein stolzer Vater neben seinen beiden Söhnen. Calves dreieckiges, hageres Gesicht mit dem hervorragenden Kinn und den aufgeweckten Augen. Daneben Egbert und Johannes. Ein Tierbild hing darüber. Als Vogelfreund erkannte Rungholt das Motiv. Es war eine Wasseramsel, die freudig im Bachbett badete. Doch die Amsel hielt Rungholt nicht lange auf, wichtiger waren die Zeichnungen, die neben die Ölbilder angeschlagen worden waren. Calve schien es nicht an Tatendrang zu mangeln, wie die Pläne und Zeichnungen zeigten. Beinahe die ganze Wand war mit Karten und Namensreihen bedeckt. Tabellen, Küstenkarten und Aufzeichnungen. Rungholt überflog sie. Er hätte schwören können, dass sie alle von den Kaperungen der Vitalienbrüder handelten. Calve hatte Buch geführt über die Angriffe und jedes aufgebrachte Schiff, seitdem Margarete I. 1387 den Thron von Dänemark und Norwegen bestiegen hatte. Handelsrouten waren eingetragen und besonders befahrene Wege durch den Sund waren markiert. Die Routen der Konvois hatte er mit kleinen Nadeln hervorgehoben. Rungholt fielen Attendorns Worte wieder ein, als er all die Kreuze sah, die für eine untergegangene Kogge standen. Für ein Schiff wie die *Heilige Berg* und für die Mannschaft. Die armen Seelen, die man ermordet hatte und die das Meer sich geholt hatte.

Eine aufgeregte Stimme ließ ihn herumfahren.

»Was schnüffelt Ihr hier herum?« Es war Calves Frau. Sie fuhr Rungholt schroff an. »Margott?«

Die Magd kam mit Bier angeeilt und verteidigte sich, dass sie Rungholt nicht erlaubt habe, die Scrivekamere zu betreten.

Er wollte etwas erwidern, doch Calves Frau riss ihm schon den Siegelstempel aus der Hand. Sie rief nach dem Burschen, den Rungholt im Hof gehört hatte. Sie legte den Stempel zurück.

»Tut mir Leid, Frau Calve. Ich wollte nicht unhöflich erscheinen«, sagte er.

»Seid Ihr aber«, zischte die Magd. Rungholt bremste sie mit einem Blick. Sie blickte schnell zu Boden und schwieg.

»Ist gut, Margott. Sieh nach, ob etwas fehlt«, sagte Calves Frau und wandte sich dann Rungholt zu, der protestieren wollte: »Wer seid Ihr, und was wollt Ihr?«

Nachdem Rungholt sich vorgestellt hatte, gelang es ihm, angesichts seiner verkohlten Kleider einen Witz zu machen. Ihm gefiel Calves Frau. Sie hatte klare Augen. Ihre langen blonden Haare waren in einem schlicht bestickten Stoffschlauch herzförmig als Wulsthaube über den Kopf gelegt. Der Kopfputz betonte ihren langen Hals und verlieh ihr Strenge. Zwar wurde ihr Mund von Fältchen umspielt, die ihre Züge hart wirken ließen, doch für Rungholt drückten sie eher Gradlinigkeit aus. Etwas, das er mochte. Calves Frau hatte eine direkte, offene Art. Eine höfliche Bestimmtheit, die er auch bei Alheyd sehr schätzte. Den Knecht, der mit einem schweren Hammer und einer Lederschürze in die Diele gestürzt kam, schickte sie lächelnd zurück in den Hof. Sie wies die Magd an, Leinen zu holen und einen Eimer Wasser vom Brunnen.

»Ich weiß zwar nicht, warum Euch dies alles interessiert, aber ich will Euch gerne helfen.« Sie wies Rungholt an, ihr in die Diele zu folgen. »Ihr habt doch nichts dagegen, wenn wir uns im Hof unterhalten?«

Rungholt hatte nichts einzuwenden.

Der Hof entpuppte sich als kahle Fläche, an die Häuser grenzten. Keine Büsche. Keine Bäume. Es gab mehrere breite Zufahrten zu den Straßen hin, so dass man mit den Karren auch von hinten an die Häuser fahren konnte. An ein wetterschiefes Büdchen war ein Pferd gebunden. Der Knecht stand bei ihm und ließ gerade ein Eisen zischend ins Wasser tauchen. Rungholt beäugte den schweren Kaltblüter skeptisch. Er traute sich nicht recht, näher an das alte Pferd zu treten.

Die Frau gab dem Knecht einen Beutel voll Nägel. Sie stöhnte, dass die Nägel teuer gewesen seien. Dann nahm sie sich ohne zu zögern die Schürze, die die Magd gebracht hatte. Die Frau eines Kaufmanns, die selbst ein Pferd beschlägt?, dachte Rungholt anerkennend. Er bezweifelte, dass Alheyd jemals ein Pferd beschlagen hatte. Auch er selbst hatte es nie getan und hielt sich von den Gäulen lieber fern. Vor allem, wenn sie so kräftig und massig waren, wie dieser nordische

Kaltblüter, aus dessen Nüstern schnaubend Wölkchen in die kalte Luft stießen.

»Also, was wollt Ihr wissen?« Sie stellte sich ans Pferd und hob eines der Hinterbeine an, so dass der Knecht das Hufeisen anpassen konnte.

»Ist das Euer einziges Pferd?«

»Ich dachte, Ihr wolltet etwas über meinen Mann wissen?« Sie lächelte Rungholt zu. Er war ein wenig verwirrt. Hübsche Frauen brachten ihn leicht aus dem Konzept. Er räusperte sich.

»Nun. Euer Gemahl hat einen Keller angemietet. Drüben in der Mühlenstrasse, die breite Straße, die zum Krähenteich geht.«

»Ja, ich weiß, wo die Mühlenstrasse ist. Aber was für einen Keller? Mein Mann hat keinen Keller. Außer dem unsrigen. Hier im Haus.«

Er sah sie sich genau an. Ihre Antwort scheint mir ehrlich, dachte er, sie kennt den Keller nicht. Sie macht nicht den Eindruck als lüge sie. Oder lasse ich mich nur von ihrer zupackenden Art einwickeln?

Der Knecht drückte das noch glühende Eisen auf den Huf. Beißender Qualm stieg auf. Sie reckte ihren Kopf zur Seite, hustete. So schnell es ging, passte der Knecht das Hufeisen an und schlug die Nägel ein.

Rungholt holte seine Wachstafeln hervor. »Sie haben doch nichts dagegen, wenn ich etwas notiere?« Doch die Tafeln waren durch die Hitze des Brands geschmolzen. Alles, was er bisher aufgeschrieben hatte, hatte das Feuer geholt. Sie waren nicht mehr zu gebrauchen. Er machte sich im Kopf einen Vermerk, neue zu beschaffen. Er wusste, dass irgendwo auf seinem Dachboden noch ein Stapel lagerte, den er einst preiswert eingekauft hatte. Er steckte das Bündel zurück und fragte, ob Margott ihm wohl Pergament und Tinte holen könne. Da die Magd von Rungholt keine Befehle entgegennehmen wollte, musste Frau Calve sie erst anweisen.

Daraufhin setzte sich Rungholt auf einen umgekippten Zuber und schrieb auf seinem dicken Oberschenkel, auf den er das Pergament legte, mit Calves Stylus alles mit.

»Ihr sagtet, Euer Gatte sei nicht in der Stadt?«

»Er ist nach Stralsund. Und nur, falls es Euch interessiert, er hat unsere beiden anderen Pferde mit. Er ist nämlich mit unserem Jüngsten nach Stralsund.«

»Wann ist er aufgebrochen?«

»Schon vor einigen Tagen. Letzten Montag.« Das war vor dem Mord. Wenn es stimmte, was dieses Weib ihm erzählte, dann konnte Calve nicht der Mörder sein. Die Frau und der Knecht waren bei den Vorderläufen angelangt.

Sie blies eine Strähne ihrer Haare nach hinten, die sich aus dem Kranz gelöst hatte. »Er wollte vorgestern schon wieder hier sein. Und ich denke, er wird heute wohl kommen.«

Sie erzählte weiter, dass ihr Mann begonnen hatte, Geschäfte mit Schonen zu treiben, ansonsten aber ein Bryggefahrer sei. Ein Kopman to Brügge, wie sie sagte. Rungholt ließ sie erzählen. Er hatte vor, sie auf den Fremden anzusprechen, aber erst einmal war es gut, mehr über Hinrich Calve zu wissen. Rungholt erfuhr, dass Calve in Stralsund ihren ältesten Sohn Egbert treffen wolle.

»Hat er Feinde? Wird er bedroht?«

»Nein«, sie hielt inne. Sie schien wirklich verblüfft, entsprechend ungläubig fragte sie: »Wer sollte meinem Hinrich etwas anhaben wollen?«

»Ich weiß nicht, deswegen frage ich.«

Sie dachte einen Moment nach. »Nein. Feinde? Nicht das ich wüsste.«

»Und er hat nichts… nun… Ungewöhnliches getan? Vielleicht einmal etwas Eigenartiges gesagt oder dergleichen?« Rungholt bemerkte, dass sie zögerte. Sie weiß etwas, aber sie überlegt, ob sie mir trauen kann.

»Kann ich Euch helfen?« Rungholt stand auf. Er überwand seine Skepsis, die er dem riesigen Gaul gegenüber hatte, und stellte sich zu ihr. »Wie unhöflich, erst jetzt zu fragen. Aber ich war so versunken in meinen …«

Er deutet auf seinen Kopf und ließ den Finger kreisen.

»Einem Mann, den man beinahe wie eine Hexe verbrannt hat, muss man das wohl nachsehen.« Da war es wieder, ihr nettes Lächeln. Sie drückte ihm den Eimer mit dem Wasser in die Hand. Er sollte ihn ums Pferd zum letzten Huf tragen.

»Tut mir Leid, wenn ich stinke, aber ich habe heute Morgen meine Höflichkeit in der Sickergrube verloren und musste danach tauchen.«

Sie lachte. »Ihr Männer stinkt doch gerne. Und kuriose Sachen sagt ihr auch andauernd.« Sie musterte ihn, hob das Bein des Pferdes mit einem Ruck an und beruhigte den Kaltblüter. Dann blickte sie zu Rungholt auf, der unnütz und ein wenig verloren dastand und nicht recht wusste, was er tun sollte. Der Knecht drückte sich entschuldigend an ihm vorbei zum Pferd. Schnaubend fraß der Kaltblüter etwas Heu.

»Was wollt Ihr genau wissen?«

»Nun, wieso Euer Mann all diese Tabellen und Zeichnungen hat? Sind das Karten von Küsten? Ist er selbst zu See gefahren?«

»Ich verstehe nicht, was das mit einem Keller zu tun haben soll?«

»Ich frage nur aus Interesse.«

»Nur aus Interesse … Aha …« Sie grübelte erneut, er reichte ihr den Eimer Wasser, so dass der Knecht das Eisen abkühlen konnte.

»Ich hoffe, ich verrate keine Geschäftsgeheimnisse. Ihr seid doch auch Händler. Im Rat. Hab ich Recht?«

Rungholt nickte.

»Mein Mann bewundert Euch. Ich meine, Euch Ratsherren. Er will unbedingt in den Rat. Hinrich träumt von nichts anderem. Und er hat gesagt, dass er es nächstes Jahr schon so weit sein wird.« Sie lachte, aber sehr offen. »Meint Ihr etwas Kurioses in der Art?«

»Hm. Ich weiß nicht.«

»Ihr wisst eine Menge nicht, scheint mir.«

Hätte Winfried oder Marek so einen Satz gesagt oder, noch schlimmer, hätte Kerkring so gesprochen, Rungholt wäre wohl rabiat geworden. »Ja, das mag sein«, gab er zu. »Aber noch einmal wegen diesen Karten in seiner Scrivekamere. Ist Euer Mann zu See gefahren?«

»In frühen Jahren mal. Aber jetzt fährt unser Sohn, der Egbert. Er fährt nach Brügge. Mein Mann handelt meist über Land mit Hamburg und Stralsund. Wir wollen unser Geschäft nach Schonen ausweiten, aber davon soll ich nichts wissen.« Sie lachte. »Was es mit den Zeichnungen auf sich hat, ich weiß es auch nicht. Hinrich ist …« Sie brach ab. Rungholt hatte das Gefühl, auf der richtigen Fährte zu sein. Wieder schien sie sich zu winden. Anstatt weiterzusprechen, bat sie um das Leinentuch. Sie rieb sich die Hände ab und gab dem Kaltblüter einen Klaps auf den Hintern. Das Pferd schnaubte zufrieden.

»Was ist mit Hinrich? Kohlmeier, der Vermieter des Kellers, hat mir gesagt, Euer Mann sei ein aufrechter Händler und ein guter Mensch. Er spendet wohl auch viel für die Armen?«

Frau Calve bejahte, noch immer wollte sie nicht mit der Sprache herausrücken. Sie begann mit dem Knecht das Werkzeug zusammen zu suchen.

»Es sind die Vitalienbrüder«, meinte sie schließlich.

»Die Serovere?«

Sie sah sich nach dem Knecht um. Er hatte nichts gehört, dennoch führte sie Rungholt ein Stück von ihm fort und zum Haus hin.

»Versteht mich nicht falsch, aber Hinrich ist … er ist irgendwie vernarrt wegen der Vitalienbrüder.« Sie legte sich das Tuch auf die Schulter und sah sich im Hof um. Sie vermeidet es, mich anzusehen. Aber sie lügt nicht, überlegte Rungholt, es ist ihr nur peinlich, darüber zu sprechen.

»Vernarrt ist wohl das falsche Wort, aber ich wüsste kein

besseres. Eine Frau bekommt eine Menge mit, wenn sie ihrem Mann ab und an über die Schulter schaut, wisst Ihr?«

Rungholt konnte es sich vorstellen. Vielleicht sollte auch er etwas vorsichtiger sein mit dem, was er herausfand und mit dem er sich beschäftigte.

»Er hat alles über sie gesammelt, was er in die Finger bekam«, fuhr sie fort. »Er nutzt seine Handelsreisen nach Stralsund, um von seinem Freund Sarnow Berichte über ihre Kapereien im Sund zu erhalten. Er hat das alles sortiert, so wie er seine Bilanzen sortiert. Fragt nicht, warum. Ich weiß es nicht. Er hat nur ständig davon gesprochen, dass es nicht zu beschreiben sei, was an losem und bösem Volk aus allen Ländern zusammenläuft. All die Knechte und Bauern und das Gesindel, das unehrenhaft tötet und Schiffe aufbringt. Er ist der festen Meinung, dass die Vitalienbrüder Gottes Geißel seien, die jeder gläubige Hansa bekämpfen müsse. Jeder Kaufmann muss sie bekämpfen, sagt er immer. Mit allen Mitteln.«

»Mit allen Mitteln«, wiederholte Rungholt. Er sah sich nach seinen Pergamenten um. Sie lagen noch immer mit dem Tintenfässchen beim Zuber. Er durfte nicht vergessen, sich das alles aufzuschreiben. Und er musste zu Kerkring gehen. Er brauchte mehr Zeit. Der Mord an diesem Muselmann aus dem Morgenland wurde undurchsichtig wie Nebel, der vom Meer heraufzieht und die Trave herunterwandert.

»Hat er, bevor er wegfuhr, über die Vitalienbrüder gesprochen?«

»Nein. Das Letzte, von dem er gesprochen hat, war Holz.«

»Holz?« Rungholt verstand nicht. Meinte sie wirklich Baumstämme?

»Ja. Er hat sich schrecklich über die Holzpreise aufgeregt. Geschlagenes Holz in Lübeck zu kaufen sei so teuer, dass man alles gleich aus Bernstein bauen könne, hat er gesagt.«

»Bauen? Was denn bauen?«

Sie wusste es nicht. »Ist das wichtig?«

»Ich weiß nicht.« Jetzt hatte er es schon wieder gesagt.

Er berichtigte sich schnell: »Ich denke, alles kann wichtig sein. Bestimmt ist es wichtig.« Rungholt sagte dies ruhig, so als wisse er wirklich nichts, aber insgeheim dachte er an die Konstruktionspläne im Keller und an die kuriosen Skizzen, die nun alle verbrannt waren. Er spürte, wie der Bluthund in ihm eine neue Fährte witterte. Endlich hatte er wieder eine Spur. Eine diffuse Spur zwar, aber immerhin.

»Ich weiß nicht genau, aber ich kann nachsehen, ob ich etwas über das Holz finde.«

»Das würdet Ihr tun?«

Sie nickte.

Wenig später hielt Rungholt eine Warenliste in der Hand. Sie war auf den zweiten im Heumonat datiert. Auf Mariä Heimsuchung, wie die Franziskaner den Tag nannten. Keine drei Monate alt. Vergeblich suchte er seine Brille. Nebelhaft konnte er sehen, was es war, erkannte dann jedoch mit geschultem Händlerblick, dass es sich um einen Kostenvoranschlag handelte. Anscheinend hatte Calve ihn im Juli dieses Jahres einholen lassen. Weniger der hohe Preis, der auf ihm veranschlagt wurde, ließ Rungholt stutzen, als vielmehr die Menge an Holz, die Calve ordern wollte.

»Fünfhundert Lasten?«

Frau Calve stand ins Gesicht geschrieben, dass auch sie nicht wusste, was ihr Mann mit derlei viel Holz anstellen wollte.

Das Holz reicht für den Bau von mehr als einem halben Dutzend Koggen, dachte Rungholt. Für eine ganze Flotte. Selbst Weckenburg hatte vor Jahren kaum die Hälfte an Schiffen gegen die Kaperer in der Ostsee ins Feld geführt. Hat Calve vor, einen Krieg zu führen? Will auch er Friedeschiffe ausrüsten?

Rungholt hatte vor Jahren im Krieg gegen Dänemark im Hafen Koggen ankern sehen, die gut fünfzig Krieger und leicht zwanzig Schützen führen konnten. Siebenhundert Mann? Eine Armee, die ausgereicht hätte, um Bergen oder Visby zu nehmen?

Rungholt hörte Calves Frau noch etwas sagen, doch sein Blick wanderte abwesend zurück zu Calves Dornse. Dorthin, wo jedes Kreuz Hunderte von Toten auf See markierte.

Den Weg zum Rathaus hinauf überlegte Rungholt, was er Kerkring sagen könnte. Jetzt hatte er so lange gezögert, und nun lief ihm die Zeit endgültig davon. Die Argumente wollten jedoch nicht recht kommen. Es gab reichlich viele. Sicher. Der Anschlag auf ihn sollte allein schon reichen, doch Rungholt wollte nicht recht einfallen, wie er den jungen Richteherr packen und überzeugen konnte. Es war alles so verwirrend. Der Fall wurde immer rätselhafter. Wenn nur Calve käme, dann könnte er diesen befragen. Aber zuerst musste der Richteherr ihm mehr Zeit geben. Kerkring musste einfach. Rungholt legte sich die Worte zurecht, feilte an seiner Ausführung und schwor sich darauf ein, ruhig zu bleiben. Diesmal keine Schwäche, sich nicht die Blöße mit einem Wutanfall geben. Doch als er dann die gewundene Treppe in den ersten Stock hinauf und am Danzelhus vorbeischritt und keuchend im Seitenflügel Kerkrings Tür einfach aufstieß, da war es mit Rungholts Zurückhaltung zu Ende.

»Ich brauche mehr Zeit, Kerkring«, sagte er, die Tür kaum geöffnet.

Kerkring fuhr von seiner Arbeit hoch. Er feilte gerade an einem Vortrag für den Rat, während neben seinem Manuskript und den Büchern Mus dampfte. Wie immer am Fressen, schoss es Rungholt durch den Kopf.

Kerkring schien überrascht, Rungholt zu sehen. Doch sein überraschter Ausdruck wich schnell einem aufgesetzten Lächeln. »Ach, Ihr seid es. Was wollt Ihr, Rungholt?«

»Mehr Zeit. Gebt mir mehr Zeit, Daniels Unschuld zu beweisen.« Rungholt baute sich vor Kerkrings Tisch auf. Endlich schien der junge Mann zu begreifen. Er legte die Pergamente beiseite und nickte dem alten Fiskal zu.

»Gregor, wenn du uns entschuldigen würdest?« Der dürre

Alte verneigte sich knapp. Es war der Fiskal, der mit Kerkring auch auf der Lastadie gewesen war. Rungholt erwiderte sein Lächeln und grüßte kurz. Während der Fiskal ein paar Pergamentrollen unter den Arm klemmte, zog Kerkring sein Mus heran.

»Wir sehen uns bei der Ratssitzung, Herman«, sagte der Fiskal.

»Ist gut, ich denke, wir sollten es mit den Konvois weiterhin wie besprochen versuchen«, erwiderte Kerkring. »Friedeschiff zur Begleitung der Koggen zu schicken… Wir werden sehen, was der Rat sagt.«

Kerkring nickte dem Fiskal bejahend zu. Rungholt wartete, bis der Mann gegangen war. Er platzte förmlich vor Ungeduld, und langsam wurde er paradoxerweise darüber zornig, dass Kerkring wieder einmal drauf und dran war, ihm das Tempo zu nehmen, und seine Wut langsam verebben ließ.

»Auf mich ist ein Anschlag verübt worden! Man wollte mich töten.«

»Das sehe ich.«

»Was?«

»Ich sehe es.«

Rungholt stutzte. Er war verblüfft, und erneut ergrimmte es ihn, dass Kerkring ihn überraschte. Immerzu gelingt es diesem Jungspund von einem Rychtevoghede mich zu verwirren, grollte er. Dieser Fettwanst und Daueresser mit seinen strahlend blauen Augen und den dicken, apfelroten Hamsterbäckchen. Dieser Biermuskopp. Rungholt sah an sich herunter. Er hat wohl die Blasen auf meiner verletzten Hand gesehen. Rungholt hatte sie aufgestochen und sich von Alheyd verarzten lassen. Sie hatte eine Salbe darauf geschmiert, die schlimmer gebrannt hatte als das Feuer selbst. Die verdreckten Kleider hatte er inzwischen gegen frische getauscht. Zwar hatte er sich nicht gebadet, dafür jedoch gründlich gewaschen. Dennoch roch man noch immer den Rauch. Er steckte in seinen Haaren und haftete noch an seiner Haut.

»Nun, nur eine kleinere Verletzung, wie ich sehe. Der Brand in der Mühlenstrasse?«

Rungholt knurrte ein Ja. Er legt ihm Calves Liste mit dem Holz hin. Kerkring sah sich das Pergament nur flüchtig an, während Rungholt losschoss: »Kerkring, nun hört mir zu. Es gibt eine Verbindung zwischen Hinrich Calve und dem Toten, und wenn Calve wieder hier ist, dann muss ich ihn befragen. Er ist der Einzige, der uns helfen kann –«

Kerkring unterbrach ihn. »Calve? Wer ist Calve?«

Er ließ die Liste zurücksegeln.

»Er hat den Keller...« Rungholt merkte, dass er zu aufgeregt war. Er begann von vorne: »Ich kenne Calve nicht. Aber er ist ein Brüggefahrer und Händler. Hier aus Lübeck. Hinrich Calve, er wohnt in der Ellerbrook.«

Kerkring notierte es sich. Rungholt berichtete ihm vom Gespräch mit Frau Calve. Obwohl Kerkring alles mitschrieb, beschlich Rungholt das ungute Gefühl, dass Kerkring nicht verstand. Oder es nicht verstehen wollte. Er verzog kaum die Miene, und er schien es nicht merkwürdig zu finden, dass jemand für einen orientalischen Gelehrten einen Keller anmietet. Allerdings verschwieg Rungholt ihm wohlweißlich, woher er wusste, dass der Mann aus dem Morgenland kam. Und er sagte auch nichts von den Pergamenten, die er hatte retten können, oder von den merkwürdigen Instrumenten im Keller. Nachdem Kerkring so wenig Interesse an der Liste gezeigt hatte, schwieg er auch über das Holz.

»Calve ist gerade in Stralsund, aber er kehrt wohl die Tage heim«, sagte Rungholt. »Er hat den Keller für den Fremden angemietet. Ich gehe davon aus, dass die beiden zusammen etwas geplant haben.«

Kerkring löffelte nickend weiter. Er riss etwas Brot ab. »Aber Calves Frau weiß von nichts?«

Rungholt nickte.

»Sie hat den Fremden nie gesehen?«

Rungholt bestätigte erneut.

»Oder dass er wirklich ein Muselmann oder Heide war?«

Wieder musste Rungholt nicken. Verflucht. Er setzte ein »Aber« an, doch Kerkring dachte nicht daran, ihn zu Wort kommen zu lassen.

»Sie hat unseren Toten nie zu Gesicht bekommen oder mitbekommen, wie Calve mit ihm Geschäfte macht?«

Wieder musste Rungholt zustimmen. Diesmal brummelnd.

»Und dieser… dieser Calve. Ja? Der ist in Stralsund?«

»Ja. Aber er wollte gestern schon zurück sein. Ich denke, er kommt jeden Moment in –«

In die Stadt hatte er sagen wollen, aber Kerkring unterbrach ihn erneut: »Und so lange soll ich das Thing aufschieben?«

Rungholt schloss die Augen. Darauf wollte dieser Mann doch nun wirklich keine Antwort bekommen. War er hier, um sich zum Narren halten zu lassen?

Kerkring seufzte. »Das kann Wochen dauern. Wer weiß, wo dieser Händler sich herumtreibt. Ich habe schon mit dem Fiskal die Schöffen bestellt.« Kerkring stopfte sich einen weiteren Löffel Mus in den Mund.

»Nachher war er's noch selbst und ist geflohen«, flüsterte er schmatzend und nahm einen tiefen Schluck aus seinem Krug.

»Ha!« Rungholt hieb auf den Tisch. Diesmal war es Kerkring, der zusammenzuckte. »Ihr seid Euch bei Daniels Schuld demnach ebenso unsicher, wie Winfried und ich!«

Kerkring schien nicht zu verstehen. Oder war es eine Masche? Will der Junge mich absichtlich wütend machen, damit ich entgleise? Damit ich mich bloßstelle und ihm doch noch meine Gnippe in die Seite ramme, zürnte Rungholt.

Kerkring fixierte Rungholt, dann schnalzte er mit der Zunge und grinste. Rungholt durchzuckte die Wut. Er lacht dich aus, er ist voll Hohn, und er wird Daniel niemals freilassen.

In Rungholt wälzte sich etwas vorwärts. Wie ein schwerer Ochsenkarren zur Trave hinrollt und alles in seinem Weg zermalmt. Schwer zu bremsen und noch schwerer, seinen Ausgang zu bestimmen. Rungholt hatte letzten Sommer gesehen, wie ein Kind von einem führerlosen Handkarren voller Fässer regelrecht zerschlagen worden war. Vier Männer hatten versucht, den Wagen in der engen, abschüssigen Gasse zu stoppen. Vergeblich. Der Karren war an einer Mauer unweit Rungholts Haus zerschellt.

Kerkring hatte Rungholts Blitzen in den Augen wohl gesehen, denn er ruderte zurück. »Es war ein Scherz. Wahrscheinlich nicht ganz passend, zugegeben. Entschuldigt… Nein. Ich glaube immer noch, dass es Daniel war. Aber selbst wenn ich es nicht glauben würde, ich werde die Verhandlung nicht auf unbestimmte Zeit aufschieben. Gott wird über Daniels Schuld urteilen. Deo volente.«

»Kommt mir nicht mit Eurem Lateinischen! *Ihr* werdet über ihn richten. Ihr ganz allein«, belferte Rungholt.

Kerkring blieb ruhig. »Hütet Eure Zunge, Rungholt. Ihr sprecht beinahe wie ein Frevler. Wenn wir Blutgericht halten, am Tage und unter freiem Himmel, so sprechen wir Gottes Willen.«

»Das denkt Ihr doch selbst nicht!«

»Ihr frevelt! Es ist nicht wichtig, was ich denke. Was ich glaube, das ist wichtig. Und mein Glaube zu Gott ist unerschütterlich. Er wird entscheiden, ob Daniel ein Sünder und Mörder ist. Das Thing wird stattfinden!«

»Ein Mörder?« Rungholt packte Kerkring und zog ihn mit einem Ruck halb über sein Essen. Der Richteherr schrie auf, sein Krug zersprang am Boden. Der Wein, das Essen, alles rutschte vom Tisch. Ehe sich Rungholt versah, hatte er die Gnippe tatsächlich in der Hand, hatte sie in der Hand und schon ausgeklappt. Bereit. Bereit sie Kerkring an den Hals zu setzen. In Rungholts Ohren rauschte es. Seine verbrannte Hand pochte. Er war ganz Wut. Als er schrie, spuckte er vor Aufregung. Sein ganzer Schädel war rot, und sein Zahn pochte derart schmerzhaft, dass seine Augenbraue rhythmisch zuckte. »Der Junge weiß doch nicht einmal, was das ist. Und Sünder? Ein Sünder werdet Ihr sein, wenn Ihr einen Unschuldigen rädern lasst.«

»*Lasst mich los!* Rungholt! Was soll … Finger weg!« Kerkring keifte. Ihn hatte die Angst gepackt. Aber als er versuchte, sich aus Rungholts Griff zu entwinden, sah er das Messer vor sich. Er schrie und versuchte, sich vom Tisch zu drehen. Doch er lag halbwegs mit dem ganzen Gewicht darauf und konnte sich mit den Beinen nicht gut abstützen.

»Seid Ihr krank? Ihr sollt mich loslassen! Lasst mich! Man sollte Euch aufknüpfen! Man sollte Euch den Hals …«, schrie Kerkring.

Rungholt stieß den Mann regelrecht zurück, so dass er keuchend vom Tisch wegfiel. Kerkring krachte gegen ein Regal mit Büchern.

»Ihr seid *verrückt*«, brüllte Kerkring. Doch anstatt nach Hilfe zu rufen, trat er erneut an den Tisch vor und sah sich das verschmierte Essen und den vergossenen Wein an. Auch sein Wanst war besudelt von Mus. Sein Gesicht war puterrot, und er keuchte hörbar. Schweiß stand auf seiner Stirn. Kerkring klaubte seine Serviette vom Boden auf, wischte sich den Schweiß ab und tupfte sich dann den Bauch. Ruhe kehrte ein.

»Calves Frau weiß von nichts. Das Einzige, was Ihr habt, ist der Besitzer eines abgebrannten Hauses. Vielleicht gibt es eine Verbindung zum Fremden. Wer weiß das schon? Ihr sucht in alle Richtungen, ohne das Naheliegende zu sehen: Einen Streit. Einen Streit zwischen dem Fremden und Eurem Lehrling!«

Plötzlich schmiss Kerkring eine Tassel auf den Tisch, die er zuvor aus einem Fach an seinem Schreibpult gezogen hatte.

In Rungholts Brust wütete immer noch sein Herz. Unablässig malte er sich aus, wie es gewesen wäre, wenn er mit der Gnippe zugestochen hätte. Schluss. Ein für alle Mal. Schluss für diesen Angeber und Taugenichts.

Und jetzt diese Tassel. Klein, metallen, leblos und dennoch blutig. Rungholt lehnte sich über den Tisch. Er versuchte, etwas zu fragen, aber ihm versagte die Stimme.

»Ja, es *ist* Blut. Falls das Eure Frage war«, sagte Kerkring. »Und jetzt wollt Ihr wissen, woher ich sie habe?«

Rungholt konnte nicht glauben, dass es wirklich die Tassel des Fremden war. Hier stimmte etwas nicht. Selbst wenn Daniel sie ihm geklaut hatte, der Junge war nicht so dumm, sie bei sich zu tragen.

»Ein Knecht des Frons gab sie mir«, sagte Kerkring trocken.

»Der Fron?« Ungläubig betrachtete Rungholt das kleine Ding. Er nahm sie hoch: Es waren zwei fein gearbeitete Scheibenfibeln aus Silber. Ein Kettchen verband sie. Die runden Fibeln waren jeweils von einer filigranen Kupferranke umschmiegt, deren winzige Blüte ein Bernstein war. Sie waren zwar nur halb so hübsch wie der Schmetterling, den Rungholt für Alheyd ausgesucht hatte, aber es war eine kostbare und gut gefertigte Arbeit.

»Ja, der Fron. Sein Knecht brachte sie heute Morgen. Daniel hatte sie in seiner Zelle versteckt…« Kerkring überlegte. »Nein. Der Knecht meinte, Daniel habe sie gerade *wegwerfen* wollen. Ja. Er schwört, dass er und der Fron Daniel nichts angetan haben, aber er habe die Tassel nicht gleich herausgeben wollen. Es tut mir Leid.«

Rungholt hatte nicht genau hingehört. Er sah immer noch auf die Silberscheiben mit ihren Verschlüssen, den Fibeln mit den eingefassten Bernsteinblüten, und ihm wurde bewusst, dass diese Tassel viel zu kostbar für einen ärmlichen Mann war. Denn diesen Glauben hatte der Mörder anfangs wecken wollen: Ein ärmlicher Mann in der Trave. Und Kerkring hatte ebenfalls davon gesprochen. Also entweder derjenige, der alles vertuschen wollte, war sehr fahrlässig oder er hatte seinen Plan geändert – oder aber es war tatsächlich die kostbare Tassel des Muselmannes. Rungholt horchte in sich hinein, doch er konnte keine Antwort hören. Er musste abwarten.

»Ich denke nicht, dass sie Daniel ernstlich etwas getan haben.«

Endlich riss es Rungholt aus der Betrachtung. »Was sagtet Ihr?«

»Eurem Lehrling. Ich glaube nicht, dass sie ihm wirklich wehgetan haben.«

»Ich will es für den Fron hoffen.«

Kerkring nickte. »Wir haben keine peinliche Befragung angeordnet. Nur, dass Ihr es wisst. Ich denke aber, er ist von Euch gottgläubig erzogen, er wird wohl auch ohne Nachhelfen seine Sünden gestehen. Vor allem, da ich jetzt ein Beweisstück habe.« Er reichte Rungholt ein Beutelchen, damit Rungholt die Tassel hineinlegen konnte.

»Drei Tage, Kerkring. Bis zum Samstag.«

Kerkring überlegte kurz. Er griff sich einen Apfel. Als Kerkring abgelenkt war, ließ Rungholt statt der Tassel einen seiner Ringe in den Beutel fallen und zog das Säckchen zu. Auf die Schnelle hatte er nichts anderes. Er wollte sich diese Tassel einmal in Ruhe zu Hause ansehen. Er reichte Kerkring das Beutelchen, der nichts bemerkt hatte.

»Gebt mir jedenfalls zwei weitere Tage, Kerkring. Nur zwei.«

Kerkring biss vom Apfel ab. »Freitag. Ihr habt bis Freitagmittag«, stöhnte er. »Diese anderthalb Tage, Rungholt. Bis zum Freitag. Aber wenn dann niemand gesteht, werden wir Freitag Blutgericht halten.«

Rungholt sah den jungen Rychtevoghede an und fragte sich, warum er ihm nach dem Angriff eben noch mehr Zeit gab. Immerhin war er diesem pausbäckigen Angeber an den Hals gegangen. Hatte er sich etwa in Kerkring getäuscht?

Kerkring schien seinen Gedanken zu lesen. Nochmals überraschte der Richteherr Rungholt, indem er sagte: »Weil ich ein gottgefälliges Gericht will, Rungholt. Deswegen bekommt Ihr die Stunden. Ich will die Blutschande von dieser Stadt nehmen, aber nicht um jeden Preis. Unter meiner Gerichtsbarkeit wird kein Unschuldiger entleibt, und kein Sünder wird seinen Kopf auf den Schultern behalten. Nicht in dieser Stadt.«

Er baute sich vor Rungholt auf. »Und glaubt ja nicht, dass ich Angst vor Euch habe. Mir sind sehr wohl Gerüchte über Euch zu Ohren gekommen, Rungholt. Dinge, die Euch nicht schmecken werden…«

Dinge, die nicht getan werden dürfen.

»Ihr habt Euch mit Unfreien und Bettler zusammengerottet. Mit Aussätzigen wahrscheinlich«, sagte Kerkring. »Angeblich habt Ihr sogar einen Bedürftigen geschlagen. So sehr, dass der Mann im St. Annen behandelt werden musste.«

Rungholt hörte Kerkring leise und aufmerksam zu. Er nahm den Blick nicht von dem jungen Mann, der ihn anblitzte.

»Es reicht, um über Euch Gericht zu sprechen, Rungholt. Ihr stammt aus keiner ehrbaren Familie. Eure Blutslinie führt nicht weit hinab, und schlägt ihre Wurzeln nicht in unserem Rat. Ihr seid nur ein Händler von außerhalb. Von den Uthlanden. Sohn eines Salzmachers, nicht mehr. Und, dass Ihr heute zu den einflussreichen Männern meiner Stadt gehört, wird Euch bald nichts mehr nutzen.« Kerkring massierte sich wie beiläufig den Nasenrücken. »Wenn Ihr derart weitermacht, natürlich nur. Ansonsten, geht mit Gott. Und nehmt ein Bad, in Herrgottsnamen.«

Rungholt zischte einen Dank. Er wollte die Warnung nicht hören und hatte Besseres zu tun, als sich in einer Diskussion zu verstricken. Mochte Kerkring von ihm halten, was er wollte, er war schon zur Tür hinaus. Es galt, die herausgeschundene Zeit gut zu nutzen.

Als Rungholt vor dem Rathaus auf die Straße trat, sah er auf die Fronerei, die etwas abschüssig stand. Rungholt entschied sich nochmals gegen einen Besuch bei Daniel. Teils, weil er Angst davor hatte, erneut angesichts Daniels patziger Art einem seiner Wutanfälle zu erliegen, und teils, weil er die Zeit besser nutzen wollte, als Daniel durch weibisches Geschwätz zu trösten. Er musste sich die geretteten Pergamente ansehen. In Ruhe, aber so schnell wie möglich. Und er musste seine Hand wieder einsalben.

Rungholt schlug seinen Mantel hoch und eilte gegen die neuerlich aufgekommenen Böen gestemmt nach Hause. Dass der Einhändige unter den Bögen bei den Goldhändlern wartete und nun hinter ihm auf die Breite Straße trat, bemerkte Rungholt nicht.

Der Krüppel folgte Rungholt.

Auf dem Heimweg traf Rungholt seine Frau. Sie stand mit Hilde und Mirke beim Gänsehändler und feilschte. Er gab sich nicht gleich zu erkennen, sondern lauschte, was Alheyd der Gänsemutter und ihrem Mann in der kleinen Litte erzählte. Alheyd gelang es, die Verkäuferin gegen ihren bulligen Mann gehörig auszuspielen und so den Preis zu drücken. Rungholt war stolz. Nachdem er Alheyd, Mirke und Hilde herzlich gegrüßt und sich knapp für sein Aussehen entschuldigt hatte, nahm er Alheyd beiseite. Sie war angesichts seiner geröteten Hand besorgt, doch er wiegelte ab. Alles halb so schlimm, Alheyds Salbe würde es schon richten.

»Ich glaube, Mirke ist überfordert«, begann er leise. »Ich denke, die Verlobung nimmt sie doch mehr mit, als wir dachten. Anegret und Margot haben ihre Toslach ganz anders aufgenommen, aber Mirke…«

»Hat Mirke etwas gesagt?« Alheyd klang besorgt.

»Nein. Hätte sie sollen?«, fragte Rungholt und fuhr fort: »Daniels Verfestung nimmt sie stark mit. Ich glaube, sie liebt Daniel zu sehr.«

Alheyd erschrak. Selbst Mirke, die beim Obstbefühlen heimlich lauschte, bemerkte, dass Rungholt etwas Einschüchterndes zu ihrer Stiefmutter gesagt hatte. Doch Rungholt, der sonst Frevler, Sünder und Mörder einzuschätzen wusste, übersah Alheyds Furcht. Vielleicht, weil er sie nicht wahrhaben wollte, vielleicht auch, weil der Schluss, den sein Satz bedeutet, selbst für ihn zu unglaublich klang. Er wäre nie auf die Idee gekommen, dass sich Daniel und Mirke wie Mann und Frau liebten. So fuhr Rungholt einfach fort, indem er seine Frau halbwegs belehrte: »Alheyd, du musst wissen, Daniel und Mirke waren wie Bruder und Schwester zusammen. Es muss schrecklich für Mirke sein, ihren Spielkameraden in der Fronerei zu wissen.«

Alheyd entspannte sich wieder. Deswegen also sprach Rungholt von Liebe. Sie warf Mirke einen Blick zu. Die beiden Frauen sahen sich an. Mirke wurde bewusst, dass Alheyd nur ein Wort sagen musste, und Mirkes beginnende Affäre mit Daniel wäre aufgeflogen. Doch Alheyd schwieg und lächelte ihren Mann nur an.

»Ich wollte nur sagen …«, begann Rungholt und wollte fortfahren, dass Alheyd auf Mirke aufpassen, dass sie seine Tochter beiseite nehmen und mit ihr reden solle, aber er wollte sich vor den Frauen nicht mit besorgtem Weibergewäsch zu sehr die Blöße geben und deswegen brummte er stattdessen schnell: »Besser, wenn Mirke mehr mithilft. Sie schien mir reichlich allein an unserem Abend mit Attendorn. Vielleicht sollte sie mehr helfen, dass sie sich besser einfügt in ihre Hochzeit.«

Er hielt Alheyds Hand und blies wärmend hinein.

»Ich weiß«, erwiderte Alheyd. »Deswegen habe ich sie auch schon mitgenommen und nicht zu ihren Freundinnen an den Krähenteich gelassen. Sie kommt sehr nach dir, Rungholt. Ihr grübelt beide zu viel nach, was wohl passieren wird. Und kriegt dann beide nur Angst vor dem, was kommt.«

»Mag sein. Aber ihre Hochzeit soll nicht auch noch unter Daniels Festnahme leiden. Mirke soll sich keine Sorgen machen, sag ihr das. Und sieh zu, dass sie im Haus mehr hilft und mit Hilde die Toslach vorbereitet. Ja?«

Sie versprach es, gab Rungholt ihren Korb, der mit Schinken und Gemüse gefüllt war. »Sei so lieb und bring das schon mal nach Hause.«

Sie küsste ihn und strich ihm ein paar Haare aus dem Gesicht. »Iß aber nicht alles auf.« Seine Wangen waren vom Zornausbruch noch heiß. »Hast du dich wieder aufgeregt?«

»Ist nur das Wetter«, log er.

19

Als Rungholt kurz darauf sein Haus betrat, wäre er beinahe erschlagen worden. Er hörte noch einen Schrei, der ihn wohl warnen sollte. Aber der Ruf kam zu spät. Der Sack war schon neben Rungholt auf die Dielensteine geschlagen. Er hatte sich vom Flaschenzug gelöst, den einer der Knechte auf dem Dachboden bediente. Rungholt hatte gerade noch beiseite treten können. Sofort war er in Mehl gehüllt. Jetzt war es an den Wandmalern aufzuschreien. In Windeseile versuchten sie, ihr halb fertiges Gemälde zu schützen. Sie rissen fluchend ein Laken hoch und fächelten wild mit ihren Paletten. Sie pusteten sogar im irrigen Glauben, so den Staub vertreiben zu können. Die Knechte stürmten herbei, um nach Rungholt zu sehen und die Fenster aufzureißen, damit der Mehlstaub abzog, bevor er sich an einer Kerze oder einem Kienspan entzündete. Sie entschuldigten sich vielmals bei Rungholt, der sie zusammenstauchte.

Durch den Staub konnte Rungholt die Küche erkennen. Oder was mittlerweile davon übrig geblieben war. Denn was die Küche einst zum gemütlichen, warmen Plätzchen gemacht hatte, das stapelte sich nun vor dem Abgang der Treppe. Und auch die Diele stand voll. Die ganzen Grapen, Töpfe, Spieße und Pfannen hatte Alheyd herausgetragen. Kisten voller Geschirr stapelten sich, selbst die guten Becher aus Glas waren verpackt und sämtliche kostbaren Keramikhenkelkannen – die mit dem russischen Wappen, die Rungholt so liebte –, waren herausgebracht worden. Überall Bottiche und Essen. Schinken hing an den Dielenbalken, Krüge mit Eingelegtem. Im Gegenzug standen in der leeren Küche nur einige schwere Eimer mit Kalk und Zuber voll dreckigem Wasser. Sie versperrten den Gang zum Herd. Alheyd hatte erst zur Hälfte die Wände von der dicken Rußschicht befreit und neu gekalkt.

Rungholt war unversehens in ein Durcheinander geraten.

Nachdem er seine Hand in ein feuchtes Tuch gewickelt hatte, flüchtete er in seine Dornse.

Es waren letztlich nur noch vier Pergamente übrig. Das eine war mit einer komplizierten Zeichnung aus Balken und Bindungen versehen. Ein Teil einer aufwendigen Skizze. Rungholt strich es vorsichtig glatt. Es war Tierhaut von bester Qualität. Er schätzte, dass es Jungfernpergament war, aus den kostbaren Häuten von totgeborenen Schafen oder Ziegen hergestellt. Das selbst jetzt noch, nach all der Hitze sehr geschmeidige Pergament hatte der Fremde sorgsam mit dünner Feder und Lineal beschrieben. Eine Vorrichtung aus verzapften Holzbalken, an denen Seile festgezurrt waren, konnte Rungholt erkennen. Jedoch wusste er nicht, für was die Seile und die Balken gut sein sollten, denn die Beschriftungen der einzelnen Bauteile waren nur kunstvolle Schnörkel. Rungholt bezweifelte, dass es Worte waren. Zumindest konnte er keine Buchstaben ausmachen. Nur Schlaufen, Punkte und wahllose, kunstvolle Striche.

Calves Frau hatte Recht, Calve und der Muselmann wollten etwas bauen. Deswegen das Holz. Doch was wollten sie errichten? Es sah aus, als wolle jemand eine Mauer aus Holzbohlen aufstapeln, aus der kuriose Seilzüge herausführten. Diese wurden von einer fremden Mechanik angetrieben, die daneben auf dem Boden stand.

Wenn Calve für diesen Bau, diese Art von Palisade das Holz braucht und nicht für eine Flotte aus Koggen, dann schätze ich diesen Bau wohlmöglich völlig falsch ein, grübelte Rungholt. Vielleicht ist das, was ich hier sehe, nicht nur ein paar Klafter hoch und einige dutzend breit. Vielleicht ist diese Konstruktion viel größer? Vielleicht ist dieses Bauwerk höher als unsere Stadtmauer und breiter als unser Rathaus?

Er versuchte, sich dieses Bauwerk aus Holz und Seilen vorzustellen, aber es wollte ihm nicht recht gelingen. Undeutlich beschlich ihn das Gefühl, auf der falschen Spur zu sein.

Auf der Rückseite des Pergaments war die kuriose Skizze aus Linien und Punkten zu sehen. Die Skizze mit den arabischen Ziffern und Formeln, die Rungholt nicht verstand. Hingestreute Punkte waren mit geraden Linien verbunden, die ein Netz aus Dreiecken bildeten. Sie schienen etwas einzuteilen, festzuhalten oder zu umspannen. Rungholt konnte nicht sagen, was es bedeuten sollte.

Zwei weitere Pergamente waren mit Tabellen beschrieben. Die eine Haut mit einer langen Liste. Endlose Zahlenkolonnen, deren Positionen mit arabischen Ziffern geschrieben waren, so dass Rungholt sie nicht nachrechnen konnte und nicht wusste, für was sie standen. Er war sich aber sicher, dass es keine gewöhnlichen Handelsblätter waren. Dazu waren es einfach zu viele Punkte, und die Berechnungen schienen ihm zu kompliziert. Die zweite Tabelle war ergiebiger. Er entrollte das Pergament, wobei verbrannte Stücke abfielen. Rungholt wusste sofort, dass Calve die Tabelle geschrieben hatte. Sie war in normaler Schrift abgefasst, und Rungholt erkannte sie sofort als eine Warenliste. Sie enthielt über hundert Positionen. Es waren Kostenaufstellungen für eine wirtschaftliche Kalkulation. Calve hatte festgehalten, was er bisher ausgegeben hatte. Rungholt überflog die Liste, konnte aber keinen interessanten Punkt finden oder sonst irgendetwas, das herausstach. Alle Posten machten den Eindruck, als haben Calve und der Fremde tatsächlich ein Schiff bauen wollen. Es war zwar kein Holz auf der Liste verzeichnet, aber es gab Kosten über Öl und Pech, Holzzapfen, Gerätschaften zum Schleifen und Hacken. Selbst Feuersteine, zwei Rinder und ein paar Hühner mit dem Vermerk *Verpflegung* und einige Fässer Quellwasser fanden sich. Rungholt ging die Liste mehrfach durch. Es gab einige Positionen, die er nicht klar zuweisen konnte. So waren eine Reihe von Bauernwerkzeug – Hacken, Spaten, Schaufeln – aufgeführt, doch gleich daneben wieder Teile für den Schiffbau.

Das vierte Dokument, das er sich so blind geschnappt hatte, war eine einfache Schriftseite. Rungholt konnte noch die Wachsverfärbungen erkennen, die von einem Siegelstempel stammten. An ihm hatte wohl einst ein Siegelfaden gehangen, doch beides – der Faden sowie das Siegelwachs – war durch die Hitze zerstört. Es handelte sich um einen Bericht oder ein Brief. Vielleicht die Aufzeichnung aus einem Tagebuch? Rungholt konnte es nicht sagen. Er konnte die Schrift, obwohl es Latein war, nicht gut lesen. Das lag zum einen daran, dass er in Latein nie gut gewesen war, aber zum anderen an dem Umstand, dass große Teile der Seite verbrannt waren. Das Feuer hatte eine Hälfte gänzlich vernichtet und große Löcher in den Rest gefressen. Beinahe alles war verkohlt, Schrift und Asche waren häufig nur mit Wohlwollen zu unterscheiden.

Er kehrte noch einmal zu dem Jungfernpergament und den Skizzen zurück. Ein ungefähres Gefühl beschlich ihn, dass er auch dann nichts erreichen würde, wenn er die Zahlen verstünde und gar versuchte, sie nachzurechnen. Es würde Tage dauern, sie in römische zu übersetzen und wahrscheinlich Jahre, um hinter die Formeln zu kommen. Er brauchte sein Tuch mit der Rechenlinie gar nicht erst ausrollen. Damit würde er dem Geheimnis nicht auf die Spur kommen.

Er hatte einfach zu wenig aus dem Keller gerettet.

Die Müdigkeit kehrte zurück. Abwesend drückte er die Blasen an seiner Hand, er konnte nicht davon ablassen, an ihnen herumzuprokeln. Es war Abend geworden. Er rief einen der Knechte und schickte ihn zur Fronerei. Er sollte Daniel die frohe Kunde bringen, dass die Gerichtsverhandlung noch einmal bis zum Freitag aufgeschoben sei. Und er solle Wein abfüllen und Essen mitnehmen und dem Jungen gefälligst gut zureden.

Rungholt wusste nicht, dass Mirke in diesem Moment voller Stolz auf ihren Vater war. Sie hatte aus der Diele gelauscht, in der sie mit Hilde die Sträuße, Girlanden und Myrrezweige vom Mehlstaub befreite und weitere Tücher aufhängte. Gerade band sie oben auf einer klapprigen Leiter bunt gefärbte Bänder ans Gebälk. Seit sie vor einigen Minuten vom Markt gekommen waren, hatte Alheyd sie durchs Haus gejagt. Überall hatte Mirke mit anpacken müssen, nur die Küche sollte Alheyds Refugium bleiben. Sie sortierte ihre Grapen und Pfannen lieber allein wieder ein, während sich Hilde und Mirke um den Dielenschmuck kümmern sollten.

Als Mirke hörte, dass es Rungholt gelungen war, die Gerichtsverhandlung noch einmal aufzuschieben, war sie froh, einen Vater wie ihn zu haben. Auch wenn er an Wutausbrüchen litt und manchmal jähzornig war, Rungholt setzte sich ein, und er kämpfte für seine Ziele. Bedingungslos. Das erniedrigende Verhandeln in ihrem Beisein, sein unbedingter Wille, sie an Attendorn zu verheiraten, all dies war einen Moment lang vergessen, als der Knecht aus der Dornse kam, Wein abfüllte und sich schnell auf den Weg machte.

Doch dann schoss tobend Rungholt aus seiner Scrivekamere. Einen Krug seines Wacholderschnapses in der einen und die Kleider des Fremden in der anderen Hand. Mirke war sofort klar, dass er in sein Versteck hinter den Paneelen gesehen hatte und nun Attendorns Vertrag vermisste. Ihre Freude und ihr Stolz über Rungholt wandelten sich sofort in Angst.

»Hilde!«, polterte er. »Hast du in meiner Kammer rumgeräumt?«

Hilde kam angelaufen, beharrte aber darauf, nichts angerührt zu haben. Mirke, die noch immer auf einer Leiter stand, beschäftigte sich lieber unauffällig mit den Bändern. Sie hoffte, ihr Vater würde sie nicht direkt fragen.

»Ihr Weiber stellt doch das ganze Haus auf den Kopf! Wo ist der Vertrag? Ich habe ihn in meiner Kammer gehabt und nun ist er weg? Da war doch jemand dran! »

»Nein, Herr.«

»Hat jemand meine Kammer betreten? Alheyd?«

Mirke konnte das Grummeln ihres Vaters hören. Doch er schien eher abgekämpft, als wirklich wütend. Sie hatte ihn schon rasender erlebt. Ihre Mutter war aus der Küche gekommen.

»Alheyd? Warst du in meiner Kammer. Sprich schon, Weib.«

»Ich? Wieso sollte ich? Ich hab genug mit dem Haus zu tun. Ich werde mich hüten, in deinem Saustall rumzuräumen.«

Hilde musste sich ein Lachen verkneifen. Mirke hielt den Atem an, doch Rungholt hatte das Giggeln bemerkte. Er fluchte, dass es durchs Haus schallte und die Wandmaler sich nach ihnen umdrehten, dann befahl er der Magd, sich davonzuscheren. Oben auf ihrer Leiter betete Mirke, der Kelch möge an ihr vorbei gehen und Rungholt wieder in seiner Dornse verschwinden.

»Mirke? Du warst das. Oder?«

Mirke war ganz steif. Jetzt hatte er es sogar ausgesprochen. Wahrscheinlich hatte er bemerkt, wie sie weggesehen und unbeteiligt getan hatte. Darin war er gut. Mirke spürte, wie ihr Vater zorniger wurde, wie der Jähzorn in ihm hochschoss. So schnell es ging, kletterte sie von der Leiter. Jetzt half nur die Flucht nach vorn.

»Wahrscheinlich hast du ihn im Suff selbst verlegt«, trällerte sie. Sie sagte es mit einem Lächeln, absichtlich wie eine liebe Tochter, die ihrem Vater ein wenig unter die Arme greifen will.

»Im Suff. Im Suff! Ich hatte ja nicht mal die Zeit für einen ordentlichen Suff!« Doch insgeheim grübelte Rungholt, ob er den Vertrag nach dem Abend mit Attendorn tatsächlich wieder in sein Versteck getan hatte. Dann ging ihm auf, was Mirke überhaupt gesagt hatte. »Wie sprichst du mit deinem Vater, du Göre?«

Sie spürte, wie ihr augenblicklich die Tränen in die Augen schossen. Sie wollte etwas sagen, aber ihr kam kein Wort von den Lippen.

»Warst du in meiner Kammer? Meinst du, ich bekomme nicht mit, dass du mir ständig nachstellst und lauscht? Daniel hier, Daniel da! Du tust nichts. Nichts für deine eigene Hochzeit! Mit deinen Schwestern hatte ich weniger Sorgen als mit dir!«

»Ich – ich wollte doch nur sagen, dass … Vielleicht liegt der

Vertrag da noch irgendwo.« Sie wischte sich die Tränen weg, doch es kamen immer neue.

»Was geht dich der Vertrag an? Ich werde schon dafür sorgen, dass du einen guten Mann bekommst. Bei meiner Ehre! Als Vater und als Kaufmann.«

Mirke konnte nicht mehr klar denken, sie war sogar unfähig, noch patzig zu werden. Sie bemerkte nur noch, wie Rungholt sich zu Alheyd umdrehte und beinahe trotzig meinte: »Der Termin bleibt. Muss sich Attendorn eben ins Zeug legen und für uns einen neuen Vertrag aufsetzen. Macht er es eben. Hat ja genug Geld, um ein paar Schreiber anzustellen. Meine Töchter sind bisher alle gut unter die Haube gekommen. Ein Vertrag oder ein Lehrling im Gefängnis soll uns das Fest nicht verderben. Wird Zeit, dass sie unter die Haube kommt.«

Das konnte Mirke nicht mehr mit anhören. Sie wollte nicht heiraten. Sie wollte nicht mit diesem Attendorn zusammen sein, so gütig und liebevoll er auch war. Sie wollte nicht. Sie wollte zu Daniel.

»Vater, bitte«, sagte sie und hielt sich die Ohren zu.

»Kannst du schon hören. Ich habe dir eine gute Rente herausgehandelt. Wenn ich den Vertrag nicht aufsetzen kann, muss Attendorn es eben tun und sein Kapitänshaus an der Wakenitz mit aufnehmen. Und das wird er. Kann er gleich in den neuen Vertrag schreiben. Gut, dass der alte weg ist. War eh unakzeptabel, der Wisch.«

Doch Mirke igelte sich ein, als Rungholt ihre Hand packte und von ihrem Ohr wegziehen wollte. Seine Finger drückten in ihr Fleisch. Sie spürte, dass sie blaue Flecken bekommen würde.

»Warum tust du nichts für deine Verlobung, Mirke? Kind! Geh gefälligst zu Hilde und hilf ihr wenigstens mit dem Kleid«, sagte er ernst und wandte sich dann an Alheyd: »Ihr Frauen macht die Toslach, und ich hole Daniel aus der Fronerei. Verstanden?«

Mirke spürte, dass er nochmals an ihrem Arm zog. Sie wollte

das alles nicht mehr hören. Sie presste den Kopf auf ihre Brust, die Hände an ihre Ohren und die Augen zu. Dennoch konnte sie spüren, dass er sich wieder zu ihr gebeugt hatte.

»Sei froh, du kommst bald in den heiligen Hafen der Ehe. Für dich wird gesorgt sein, Mädchen.«

Alheyd mischte sich von hinten ein. »Rungholt, bitte, lass sie.«

»Du tust mir weh.« Mirke schrie auf.

Rungholt ließ sie sofort los. Das hatte er nicht gewollt. Erst jetzt realisierte er, wie sehr sie zitterte. Sie weinte noch immer. Er sah es und schämte sich augenblicklich für seine Grobheit. Daniel war für sie wie ein Bruder. Ihr Kamerad und Gefährte. Und was tat er? Er schrie sie an, dass sie nichts für ihre Verlobung tue. Was hätte er getan, wenn seine Schwester ins Gefängnis geworfen worden wäre?

Der Zorn verflog. Bei diesem jämmerlichen Anblick seiner weinenden Tochter fiel seine Wut zusammen wie ein Hefekuchen.

»Komm mal her«, sagte er liebevoll. Er wollte ihren Arm fassen und sie an sich ziehen, um sie zu drücken. »Dein Vater ist manchmal ein bisschen dumm im Kopf.«

Mirke riss sich los und lief in den Hof.

Rungholt konnte ihr Schluchzen hören, noch nachdem sie sich im Hof verkrochen hatte. Er wollte ihr nachgehen, doch er zögerte und blieb an der Tür zum Hof stehen. Anstatt seiner Tochter weiter gut zuzusprechen, dachte er, er würde sie nur stören. Sie würde schon zur Besinnung kommen. Und war es nicht wichtiger, die Wurzel des Übels zu bekämpfen? Wenn Mirke wegen Daniel so aufgebracht und verwirrt war, ja befürchtete, einen guten Freund zu verlieren, war es da ratsam, nicht seine Tochter zu trösten, sondern lieber Daniel aus der Fronerei zu holen?

All diese Gedanken gingen ihm durch den Kopf, während er an der Tür stand und auf das halbfertige Wandgemälde sah.

Mirke hatte sich im Stall verkrochen, hatte sich in die letzte Ecke der Hütte zurückgezogen. Sie hatte sich einfach ins dreckige Heu gesetzt und war mit dem Hintern ganz bis in die Ecke aus groben Brettern gekrochen. Abwesend streichelte sie eines der Ferkel. Wut und Trauer vermischten sich. Wie vor Tagen, als der Zucker verbrannt war und ihre Stiefmutter auf sie eingeredet hatte. Warum sprach niemand wirklich mit ihr? Warum wollte ihr Vater nicht verstehen? Wen hatte sie denn? Wem konnte sie etwas sagen? Es war alles so sinnlos.

Sie sah sich im muchtigen Stall um. Es war dunkel. Nur der letzte Schimmer Abendrot schrägte durch die Spalten der Bretter. War es so, wenn man erwachsen wurde? Dass alles schwer wurde? Dass alles Gewicht bekam und wo früher der Tag endlos war, nun alles immer auf den Abend zulief? Unausweichlich alles wichtig wurde. Und dennoch alles ausweglos. Das Gefühl, in einem Brunnen zu hocken, die Wände nicht hinaufzukommen und zusehen zu müssen, wie jemand den Brunnen für den Winter abdeckt.

War dies die Hölle? Das Fegefeuer und die ewige Verdammnis, von denen der Pfarrer ständig predigte?

Ein langer, dunkler Schacht mit einem Ausgang, den man nie erreicht?

Während Mirke sich schluchzend zurückgezogen hatte und sich wegen eben jener Tränen selbst hasste, ließen die Wächter am Höxtertor einen Verwundeten mit seinem schwer verletzten Kind ein.

Kaum hinter der Stadtmauer rutschte Calve vom Sattel und landete im Matsch vor dem Wehrgang. Zwei Wachen halfen ihm hoch. Verschwommen konnte er St. Marien erkennen. Er faselte etwas, das niemand verstand. Als er den Kopf wandte, ragte dort der Dom in den Himmel. Daheim. Er war daheim. Johannes lebte, und er war zu Hause. Er hatte Johannchen nach Hause gebracht.

Lübeck. Heilige Stadt der sieben Türme.

Und aus dem Nebel, durch den er die Welt sah, rief eine Wache. Sie bat um Hilfe, und eine zweite beugte sich über die Bahre mit seinem Jungen. Ein paar Gerberinnen kamen aufgeregt angerannt. Sie hatten den verwundeten Händler mit der Bahre schon auf der Brücke umringt, waren jedoch nicht sofort eingelassen worden.

Calve schloss die Augen, lehnte sich ans Pferd. Seine hagere Gestalt zitterte. Er spürte vor Kälte und vor bleierner Müdigkeit kaum seinen Körper. Gut, dass die Wachen am Höxtertor ihn erkannten. Er hätte nicht mehr die Kraft gehabt, sich auszuweisen. Die Welt musste warten. Er war so erschöpft, konnte sich nicht mehr bewegen. Selbst das Wasser, das man ihm aus einem Schlauch an die Lippen führte, konnte er aus Erschöpfung kaum schlucken.

Erst nach einer Weile kehrte ein wenig seiner Kraft zurück, und ihm gelang es, mit zwei Bütteln und einer der Wachen Johannes in die Ellerbrook zu bringen.

Calves Frau brach innerlich zusammen, als sie Johannes dem Tode nahe auf dem Gestell sah. Sie ließ sich jedoch vor der Magd nichts anmerken. Hand in Hand arbeiteten sie und Calve zusammen. Das freudige Wiedersehen wurde verschoben. Calve und die Männer brachten den Jungen in die Schlafstube in den ersten Stock, während Calves Frau den Knecht weckte und der Magd Anweisung gab, nasse Tücher zu bringen. Johannes wurde gebettet und notdürftig umsorgt. Nur mit Mühe gelang es Calve wenig später, seine Frau zu beruhigen, nachdem der Schock von ihr abgefallen war. Dass Egbert von den Vitalienbrüder ermordet worden war, verschwieg er angesichts der Lage.

Ohne auf seine eigene Gesundheit zu achten, ritt Calve zu den besten Leibärzten Lübecks. Außerdem schickte er die Magd und den Knecht zu allen Heilern und Badern aus, die er kannte. Es dauerte nur eine Stunde, und die Medizinkundigen strömten in sein Haus. Sie untersuchten Johannes, ließen ihn sogleich zu Ader und wuschen seine Wunden. Alle bösen

Säfte sollten aus seinem Körper heraus. Während sie sich gelehrig kümmerten, stimmten Calves Frau und die Magd Fürbitten an. Sie entzündeten Kerzen für die Heilige Lucia und für Kunigunde von Luxemburg. Die Schutzpatroninnen würden diese Nacht viel Beistand bringen müssen.

Die Nacht war schon angebrochen, und Calve hatte sich gerade hinlegen wollen, als er die Nachricht fand. Rungholt hatte Calves Frau bei seinem Besuch gebeten, ihrem Mann eine Einladung zu überreichen. Bevor er gegangen war, hatte er schnell auf ein Stückchen Pergament geschrieben, dass er Calve wegen des Fremden und des Kellers in der Mühlenstraße sehen wolle, und seine Adresse hinterlassen.

Er wusste nicht, wie Rungholt entkommen war. Er hatte gesehen, wie die Flammen in Minuten das Haus gefressen hatten. Dann war er fortgerannt. Der Einhändige hätte schwören können, dass alle im Keller verbrannt waren, doch jetzt musste er mit ansehen, wie der Fettsack von einem Händler einen Brief entgegennahm. Der Krüppel ahnte, dass der Brief, der Rungholt überbracht wurde, bedeutsam war. Es war unter anderem die späte Stunde und das frostige Wetter, das ihm sagte, dass der Bote wichtige Kunde brachte. Eine unwichtigere wäre erst nach der Morgenmesse gebracht worden. Dennoch war es wohl vor allem sein Instinkt. Ein unbestimmtes Gefühl, das ihn leitete und ihm bisher immer beigestanden hatte. Auf seinen Instinkt hatte der Einhändige sich bisher immer verlassen können. Diesen bezahlten seine Auftraggeber quasi mit – und auf ihn war er stolz. Vielleicht mochte er auch deswegen Tauben so gerne. Weil sie immer nach Hause fanden mit ihrem untrüglichen, messerscharfen Gespür. Die Tauben waren ein bisschen wie er. Ihnen war es eigentlich gleich, wem sie dienten, und sie waren oft als Boten unterwegs genau wie er. Außerdem waren sie frei – und sie machten ihren Weg. Irgendwie. Zudem mochte er an den Vögeln, dass einige von ihnen verkrüppelte Füßchen hatten. Sein Instinkt steckte in seinen schiefen Knochen wie bei Richteherrn der Verstand im Schädel.

Der Einhändige hielt sich hinter einem großen Regenfass verborgen und verfluchte den eisigen Wind, der mit Sonnenuntergang zugenommen hatte. Stundenlang hatte er vor Rungholts Haus verharrt. Es war eine ganze Zeit lang nichts geschehen, nachdem Rungholt vom Rathaus heimgekehrt war. Nur seine Frau und seine Tochter waren vom Markt gekommen.

Und nun war der Bote aufgetaucht. Von seinem Platz beim Fass aus konnte er gut sehen, wie Rungholt dem Mann Geld gab und noch wichtiger, wie Rungholt dem Mann eine Antwort in die Hand drückte. In diesem Moment war alles zusammengekommen. Das Wetter, der Bote zu später Stunde und Rungholts Lächeln. Wie ein guter Arzt faule Säfte im Harn erkennt, so erkannte der Einhändige, die Bedeutsamkeit der Nachricht.

Er löste sich aus seinem Versteck und schlug die Kapuze seiner Heuke hoch. Der Wind blies durch den dreckigen, gestopften Mantel. Er fror. Unwillkürlich beschleunigte er seinen Schritt, den Boten immer Auge, der sich vor ihm die Engelsgrube hinaufschob. Der Mann hatte einen strammen Schritt am Leib, aber der Einhändige war ebenfalls flink. Er wechselte die Straßenseite, huschte durch den schmalen Schlitz Mondlicht in der Mitte der Gasse und war auch schon wieder unter den Giebel abgetaucht.

Es war niemand auf der Straße. Die Engelsgrube lag ruhig da. Er musste links vom Boten kommen, um ihm den Umschlag zu entwenden. Der Einhändige zog einen Umschlag von einem alten Auftrag aus der Tasche, den er nicht erfüllt hatte. Dann gab er seine Deckung etwas auf. Es waren jetzt vielleicht noch drei, vier Klafter zwischen ihnen. Der Bote drehte sich um, meinte, einen weiteren nächtlichen Boten zu sehen, als der Einhändige ein wenig seinen Brief hob. Der pergamentene Umschlag leuchtete im Mondlicht.

Nichts ahnend drehte der Bote dem Einhändigen wieder den Rücken zu und stapfte weiter voran.

Er musste den Mann abfangen, bevor er auf dem Koberg war, wo bestimmt noch Leute auf der Straße unterwegs waren. Der Misericord blitzte auf, ein Schritt, zwei Schritte. Er hörte den Boten über das Wetter fluchen, der Mann wollte wohl ein Gespräch beginnen.

Ein hübsches Gesicht. Der Mann war keine achtzehn Jahre alt. Gut gebaut, ein wenig zierlich vielleicht. Der Misericord fand seinen Weg. Ein einziger Stoß seitlich zwischen Schulterblatt und Halswirbel. Ein tiefer Stoß mit dem schlanken Dolch. Kein Schnitt, er hätte zu sehr geblutet. Der Mann konnte nicht einmal schreien. Er versuchte es, öffnete seinen Mund und wollte ein Wort formen, doch es kam nichts über seine Lippen. Er fiel dem Einhändigen regelrecht in die Arme. Der Mörder hielt ihn, zog ihn mit einem Ruck zwischen zwei Häuser. Dabei war er darauf bedacht, sich nicht mit Blut zu besudeln.

Als er dem Boten den Umschlag aus der Hand nahm, fuhr es ihm kalt den Rücken herunter: Er hatte dem jungen Mann in die Augen gesehen. Tote Augen. Er musste sich zusammenreißen, seine Finger dem Jungen auf die Lider zu legen und sie zu schließen. Er hasste das.

Angewidert wandte er sich ab und las den Brief. Er konnte nur seinen Namen schreiben, indem er ihn malte – und nur sehr gebrochen lesen. Bei diesen Worten jedoch strengte er sich an. Er sollte belohnt werden, denn die wenigen Zeilen bescherten ihm eine bessere Laune. Er hatte zwar gedacht, dass sie Calve in den Wäldern getötet hatten, doch auch wenn nicht – dann würde *er* hier in Lübeck die Aufgabe übernehmen und sich ein extra Salär verdienen.

Calve würde niemals ahnen, dass sein Brief, der geschrieben worden war, um einem erneuten Hinterhalt zu entgehen, genau einen solchen erst ermöglichte.

20

»Aber Ihr müsst den Vertrag doch zumindest gelesen haben!« Attendorns Enttäuschung war ihm anzusehen. Rungholt spürte, dass er um Fassung rang. Seufzend sah sich Attendorn in der Scrivekamere um und löste seinen Umhang. Er war gerade erst hereingekommen. Rungholt hatte ihm noch nicht einmal Wein angeboten, weil er selbst im Begriff war zu gehen.

Ich hätte wohl längst an Attendorns statt losgepoltert, irgendetwas zerschlagen und zertrampelt, dachte Rungholt. Wie ein querschädliger Kindskopf. Man sieht ihm an der Nase an, dass er Spross einer alteingesessenen Handelskompanei ist. Gut.

Rungholts stattlicher Schwiegersohn in spe ging wesentlich geradliniger ans Werk, als er es jemals vermochte. Rungholt schob's auf seine Herkunft und darauf, dass Attendorn gebildeter war als er.

»Wir werden das Wittum ändern. Ihr sollt das Kapitänshaus ja bekommen. Wir haben schon eingeschlagen, Rungholt. Warum zögert Ihr, den Vertrag zu ändern?«

»Geht nicht anders«, sagte Rungholt als eine Art Entschuldigung. »Habt noch etwas Geduld, Attendorn.« Er zögerte, Attendorn zu bitten, an seiner statt den Vertrag abzuändern, und entschied sich, diese Frage erst einmal abzutun. Er streifte seinen Tappert über, doch Attendorn, der den Wink zu gehen sehr wohl verstand, sah nicht ein, die Diskussion schon jetzt zu beenden.

»Wollt Ihr mir Mirke nicht zur Frau geben? Ist es das?«

Rungholt hielt erschrocken inne. »Was redet Ihr? Selbstverständlich möchte ich. Und ich möchte, dass wir Euren Vorschlag der Wedderlegginge noch einmal aufgreifen. Eine gemeinsame Handelskompanei nach der Hochzeit wäre ein Kapital in die Zukunft, Attendorn.«

Rungholt schnallte sich einen schweren Gürtel um.

Er hatte dem hübschen Boten einen Pfennig in die Hand gedrückt und noch einen weiteren obenauf, dass seine Antwort auch schnell ankomme. Als der Bote ihm die Nachricht überbracht hatte, war Rungholt nicht verwundert gewesen, dass Calve sich in einem Badhaus treffen wollte. Er konnte gut verstehen, weswegen der Händler nicht zu ihm ins Haus kommen wollte. Er hatte wohl erfahren, dass der Fremde ermordet und sein Keller abgebrannt worden war. Wie konnte er da jemandem trauen, der bei ihm eine Nachricht hinterließ? Rungholt hätte an Calves statt wohl ebenso gehandelt. Sie wollten sich in einem Badhaus unweit des Holstentors treffen. Rungholt kannte das Badhaus nicht gut. Für seinen Geschmack war es zu belebt dort – und die Frauen zu ausschweifend. Er war erst ein, zwei Mal dort gewesen, um Geschäfte zu besprechen.

Er biss sich auf die Lippe. Ich sollte es ihm einfach sagen, dachte Rungholt. Von Händler zu Händler, von Schwiegervater zu Schwiegersohn. Die Ehrlichkeit wird ihn vielleicht überzeugen, meinen restlichen Forderungen zuzustimmen. Eigentlich müsste ich dankbar sein, dass ich Attendorns Vertrag verschludert habe. So ist jedenfalls Anlass für ein ganz frisches Pergament, und es wird nicht herumgepfuscht am alten.

Nachdem Mirke sich im Stall versteckt hatte, hatte Alheyd Rungholt die Ohren lang gezogen. Mirke sei durch die Verlobung launenhaft genug, hatte sie gewettert. Einen Vertrag zu verlieren sei das eine, aber etwas anderes, seinem Kind nicht die Hand zu reichen, nachdem man es angeschrien hatte. Rungholt jedoch war viel zu aufgebracht gewesen, um das einzusehen. Schlimmer noch, Alheyds vernünftige Worte hatten ihn mehr und mehr erzürnt. Vor allem deswegen, weil er ihnen nichts entgegensetzen konnte. Er war Alheyd immer so wehrlos ausgeliefert. Weiber. Immer hatten sie Recht.

Da kam ihm Calves Nachricht gerade recht. Angesichts des bevorstehenden Treffens war die Wut verflogen. Calve würde endlich Licht ins Dunkel bringen. Wahrscheinlich konnte er Rungholt einen Grund für den oder die Morde liefern.

Schließlich hatte Rungholt in seiner Dornse dort weitergemacht, wo er aufgehört hatte: Mit dem guten Wacholderschnaps aus seinem geheimen Versteck. Er hatte sich ein großes Glas auf all den Schreck und vor allem auf all den Frust gegönnt. Erst Kerkring, dann Mirke. Beim zweiten Wacholderschnaps hatte er überlegt, noch einmal zu ihr zu gehen und mit ihr zu reden. Er hatte den Gedanken jedoch über den Pergamenten wieder vergessen. Sie hatten ihm ihr Geheimnis noch immer nicht offenbart.

Jetzt wurde es wirklich Zeit aufzubrechen. Er wollte Calve nicht warten lassen.

»Der Vertrag ist leider zerstört, Attendorn. Es war keine Absicht, Ihr müsst mir glauben. Einer meiner Knechte … Nun, er ist … Es war ein Ungeschick. Ich habe ihm die Knute gegeben, aber …«, log Rungholt.

»Zerstört?« Attendorn musste sich setzen. »Wie ist das möglich?« Fragend sah er Rungholt an. Der stand ungeduldig an seinem Schreibpult und zog sich die Gugel über.

»Vielleicht solltet Ihr noch schnell einen neuen aufsetzen lassen. Tut mir Leid. Ihr habt doch sicher eifrige Schreiber an der Hand«, sagte Rungholt.

Attendorn nickte nur schwach.

Fauliger Tod, dachte der Krüppel. Er spuckte vor seine Schuhe und spießte den Wurm mit seinem Messer an einen der Holzbalken des Hauses. Er ließ ihn ein wenig zappeln, bis er sich zusammenrollte und nicht mehr wand. Er betrachtete ihn und fragte sich, warum seine Tauben keine Würmer fraßen. Denn eigentlich, dachte er, war es genau das, was er an Vögeln so mochte: dass sie das Gewürm vernichten, das sonst die toten Leiber in der Erde frisst. Es war ein bisschen so, als würden ihre Schnäbel Stücke vom Tod aufpicken und einen kleinen Sieg gegenüber dem Vermodern erringen. Er steckte den toten Wurm in seine Tasche, höhlte das Loch mit seinem Misericord aus und aß den Apfel. Er hatte noch Zeit.

Mit Hilfe seines Auftraggebers hatte er Rungholts Nachricht gefälscht. Dieser kannte sich mit Sprachen aus, konnte fantastisch lesen und schreiben. Nachdem sein Geldgeber die wenigen Zeilen abgeändert hatte, hatte der Einhändige die Nachricht scheinheilig bei Calve abgeliefert. Für den toten Boten hatte er sich eine Ausrede überlegt – außerdem kannte man ihn als Briefträger. Es war daher nicht ungewöhnlich anzunehmen, Rungholt habe ihn tatsächlich geschickt. Genau so, wie der Krüppel es Calve gegenüber betont hatte.

Sein Auftraggeber hatte getobt, als er erfahren hatte, dass Calve noch lebte. Er hatte ihm den Auftrag erteilt, endgültig für Calves Tod zu sorgen. Und deswegen war er hier. Deswegen wartete er vor dem Badhaus, in dem Calve sich mit Rungholt verabredet hatte. Nur, dass Calve durch den gefälschten Brief des Einhändigen ein wenig früher erscheinen sollte. So war der Plan. Er wollte Calve auflauern, noch bevor Rungholt kam. Dann würde er Calve erledigen und, wenn alles gut lief, eventuell Rungholt auf dem Weg zum Badhaus abfangen und ebenfalls töten. Letzteres würde er aus freien Stücken tun, seinem Auftraggeber hatte er versprechen müssen, Rungholt nichts anzutun. Noch nicht, aber diese Meinung gegenüber Rungholt würde sich bestimmt bald ändern. Da war sich der Einhändige sicher.

Er hielt inne und ließ schnell seinen Misericord verschwinden. Er tat, als beschäftige er sich mit den Pferden, die vor dem Haus angebunden waren. Ein nackter Mann, nur mit Trippen und Handtuch bekleidet, huschte über die frostige Straße und zum Badhaus hin. Es war nicht Calve. Der Mann war beinahe so dick wie Rungholt. Als er die Tür des Hauses aufzog, schallte Frauengelächter heraus. Der Einhändige konnte fröhlichen Gesang hören, das ausgelassene Spiel der Laute. Warmer Dampf schlug dem Dicken entgegen, dann verschwand er pfeifend im Badhaus, wo ihn sicher der Bader und ein paar wohlerzogene Damen empfingen.

Der Krüppel blies sich in die verwachsene Hand. Der Wind

war schneidend. Er rieb die Finger und versuchte, sie etwas zu bewegen. Es wärmte nur wenig. Schließlich legte er den Arm zurück in den Armschutz und hakte ihn fest. Ihm war klar, dass er Calve auf der Straße abfangen musste. Es war schon sehr dunkel, und im blauen Licht des Mondes waren kaum Leute unterwegs. Im warmen Badhaus jedoch, hatte er keine Chance, Calve ungestört entgegenzutreten. Er hätte sich ausziehen müssen – und außerdem war alles voller Männer und Hübschlerinnen. Ausgeschlossen. Calve hatte den Treffpunkt gut gewählt. Das gab er zu. Einen winzigen Moment hatte er beim Überbringen der Nachricht überlegt, schnell zuzustoßen. Es hatte jedoch nur ein Knecht den Brief entgegengenommen, und Calves Haus war voller Menschen gewesen. Der Kleidung nach zu urteilen waren es wohl Ärzte.

Er hörte Schritte. Jemand kam die Gasse herunter. Der Einhändige drückte sich zwischen die Pferde und lugte an ihnen vorbei. Tatsächlich kam ein hagerer Mann die Straße herunter. Er hatte ein Tuch im Arm und steuerte das Badhaus an. Er war zwar nicht entkleidet, doch der Krüppel war sich sicher, dass er ins Badhaus wollte. Als der Mann den Schatten der Häuser verließ und auf die Straße trat, erkannte er das Gesicht im Mondlicht. Es war Hinrich Calve. Selbst mit der Gugel auf dem Kopf konnte er ihn klar erkennen. Calve hatte eine geschlossene Hose übergestreift. Die Beinlinge waren zusammen genäht. Der Krüppel konnte den Hosenlatz sehen, als er Calve mit dem Blick abtastete. Er trug eine lange, schlichte Robe, die bis zu den Knöcheln reichte. Er hatte sie mit einer Tassel geschlossen und die Hände darunter verborgen. Er trug wohl ein Pergament, so wie sich der Mantel ausbeulte. Seine Schnabelschuhe waren noch sauber. Sie waren nicht sehr lang, aber dennoch an den Spitzen hochgebunden. Seine Trippen waren robust und ausgetreten. Der Einhändige bezweifelte nicht, dass Calve die Schuhe und die Trippen gewählt hatte, weil er auch gut darauf laufen konnte. Er tastete nach hinten an seinen Gürtel, in den er seinen Misericord gesteckt hatte. Er nahm das schlanke Messer so, dass die Klinge in seinem Ärmel verborgen war und der Griff gut in seiner Hand lag. Im Nu hätte er die Waffe gezückt und Calve in den Hals gerammt.

Calve war halb über der Straße, als sich der Einhändige von den Pferden löste und tat, als wolle er ebenfalls ins Badhaus. Er hatte sich extra ein Tuch mitgenommen, legte es über die Hand mit dem Dolch. So konnte er noch näher heran. Bevor Calve das Messer sehen konnte, würde es schon in seinem Hals stecken.

Calve erreichte die schwere Eingangstür. Er zog sich die Gugel vom Kopf. Umso besser, dachte der Einhändige. Desto einfacher und präziser findet mein Gnadegott den Weg. Er kam auf Calve zu. Dieser bemerkte den Krüppel, und mit einer wohligen Befriedigung registrierte der Einhändige, dass Calve auf sein mitgebrachtes Tuch sah und ihn deswegen gleich als harmlos einstufte. Es war immer so einfach. Die Menschen waren so leicht zu täuschen. Er wandte sich ab. Calve wandte sich ab! Er reckte dem Krüppel geradezu den Hals hin. Noch einen Klafter… noch eine Armeslänge.

Er konnte die Gänsehaut auf Calves Hals sehen. Er konnte den hageren Mann vor sich atmen hören. Er musste etwas nach oben stechen. Calve war groß. Beinahe einen Kopf größer als der Krüppel. Er griff seinen Dolch fester. Die Rillen des Schafts waren deutlich zu spüren, der Daumen befühlte das Metall der Klinge. Bereit, sie zu führen.

Calve klopfte. Genau in diesem Moment tat der Krüppel den letzten Schritt auf ihn zu. Calve fuhr herum. Calve fuhr herum –

»Es war das heiße Wachs. Er hat's drüberlaufen lassen. Ich hätte die Pergamente nicht in der Diele studieren sollen.«

»Zerstört…« Attendorn schien noch immer nicht ganz zu begreifen.

»Ja«, sagte Rungholt. »Komplett in Dütten. Wir haben die Rolle wegwerfen müssen.«

Einen kurzen Moment war Attendorn sich nicht sicher, ob dies nicht wieder eine von Rungholts genialen Händlerpossen war, um das Wittum noch höher zu treiben. »Ihr scherzt«, meinte Attendorn lachend. »Ihr habt schon unterschrieben und die Änderungen hineingeschrieben.«

Rungholt knöpfte seinen Tappert zu und nahm die Öllampe. »Wenn es doch so wäre, Attendorn.« Er klopfte dem Händler auf die Schulter. Der Mann war auf Rungholts Stuhl mit dem Ornament eines bärtigen Russen zusammengesunken. Er schnaufte. »Ich kann Euch nur bitten, einen neuen aufzusetzen, Attendorn. Bis zur Toslach.«

Rungholt machte Anstalten zu gehen, doch Attendorn blieb sitzen. »Wollt Ihr mir nicht wenigstens einen Schluck Eures Wacholderschnapses auf den Schreck anbieten?«

»Es tut mir wirklich Leid. Ich muss los. Lasst uns morgen noch einmal über den Vertrag sprechen.«

Attendorn stöhnte. Dann nahm er sich zusammen. Er erhob sich nickend, stemmte seine Hände auf seinen Dupsing und sah sich in Rungholts Schreibkammer um. Einige der angebrannten Pergamente lagen noch auf dem Schreibpult, das Wandversteck mit den Flaschen und den Kleidern des Fremden stand offen.

»Nun, Ihr habt wohl Recht«, sagte Attendorn schwungvoll. »Es hat sein Gutes. Jetzt kann ich alles vollkommen jungfräulich aufsetzen und Eure Bitten nach dem Kapitänshaus und dem Grundstück in der Marlesgrube nachkommen. Ich werde zwei Schreiber abstellen. Morgen werdet Ihr einen neuen Vertrag bekommen.«

Rungholt, der Attendorns Blick auf seine Krüge und Fässchen bemerkt hatte, war zum Wandversteck geeilt und hatte die Holzpaneele wieder davorgeschoben. »Meine Frau«, flüsterte Rungholt, »steckt ihre Nase gern überall hinein.«

Lächelnd führte er Attendorn aus der Scrivekamere. »So gefallt Ihr mir. Attendorn. Ein neuer Vertrag. So spricht mein Schwiegersohn. Auf den Handel.«

Sie gaben sich die Hand, dann schob Rungholt Attendorn sanft zur Haustür hin. Er musste sich sputen.

Rungholt schnappte sich die Öllampe und trat mit Attendorn in die Kälte. Vor der Tür schüttelten sie sich erneut die Hand. Rungholt knurrte eine Entschuldigung, dass er noch fortmüsse. Er behauptete, noch dringend beim Töpfer wegen der Toslach vorbeisehen zu müssen. Attendorn hatte ihn wirklich aufgehalten. Rungholt hoffte, dass Calve nicht schon aus Enttäuschung wieder gegangen war. Der arme Kerl, dachte Rungholt noch, als er sah, wie stirnrunzelnd Attendorn im Dunkeln stand und seufzend seinen Bart zwirbelte.

Er liebt Mirke so sehr, und ich bringe ihn noch um Haus und Hof.

Calve fuhr herum. Ihm segelte etwas entgegen. Der Einhändige warf mitten im Schritt sein Badetuch. Instinktiv griff Calve danach und fing es auf. Seine Augen waren vor Schreck geweitet, mit einem Mal hielt er das Tuch in der Linken. Ein Tuch, wieso? ... Was? Der Misericord schnellte auf ihn zu. Ein Schrei des Erstaunens, Calve ließ sich zurückfallen. Der Dolch fuhr vor, erwischte seine Schulter. Er riss sie herum.

Das Tuch landete im Matsch. Der Krüppel schnaufte, zog seinen Misericord aus Calves Oberarm, wollte erneut vorschnellen und –

Mit einem Satz hatte Calve plötzlich ein Schwert in der Hand. Ein Einhänder! Zum Badhaus? Der Krüppel war überrascht. Er hatte erwartet, auf Gegenwehr zu stoßen, aber dass ein Händler mit Schwert durch Lübeck zieht, hatte er nicht vermutet. Calve hatte es unter seinem langen Mantel getragen.

Ehe der Krüppel ein zweites Mal ansetzen konnte, hatte Calve schon ausgeholt. Er ließ das Schwert, das er seit der Senke stets bei sich trug, herumfahren. Zu langsam, zu unpräzise, aber es reichte, um den Einhändigen zurückspringen zu lassen. Der Krüppel fluchte.

Da wurde die Tür zum Badhaus geöffnet. Der mollige Dampf quoll heraus.

»Komm her, Rungholt«, zischte Calve.

Der Einhändige gab keine Antwort.

»Ich weiß, weswegen Ihr mich töten wollt!« Er hielt sich den Krüppel mit dem Schwert auf Distanz. Ein fetter Bader mit zerzaustem rotem Bart stand in der Tür. Sein fröhliches Lächeln gefror, er stammelte etwas. Der Krüppel wich zurück.

Calve rannte auf die breitere Holstenstrasse, drückte seine Wunde mit der Linken zu.

Der Einhändige machte sich nicht die Mühe, den Bader anzufahren. Gut, dass der Rotbart ihn wohl nicht erkannt hatte. Er zog die Gugel, die er um den Hals trug, höher und setzte Calve schnell nach.

Calve war unterdessen die Straße hinab zum inneren Holstentor geeilt.

Der Einhändige bog in die Straße und konnte Calve weiter unten sehen. Er folgte ihm in strammem Schritt, den Dolch wieder so haltend, dass die Klinge in seinen Ärmel ragte. Er sah, wie Calve gegen den scharfen Wind gestellt auf das Tor zulief und direkt zu dem Wachposten, der mit zwei weiteren Bütteln die Bauern und Händler kontrollierte, die noch hinaus wollten. Zufrieden stellte der Einhändige fest, dass der Wachmann stutzte, als er den Händler mit einem Schwert erblickte.

Sofort sah sich der Einhändige um. So leicht würde Calve nicht davonkommen. Flüchten wie ein Weib? Hilfe holen? Das konnte dieser hagere Kaufmann gleich von seiner Liste streichen. Er würde ihn umbringen, er würde nachholen, was die Männer im Wald versäumt hatten und noch mehr Geld kassieren, als er ohnehin schon bekam.

Energisch wechselte der Einhändige die Straßenseite. Dort schwatzte ein bärtiger Salzhändler mit zwei Marktbuben, die Mützen vor der Kälte ins Gesicht gezogen, die Hände in den Mantel gesteckt. Der Händler hatte sein Pferd vor einen Kippwagen gespannt und hielt es locker am Zaumzeug.

Der Krüppel strebte auf das Pferd zu, bewegte die Klinge schnell und geschmeidig in der Hand. Niemand sah es. Er huschte näher, konnte Gesprächsfetzen hören, der Händler stand auf der anderen Seite des Pferdes und polterte über den Preisverfall des Lüneburger Salzes. Der Einhändige blickte nicht zur Seite, er hielt seine Augen auf Calve gerichtete, der noch immer atemringend versuchte, der Wache zu berichten. Und ohne stehen zu bleiben, schritt er am Pferd vorüber und rammte sein Misericord dem Tier flugs in die Flanke. Ein kurzer, fester Stich. Das Pferd wieherte auf, riss herum und stellte sich wild auf.

Den Kopf in den warmen mit Pelz verbrämten Schulterkragen gedrückt, eilte Rungholt durch den Wind. Er hatte sich seine wetterfeste Glocke umgeknöpft. Seine kleine Öllampe drohte bei jeder Böe zu erlöschen, obwohl sie sturmfest war. Die eisigen Windstöße hatten nicht nachgelassen, sie schnitten durch die leeren Gassen Lübecks. Der Lehmboden zwischen den Häusern wollte nicht trocknen. Der Mond brach sich klirrend in Pfützen.

Trotz der Kälte, die alles mit einem feinen Weiß benetzte, war Rungholt in Hochstimmung. Alsbald würde er der Auflösung des Rätsels ein Stück näher sein. Vor seinem inneren Auge sah er sich schon beim mäusebäckigen Kerkring. Der junge Piefke würde im Boden versinken, wenn Rungholt ihm ein Schnippchen schlug und Daniel vor Mirkes Toslach aus der Fronerei holte. Der arme Junge hatte jetzt beinahe eine halbe Woche in der Zelle verbracht. Wie ein unehrenhafter Schwindler, wie ein Goldfälscher ... Wie ein *Mörder*.

Rungholt ging schneller. Er kürzte den Weg durch einen der Gänge an der Kiesau ab.

Er war keinen Fingerbreit weitergekommen. Wie er es auch gedreht und gewendet hatte, er hatte weder die Skizze entschlüsseln noch die verbrannten Aufzeichnungen mit dem Lateinischen lesen können. Er hatte sich selbst die Warenliste mehrfach angesehen, sie abgeschrieben und durchgerechnet, doch auch hier war ihm nichts Ungewöhnliches aufgefallen. Beim dritten Glas Wacholderschnaps hatte er hin und her überlegte, ob es schlau sei, Winfried das Lateinische zu zeigen. Der Greis konnte gut Latein, auch wenn er ihm mit seinen Sprüchen oft auf die Nerven ging. Er kannte sich in mehreren Sprachen bestens aus. Einst hatte Winfried im Auftrag der Hanse mit Dänemark verhandelt und war für Lübeck in Schweden und Flandern gewesen. Jedoch zögerte Rungholt, den Greis weiter einzuweihen. Er traute ihm nicht recht, er hatte ein ungutes Gefühl bei seinem alten Freund. Der Gedanke, dem Alten nicht mehr zu trauen, ließ ihn innerlich frösteln. Er war ein wenig erschrocken darüber, wie brüchig und oberflächlich scheinbar die Bindung zu dem alten Freund war. Bevor er Winfried den Kahlen einweihte, würde er Calve fragen.

Und Rungholt war sich sicher, dass Calve viele seiner Fragen beantworten und die Pergamente übersetzen konnte.

Er eilte über die hingeworfenen Steine der Ellerbrook, hastete die Gasse hinab an Calves Haus vorbei und weiter zum Badhaus. Er beschloss, sich Calve nur langsam zu nähern, denn er wollte den Mann auf keinen Fall verschrecken. Er hatte gezögert, ob er die Pergamente überhaupt einstecken sollte, sich dann dafür entschieden. Schließlich hatte er auch die Bernsteinkugeln des Fremden und außerdem die Tassel, die er bei Kerkring geklaut hatte, mitgenommen. Obwohl er es für unmöglich hielt, dass Daniel tatsächlich etwas mit dem Mord zu tun hatte, so wollte er von Calve die letzte Bestätigung und erfahren, dass die Tassel nicht dem Fremden gehörte.

Er bog in die Straße mit dem Badhaus, doch in dem Moment, da er auf die Tür zugehen wollte, hörte er Tumult. Ein Krachen. Jemand schrie. Frauen kreischten. Ein Pferd wieherte. Rungholt zögerte. Sollte er ins Badhaus? Sein Blick fiel auf den Boden vor der Tür. Dort lag ein Badtuch. Es sah frisch aus, aber es lag im Dreck. Dazu die Rufe und das Toben nur ein paar Straßen weiter. Calve.

Der Wächter verstand diesen hageren Kaufmann vor lauter Luftholen nicht. Calve sah zu ihm hinab und flehte. Er versuchte es zumindest, denn sein Atem ging rasselnd. »Bitte! ... Ich werde verfolgt! Sie müssen... Rungholt!« Er musste schlucken, Seitenstiche quälten ihn und die Wunde, die ihm der Wegelagerer im Wald beigebracht hatte, war aufgeplatzt. »... ein Händler verfolgt mich. Rungholt, er...«

Schreie. Plötzliche Panik. Neben ihnen sprangen Marktfrauen und Bauern beiseite. Frauen kreischten, ein Händler brüllte »Vorsicht!«.

Der Wachmann ließ Calve stehen. »Wartet hier«, sagte er noch, schon im Begriff nach seinen Leuten zu rufen. Das Pferd hatte sich halb losgerissen und die Kippkarre mit Salzfässern von den Rädern gerissen. Die Fässer rollten die Gasse hinab. Das Pferd schnaubte und trat um sich. Wild geworden schleuderte es die auf der Seite liegende Karre um sich. Erwischte den Salzhändler, der an der Wand eingequetscht wurde. Ein paar Leute versuchten, das Tier zu beruhigen, aber es wurde noch panischer. Es hatte sich scheint's verletzt, seine Flanke blutete. Die Wachen rannten los, riefen nach Hilfe. Ein Nachtwächter lief aus einer der Seitengassen zur Unterstützung herbei.

Calve wusste nicht, wohin. Würde er es noch hinüber bis zur Kaschemme schaffen, hinüber zu den Gästen, die wegen des Tumults auf die kalte Straße gestürzt waren? Konnte er bis in die Gasse laufen und dann entkommen, oder würde dieser einhändige Händler ihm vorher den Weg abschneiden?

Die Stichwunde in seinem Oberarm pochte und begann zu brennen. Sie war wohl nicht sehr tief. Er war schnell genug zurückgewichen. Aber ihm war sehr wohl bewusst, dass dieser Krüppel ihn einfach aus dem unübersichtlichen Treiben vor dem Tor zerren, mit ihm in einer Nebenstraße verschwinden und ihn erstechen konnte. Wenn dieser Mann überhaupt so geduldig war und ihn nicht gleich im Getümmel niederstach. Immerhin hatte er versucht, ihn direkt vor einem Badhaus abzustechen. War dieser Mann wirklich jener Händler, der bei seiner Frau aufgekreuzt war und sie ausgefragt hatte? Sie hatte etwas von einer verletzten Hand gesagt…

Er streckte sich, blickte über die Köpfe der Menschen, die aus dem Tor strömten. Sie kamen vom Markt. Die letzten Nachzügler, eine junge Bäuerin mit Käfigen voller schnatternder Gänse, ein paar Burschen, die einen zerteilten Ochsen trugen, und andere Bauern und Kleinhändler, die es nicht geschafft hatten, noch vor Sonnenuntergang die Stadt zu verlassen. Jetzt nutzen sie das Durcheinander, um den Zoll zu prellen. Aber wo war der Krüppel? Calve konnte ihn nicht mehr sehen. Er musste doch –

Calve riss den Kopf herum. Auf der anderen Seite der Straße drückte sich der Krüppel durch ein paar Gaffer. Er war keine vier Klafter entfernt und näherte sich von der Seite. Einen Atemzug lang meinte Calve das Misericord zu sehen, bevor es unauffällig im Ärmel des Mannes verschwand.

Dieser Mann versteht sich aufs Töten, schoss es Calve durch den Kopf. Dieser einhändige Mann hat schon viele entleibt. Einen brutalen Atemzug lang, in dem der Verfolger sich durch zwei schwatzende Holzhändler drückte und weiter auf ihn zukam, dachte Calve, dass er stehen bleiben sollte. Einfach stehen blieben. Er fühlte sich so müde, so ausgebrannt. Um Johannchen kümmerten sich die Ärzte, und er selbst hatte schon zu viel gekämpft, war die letzten Tage schon zu oft geflohen und hatte zu grausam getötet.

Der schiefe Krüppel hatte ihm den Weg abgeschnitten, es blieb nur das Tor. Er war jetzt so nah, dass Calve das Kettchen an seinem lederbeschlagegen Wams klimpern hören konnte. Endlich taumelte Calve in die Menge zurück, stieß blind die Frau mit den Gänsen um und rannte schwankend aus dem Tor zum Hafen hin.

Die Koggen lagen wie dunkle Klötze am Kai. Die Arbeiter und Belader hatten längst die Vesper eingeläutet, waren bei ihren Familien oder vergnügten sich in einer der Kaschemmen.

Rungholt bog auf die Holstenstraße. Männer trugen einen Händler weg, dessen Glieder zerquetscht waren. Andere stritten sich um ein Fass ausgeschütteten Salzes, das mitten auf der breiten Straße lag. Ein Kippwagen steckte zerschlagen in der Lehmwand eines Fachwerkhauses. Davor ein totes Pferd, das man anscheinend mit einem Schwert tief in den Hals geschlagen hatte, um es aufzuhalten. Der Kadaver dampfte noch aus der frischen Wunde, das Blut lief die Straße hinab zum Holstentor.

Rungholts Blick wanderte ebenfalls dorthin. Ein Gefühl kroch in ihm herauf, dass dieser Unfall tatsächlich etwas mit Calve zu tun hatte. Hatte jemand dem Händler aufgelauert? Er konnte nicht sagen, wieso er sich zusehends sicherer war, dass Calve für dies alles verantwortlich war. Vielleicht war es der Zeitpunkt. Die Ereignisse griffen zu gut ineinander. Calve verabredet sich mit Rungholt. Sie wollen sich treffen, dann ein Badtuch im Schmutz, keine zweihundert Klafter weiter ein grausiger Unfall… An einen Zufall konnte Rungholt da nicht glauben. Er spähte in eine der Seitengassen. Niemand zu sehen. Die letzten Bauern schlüpften durchs Tor, zur Brücke über die Trave. Der Hafen, dachte Rungholt. Wenn es Calve war, ist er vielleicht dort hinaus geflohen. Auch wenn die losen Fäden sich noch nicht zu einem Ganzen zusammenfügten, eilte Rungholt zum Tor hin. Er konnte sich gerade noch den Bauern anschließen, bevor die Wachen es wieder verstellten.

Rungholt sah sich um. Weiter hinten über die Trave hinweg, ragten die beiden schlichten Türme des Holstentores auf. Rungholt nahm eine Seitentreppe. Er leuchtete die schiefen Steinstufen hinab und beeilte sich, nach unten zu kommen.

Dann stand er vor der Stadtmauer unterhalb der schlichten Brücke und dem Zwinger, der das innere mit dem äußeren Holstentor verband. Wieder sah er sich um. Einige Koggen schaukelten undeutlich im Dunkeln, dahinter der Hafen, der sich in einer sanften Kurve die Trave hinaufzog.

Der Hafen. Er entschied sich für den Hafen. Achtsam, dass

seine Öllampe in den Böen nicht erlosch, eilte er an der Stadtmauer entlang. Da hörte er vor sich Trippen auf den Bohlen, die zum Kai hin lagen. Sehen konnte er niemanden. Er blickte sich um, kniff die Augen zusammen. Weiter den Hafen entlang, im Norden, war da jemand? Am Wasser, unten bei den Koggen? Schatten zeichneten sich dunkel auf dunkel in der Nacht ab. Eine hagere Gestalt huschte zwischen den Kränen hindurch, sah sich immer wieder um. Die Gestalt suchte Schutz hinter einem Stapel Holz.

Rungholt kam etwas näher. Da tauchte eine weitere, gedrungene Gestalt auf. Sie lief geduckt hinüber zum Holz, versuchte, den Stapel zu umrunden. Blitzte ein Messer im Mondschein? Rungholt eilte an der Mauer weiter, ließ die Schatten nicht aus den Augen. Der Hagere war wohl Calve. Zumindest passte der hochgeschossene Schemen gut zu dem Mann, den Rungholt auf dem Gemälde in Calves Haus gesehen hatte.

Calve rannte los, als er den Verfolger bemerkte. Er lief über den Platz, über die Bohlen und auf den Kai zu. Rungholt konnte sehen, dass er ein Schwert gezogen hatte. Waren denn keine Wachen hier? Rungholt blickte die Mauer empor, aber niemand war auf dem Wehrgang oberhalb der Kräne zu sehen.

Calve hatte die Mole erreicht und hetzte über eine der Planken auf das Deck einer Kogge. Er sah sich um. Das Achterkastell. Mit wenigen Sätzen war er auf dem Plateau des Kastells. Er lief zur Reling, sah hinab. Da war nur der Fluss. Er sitzt in der Falle, dachte Rungholt. Hektisch blickte sich Calve zum Ufer um, dann wieder auf den Fluss. Er hob sein Schwert.

Rungholt spurtete, so schnell es sein Bauch und seine Gelenke zuließen, über den dunklen, sandigen Platz bis zu den Holzbohlen. Er tauchte unter den Kränen hindurch, eilte an Stapeln von festgezurrten Fässern vorbei und hinab zum Hafenbecken. Wulfframs Hunde schlugen an, doch Rungholt nahm ihr Kläffen kaum wahr, er achtete nur auf die kleine Kogge am Kai, auf die sich Calve geflüchtete hatte. Warum hatte Rungholt nicht Marek Bescheid gesagt? Warum hatte er Kapitän Bølge nicht zum Badhaus mitgenommen?

Der kleine, gedrungene Verfolger sprang wieselgleich auf das Schiff. Rungholt sah im Rennen, wie er sich um den Mast drückte und einen Dolch zog. Rungholt keuchte. Er spürte bei jedem Schritt seine Gelenke, und seine Knöchel knackten, dennoch lief er weiter. Jetzt war er sich sicher, dass es Calve war, der dort oben seinem Tod gegenüberstand.

»Calve!«, rief er in die Dunkelheit. Sein Hals war trocken. Er musste mit anhören, wie seine Rufe schnell verstummten. Sie waren eher ein Krächzen in der kalten Luft. Er schwang seine Lampe. »Springt ins Wasser! *Ins Wasser!*«

Er musste vor lauter Rufen husten. Sein Zahn meldete sich zurück. Er konnte nicht sehen, ob Calve ihn bemerkte oder nicht. Der flinke Angreifer hatte ihn jedenfalls gesehen, denn der Schatten hielt für einen Moment auf dem Deck inne.

Rungholt trat an den mit Holz verschlagenen Kai und roch sofort das trübe Wasser. Vom Schiff konnte er die Klingen hören, wie sie aufeinander schlugen. Er zwang sich, nur auf die Kogge zu achten.

Sieh auf den Mast, konzentrier dich auf das Schiff. Nicht auf das Wasser sehen. Du kannst über die Planke gehen. Sie wird dich tragen. Du kannst einfach hinübergehen.

Er tastete sich vor. Rungholt streckte beide Arme aus, um Gleichgewicht zu finden, und schob seinen Fuß ein wenig weiter. Die ausgetretene Planke knackte. Rungholts Masse drückte sie durch. Sie wackelte bedrohlich.

Sieh nicht nach unten … Das vermaledeite Wasser.

Ein Knall. Rungholt fuhr zusammen. Es war nur das Knarren der Wanten, die gegen die Reling schlugen. Ihm war mit einem Mal heiß unter seinem schweren Tappert. Der Schweiß schoss ihm aus den Poren und ließ ihn in seinem eigenen Saft stehen. Er musste Luft schnappen, rang nach jedem Atemzug.

Du wirst nicht fallen …

Rungholt klammerte sich an diesen Gedanken, um sich Mut

zu machen. Er spürte seinen Zahn pochen, der bei jedem Herzschlag seinen Schädel zusammenzucken ließ. Immer und immer wieder wiederholte er die Worte. Du wirst nicht fallen. Du wirst nicht fallen.

Er schob seinen Fuß ein wenig weiter, stellte den zweiten auf die Planke. Er verharrte. Er zwang sich, einen weiteren Schritt zu tun, aber die Angst ließ ihn nicht. Sie war wie eine Wand. Eine Wand in ihm, die ihn aufhielt. Er konnte nichts tun. Er stand da und starrte ins Wasser unter sich.

Noch einmal konzentrierte sich Calve auf den muskulösen Mann, der windschief vor ihm stand. Er wich einem Schlag aus, parierte einen zweiten. Die Klinge des Einhändigen rutschte an Calves Schwert herunter und verkeilte sich mit seinem Handschutz. Der Einhändige drückte zu, drückte ihm die eigene Klinge geradewegs an den Bauch. Calve presste seinerseits mit aller Kraft dagegen, wollte sein Schwert hochreißen. Doch stattdessen spürte er, wie er mehr und mehr in die Knie ging. Er stöhnte. Seine Wunden schmerzten.

Calve hatte letztlich keine Chance. Obwohl er verbissen rang, fehlte ihm als Kaufmann schlicht die Erfahrung im Kampf. Und jetzt, wo er Johannes in Sicherheit wusste, war sein Wille nicht mehr so übermächtig wie im Wald vor Lübeck. Er fühlte sich müde und abgekämpft, bleiern. Obwohl das Blut durch seinen Körper schoss, war es, als würde er in harschem Wasser schwimmen. Es betäubte seinen Körper.

Mit einem plötzlichen Ruck drückte der Einhändige seine Klinge zur Seite. Ohne Widerstand kippte Calve nach vorn, da riss der Krüppel den Dolch herum. Die Klinge fuhr Hinrich Calve geradewegs in den Hals. Er röchelte ungläubig. Dann schnitt das Misericord zur Seite, durchtrennte Calves Kehlkopf, so dass er weder schreien noch irgendeinen Laut von sich geben konnte. Sein Schwert fiel auf die Planken.

Calve blickte seinen Mörder an. Fassungslos.

Kein Schritt mehr. Die Wand war zu mächtig. Halt den Kopf hoch, befahl er sich. Halt den Kopf hoch, sieh nicht hinab.

Rungholt blickte hinab.

Der Fluss lag ruhig. Doch für Rungholt war er voller Bewegung. Ekelhaftes Wasser. Das Meer lag kalt und schwarz da, während es ihn unter Wasser zog. Kein Grund zu erkennen. Kein Verstehen. Seine Eltern hatte es gefressen, seine Eltern und seine kleine Schwester. Es hatte sie geholt mit seinen unzähligen Gischt sprühenden Mäulern und hatte sie hinabgezogen.

Es hatte alle hinabgezogen.

Es würde auch ihn holen.

Er konnte einfach nicht, konnte sich nicht zwingen, die Füße zu bewegen. Sie lagen in Ketten, das Gewicht war zu schwer. Keinen Schritt mehr. Ihm schwindelte. Das Ziehen in seiner Seite war zurückgekehrt, und er fühlte, wie ihm die Luft wegblieb. Alles schnürte sich zusammen. Es war, als sei er eine lange Treppe hinaufgelaufen, schlimmer: Als sei wieder Wasser um ihn. Er wollte auftauchen, konnte jedoch nicht. Es gab nicht genug Luft, nur das Plätschern der Trave und das Glitzern der Wellen. Die Böen ließen das Wasser kräuseln und wehten ihm Luft zu, doch Rungholt stand puterrot da und rang um Atem. Er schwitzte, die Hitze kam in Schüben. Der Anblick des Wassers ließ ihm speiübel werden.

Die Luft wurde knapper und knapper. Mit einem Mal kam es ihm vor, als sei er unter Wasser. Er war, als sei er von den Wellen hinabgedrückt worden – er konnte von unten die Oberfläche sehen, konnte sehen, dass dort Himmel war, aber es gelang ihm nicht aufzutauchen. Das Meer hielt ihn unten, sosehr er auch ruderte. Die Luft ging ihm aus.

Rungholt löste sich aus der Starre, aber nur um einen angsterfüllten Schritt rückwärts zu tun. Zum Land hin. Immer noch blickte er aufs Wasser. Er blickte hinab und viel tiefer. Geradewegs ins tiefe Dunkel.

Das Letzte, was er sah, war das Wasser unter seinen Füßen.

Dann knickten ihm die Beine weg, und er brach auf den schweren Bohlen des Kais zusammen. Die Öllampe knallte auf die Planke, rollte zur Seite und fiel ins Wasser.

Es wurde dunkel.

Es wurde warm.

Mit einem Mal war alles warm. Calve zitterte. Er schaute nicht nach unten, aber ihm war bewusst, dass es Blut sein musste. Sein Herz pumpte es unablässig aus seinem Hals, so stark, dass der Einhändige angewidert zurückwich. Calves Kopf fiel halbwegs nach hinten und riss seinen Hals auf. Und dennoch suchten seine Augen noch immer nach dem Einhändigen. Calves Zunge schnappte dumm nach Luft. Seine Muskeln versagten. Aus dem Augenwinkel sah er den Mörder an, rollte mit den Augäpfeln. Irr.

Calve dachte an nichts. Er sah nur Nacht und hinauf. Der helle Mond schoss auf ihn zu. Sein Licht umschloss ihn. Er spürte nichts mehr. Er spürte und er sah nichts mehr. Nicht einmal Johannchen sah er noch vor sich. Nichts. Er war tot.

Voller Ekel gab der Mörder ihm einen letzten Stoß und schob ihn von sich fort über die niedrige Reling. Calve stürzte hintenüber und fiel ins Wasser. Hustend und spuckend stand der Einhändige daraufhin an Deck. Er sah den leblosen Körper noch einen Augenblick an der Seite der Kogge, dann hatte die Trave Calve mitgerissen. Diese Augen, schoss es dem Einhändigen durch den Kopf. Das verfluchte Fegefeuer war aus diesen Augen gemacht, und all die toten Augen würden ihn anstarren, während er in den Flammen briet.

Kurz darauf lief der einhändige Krüppel die Planke zur Landung hinab. Er hatte seinen bluttriefenden Umhang ins Wasser geworfen und nur noch sein eng anliegendes Wams an. Doch auch dies war mit Calves Blut verschmiert. Es war dem Mann auch ins Gesicht gespritzt. Er hatte es fortreiben wollen, doch dabei hatte er es nur verwischt.

Der Einhändige wollte von hier fort und sehnte sich nach

seinen Tauben. Da sah er den reglosen Körper am Kai liegen. Für einen Moment zögerte er, dann zückte er seinen Misericord. Der Fettwanst war ihm schon einmal entkommen. Und auch wenn sein Auftraggeber ihm die Hölle heiß gemacht und mit Suppe nach ihm geworfen hatte, als er erfuhr, dass er Rungholt beinahe verbrannt hätte, diesmal würde es schneller gehen. Ein Stich nur. Er würde sich über die Anweisung seines Herrn hinwegsetzen. Rungholt wurde ihm langsam zu gefährlich. Der dicke Kaufmann musste sterben. Früher oder später würde auch sein Auftraggeber dies verstehen.

Langsam näherte er sich dem Patrizier, der dort auf den Bohlen lag. Er konnte hören, wie der Mann nach Luft schnappte. Rungholt stieß kleine Wölkchen in die Nacht. Er bewegte sich jedoch nicht. Sollte er ihn berühren? Vielleicht würde er ihn dann nur wecken. Weswegen der Pfeffersack auch immer umgekippt war, so wehrlos am Boden wie ein dicker Fisch am Strand, war ihm Rungholt am liebsten.

Der Einhändige kniete sich neben Rungholts Kopf. Er wählte eine Stelle am Hals, wo er den Dolch ansetzen wollte. Dort würde es schnell gehen. Ein sauberer Stich. Schnell und gütig. Nicht umsonst wurde der Misericord Gnadegott genannt. Und nichts hasste er mehr, als seine Opfer leiden zu sehen. Diese toten, matten Augen, die ihn immer anstarrten, sie füllten seine Träume.

Er setzte an, den schlanken Dolch in Rungholt fahren zu lassen, und beugte sich über ihn. Er konnte den Schweiß riechen, den moderigen Geruch des dicken Tapperts und des Pelzes, mit dem der Mantel verbrämt war.

Nur ein Stich.

Ein Geräusch ließ ihn innehalten. Etwas schoss auf ihn zu. Es war schnell, leise. Und es klang eher wie Laub, das vom Sturm vorwärts getrieben wird, als nach einem Angreifer.

Er fluchte. Was zum Henker war das…?

Wulfframs Hunde. Seine zwei Bullenbeißer wetzten durch die Nacht. Sie spurteten direkt über den sandigen Platz zwischen den Kisten hindurch und auf den Einhändigen zu. Er konnte ihre Augen im Mondlicht blitzen sehen. Er zögerte noch immer, sollte er zustechen? Hatte er diesen Moment noch, bevor die Hunde ihn –

Verflucht. Er erhob sich wetternd. Aus dem Dunkel schrie Wulffram, warnte jeden, der im Hafen sei, er solle sich ruhig verhalten und nicht weglaufen.

»Stehen bleiben!«, schallte Wulfframs rauchige Stimme über den Platz. »Was ist hier los? Bleib stehen!«

Doch der Einhändige war schon zu einem der Kräne gelaufen, er zog sich an der Verstrebung des Auslegers hoch und lief behände über das Schwungrad, um dann lautlos zur angrenzenden Stadtmauer zu springen. Er zog sich an einem der hervorstehenden Trägerbalken des Wehrgangs hoch und verschwand zwischen Zinnen und dem Satteldach, das den Wehrgang überspannte. In weniger als ein paar Lidschlägen hatte er gut drei Klafter Höhe bezwungen und war wie Staub im Wind verschwunden. Seine Übungen, das Stemmen der Eisen und Fuder, hatte seine Wirkung nicht verfehlt. Trotz seiner Knochen hatte er seinen Körper vollkommen unter Kontrolle.

Die Bullenbeißer nahmen sofort seine Verfolgung auf, doch sie verloren die Fährte am Kran. Bellend sprangen und schwänzelten sie um den Ausleger und das Schwungfass. Schier wahnsinnig darüber, dass sie ihre Reißzähne in kein Bein hatten schlagen könnten. Sie wollten sich Rungholt vornehmen, jedoch war Wulffram mittlerweile zu ihm gelaufen und konnte seine Hunde von einem Angriff abhalten.

Rungholt hatte Wulffram gegenüber nur gesagt, dass er gefallen sei. Der Böttcher hatte ausgespuckt und fluchend noch einmal nachgefragt. Er hatte ihm kein Wort geglaubt. Rungholt war dennoch dabei geblieben: Es sei niemand hier gewesen außer ihm. Seine Hunde mussten wohl einen Hasen verfolgt haben, hatte Rungholt gelogen. Er konnte Wulfframs Viecher immer noch nicht ausstehen, und der Mann war ihm ebenfalls zuwider. Außerdem konnte er sich wahrlich etwas Besseres vorstellen, als in ihre Mäuler zu blicken, nachdem Wulfram ihn geweckt hatte. Er hatte den Mann großzügig mit einem Witten abgespeist. Froh hatte Rungholt daraufhin zugesehen, wie der träge Mann endlich seine sabbernden Bullenbeißer zusammenrief und vom Hafenplatz verschwand.

Dann war Rungholt eine ganze Weile an der Mole auf und ab gelaufen und hatte Calves Namen gerufen, aber keine Antwort erhalten.

Nachdem er die Trave ein Stück flussabwärts gegangen war, hatte er gemeint, Calve im Wasser nahe dem Ufer zu sehen. Rungholt hatte einen langen Zweig abgebrochen und angewidert nach dem Körper im Wasser gestochert. Es waren indes nur ein paar Lumpen, die jemand in den Fluss geschmissen hatte. Von Calve keine Spur. Halbherzig rufend war er noch einige Zeit am Ufer entlanggegangen, doch dann hatte er sich auf einen Weg besonnen, den er häufig nahm. Es war ein schmaler Trampelpfad zwischen Bauschutt, Bäumen und den Ufergebüschen, der sich zwischen Trave und Stadtmauer oberhalb des Hafens entlangschlängelte.

Rungholt gab die Suche auf und ging am Kai entlang, bis die Hafenanlagen ausliefen und alles im Dunkeln verschwamm. Er folgte dem Lauf der Trave, schritt täppisch zwischen Stadtmauer und Ufer dahin, immer darauf achtend, nicht zu stürzen. Er schlenderte den verlassenen Pfad hinunter, der an der Burg endete, die einst Graf Adolf II. erbaut hatte. Auf drei Viertel des Weges bildeten ein paar krumme, noch junge Birken einen winzigen Hort. Einige Findlinge, an denen die Birken gewachsen waren, lagen wie eine natürliche Bank da. Die Stelle war nur vom Wasser aus einzusehen, und Rungholt hatte sie vor sechs Jahren entdeckt, nachdem Johanna gestorben war. Sein erstes Weib, das so ganz anders gewesen war als Alheyd.

Er hatte hier des Öfteren gesessen, die Zeit verbracht und nachgedacht. Hier war er allein mit sich. Wenn die Gedanken nicht flossen und seine Dornse ihm zu klein wurde, musste er hier hinaus. Meist setzte er sich dann auf einen Stumpf oder auf einen der Steine und sah zur Trave hin. Geradewegs flussabwärts zum Meer hin.

Rungholt setzte sich. Sein Zusammenbruch steckte ihm noch in den Knochen. Kaum hatte er etwas Ruhe gefunden, begann er zu frieren. Die Böen hatten nicht aufgehört, sie schüttelten die Büsche ringsum und ließen die Birken rauschen.

Wenn er in Richtung Trave die Augen schloss, konnte er das sanfte Brausen des Ungeheuers hören. Konnte die Gischt im Gesicht spüren. Kalt. Manchmal kamen ihm das Plätschern des Flusses und das Rauschen der Blätter auch vor wie das Brodeln der Hölle. Die Kälte der anrollenden Brandung schien dann heiß. Und er spürte den feuchten, brennenden Atem des Meeres auf seiner Haut. Er konnte den salzigen, fischigen Geruch wahrnehmen. Und wenn er die Augen lange schloss, wurde ihm meist schwindelig, und er spürte, wie das Meer ihn griff. Wie ein Trunkener riss er dann die Augen auf und versuchte, nicht mehr zu taumeln. Jedoch blieben die schwankenden Bilder meist bis in die Nacht, wenn er längst im Bett lag.

Rungholt schloss die Augen und konnte ein Rucken spüren, als ob sein Körper gepackt und hinausgezogen würde – die Trave hinaus. Hinaus aufs offene Meer. Die Gischt war da und der Geruch. Und er wurde hinausgezogen. Und in die Wellen hinab.

Und hinab.

Er hatte Calve nicht retten können. Er war unfähig gewesen, auch nur einen Schritt zu tun. Er hätte ihm zu Hilfe eilen müssen, hätte den Mann stellen müssen, der Calve erstochen und vermutlich in die Trave geworfen hatte. Wahrscheinlich war dieser Mann sogar der Mörder, den er so lange suchte. Doch die Angst hatte ihn gelähmt. Das Wasser hatte ihn umfangen und festgehalten. Es würde ihn immer herabziehen. Hinab.

21

Jeden Abend war Rungholt mit seiner kleinen Schwester die Strecke hinaus zu den Torfstechern gelaufen. Die beiden waren dann auf den befestigten Wegen entlanggerannt, ein Stück über das Watt, über den Deich, der die Torffelder schützte, und zur Warft hin, auf der die Männer das Salz aus dem Torf gekocht hatten. Er war gern allabendlich durch die Felder Uthlands gestreift und hatte mit ihr Verstecken oder Fangen gespielt.

Seine Schwester liebte es. Ständig flitzte die Fünfjährige um ihn herum oder stapfte durch die feuchten Wiesen, sprang in jede Pfütze und schrie so laut sie nur konnte. Wenn er sie dann über die Dämme scheuchte, rannte sie juchzend weg, lief an den Warften der anderen Häuser vorbei und um die Brunnen herum. Meistens versteckte sie sich in einer der Kuhherden. Er rief dann absichtlich laut, suchte an unmöglichsten Stellen nach ihr, um dann – wenn ihr Glucksen sie verraten hatte – wie ein Ungeheuer auf das kleine Mädchen zuzuwanken. Selbst auf dem Heimweg, wenn sie Vater bei den Torfstechern an der Salzsiederwarft zum Essen abgeholt hatten, war das Mädchen noch voller Feuer. Sie gab erst Ruhe, wenn sie den Rauch sahen, der aus der Öffnung am Giebel des Hauses quoll und Abendessen versprach. Schon am Sodbrunnen, noch vor der schiefen Tür, rochen sie Gebratenes und hörten Mutter an der Feuerstelle.

Das Haus hinter dem Deich in der Edomsharde war mehr eine Hütte. Von weitem erinnerte es, so gedrungen wie es auf der Warft stand, an eine Düne. Die Pfosten schräg gegen den Wind gestemmt, das Dach abgebuckelt, als ducke es sich. Ein Hügel. Die Wandpfähle, die sich draußen zur Nordsee hin stemmten, hatte sein Vater letzten Sommer mit Reet bedeckt, so dass das schwere Dach bis zum Boden reichte und sie noch besser vor dem Wind geschützt waren. Innen war es karg und dunkel, aber warm und trocken.

Mit heißroten Wangen saßen sie beieinander und aßen. Er war dreizehn Jahre alt. Er war für das Vieh verantwortlich und half seinem Vater beim Torfstechen. Seine Liebe war warm und grenzenlos. Schwester, Mutter, Vater.

Nachts, wenn er sich in seinem Strohbett einwickelte und horchte, war das Meeresrauschen manchmal wie ein Liebkosen. Als streiche ihm Mutter übers Haar. Das stetige Branden der Wellen war beruhigend. Die Männer und Frauen Uthlands hatten dem Meer über die Jahrhunderte mehr und mehr Land abgetrotzt, und sie liebten und hassten das Wasser. Es forderte ihre Kräfte, ließ sie frieren und verdarb mitunter ihre Ernte. Aber in guten Monaten ernährte es sie. Denn Fisch gab es reichlich, und die regelmäßigen Überschwemmungen ließen die Felder saftig werden. Das Meer brachte auch das Salz in den Torf, das Vater mit den Torfstechern abbaute, um es zu trocknen und abzubrennen. Die Asche wurde gekocht und so das Salz gewonnen. Das Meer brachte das Salz, und mit diesem Gewürz kam der Reichtum in die Uthlande und in die kleine Stadt Rungholt an der Hever.

Das Salz, das Vieh und die gute Lage des Hafens hatten die Siedlung Rungholt zu einem stattlichen Dorf anwachsen lassen. Täglich landeten Schiffe an. Die Kaufleute ließen die breiten Koggen bei Niedrigwasser auf Grund laufen und löschten die Ladung. Sie brachten schillernde Keramiken, Teller und Krüge, Schmuck und Tuch. Stämmige Ochsen und Schweine wurden von den Wiesen zum Hafen getrieben. Das fruchtbare Land hinter den Deichen ließ das Vieh wundervoll im Fleisch stehen. Geblöke und Muhen erklang tagein, tagaus über den Kaianlagen und in den Straßen. Mit Salzfässern auf den Rücken oder auf Kippwagen strömten die Salzbauern zu den Schiffen. Die Männer feilschten bei Bier und Brot. Auf den aufgeworfenen Wegen zwischen den Warften spielten die Kinder und jagten sich die exotischen Früchte ab, die von Flandern kommend aus aller Welt in Rungholt anlandeten und die die Kaufleute ihnen gern zusteckten. Fremde Sprachen auf den Wegen, kostbare und unbekannte Trachten in den Wirtshäusern und Kirchen. Windmühlen knarrten im straffen Wind. Kirchtürme erhoben sich ringsum, weit über das flache Land sichtbar. Die sieben Kirchtürme der Gemeinden repräsentierten die Edomsharde. Und Rungholts Kirchspiel mit seinem kalkgeweißten, runden Turm war das imposanteste unter ihnen. Vornehm und leuchtend. Bewehrt vor Wind und Wasser.

Das Dorf hatte in seiner Erinnerung immer sonnengoldene Dächer, die weithin blitzten. Und die grünen Wiesen waren saftig, und die satten Ähren wogten stets sanft im Wind. Erinnerungen. In ihnen war das Dorf eine prächtige Stadt und die Stadt das Paradies. Rungholt. Licht und Duft. Familie und Freunde.

An den Untergang des Dorfes erinnerte er sich nur widerwillig. An jenen Sonntag. Den allerletzten Tag. An jenes jähe Ende im knochenkalten Januar 1362.

In dieser Nachts biss das Meer große Stücke vom Deich. Es riss Brocken in die Flut. Seine Wellen waren gefräßige Münder eines unbarmherzigen Feindes. Elle um Elle stieg das Wasser während der Himmel zu einer schwarzen Wand wurde.

Es war zu spät, die zwei Kühe zu retten. Vater packte ihn und seine Schwester und sie flüchteten zur Mutter ins Haus. Erst harrten sie alle in der Stube aus, doch die Nacht spie immer mehr Wasser in das kleine Haus, und sie kletterten auf die Tische. Später aufs Dach hinaus. Der Wind peitschte. Beim Schein der Öllampe klammerten sie sich ans Reet, mussten sich anschreien, um etwas zu verstehen. Schäumend rollte das Meer bis zur Traufe. Es krachte mit jedem Stoß gegen die Wände, riss erst Mauerstücke aus dem Werk, dann die schrägen Stützbalken fort. Es ließ dünne Eisschollen um ihre Köpfe fliegen, ließ seine Gischt gegen ihre nassen Leiber peitschen. Und der Sturm hieb unablässig ihre Gesichter und stach spitz in ihre Augen und zerrte an ihrem Haar. Beinahe wären sie in die Fluten geweht worden.

Die meergewandte Seite des Hauses stürzte in die Wellen, und die vier Seelen klammerten sich aneinander. Sie schrien ihre Gebete. Doch gegen die tosende See und die donnernden Wolken kamen ihre Stimmen nicht an.

Gott erhörte sie nicht.

Als der Wasserpegel schon im Begriff war zu sinken und sie aufatmeten, wurde der Sturm erneut härter. Wie Keulen schlug der Wind auf sie ein. Sie hielten sich gegenseitig auf dem Dach fest, und im Flackern der Blitze konnte er durch den eisigen Schleier aus Gischt und Regen sehen, dass nichts mehr war.

Die Dörfer waren fort. Der Schrei des Windes war das Schreien der Menschen. Aus den Wellen ragten keine Dächer mehr. Und er flehte den Herrgott an.

In dieser kalten Januarnacht schlug das harsche Wasser über ihren Giebel, und er blickte sich nach seiner Mutter um, nach seinem Vater. Nach der Schwester. Doch dort, keine Armeslänge hinter ihm, hielt sich niemand mehr. Sie waren alle fort. Das Meer hatte Vater und Mutter geholt und auch seine Schwester fest umklammert.

Die nächste Welle riss auch ihn hinweg. Er klammerte sich zitternd an eine tote Kuh, hielt sich fest, bis seine Hände taub waren. Plötzlich türmte sich aus dem Wasser haushoch etwas auf: Eine Kogge schob sich im Tosen vorüber. Gespenstisch und bleiern rutschte sie mit Schlagseite an ihm entlang. Er schrie, bis seine Stimme ein Krächzen war und schließlich auch das Krächzen im kalten Wasser verstummte. Seine Lungen brannten von den eisigen Wellen, und neben ihm krachte die Kogge turmhoch in die Kirche. Steine prasselten auf ihn nieder, plötzlich glaubte er, die Schreie seiner Mutter zu hören und das Kreischen seiner Schwester. Irgendwo. Irgendwo zwischen den Wellen. Dann ließ das Meer sie verstummen und packte sie unerbittlich bei den Hälsen.

Das eisige Meer umschloss ihre Kehlen und zog sie hinab. Immer nur hinab. Das Meer hatte seine Mutter und seinen Vater geholt, und es hatte seine Schwester getötet.

Irgendwo dort im Dunkel lag nun seine Familie.
Im Herzen des Meeres. Drunten in der schwarzen See.

22

Rungholt riss die Augen auf. Die Trave lag ruhig da. Friedlich kräuselte sich das Wasser unter den kalten Böen. Er kam sich vor wie ein dummes Kind. Wie immer erschrak er über sich selbst und über seine Unfähigkeit, seine Angst in den Griff zu bekommen. Nie würde er ihr die Stirn bieten können.

Keuchend hockte er am nächtlichen Ufer des trägen Flusses, der so gar nicht aufmüpfig und bedrohlich schien. Kein Ungeheuer. Wie fest und starr schien er dahinzurollen, auf das Meer zu, das Rungholt in sich lieber nicht wachrufen wollte. Das Meer. Er hatte es seit Jahren nicht gesehen – und er hatte nicht vor, es bald zu tun. Wieso kehrte er also so oft hierher ans Wasser zurück? Weswegen das Hinausstarren, sein kindisches Augenschließen und das Abwarten, bis die Angst kam? Weil es eine Mutprobe war. Ein erstes Sichstellen. Das war Rungholt sehr wohl klar. Genauso, wie ihm bewusst war, dass er noch ganz am Anfang stand. In die Trave zu steigen oder gar das Meer zu besuchen – dieser Mut würde ihm noch lange fehlen. Wenn ihm schon das ruhige Glitzern der Trave derart viel Angst bereitete.

An den kalten Sonntag konnte sich Rungholt nur verschwommen erinnern. Es waren nur noch Fetzen. Einzelne Bilder ohne Zusammenhang. Eine Kogge in einem Kirchturm, Schreie, dann eine Kuh. Willenloses Treiben.

Die Deiche wurden vielerorts einfach weggerissen. Das fröhliche Rungholt, das bunte Dorf mit seinem rastlosen Hafen und den windgeduckten Häusern, den verzweigten Wegen und den prächtigen Kirchen, wurde zerstört. Hinweggefegt. Die goldene Stadt, wie Rungholt sie sah, wurde zerschmettert. Mit Rungholt gingen die sieben Kirchspiele in der Sturmflut unter. Alle Dörfer der Edomsharde wurden Opfer der eisigen Fluten. Zehntausende Stück Vieh und tausende Seelen ertranken. Die Grote Mandränke riss alles und jeden fort. Die Edomsharde war in jener Nacht für immer verschwunden.

Die Marcellusflut am 16. Januar Anno 1362 war der Wasser gewordene Zorn Gottes. Er hatte sich über Rungholts kleine Welt ergossen und sie für immer hinfortgespült.

Irgendwann war sein kleiner Körper an Land getrieben worden, und dann hatte er sich auch schon bei Nyebur wiedergefunden, bei dem Kaufmann mit dem schiefen Lächeln und den Grübchen. Damals noch ein drahtiger Kerl von dreißig Jahren hatte Nyebur den Jungen aufgenommen. Und von ihm hatte er – als einer der wenigen Überlebenden der großen Manntränke – den Namen Rungholt erhalten. Er war von Nyebur wie ein eigener Sohn aufgezogen worden und hatte später als Kaufmannslehrling unter seinem Meister selbst mit dem Handeln beginnen dürfen. Nach ein paar Jahren hatte er es zum Gesellen, dann zu Nyeburs Partner gebracht.

Die Trave lag schimmernd und ruhig da.

Seit 1362, seit der Groten Mandränke, ruhten die Gebeine seiner Familie auf dem Grund des Meeres. Ein halbes Leben lang. Beinahe Rungholts Leben lang. Und ihre Seelen?

Rungholt klaubte einen Ast auf und warf ihn ins Dunkel. Er konnte hören, wie er ins Travewasser schlug. Die Kräusel verwischten glitzernd den Mond. Mögen sie hochgefahren sein, betete er. Möge Gott sie ins Himmelreich geholt haben und all ihre Sünden erlassen.

Die Flut war jede Nacht in seine Träume gekommen. Erst mit den Jahren war alles versickert. Aber selbst heute noch – beinahe dreißig Jahre später – wachte er ab und an stöhnend auf. Er tauchte dann aus seinem Traum auf wie aus schwerem Wasser. Und er fühlte, dass er soeben ins eisige Meer zu seiner Familie hinabgezogen worden war. Manches Mal – wenn er in seinem Himmelbett sitzend den Krähen lauschte – wünschte er sich, es wäre tatsächlich geschehen. Dann wünschte er, er wäre mit ihnen auf den Grund gesunken.

Warum hatte nur er überlebt? Er hatte keine Antwort. Wusste nur, dass es in Gottes Händen gelegen hatte. Eine blinde Fügung. Gott hatte Schiffe gegen seine Kirchen geschleudert und hatte seine Diener ertränkt, während er seinen späteren Sünder gerettet hatte.

Auch wenn die Erinnerung an die Grote Mandränke eine vage Ahnung geworden war, die nur noch schemenhafte Bilder in seinen Träumen auftauchen ließ, geblieben war die Angst. Die Angst vor dem Wasser. Vor dem Meer. Vor Flüssen und Seen. Jene krankhafte Furcht, die ihn davon abhalten sollte, jemals ein Schiff zu betreten oder schwimmen zu gehen. Niemals.

Das Wasser ist dein Feind. Das Meer. Es hat dich umfangen. Es hat seine schweren Pranken um dich gelegt. Es hat deinen Hals gewürgt. Es hat dich hinabgezogen.

Es umfing sie mit Dunkelheit, dachte er. Und auch wenn es mich losgelassen hat, so hält es mich noch immer in seinem schlickigen Griff. Es kämpfte schon immer mit unfairen Waffen. Es ficht einen Krieg, den wir nicht gewinnen können. Nicht in unseren kleinen Koggen. Wir sind dem Meer ausgeliefert. Ihm und dem lieben Herrn, der es befehligt.

Er würde sich nie mit dem Meer aussöhnen.

Jetzt hatte seine Angst vor dem Wasser einen Menschen das Leben gekostet. Aber hätte er Calve retten können? Er hätte es zumindest versuchen müssen. Rungholt hatte versagt. Eine Wahrheit wohl, ein feststehendes Übel wie ein überbezahlter Posten in einer Warenliste. Man möchte ihn gern erneut aushandeln, ihn gar streichen, doch er ist längst quittiert und die Schulden trägt man noch immer. Es gibt Wahrheiten, denen muss ich ins Auge sehen, gestand sich Rungholt ein.

Meine Furcht vor dem Wasser ist die eine Wahrheit, dachte er. Die andere liegt im Schnee begraben. Unterm Eis. Für immer erstarrt.

Rungholt fröstelte. Da gibt es Dinge in jedem Leben, die man nicht ändern kann und die man akzeptieren muss. Auch wenn man nicht kann. Da waren Dinge –

Dinge, die nicht getan werden dürfen.

Rungholt starrte zwischen den Birken hindurch auf die Trave. Ruhig. Silbern schimmernd schob der Fluss sich dahin. Sosehr ihn quälte, Calve nicht beigestanden zu haben, sosehr er sich auch vor dem Meer ängstigte, noch größere Furcht hatte er vor einer anderen Erinnerung.

Und diese Erinnerung verblasste nicht mit den Jahren. Im Gegenteil, sie wollte mit aller Macht immer häufiger an die Oberfläche dringen.

Immer klarer hatte er sie in den letzten Tagen gesehen.

Unter dem Eis.

Und Rungholt verstand nicht, was sie rief.

Er hatte alles richtig tun wollen, damals vor der Scheune im Wald. Aber der Schnee hatte sich rot gefärbt. Überall war er durch das warme Blut der Männer geschmolzen. Ihre Schreie hörte er manchmal morgens durch die Fenster. So lange, bis er schlaftrunken verstand, dass es nur die Raben waren.

Dat bose vemeide unde acht de ryt!

Rungholt erhob sich und strich sich den Schmutz vom Kleid, aber er war zu schnell aufgestanden. Ihn schwindelte, und als das Blut zurück in seinen Kopf schoss, schmerzte sein Zahn. Der leidige, alte Freund.

Auf dem Weg zurück zum Hafen versuchte er, seine finsteren Gedanken an das Eis und an die große Manntränke abzuschütteln. Es galt, Daniel zu retten. Und der Einzige, der Klarheit in seine Nachforschungen hätte bringen können, war Opfer eines Hinterhalts geworden. Calve lag tot bei den Fischen. Sie würden ihn bei Tagesanbruch aus der Trave ziehen, wie man den Fremden gefunden hatte.

Auf schmerzliche Weise hatte sich sein Verdacht bestätigt: Es geht immer noch weiter. Das leere Zimmer, der Brandanschlag, Calves Ermordung. Was wird als Nächstes kommen? Wird der Mörder mich holen, um alle Spuren zu verwischen und die Nachforschungen zum Erliegen zu bringen?

Am liebsten hätte er Daniel sofort aus der Fronerei geholt, doch war das kein Weg. Er würde Kerkring nicht noch einmal überzeugen können. *Überzeugen* – über dieses Wort musste er selbst schmunzeln. Er hatte dem pausbäckigen Richteherr das Messer an den Hals gesetzt. Wenn er Daniel aus der Fronerei bekommen wollte, bevor das Blutgericht gehalten wurde, dann musste er Kerkring den Mörder bringen. Am Stück, lebendig.

Er passierte den Hafen, ging weiter um die Halbinsel, auf der Lübeck lag, und kam im Süden zu den Mühlen. Die mächtigen Wasserräder verbreiteten ihr monotones Knattern und Walken. Aus dem Innern kam das regelmäßige Schaben der Mühlsteine. Stein rieb auf Stein.

Es muss früh sein, dachte Rungholt. Kurz vor der Prim, der Stunde der Morgendämmerung. Die Müller gehen schon ihrem Tagewerk nach, obwohl es noch Nacht ist. Das Wasser setzt die Räder in Gang, die Räder treiben die Achse an, die Achse dreht die Mühlsteine. Alles hängt miteinander zusammen. Alles ergibt einen Sinn. Und der Müller füllt Getreide ein, damit es gemahlen wird, nur wir, wir haben bei diesen Morden niemanden, der Korn einfüllt. Wir kennen den Müller nicht, der die Mühle betreibt. Alles dreht sich und greift ineinander, aber ich weiß nicht einmal, für was die ganzen Räder und die Mechanik stehen. Ich habe noch immer keinen Anlass für all diese Morde.

Am Ufer konnte er einige Wakenitzschiffer sehen, die um ein Feuer standen und ihre Netze flickten. Hinter ihnen erhob sich die Stadtmauer und dahinter der wuchtige Dom. Flussaufwärts das schmale Kapitänshaus. Das schlanke Gebäude war Teil der Stadtmauer. Im oberen Stock konnte er hinter den Leinenvorhängen Lampen flackern sehen. Es sah warm und gemütlich aus. Rungholt war froh, dass er das Haus Attendorn abgerungen hatte. Wenigstens ein Lichtblick. Mirkes Toslach. Rungholt blieb stehen und atmete durch. Er war vom Stauteich vor den Mühlen weit genug entfernt, als dass er sich beklommen fühlte. Die kalte Nachtluft tat gut. Er ließ seinen Blick vom Kapitänshaus hinüber über den Krähenteich zur anderen Uferseite schweifen. Dort konnte er die abgebrannte Mühle erkennen, in der Daniel vor ein paar Tagen Unterschlupf gesucht hatte.

Daniel. Der Gedanke an den Jungen erfüllte ihn mit Sorge. Er hoffte, dass sein Lehrling die Behandlung in der Fronerei durchstand. Mit etwas Glück und Daniels rotzigem Gehabe, würde es dem Jungen vielleicht gelingen, nicht allzu viel Leid davonzutragen. Mit einem Mal fühlte sich Rungholt wieder schuldig. Es gab noch jemanden, dem heute großes Leid widerfahren war. Und dessen Trauer nun niemand mehr mildern konnte. Auch wenn sich Rungholt wünschte, es zu können. Er fühlte sich verpflichtet, ihr jedenfalls die Nachricht des Todes zu überbringen, wenn er ihren Mann schon nicht hatte retten können.

Die Raben hatten sich auf den Dächern niedergelassen. Sie hockten auch im Gras und kämpften am Traveufer um den besten Platz mit den Möwen. Der Morgen war noch früh, die Sonne noch nicht aufgegangen. Der Himmel über Lübeck ein einziges Bleigrau. Obwohl noch immer die Böen gingen, war die Wolkendecke nicht aufgerissen. Rungholt war vom Krähenteich direkt in die Ellerbrook gegangen. Er hatte mehrfach den schweren Türschwinger aufs Blatt schlagen müssen, bevor sie öffnete.

Das Erste, was Rungholt mit Erschrecken sah, war die Schüssel voller blutigem Wasser, die Calves Frau in den Händen hielt. Rungholt stand in der Tür, übernächtigt und zerfahren. Er wusste nicht recht, wie er der Frau die Botschaft von Calves Tod überbringen sollte.

»Ihr seid es. Kommt herein«, sagte Frau Calve. Ihre Stimme

war belegt und brüchig. Nicht nur, dass sie diese Schüssel in der Hand hielt, sie sah außerdem sehr müde aus. Dunkle Ringe unter den Augen, die Haut kraftlos, die Haare zerzaust. Sie sah so abgekämpft aus, so voller Mühe. Gar nicht so stark und lebendig, wie am vorigen Tag. Er hatte gedacht, dass er sie wecken musste, doch sie schien die ganze Nacht wach gewesen zu sein. Wusste sie es etwa schon?

Rungholt rang sich ein Lächeln ab. Es misslang. Calves Frau erkannte, dass etwas geschehen sein musste.

»Was habt Ihr denn? Ist mein Mann nicht bei Euch?«

Er schüttelte den Kopf, woraufhin sie ihn einließ. Sie schloss die Tür hinter ihm und wartete dann, dass er etwas sage. Er zog sich die Gugel vom Kopf und stand betreten vor der Tür zur Scrivekamere.

»Ist etwas geschehen?«

Rungholt wollte gerade ansetzen und ihr die schlechte Nachricht überbringen, als er die drei Ärzte sah. Sie wetzten durch die Diele, holten Zangen und Schläuche. Ein einfacher Chirurg war darunter, den Rungholt vom Sehen kannte. Er und sein Helfer trugen Schüsseln voll kochendem Wasser, in denen Tücher lagen. Ein Medicus beriet sich lautstark mit einem Wundarzt, der über den Pfusch der Bader lästerte. Rungholt konnte sehen, dass ihre Kleider voll mit Blut waren. Erstaunt sah er sich um. Selbst diese rothaarige Sinje, die ihn unbedingt von seinem Zahn hatte befreien wollen, war hier. Sie goss gerade einige Kräuter auf und sah ihn nicht. So viele Gelehrte und Medizinkundige einträchtig unter einem Dach hatte Rungholt bisher noch nie gesehen.

»Es ist wegen Johannes.« Calves Frau hatte seinen fragenden Blick bemerkt. »Unser Jüngster. Man hat meinen Mann überfallen. Auf dem Rückweg. Und Johannes ist…« Sie konnte nicht weiterreden, weil ihr die Tränen kamen. Deswegen also sah sie so müde und kummervoll aus. Rungholt wusste nicht, was er tun sollte. Er kam sich verloren vor. Am falschen Platz. Er hätte nicht herkommen sollen. Auf jeden

Fall konnte er dieser Frau nicht sagen, dass ihr Mann sehr wahrscheinlich tot in der Trave lag. Er brachte es nicht über das Herz.

»Hat denn Hinrich nichts gesagt?« Sie schluckte die Tränen weg.

Rungholt räusperte sich, um den Kloß im Hals loszuwerden.

»Ich habe ihn gar nicht getroffen. Deswegen – deswegen bin ich auch hier«, begann er wacklig zu lügen.

Rungholt folgte ihr die Diele entlang. An der Treppe zum ersten Stock blieben sie kurz stehen. Sie deutete ihm, dass er ruhig mit hoch zu den Ärzten kommen könne. Er folgt ihr.

»Er wollte zu Euch«, meinte sie. »Er ist vor einigen Stunden aufgebrochen, nachdem er vom Brand in seinem Keller gehört hat.«

Rungholt strengte sich an, möglichst klar zu reden, doch schon bevor er begann, war er sich sicher, dass seine Stimme belegt klingen würde: »Ich habe nicht mit ihm gesprochen. Hat er denn noch etwas gesagt, bevor er los ist?«

Sie verneinte.

»Nun. Es wird sich schon klären. Ich dachte nur, deswegen bin ich gekommen, um ihn hier aufzusuchen. Um noch etwas zu erfahren.« Er zeigte ihr die Pergamente. »Hat er darüber ein Wort verloren?«

Sie sah nur kurz auf die angebrannten Häute. Sie schüttelte den Kopf. Ihr Lächeln – das schöne Lächeln von gestern –, war noch zu erahnen, aber es war kraftloser. Nur noch ein Abklatsch. Er versuchte, ein paar aufmunternde Worte zu sprechen, doch dann trat sie ins Zimmer, und er sah Johannes.

Der Junge lag im Doppelbett der Eltern. Um das Bett herum hatten die Ärzte verschiedene Holzständer aufgebaut, um den Jungen daran zu binden. Es sah ein wenig aus, als sei Johannes in einem riesigen Spinnennetz eingewickelt. Die Bänder und Seile sollten ihn ruhig stellen. Schüsseln mit Urin und Kot standen herum. Einige der Töpfe und einfachen Krüge waren noch mit Blut gefüllt. Die Magd leerte sie nacheinander, goss alles aus dem Fenster in den Hinterhof. Als sie Rungholts tadelnden Blick sah, huschte sie still an ihm vorbei und murmelte etwas von der Sickergrube. Rungholt hoffte, sie würde die Schüsseln tatsächlich dort leeren. Wozu hatten sie ein Gebot, Schafe und Schweine nur zu bestimmten Tagen durch die Straße zu treiben, wenn unachtsame Mägde die ganze Sauberkeit zunichte machten?

»Gott hat seine schützende Hand über ihn gelegt. Wir haben den Pfeil gesegnet. So dass sie ihn herausziehen konnten. Wir wissen noch nicht, ob er jemals wieder laufen kann. Aber er hat kein Fieber mehr.«

Rungholt nickte Frau Calve zu. Sie deutete auf eine Schüssel. Darin schwamm der abgebrochene Rest eines Schafts im blutigen Wasser.

»Wir haben die ganze Nacht gebetet«, mischte sich die Magd ein. Sie drängte sich an Rungholt vorbei, der mit seiner Fülle den schmalen Laufstreifen zwischen Bett und Wand beinahe ausfüllte, und nahm sich die nächste Schüssel.

Rungholt trat näher an das Bett. Die Ärzte hatten Johannes festgebunden, halb auf der Seite lag er. Sie hatten ihn zu Ader gelassen und schließlich ein Stück seiner Seite aufgeschnitten und die Wunde ausgebrannt. Rungholt konnte das klaffende Fleisch sehen, das von einem Chirurg mit einer Paste aus Rosenwasser und ungelöschten Kalk eingeschmiert worden war. Es sollte die Wunde reinigen und gleichzeitig die letzten Blutungen durch Verätzen stoppen. Die Wunde war tief, reichte bis auf den Knochen. Rungholt konnte einen Wirbel der Wirbelsäule sehen. Sie schien nicht gebrochen zu sein. Das Fleisch war herausgetrennt worden, weißes Fett bildete ein grässliches, glänzendes Relief. Als Rungholt sich unweigerlich ausmalte, welche Schmerzen der Junge die Nacht über ertragen hatte, musste er sich abwenden. Er schluckte. Ich zetere über meinen Zahn, und diesem Jungen hat man mit dem Spreizmesser bis auf die Wirbelsäule geschnitten. Wahrscheinlich hatten sie vorher mit dem Hock im Fleisch nach dem Pfeilende gesucht, hatten mit diesem Haken in seiner Seite herumgewühlt. Rungholt war bisher nur zweimal von einem Pfeil verwundet worden. Einmal war es nur ein Pfeil mit rundem Kopf, doch das andere Mal war es eine *barbulatae*-Spitze gewesen. Ein bärtiger Pfeil mit Widerhaken.

Der Chirurg und der Medicus riefen nach Frau Calve. Sie müssten mit ihr über die Heilerin reden. Scheinbar konnten sie mit »dieser Person«, wie sie sich ausdrückten, nicht weiter arbeiten. Wäre die Situation nicht so bitter gewesen, Rungholt hätte lauthals losgelacht.

Calves Frau befahl der Magd, die Männer nach unten in die Diele zu führen, dann bat sie Rungholt, doch einen Moment auf den Jungen aufzupassen. Er stimmte gerne zu. Sie entschuldigte sich und verschwand mit den Gelehrten nach draußen. Rungholt hörte sie leise auf die Frau einreden.

Er stellte sich ans Kopfende des Bettes. Johannes stöhnte, aber Rungholt konnte sehen, dass die Augen des Kindes wach und einigermaßen präsent waren. Sie hatten noch einen Schleier und wirkten durch das abgeklungene Fieber und die Operation glasig, aber er war wach. Johannes nahm seine Umwelt wahr und Rungholt schien es, als wolle Johannes ihm etwas sagen. Er beugte sich hinab, um besser zu verstehen, doch der Junge griff nur nach den Pergamenten, die Rungholt noch immer in der Hand hielt.

»Messen«, sagte Johannes matt.

Rungholt begriff erst nicht, doch dann wurde ihm bewusst, dass Johannes keinen Gottesdienst meinte, sondern die Skizzen auf dem einen Blatt. Wusste der Junge etwas? Konnte das sein?

»Weißt du etwa, was es darstellt?« Rungholt hielt ihm das Blatt hin.

»Mathematik. Zahlen«, stammelte Johannes. »Zahlen. Dreieck. Viele Dreiecke.«

Er redet nur wirr, dachte Rungholt, ich sollte ihn nicht belasten. Er tröstete den Jungen, tätschelte liebevoll seine Wange und spürte, dass Johannes ganz verschwitzt war. Rungholt nahm seine Gugel, weil er nichts Besseres griffbereit hatte, und tränkte sie im Wasserkrug neben dem Bett. Er legte sie Johannes auf die Stirn. Der Junge begann lauter zu stöhnen, pfeifend sog er die Luft ein. Er schluckte mehrmals, dann begann er zu flüstern.

»Es sind Berechnungen.« Er musste sich anstrengen, aber er brachte einen Satz heraus. »Vermessungen. Höhengrade und Strecken.«

»Du meinst, es ist eine Art Karte?«

Johannes Augen baten um das feuchte Tuch. Rungholt tränkte seine Kapuze noch einmal.

»Abstände. Messen. Land. Wiesen. Hab's mal versucht.« Es kostete ihn alle Kraft, aber er hob eine Hand und tippte auf die geraden Linien, auf die angrenzenden Dreiecke. »Mathematik.«

»Woher? Haben … woher habt Ihr es?«

»Von einem Mann. Einem Gelehrten. Aus dem Osten.«

»Orient?«

Fasziniert sah Rungholt, dass so etwas wie ein Lächeln auf Johannes' Lippen kroch. »Arabische Ziffern. Gut. Besser rechnen. Schlau, der Mann. Trianguliert. Dreieck. Entfernung berechnen. Ich hab's nicht geschafft. Hab's mit Papa versucht.« Er kam mit dem Oberkörper hoch, aber die Schmerzen waren zu stark. Sofort sank er zurück in die Kissen. »Trigonometrie. Trigo – Hab's nicht geschafft. Hab's … Zu ungenau. Aber …«

Er war zu schwach, um noch einmal auf das Blatt zu zeigen. Er schloss die Augen, um Kraft zu finden.

»Wunderschön ist das. Wundersch – Ist der Mann da. Wo ist er? Ich möchte ihn sehen. Ich …«

»Das wirst du.« Rungholt tupfte dem Jungen die Stirn. Johannes war drauf und dran, wieder einzuschlafen.

»Die Uhr. Sternenuhr, weiß alles. Die Uhr. Von damals und von morgen. Weiß sie. Die Uhr, die weiß das. Alles weiß die …« Seine Worte gingen in einem Gestammel unter. Dann war er eingenickt. Rungholt hatte mühe, die porösen Blätter aus der Hand des Jungen zu ziehen.

Als Calves Frau mit den Ärzten zurückkehrte, war Rungholt schon gegangen. Er war unbemerkt an den Ärzten, die er so sehr verachtete, vorbeigeschlüpft, war still durch die kleine Diele gehuscht und auf die Straße entschwunden.

23

»Dieses Wetter. Es bringt mich noch um…« Winfried schnupfte in seinen Ärmel. »Ich muss dir aber leider gleich sagen, dass ich nur wenig Zeit habe. Tempus fugit. Tempus fugit, mein Freund. Tritt ein, tritt ein.«

Geduldig sah Rungholt zu, wie Winfried auf seinen unsicheren Beinen durch den lang gestreckten Raum seines Hauses schlurfte. Der Alte stützte sich auf seinen Stock und visierte einen an der Wand befestigten Tisch am Ende des großen Saales an. Winfrieds mehrgeschossiges Haus zerschnitt die Giebelreihe in der Effengrube. Denn im Gegensatz zu den anderen Häusern stand es frei. Es streckte seine lange Seite trotzig zur Straße hin und zeigte jedem die bemalten Balken und die kostbaren Fenster aus gefärbtem, schwerem Glas. Es war eines der wenigen Fachwerkhäuser, die noch im Domviertel standen. Winfried hatte es über die Jahrzehnte ausbauen und immer kostbarer ausstatten lassen. Der Saal im Innern war etwas größer als Rungholts Diele, auch war der Boden mit ebenen Platten bedeckt. Den Dreck zwischen den buckligen, abgefahrenen Steinen, über den Alheyd so oft schimpfte, gab es hier nicht. Die mannsdicken Pfosten, auf denen die Decke ruhte, waren mit kostbarem Sandstein beschlagen. Eine Treppe mit gedrechseltem Geländer und hübsch anzusehenden Pfosten, die an biblische Figuren erinnerten, führte in den ersten Stock. Rungholt war niemals dort oben gewesen.

Winfried schob sich durch den schummrigen Raum. Einer seiner Knechte erschien, um zu sehen, wer zu Besuch gekommen war. Winfried schickte den Mann fort. Während er weiter durch den Saal schlingerte, faselte er etwas von einer Ratssitzung. Es ging wohl wieder um die Stadtkasse. Die beiden Kämmereiherren hatten abgestritten, etwas mit dem Diebstahl zu tun zu haben. Jedoch bezweifelten mittlerweile die Ratsherren, dass überhaupt ein Diebstahl stattgefunden hatte. Winfried strich sich die wenigen Haare über den Schädel und winkte Rungholt zu sich. Er nahm eine der Öllampen vom Tisch, auf dem er Unterlagen ausgebreitet hatte.

»Ach, Rungholt«, seufzte er. »Da muss erst der Alte kommen und ihnen zeigen, dass sie ihre Stadtbücher schlampig geführt haben. Ich hab dem Heyno van Hachede schon die Ohren lang gezogen. Kinder, Kinder. Das Geld in der Kasse ist wohl gar nicht berührt worden. Die Bücher haben so viele Lücken, wie die dänische Reiterfront bei Bornhöved. Nicht mal ordentlich rechnen können sie in der Kämmerei und bezeichnen sich als Händler.« Er lachte.

Rungholt trat zu ihm. Er zog dem Alten einen Stuhl hin. Winfried setzte sich in seiner gewohnt langsamen Art. Er füllte seine Lampe auf, aber der Husten ließ ihn etwas von dem Öl danebengießen. Rungholt behielt den tattrigen Greis genau im Auge. Es schien ihm, als sei Winfrieds Haut wie das dünne Pergament, auf das die Skizzen gezeichnet worden waren. Sie wirkte so zerbrechlich, wie sie faltig und trocken die Knochen überspannte. Adern schimmerten bläulich hindurch, so dass es tatsächlich aussah, als sei Rungholts alter Freund mit einer fragilen Zeichnung versehen.

Rungholt hatte lange überlegt, ob er Winfried um Hilfe bitten solle. Und selbst jetzt noch war er sich unsicher, die richtige Entscheidung getroffen zu haben. War es ein guter Schachzug? Konnte er Winfried trauen? Rungholt konnte diese Fragen nicht beantworten, aber er war in das Domviertel gegangen, um es herauszufinden. Selbst wenn ich dem alten Teufelskerl nicht mehr trauen kann, ich muss das Wagnis eingehen und mir Gewissheit verschaffen. Allein, um zu sehen, wie er reagiert und ob er lügt, sollte ich ihm die Pergamente zeigen.

War Rungholt die letzten Tage noch über sich selbst ein wenig erschrocken gewesen, dass er seinen Freund für einen Lügner hielt, so wurde ihm jetzt schmerzlich bewusst, wie wenig die beiden in den letzten fünfzehn Jahren verbunden hatte. Sie waren eine andere Generation. Winfried war Nyeburs Freund gewesen und hatte erst nach dessen Tod mehr und mehr in Rungholts Haus verkehrt. Wie viele Stunden haben wir wirklich miteinander geteilt? Wie viele Dinge haben wir zusammen unternommen, wie viele Geschäfte haben wir gemeinsam abgeschlossen? Nicht viele.

Nyebur, sein Lehrmeister, hatte einst eine ganze Schiffsladung russisches Wachs von verschiedenen Händlern gekauft, dann aber festgestellt, dass ihn einer der Händler übers Ohr gehauen hatte. Es war damals Mode, Steinchen und schlechtes Fett mit in das Wachs zu binden und so den Wachspreis pro Pfund zu drücken. Nur, indem er die Händler zusammenrief und schlicht behauptete, sich über die Reinheit des Wachses zu freuen, hatte er an der Reaktion seiner Gegenüber den Betrüger entlarvt. Als Rungholt ihn damals gefragt hatte, ob Nyebur keinen Zweifel gehabt hatte, den richtigen Mann an den Kaak zu stellen, hatte Nyebur verneint. Er hatte gesagt, dass es eindeutig gewesen sei. Es sei einfach gewesen, den Missetäter durch reines Beobachten der Gemütsregungen zu überführen. Auch wenn der Händler niemals den Betrug gestanden hatte, so war sich Nyebur immer sicher gewesen, den Richtigen angeklagt zu haben.

Rungholt legte seine Wachstafeln auf den Tisch. Er hatte sich einen Stoß neue Tafeln vom Dachboden besorgt. »Ich will Euch nicht lange stören«, sagte er und reichte Winfried einen Lappen vom Tisch, damit er das alte Öl wegwischen konnte.

Winfried scheint ganz ruhig, dachte Rungholt. Er scheint ruhig, obwohl er es angeblich so eilig hat.

Winfried zog sich die Pergamente heran. »Ich weiß nicht, was das soll«, sagte er, nachdem er einen Blick auf das letzte Dokument – jenes mit dem verschlungenen Text – geworfen hatte. »Es ist Latein, Rungholt. Ich dachte, Nyebur hat dich zur Schule geschickt. Du warst doch am Koberg?«,

»Ja, war ich«, sagte Rungholt. Ich kann auch lesen und schreiben, auch wenn mir Latein schwer fällt, dachte Rungholt. Warum nur komme ich mir immer wie ein Kind in Winfrieds Nähe vor? Er zog sich einen Stuhl heran und quetschte seinen dicken Hintern darauf.

»Die Tür zum Wissen stand dir offen – aber, Hand aufs Herz, du bist gern geradewegs dran vorbei und direkt in die Kneipe, hm?« Winfried hustete kichernd über seinen eigenen Scherz.

Missmutig sah Rungholt ihn an. Winfried kümmerte sich schon wieder um seine Lampe und versuchte, den Docht richtig aufzustecken. Doch seine Hand zitterte zu sehr. Rungholt nahm ihm das verzierte Tongefäß ab. »Ich bin nicht hier, um mich beleidigen zu lassen, Winfried.«

Er hatte es ruhig gesagt, geradezu nett. Doch es verfehlte seine Wirkung nicht, denn Rungholt konnte aus dem Augenwinkel sehen, dass der Alte im Haarerichten innehielt. Nur kurz. Winfried schluckte. Er erinnerte sich wohl noch an den Moment, als Rungholt ihm an die Gurgel gegangen war.

Der Gedanke an sein Toben ließ Rungholt unangenehm schwitzen. Es war ihm noch immer zutiefst peinlich. Wieso musste er nur immer so auflodern und die Menschen um ihn herum brüskieren? Er schämte sich dafür. Ein wenig so wie ein Priester, den man bei den Weibern erwischt: Er kann es nicht lassen, obwohl er sich des Frevels bewusst ist.

»Tut mir Leid, Rungholt. Sag, was dein Anliegen ist.« Winfried wandte sich seiner Arbeit zu.

»Seht es Euch einmal genau an. Erklärt es mir, bitte.« Rungholt legte seine Hand auf Winfrieds Pergamente, um ihn sanft zu stoppen und deutlich zu machen, wie wichtig ihm dies alles war. Winfried seufzte, als er die Verletzungen an Rungholts Hand sah. Er nahm sich die verkohlten Häute noch einmal vor.

»Hast du es vom Brand in der Mühlenstraße?« Die Seite mit den Skizzen und Konstruktionszeichnungen legte er hin und widmete sich dem stark angeschwärzten, brüchigen Blatt, das mit den wirren Zeichen beschriftet war. Es entlockte ihm nur ein Stirnrunzeln. »Es ist nicht Latein. Ich habe solche Zeichen erst einmal gesehen, auf einer Messe in Florenz. Es sind Zeichen aus dem Morgenland. Die Schrift der Muselmänner.«

»Und dies hier.« Rungholt schob ihm das stark verbrannte Stück mit den lateinischen Wörtern hin.

»Es ist stark verkohlt. Ich will es versuchen, aber eine genaue Übersetzung…?« Winfried schnaufte aus und bat um seinen Lesestein. Rungholt stand auf. Er wusste, dass Winfried seine Steine in einer Schatulle im Schrank aufbewahrte. Er benutzte sie nicht gerne, weil er sein Gebrechen nicht so zur Schau stellen wollte. Rungholt hatte ihn letzten Sommer von einer Brille überzeugen wollen, aber Winfried hatte das neue Zeug, wie er es nannte, abgelehnt. Rungholt holte einen der größeren Steine aus geschliffenem Bergkristall.

Winfried legte ihn auf die Seite, fuhr das Pergament ab. Langsam und bedächtig. Zeile um Zeile. Fingerbreite um Fingerbreite…

»Communi consensu… lubecensis… ci-civis… absit omen«, Winfried versuchte scheinbar wirklich, etwas zu entziffern. Rungholt, der sich wieder gegenübergesetzt hatte, richtete sein ganzes Augenmerk auf den Alten. Aber diesmal hatte er nicht das Gefühl, Winfried spiele ihm etwas vor. Irrte er sich in Winfried? Oder war der Greis noch abgebrühter und geschickter, als er dachte?

Winfried seufzte und versuchte, weiter unten eine Stelle zu entziffern…

»Es scheint mir ein Brief zu sein. Es ist die Sprache von Flüssen, von Wiesen und von Schiffen. Genau kann man das nicht mehr sagen. Hier…« Er zeigte Rungholt eine Passage.

»Hier steht etwas, das könnte heißen: *Mit dem Fluss werden wir das Feuer der Vernichtung über sie bringen*. Oder Vergeltung.«

»Was soll das heißen?«

»Was weiß ich?« Winfried hustete. Er wollte Rungholt die Tierhaut schon wieder zurückgeben, als er stutzte. Er hielt inne, drehte behutsam das Pergament und bat um seine Lampe.

Rungholt entzündete die Öllampe und schob sie Winfried hin. Er stellte sich hinter den Alten und beugte sich über die Schulter des Greises. Plötzlich roch er den süßlich, fauligen Gestank des Alterns. Winfried roch nach Tod, als würde er bei lebendigem Leib innerlich verwesen. Rungholt konnte sein klirrendes Atmen hören. Er räusperte sich, versuchte, seine Gedanken wieder auf das Schriftstück zu konzentrieren.

Winfried hatte etwas inmitten des rußigen Stücks entdeckt. Es war hervorgehoben worden, doch man konnte die Buchstaben, schwarz auf schwarz, nicht erkennen. Also nahm Winfried das Pergament und hielt es gegen die Flamme der Öllampe, so dass die Tinte sich besser vom Ruß abhob. Schemenhaft konnte man einige Wörter sehen, die groß und dezidiert geschrieben worden waren.

Winfried hielt sich den Lesestein vor und testete, ob er etwas erkennen konnte. Er ging ganz dicht an die Tierhaut und las schließlich stotterig:« *arma uni… arma util – utem…*« Er drehte das Stück skeptisch, dann sagte er bestätigend: »*arma ultima gladiusque potens.*«

»*Arma ultima*?« Rungholt konnte damit nichts anfangen.

Winfried legte seufzend den Lesestein beiseite. »*Arma ultima*: ›Die endgültige Waffe‹ – *gladius potens*, machtvolles Schwert. Die ultimative Waffe, das mächtige Schwert.«

»›Die endgültige Waffe‹? Und was soll das bedeuten?« Rungholts Ungeduld begann wieder in ihm zu quengeln. Es ist nicht so einfach, wie Nyebur immer behauptet hatte. Die Beobachtung der Menschen offenbart vieles, aber sie versagt, wenn derjenige dein Freund ist, den du verdächtigst. Und obendrein ein guter Diplomat, dachte Rungholt. Da war eine Zurückhaltung in Winfrieds Gesicht, ein Anflug von Angst. Hatte er etwas erkannt? Er schien schockiert, ohne es zeigen zu wollen. Es war nur ein kurzer Augenblick, doch er schlug eine Saite in Rungholt an. Eine dunkle Saite. Winfried lügt, dachte Rungholt. Der Alte will nicht weiterreden, weil er nichts mehr weiß? Oder weil er schon zu viel gesagt hat?

Arma ultima.

Winfried warf nur noch einen letzten scheuen Blick in Richtung der Pergamente und schob sie zu Rungholt zurück. Dabei brach ihm ein großes, rußiges Stück ab. Er wischte es vom Tisch, bekam einen neuerlichen Hustenanfall. »Das hat doch keinen Sinn. Es ist verbrannt. Tut mir Leid. Ich muss zur Sitzung.«

Er weiß etwas, dachte Rungholt. Er verschweigt etwas und will sich nicht mit den Pergamenten auseinander setzen.

»Zu verbrannt. Hast du etwa noch andere Dokumente?«

In diesem winzigen Moment, da kam es Rungholt vor, als wisse Winfried plötzlich schon alles. Als habe er eben gerade die Dokumente wieder erkannt, als habe er das Blatt selbst schon oft gelesen. Es war ihm, als spiele dieser alte Rychtevoghede ihm etwas vor. Ein Theater, bloß um ihn bei Laune zu halten. Nyebur war zum Wachshändler gegangen und hatte ihn mit einem Geschäft geködert. So hatte er von den Steinen im Wachs erfahren und den Handel beendet. Ich werde schon sehen, ob du etwas weißt, alter Mann, dachte Rungholt. Mal sehen, wie du darauf reagierst:

»Nein. Ich habe sie vom Brand«, sagte er. »Es sind Unterlagen von Hinrich Calve, aber –«

»Calve?«

Winfried wirkte geradezu geschockt. Rungholt sah es sofort und revidierte seine Überlegungen: Winfried der Kahle war kein guter Schauspieler. Er hatte wirklich zu Beginn nicht gewusst, was für Pergamente Rungholt dabeihatte. Erst beim

Übersetzen war es ihm aufgegangen. Aber er wusste von Calve. Er wusste immerhin von Calve.

»Calve? Welcher Calve? Ich muss los, Rungholt.« Er versuchte, seinen Stuhl wegzurücken, doch es wollte ihm nicht gleich gelingen. Zittrig erhob er sich.

Rungholt musste innerlich lächeln. Wie plump und einfach doch Winfrieds Flucht war.

»Hinrich Calve aus der Ellerbrook«, beantwortete er die Frage anscheinend unbedarft.

»Ellerbrook? …Nein. Das sagt mir nichts.« Der Greis griff nach den Pergamenten. »Entschuldige. Können wir das nicht nach meiner Ratssitzung machen? Ich muss jetzt wirklich aufbrechen.«

Rungholt nickte stumm.

Es schien, als wolle Winfried das Pergament endlich loswerden und es Rungholt reichen, doch mit einem Mal begann die Tierhaut zu brennen. Es war nur eine Sekunde und schon stand die ganze ausgedörrte Seite in Flammen. Winfried war an die Öllampe geraten. Er schrie auf, ließ das Stück fallen und rettete schnell seine eigenen Unterlagen.

Auch Rungholt schrie auf. Er stürzte zu Hilfe, wollte die Seite retten, doch es gelang ihm nur, seine anderen Skizzen beiseite zu ziehen, bevor diese ebenfalls in Flammen aufgingen. So schnell, wie die Seite Feuer gefangen hatte, so schnell war der Spuk vorüber.

»Es tut mir Leid, ich…« Winfried sah besorgt drein. Er stammelte eine Entschuldigung nach der anderen. Rungholt spürte augenblicklich, wie der Zorn kam. Grimm stieg in ihm auf. Er starrte den Alten an, konnte dessen Angst sehen. Doch er zwang sich, ruhig zu bleiben. Er schloss die Augen. Schnaufen. Einatmen, Ausatmen. Nur die Ruhe.

Noch Jahre später würde er nicht sagen können, ob es nur Winfrieds zitternde Hand gewesen war, die das Blatt entzündet hatte – oder Absicht.

Rungholt starrte auf die Aschereste und auf die Zeichen, die sich verschwommen von den schwarzen Fetzen matt schimmernd absetzten. Er lächelte Winfried steif zu, nickte langsam, um zu sagen: Ist schon gut.

Winfried erhob sich. Immer noch scheinbar geschockt über den kleinen Brand. Rungholt ließ den Blick nicht von den Ascheresten.

»Feuer der Vernichtung? Eine mächtige Waffe?«, raunte er.

24

Zu Hause hatte Rungholt nicht die Ruhe, um sich um das Haus und die Verlobung zu kümmern. Hilde und Alheyd bedrängten ihn, nach den Schweinen zu sehen und sich Mirkes Kleid für die Toslach anzuschauen. Doch Rungholt stürmte geradewegs in seine Dornse. Wenn er eine Pause einlegte, würde er einschlafen. Er hatte die Nacht über am Fluss verbracht, hatte seit dem Treffen mit der Hübschlerin nicht mehr ordentlich geschlafen. Wie lang war das jetzt her. Zwei Tage? Drei?

Es war Donnerstag früh. Er hatte noch bis morgen Mittag Zeit.

Er ließ einen der Knechte kommen und schickte ihn zu Marek in den Hafen. Der Schone sollte das Beladen der *Möwe* vorerst einstellen und in die Fronerei gehen. Dort sollte er sich umhören und herausfinden, was es mit der Tassel auf sich hatte, die Kerkring Rungholt gezeigt hatte. Kaum war der Knecht mit der Nachricht an Marek verschwunden, hörte Rungholt von draußen Alheyd mit Hilde und Mirke über die Toslach streiten. Es ging um Mirkes Kleid und darum, welche Speisen in welcher Reihenfolge aufgetischt werden sollten. Rungholt zog die Tür zu. Er versuchte, sich zu konzentrieren und das Fluchen, Hämmern und Gebrabbel, das Rumoren der Arbeiter und das Gezanke der Frauen auszublenden.

Er hatte etwas übersehen, so viel war klar. Vielleicht musste er den ganzen Fall noch methodischer angehen. Er legte die Skizzen und die Warenliste, die er aus dem Keller gerettet hatte, sowie den Kostenvoranschlag von Calves Frau nebeneinander. Bei einem Schluck Dünnbier zwang er sich innezuhalten.

Tu, was du von Nyebur gelernt hast.

Rungholt hatte es geliebt, ihm zuzuhören, wenn sein Lehrer an seiner Meerschaumpfeife zog und von seinen Abenteuern in den Kontoren erzählte. Selbst morgens, wenn der kalte Rauch des Quendelkrauts noch stinkend in der Dornse hing, hatte Rungholt vor dem Feuermachen kurz den Kopf in die Scrivekamere gesteckt und gerochen. Nyebur hatte gesagt: Ein Gaul, auf dem du reiten willst, wird ein teurer Gaul werden. Eine Frau, an die du immerzu denkst, wirst du nicht heiraten.

Er musste seinen Kopf freibekommen. Denk nach, ermahnte er sich. Du hast etwas übersehen. Denk nicht an Winfried, nicht an deinen Zahn und auch nicht an die Toslach. Nicht einmal an Daniel solltest du denken. Nur an den Fall.

Er schnappte sich die Pergamente. Es musste hier sein. Es musste. Irgendwo hier stand die Antwort. Er heftete die Skizze mit der Holzkonstruktion an seine vertäfelte Wand, holte seine Brille und sah sich alles genau an.

Arma ultima. Die endgültige, die letzte Waffe.

Was sollte das bedeuten? Calves Frau hatte von Holz gesprochen. Calve sei versessen gewesen, etwas gegen die Vitalienbrüder zu unternehmen. Arma ultima? Hatte Calve wirklich eine Waffe gegen die Serovere entwickelt? Wenn das Holz nicht für viele Koggen bestimmt war, sondern für diese kuriose Vorrichtung aus Bohlen und Brettern, war dies dann ein ›mächtiges Schwert‹? Konnte man, wie bei einer Armbrust oder einer Balliste, etwas mit den Seilen abschießen? War es ein Katapult? Aber was machte es für einen Sinn, dass außerdem Johannes von Dreiecken gesprochen hatte? Von Längen und von Punkten? Musste man die Waffe ausrichten? Sie zielen lassen, wie eine Trebuchet? Oder war es eine eigenartige, orientalische Karte, die Küstenlinien und Untiefen mittels der Dreiecke anzeigte?

Er brauchte frische Luft. Mit Pfeife und Quendelkraut setzte er sich auf seine Bank in den Hof. Die Blätter hatte er mitgenommen. Einen Moment sah er zu den Schweinen hin, zu dem Federvieh, das bald auf ihren Tellern liegen würde. Dann fiel sein Blick auf Hildes Gemüsebeet. Die Kräuter wuchsen über die Einfassung aus Findlingen. Es war dicht an dicht bepflanzt. Er würde ihr wohl bald mal mehr Platz im Hof zubilligen müssen, dachte Rungholt.

Zufrieden zündete er die Pfeife an und schmauchte einige Züge. Langsam kehrte Ruhe in ihn ein. Die ersten Minuten war er froh, weil sich scheinbar seine Gedanken sortierten. Er fühlte sich stark und bereit, über die Pergamente nachzudenken, doch dann umgarnte ihn die Müdigkeit. Es war, als bände sie Fässer voll Sand an seine Glieder und drohte, ihn ins Meer der Träume hinabzuziehen.

Er raffte sich auf und ließ die Pergamente auf der Bank liegen. Seine Augen tränten, als er sich gähnend entschloss, einmal nach seinem Rotrücken zu sehen. Tagsüber hatten die Böen viele Rabenfedern in die Hecke geweht. Die vorlauten Krähen waren wieder hier gewesen. Ganz vorsichtig trat er an das Dornengebüsch und zog besonnen die Ästchen auseinander. Das Nest seines Rotrückens war noch da. Es sah vollständig und heil aus, so wie es zwischen den Dornen hing. Es war noch nicht ausgeräubert worden.

Rungholt entschied, die Federn aufzuklauben. Seine Säfte mussten in Fahrt kommen. Langsam und bedächtig schritt er den Hof ab, bückte sich am Busch nach den Federn, sammelte sie am alten Brunnen, den sie nicht mehr nutzten, seit sie ans Wassernetz angeschlossen waren, und am Schweinegatter auf. Von überall aus den Ecken und im Gestrüpp holte er die Überreste der Krähenkämpfe.

Mit einem Mal jedoch hielt er inne. Er benötigte einen Atemzug, um zu verstehen, was er soeben gesehen hatte. An der

Mauer nahe des Schweinegatters hatte jemand etwas in eine Mauerritze gesteckt. Es war tatsächlich ein Rest von Attendorns Vertrag. Indem er ihn herauszog, fiel eine Tassel aus der Öffnung. Das Kettchen landete im Gras vor der Mauer.

Stöhnend bückte er sich nach dem kleinen Ding und ertastete es. Ungläubig sah er die Fibeln an.

Mit einem Mal wurde Rungholt klar, weswegen Mirke die alte Mühle am Kräheteich kannte, weswegen sie gewusst hatte, dass sich Daniel dort verstecken würde. Und ihm wurde bewusst, weswegen sie ihm derart hinterhergeschnüffelt und geweint hatte. Weswegen Daniel nicht sagen wollte, wo er an dem Morgen gewesen war.

Daniel hatte ihr die Tassel des Fremden geschenkt. Mirke liebte Daniel.

Mirke stickte eine Verzierung an dem Saum ihres neuen Verlobungskleides. Sie hatte vor ihrem Bettschrank Tücher und Kissen gelegt und sich auf den Boden gesetzt. Ihr Zimmer war unordentlich. Auf dem Boden lagen Nähzeug, kleine Berge aus Stoff und Stickrahmen herum. Angefangene Näharbeiten waren aus einer kleinen Truhe gerafft und bei aller Geschäftigkeit verstreut worden. Nur ihre Spielsachen standen aufgeräumt in einer Ecke. Das kleine Stockpferd und die Puppen waren verschnürt und beiseite geschafft worden, denn sie sollten – vielleicht schon nächstes Jahr – für Mirkes eigene Kinder sein.

Schon als Rungholt eintrat und fluchend den Nährahmen mit dem Fuß zur Seite schob, wusste Mirke, dass etwas passiert war. Sie wusste es, noch bevor sie die Schnipsel in seiner Hand sah. Mirkes Herz tat einen Sprung. Sie spürte, wie sich alles in ihr verkrampfte. Es war, als habe ihr jemand die Mistforke in den Bauch gerammt. Mirke wurde schlecht.

»Mirke, ich möchte eine Erklärung.«

Sie blickte auf. Ihr massiger Vater stand direkt vor ihr. Sie konnte die filigrane Kette mit den beiden Fibeln aus seiner

Faust herunterbaumeln sehen. Er hatte also auch die Tassel gefunden. Noch war er ruhig. Noch. In ihrem Kopf begann die Angst wieder zu kreisen. Sie wirbelte noch schneller herum, als sonst abends im Alkoven, wenn sie an Daniel und die Hochzeit dachte. Sie wusste einfach nicht, was sie sagen sollte. Alles zugeben? Abwiegeln? Lüge oder Beichte?

»Ich höre.«

»Ich – es. Ich…« Sie schluckte. Ihre Zunge klebte ihr am Gaumen. Er wusste es, er wusste alles. Sie sah es seinem strengen Gesicht an. Er würde sie schlagen, die Knute holen und mit dem Stück Tau auf sie eindreschen. Sie blieb stumm. Was sollte sie auch sagen, was würde ihre Lage irgendwie verbessern, was konnte Rungholt – diesen Klotz, diesen wütenden Berg – schon beschwichtigen?

Er zog sie schroff auf die Beine, hielt ihren Arm fest. Sie wollte ihn nicht ansehen, aber er drückte ihren Kopf zu sich. Sie musste nur ein wenig aufsehen. Die letzten Jahre war sie förmlich in die Höhe geschossen.

»Also?«, fragte er.

»Ich liebe ihn.« Nur das. Mehr sagte sie nicht. Sie sagte es geradeheraus. Ihrem Vater ins Gesicht. Den Rest wusste er eh schon, wenn er nicht auch das längst wusste.

»Daniel?«

Sie nickte. Es verwunderte sie, dass er noch immer so ruhig war. Es beschlich sie das Gefühl, dass es vielleicht an ihr lag. Immerhin war sie immer sein Nesthäkchen gewesen. Vor ihren älteren Schwestern Anegret und Margot, die mittlerweile ein eigenes Leben begonnen hatten, hatte Rungholt sie immer in Schutz genommen. Sie hatte sich immer ein Fünkchen mehr erlauben können. Doch ebenso undeutlich, wie dieses Gefühl war, so schnell schüttelte sie es ab. Es war trügerisch, dies zu denken.

»Warst du mit ihm unsittlich?«

Sie schüttelte den Kopf. Sie spürte, dass er seine Hand fester um ihren Arm schloss.

Er schüttelte sie. »Sprich. Sag die Wahrheit. Vor Gott. Habt ihr gesündigt? Hast du deine Ehre verloren?«

»*Nein!* – Ich liebe ihn.« Sie spürte, wie die Worte ihr ungewohnte Kraft gaben. Kurioserweise weniger der Inhalt, als vielmehr die Tatsache, dass sie ihrem Vater die Stirn bot. Noch nie in ihrem Leben hatte sie sich so gegen ihren Vater gestellt. Noch nie hatte sie sich so stark selbst vertraut und gleichzeitig eine rasende Angst verspürt.

Er hielt ihr die Tassel hin. Vorsichtig nahm sie die verbundenen Schmuckfibeln. So vorsichtig sie konnte, denn sie wusste nicht, ob sie durfte. Ob es eine Aufforderung oder eine Falle war. Die Tassel mit ihren beiden reichverzierten Scheiben, auf denen sich kunstvoll Lotusblätter aufwölbten.

»Es ist die Tassel des Fremden?«

Sie nickte. »Daniel hat sie mir geschenkt.« Sie musste schlucken, denn ihr Mund war trocken.

»Daniel«, er spie aus. »Er hat sie dem Fremden geklaut und sie dir gegeben. Hat er den Fremden auch erstochen?«

»Nein. Er hat die Tassel beim Tres Canes gewonnen. Aber der Fremde wollte sie ihm nicht geben. Sie haben sich gestritten. Ich glaube, sie haben sich auch geschlagen. Mehr weiß ich nicht.«

»Du siehst ihn nie wieder, ist das klar! Ich werde Daniel nach Bergen schicken. Ins Kontor. Er soll dort die Geschäfte führen. Und du siehst ihn nicht wieder.«

Nein, schoss es ihr durch den Kopf, dazu wird es nicht kommen. Daniel geht nicht nach Bergen. Er wird nicht gehen, wenn er aus der Fronerei kommt. Und wenn doch, dann werde ich mit ihm gehen.

Rungholt verlangte die Tassel zurück, doch Mirke schüttelte den Kopf.

»Gib mir die Tassel… Sofort!«

Nochmals schüttelte sie den Kopf. Sie presste die Tassel an sich und wollte damit weglaufen, aber Rungholt packte sie und hielt sie fest. Er versuchte, ihr die Kette zu entwinden. Er hatte ihre Hände gepackt und verdrehte sie, dass sie endlich losließ.

»Du gibst sie mir! MIRKE! Das ist kein Spiel. Gib mir die Tassel.«

»Oder was? Willst du mich verdreschen?« Sie schrie und versuchte, sich seinem Griff zu entziehen.

»Weibsstück! Gib sie her.« Fluchend packte er seine Tochter und riss sie herum. Sie blickten sich an. Er hatte ihren Arm gepackt und drückte noch fester zu. Doch sie schrie nicht auf. Sie schluckte den Schmerz herunter und hielt seinem Blick stand. Sie schüttelte sogar den Kopf.

Er sah den Schlag, bevor er sie traf. Doch er konnte seine Hand nicht mehr aufhalten. Sie holte aus, als sei nicht er es, der sie führte, und sie traf Mirke mitten im Gesicht. Eine wuchtige Ohrfeige, die ihren Kopf zur Seite riss. Es klatschte laut. Es war etwas, das er nie hatte tun wollen. Er hatte Mirke schon öfter gezüchtigt, doch stets nur dann, wenn sie gefährliche Dinge getan hatte, oder derart gebockt hatte, dass ihr mit Regeln und Worten nicht beizukommen war. Ihre Lippe war ein wenig aufgesprungen. Sie blutete leicht.

Niemals, niemals zuvor hatte er diesen Hass in ihren Augen gesehen.

Wut vielleicht. Aber niemals diesen blanken Hass. Schlimmer, es lag Verachtung in ihrem Blick. Außerdem war er so erwachsen, so stolz, so bewusst. Er war so … kalt ihm gegenüber. Es war dieses Eis in ihrem Blick, das ihn sofort abstrafte, der ihn zu einem alten Mann werden ließ. Er schlug ihn gebrechlich und gemahnte ihn daran, dass sein letztes Kind erwachsen geworden war. Bald würde er es sein, der die Geschicke seines Lebens nicht mehr alleine würde lenken können. Bald würde er zu einem kindlichen Erwachsenen werden, und die erwachsenen Kinder würden sich um ihn kümmern müssen. In diesem Moment, unter diesem Blick, war er ein Vater, der er nie hatte sein wollen. Ein alter, rachsüchtiger und böser Mann.

Es lag etwas von ihm selbst in Mirkes Blick. Verbohrt war er, starrköpfig. Der starre Trotz und der Zorn sprachen aus ihm. Und ein Wunsch: Rungholt möge in die Grube hinabfahren – hinab ins Herz der Meere.

Und ihre Haut war Pergament. Und ihre Lippen waren blau.

Und Rungholt verstand nicht, was sie rief.

Und ihr Blick war Hass.

Für einen Atemzug versteinerte Rungholt. Er kannte diesen festen Blick. Er hatte ihn schon einmal gesehen. Bei seiner Geliebten. Irena. Auch sie hatte ihm den Tod gewünscht… Das Mädchen aus Novgorod mit den zu kurzen Haaren. Sie hatte ihm den Tod gewünscht.

Weißer Schnee blutet.

Und sie war unter dem Eis. Irena.

Rungholt ließ Mirke augenblicklich los. Er war so überrascht über die Eingebung, über die Bilder, die so plötzlich an die Oberfläche gedrungen waren, dass sein Herz einen Schlag aussetzte. Gleich darauf begann es zu rasen. Er war wirklich erschrocken. Seit Jahren waren die Bilder an das Eis und den Schnee nur selten aufgetaucht, und nun bedrängten sie ihn beharrlich. Erst in seinen Träumen und jetzt hier. Er hätte sich niemals auf die Suche nach dem Mörder machen dürfen. Aber hätte er seinen Lehrling untätig an die Scharfrichter ausliefern sollen? Wegen seiner Ehre als Kaufmann schon nicht. Dies war ein ehrwürdiges Haus. Und jetzt das. Jetzt Mirke und Daniel. Und die Erinnerungen an den Schnee, der blutet. Er hatte beinahe Angst, den Verstand zu verlieren.

Langsam kam die Wirklichkeit zurück. Mirkes Kinderzimmer, die Spielsachen, das Bett, die Truhe, der Schrank. Das Kleid für die Toslach. Und Mirke selbst. Sie stand noch immer da und starrte ihren Vater aufmüpfig an. Ihre Wange begann, sich vom Schlag zu röten, doch sie gab sich nicht die Blöße, indem sie sie rieb.

Er wusste nicht, was er sagen sollte. Deswegen griff er auf abgestandene Floskeln zurück, von denen er glaubte, dass ein

Vater sie zu sprechen hatte: »Du führst unser ganzes Haus in Schande. Ich sollte dich rauswerfen. Auf die Straße sollte ich dich setzen! Wenn du noch einmal mit Daniel anbandelst, dann spreche ich dir die Munt ab.«

»Deine Munt kann mir gestohlen bleiben.«

Sie stieß ihn beiseite. Sie brauchte Kraft, um seinem massigen Körper einen Stoß zu versetzen, er spürte das. Hatte sie das eben wirklich gesagt? Wollte sie auf der Straße leben, wollte sie ehrlos werden? Er trat nur einen Schritt zurück, aber es reichte Mirke, um an ihm vorbeizuschießen und wegzulaufen.

»Mädchen, glaub ja nicht, dass die Hochzeit verschoben wird durch dein kindisches Bocken. Komm her! Du wirst Attendorn heiraten, oder du kannst gehen«, rief er ihr nach.

Sie antwortete nicht. Er hatte Tränen in den Augen, als er ihr nachsah. Leise konnte er hören, wie sie zu Alheyd rannte und weinend in ihre Arme flüchtete. War er ein rachsüchtiger, böser Mann? Rungholt zog seinen Tappert zurecht, der durch ihr Geschubse verrutscht war. Ein lächerliches, letztes Zeichen, die Haltung zu bewahren.

Sie wünscht mir den Tod, schoss es ihm durch den Kopf. Und auch, wenn es nur ein kurzer Moment gewesen war, ein auflodern in ihren Augen, so hatte der Anblick Rungholt schwer getroffen.

Sein Blick fiel auf das verpackte Spielzeug. Seine Tochter wünschte ihm den Tod. Aber hatte er nicht immer für sie gesorgt? Tat er nicht das Richtige? Hatte er nicht immer das Beste für sie gewollt. Wie konnte sie mit Daniel anbandeln?

Dat bose vemeide unde acht de ryt!

In beidem hatte er versagt, wurde ihm bewusst. Weder hatte er das Recht geachtet, noch hatte er das Böse vermieden.

Seine Tochter blickte ihn an wie Irena unter dem Eis. Dem steinernen Eis seiner Erinnerung.

25

»Ich war in der Fronerei. Ganz, wie du gesagt hast.« Marek schmiss seinen Umhang auf die Bank und fläzte sich neben Rungholt. Er sah abgekämpft aus. Seine Kleider waren von der Arbeit im Hafen durchgeschwitzt. Im Gegensatz zu ihnen sah Marek jedoch frisch gebadet aus. Er duftete sogar nach Kräutern. Rungholt roch es, hatte aber keine Lust aufzusehen. Er hockte am letzten Tisch im Travekrug. Vor sich einen Humpen Bier und einen Schnaps sowie die verkokelten Pergamente. Er hatte sogar an seine Brille gedacht, doch sie war leicht schief aufgezwickt. Er hatte sich wieder eine Gans bestellt, sie jedoch kaum angerührt und gleich beiseite geschoben. Die Pfeife glomm kalt in seiner Hand.

»Ich sag dir, da beim Fron stimmt was nicht«, fuhr Marek fort, bevor er bemerkte, dass Rungholt nur vergessen in den Schaum seines Starkbiers starrte. »Wieso bist du eigentlich hierher, hm? Die Wirtin ist doch unmöglich.«

»Sie passt zu meiner Stimmung«, knurrte Rungholt.

»Ah ja«, bejahte Marek gespielt wissend und kontrollierte den Becher Schnaps. Er war halbwegs leer. »Was ist los, Rungholt? Ich mein, was ist passiert?«

»Nichts«, log Rungholt. Er trank einen Schluck Bier und murmelte: »Kannst du nicht verstehen. Bevor du keine Kinder hast, kannst du das nicht verstehen.«

»Ich kann's ja versuchen… Ist es wegen Mirke?«

»Ja. Wegen Mirke.«

»Mirke. Hm…« Marek schwieg einen Moment und wollte ein Gespräch über die Fronerei beginnen, um das Thema zu wechseln: »Also mit Daniel…«

Rungholt fuhr hoch: »Ja! Mit Daniel! Aber erspar dir jeden Kommentar. Als ob du und ich, als ob wir nicht auch Mist gebaut haben, als wir jung waren!«

»Was?«

»Warst du schon mal verliebt? So richtig verliebt? Dass du dafür gemordet hättest?«

»W-w-was?«, stammelte Marek. »Du, du bist ja vollkommen betrunken. Rungholt, Rungholt.«

»Na und?« Endlich sah Rungholt auf. Knurrend wies er Marek an zu erzählen.

Marek bestellte sich per Handzeichen auch ein Bier und begann vorsichtig. »Hörst du mir zu? Ja? Gut. Der Junge aus der Fronerei, hm, der angeblich die Tassel bei Daniel entdeckt haben soll. Er ist ein gewisser Darius. Ein Kind noch. Ich denke, er ist der Gehilfe vom Fron und seinen Mannen. Ein echt widerlicher Kerl von einem Bangbüx, sag ich dir. Aber sehr redselig. Wirklich.«

Rungholt sah tadelnd über seine Brille hinweg: »Redselig?«

Marek zuckte mit den Achseln. »Nach drei Bier und einigen Schlägen.« Er lachte. »Ich habe ihn mir vorgeknöpft und bin dabei auf echte Untiefen gestoßen. Schlimmer als die Sandbänke im Sund, sag ich dir …« Er schnappte sich Rungholts Essmesser, das noch bei der Gans lag und begann, seine Fingernägel sauber zu kratzen. Als Rungholt nichts sagte, begann er in aller Seelenruhe sich mit seinen Narben an seinem linken Arm zu beschäftigen.

Rungholt legte seine Pfeife weg und nahm noch einen Schluck. Er schmeckte etwas Eiter von seinem Zahn. Der Schnaps hatte den fahlen Geschmack und das Ziehen nicht vertrieben. »Nun spann mich nicht so auf die Folter, Marek.«

»Ich würds ja gern verraten, aber ich musste diesem Angsthasen vier Bier ausgeben. Und als ich ihn verdroschen hab, da hat er mir auf mein bestes Hemd gekotzt. Hier. Eklig, hm?« Marek zeigte einen Fleck und lächelte Rungholt forsch an. Kleiner Halsabschneider. Verfluchte Brut!

»Wie viel? In Herrgott's Namen.«

»Mal rechnen … Die Biere, das Hemd … Also … Hm. Sagen wir vier Witten?«

»*Vier* Witten? Unverschämt. Du gottloser Feilscher. Davon

kriege ich eine ganze Schiffsmannschaft betrunken. Und angekleidet obendrein. Du Hurensohn.»

»Na na! Du vielleicht. Meine Jungs saufen ein bisschen mehr.« Da fiel Marek etwas ein. »Apropos Hurensohn… Hätt ich fast vergessen. Die Hübschlerinnen und das Badhaus gab's ja noch. Mit so einem unehrenhaften Mann wie diesem Scharfrichterknecht kann man sich ja nirgends blicken lassen. Ich hoffe, uns hat niemand in der Stadt erkannt. Ich hab ihn in die letzte Kaschemme schleppen müssen und ins allerletzte Badhaus. Die Huren da, die…«

Rungholt war rot angelaufen. Er pfefferte Marek die Witten hin. »Sagen wir drei Witten. Und du machst das Maul auf, oder ich ertränk dich bei deinen unehrenhaften Huren.«

Marek wollte auf die Witten beißen, aber Rungholt sagte: »Wenn du draufbeißt, bring ich dich gleich um. Sie sind echt. Herrje. Wie lange kennen wir uns?«

»Oh, äh, 'schuldige, die Gewohnheit.« Immerhin war es ihm wirklich peinlich. Er steckte das Geld weg. »Wo war ich? Ach ja. Ich habe mich also mit diesem Darius getroffen. Er hat die Tassel bei Kerkring abgegeben. Ganz, wie Kerkring sagte. Aber Darius hat die Tassel von einem anderen Mann bekommen, und er hat Geld bekommen fürs Abgeben. Hm. Übrigens, nur so ganz nebenbei, waren das fünf Witten!«

»Von wem? Wer hat ihm die Tassel und das Geld gegeben?«

»Ein Büttel. Er kannte den Mann nicht. Der hat ihn angeblich vor der Fronerei angesprochen. Es soll ein Einhändiger gewesen sein… Nein, warte… Die zweite Hand war noch dran. Aber sie war wohl mehr eine Kralle. Seine linke. Die linke Hand von dem Büttel, mein ich. Ja. Und gestunken hat er. Der Büttel, mein ich. Darius auch. Ein kleiner Kerl sei es gewesen, hat Darius gesagt, nicht viel größer als ein Kind. Du erinnerst dich, was die…«

»…die Hübschlerin uns sagte? Natürlich.« Rungholt suchte sein Tafelbuch. Verflixt. Die alten Wachstafeln waren ja alle geschmolzen. Seufzend trank er stattdessen noch einen Schluck.

»Wie ein alter Laib Brot hat sie gesagt«, meinte Marek.

Rungholt nickte, er dachte nach, versuchte sich genauer zu erinnern. »Ein Mann wie ein alter Laib Brot: Geschrumpft, aber fest wie Zuberholz. Es ist der Mann, der ihr den Auftrag gab, das Zimmer auszuräumen. Und es ist der Mann, der Calve umbrachte.«

Marek horchte auf. »Du hast ihn gefunden? Er ist tot?«

»Ja. Ja und noch mal ja« Rungholt wollte nicht näher darauf eingehen.

Marek fragte nach, aber Rungholt knurrte nur. Nach einer Pause fuhr Marek fort: »Hm, aber ich glaube nicht, dass dieser Laib Brot fünf Witten zahlen kann, damit ein unehrenhafter Knecht eine Tassel abliefert.«

»Wohl kaum. Auch hinter diesem Einhändigen steht ein Mann. Ein Mann mit Geld. Die beiden Hübschlerinnen mussten auch bezahlt werden.«

»Für das Zimmer im Krug. Stimmt.« Marek nahm sich einen Bissen von der Gans und sah auf die Pergamente.

»Darius hat das Geld bekommen, um die Tassel bei Kerkring abzuliefern und ihm die Geschichte über den angeblichen Fund aufzutischen. Du weißt schon: Angeblich soll Daniel sie ja weggeworfen haben.«

Rungholt legte die beiden Tasseln vor dem staunenden Marek auf den Tisch. »Die linke ist die, die Darius abgegeben hat. Und diese hier, die echte, die Daniel dem Fremden abgenommen hat.«

»Du hast… Du hast Kerkring die Tassel gestohlen?«

»Aus seiner Amtsstube. Ja.«

Marek lachte. »Und ich habe Angst, dass man mich mit einem Unehrenhaften sieht. Ich bin selbst so ein Bangbüx.« Er sah sich die Ketten kurz an und murmelte, dass die Tassel des Fremden eine feine Arbeit sei und bestimmt mehr wert, als die andere. Das hatte Rungholt auch schon festgestellt. Marek ließ seinen Blick zurück zu den Pergamenten und vor allem zu der vermeintlichen Karte mit den Dreiecken wandern.

»Ich habe mit Calves Sohn geredet. Der Junge hat etwas von Höhengraden erzählt.«

»Hm... Höhengrade. Was soll das sein? Das da?« Marek zeigte auf eine Liste von arabischen Zahlen, die am Rand entlang geschrieben waren. »Das hier? Das Gekritzel?«

Rungholt war sich nicht sicher, glaubte aber, sich daran erinnern zu können. »Ich denke, das hat er gemeint.«

»Dann ist es nichts mit Nautik. Das ist keine Karte von einer Küste oder so etwas. Da braucht man keine Höhenmaße. Wenn Calve ein neues Schiff konstruiert hat oder eine Flotte, dann ist das auf keinen Fall eine Zeichnung aus einem Logbuch, denke ich. Es sei denn...«

»Es sei denn, der Junge meinte nicht Höhen, sondern Tiefen.«

Marek seufzte. So viel zu seiner Theorie. Die alte Wirtin stellte Marek griesgrämig ein Bier hin. Sie knallte die Kanne auf den Tisch, dass der Zinndeckel klirrte. Marek lächelte sie blöde an und wartete, bis sie gegangen war. Daraufhin nahm er sich noch einmal die Pergamente. Er sah sich das Netz aus Dreiecken an und faselte grübelnd, dass es sich vielleicht um eine Sternenkarte handeln könne. Sinje, seine Heilerin habe einmal eine Sternenkarte bemüht. Rungholt wusste nicht sofort, wen Marek meinte, doch es stellte sich heraus, dass er wohl von der Rothaarigen sprach, mit der Rungholt schon Bekanntschaft gemacht hatte. Brabbelnd ließ sich Marek über die Sterne und über die Schönheit des vollbusigen Weibes aus.

Rungholt wollte Marek gerade die Leviten lesen, was das Weibstück von Zahnbrecherin mit ihrer Untersuchung zu tun habe, als Marek etwas brummelte.

»Was hast du gesagt«, fragte Rungholt.

»Wir sind auf dem Holzweg. Hab ich gesagt. Vollkommen auf dem Holzweg... Wir wissen nicht, was *Arma Ultima* ist, wir wissen nicht, ob das hier diese Waffe ist, die Calve bauen wollte. Wir wissen nicht, für wen der Einhändige arbeitet, und wir wissen nicht, weswegen er die Leute umbringt. Wir wissen nicht...«

Rungholt hatte nicht auf das Gefasel geachtet. Diese offenen Fragen waren ihm selbst schmerzlich bewusst. »Ich meine, wie war das mit dem Weg?«

»Wie? Welcher Weg? Hm? Der Holzweg. Führt in den Wald und endet mittendrin. Prost.«

»Der Holzweg?«, wiederholte Rungholt und starrte auf die Karte. Mit einem Mal schnappte er sich die Warenliste und die Kalkulation von Calves Frau. »Wir waren so dumm, Marek!« Er hieb auf den Tisch, so dass Marek erschrocken zusammenzuckte.

»Calve hat Holz gekauft.« Rungholt frohlockte. »Er hat Holz gekauft. Und du hast Recht! Es gibt keinen Holzweg. Ha!«

Rungholt zeigte Marek die Position auf der Kaufliste. Marek verstand immer noch nicht. Er sah sich die Posten an, doch die kamen ihm alle merkwürdig vor.

»Quellwasser? Was zum Klabautermann hat Calve mit Quellwasser getan? Getrunken? Igitt! Geh mir weg damit!«, sagte er angewidert und widmete sich seinem frischen Bier.

»Ich denke, sie haben es getrunken, ja. Zumindest der Muselmann«, winkte Rungholt hastig ab. »Aber sieh dir die Position in der Mitte einmal an, Marek. Dort steht, er habe Schlagholz gekauft. 520 Lasten. Ich habe mich nur gewundert, weswegen die Position nur als Schlagholz *Buchgrd* auftaucht. Ich dachte, vielleicht ist es bestimmtes Holz, das der Holzmakler so nennt, oder der Holzhändler. Aber ich glaube, es steht für den Platz, wo das Holz geschlagen wurde.«

»Du meinst im Buchen ... Im Buchengrund? In einem Wald des Markgrafen?«

»Ja. Und deswegen auch Schlagholz. Calve hat keine Bretter oder Bohlen gekauft, sondern vom Markgrafen das Schlagrecht im Buchengrund. Auf der Kalkulation tauchen auch 500 Lasten auf, doch sie sind viel teurer. Calves Frau sagte, er habe sich über den Kostenvoranschlag des Holzes beschwert. Das Holz sei ihm zu teuer gewesen, deswegen hat er sich scheint's nach einer anderen Lösung umgesehen. Und ich denke ...«

Rungholt zog genüsslich an seiner Pfeife. »Ich denke, das Holz steht noch.«

»Wie? Es steht noch?«

»Die Bäume. Sie stehen noch. Nehmen wir an, es stimmt, und Calve hat ein gutes Stückchen des Waldes gepachtet, um es zu roden. Dann ist das hier die Position über das Schlagrecht. 520 Lasten *Buchgrd.*« Rungholt zeigte auf die Warenliste. »So weit ist das wohl eindeutig…«

Marek hing an seinen Lippen.

»Aber ich habe keine Position für die Holzknechte gefunden. Calve hat weder einen Holzhauer noch den Holzhändler noch Holzträger bezahlt. Er hat keinen Pfennig für den Transport ausgegeben. Verstehst du? Er hat weder das Roden der Bäume selbst noch deren Abtransport bezahlt. Nichts. Es gibt keinen einzigen Posten, der mit dem Holz zu tun hat. Er hat es sogar nicht nur nicht bezahlt, sondern auch nicht kalkuliert. Er hat es nirgendwo als Posten einberechnet. Wir werden also wohl keinen Holzweg finden.« Rungholt zog noch einmal am Quendelkraut und nahm einen tiefen Schluck Bier.

»Was also hat der mit den Bäumen gewollt?«, raunte Marek.

»Gute Frage, Marek. Gute Frage.«

Rungholt lächelte triumphierend. Er schnappte sich seinen verbrämten Mantel und warf Marek den Umhang zu. »Sattel die Pferde. Du kannst eines beim Nachbarn leihen.«

»Was? Du willst in die Wälder? Ohne Schutz? Ohne einen Riddere, hm?«

»Es wird schon nichts geschehen. Ich denke, wir finden den Buchengrund direkt vor Lübeck.«

»Das sagst *du*, aber was, wenn dieser Calve und dieser… dieser Ungläubige irgendwelche Fallen ausgeheckt haben, hm? Dann…«

»Marek«, stoppte Rungholt ihn. »Es ist wirklich erstaunlich. Du kannst wochenlang auf See sein, umringt von Vitalienbrüdern, aber in ein Wäldchen zu reiten…«

»Ich mein ja nur, ich dachte, du *hasst* Pferde?«

»Ja. Na und? Dich kann ich auch nicht leiden, aber ich geb mich mit dir ab!«

Mit einem breiten Grinsen raffte Rungholt die Pergamente zusammen. Als er den Kopf hob, spürte er, wie der Alkohol ihm zugesetzt hatte. Er schwankte etwas, als er Marek an die Theke zum Bezahlen folgte.

Marek hatte Recht. Rungholt mochte Pferde nicht. Sie waren alle zu groß und hatten einen zu wuchtigen Kopf. Die Vorstellung, von diesem Schädel weggedrückt zu werden oder gar seine Hand in ihr Maul zu bekommen, ängstigte ihn. Außerdem kam er sich auf dem Rücken eines Pferdes immer ausgestellt vor. Zwar gefiel ihm die erhobene Sicht über die Köpfe hinweg und dass andere aufblicken mussten, aber er musste sich hoch oben auf einem Pferderücken auch allen präsentieren. Und Letzteres war ihm ein Graus. Wie eine Hübschlerin am Hafen. Alle gaffen. Er kam sich doppelt so ungelenk und steif dort oben vor, vor allem, weil ihm stets jemand auf das Pferd helfen musste. Wie einem Kind musste man ihn hochwuchten und ihm gut zureden. Kaufleute gehörten nicht auf die Rücken von Pferden. Allerdings hatte sein Rappschecke Rungholt geduldig aus Lübeck heraus und durch den Wald getragen.

Rungholt zügelte die Stute und sah sich um. Im Wald vor Lübeck waren viele Bäume gerodet worden. Von den einst großen Buchenwäldern waren jetzt nur noch Haine aus Eichen, Buchen und einigen Birken übrig, zwischen die sich Tannen gesetzt hatten. Die Häuser, die Schiffe und das Verlangen nach Feuer hatten Holz zu einem teuren Gut werden lassen. Auch das Aufforsten brachte wenig.

Der Hudewald, mit seinen vereinzelten rotgelben und goldbraunen Bäumen und den hohen Baumkronen, hatte kaum Unterholz. Als Rungholt und Marek jedoch die Lichtungen verließen und weiter in den Wald vordrangen, sahen sie sich dennoch Büschen und Sträuchern gegenüber. Der Niederwald aus Ulmen, Birken und Haseln versperrte ihnen den Weg. Das Unterholz war dicht. Der Rappschecke hatte schon seitlich einen Durchgang gefunden, aber Rungholt war sich nicht sicher, ob er nicht geradeaus durch die Brombeeren gehen sollte. Er zog die Zügel an und sah sich nach Marek um.

Der Kapitän hatte eine andere Abzweigung genommen und war um einiges voraus. Nur noch ab und an konnte Rungholt ihn zwischen den Büschen und dem niedrigen Geäst erkennen. Der Wind hatte nachgelassen. Die starken Böen waren zu einem einzigen, stetigen Wind geworden. Er war zwar kalt, aber nicht schneidend.

»Hast du etwas gefunden?«, rief Rungholt durch die raschelnden Buchen. »Sie müssen die Stämme irgendwie gezeichnet haben, um zu wissen, welche sie fällen wollen.«

»Ja, aber hier ist kein Holz markiert. Hm, wenn deine Karte stimmt, dann muss der Buchengrund hier irgendwo sein. Ich seh sogar Buchen. Ja, so um die zehntausend Stück.« Marek lachte. »Aber hier ist nirgends etwas abgesteckt oder gekennzeichnet.«

Rungholt konnte sehen, wie der Kapitän sein Pferd wenden wollte. Rungholt tat es ihm gleich, doch er brauchte einen Moment, um seinem Rappschecken den Befehl klar zu machen. Die bedächtige Stute trampelte schnaufend auf der Stelle und wendete nur unter Protest. Da sah Rungholt ein Schlagmahl.

»Marek?«, rief er in den Wald. »Ich hab hier was.« Er hoffte, dass der ungestüme Kerl ihn hörte. Es kam keine Antwort. »Marek?«

»Was denn?«, schallte es endlich.

Jemand hatte den mächtigen Stamm einer Eiche zum Fällen freigegeben, indem er in die Rinde Calves Symbol eingeritzt hatte. Rungholt erklärte es rufend Marek, den er noch immer nur schemenhaft zwischen den schlanken, verästelten Hainbuchen sehen konnte. Rungholt vollführte auf dem Rücken des Schecken eine Art Kampf, als er Marek von weitem zeigen wollte, wohin er im Unterholz reiten solle. Dann lenkte Rungholt sein Pferd durch hohe Büsche und eng stehende Tannen. Als er durch das Geäst gedrungen war, sah er sich einer regelrechten Brache gegenüber.

Mit einem Mal stand er auf freiem Feld, die Bäume waren alle gerodet worden. Vielleicht dreißig Klafter längs von ihm und fünfzig Klafter geradewegs voraus standen nur noch Stümpfe. Mehrere Lasten Holz lagen schlecht geschichtet am Rand der Rodung. Entgegen seiner Annahme konnte Rungholt auch einen Holzweg sehen. Obwohl es die letzten Tage stark geregnet hatte, waren die Spuren noch zu erkennen. Die schweren Stämme, die hinter die Lastpferde gespannt worden waren, hatten im Boden tiefe Schleifspuren gezogen. Sie führten kreuz und quer über die Fläche und bündelten sich im hinteren Teil der Brache. Dort verschwanden sie zwischen einigen Tannen.

Marek brach durch das Gestrüpp und schloss zu Rungholt auf. Die beiden Männer sahen sich um.

»Wir sollten den Spuren folgen«, meinte Rungholt und ließ sein Pferd langsam zwischen den Baumstümpfen hindurchgehen. Marek folgte ihm. Kaum hatten sie die andere Seite der Rodung erreicht, blieb Marek stehen und lauschte in den Wald hinein.

»Hörst du das?«

Rungholt konnte nichts außer dem Rauschen der Blätter vernehmen. Dem Knallen, wenn die Zweige der Buchen gegeneinander schlugen und dem lauten Knarzen einzelner, alter Eichen. Ihr wiegendes, hohes Knarren wurde in den Wipfeln zu einem Scheuern und Quietschen, das klang wie ein undeutliches Klagelied alter Weiber.

»Da!«, rief Marek. Ganz leise war ein Klimpern zu hören. Ein kaum wahrnehmbares Klirren. Er fuhr herum, suchte die Lichtung ab. Marek verweilte bei jedem Baumstumpf, bei jedem Busch. Nichts. Das Geräusch war verstummt.

»Es ist nichts«, sagte Rungholt. Er hatte noch immer nicht gehört, was Marek meinte. »Ein Wildschwein? Ein Hirsch irgendwo dahinten.«

Marek musterte die Rodung noch immer, aber es war still und niemand war zu sehen.

Lautes Gegröle und lachende Rufe lockten Mirke, näher zu treten. Wie viele andere eilte sie die Gasse zur Burg hin, doch auf den letzten Schritten versperrten ihr Dutzende Menschen den Weg und die Sicht. Sie sah breite Rücken, bunte Kleider, Haare und Hauben. Es waren Bürger aller Stände. Kinder spielten Fangen zwischen den Wartenden und rissen Mirke beinahe um. Juchzend hatten sie sie bei der Hand gegriffen, dass sie mit Fangen spiele, aber Mirke wollte sehen, weswegen die Leute vor dem Burgtor standen.

Sie drängelte sich durch die Gasse, an den Fischhändlern, an den Fleischhauern und Gerberinnen, an den Kaufleuten und den Patriziern vorbei. Die Bäcker und Brauer waren aus ihren Geschäften gekommen. Sie hatten noch ihre Kittel an und alles stehen gelassen. Ochsen- und Handkarren standen wild herum, die Besitzer waren nicht zu sehen. Es schien ihr beinahe, als habe sich ganz Lübeck vor dem Stadttor an der Burg versammelt.

Mirke erreichte den Schlitten eines Holzschiebers, der das Tor versperrte. Drei dicke Fischhändlerinnen motzten den Mann an, der selbstvergessen nach dem Ereignis sah. Kurzerhand sprang Mirke auf den Schlitten und stakste auf die festgezurrten Stämme. Sie achtete nicht auf die Rufe des Mannes. Sie hörte sie gar nicht, denn als sie sah, weswegen die Menschen zusammengelaufen waren, weswegen sie stritten, weswegen sie schimpften und lachten, da wurde ihr augenblicklich übel.

Sie starrte über das Meer aus Körpern, dessen Gischt aus Köpfen, Haartüchern und Mützen bestand. Wellen aus Schaulustigen, die vor der Stadtmauer brandeten.

Daniel.

Sie hatten es getan.

Auf dem Brettergerüst standen zwölf Schöffen, die Winfried

und Kerkring als Richter dieser Verhandlung aus der Menge an Ratsmitgliedern ausgesucht hatten. Es waren statthafte Händler von gutem Rufe, die sich an die Seite des Gerüsts gestellt hatten, möglichst weit weg vom Fron. Auch Attendorn war ausgesucht worden. Er blinzelte in die Sonne, die Hände auf den Dupsing gestützt, während Kerkring die Anklage verlas.

Und in der Mitte stand Daniel.

Mirke entfuhr ein Schrei, als sie ihn sah. Sein Gesicht war angeschwollen, seine Lippe mehrfach gesprungen. Ein Auge hatten sie ihm blau geschlagen. Er steckte in einfachen Leinenkleidern, hatte nur eine lange Bruche und ein Hemd an. Er blickte still zu Boden.

Wie nach alter Sitte üblich, fand das Thing unter freiem Himmel statt. Von überallher waren die Menschen herangeströmt, um der Verhandlung beizuwohnen. Sie standen im Kreis um das Podest. Der hühnerbrüstige Fiskal, der für den Rat die Fürsprache hielt, hatte seine Fistelstimme erhoben.

»... wie man sprechet, so stehest du ym Bvche derer Fredelosen vnd brachtyst ewigen Fluoch vnd Schandt ybber Lübeck«, sprach er. Daniel sei im Buch der Verfesteten eingeschrieben und auch wenn er geflüchtet sei, so sei er noch lange nicht frei. Seine Tat solle gesühnt werden, als sei er niemals fortgerannt.

»So klagt die Stadt und mit ihr der hohe Rat: Daniel Brederlow, Lehrling des Rungholts, der da hat die Munt über ihn und ist sein Vorsprake, Daniel Brederlow entleibte einen Menschen. Vor drei Tagen erschlug der Sünder einen Bettler, dessen Name und Leben uns nicht bekannt. Brederlow schlug den Mann auf den Kopf, und er warf ihn in die Trave hinein, damit er ersaufe. Möge der Herr aller Herren, unser lieber Gott der Allmächtige, ihm seine Sünden vergeben.«

Der Fiskal zählte die zur Urteilsfindung hinzugerufenen Schöffen allesamt beim Namen auf. Er begann ein langes Gebet für eine gerechte Urteilsfindung und übergab das Wort schließlich an Kerkring. Dieser tuschelte mit Winfried am

Rand der Bühne. Die beiden Rychtevoghede der Stadt warteten, bis der Fron mit seinen Männern Daniel in die Mitte der Bühne gezerrt hatte. Dann wich Winfried vom Fiskal zurück und ließ Kerkring den Vortritt.

Der junge Rychtevoghede genoss das Spektakel sichtlich. Ruhig wischte er sich die Finger am Wanst ab, schmatzte kurz und polterte mit lauter Stimme über die Köpfe der versammelten Bürger hinweg. Er sprach frei, ohne Pergament. Ein Protokollant schrieb eifrig auf Wachstafeln mit.

»Bürger. Freie Bürger Lübecks. Rat, Kaufleute und Handwerker. So haben wir die Klage des Fiskals eben vernommen. So sind wir hier zusammengekommen, die hochedlen Rychtevoghede und die ehrbaren Ratsherren, um über diesen Sünder gegenwärtiges Blutgericht zu halten.«

Ein Gejohle erhob sich. Hängt ihn, rief jemand. Eine Frau warf einen Apfel. Kerkring ließ sich nicht aus der Ruhe bringen. Er blickte stolz in die Runde, suchte den Augenkontakt mit den Männern und Frauen unten an der Bühne.

Ungläubig starrte Mirke auf das Spektakel. Hatte Rungholt nicht gesagt, das Thing sei verschoben? Hatte er nicht behauptete, Kerkring habe ihm mehr Tage gegeben? Und wo war er überhaupt? Wo war ihr Vater? Besoff er sich wieder in einer Kaschemme oder spielte Karten oder fraß wie ein Schwein alles in sich hinein? Hilflos sah sie sich um. Sie wusste nicht, was tun. Und diese Hilflosigkeit feuerte ihren Zorn gegenüber Rungholt an. Ihr Vater war ein nichtsnutziger Trinker und Dummschwätzer. Sie würden Daniel aufknöpfen. Mirke sprang vom Schlitten, stieß sich durch die Menge.

»Ein Vorspraken ist nicht erschienen«, sagte Kerkring. Er blickte in die Runde, sah sich in der Menge vor der Bühne um. »Rungholt!«, rief er. »Rungholt? Kaufmann aus der Engelsgrube, Vorspraken von Daniel Brederlow?«

Er horchte. Keine Antwort. Keine Hand, die sich erhob. Kein Rungholt.

Mehrmals hatte Marek angehalten und sich umgedreht. Er hatte das Gefühl, sie würden verfolgt. Doch sie hatten niemanden entdecken können.

Sie ritten den Holzweg weiter in den Wald hinein. Der Schleifweg aus aufgebrochener Erde wandte sich kleine Hügel hinauf, schlängelte sich zwischen den letzten Stämmen von mächtigen Eichen hindurch. Sie folgten den Spuren.

Mit einem Mal verlor sich der Weg. Die aufgeworfenen, tiefen Rillen endeten auf der Kuppe eines sandigen Hügels. Hier standen die Bäume wieder lichter, doch Büsche und Sträucher bedeckten den Boden. Vereinzelt waren noch Spuren zu sehen, wo die Stämme anscheinend den Hügel hinabgerollt waren. Außerdem konnte Rungholt vom Pferd aus sehen, dass hier Holz gehackt worden war. Späne lagen noch im Dreck, ein Hackklotz war umgeworfen worden, und Scheiben von gesägten Stämmen lagen achtlos herum. Jetzt war es an Rungholt aufzuhorchen. Durch das Rascheln der Büsche und Bäume konnte er ein anderes Brausen ausmachen. Angestrengt sah er sich um, versuchte, die Büsche zu durchdringen. Tatsächlich war es kein Klimpern, das er hörte, sondern ein entferntes Plätschern.

»Wasser. Ein Bach.« Er wies auf die Böschung links von ihm, wo die Sträucher und Büsche niedergedrückt waren. Rungholt nahm an, dass die Stämme an dieser Stelle hinabgerollt worden waren. Den Fluss oder Bach konnte er von hier aus nicht sehen, aber er lag in dieser Richtung. Ungelenk zog er an den Zügeln seines Pferdes und brachte es dazu, den seichten Hang hinabzusteigen. Marek blieb noch ein paar Augenblicke stehen. Wieder starrte er in den Wald. Er hätte schwören können, erneut das Klirren zu hören.

Kurz darauf hatten sie den Bach gefunden.

Wasseramseln sprangen schilpend im Seichten herum, wuschen sich und pickten nach Würmern. Als Rungholt mit dem Rappschecken näher kam, hüpften die Vögel das Flüsschen hinauf. Der Bach war kaum breiter als ein Pferd lang war.

Rungholt schätzte ihn knietief. Er wand sich eine tiefe Senke hinunter, umspülte ein paar Findlinge und Bäume und endete auf halben Weg an einer Wand aus Holz. Stämme sperrten den Bach ab. Marek stoppte sein Pferd direkt neben den Hölzern und sprang ab. »Für was hältst du das?«, fragte er.

Rungholt war sich selbst nicht sicher. »Ich weiß es nicht genau. Ein Staudamm?«

»Ach.« Marek sprang ab. »*Das* hätte ich dir auch sagen können. Ist das Bier noch immer nicht verflogen, hm?«

Rungholt ließ seine Stute zu Marek traben. »Willst du dich über mich lustig machen?«

»Nein. Nur dass es ein Staudamm ist, so viel ist wohl klar. Aber was bedeutet es, hm? »

Skeptisch sah sich Rungholt vom Pferd aus um. Er blickte den Fluss hinab und konnte sofort sehen, dass noch mehr hinter dem Damm errichtet worden war.

»Es ist kein Wehr«, sagte er.

»Es staut aber. Zumindest etwas Wasser staut es, mein ich.« Marek stellte sich an Rungholts Stute, um ihm zu helfen. Rungholt selbst war zu ungelenk und zu fett, um selbst absitzen zu können. Er schaffte es einfach nicht, seine schweren Beine über den breiten Pferdehintern zu schwingen. Es war ihm peinlich, dass Marek ihm zur Hand gehen musste. Er erwartete schon einen kecken Spruch des Kapitäns, doch Marek hielt klug den Mund.

Unter Ächzen stieg Rungholt ab. Er stieß eine Verwünschung aus, und während Marek die beiden Pferde an eine Buche in Ufernähe band, schritt Rungholt brummelnd das abfallende Ufer ab. Hinter der Holzpalisade war ein hufeisenförmiges Becken errichtet worden. Oben stauten die Balken den etwa zwei Klafter breiten Fluss und führten dann am Ufer gute fünf Klafter weiter, so dass die Böschung begradigt war. Dieses Becken endete weiter unten an einem zweiten, höheren Wehr aus Holz.

Er sah sich den ersten Damm genauer an. Schwere Bohlen

aus Eichenholz waren aufeinander geschichtet und mit Pflöcken verzapft worden. Man hatte sie kalfatert. Rungholt konnte Reste von Hanf und Moos erkennen, die zur Abdichtung in die Ritzen gepresst worden waren. Schwere Seile spannten sich von den Holzpalisaden jeweils rechts und links flussaufwärts zu den Bäumen am Ufer. Mit Flaschenzügen waren die Taue an die Bäume gebunden und endeten an dicken Knüppeln zum Aufdrillen des Taus. Rungholt trat heran und musterte die Mechanik. Das Seil, an dem er stand, führte zur oberen Palisade. Er sah jetzt, dass sie aus zwei Türen bestand, zwei Flügel, die durch ein gespanntes Seil und ein weiteres, das zur anderen Uferseite gestrafft war, halbwegs geschlossen waren. So konnte nur durch einen Spalt in der Mitte der Palisade Wasser ins Becken strömen, während das meiste Wasser außen um das Becken lief.

Rungholt nahm den Knüppel, an dem das Seil endete. Er konnte ihn gut mit beiden Händen halten. Vorsichtig löste er ihn vom Baum, und sofort gab das Tau über den Flaschenzug nach. Das Wasser drückte eine der Türen auf und strömte in das Becken. Rungholt spürte, wie es am Seil zog. Mit aller Kraft hielt er dagegen, und es gelang ihm dank des Flaschenzugs, das Seil unter Kontrolle zu bringen. Stöhnend vor Anstrengung knotete er es wieder an den Baum und sah dann zu, wie das Wasser nun das Becken füllte. Das Laub auf dem Wasser hob sich stetig. Schließlich waren die Blätter auf Höhe des oberen Flussabschnitts und das Becken voll Wasser. Rungholt hätte die Blätter zu seinen Füßen ungehindert aus dem Becken fischen können.

Ein Damm, den man öffnen kann. Zwei Dämme, die man öffnen kann. Und ein Becken für das Wasser, grübelte Rungholt. Schnaufend stieg er flussabwärts zu dem zweiten Staudamm ab, gegen den nun das Wasser drückte. Als er auf einen der großen Findlinge balanciert war, konnte er den Höhenunterschied zwischen den beiden Dämmen gut erkennen: Das Becken überbrückte mit seinem Wasserstand die Höhe eines Mannes.

Es ist kein Staudamm, durchfuhr es Rungholt. Es ist eine Treppe. Eine Treppe für Schiffe. Und noch ein Gedanke ging ihm durch den Kopf. Es ist ein wenig so, wie Mareks weibische Bastelei: Dies ist nur kleines Abbild der Wirklichkeit, um zu sehen, ob es ihnen gelingt, es zu bauen. Sie haben diesen Bach gestaut und ihn benutzt, um zu prüfen, ob ihre Pläne umzusetzen sind. Calve hat eine Wassertreppe gebaut.

Je mehr er herausfand, desto mehr Respekt brachte Rungholt Calve entgegen. Auch wenn er ihn nicht hatte sprechen können, schien ihm Calve ein strategischer Händler und ein sehr gewitzter Kopf gewesen zu sein. Er hatte einen Gelehrten aus dem Morgenland angeworben, ihm eine Bleibe besorgt und ihn wohl auch dafür bezahlt, dass er Berechnungen anstellte und dies hier im Bach baute.

»Hast du gesehen? Die Blätter steigen gegen den Strom. Das ist doch nicht natürlich.«

»Es ist eine Treppe für Schiffe, Marek.«

Marek stand oben bei der Winde, die Rungholt bedient hatte. Er löste das Tau und zog die Tür wieder zu. Er wollte nach unten zu Rungholt eilen, und das untere Wehr öffnen, da hörte er wieder das Klimpern. Als schlügen die Glieder einer Kette aneinander.

Er blieb abrupt stehen und lauschte. Es war leise zu hören, aber es war da. Es kam direkt aus dem Gebüsch etwas oberhalb von ihnen. Es hörte sich an, als atme jemand hinter den Blättern, als hielte jemand Ästchen fest, damit sie möglichst nicht raschelten. Ohne weiter nachzudenken, sprang Marek den Hang hoch und trat zum Gebüsch. Plötzlich Geraschel. Da war jemand. Ein Schatten löste sich hinter den Blättern. Marek rannte los.

Er sah den Schatten vor sich zwischen den Ästen. Marek sprang über einen Busch, drückte sich an den schmalen Bäumen vorbei und musste sich die Hände vor das Gesicht halten, damit die Äste ihm nicht die Augen ausstachen. Noch immer konnte er die Gestalt sehen, die sich behände durch die Büsche drückte. Marek schloss dicht auf. Der Schatten vor ihm war ein kleiner, flinker Mann. Er hatte seine Gugel ins Gesicht gezogen. Seine Kleidung war dunkel, ob gefärbt oder vor Dreck konnte Marek im Laufen nicht erkennen. Aber er hörte das Klimpern bei jedem Schritt des Mannes, der wie ein kraftvolles Pferd wendig über die Steine und Baumstämme sprang.

Der Wald wurde lichter. Marek versuchte, schneller zu rennen, den Schatten einzuholen. Er spürte, dass ihm langsam der Atem ausging. Lange würde er dem Unbekannten nicht mehr folgen können. Da! Der Mann vor ihm verschwand hinter einer Reihe von dicht stehenden Tannen. Marek sprang hinterher, drückte sich durch die Äste und stand unvermittelt auf einer weiten Lichtung.

Stille. Niemand war da.

Ungläubig sah sich Marek um. Er blickte selbst in die Wipfel der Bäume, aber nirgendwo war der Fremde zu sehen. Er hatte sich in Luft aufgelöst.

Ein Knacken ließ ihn herumfahren. Hinter einigen zusammenstehenden Buchen war jemand auf einen Ast unter dem Laub getreten. Marek zückte seinen kleinen Dolch und schlich sich an. Er versuchte, nicht laut zu atmen, aber er war vom Laufen aus der Puste, blies verräterische Wölkchen in die kalte Luft. Langsam hob er den Dolch, stützte sich an einem der Stämme ab und sprang mit einem Schrei um die Bäume. Ein Reh sprang auf und flitzte davon. Kein Mann. Nichts. Marek sah sich um. Er war allein.

Er steckte den Dolch weg und wollte zu Rungholt zurückkehren, als er im Laub auf etwas trat. Es war ein Stück Metall. Erst hatte Marek es für die Klinge eines Dolches gehalten, doch das Stück war zu lang und es fehlte ein Schaft. Die Ränder des Stücks waren glatt und rund. Keine Klinge. Er hob es auf.

Die Schöffen und Kerkring hatten alle gewartet, dass sich Daniels Fürsprecher meldete, doch keiner aus der Menge hatte das Wort erhoben. Schließlich wischte sich Kerkring die Stirn und wandte sich von der Menge ab.

»Nun gut«, sprach Kerkring. Er sagte es leise, als würde er sich selbst Mut zusprechen. Er trat zu Daniel und beugte sich zu ihm. »So sprich selbst, Daniel.«

Scheu sah Daniel sich um, er blinzelte durch sein zugeschwollenes Auge, fuhr mit dem Blick die wogenden Reihen aus Rufenden ab. Mirke? Rungholt? Wo waren sie? Niemand war gekommen. Verängstigt sah er auf seine Füße.

»Ich war es nicht«, brachte er hervor. Es klang zu naiv. Die Menge lachte.

Aus der Menge rief Mirke seinen Namen so laut sie konnte, aber Daniel hörte sie nicht. Sie hatte das Gefühl, dass er nicht einmal Kerkring wahrnahm, der nur wenige Schritte von ihm entfernt stand. Er war zu verwirrt. Zwei Fronknechte hielten ihn und schoben ihn jetzt näher zu Kerkring hin, als dieser winkte.

»Damit Gerechtigkeit einkehre und die Bosheit gesühnet werde. So soll dies Thing die Blutschande von Lübeck nehmen und Gottes Kind Gerechtigkeit widerfahren.« Er zeigte zu Daniel. »So nehme das Hohe Gericht Lübecks alle Schande von diesem jungen Mann. Lehrling des Kaufmanns Rungholt und mit Namen Daniel Brederlow. Stammend aus Riga. So mögen dann die Schöffen vortreten und verkünden, was sie für gerecht halten.«

Mirke fiel mehr, als dass sie vorwärts ging. Sie taumelte voran, ihren Blick hoch zu Daniel gerichtet, der zwischen den Köpfen nur flüchtig zu sehen war. Wie in Trance drückte sie sich zwischen den Leibern hindurch, stieß Männern wie Frauen ihre Ellbogen in die Rippen, schubste und drängelte. Die Beschimpfungen waren ihr egal. Sie kam sich vor, wie ein Grape im Wasser, der hin und her tanzt und nicht gegen die Strömung ankommt. Die Menge grölte. Mirke rief. Sein Name ging in den Rufen der Schaulustigen unter. Noch immer starrte Daniel nur auf seine nackten Füße. Endlich war sie aus dem Burgtor geschlüpft und näher herangekommen. Noch ein paar Reihen und sie würde vor der Bühne stehen. Erneut rief sie nach ihm. Hörte er sie? War das schwache Kopfheben ein Zeichen?

Die Schöffen waren noch nicht sicher, wer ihr Urteil verkünden sollte. Einige der zwölf hatten schon seit Generationen das Vorrecht, als Schöffe Recht zu sprechen. Attendorn galt als ehemaliger Bürgermeister als ein zuverlässiger und umsichtiger Schöffe, daher ließ Kerkring ihn vortreten. Attendorn stützte sich auf seinen Dupsing und begann, das Urteil dem Richteherr zu sagen, doch er war viel zu leise. Rufe in der Menge erschallten, er solle doch gefälligst lauter reden. Attendorn räusperte sich. Er warf einen Blick zu Winfried. Der alte Rychtevoghede hielt sich wieder einmal sein Tuch vor. Er nickte – beinahe mit einem gnädigen Ausdruck, so als wolle er sagen: Wir wollen es alle nicht, aber es muss Recht gesprochen werden. Also sprich.

Jemand versuchte, Mirke festzuhalten und zur Vernunft zu bringen, aber sie schlug sich los. Der Stoff ihrer mit Bäumchen bestickten Cotardie gab nach und riss an der Schulter.

Oben auf der grob zusammengezimmerten Bühne begann Attendorn von neuem. Er las von einem Pergament ab: »Wir, die Schöffen Lübecks, die zwölf ehrenwerten und von Richterhand ausgewählten Freien dieser Stadt, entbürden Daniel Brederlow, Lehrling Rungholts und wohnhaft in der Engelschegrove, jeglicher Schuld…«

Ein leises Raunen ging durch die Versammelten. Dann war es still. Attendorn entrollte sein Pergament ein weiteres Stück. »Wir entbürden diesen Mörder jeder Schuld auf dieser unserer Erden durch den Strick. So sprechen wir den Blutbann aus.«

Die Menge tobte, Gegröle setzte ein. Gehässige Jubelschreie. Rufe wurden lauter, man solle den Mörder rädern, bevor man ihn aufknüpfe. Endlich erreichte Mirke die Bühne. Sie schrie Attendorn zu, Daniel freizulassen, dass er nichts getan habe.

Dass es nur ein Streit gewesen sei, aber kein Mord. Als Attendorn sie sah und ihre Blicke sich trafen, wich er betroffen zurück.

Kerkring sah die zwölf Schöffen an. Er wusste, dass er sich an ihr Urteil zu halten hatte. Vier der Männer, alles stattliche Kaufleute, nickten ihm auffordernd zu. Sie hatten einstimmig beschlossen, den Jungen zu hängen.

Mirke wollte einfach auf die Bühne steigen, aber da packten sie zwei der Riddere und zerrten sie zurück. Sie schleuderten sie zu Boden. Die Leute drumherum lachten auf. Schimpfworte fielen. »Die Nutte von dem!«, »Hure!«, riefen einige. »Husch-Husch! Ins Badhaus!«

»Mirke!« Winfried hatte das Mädchen erkannt. Er wollte an den Bühnenrand, doch Attendorn war schneller als der Greis.

»Lasst sie. Lasst die Frau los!«, befahl er. Die Gaffer verstummten. Mirke trat weiter um sich, sie hatte Attendorn nicht gehört. Einer der Riddere zog sie auf die Beine. Die Frauen und Männer gackerten, als der Ritter das Bündel Mädchen in die Luft hob und wie eine fauchende Katze wieder auf die Füße stellte. Attendorn sprang von der Bühne und schob die beiden Riddere beiseite.

»Loslassen, im Namen des Rates!«

Der Mann zog sofort seine Hand von Mirke. Sie stand schwankend da. Durch den Sturz war sie verdreckt, ihre Haare waren mit nassem Lehm verklebt, und ihr bestickter Rock war zerrissen. Attendorn lächelte sie an. Er nickte Kerkring und Winfried zu, als wolle er sagen, dass er gehen müsse. Sanft nahm er sie bei der Schulter und führte sie ein paar Schritte weg.

Mirke wollte sich zu Daniel umdrehen, sich noch einmal losreißen, aber Attendorn hatte sie fest im Griff und drehte sie an der Schulter immer wieder herum. Er schob sie durch die Menge fort, die sich vor ihm teilte. Er drohte jedem, der ihnen nachstierte oder höhnisch lästerte. Den ganzen Weg bedeutete er ihr, still zu sein. Sie solle nicht hinsehen. Attendorn sprach ihr Mut zu. Auch wenn er nicht wusste, was Mirke und Daniel genau verband: Er hatte gesehen, wie verzweifelt seine zukünftige Braut war.

Kerkring schloss die Verhandlung. Er bestätigte noch einmal für den Schriftführer das Urteil: Erhängen auf dem Köpfelberg. Daniel wurde abgeführt.

Die Sonne hing schwer am Himmel. Das Blutgericht war gehalten. Das Urteil vor Gott rechtzeitig gesprochen.

Rungholt hatte sein Pferd am Halfter genommen und war dem Bach aus dem Wäldchen gefolgt. Er floss keine hundert Klafter weiter aus dem Gehölz und verlor sich schlängelnd in den Wiesen eines Bruchs.

Marek kam mit dem Metallstück. Sein Umhang war schmutzig und seine Unterarme zerschrammt. Noch bevor Rungholt etwas fragen konnte, schüttelte Marek den Kopf. »Die Äste«, erklärte er knapp und rang nach Atem. »Weg. Er ist weg, mein ich.«

»Ich denke, es war derselbe, der auch den Keller in Brand steckte. Der Mann, der stinkt und wie ein alter Laib Brot ist.«

»Für Brot ist er schnell gerannt.«

»War er es, dessen Klimpern du gehört hast?«

Marek nickte. »Ja. Und das alles gefällt mir nicht. Ganz und gar nicht sogar. Du wirst verfolgt, sag ich dir. Würde mich nicht wundern, wenn es jemand auf dich abgesehen hat.«

Er stellte sich zu Rungholt und sah mit ihm stumm auf die Wiesen.

»Aber du bist natürlich gern bereit, mir zur Seite zu stehen. Für … zwei? Für … drei Witten am Tag?«, sagte Rungholt, ohne ihn anzusehen.

»Vier.«

»Marek Bølge, du bist mein Freund, du musst auch mal ein Angebot annehmen.«

»Muss ich das?«

»Schadet nicht. Eigentlich sollte man Freundschaft und Geschäft nicht vermischen, Marek. Aber da ist bei dir Hopfen und Malz verloren, um noch ein Sprichwort zu bemühen.«

Marek dachte einen Augenblick nach. »Drei Witten. Ja. Drei Witten. Ich morde nicht, und ich zieh mich auch nicht wieder aus.«

Rungholt war zufrieden. Sie schlugen ein.

»Ich müsste die *Möwe* beladen«, gab Marek zu bedenken.

»Du bist befreit. Gib die Aufgabe jemandem, dem du vertraust. Du hast meine Listen. Gib sie weiter. Ich vertrau dir. Und ich zahle es.«

Marek zeigte Rungholt das Metallstück, doch Rungholt konnte damit ebenso wenig anfangen. Er nahm jedoch an, dass es dem Mann gehören musste. Es lag nicht zufällig dort, wohin der Mann in Eile geflüchtet war. Außerdem war das Metall nicht verwittert. Im Gegenteil, das stumpfe Stück sah blank und abgerieben aus. Rungholt steckte es ein.

Einen Moment standen die beiden da, dann zeigte Rungholt den Bach hinunter auf die Wiesen. »Die Dreiecke sind eine Karte, Marek. Und der Bach hier, diese Treppe für Schiffe ... Es ist das Gleiche, was du mit deinen Figürchen anstellst.«

»Mit meinen Booten, meinst du? Es tut nur so, als sei es echt.«

»Ja. Sie wollten sehen, ob es gelingt, die Höhen auszugleichen. Sie wollen einen Fluss graben, Marek. Einen Kanal.«

»Du meinst, dieser gottlose Mann, er hat wirklich Land abgesteckt? Der ist hier rumgelaufen und hat die Wiesen abgeschätzt?«

Rungholt nickte.

»Das Holz ist nicht für dieses Bauwerk, hier. Die Klafter Holz auf der Liste, diese Unmengen, sie brauchen sie für die Wassertreppen. Für große Wassertreppen. Es sind wirklich Höhenmarkierung auf dem Plan. Der Fremde hat das Land vermessen, um einen künftigen Kanal anlegen zu können.

Und um zu wissen, wie viele Wassertreppen sie benötigen. Einen Kanal zum Treideln.«

»Wohin? Einen Kanal, mein ich. Wohin denn? Nach Lüneburg?« Marek zeigte an den Bäumen vorbei auf die Wiesen hinter dem Bruch. »Da geht es nirgendwohin. Da kommt Hamberge – und das war's. Hansfelde, die Moorteiche von Heilshoop …« Marek schüttelte den Kopf. »Da kommt nichts.«

»Ich weiß, Marek. Ich weiß.«

Grübelnd sah Rungholt auf das Bruch und die einsamen, weit entfernten Bäume, die vom Wind niedergedrückt wurden. Sie zeichneten sich nur schemenhaft im Nebel ab. Er ruhte auf den Wiesen und ließ den Horizont undeutlich werden. Die Sonne hing tief. Es würde bald wieder Abend werden. Rungholt atmete den feuchten Geruch des Septembers ein, bevor er sagte: »Und dahinter?«

»Dahinter? Hinter dem Nichts?« Marek zog den Schnodder hoch und kratzte mit dem Schuh Dreck vom anderen. Dann sah er wieder auf und die Bäume am Himmel an. »Weiß ich's? Hamburg? Irgendwann kommt Hamburg.« Er spuckte vor seine Füße.

Rungholt lächelte.

Marek sah das Lächeln. »Hamburg? Es sind über anderthalb Tage bis dahin. Selbst im Galopp schafft es ein Bote nur bis zum Abend nach Hamburg.«

Marek wandte sich kopfschüttelnd ab und beruhigte sein Pferd. Es hatte zu wiehern begonnen.

»Ich weiß«, entgegnete Rungholt, ohne seinen Kapitän anzusehen. Er stand immer noch da und blickte auf die Felder hinaus. Er stand da, wie ein unförmiger Findling am Rande des Wäldchens. Schwer und kaum umzustoßen. »Aber was ist, wenn dieser Fremde eine Methode entwickelt hat, solch eine lange Strecke zu vermessen? Diese … diese Triangulation. Diese ganzen Dreiecke. Was, wenn er einen Kanal mitten durchs Bruch bauen wollte?«, fragte Rungholt.

»Durchs Bruch, durchs Herzogtum … Bis nach Hamburg?

Mit Calve als Auftraggeber?« Marek sah sich um, sortierte die Zügel. »Niemand auf Erden weiß, wo genau entlang er so eine lange Strecke graben müsste. Unmöglich. Das ist unmöglich, Rungholt.« Jetzt war es an Marek zu grinsen. Feist lächelte er in die Ferne und meinte zynisch: »Klar. Bis nach Hamburg. Sicher. Natürlich. Geradewegs in die Elbe, hm?« Er spie es aus, als seien es die Worte eines Verrückten.

»Ich glaube, dass es so ist. Erinnerst du dich an das Seil im Keller, diese Geräte? Und hat Calves Sohn nicht gemeint, dass der Fremde etwas vermessen hat. Eine Karte erstellt hat? Und wozu braucht man eine Wassertreppe? Es ist ein Kanal.«

Rungholt drehte sich zu seinem Freund um, der sich auf sein Pferd schwang, und fuhr fort: »Ein Kanal in die Elbe. So abwegig ist das nicht.« Er trat zu Marek und wies noch einmal auf das Feld, auf den Horizont unter den Cumuluswolken. »Vielleicht bis oberhalb von Hamburg. Das ist nicht viel weiter, oder? Und oberhalb von Hamburg fließt die Elbe geradewegs…«

»…in die Nordsee.« Marek war über seinen Schluss selbst überrascht. Die Nordsee?

Rungholt konnte sehen, wie es in Marek arbeitet. Der Schone brummelte, das hatte er sich bei Rungholt abgeschaut. Aber er hatte sich auch abgeguckt, hinter die Dinge zu blicken. Und genau aus diesem Grund sah er noch einmal zu den winzigen Bäumen am Horizont hin, die sich irgendwo vor Hamberge im Wind wiegten. Über einen Tagesritt von Hamburg und noch weiter von der Nordsee entfernt. Nachdenklich wiederholte er noch einmal: »Die Nordsee.«

Ja, die Nordsee, dachte Rungholt. Was, wenn jemand so verrückt ist, einen Kanal von der Ostsee zur Nordsee zu graben? Tausende von Klaftern lang. Was, wenn dieser jemand einen Landvermesser gefunden hat, der den Kanal genau einzeichnen kann, der die Höhenunterschiede festhält und der berechnen kann, wie viel Holz sie für die Schleusen brauchen würden. Und wie viele Männer für den Bau? Wie viele Tage, wie viel Kraft. Was, wenn Lübeck diesen Bau mitfinanzieren und die Stadt ihn vor dem Markgraf und den Holsteinern unterstützen sollte?

»Wir müssen denjenigen finden, der das verhindern will«, sagte Marek.

»Ja. Und dazu müssen wir uns klar werden, wem ein Kanal hinderlich ist.« Rungholt band sein Pferd los.

»Das ist nicht schwer.«

»Was?« Er hatte versucht aufzusteigen, aber es wollte ihm nicht gelingen, sich hochzuziehen.

»Das liegt doch auf der Hand, mein ich.«

Rungholt musterte Marek, der mit seinem Wissen schweigend kokettierte. Er grinste und bugsierte seinen Gaul ins Wäldchen.

Den Schecken am Zügel gefasst, schritt Rungholt ihm nach. »Wenn du noch mehr Geld willst, vergiss es! Hilfst du mir hoch?«

Elegant sprang Marek von seinem Pferd und half Rungholt. »Ein Kanal zwischen den Meeren – er hilft uns. Uns Seefahrern und euch Händlern. Den Patriziern. Wir müssten nie wieder durch den Sund und Dänemark umschiffen, um in die Nordsee und nach Brügge oder London zu gelangen. Und wer hat davon Nachteile?« Marek grinste.

»Die Serovere. Die Vitalienbrüder« Rungholt war endlich aufgestiegen.

Die beiden grinsten sich an und sagten dann gleichzeitig: »Arma Ultima.«

Zumindest im Sund würden den Vitalienbrüdern mit einem Kanal zwischen Lübeck und Hamburg, zwischen Ost- und Nordsee die Einnahmequellen entzogen. Ein unvorstellbares Vermögen an Ware würde durch einen solch neuen Wasserweg sicherer in die Kontore gelangen. Die perfekte Waffe gegen die Serovere. Rungholt fiel ein, was Winfried vorgelesen hatte: *Mit dem Fluss werden wir das Feuer der Vernichtung über sie bringen.*

»Ich weiß nicht, wer ihn verhindern will«, sagte Rungholt. »Aber ich weiß, dass Calve so einen Bau niemals allein vorantreiben konnte. Selbst mit allen Tagelöhnern Lübecks oder den Männern des Holzvogtes wäre er bald am Ende. Für so etwas war er auch viel zu schlau. Er braucht Männer, und für Männer braucht er viel Geld. Tausende und Abertausende an Witten.«

»Hm. Erst einmal braucht er Leute mit Einfluss, die die Millionen eintreiben können.«

»Ja. Ratsherren. Er muss die Lübecker auf seiner Seite wissen, damit die Ratsmitglieder mit dem Herzog von Holstein und mit den Hamburgern verhandeln. Es müssen Zölle erhoben werden, um den Bau zu finanzieren. Als Kaufmann sage ich dir, das dauert Jahrzehnte, bis es finanziert und dann Jahre, bis es gebaut ist.« Rungholt schnalzte mit der Zunge und ließ sein Pferd lostraben. Es dämmerte bereits.

»Es ist ein Politikum. Und damit wären wir so oder so beim Rat. Und damit bei jemandem, den wir beide gut kennen«, sagte Rungholt und dachte: Jemand, der Licht in dies Dunkel bringen wird. Ein Freund, der uns angelogen hat.

Winfried.

26

Attendorn schob Mirke von der Menge fort. Sie spürte, wie kräftig seine Hände waren, die ihre Schulter gefasst hatten und sie flugs und schützend Richtung Koberg schoben. Nachdem sie in eine weniger belebte Gasse abgebogen waren, bot er ihr einen Platz auf einer Pferdetränke an. Mirke wollte sofort losreden. Wie hatte er die Verhandlung zulassen können, wieso hatte er gegen Daniel geurteilt? Der Zorn ließ sie hochschießen, doch er stoppte sie sanft.

»Bevor du etwas sagst. Ich konnte nichts tun, Mirke. Kerkring hat mich als Schöffen berufen.«

»Ihr hättet für ihn stimmen und –«

»Das hätte nichts bewirkt. Sie alle, sie waren alle von Daniels Schuld überzeugt.«

Sie musterte ihren zukünftigen Ehemann. Attendorns Stirn lag in Falten, er sah niedergeschlagen aus. Als schwirrten ihm zu viele Gedanken im Kopf herum. Er hatte wohl nicht viel geschlafen, denn seine sonst so strahlenden Augen lagen tief in den Höhlen. Seine schmalen Lippen waren durch die Kälte hart. Er kniff sie unentwegt zusammen, so als müsse er sich anstrengen, nichts mehr zu sagen – oder als überlege er krampfhaft.

»Ich bringe dich besser nach Hause.«

Sie schüttelte den Kopf und wich ihm aus, als er sie berühren wollte. Neuerlich spürte sie, wie die Tränen zurückkamen. Die Schwermut meldete sich zurück, nachdem der Zorn ein wenig vergangen war. Seufzend stemmte Attendorn die Hände auf seinen Dupsing, dennoch konnte die Geste nicht überspielen, dass er unsicher war. Schließlich zwirbelte er seinen Bart und strich Mirke dann tröstend über die Wange. Sie ließ es sich gefallen. Mehr noch, es tat gut. Seine Unterstützung tat gut. Auf seltsame Weise kehrte etwas Ruhe in sie. Er war so anders. Er war viel stärker als Daniel, und im Gegensatz zu ihrem Vater nahm er sie und ihre Sorgen ernst.

»Wir werden schon herausbekommen, was wirklich hinter dem Mord steckt. Da bin ich sicher«, flüsterte er sanft. »Niemand wird gehängt werden.«

Eine alte Frau blieb stehen. Sie nahm ihren Stock von der Schulter, an dem sie Fische aufgehängt hatte, und musterte die beiden am Trog. Sie spuckte vor ihre Füße und bekreuzigte sich angesichts des abgerissenen jungen Mädchens mit dem Edelherrn. Mirke sah mit ihrer zerrissenen Cotardie, deren Stickereien durch den Dreck nicht mehr zu sehen waren, erbärmlich aus. »Jetzt gehen die Huren schon vor der Kirche auf Fang. Ins Badhaus solltest du dich scheren.«

Attendorn zögerte nicht. Er schnellte hoch. »Verschwindet«,

fuhr er die Vettel harsch an. »Steckt Euren hässlichen Zinken in Eure Angelegenheiten.« Er tat, als wolle er der Alten einen Stoß versetzten. Sie nahm schnell ihre Fische und trippelte davon.

Mirke musste lachen. Sie lachte tatsächlich beim Anblick der Alten mit ihren krummen Beinen und der viel zu großen Männerbruche unter dem Kleid. Die Unterhose schlackerte der Vettel um die Knie, und dazu tanzten die toten Fische neben ihrem Kopftuch. Attendorn grinste ebenfalls. Es tat ihm gut, Mirke so zu sehen.

Es begann zu nieseln. Die Tröpfchen fisselten frostig aus den Wolken. Die Sonne war schon hinter den Häusern und vermochte es kaum noch, durch die dunklen Wolken zu dringen. Die Giebel und Stände waren in diffuses, schattenloses Licht getaucht.

»Eine so starke Frau wie du es bist, ist mir selten untergekommen. Ich tu schon Recht damit, dich als Weib zu nehmen.« Er strich ihr wieder über die Wange. »Ich weiß, dass du Angst hast, Mirke. Du kennst mich kaum, und du denkst, ich würde dir unrecht tun. Aber wenn du unter meiner Munt stehst, musst du dich nicht mehr sorgen. Nie mehr im Leben.« Sein Lächeln war offen und ehrlich. »Ich werde deinen Vater unterstützen, wo ich nur kann. Wir werden den wahren Mörder finden.«

Er hielt den Arm mit seiner langen Schaube schützend über sie. Mirke lächelte, jedoch hinterließen seine Worte einen faden Geschmack. Ganz fein und seicht war der Geschmack. Eine Ahnung, wie man sie hat, bevor man in etwas Bitteres beißt. Das Wort »Aber« schwirrte ihr im Kopf herum. »Ich werde deinen Vater unterstützen, aber ....« Sie hatte es dem Kaufmann und geschickten Händler förmlich angesehen, dass er eine Forderung stellen würde.

Sie gingen ein paar Schritte. Das Aber kam, Mirke blieb stehen. Sie hatte es gewusst.

»Ich werde deinen Vater unterstützen, aber du musst Daniel

vergessen. Morgen ist unsere Toslach, und ich möchte eine hübsche Verlobte. Ich möchte, dass die ganze Stadt von unserem Glück erfährt und wir ein rauschendes Fest feiern. Was immer mit diesem Lehrling ist, ich hoffe doch, du bist noch Jungfrau.«

Mirke errötete. Sie nickte.

»Gut. Dann vergiss den Jungen. Vergiss ihn, sonst bringst du nicht nur über euer Haus Schande, sondern auch noch über das meine.«

Mirke wollte Daniel nicht vergessen. Sie konnte nicht.

»Hörst du?«

Mirke war wie versteinert. Sie konnte das nicht versprechen. Daniel war gerade verurteilt worden. Er würde gehängt werden. Niemals konnte sie ihn vergessen.

»Hast du gehört, was ich gesagt habe? Du benimmst dich, wie eine Frau und machst kein Theater.«

»Ihr habt mir nichts zu sagen. Noch nicht.« Sie riss sich los und rannte in den Nieselregen. Er rief ihr nach.

Mirke lief weg. Doch sie lief nicht weit. Attendorn hatte Recht: Sie kannte ihn kaum. Sie blieb bei einigen Pferden stehen, die vor einem Brauhaus angebunden waren. Vielleicht hätte sie nicht so schroff sein sollen. Vielleicht hätte sie ihm danken sollen? Er hatte ihr nie wehgetan, er hatte ihr geholfen. Und seine Berührung hatte sogar gut getan, hatte ihr augenblicklich Mut gemacht. Warum war sie nur immer so pampig? Sie lugte an einem der Pferde vorbei und konnte sehen, wie Attendorn seine kostbare Schaube zurechtzog und sich betrübt umsah.

Ihre Schwestern Anegret und Margot waren auch glücklich geworden. Und sie hatten auch Angst vor der Heirat gehabt. Auch sie hatten ihre Männer nicht gekannt. Der einzige Unterschied zu ihren älteren Schwestern war wohl der, dass die beiden niemals eine Wahl gehabt hatten. Sie waren schon mit elf Jahren ihren Männern versprochen worden und hatten schließlich darauf hingelebt, einmal verheiratet und unter die Munt eines Händlers gestellt zu werden. Mirke jedoch hatte von Attendorn als ihrem Bräutigam erst im Sommer erfahren.

Mirke wollte schon zu ihm zurückgehen, als ein Herr an Attendorn herantrat und mit ihm tuschelte. Aus ihrem Versteck heraus sah sie Attendorn wild gestikulierten. Immer wieder schüttelte er den Kopf. Der Fremde hatte strenge Kleider an. Eine enge Hose, zwei Beinlinge waren verschiedenfarbig im Mi-parti zusammengenäht worden. Mirke hatte im Hafen Händler aus dem Süden gesehen, die solch zusammengenähte Beinlinge trugen. Sie dachte erst, dass es sich um einen Knecht handelte, doch dafür war er zu zierlich gebaut, und seine Gesten wirkten zu gebildet. Ein Bote? Nein. Sein gepflegtes Auftreten und vor allem die aufgezwickte Brille verrieten, dass er Geld besaß und Schreiben konnte. Er trug Stulpenhandschuhe aus Leder, und gegen den Regen drückte er sich einen Filzhut auf den Kopf. Und als die beiden Männer sich zu ihr hindrehten, konnte sie sehen, dass der Mann Wachstafeln an seinem Gürtel trug. Sie bemerkte, wie Attendorn dem Mann zischend widersprach. Immer wieder drehte er sich um, schaute, ob ihn jemand sah.

Mirke duckte sich weg, doch sie bezweifelte, dass er sie hinter den Pferden bemerken würde.

Sie sah, dass Attendorn das Gespräch unangenehm war. Er wollte den Fremden zwischen die Häuser ziehen, um sich dort in Ruhe zu unterhalten, aber der Mann mit dem Filzhut wollte davon nichts wissen. Er strich sich nur seine langen Haare fort, die durch den nassen Wind an seinem Gesicht klebten, und redete weiter auf Attendorn ein.

Ein Wagen holperte langsam über das unebene Kopfsteinpflaster. Mirke huschte hinter ihn und schlich geduckt an die Männer heran. Sie hoffte, das Gespräch belauschen zu können. Sie verbarg sich auf der anderen Seite hinter einer Leiter und einigen Karren, die herrenlos vor einer Schmiede standen. Sie konnte jedoch nichts verstehen, denn der Fremde zog

Attendorn mit sich. Attendorn war drauf und dran, sich handfest zu wehren, folgte aber schließlich. Er bemerkte nicht, dass Mirke hinter ihnen die Schüsselbuden entlangschlich.

Sie schob sich durch die lauten Käufer vor den Buden des Marktes, und als die Straßen leerer wurden, schützte sie sich vor dem Niesel und rannte von Deckung zu Deckung. Am Salzmarkt wurde es wieder belebter. Mirke konnte sich in den Strom der Händler und Büttel einreihen. Sie ließ sich etwas zurückfallen.

Zwischen den Salzbuden verlor sie Attendorn kurz aus den Augen. Fluchend huschte sie umher, von den anderen neugierig beäugt. Die Männer und Frauen begannen zu tuscheln, als sie das dreckige Mädchen sahen, das fluchend wie ein kopfloses Huhn umherhuschte. Doch nachdem Mirke um die Buden zweier Salzhändler gelaufen war, konnte sie Attendorns prächtige Schaube zwischen einigen Pferdewagen sehen. Schnell lief sie ihm nach.

Rungholt stieß die Tür zu Winfrieds Ratsstube auf. Sie schwang zur Seite und krachte gegen ein Regal mit Büchern. Die Schreibstube lag quer zur Breiten Straße. Kunstvolle Bleifenster waren über die ganze Länge eingelassen worden. Durch das schmuckvolle Glas fiel buntes Licht. Die niedrige Sonne tauchte den Raum in Farbe.

Rungholt und Marek waren im Galopp nach Lübeck zurückgeritten. Nachdem Rungholt Winfried in seinem Haus nicht vorgefunden hatte, war er geradewegs zum Rathaus geeilt. Marek hatte er mit den Pferden losgeschickt. Er sollte sie abgeben und in der Engelsgrube auf ihn warten.

In der lang gestreckten Stube brannten zahlreiche Öllampen. Drei junge Stadtschreiber hockten emsig an ihrer Arbeit. Über schwere Bücher gebeugt, schrieben sie von Wachstafeln ab oder rechneten Tabellen. Zolleinkünfte, Pachtgelder und die Verwaltung des Grundbuchs waren nur einige der Aufgaben, die sie zu erfüllen hatten. Ohne auf sie zu achten, ging Rungholt an ihnen vorbei direkt auf Winfried zu. Rungholt zückte im Gehen seine Gnippe, klappte sie routiniert auf und schritt geradewegs zum Greis. Der Alte saß an einem Tisch, der mit Codices beladen war. Er war ebenfalls am Schreiben. Rungholt rammte Calves Kostenvoranschlag über das Holz vor Winfried direkt in die Eichenplatte. Während die Schreiber erschrocken herumfuhren, blickte Winfried nicht einmal auf.

»Für einen deftigen Auftritt immer zu haben, nicht, Rungholt?« Winfried schien gar nicht überrascht zu sein, Rungholt zu sehen. Mit einer gehörigen Portion Zynismus meinte er: »*Sine ira et studio*... ohne Zorn und Eifer. Du bist immer so schön ruhig und gelassen bei der Sache.«

Rungholt ging auf das Gefoppe nicht ein.

»Ich will eine Erklärung«, meinte er ruppig. Er brach sein Messer aus dem Holz. Hinter seinem Rücken tuschelten die Schreiber. Zufrieden hörte Rungholt, wie sie sich leise aus dem Zimmer stahlen.

»Calve muss hier gewesen sein. Er muss mit Euch gesprochen haben!«

Winfried antwortete nicht. Er legte einen Lappen auf die Eintragungen des Stadtbuchs und strich die überschüssige Tinte hinein.

»Attendorn hat verfügt, dass im Falle seines Todes Mirke das Kapitänshaus bekommt.« Er schlug eine Seite zurück und drehte das Buch zu Rungholt hin. Es war ein Katasterbuch mit Eintragungen der Grundstückparzellen. Rungholt sah nicht hinein. Er wollte sich nicht ablenken lassen und knurrte Winfried an, endlich mit der Sprache herauszurücken. Dieser jedoch schwieg beharrlich. Er hustete. Seine Haut war fahl, an einigen Stellen blau, an anderen gelblich. Er sah erbärmlich aus. Sein Husten strengte ihn so sehr an, dass ein paar seiner Äderchen im Gesicht geplatzt waren.

»Wann ist die Toslach? Morgen schon?«, fragte Winfried.

»Lenkt nicht ab. Wer wusste von Calves Plan? Ihr habt doch eine Ratssitzung abgehalten.«

»Wovon redest du?« Winfried klappte den schweren Codex zu und schob ihn beiseite. Endlich bemühte er sich aufzusehen. Rungholt musterte den Alten. Er hatte nicht schlecht Lust, Winfried die Aussage mit dem Messer aus den Rippen zu schneiden. Wie konnte Winfried so ruhig bleiben?

»Ich rede von Calve. Ihr erinnert Euch? Und ich rede von seinen Skizzen, die Ihr verbranntet! Wer wusste von Calves größenwahnsinniger Unternehmung?« Auf dem Weg hatte sich Rungholt überlegt, nicht gleich mit dem Kanal herauszurücken. Er wollte sehen, ob Winfried von den Vorbereitungen wusste und weiterhin die Frechheit besaß zu lügen.

Auch ein Verschweigen ist ein Anlügen, dachte Rungholt. Selbst wenn ich beim Tres Canes bescheiße und meine Karten des Öfteren gezinkt habe: Dies hier ist kein Spiel, kein Saufgelage. Es geht um unsere Freundschaft. Also sag gefälligst, was du weißt, flehte Rungholt stumm.

»Ich weiß nichts von einer Unternehmung.«

»Aber Ihr erinnert Euch noch: Calve. Brüggefahrer aus der Ellerbrook. *Arma ultima gladiusque potens* – endgültige Waffe gegen die Vitalienbrüder?« Rungholt dachte: Sag es doch endlich, gib es einfach zu… Er begann zu schwitzen.

Langsam setzte sich in ihm der schwere Ochsenkarren wieder in Bewegung.

»Eine Waffe gegen die Vitalienses?« Winfried runzelte die Stirn, überlegte. »Nein. Ich weiß nichts von einer Anstrengung. Nun, wenn ich *Arma ultima* hätte, dann würde ich sie einsetzen.«

»Lügner.«

Winfried erstarrte: »Du nennst mich einen Lügner?«

»Ja. Ihr wisst genau, worum es hier geht!«

Der Ochsenkarren rollte schneller und schneller zur Trave hin. Im Sommer zerschlug er das Kind an der Mauer.

»Ich bin ein Mann von Ehre. Wenn Ihr auch einer wärt, würdet Ihr mir sagen, was Ihr wisst«, belferte Rungholt.

Winfried stand so schnell auf, wie es sein Rücken und seine

wackligen Beine zuließen. Er raffte von einem Stapel lose Briefe zusammen. »Siehst du die? Wir haben diesen Monat drei Schiffe verloren – und im August fünf. Da draußen tobt eine Schlacht, Rungholt. Dieses verdorbene Volk von Hurensöhnen schert sich einen Dreck um Kaperbriefe. Im Auftrag der Mecklenburger schaden sie nicht den Dänen, sondern uns. Uns Hansern! Diesen stinkenden Vitalienbrüdern ist es egal, ob sich die Hanse neutral stellt. Sie bringen alles auf, was sie unter die Finger bekommen können. Si vis pacem, para bellum. Ich hätte längst Friedeschiffe entsandt, um ihre Nester auszuräuchern.«

Er schmiss Rungholt die Briefe hin. Rungholt las flüchtig Namen. Beileidsformeln.

»Ich schreibe seit Tagen nichts anderes, als Klagen gegen Wismar und Rostock. Und diese verfluch– und diese Trauerbriefe da an die Witwen. Wir arbeiten bis in den Abend, um die Erbschaften zu regeln. Und du, du nennst mich einen Lügner? Wenn ich eine Waffe gegen die Vitalienses hätte, ich würde sie einsetzen. Noch heute.«

Winfried wirkte mit einem Mal noch eingefallener als sonst. Zittrig ließ er sich auf seinen Stuhl nieder, wobei seine Glieder steif waren. Er strich sich die spärlichen Haare über den Kopf. Jede Bewegung schien ihn zu schmerzen. Rungholt war es gleich, er wollte kein Mitleid empfinden. Jetzt nicht. Jeder trägt sein Kreuz. Rungholt schmiss die Wachstafeln, auf die er die Schleuse skizziert hatte, auf den Tisch.

»Calve hat vor Lübeck ein Modell gebaut. Eine Wassertreppe. Ich weiß, dass es um einen Kanal nach Hamburg geht. Oder in die Nordsee.«

Winfried blickte stumm auf die Wachstafeln.

»Wer wollte es verhindern, Winfried?«

Keine Antwort.

»Ein solches Vorhaben plant man nicht alleine. Calve brauchte mehr, als nur diesen Muselmann aus dem Orient. Er brauchte politische Unterstützung, Winfried. Für Lübeck wäre es ein Risiko, aber wohl auch ein ungeheurer Gewinn. Der Rat hätte mit dem Holstein'schen Herzog verhandeln müssen. Sich die Kosten teilen, die Zölle festlegen. Es ist ein Politikum, Winfried. So etwas braucht Jahrzehnte, um es zu bauen.«

Winfried tupfte sich die Nase. Er antwortete nicht.

Rungholt spürte die Glut, spürte, wie sein inneres Feuer entfacht wurde. Der Wagen gewann an Fahrt, rumpelte ungebremst hinab. »Es war ein Brief an dich, den du verbranntest. Ich sollte es nicht erfahren. Aber es war ein Brief an dich, Winfried. So ist es doch! Communi Consensu – so viel Latein verstehe ich auch, Winfried.« Ohne es zu merken, duzte er den Alten. Rungholt war bewusst, dass Winfried auf die Gnippe in seiner Hand starrte und darüber grübelte, ob er etwas Barbarisches vorhatte.

»Rungholt, bitte. Reg dich nicht auf.« Er ermahnte seinen Freund durchzuatmen, nachzudenken.

»Nachdenken? Du hast Beweise vernichtet. Du warst die ganze Zeit gegen mich, hast mich ausgehorcht!«, bellte Rungholt zänkisch. Er spürte, wie eine neuerliche Welle rechtschaffenen Zorns anrollte. Sie brandete in ihm und zerschlug dort etwas. Mit einem Mal war die Gnippe auf dem Tisch. Winfried wich vor ihm zurück. Da packte Rungholt den Greis und zog ihn zu sich herüber. Das Messer hatte er noch nicht vorschnellen lassen, aber er war bereit.

»Wer? Wer vom Rat war gegen diesen Kanal. Warst du es selbst? Ja? Damit du deine Friedeschiffe bekommst und als Lübecker Kriegsherr in deine Bücher eingehst?«

Dat bose vemeide unde acht de ryt!

»Du weißt, wer dahinter steckt. Sag es!« Er war jetzt nur noch ein Schrei. Ein einziger Schrei. »Wer war gegen den Kanal? Wer wusste davon?«

»Alle. *Alle* wussten davon. Der ganze Rat. Und alle waren dagegen.« Jetzt hatte auch Winfried seine Stimme erhoben.

»Du lügst doch schon wieder!« Rungholt brüllte den Greis an.

Winfried wich vor dem massigen, tobenden Kerl zurück. Ein

Äderchen war in seiner Nase geplatzt. Blut rann heraus und drohte, auf die Bücher zu tropfen. Er fluchte.

»Calve war bei uns«, sagte er. » Er wollte Geld, einen Vorschuss, aber dem Rat nicht erzählen, was seine *arma ultima* war. Als er endlich von dem Kanal berichtete, hielten ihn alle für einen Verwirrten. Größenwahnsinnig, wie du sagst. Deswegen hat er vom Rat auch kein Geld bekommen. Aber von mir. Ich habe ihm ein paar Silberlinge zugesteckt. Aus der Stadtkasse. Ich tue es wieder zurück. Ich ... Wir müssen etwas tun, Rungholt. Die Mecklenburger werden weiter Krieg in der Ostsee führen und die Vitalienbrüder in ihrem Namen jedes Schiff aufbringen, dessen sie habhaft werden können.«

»Du hast die Stadt bestohlen!«

»Calve brauchte Geld, er wollte beweisen, dass ein Kanal zu bauen sei. Er wollte ein besseres Schriftstück aufsetzen, um den Rat zu überzeugen. Deswegen gab ich ihm sechshundert. Nur sechshundert Witten. Lass mich los. Möge man mir die Hand abhacken, aber ich habe niemanden umbringen lassen. Lass! Mich! Endlich! Los!«

»Nur sechshundert Witten!«, spie Rungholt höhnisch aus, während der Alte versuchte, sich aus seinem Griff zu befreien. Rungholt schüttelte ihn. »Als mein Freund hättest du mir alles sagen müssen.«

In diesem Moment flog die Tür auf. Riddere stürmten herein, zogen ihre Schwerter. Hinter ihnen in der Tür erschien Kerkring.

»Schmeißt ihn hinaus. Ich will ihn nie wieder hier im Rathaus sehen!«, befahl er.

Die Männer stecken ihre Waffen weg, packten Rungholt und rissen ihn von Winfried fort. Rungholt schlug wild um sich, aber sie pressten ihn mit aller Kraft auf den Tisch. Während einer ihm den Arm verdrehte, packte ein zweiter Rungholts Hals. Sie schrien auf ihn ein, er solle sich beruhigen. Rungholt sah, wie Winfried ihn anstarrte und sich mit dem Tuch das Blut von der Nase tupfte.

Letztlich brauchte es vier Riddere, um den tobenden Rungholt die Treppe des Rathauses hinab und durch das Vestibül zu eskortieren. Sie hielten ihn umklammert, zerrten und rissen an ihm. Auf dem halben Weg rammte einer der Riddere den Ellbogen in Rungholts Gesicht und traf den Zahn. Rungholt hörte in seinem Kopf ein entsetzliches Knirschen. Und plötzlich war der Schmerz da. Permanent. Unablässig. Er schrie auf, rang nach Luft. Er konnte sich nicht mehr verteidigen. Sein Schädel dröhnte.

Die Leibwachen des Rates stießen ihn auf die Straße. Einer der vier rief ihm nach, dass er sich gefälligst beruhigen solle, und warf Rungholt seine Gugel nach. Rungholt drehte sich sofort um, wollte auf die Männer losgehen, aber vor ihm krachte die Rathaustür zu.

Bebend und nach Luft schnappend stand er draußen. Sein Tappert war aufgerissen, sein Unterkleid hervorgezogen. Die Gugel lag noch im Dreck. Das Stechen in seiner Seite kehrte zurück, stärker als sonst. Und sein Zahn. Natürlich, sein Zahn. Er schlug und hämmerte in seinem Kiefer. Unablässig versuchte er, seinen Kopf von innen heraus zu zertrümmern.

Medard! Mach, dass es verschwindet. Rungholt schrie vor Verzweifelung und Zorn, dann riss er seinen Mund auf. So weit er konnte. Er griff einfach mit seinen wurstigen Fingern hinein. Schnell fühlte er die Reihe ab. Schmerz durchzuckte ihn. Er fand seinen fauligen Zahn und dachte nicht daran zurückzuweichen. Diesmal nicht.

Er war nur Wut.

Nur stumpf und schlagend war es in ihm. Er kam sich so machtlos vor. Die Welt um ihn herum war ein Fuder stinkender Jauche. Rungholt musste etwas tun, etwas Gründliches.

Er drückte und zog. Er presste seinen Daumen gegen den Zahn, und spannte alle Muskeln seines Halses gegen diesen Druck. Er ächzte. Mit einem Mal hörte er ein Knacken. Die spröde Wurzel des Zahns gab knirschend nach. Es war, als kaue er auf Sand. Der Zahn brach heraus und der metallene Geschmack von Blut ergoss sich augenblicklich in seinen Mund. Rungholt schrie auf, sodass sich auch die letzten Bürger und Händler nach ihm umsahen. Er schrie und hatte den Zahn in der Hand.

Das Blut lief ihm das Kinn hinab und saute seine Stiefel ein. Er spuckte es mit Splittern aus. Die Zahnlücke fühlte sich trotz allem gut an, als er mit seiner Zunge hineinfuhr.

Starke Böen drückten Regen in die Stadt.

Rungholt blickte irr auf die Gaffer. Er hatte Blut am Mund und Tränen in den Augen. Er grinste wie blöd und sah zu den Fenstern hoch. Winfrieds kleine Gestalt war hinter dem bunten Glas zu erahnen. Rungholt konnte sehen, dass er sein Tuch vors Gesicht hielt. Genau wie Rungholt es nun selbst tat.

Er schickte ihm ein fieses Grinsen hinauf. Dieser alte Mann, dieser verlogene Richteherr – Winfried war nicht länger sein Freund.

Die eiskalten Tropfen stachen in seine Haut, doch er spürte nichts. Er lachte aus vollem Hals.

27

Während Rungholt mit Winfried stritt, sah Mirke, wie Attendorn seinen Kopf vor dem Regen schützte. Er zog seine Gugel aus seiner Tasche und rieb sich das Gesicht trocken. Er war vor einem schmalen, alten Fachwerkhaus stehen geblieben, das im Pergamentmachergang ein wenig zurückgesetzt stand. Das Haus sah gepflegt aus. Die Bewohner hatten versucht, das Fachwerk zu überkalken. Es waren mit Farbe Fugen aufgemalt worden, so dass es aussah, als sei das Haus aus weißen Granitquadern erbaut worden. Doch es stach aus den roten Backstein Häusern nicht nur wegen seiner Farbe heraus: Das Haus besaß – zumindest zur Straße hin – kostbare Fenster aus grünem Bleiglas. Ein paar Wimpel waren an der Giebelseite aufgesteckt und hingen tropfend herab. Mirke kannte das Zunftzeichen auf ihnen nicht, doch sie erkannte, dass es Silberlinge waren, die von Schwertlilien gerahmt wurden.

Sie konnte sehen, wie Attendorn von dem gut gekleideten Herrn mit dem Filzhut eingelassen wurde. Schnell entschied sie sich, in den kleinen Gang neben dem Haus zu rennen und nachzusehen, ob sie Attendorn durch die Fenster beobachten konnte. Es war weniger ein konkreter Plan als ein Gefühl. Sie wollte mehr über Attendorn wissen und kam sich ein wenig dumm vor, ihn nicht viel früher ausspioniert zu haben. Schließlich war sie immer gut darin gewesen, sich zu verstecken.

Während Mirke die Seite des Hauses ablief, wo sie einige Katzen von ihrem Rattenschmaus vertrieb, sah sie immer wieder durch die Fenster. Hier in der Nebengasse waren sie schlichter gehalten und nur mit Schweinsblase bespannt.

Die Diele des Fachwerkhauses war in Kammern aufgeteilt worden. Man hatte mehrere kleine Räume abgegrenzt, so dass Scrivekamere an Scrivekamere lag. Eine schmale, ausgetretene Treppe führte in den ersten Stock und verlor sich im Dunkeln. Der Geruch von Pergamenten und Siegelwachs lag in der unbewegten Luft. Attendorn folgte dem Mann, der ihn eingelassen hatte, doch er hätte den Weg wohl auch selbst gefunden. Er wusste nicht mehr, wie oft er schon durch dieses Haus gegangen war.

Auf Höhe der Treppe trat aus einer der Türen ein Paternostermaker in den Flur. Er war aus einer der abgetrennten Scrivekamere gekommen und band sich einen Säckel voller Münzen an den Gürtel. Attendorn kannte den Mann flüchtig. Er wollte schon grüßen, aber der Bernsteindreher blickte verschämt zur Seite und versuchte, mit den Ärmeln seiner Schecke sein Gesicht zu verbergen. Schnell drückte er sich an Attendorn vorbei. Dieser tat es ihm gleich und hielt sich die Hand vor. Der Mann hatte Recht. Es war nicht gut, im Bankhaus gesehen zu werden. Egal, wie redlich die Geschäfte waren, die man mit dem Florenzer, wie Attendorn den Bankier abfällig nannte, abschloss.

Attendorn schritt an der Treppe vorbei. Sein Begleiter hielt ihm die Tür auf. Er musste an Mirke denken. Sie bereitete ihm Sorge. Dieses Mädchen war zu ungestüm. Aber wenn Rungholt ihr schon nicht zeigte, wie es sich in einer ehrhaften Familie zu benehmen gehörte, würde er ihr nach der Heirat Gehorsam beibringen. Nach der Hochzeit war er für sie verantwortlich. Dann stand sie unter seiner Munt, es war seine Pflicht als Ehemann, sie vor sich selbst zu schützen.

Unterdessen erreichte Mirke einen Haufen zerschlagener Backsteine. Balken, die von der Witterung morsch und vom Holzwurm zerfressen waren, ragten mit lehmbeschmierten Resten von Mauerreet aus einem Schuttberg. Es waren Steine und Holz vom Umbau des Hauses. Die Balken lagen hingeworfen im schmalen Gang an der Längsseite des Hauses und versperrten ihr den Weg. Als sie sich auf die Zehenspitzen stellte, konnte sie hinter dem Abfall ein Fenster sehen, dessen Laden offen stand. Der Schutthaufen lief unter dem Fenster aus. Sie lauschte. Attendorn war leise zu hören. Kurz entschlossen raffte sie ihre nasse Cotardie hoch und kletterte auf eines der etwas breiteren Bretter. Oben hielt sie sich an der rauen Wand des Fachwerks fest und spähte vorsichtig durch das Fenster. Es war mit dünner Schweinsblase gespannt. Sie konnte nur verschwommen Schemen erkennen und hatte Angst, dass man von innen ihren Schatten sah. Als sich etwas bewegte, wich sie schnell zurück und schmiegte sich ans Fachwerk.

Aus Angst, entdeckt zu werden, wagte sie es nicht, noch einmal hindurchzusehen. Sie lauschte. Undeutlich konnte sie eine näselnde Männerstimme hören. Dieser Mann schien nicht von hier zu kommen. Nicht von der Küste, denn er sprach mit starkem Akzent.

Der Mann war verschwunden und hatte Attendorn zu seinem Herrn ins größte Zimmer des umgebauten Fachwerkhauses gebracht. Roberto Alighieri, ein Bankier aus Florenz, der sich als direkter Nachfahre des Dichters Dante Alighieri sah und gern behauptete, er habe dessen herabgezogene Nase geerbt, grüßte Attendorn knapp. Er ließ sich gerade von einem Arzt behandeln und war auf einen schweren Schemel niedergesunken. Attendorn tupfte sich den Regen von der Stirn und stand unsicher im Türrahmen. Aus zwei angrenzenden Zimmern war geschäftiges Treiben zu hören. Edelsteine wurden gezählt und geprüft. Einige Schreiber stippten unablässig ihre Federn in Tinte oder feilschten leise mit Kunden. Unschlüssig, was er angesichts der Geschäftigkeit sagen oder tun sollte, stützte Attendorn sich auf seinen Dupsing. Er wollte auf keinen Fall stören. Unwillkürlich verzog er das Gesicht, während er zusah, wie das scharfe Eisen eines Skalpells in die Haut des Bankiers eindrang, um sie dann mit einem Ruck aufzuschneiden. Die Klinge ritzte gekonnt einen tiefen Schnitt in den Unterarm. Sofort lief Blut pumpend und beinahe schwarz heraus.

Alighieri hatte nur einen kurzen Moment die Zähne aufeinander gebissen, als die Klinge ihm in den Arm schnitt. Er war ein zäher Mann in den besten Jahren. Attendorn kannte einige Florentiner aus Brügge, doch Alighieri war aus anderem Holz geschnitzt. Und manchmal kam es Attendorn vor, als habe der Schnitzer zu grob Hand angelegt, so kantig und gleichfalls dürr war dieser Mann. Manchmal hatte sich Attendorn bei dem Gedanken erwischt, dass dem Schnitzer bei Alighieri das Messer ausgerutscht war. Der Bankier hatte bläuliche Lippen, einen Glatzkopf und Gicht geplagte Finger. Die krummen Glieder erinnerten Attendorn stets an den Einhändigen mit seinen verwachsenen Knochen. Doch während der stinkende Büttel Kraft und Lebensfreude ausstrahlte, war Alighieris Haut blass. Sie wirkte im Licht der unzähligen Öllampen, mit denen er sich gern umgab, beinahe weiß. Attendorn hatte einmal gesehen, wie Brügger Kaufleute einen Selbstmörder aus dem Hafenbecken gefischt hatten, er hatte eine solche Haut gehabt. Und auch der Fremde – dieser vermaledeite Fremde, mit dem alles begonnen hatte – auch bei ihm hatte er diese Haut gesehen. Schimmerndes Blauweiß. Es hatte wie vergorene Milch ausgesehen, schimmelnd und trübe, als sie den Fremden beerdigt hatten.

»Gebt Acht, bitte. Eure Kleidung.« Der Arzt, ein noch junger Mann mit dem Skalpell in der einen und einer Zange in der anderen Hand, sprach ruhig und gewählt. Er trat von Alighieri zurück und holte ein teures, samtenes Tuch mit abgestepptem Rand.

Münzen klimperten. Flüche drangen über den Flur und durch die Tür. Attendorn, der noch immer an ihr verharrte, drehte sich zu dem Krach um, damit er nicht mehr auf das Blut sehen musste. Er erhaschte einen Blick in die Kammer gegenüber. Dort rechnete ein Bankier einem alten Kaufmann etwas auf der Linie vor und warf immer wieder Münzen auf die Waage. Als er Attendorns Blick sah, trat der Mann krachend die Tür mit dem Fuß zu. Attendorn wandte sich um, als Alighieri sich mit dem kostbaren Tuch sein Blut von der Hand wischte.

»Das Purgieren wird Euch gut tun. Ich denke, die Kopfschmerzen werden bald nachlassen, wenn die schlechten Säfte erst einmal heraus sind.« Der Arzt nickte Alighieri aufmunternd zu.

Als Bankier gewohnt, Leute in die Schranken zu weisen, schickte Alighieri mit einem einzigen Wink den Arzt zum Teufel. Er drückte mit einer Hand die Wunde zu, und mit der anderen hielt er umständlich die Fledermausärmel der kostbaren Houppelande hoch. Die Ärmel waren mit Petit Gris gefüttert, mit dem grauen, weichen Rückenfell des Eichhörnchens. Sie fielen beinahe bis zum Boden und flossen am langen, gerafften Gewand aus schwerem Wollstoff herab. Das Rot der Houppelande passte ausgesucht gut zu den blauen Beinlingen, die Alighieri darunter trug. Attendorn vermutete, dass jemand ihn in seiner Kleiderwahl beriet. Doch auch das Rot des langen Kleides konnte die Blässe, die dem Bankier im Gesicht stand, nicht übertünchen. Und auch der eng geknüpfte Gürtel mit goldener Schnalle verriet, wie ausgemergelt der Träger unter dem wallenden Gewand war.

Alighieri prüfte noch einmal den Ärmel, dann beugte er sich etwas umständlich über die Schüssel in seinem Schoß. Er nahm die Hand weg, die die sickernde Wunde zudrückte. Aus seinem Arm floss das Venenblut. Er murrte: »Will ich hoffen, dass mir dein Aderlass gut tut. Immerhin habe ich schon deinen Vater unterstützt und deine Studien in Florenz bezahlt.«

»Ich habe mein Astrolabium befragt, Alighieri. Es ist ein guter Tag für das Aderlassen. Die Livor werden sicher ausgetrieben. Den Sud, den ich –«

»Guter Tag?« Der Bankier lachte auf. Er wandte sich an Attendorn. »*Guter Tag*, habt Ihr gehört. *Guter Tag*! Seid so nett und schließt das Fenster, bitte. Scheußlich hier. Scheußliches Wetter, scheußliche Stadt. Ich hätte in Florenz bleiben sollen.« Er grinste Attendorn an. »Besseres Wetter, bessere Stadt.«

»Und bessere Geschäfte, nehme ich an«, sagte Attendorn. Obwohl er es höflich sagte, war die Schärfe in seiner Stimme nicht zu überhören. Er stellte sich ans Fenster. Flüchtig meinte er, einen Schemen zu sehen, doch bevor er nachschauen konnte, erwiderte Alighieri belustigt: »Attendorn, Attendorn. Von Geschäften versteht *Ihr* doch am wenigsten. Ihr solltet mal Eure Scheißsäfte prüfen lassen von unserem Freund hier.« Alighieri lachte auf.

Er wollte aufstehen – wurde sich dann jedoch seines Aderlasses gewahr. »Ihr seid zwei Wochen im Verzug. Meldet Euch nicht, reagiert auf meine Botschaften nicht. Lasst Euch nicht blicken. Scheiße, was ist los?«

Attendorn, die Fensterläden noch in der Hand, hielt bei Alighieris Spott inne. Er drehte sich zu dem glatzköpfigen Mann um und musterte ihn. Dieser bleiche Geist von einem Bankier erschien ihm nun schon in seinen Träumen. Er hatte dort herumgespukt und seine *Heilige Berg* auf den Meeresgrund fahren lassen. Er wollte etwas entgegnen, dass er in Brügge hunderttausende von Witten an einem Tag erwirtschaftet hatte, dass er sich aufs Handeln schon seit Kindheitstagen verstand, dass es nur eine Pechsträhne sei, die… Attendorn verkniff sich eine Antwort und schloss ohne hinzusehen das Fenster.

Draußen atmete Mirke auf. Beinahe hätte Attendorn sie gesehen, wenn sie sich nicht so schnell geduckt hätte. Langsam kam sie wieder hoch und schmiegte ihr Ohr an den Rahmen. Durch die Ritzen der geschlossenen Fensterläden würde man sie nicht sehen, wenn sie sich nicht bewegte. Sie verstand nicht jedes Wort und musste sich anstrengen. Aber jetzt hörte sie undeutlich, wie der Mann, den der Arzt Alighieri nannte, dem Medicus befahl, ihm einige Pergamente zu reichen.

Alighieri las kurz, dann reichte er die Unterlagen an Attendorn weiter. »So. Ihr habt also Felle? Wieder von minderer Qualität? Oder kann ich diesmal auf Besseres hoffen? Scheiße, die letzten sind meinem Händler regelrecht in der Hand zerbröselt. Was war das? Schweineborsten?«

»Diesmal sind es erstklassige Felle aus Novgorod und Riga. Es soll auch Feh darunter sein. Fünftausend Eichhörnchenfelle.«

»Na, ich hoffe für Euch, dass sie erstklassig sind.«

»Ihr könnt Euch auf mich verlassen. Und ich habe noch eine gute Nachricht…«

»Überrascht mich! Überrascht mich! Das wäre bei Euch ja Scheiße-noch-mal was Neues. Merda.«

»Ich werde mich verloben. Die Toslach findet diesen Montag statt, und ich denke, wir werden die Upslag vielleicht schon vor Allerheiligen feiern können.«

»Das ist schön für Euch, Sebalt. Sehr schön. Bei einem guten Besäufnis, wie die Brutlacht nach dem Kirchengang sein sollte, wird mir immer warm ums Herz. All die jungfräulichen Weiber, das Bier, der Gesang. So eine richtige Hochzeitsfeier ist gut fürs Gemüt. Und zufriedene Kunden sind mir am allerliebsten.« Er zwinkerte Attendorn zu. »Aber eine Hochzeit kostet auch scheißviel.« Lächelnd nickte er zu einer schweren Truhe, auf der eine Glaskaraffe voller Wein und einige schwere Gläser standen. »Gießt Euch einen Schluck ein, Sebalt. Ist eh von Eurem Zins bezahlt. Ach, und mir bitte auch. Einen scheißgehörigen Schluck.«

Der Arzt mischte sich ein: »Aber Herr, der Sud. Der Rheum palmatum. Der Rhabarber sollte unbedingt getrunken werden, wenn er noch warm …«

»Wie sagt ihr hier im Norden in diesem Kaff so schön? Papperlapapp!« Alighieri lachte. »Euer Sud macht mich krank, Wiesberg. Ich muss die Sterne erst sehen, bevor ich an die Sterne glaube! Also: Wein her! Und Glückwunsch.«

Attendorn schenkte ein. Sie tranken.

»Ist sie hübsch?«

»Sehr hübsch. Ein wunderbares Mädchen. Ein wirklich bezauberndes und großartiges Weib. Schon seit Monaten ist mein Herz wie verzaubert.«

Vor dem Fenster hielt Mirke den Atem an. Sie war geschmeichelt und spürte, wie Attendorns Worte sie bewegten. Endlich redete jemand über sie, als sei sie eine richtige Frau, und fand sie auch noch bezaubernd. Sie erwischte sich dabei, dass ihr Attendorn durchaus gefiel, aber sie stellte diesen Gedanken zurück. Mit ihrem Zukünftigen stimmte etwas nicht, und sie würde herausfinden, was es war. Egal, wie sehr er sie hofierte und wie nett er zu ihr war. Sie wollte sich gerade wieder an die Wand schmiegen, als ein Balken des Schuttbergs ins Rutschen kam und polternd zu Boden fiel.

»Was war das?«, hörte Mirke den Bankier. Sie hielt den

Atem an, sah sich um. Sollte sie vom Schuttberg springen, sich schnell hinter den paar Fässern verstecken, die unweit standen? Hatte sie so viel Zeit?

Da hörte sie schon Schritte. Jemand kam erneut ans Fenster. Sie drückte sich so stark es ging an die Wand und wagte nicht zu atmen.

Attendorn trat ans Fenster. Er öffnete es und blickte hinaus. Drei Katzen balgten sich ein Stück weiter im Durchgang.

»Nur ein paar Katzen«, sagte er und schloss das Fenster wieder.

»Scheiß Katzen, Scheißviecher. Na, jedenfalls fressen sie die mistigen Ratten, was?« Der Bankier lachte.

»Apropos Katzen. Euer kleines Kätzchen hat Euch also den Kopf verdreht, was? Euer Herz verzaubert? So-so, auch noch das liebe Herz. Eine Liebesheirat demnach, Sebalt?« Er lachte wieder.

Attendorn musterte den Bankier. Dabei stemmte er seine Hände auf seinen Dupsing und stellte sich breitbeiniger hin, um mehr Gewicht zu haben. Ihm war bewusst, dass es ein dummer Trick war, der nur kleinen Leuten imponierte.

»Nein«, sagte er.

Draußen spitzte Mirke die Ohren. »Nicht nur. Für wie naiv haltet Ihr mich, Alighieri? Ich und eine Friedelehe?«, hörte sie Attendorn sagen. »Es geht um meine Schulden. Dass das Ding auch noch hübsch anzusehen ist, umso besser. Es ist Rungholts Tochter, und –«

Ein Scheppern. Ein lautes Fluchen. Mirke zuckte zusammen.

Alighieri war die Schüssel mit seinem Blut entglitten. Seine Beinlinge waren besudelt, und das Blut spritzte weiter aus seinem Arm. Er keifte herum, während der Arzt in Panik herumwuselte und den Schaden richtete.

»*Rungholt*?« Alighieri schüttelte den Kopf. Seine blauen, aufgeworfenen Lippen verzogen sich. Dann lachte er mit einem Mal los. Er rieb sich kichernd die Glatze und hinterließ eine Fingerspur von Blut.

»Attendorn, Attendorn. Herr Sebalt von Attendorn«, ätzte der Bankier. »Ihr habt wahrlich ein Geschick darin, Euer Leben komplizierter zu machen, als der Herrgott will. Ihr seid ein wahrer Hexenmeister, wenn ich das so sagen darf, im … im Knoten von Scheißproblemen. Ihr köchelt mehr Suppen als unser junger Freund hier.« Er stand auf, drückte den Arzt beiseite, der ständig beschwichtigend auf ihn einredete und an ihm herumfummelte. »Scheiße, ich muss pissen.«

Er winkte den Arzt zu sich und polterte: »Wiesberg! Ihr Rhabarber rumort.«

Attendorn folgte ihm zur Tür. Er wagte es nicht, den Mann anzufassen, um ihn sachte aufzuhalten. Also sagte er nur kleinlaut: »Wichtig ist doch, dass Rungholt Geld hat. Rungholt ist reich und mächtig. Er hat ein Haus und Anteile an einer Kogge. Seine Geschäfte nach Novgorod gehen gut. Ich hörte, er will sich sogar an einer Brauerei beteiligen.«

»So, hörtet Ihr. Hm. Ich hörte, dass er seine Geschäfte vernachlässigt, weil er auf Mörderjagd ist! Ich hörte gleichwohl, dass er ein Sünder ist. Ein ungläubiger Frevler, der zu Wutausbrüchen neigt und Gott nicht fürchtet. Scheiße, wenn ich in Eurer Haut steckte, merda, ich würde mich nicht sehr wohl fühlen. Und bei Euren Schulden erst recht nicht.«

Attendorn wollte kuschen und zu Boden blicken. Doch er entschied sich dagegen und starrte den Bankier an. Dieser blutverschmierte Glatzkopf. Roberto Alighieri, schoss es ihm durch den Kopf, dieser Holzschnitt seiner selbst hat sich zu oft purgieren lassen. Hätte Attendorn die Macht des Mannes und seinen Einfluss nicht gebraucht, er hätte dem Einarmigen längst befohlen, mit diesem Florentiner aufzuräumen.

»Niemand hat kommen sehen, wohin dies alles führt«, sagte Attendorn fest.

Alighieri hielt im Grinsen inne, wie ein Trinker bei einem verdorbenen Schluck Wein, den es dennoch gilt zu schlucken. Sein Lächeln wirkte verkrampft, als er sagte: »Gewiss. Das hat niemand können. Eure Geschäfte im Sund laufen vorzüglich, das muss ich sagen. Mehr als siebenunddreißigtausend habt Ihr im Sommer zurückgezahlt. Und dieser Kanal… Scheiße. Eine dumme Angelegenheit. Ihr habt Recht. Ich sollte nicht so aufgeblasen tun, nur weil ich mit Krediten handle.«

Der Bankier prostete Attendorn mit dem schweren Kristallglas zu.

»Er war übrigens auch bei mir. Euer Hinrich Calve. Hat für seinen Kanal Geld benötigt. Er wollte aber keinen Kredit aufnehmen. Es gibt in Lübeck auch noch ehrbare Männer.«

Attendorn rang sich ein Lächeln ab, doch er wusste, dass er diesen Mann nicht mochte. Ganz und gar nicht. Warum musste er mit diesem Bankier Geschäfte machen, während er Rungholt, den er mochte, nachstellte? Warum musste er vor diesem blutleeren Florentiner Respekt zeigen, während er begann, gegen Rungholt Ränke zu schmieden?

Weil ich feige bin, schoss es ihm durch den Kopf. Weil ich feige bin und den Schuldturm und die Fronerei mehr fürchte, als alles andere. Weil ich mein Leben liebe, mehr noch als das der anderen. Weil ich schon habe Köpfe rollen lassen. Deswegen ziehe ich meinen lieber ein.

Die Welt war aus den Fugen geraten, war seit zwei Jahren aufgerissen, und er war geradewegs zwischen die Schollen geraten. Das Mahlwerk drehte sich und war nicht mehr zu stoppen. Attendorn musste nur aufpassen, den Kopf herauszuhalten, mit dem Rest steckte er schon mitten zwischen den Mühlsteinen.

»Die *Heilige Berg* ist gelöscht. Gestern erhielt ich Kunde, dass die Felle verladen sind. Die Waren werden heute Nacht eintreffen. Ihr kennt mich, Alighieri. Ich bin ein ehrenhafter –« Er brach ab, merkte, dass dies Wort schlicht falsch war, »… ein *zuverlässiger* Geschäftspartner.«

Anstatt einer Antwort lächelte der Bankier milde.

Attendorn führte weiter aus. Er war ins Gestikulieren verfallen. Etwas, das er bei anderen missbilligte und als Schwäche auslegte. »Es sind mehr als drei Schiffe aufgebracht worden. Wir haben Tuch aus Flandern, kostbare Grapen und Altäre hier aus Lübeck. Bernstein! Wir haben Bernstein erbeutet und Salz… und Salz, zwanzig Lasten mindestens. Ich bitte Euch.«

»Ihr bittet mich? Um was? Muss pissen.« Alighieri wandte sich zur Tür, wollte an Attendorn vorbei.

»Wartet. Ich kann die Schulden nicht zahlen, Alighieri. Ich… Euer Zins frisst mich auf. Tag um Tag mehr. Ich weiß nicht, wie ich jemals… Wie soll ich das alles zurückzahlen? Und ich habe das Kapitänshaus Rungholt überschreiben müssen, um seine Tochter zu bekommen. Ich bitte Euch…«

»Euer Kapitänshaus? Das Ihr mir versprochen habt? Scheiße… Ihr bittet also? Ihr habt hier nichts zu bitten, Attendorn. Tut mir Leid. Wer hat Euch Geld geliehen, als keiner mehr wollte? Wer? Wer hat mit Euch Geschäfte gemacht, als sich in Brügge alle abwandten? Wer hat an Euch gedacht? Und an Euch *geglaubt*? Hm, wer?«

Jetzt war der Zeitpunkt, an dem Attendorn getroffen zu Boden sah. »Ihr, Alighieri… Nur einen kurzen Aufschub für die nächste Rate. Ich muss einen Teil der Toslach bezahlen. Bis nächste Woche, dann…«

Attendorn verstummte, als er den strengen Blick des Mannes sah. Schlagartig wurde ihm bewusst, dass Alighieri sicherlich vier oder fünf Männer der Sorte seines Einhändigen in Diensten wusste. Wenn es sein musste, konnte dieser Dämon von einem Mann eine ganze Armee von Söldnern gegen ihn ausschicken. Jetzt jedoch hatte er etwas Einfacheres gegen Attendorn in der Hand.

»Ich kann auch dem Lübecker Rat sagen, dass Ihr Kreditgeschäfte tätigt und Schulden habt. Ihr habt den Rat fein getäuscht. Von den anderen… nun… nennen wir es Unannehmlichkeiten ganz zu schweigen. Wenn Ihr nicht in die Fronerei, oder aus der Stadt geschmissen werden wollt, dann seht zu, dass Ihr Eure Schuld begleicht, Attendorn.«

Ruhe. Alighieri nickte auffordernd. Als der Arzt noch immer um ihn herumwieselte, bedeutete er ihm mit einem einzigen Wink, endlich beiseite zu treten. Der Arzt gehorchte.

Es wurde noch stiller, als sich Alighieri und Attendorn musterten. Alighieri nickte noch einmal stumm, sah zu Boden. Ein Befehl. Attendorn kam ihm nach, indem er sich hinkniete und Alighieris ausgestreckte, blutige Hand ergriff. Es widerte ihn an, doch er küsste den Ring des Bankiers.

»Nun denn«, trällerte Alighieri. »Zahlt mir die fünftausend erst nächste Woche. Scheiße, bin ich mal großzügig. Bin ich mal großzügig. Und ich will das Salz. Merda.« Er winkte Attendorn auf die Beine und ließ ihn einfach stehen. Alighieri rief seinen Knecht und verschwand: »Die Altäre verhökert selbst. Und jetzt lasst mich endlich auf den Balken. Scheiße!«

Mirke sprang vom Bauschutt herunter. Sie raffte ihr nasses Kleid hoch und rannte die schmale Flucht zurück. Attendorn hatte Schulden – und er hatte Kredite aufgenommen, unterhielt Geschäfte mit einem zweifelhaften Bankier aus Florenz. Und wenn sie recht gehört hatte, dann war die *Heilige Berg* gar nicht gesunken. Attendorn war ein Lügner. Vielleicht gab es doch eine Möglichkeit, dass die Toslach abgeblasen wurde. Wenn ihr Vater ihr glaubte, dann wäre er bestimmt gegen eine Heirat. Wahrscheinlich würde er sich diesen feinen Attendorn vorknöpfen und ihn totprügeln.

Sie war auf die Mühlenstraße gebogen und eilte am abgebrannten Haus vorbei. Da fiel ihr Blick auf die Büttel und Handwerker, die den verbrannten Schutt wegräumten. Männer luden Steine auf Schubkarren, andere zogen verkohlte Balken aus der Ruine. Tischler stützten die mitgenommene Backsteinmauer eines anliegenden Hauses ab.

Mirke blieb kurz stehen. Sollte sie wirklich zu Rungholt gehen? Ihre Beziehung glich diesem abgebrannten Haus. Sie war bis auf die Grundmauern nieder gebrannt, und es konnte gut sein, dass ihre Beobachtung die noch verschonten Steine zum Einsturz brachte.

Vom Rathaus hatte Rungholt direkt nach Hause eilen wollen, jedoch hatte er mehrfach das Tuch wechseln müssen, weil es immer wieder voll Blut gelaufen war. Schließlich war er oben am Koberg in einer Braustube eingekehrt. Er hatte auf den Schrecken drei Bier gestürzt und mit zwei weiteren gegurgelt. Sein Blut, das aus seinem Mund in den Kelch gelaufen war, hatte die Biere gefärbt und den Wirt auf den Plan gerufen. Ihm war es gleich gewesen, wie die Gäste ihn angeschaut hatten.

Erst als Rungholt die Engelsgrube hinabgegangen war und auf halber Strecke verschnaufen musste, da hatte er bemerkt, wie sehr er zitterte. Es waren nicht nur seine Hände gewesen. Er hatte am ganzen Körper geschlottert. Er konnte bis jetzt jedoch nicht sagen, ob es der überraschende Bruch mit Winfried oder sein eigenhändiges Zahnziehen gewesen war, was ihn mehr erschreckte.

Zu Hause sah Rungholt sein Ebenbild an. Das Wandbild war ins Reine gebracht worden. Die Tempera strahlte mit ihren prächtigen Farben und glitzerte in der Sonne. Das rötliche Abendlicht fiel nur ab und an durch die kleinen Fenster der Diele. Draußen schoben sich schon wieder die Wolken zusammen. Rungholt berührte das Bild und hatte Farbe an den Fingern. Zufrieden sah er auf seine Fingerkuppen und verspürte für einen kurzen Moment so etwas wie Glück.

Mit einer Daube voll Sud, den Alheyd ihm aufgegossen hatte, stand er da und betrachtete sein gemaltes Alter Ego. Erhaben und klug hatten sie ihn dargestellt. Sie hatten ihm geschmeichelt, ihn so gemalt, wie er sich selbst gern sah. Noch eine Todsünde, dachte er nippend. *Superbia* – der Stolz. Als hätte ich heute nicht schon genug Sünden begangen. Eitelkeit, Eigenliebe. Diese Verfehlung entlockte ihm nur ein mildes Lächeln, einerlei ob er eitel war, er kam sich leer vor. Eine nebelige Leere, die ihn konturlos ausfüllte. Es liegt wohl daran, dachte er, dass der Schmerz nun fort ist. Der Schmerz im Kiefer ist nur noch ein Drücken. Kein Ziehen und Klopfen, kein Verkrampfen des Schädels bei jedem Herzschlag. Vielleicht ist es das, was mich in warmer Milch schwimmen lässt. Es ist alles so formlos, und ich spüre nichts. Wahrscheinlich ist es aber Winfried, vielmehr der Bruch mit ihm, der mich so fad macht.

Nachdem Rungholts Gedanken zu Winfried zurückkehrt waren – und er daran denken musste, wie er vor einigen Jahren mit Winfried die Pferdemorde auf Bernulfs Koppel aufgeklärt hatte –, da wurde die wattige Leere zu einem echten Schmerz. Er spürte, wie das Nichts in ihm zusammensackte und alles Glück und alle Seligkeit verpuffen ließ. Jetzt schien es ihm, als sei das Nichts in ihm kalt und bedrohlich.

Rungholt wurde unruhig. Das Rumoren kehrte in seinen dicken Bauch zurück, er musste aufstoßen und spürte, wie ihm Bier und Kräuter ätzend den Hals hinaufschossen.

Winfried war nicht mehr sein Freund. Er hatte ihn hintergangen, war um Marek und ihn herumgeschlichen. Und das alles nur, weil er seinen dummen Griff in die Kasse vertuschen wollte. Das Schlimme an all dem war, dass Rungholt ihm diesen Diebstahl ohne weiteres verziehen hätte und ihn nur die Tatsache so erzürnte, dass sein Freund ihn angelogen hatte. Beinahe tat ihm sein Wutanfall Leid. Aber dann vergegenwärtigte er sich, dass durch Winfrieds eigensinnige Lügerei Daniel dem Strick nur näher gekommen war. Er hätte viel schneller einen Grund für die Morde finden können, wenn Winfried ihm von Calve erzählt hätte. *Wenn... Hätte...* Woher hätte Winfried vom Fremden wissen sollen? Oder hatte er von ihm gewusst, und es war nur eine weitere Lüge gewesen?

Meine Gedanken drehen sich wieder im Kreis. Ich muss noch einmal gründlich nachdenken. Ich habe etwas übersehen, oder ich muss mit Marek den Mörder locken. Lübeck ist groß, aber auch wenn man in einen großen Teich einen Stein schmeißt, kommen die Wellen unweigerlich ans Ufer.

Rungholt sah sich um. Die Diele glänzte und blitzte. Selbst die Kastenbänke an den Wänden waren gewischt und eingeölt worden. Der Tisch und sein Stuhl mit der hohen Lehne waren poliert. Von der Decke hingen die bunten Zweige und Bänder. Rungholt konnte sehen, dass Alheyd und Hilde an die Äste kleine Stoffblätter gebunden hatten, damit die herbstlichen Äste fröhlich und frisch wirkten. Frühlingshafte Girlanden mit Zweigen. Geschmückte, herausgeputzte Öllampen.

Auf einer Truhe nahe der Küche hatte Hilde das beste Glas und die aufwendig verzierten Zinnkelche und Henkelkrüge gestellt. Teure Tonschalen und Teller, die mit farbenfrohen Schifffahrt-Motiven geschmückt waren, standen bereit.

Rungholt warf einen Blick in die Küche. Selbst im schummerigen Licht schien sie zu strahlen.

Er stellte die Daube mit dem Sud zurück und sah sich in der geweißten Küche um. Alheyd hatte ganze Arbeit geleistet. Aller Ruß war verschwunden. Es waren kaum dunkle Schatten zu sehen.

Alles war bereit. Alles wartete.

Das Haus ist aufgeräumter, als ich es bin. Ich bin leerer als das Haus ist, aber dennoch viel mehr durcheinander.

Auf dem Herd köchelten einige Grapen. Es roch nach exotischen Gewürzen und gedünstetem Fleisch. Alles wartete auf das Fest, dachte Rungholt und naschte ein wenig. Meine Unruhe ist wie Winfrieds Gebein. Sie klopft an, wenn ein Unwetter heraufzieht. Winfried. Er wollte nicht schon wieder an diesen Greis denken. Kaum hatte Rungholt ein wenig gekostet, spürte er seinen Hunger. Er hatte über den ganzen Tag so gut wie nichts gegessen und das flaue Gefühl im Magen unterdrückt. Er füllte sich die Daube mit Mus und versuchte, ob er die härteren Stücke schon beißen konnte, ohne dass es wehtat.

Er setzte sich in die Diele und dachte essend über den Fall

nach. Die Mahlzeit vertrieb das flaue Gefühl im Magen, doch die schwermütige Unruhe blieb. Was hatte er in der Hand? Was hatten sie herausgefunden?

Er hatte nun einen Mordgrund. Das war wichtig. Endlich hatte er zumindest eine plausible Ahnung – vielleicht mehr als das –, weswegen die Morde geschehen waren. Calve stellt dem Rat einen Plan vor, wie man die Überfälle der Vitalienbrüder im Sund verhindern und hunderttausende Mark lübisch mit Zöllen einnehmen kann. Er plant einen Kanal zwischen Lübeck und der Nordsee. Oder nach Hamburg. Das wird sich noch finden. Einen Nord-Ostsee-Kanal.

Doch Calves Ausführungen klingen so abenteuerlich und aufwendig, dass der Rat ablehnt. Ein Projekt bauen, das es über Jahrzehnte zu bauen gilt, das Unsummen verschlingt, bei dem mit den Mecklenburgern und Hamburgern hätte verhandelt werden müssen – ein Projekt genehmigen, dessen Machbarkeit als solche schon in Frage stand. Nein.

Um den Rat dennoch zu überzeugen mussten Beweise her. Handfeste Beweise, dass der Bau rentabel und durchführbar sei. Winfried stiehlt Geld aus der Kasse, um diese Studien zu bezahlen. Calve heuert einen Gelehrten aus dem Morgenland an. Den Muselmann. Dieser errichtete mit Calve die Schleuse im Wald und vermisst und berechnet den Verlauf ganz hinauf bis nach Hamburg oder direkt in die Nordsee. Der Muselmann wird ermordet, Calve auf dem Weg nach Lübeck angegriffen und schließlich ebenfalls umgebracht.

Wenn wir schon nicht denjenigen finden, der den Bau des Kanals verhindern will, dann bleibt uns nur, den Mann zu finden, der die Klinge führt. Der gedrungene Kerl, den ich auf der Kogge mit Calve kämpfen sah und der uns bis in den Wald verfolgte. Vielleicht müssen wir ihn auch gar nicht finden. Vielleicht sind die Wellen der Steine, die wir ins Wasser geworfen haben, schon am Ufer angelangt.

Rungholt erinnerte sich an den Blick über die Dächer, als er im Travekrug nach der Leiche gesucht und festgestellt hatte, dass er es war, der alles ins Rollen gebracht hatte. Vielleicht mussten sie den Mörder nicht finden, weil er *sie* längst gefunden hatte?

War er in Gefahr? Rungholt wollte sich mit diesem Gedanken nicht weiter auseinander setzen und ging in die Dornse. Er wollte darüber nachdenken, ob er etwas übersehen hatte oder wie sie den Unbekannten finden konnten, doch seine Gedanken glitten immer wieder ab. Nachdem er gegessen hatte, wurde er müde. Er hatte schon so lange nicht mehr geschlafen. Es tat gut, die Augen zu schließen.

Wenig später fand Marek ihn. Er wollte Rungholt erzählen, dass er unterwegs gesehen hatte, wie sie Calves Leiche aus der Trave gezogen hatten. Und er wollte Rungholt berichten, dass Daniel verurteilt worden war. Dann jedoch hatte er Rungholts eingefallene Gestalt gesehen. Zusammengesunken und schnarchend, verrenkt auf dem Schreibpult in seiner Dornse. Er lag mit dem Kopf auf seinen Wachstafeln, während ihm etwas Blut aus dem Mund lief und die Aufzeichnungen einsaute. Was nutzte Daniel der schlauste Rungholt, wenn der sich nicht auf den Beinen halten konnte?

Zusammen mit Alheyd, die Marek vor dem Fischhändler getroffen hatte, brachten sie den murrenden Rungholt nach oben ins Bett. Danach half Marek Alheyd und Hilde, die Fässer voller Fisch in den Keller zu bringen und den Bestand an Rotwein durchzugehen.

Kurz darauf kam Mirke in den Keller geeilt. Sie hörte Marek mit einem Knecht streiten. Mirke konnte sehen, wie sie im Schein der Öllampen Rotweinfässer herumwuchteten und sich nicht einigen konnten, wohin mit den Brotlaiben, die im Keller gestapelt lagen. Das Brot hatte eigentlich im feuchten Gewölbe nichts zu suchen, doch schon den ganzen Tag über hatten Händler Waren angeliefert und den ganzen Dachboden gefüllt. Der Fisch und selbst die Kästen mit Brotlaiben mussten nun im muchtigen Keller lagern. Einem rauschenden Gelage nach dem Auszug aus dem Rathaus, in dessen großem Saal Mirke und Attendorn sich verloben würden, stand nichts mehr im Wege. Alheyd und Hilde hatten über fünfzig Händler und Ratsmitglieder mit ihren Frauen eingeladen.

Mirke fand die beiden hinter einem Gestell, auf das sie Fleisch hängten.

»Kind, wie schaust du denn aus?« Besorgt kam Hilde hinter den Schwarten hervor. »Fass hier bloß nichts an.«

»Ja ja. Wo ist Vater?«

»Hast du etwa im Sand gespielt?« Hilde musterte Mirkes dreckige Kleider, spuckte in ein Tuch und wollte ihr die Wange abwischen. Mirke zuckte weg.

»Er schläft. Weck ihn bitte nicht«, sagte Alheyd.

»Es ist wichtig.«

Alheyd sah sich ihre Tochter an. Mirke war es unangenehm, von Alheyd so tadelnd gemustert zu werden. Doch dann nickte ihre Stiefmutter seufzend. »Muss es wohl, so, wie du aussiehst. Was war denn los? Wieso hast du so lange für das Fässchen Milch gebraucht?«

»Ja, und wo ist unser Schmalz?«, mischte sich Hilde ein.

»Bitte Hilde, lass das Kind doch erzählen.«

»Es ist Daniel. Sie … sie haben ihn verurteilt.«

Hilde entfuhr ein Schrei. Auch Alheyd war entsetzt. Sie fragte, was geschehen sei, doch Mirke wollte nicht über die Verhandlung vor dem Burgtor reden. Sie musste zu ihrem Vater und ihm sagen, das Attendorn ein Lügner war. Schließlich mischte sich Marek ein und bot an, den Frauen alles zu berichten, was er wusste.

Auch Alheyd merkte, wie wichtig es Mirke war. Sie nickte schließlich zustimmend. »Er ist oben im Bett. Aber bitte sei nett zu ihm. Er hat den ganzen Tag nichts gegessen und geschlafen schon seit vorletzter Nacht nicht.«

»Er hat sich den Zahn rausgerissen. Stell dir vor, sag ich dir. Und er ist völlig am Ende«, meinte Marek. »Besser, du sagst ihm von Daniel nichts.«

»Zieh dich erst einmal um, Kind. Du holst dir einen Schnupfen.« Hilde wollte mit ihr nach oben gehen.

»Ich mach das schon allein.«

Alheyd hielt Mirke fest. Sie nahm ihre Stieftochter beiseite, so dass Hilde und besonders Marek nicht jedes Wort hörten: »Streite bitte nicht mit ihm, Mirke. Ich weiß, er kann ein ziemlicher Querschädel sein. Es tut ihm Leid, was heute passiert ist. Sei nicht böse auf ihn, ja? Er ist ziemlich geschafft. Er wollte dir nichts tun.«

Mirke nickte, doch sie dachte, dass Rungholt bestimmt wieder gesoffen hatte. In ihrem Bauch rumorte es, und in ihrem Hals bildete sich ein Kloß. Vielleicht war es ein großer Fehler, ihm alles erzählen zu wollen. Er hatte sie geschlagen, hatte gedroht, ihr die Munt zu entziehen. Mochte er sie? Wenn er sie schon nicht liebte, mochte Rungholt seine Tochter? Sie war sich nicht sicher.

Mirke ging die Treppe hoch in den ersten Stock. Was würde ein Kind tun, dachte sie. Es würde wohl einfach weglaufen. Was würde Alheyd tun? Die Zähne zusammen beißen und Rungholt die Stirn bieten, es ihm sagen. Vernünftig sein. Erwachsen. Sie sprach sich Mut zu und ertappte sich dabei, wie sie laut mit sich selbst sprach, so, wie sie es früher immer getan hatte, wenn sie mit ihren Puppen gespielt hatte.

Sie würde nicht klein beigeben wie die Dänen bei Bornhöved und nicht kindisch sein. Sie nahm all ihren Mut zusammen, bevor sie Rungholt rüttelte.

»Was ist denn?«, sagte er schlaftrunken.

»Ich bin's. Es ist wegen Attendorn.«

»Was? Was ist mit Sebalt?« Er kam nur schleppend zu sich. »Hilde?«

»Mirke. Entschuldige, dass ich dich wecke, Vater. Aber ... es ist Attendorn. Er ist ... Ich meine, ich habe ...« Ihr Mund war ganz trocken. Wo sollte sie beginnen? Sie strich sich die Haare zurecht und sah ihren Vater an. Rungholt sah wirklich erbärmlich aus. Seine Wange war geschwollen, die Krähenfüsse in seinem Gesicht zeichneten sich hart ab, sein Doppelkinn hing schlaff herab. Mirke sah, dass seine Augen blutunterlaufen und duff waren.

Rungholt richtete sich auf. Mirke bemerkte, dass er erst jetzt wirklich begriff, dass es seine Tochter war, die auf der Bettkante saß.

»Mirke? Was ist los? Was… Du bist ja ganz dreckig.« Rungholt setzte sich auf und wischte sich den Schlaf weg, doch er konnte vor Müdigkeit seine Augen kaum offen halten. Er blickte sich um, als wolle er sehen, wo er überhaupt war.

»Es ist wegen Attendorn. Er ist kein guter Mann, Vater. Er ist ein Lügner! Er ist kein ehrbarer Händler.«

»Was? Was redest du?«

»Ich habe gehört, wie er gesagt hat, dass er Schulden hat. Und sein Schiff, es…«

»Was soll mit dem Schiff sein, Mirke?« Rungholt unterbrach sie gähnend.

»Er betreibt irgendwelche Geschäfte damit.«

»Mit der *Heiligen Berg*?«

Sie nickte.

»Die… Die ist doch vor zwei Jahren gesunken.«

»Ja. Ich mein, nein, nicht gesunken.«

»Nicht gesunken? Aha. Und was für Geschäfte sollen das sein? Ich denke, er hat Schulden?«

»Hat er auch, aber… Ich – Ich habe es nicht genau verstanden.«

Rungholt schüttelte den Kopf. Ammenmärchen, dachte er. Sie erzählt mir Kindergeschichten. Ein Geisterschiff, das noch immer umhersegelt. Kaufleute, die heimlich Waren umschlagen. Wieso kann ich fremde Menschen gut einschätzen, während ich bei Mirke und Alheyd so oft versage? Sie ist noch ein Kind, überlegte er. Ein Mädchen, das mit ihren Kleidern im Schmutz spielt. Und nun will sie ihren Zukünftigen auf ihre kindische Art schlecht machen. Sie will Attendorn vor mir in

Misskredit ziehen, weil sie Daniel liebt. Ich habe gedacht, dass sie reifer ist.

»Du wirfst mir vor, den Falschen ausgesucht zu haben?«

»Attendorn lügt. Er ist ein verdammter Lügner.«

»Mirke, in meinem Haus wird nicht geflucht.«

Mirke flehte ihn an, er möge ihr zuhören.

Rungholt tastete nach seiner Wange. Seine Augen brannten. »Tue ich. Ich soll nicht richtig verhandelt haben. Das willst du doch sagen.« Er war ein wenig lauter geworden.

Mirke atmete hörbar ein. Es war aussichtslos. Er nahm sie einfach nicht ernst. Er fühlte sich angegriffen, und sie hatte es verbockt.

»Du beleidigst mich, Mirke. Was ist nur los mit dir?«

»Mit mir? Mit mir ist nichts los. Aber mit Attendorn.«

Rungholt setzte sich auf die Bettkante. Er nahm ihre Hände und blickte sie ernst an. Er sprach ruhig mit ihr. »Er hat uns das Kapitänshaus überschrieben, Mirke. Ich hab's von Winfried. Und das, obwohl *du* den Vertrag weggeworfen hast! Handelt so ein Ehrloser? Ein Schuldner? Ich verstehe ja, dass du ihn schlecht machen willst, weil du ihn nicht heiraten magst.«

Sie zog ihre Hände weg und stand auf. Sie bemerkte, wie ihr die Tränen kamen. Wie oft hatte sie die letzten Tage geweint? Wieso hatte Daniel nur in diese Kneipe gehen müssen und spielen? Sie wehrte sich gegen die Tränen. Diesmal nicht.

»Mirke, ich dachte eigentlich, du bist reifer. Eine Friedelehe? Lübecks Ratsmitglieder haben eine schneidende Zunge. Die Schande und die Liebe liegen in dieser Stadt nah beieinander, Mirke. Deine Schwestern haben in gut betuchte Familien –«

»Annegret und Margot? Die sind aber nicht ich.«

Mirke merkte, wie Rungholt den Kommentar herunterschluckte, der ihm auf der Zunge lag. Er versuchte es weiterhin ruhig, hatte wohl noch nicht die Kraft, sich aufzuregen. Sie hörte, wie er versuchte, ihr die Ehe mit Attendorn schmackhaft zu machen, doch ihre Gedanken folgten ihm nicht.

»Mirke«, sagte er lauter und riss sie aus den Gedanken. »Hör dich einmal reden, Mädchen. Du beleidigst nicht nur mich, sondern auch eines der ehrbarsten Ratsmitglieder Lübecks. Dein Kopf ist voll von Daniel und deine Brust noch mehr. Deswegen machst du Sebalt schlecht.«

»Ich will Attendorn nicht schlecht machen. Ich habe nur…«

»Dann halt den Mund und erzähl keinen Schmus wie eine zickige Göre. Die *Heilige Berg* ist vor zwei Jahren gesunken. Was willst du? Soll ich die Hochzeit aufheben? Soll ich zu ihm gehen und sagen: Meine Tochter belauscht Euch und träumt die Nächte von meinem Lehrling?«

Es hatte keinen Sinn. Die Tränen kamen. Sie spürte, wie ihre Verzweifelung in ohnmächtige Wut umschlug. Er nahm sie einfach nicht ernst.

»Wie siehst du überhaupt aus? Morgen ist deine Toslach, und du spielst im Dreck. Vielleicht hätte ich bei dir doch öfter die Knute sprechen lassen sollen.«

Sie lächelte ihren Vater nur kurz an und drehte sich auf dem Absatz um. Rungholt sank erschöpft zurück in die Kissen.

Erzähl keinen Schmus wie eine zickige Göre. Der Satz spukte ihr im Kopf, während sie stumm sein Schlafgemach verließ.

Sie ging in ihr Zimmer. Sie wollte weinen, aber es kamen keine Tränen mehr. Sie stand vor ihrem verschlossenen Alkoven und den Spielsachen. Auf dem Boden lagen noch ihre Handarbeitsutensilien. Sie blieb wie erstarrt stehen und sah sich um.

Erzähl keinen Schmus wie eine zickige Göre.

Später ging sie die Wendetreppe nach unten und geradezu aus dem Haus. Eine Göre – mehr war sie nicht in seinen Augen. Sie erzählte Schmus, und niemand nahm ernst, was sie sagte. Was hatte es da für einen Sinn, auf Daniels Befreiung zu hoffen oder schlimmer noch abzuwarten, bis er gehängt war. Bis sein Rückgrat brach oder er erstickte? Was machte das alles für einen Sinn?

Sie würde vorausgehen. Still und für sich allein.

Alheyd und Rungholt würden keine Träne verschwenden. Sie liebten sie nicht. Aber Daniel tat es. Sie würde im Himmel schon den Tisch für sie beide decken.

Lautlos eilte sie die Engelschegrove hinunter und atmete die feuchtkalte Luft ein. Niemand sah sie gehen, niemand hörte sie, und niemand hielt sie auf. Obwohl es wohl genau dies war, das sie sich am sehnlichsten wünschte. Dass Rungholt sie in den Arm nahm, dass er sie tröstete. Doch stattdessen redete sie sich ein, keine Sünde zu begehen. Sie redete sich ein, Recht zu haben und nichts wert zu sein.

Sie wandte sich wieder den Hügel hinunter, bog in die Kiesau.

Sie würde Gott fragen, ob er sie in den Himmel holte.

Sie hatte Rungholt einmal gefragt, woher sie komme. Aus dem Krähenteich, hatte er lachend geantwortet. Die Säuglinge kämen aus dem Krähenteich.

In ihn würde sie zurückkehren.

28

Das Wetter war noch immer verhangen. Der leichte Regen hatte nicht nachgelassen. Jedoch hatte Attendorn das Gefühl, in einem tosenden Unwetter zu stecken. Seit Tagen schon kämpfte er gegen die Wellen. Und immer wenn der Sturm nachließ, musste er kurz darauf feststellen, nur im Auge des Sturms zu segeln, der um ihn herum mehr und mehr zunahm. Er kam sich dreckig vor, als hätte der Arzt seine Säfte verdorben, indem er die des Bankiers reinigte. Attendorn zwirbelte seinen Bart und rückte seinen Dupsing zurecht. Er strich sich die Haare im Nieselregen glatt. Sie waren spröde. Vor allem seine schon angegrauten Schläfen sorgten ihn. Die salzige Luft der Ostsee und das ewige Entladen der *Heiligen Berg*, bei dem er aus Mangel an Geld selbst anpacken musste, waren nicht gut für ihn.

Während Mirke in die Engelsgrube eilte, ging Attendorn zur Kirche St. Marien. Nach Gesprächen mit dem Bankier war ihm stets übel, doch er hatte bemerkt, dass keine guten Kräuter halfen, sondern vielmehr ein ausführlicher Bußgang. Seit Monaten ging es nun so: Er traf Alighieri, ließ sich beleidigen und handelte mit Mühe einen Aufschub heraus, nur um noch mehr Zinsen zu zahlen. Ihn widerte das Kreditgeschäft an. Vor drei Jahren hatte er noch anders darüber gedacht. Er hatte selbst Kredite gegeben und nach Florentiner Art mit Zins belegt. Seine Geschäfte mit Brügge gingen fantastisch, er fuhr Gewinne ein, bei denen es so manchem Lübecker Patrizier schwindelte.

Die Brügger Geschäftsleute – allen voran die Italiener, aber auch die Kaufleute aus Flandern, Brabant, Burgund und aus dem französischen Königreich – waren dem Kreditgeschäft wesentlich aufgeschlossener gegenüber, als es die Hansa je sein würden. Er verlieh viel Silber und gewann umso mehr.

Doch dann kam die Blockade des Brügger Hafens. Eines seiner Schiffe wurde aufgebracht und die Ware über Bord geschmissen. Bis heute hatte er von Van Rysselberghe keine Zahlung für seine Wolle aus dem Stalhof in London erhalten. Waren mit einem Wert von über fünfzigtausend Mark lübisch waren im Hafenbecken von Brügge verrottet. Diese Niederlage allein hatte ihn noch nicht zum Bittsteller herabgesetzt und ihn geschlagen nach Lübeck zurückkehren lassen. Es waren seine Gläubiger. Sein finanzstärkster Partner wollte das geliehene Geld zu plötzlich zurück und ließ sich auf keinen Handel mehr ein. Um die Verluste zu kompensieren, riskierte Attendorn ein letztes Geschäft mit Tuch aus Flandern. Eine weitere Niederlage.

Es dauerte weniger als zehn Monate und aus Attendorn – einst Anwärter auf den Posten des Oldermanns im Hansequartier von Brügge, millionenschwerer Kaufmann und Hausbesitzer – war ein Schuldner geworden. Seine Anwälte, die immer noch wegen der vernichteten Ladung der *Heiligen Berg* gegen das flandrische Königshaus klagten, wollten ihr Geld, die Kapitalgeber, deren Risikogeschäft er in den Sand gesetzt hatte, standen vor der Tür, und die Zinsen, die er Tag für Tag zahlen musste, fraßen den Rest seines Kapitals.

Er schrieb seinem Bruder, einem einflussreichen Händler in Florenz, nur um zu hören, dass dieser es ablehnte, Geld zu verleihen. Attendorn gab seine Posten in Brügge ab und zog zurück nach Lübeck, wo er immerhin noch mehrere Häuser besaß und als ehemaliger Bürgermeister viel Einfluss genoss. Fortan führte er von hier aus Handel mit London und Brügge, doch der Tuchhandel war spärlich und nur noch ein kläglicher Abklatsch seiner einstigen Unternehmungen. Als im Winter vor zwei Jahren sein mittlerweile einziges Schiff, die *Heilige Berg*, in einen Sturm geriet und wochenlang als verschollen galt, bemerkte er, wie hilfreich auch ein gesunkenes Schiff sein konnte. Die Lübecker Kaufleute, die nichts von seinem Brügger Fiasko ahnten, verehrten ihn weiterhin und zeigten sich nun sogar spendabel und mitfühlend. Jeder wollte ihm mit einem Mal unter die Arme greifen, und es schien einige Wochen lang, als könne Attendorn seine Schulden in Brügge ausgleichen und neu beginnen. Doch die Wochen vergingen zu schnell, und die Schuldenlast drückte zu stark. Immer noch musste er große Summen auftreiben, um seine Kredite abzubezahlen. Und mit einem Mal hörte er, dass sein Schiff wieder aufgetaucht sei. Es war abseits der Routen auf dänischen Grund gelaufen, jedoch nicht schlimm beschädigt. Es gelang den Seeleuten schnell, es wieder flott zu bekommen.

Attendorn, der zu seiner Überraschung feststellte, dass noch immer alle davon ausgingen, seine Kogge sei gesunken, verkaufte die Ladung der *Heiligen Berg* einfach als seine eigene

Ware, obwohl ein Großteil von anderen Kaufleuten stammte, die Frachtraum bezahlt hatten. Ein lukratives Geschäft, das es ihm ermöglichte, auf einen Schlag die Anwälte auszubezahlen und für Monate weiterhin den Schein eines reichen Kaufmanns zu wahren. Dieses gut laufende Geschäft brachte ihn auf eine Idee: Er beließ die *Heilige Berg* als gesunken und verbreitete das Gerücht, die Vitalienbrüder hätten sie aufgebracht.

Attendorn zog sich in die Kapelle der Bürgermeister zurück und entzündete Kerzen. Es waren mehr als sonst.

Er betete ausgiebig, sprach die Litanei. *Jesus Christus ward gefangen – und an ein Kreuz gehangen …* Er wiederholte den Singsang, bis um ihn herum alles zu verschwimmen schien und er sich sauberer fühlte. Er überlegte, ob er heute beichten und sich so von jeglicher Sünde reinwaschen solle. Er vermied die Beichte jedoch, weil er Pfarrer Jakobus nicht traute. Dieser Schussel hatte mehr Interesse an den Weibern als an seinem Schweigegelübde. Auf der anderen Seite würde ihm ein Geständnis ein wenig Seelenfrieden bringen. Vielleicht würde er nach der Beichte auch nachts wieder schlafen können, anstatt grübelnd wachzuliegen.

Attendorn hatte sich gerade entschieden, doch Buße zu tun, als er ein vertrautes Klimpern vernahm. Innerlich stöhnte er auf. Er mochte es nicht, beim Gebet gestört zu werden. Und schon gar nicht von einem abgefeimten Büttel. Einem Mörder. Von *seinem* Mörder.

Der Einhändige stellte sich neben Attendorn und blickte auf den Knienden vor dem aufgeklapptem Schnitzaltar und den Kerzen herab.

»Herr, er weiß von dem Kanal«, flüsterte er nur.

Attendorn sprach sein Gebet absichtlich ruhig weiter und brachte es sehr sorgsam zu Ende. Bevor er aufstand, bekreuzigte er sich mehrmals, dann trat er an das kleine Kruzifix und küsste Jesu Füße und Hände. Er machte sich keine Mühe, dem Krüppel zu verbergen, dass er ihn nicht mochte und nur akzeptierte, weil der Mann unabkömmlich war. Unentbehrlich. Weil er sein persönlicher Küter und Fleischhauer war.

»Rungholt hat die Schleuse gefunden?«

Attendorn war überrascht, dass sein Schwiegervater in spe aus Lübeck herausgeritten war. Von Winfried hatte er im Rathaus von Rungholts Hartnäckigkeit gehört, davon, dass Rungholt einst ›Bluthund‹ genannt worden war und schon einmal einen Pferdemörder gestellt hatte. Doch Attendorn hatte die ganze Zeit angenommen, dass die Toslach Rungholt voll in Beschlag nahm und ihn ablenken würde.

Er hatte Rungholt unterschätzt.

Vor ein paar Tagen, als Attendorn erfahren hatte, dass ein junger Kerl mit dem Fremden in Streit geraten war, bevor der Einhändige ihn umgebracht hatte, hatte er es als Wink des Schicksals gesehen. Sie hatten einen Sündenbock für den Mord am fremden Mathematiker aus dem Morgenland gefunden. Erst nachdem Kerkring Daniel in die Fronerei hatte bringen lassen, war ihm klar geworden, dass es sich um Rungholts Lehrling handelte. Das Schicksal hatte ihm mit Daniels Auftauchen Steine in den Weg gelegt. Und diese waren größer und massiver, als er vermutet hatte. Wie ein schlechter Kapitän, der mit einer Kette von Fehlentscheidungen seine Mannschaft mehr und mehr gefährdet, so hatte Attendorn mit jedem Zug, den er unternommen hatte, seine Toslach und seine Heirat, ja seine Zukunft zusehends vereitelt. Attendorn, der Selbstmitleid hasste, und mit ansehen musste, wie sein zukünftiger Schwiegervater des Öfteren drohte, darin zu ertrinken, sah kaum noch einen Ausweg.

»Herr, wir müssen etwas unternehmen«, riss der Einhändige ihn aus den Gedanken.

»Ich weiß«, fuhr er ihn an. »Lass uns draußen reden.«

Er war der Mann im Moor. Je mehr er sich bewegte, je mehr mit den Armen ruderte und aus dem Sumpf kommen wollte, desto schneller versank er.

Attendorn und der Einhändige verließen St. Marien. Sie

mischten sich unters Volk und spazierten an den Litten der Goldschmiede vorbei. Damit sie ihre Buden nach altem Recht am Markt aufbauen konnten, hatte man über ihnen das Danzelhus auf Säulen errichtet. Nicht ohne eine gewisse Verwirrung bemerkte Attendorn, dass er morgen Abend dort über den Litten seine Toslach feiern würde. Deswegen hatte er auch noch mit dem Wirt die Lieferung seines Spätburgunders durchzugehen.

»Wie hat er die Schleuse finden können, wenn wir Tage danach suchten? Wie hat er das angestellt?« Attendorn blieb an einer der Buden stehen und tat, als würde ihn der Schmuck interessieren. Er hatte nicht das Geld, um Mirke etwas zu kaufen. Statt für Schmuck musste er sein Geld für die Tilgung der Schulden ausgeben und für diesen Mörder aus der Gröpelgrube. Mirke musste mit einem alten Ring vorlieb nehmen, den er vor Tagen hatte polieren lassen.

Der Krüppel war ebenfalls stehen geblieben. Er flüsterte: »Ich weiß es nicht, Herr.«

»Du hast doch danach gesucht?«

»Gewiss, vor ein paar Tagen schon.«

»Aber?«

»Ich war im Wald. Aber ich habe zu weit nach Westen hin gesucht. Nicht vor der Stadt im Süden. Eben bin ich ihnen gefolgt. Rungholt und seinem Freund. Nur so hab ich's überhaupt gefunden. Dann bin ich gleich zu Euch.«

Attendorn sagte frei heraus, dass der Einhändige nicht gründlich gearbeitet habe. »Dass Calve mit dem Fremden etwas baut, das weißt du seit Wochen. Du solltet es zerstören!«

»Aber ich … Es war nicht genug Zeit, Herr. Ich musste mich um Calve kümmern. Und ich hatte diesen Fettwanst Rungholt im Nacken.«

Attendorn strich über ein filigranes Kreuz. Ein Halsschmuck, eigentlich gerade recht für die hübsche Mirke. »Du stinkst nach deinen Vögeln. Du solltest sie abschaffen, deine Tauben. Und dir woanders ein schönes Leben gönnen.« Er sah zum

Marktplatz hin. Der Kaak stand verlassen mit seinem Obst bekleckten Schandpfahl. Auf der Säule schwang die Fronstatue ihr Rutenbündel. Wenn herauskäme, für was er verantwortlich war, so würde der Pranger für ihn nicht in Frage kommen: Attendorn würde wohl Daniels Weg auf den Köpfelberg folgen. An den Galgen. Vielleicht würden sie ihm auch den Kopf abschlagen. Bestimmt sogar, berichtigte er sich. Und zwar hier, hier auf dem Marktplatz. Damit die Hinrichtung mehr abschreckte. Er würde nicht vor den Toren der Stadt zur Hölle fahren, wie es eigentlich Sitte war.

»Meine Tauben kann ich nich' abschaffen, Herr.« Sie waren ein Stück weitergegangen.

»Dann nimm sie mit, in Herrgotts Namen. Ich werde dir genug zahlen, dass du sie mitnehmen kannst.«

Attendorn sah zur anderen Seite des Marktplatzes, hoch zum Laubengang am Rathaus. Es war lange her, dass er dort oben auf dem Balkon gestanden hatte, stattlich und reich. Angesehen und ehrbar. Er hatte als Bürgermeister die jährliche Bursprake an die Lübecker Bürger halten dürfen, und das Herz war ihm vor Aufregung in die Hose gerutscht.

»Aus Lübeck raus?« Der Einhändige spuckte aus, doch als er Attendorns Blick sah, meinte er schnell: »Das werd ich, Herr. Aber lasst mich vorher was gegen diesen Rungholt unternehmen.«

»Nein.«

»Dieser fette Kaufmann stellt mir nach und hat –«

»Nein.« Attendorns Antwort kam so entschieden, dass der Einarmige stehen blieb und den Patrizier vor sich musterte.

Etwas unternehmen, dachte Attendorn, aus dem Munde dieses Sünders hießen diese Worte stets Mord.

»Aber er wird herausfinden, dass Ihr Schulden habt, und mit lästerlichen Krediten handelt.«

Jetzt war es an Attendorn, stehen zu bleiben. Er trat an den muskulösen Kerl heran und blickte auf ihn herab. Er machte dabei keine schlechte Figur. Seine Muskeln hatte er die letzten Monate über mit Löschen von Waren unfreiwillig stärken müssen. Nach jahrelangem Sitzen in der Schreibkammer spürte er seinen Körper wieder. Seine gewonnene Stärke gefiel ihm, obwohl er wusste, dass sie ein Zeichen der Unfreien, des Büttels und der Tagelöhner war.

»Was gehen dich meine Geschäfte an?«, entgegnete er schroff.

Der Einarmige wich zurück, tat unterwürfig. »Nichts, Herr. Ich selbst bin nur eins von Euren Geschäften.« Er verneigte sich. Knapp nur, aber immerhin. Attendorn wusste, dass sich der stinkende Einhändige gerne verstellte. Er traute diesem krummbeinigen Muskelmann nicht über den Weg. Der Büttel hatte etwas Fieses, etwas Hinterhältiges, das Attendorn nur bei wenigen Männer gesehen hatte.

»Und wenn er herausfindet, dass Ihr Calve ein paar Söldner entgegengeschickt habt und…?« Der Einhändige sah sich um. Er sprach nicht weiter.

…und ihn habt töten lassen. So wie Ihr den Fremden umbringen ließet? Attendorn vollendete bitter die Frage in Gedanken. Für eine Sekunde schoss ihm durch den Kopf, alles hinzuwerfen. Alles nicht noch schlimmer zu machen. Er hätte fliehen können. Aber wohin? In eine andere Stadt? Oder gar aufs Land hinaus? Gott bewahre, dort würden ihn die Wölfe und Bären, die Raubritter und Krankheiten schneller holen, als Rungholt es je vermochte.

»Du wirst Rungholt nichts antun, hörst du! Ich will seine Tochter heiraten. Und nicht ihn beerdigen. Diesmal tust du, was ich sage. Verstanden!«

Der Einhändige nickte knurrend. Sie schritten an den Buden der Stockfischhändler vorbei. »Ich werde ihn verschonen, Herr. Aber trotzdem. Der hat immer einen Kerl dabei, der ist schnell. Wenn mir Rungholt Schwierigkeiten macht, dann…« Der Krüppel nickte zu einem der Fleischhauer, der gerade einem toten Schwein die Ohren abschnitt und sie einer Magd anpreisend hinlegte.

»Gut. Aber du verschwindest aus der Stadt. Ich werde schon selbst mit allem klarkommen. Du kannst zurückkehren. Im Frühjahr, wenn der Schnee geschmolzen ist. Wenn der Florenzer meine Ladungen annimmt und ich mit Rungholt die Wedderlegginge geschlossen habe, soll es auch dein Nachteil nicht sein.«

Der Einhändige lächelte: »So viel Mark lübisch, dass ich ein Haus kaufen kann. Für jeden Mann, den ich auf Euren Befehl hin umbrachte, so viel Silber, dass ich für jeden Toten zehn Jahre leben kann. Und eine Wallfahrt nach Aachen.«

Attendorn überlegte. Erst begann er ernsthaft zu rechnen, was der Krüppel verlangte, dann überschlug er nur noch, und schließlich war es ihm gleich. Er sah müde aus und ebenso müde nickte er. »Du sollst das Geld bekommen.«

»Von Kaufmann zu ... Kaufmann«, sagte der Einhändige und streckte seine gesunde Hand hin. Attendorn zögerte, ob er die Hand dieses unehrenhaften Mannes greifen sollte. Seufzend schlug er ein.

»Hilf mir heute Nacht. Und dann verschwinde. Verschwinde aus der Stadt.« Attendorn zog einen seiner Geldbeutel. Er sah hinein. Erst wollte er dem Mann etwas daraus geben, aber schließlich drückte er dem Büttel einfach den ganzen Beutel in die Hand.

»Tu nichts gegen Rungholt. Ich habe meine eigenen Pläne. Daniel wird morgen gehängt. Da kräht kein Hahn nach. Noch heute kommt Ware. Hol die Männer. Wir verladen alles aus dem Haus. Wir bringen alles die Wakenitz hoch zur *Heiligen Berg*. Der Mond steht heute hell.«

Und es steht wohl finster um mich, dachte er. Er hatte die ganze Zeit geglaubt, er werde Mirke heiraten und mit Rungholt als Partner endlich wieder Fuß fassen. Der Florenzer hätte sein Salz, das Feh und die Rate bekommen, und niemand hätte etwas von der *Heiligen Berg* und der Kaperei im Sund erfahren. Doch ihm wurde nun schmerzlich bewusst, dass er wohl nicht mit Rungholt gerechnet hatte. Auch wenn es ihm eigentlich zuwider war: Er war gezwungen seine letzte Karte auszuspielen. Der Einhändige hatte Recht: Rungholt kannte die Schleuse, er wusste vom Kanal. Es war nur noch eine Frage der Zeit, bis er auf etwas stieß, das zu ihm, Sebalt von Attendorn, seinem zukünftigen Schwiegersohn, führte.

Er würde Rungholt vernichten müssen. So würde er Mirke noch immer heiraten können. Wenn der Vater am Boden lag, würde er als Almosen die ehrlose Tochter aufnehmen, vielleicht auch Alheyd Unterkunft gewähren, und mit beider Hilfe würde er Rungholts Geschäfte als Schwiegersohn übernehmen.

Er hatte noch immer nicht die Hand des Krüppels losgelassen. Der Mann wurde langsam nervös. Wollte Attendorn ihm das Geld doch nicht geben? Er scheute sich, die Hand einfach wegzuziehen.

»Ist noch was?«

Er zwang sich zu einem Lächeln. »Nein, es ist nichts. Ich habe nur daran gedacht, ob ich die Verdammnis oder lieber das Fegefeuer wähle.«

Der Krüppel sah ihn fragend an.

»Ich habe einmal einem Mann Geld geliehen«, sagte Attendorn. »Er hat es nicht zurückbezahlt. Als ich ihm drohte, da antwortete er mir: Wer im dunklen Brunnen steckt, braucht die finsterste Nacht nicht zu fürchten.«

Die Kaufleute und Hökerer klappten ihre Buden zu und packten ihre Waren ein. Lübeck wurde vor der Dunkelheit verschlossen.

»So will ich's auch halten«, sagte Attendorn. »Der Brunnen, in dem ich stecke, ist tief. Ich kümmere mich um Rungholt.« Er drehte sich um und verschwand zwischen den letzten Besuchern des Marktes.

Wenig später brach die Dunkelheit über Lübeck herein.

Rungholt lag im Schnee und wollte die Raben verscheuchen, die um ihn herumhüpften. Sie riefen schrill und sprangen auf seine Schulter, verfingen sich in seinem Haar. Er schlug nach ihnen, und sie stoben protestierend auseinander, flogen davon. Rungholt blieb noch einige Augenblicke im Schnee liegen und sah in den stahlblauen Himmel. Er fror. Er schloss die Augen und knurrte den Raben eine Verwünschung nach. Er drehte sich auf die Seite und tastete im Schnee herum, weil er plötzlich glaubte, etwas verloren zu haben. Er bekam nur Flocken in die Finger. Und der Schnee war ungewöhnlich warm. Als er die Augen öffnete, um seine Hände anzusehen, waren sie rot von Blut.

Er lag vor der Scheune, und überall lagen die toten Leiber. Alles war voller Blut. Es sah beinahe aus, als blute der Schnee. Und Rungholt wusste, dass er es gewesen war. Er hatte den Schnee bluten lassen.

Die Riddere hatten ihn bis hierher verfolgt. Bis zu dieser Scheune vor Riga. Und hier hatte er die Männer des Deutschen Ritterordens für ihren Frevel mehr als bezahlen lassen.

Rungholt konnte sich nicht erinnern, wie alles geschehen war. Er hatte sich kauernd zwischen den Leichen wiedergefunden. Frierend und zitternd. Und das Blut war nicht seines gewesen. Zwanzig Männer des Ordo Teutonicus. Einige hatten keine Augen mehr, anderen fehlte der ganze Kopf. Beine und Arme. Teilweise rumpflose Leiber. Rungholt hatte ihre Reihen gelichtet, wie ein Feld voller reifer Ähren. Halm um Halm, Hals um Hals. Ein Rausch. Und der Schnee vor der verbrannten Scheune hatte sich rot gefärbt. Und die Augen der Toten hatten ihn von ringsum angestarrt. Hundert kalte Monde, die ihn in den Nächten riefen. Irenas Augen, die ihn immerzu anstarren. Aber Irena lag nicht bei ihnen vor der Scheune, obwohl auch sie tot war.

Und ihre Haut war Pergament. Und ihre Lippen waren blau.

Und Rungholt verstand nicht, was sie rief.

Und sie war unter dem Eis. Irena.

Und der Schnee war vor Sünde rot.

Die Ritter des Deutschen Ordens hatten sie geschändet. Die

Erinnerungsstücke an den Irrsinn und an seine einstige Geliebte ließen ihn frieren. Rungholt hatte die Jahre über Buße getan. Er war mehrmals nach Aachen gepilgert und hatte das Kleid von Maria Magdalena geküsst. Doch war es genug? Hatte er genug gebüßt? Nur Gott konnte das beantworten. Die Seelenlast wollte selbst über die Jahre nur wenig weichen. Manchmal kehrte der Albdruck unerwartet zurück und gemahnte ihn, ruhiger zu werden. Und so manches Mal drohte die Erinnerung ihn herunterzuziehen wie eine überladene Kogge.

Rungholt starrte auf den warmen, roten Schnee. Er hörte die Raben kreischen. Er blickte sich nach den Krähen um, die er hinter sich vermutete, doch sie waren verschwunden. Die Krähenschreie wurden zu einem entfernten Ächzen und Gerumpel aus der Diele. Er lag allein in der Schlafstube im ersten Stock seines Hauses. Langsam wurde Rungholt bewusst, wo er war und dass unten seine Knechte wohl gerade Fässer rollten. Dann wurde der rote Schnee zum Stoff des Baldachins über dem Doppelbett. Langsam nahm er die geschnitzten Verzierungen an der Kante des Betthimmels wahr. Da war die abgebrochene Stelle im Rankenmuster, die nach dem Biikebrennen abgesplittert war, als Alheyd und er sich zu ausschweifend geliebt hatten. Das Bett war morsch. Lübeck war morsch. Auch wenn die Stadt nicht direkt an der Ostsee lag, so kam es Rungholt oft vor, als verfaule und rotte durch den Seewind in dieser Stadt alles zusehends.

Er rief nach Alheyd. Kurz darauf erschien Marek. Mit einem seligen Grinsen, einer Daube voll Buchweizengrütze und knusprigen Gänsebeinen kam er hereingeschlendert. Rungholt wuchtete seinen fetten Leib aus den Kissen und erhob sich. Er überging Mareks Gefrotzel, dass er dem lieben Herrn jetzt auch noch das Essen ans Bett bringe, mit einem Brummeln. Er hatte Mühe, seinen schweren Dupsing zuzuknöpfen. Er musste den Bauch einziehen, um das letzte Loch zu erreichen.

»Hm. Mit Honig«, meinte Marek und löffelte die Grütze selbst aus. Als er erwähnte, dass Daniels Thing stattgefunden habe, belferte Rungholt ihn zornig an, man hätte ihn wecken müssen!

»Was hätte es geändert? Schau dich an, du siehst jetzt noch aus, wie 'ne leckgeschlagene Kogge. Die Stunde Schlaf hat dir gut getan.«

Rungholt zog sich hastig an und motzte in gewohnter Art vor sich hin.

»Wofür bezahl ich dich!«

»Ich sollte auf dich aufpassen. Hab ich gemacht. Mach ich doch, mein ich.«

Sie hatten ihn wie ein kleines Kind ins Bett gebracht und nicht erzählt, dass Daniels Thing abgehalten worden war. »Du hättest mich wecken müssen! Kerkring bricht sein Wort, da hättest du mich wecken müssen!«

»Wenn ich auf dich aufpassen soll, dann lass die Fäuste in der Tasche. Sonst muss ich dich nachher noch vor dir selbst beschützen, und das wird schwieriger, als dich vor unserem Mörder zu bewahren.«

»Du sollst mir beistehen, und mich nicht bis zum Jüngsten Tag alles verschlafen lassen. Du bist mir echt ein Freund.« Rungholt zog seine Schecke an. Er mochte sie nicht sonderlich. Die Jacke saß ihm zu eng. Und der Dupsing kniff entsetzlich. Er band sich mit einer Tassel den Mantel um. Der würde seinen schwabbeligen Bauch zumindest etwas kaschieren.

»Was hätt's denn gebracht? Daniel ist vor Stunden verurteilt worden als wir im Wald waren. Morgen ist seine Hinrichtung.«

»Ich hätte Kerkring das Maul einschlagen können. Das hätt's gebracht.« Rungholt knurrte. Er sah aus dem kleinen Fenster an der Kopfseite des schweren Bettes. Es war eher eine Luke als ein Fenster. Draußen war es stockfinster. Die Nacht war hereingebrochen.

»Was ist das für ein Richteherr, der mir anderthalb Tage verspricht und es nicht einhält?«, brüllte Rungholt.

»Ein schlechter Richteherr?«

»Galgenhumor, wie? Sprichwörtlich. Haha. Die wollen eine Hinrichtung an der Verlobung meiner Tochter!« Knurrend zog er einen Einhänder aus dem Schrank am Bett und steckte die Klinge in die Schlaufe an seinem Ledergürtel.

Angesichts der Waffe hielt Marek kurz im Knabbern einer Gänsekeule inne: »Nur weil ich dich nicht geweckt habe, um Kerkring ins Maul zu hauen, musste ihm jetzt nicht den Kopp abschlagen, hm?«

»Hör auf mit deinen Witzchen.« Rungholt war noch vor Marek aus der Tür. »Komm!«

Er trat aus dem Schlafgemach und wollte schon die Treppe hinunter. »Was ist mit Mirke? Sie war bei mir, oder?« Er konnte sich nicht mehr genau erinnern, ob das Gespräch mit seiner Tochter wirklich stattgefunden hatte oder auch nur ein Traum gewesen war wie die Raben. Vielleicht hatte Marek doch gut daran getan, ihn schlafen zu lassen.

Rungholt ging zu Mirkes Zimmer. Es war aufgeräumt. Die Spielsachen und das Handwerkszeug waren sorgfältig verstaut. Alle Holzpuppen lagen schlafend in ihrem Fässchen. Alles war blank und geputzt. Äußerst ordentlich.

»Ich glaub, sie ist vorhin noch mal zum Markt. Sie hat vergessen, Schmalz zu kaufen.«

Rungholt nickte. »Dann los. Auf geht's.«

Er wandte sich von Mirkes Zimmer ab und eilte die Wendeltreppe hinunter.

»Auf geht's? Wohin denn?« Marek stolperte ihm nach. »Was willst du denn tun? Rungholt?«

»Mir die Stunden wiederholen, die du mir geraubt hast.«

»He! Ich habe dir nichts geraubt.«

»Du raubst mir ständig was, Marek. Wenn's nicht die Zeit ist, dann raubst du mir den letzten Nerv. Komm jetzt endlich. Und hör auf zu fressen!«

Rungholt eilte im Laufschritt durch die kalte Nacht. Der Nieselregen hatte aufgehört und die Böen nachgelassen. Nebel war wieder aufgezogen, kaum dass die Sonne untergegangen war. Es war kein einziger Stern zu sehen. Der Himmel war bedeckt. Nur der Mond war diffus durch die Wolken zu erahnen. Nachdem Rungholt geklopft hatte und Darius ihm öffnete, trat er einfach in die Fronerei ein. Er befahl, ihn zu Daniel zu lassen. Darius stellte sich ihm frech in den Weg. Rungholt nahm den Jungen und drückte ihn an die Wand der Fronerei.

»Wo ist er!«

»Welcher Daniel?«

Rungholt dachte nicht daran, sich zu wiederholen. Er holte mit der Rechten aus und tat, als wolle er zuschlagen. Darius zuckte zurück.

»Du sollst ihn geschlagen haben?«, fragte Rungholt fies, als wolle er die Prügel an Darius weitergeben. Der drückte sich weiter an die Wand und begann zu stammeln. Marek hatte Recht gehabt, der Junge war ein Bangbüx.

»Haben wir nich'. Wir ham dem nichts getan. Der is' doch krank. Der hat die Pocken, Herr!« Wollte der Junge ihn verschaukeln, log er tatsächlich einen Mann des Rates an?

»Red keinen Unsinn, oder soll *er* noch einmal mit dir reden?« Rungholt nickte zu Marek, der seufzend durch die Tür in die Fronerei trat und freundlich grüßte. Panik ergriff Darius, aber er konnte nicht abhauen, weil Rungholt den Jungen mit seinem Bauch an die Wand drückte.

Rungholt spürte, dass die Zahnwunde wieder aufgeplatzt war. Etwas Blut hatte sich unangenehm in seinem Mund gesammelt. Er spuckte es Darius neben die Füße.

»'schuldigung. Eben hat mein Knecht mich genervt, hab ihm das Ohr abgebissen.«

Darius wurde bleich.

»Kapelle«, stammelte er. »Z-z-zur Kapelle!«

»Sie haben ihn schon abgeholt?«

Darius nickte eifrig. Rungholt ließ den Jungen los. Erst jetzt bemerkte er, dass Darius stank. Der Junge war voll gekotet. Jemand hatte ihn geschlagen und scheint's seine Schuhe an ihm abgewischt. Wahrscheinlich musste diese traurige Figur für die anderen Wärter der Fronerei zum Vergnügen herhalten.

»Die haben ihn verurteilt. Den Blutbann haben die gesprochen. Er is' schon in der Kapelle«, erklärte Darius unnötigerweise.

Rungholt strafte Marek daraufhin mit einem Blick. Er hatte ja gesagt, Marek hätte ihn wecken sollen.

Ohne Zögern verließ er die Fronerei und bog vom Schrangen auf die Breite Straße. Er nahm den Koberg und eilte Richtung Kapelle. Marek, der noch immer an seiner Gänsekeule nagte, hatte Mühe, Rungholt zu folgen.

Der Krähenteich lag friedlich da. Ein schwarzer Spiegel, auf dem sich der Nebel zusammenzog. Mirke konnte weder die Häuser, geschweige denn die Stadtmauer am anderen Ufer erkennen. Ab und an drang der schwache Schein einer Lampe zu ihr. Sie blickte den Krähenteich hinauf, dort, wo er in die Wakenitz überging, die man für die Mühlen aufgestaut hatte. Vom Osten kommend schmiegte sich der Fluss an Lübeck und strömte dann südlich, an der Stadtmauer entlang, erst in den Krähenteich, dann weiter zum Mühlenteich und schließlich in die Trave.

Vom Stadtufer drang nur vereinzelt das dumpfe und hohle Poltern der Wackenitzschiffe herüber, wenn sich die Taue der Treidelboote strafften oder sie mit ihrem Holz an einen der Poller stießen. Ansonsten war es still.

Mirke hatte jegliches Gefühl für die Zeit verloren. Sie konnte nicht sagen, ob sie seit einer Stunde oder schon die halbe Nacht auf der verkohlten, umgestürzten Mauer der Mühle gesessen und auf das Wasser gestarrt hatte.

Sie war aus der Engelsgrube getreten und hatte es vermieden, am Rathaus und der Fronerei entlangzugehen. Zu viel hätte sie an die wahren und greifbaren Probleme erinnert. Sie wollte mit ihrem Entschluss und ihrer bockigen Trauer allein sein. Statt über den Koberg und die Breite Straße war sie durch kleine Parallelgassen gegangen, am Kolk entlang, die Kiesau herunter und hatte erst in der Marlesgrube den Lübecker Hügel genommen. Niemand hatte sie aufgehalten. Nur nahe dem Klingenberg war sie von einem Betrunkenen belästigt worden, der aus dem Maul gestunken und ihr nachgerufen hatte, ob sie es mit ihm treibe. Er hatte sie wohl, dreckig und zerrissen wie sie noch immer war, für eine Hübschlerin gehalten, die sich ins Domviertel aufgemacht hatte.

Mirke hatte sterben wollen – deswegen war sie hier. Doch so einfach, wie sie sich diesen letzten Schritt vorgestellt hatte, war es nicht. Nachdem sie in die abgebrannte Mühle gegangen war, in der Daniel und sie schöne Stunden verbracht hatten, waren nicht nur die Erinnerungen an ihn zurückgekehrt, sondern auch die Angst vor dem Fegefeuer.

Sie würde sündigen, wenn sie sich entleibte. Niemals durfte sie Hand an sich selbst legen und damit Gott verlieren.

Selbst Judas hätte gerettet werden können, wenn er in Gott vertraut hätte. Sie grübelte darüber nach. Wenn sie sich selbst etwas antäte, würde sie nicht nur vor den Mauern der Stadt auf dem Schindacker beerdigt werden, es hieß auch, in die Hölle hinabzufahren. Und das hieß, Daniel niemals wieder zu sehen.

Sie kletterte auf ein anderes, tieferes Stück der umgekippten Mauer. Ein Teil der Mühle war beim Brand eingestürzt und halb ins Wasser gefallen. Das untere Ende fiel in den See ab. Sie rutschte die Schräge ein paar Fuß herunter. Unsinnigerweise zog sie ihre Trippe ab und den Schuh aus, bevor sie eine Zehe ins Wasser stippte. Das Wasser war eiskalt. Es ließ sie zögern weiterzugehen. Sie zog die Beine an, legte ihren Kopf auf die Knie und starrte auf den See. Von ihrer Entschlossenheit war nur noch wenig übrig.

Sie haderte.

Vor der Burgkirche standen zwei Wachen. Die Männer unterhielten sich, die Hellebarden locker in den Armen. Vor Kälte bliesen sie sich in die Hände und traten von einem Fuß auf den anderen. Als sie sahen, wie Rungholt auf sie zustürmte, nahmen sie Haltung an und traten dem Fremden entgegen. Sie erkannten ihn jedoch sofort als Ratsmitglied und grüßten freundlich. Rungholt schritt einfach zwischen ihnen hindurch. Er drückte sie beiseite und zischte, dass sie gefälligst draußen blieben sollen. Marek stellte sich zu den Männern und beruhigte sie, dass Rungholt immer so sei. Er begann, mit den Männern zu plaudern.

Indes stieß Rungholt die Tür zur kleinen Kirche auf. Warme Luft strömte ihm entgegen und mit ihr der Geruch von altem Holz und teurem Weihrauch. Kerzen und Öllampen versuchten, die Schatten auszutreiben und tauchten den Schnitzaltar und den engen Chorumgang in goldenen Glanz. Der einfache, hölzerne Ambo war zur Seite gestellt. Rungholt nahm an, dass die Predigermönche nach dem Komplet im Kloster ihrer Wege gegangen waren. Vielleicht beschäftigten sie sich noch mit Handarbeiten, vielleicht schliefen sie nach dem Nachtgebet auch schon.

Leise war die Stimme eines Mannes zu hören. Sie war zu schwach, um von den Wänden der schmalen Kirche zurückgeworfen zu werden. Dennoch verwandelte das Kirchenschiff sie in ein unheimliches Flüstern. Ein Priester redete auf Daniel ein.

»Wenn du deine Sünden beichtest, so wird auch dir der Himmel offen stehen, mein Sohn. Du bist getauft, also empfange auch das Sakrament der Beichte. Bleib kein Sünder, Daniel Brederlow. Bleib kein Sünder, wenn der Köpfelberg ruft. Auch dem schwersten Verbrecher wird der Himmel zuteil, wenn er an Gottes Gnade glaubt und Buße tut. Hör auf dein Herz. Lass nicht zu, dass der Satan auch im Tode über dich siegt.« Die sonore Männerstimme klang ruhig. Das unbeirrbare Auf und Ab der Intonation hinterließ bei Rungholt ein wenig den Eindruck, als wolle der Mann Daniel mürbe machen. Und obwohl die Stimme durch das Mittelschiff nur seicht hallte, konnte er erahnen, dass sich unter dem ruhigen Ton ein Fordern verbarg. Ein ewiges Bohren und Drängen.

»Aber bin ich denn wirklich ein Sünder. Ich habe… nichts getan…«

Rungholt erkannte an Daniels zweifelnden Worte, dass der Priester schon lange auf ihn eingeredet haben musste. Er hielt inne, bekreuzigte sich und dachte: Wo ist Daniels Trotz geblieben? Der Junge macht so einen unsicheren Eindruck. Was haben sie ihm nur angetan? Ich hätte früher zu ihm gemusst, ihm beistehen. Auch wenn Marek mich aufhalten will, diesem Kerkring die Fresse einzuschlagen, ich sollte es tun. Allein meiner Genugtuung wegen.

Da erfüllte die wohlklingende Stimme wieder das Mittelschiff. Der Mann rezitierte aus der Bibel: »›Jesus sprach nun wieder zu ihnen: Friede euch. Wie der Vater mich ausgesandt hat, sende ich auch euch. Und als er dies gesagt hatte, hauchte er sie an und sprach zu ihnen: Empfangt den Heiligen Geist. Wenn ihr jemandem die Sünden vergebt, dem sind sie vergeben, wenn ihr sie jemandem behaltet, sind sie ihm behalten.‹ Jesus vergab uns unsere Sünden im Namen Gottes. So will auch ich handeln für Gott, Daniel.«

Rungholt hielt inne. Was dachte er für lüsterne Rachegedanken in einer Kirche? Ihm wurde gewahr, wo er sich befand: Geradewegs Aug in Aug mit Jesus. Vom schweren Kruzifix auf der anderen Seite der Kirche starrte er auf Rungholt hinab. Der bekreuzigte sich ein zweites Mal und lauschte angestrengt. Dann schritt er möglichst lautlos den Stimmen entgegen.

»… alle, Daniel. Ich sage dir, wir alle wollen unsere Sünden nicht wahrhaben. Selbst wir Männer Gottes. Aber wenn du in dich blickst, ganz tief, dann wirst du erkennen, Daniel, dass du nur ein Gefangener bist. Ein Gefangener deiner Sünden. Das Bußsakrament ist der Weg aus deinem Gefängnis. Erlange Versöhnung mit Gott, mein Sohn. Ich werde dir im Namen Gottes des Allmächtigen vergeben können. Reue, Bekenntnis,

Genugtuung. Wenn dein Herz voll von ehrlicher Reue ist, so werde ich dir helfen und dir auch helfen, Seelenheil zu finden. Und dir wird vergeben sein, und du wirst mit Gott versöhnt werden und einkehren ins Himmelreich.«

»Ins Himmelreich?«

»Ja. Du wirst ewiglich leben bei den Engeln, und du wirst heilig gesprochen werden, mein Sohn.«

»Heilig?«

Rungholt konnte Daniels Stimme kaum hören. Ein trockenes Flüstern war es nur. Gebrochen.

»Das Paradies wartet, Daniel. Legst du aber keine Buße ab oder bereust nicht, so wird dir das ewige Leben für immer versagt bleiben. Daniel? Hast du mich verstanden? Gut...«

In diesem Moment wurde das schwere Tor der Kirche erneut aufgezogen. Bevor Marek einschreiten konnte, hatten die Wachen Rungholt schon angekündigt. Sie riefen seinen Namen durch das Kirchenschiff und bekreuzigten sich. Marek konnte sie nicht davon abhalten, in die Kirche zu gehen und sich an den niedrigen Strebepfeilern rechts und links am Seitenschiff zu postieren.

Ein Priester kam aus der Kapelle geeilt, die sich auf halbem Weg zur Apsis befand. Er zog seine weiße Tunika zurecht und glättete mit gewohntem Schwung, wie er es wohl oft am Tage tat, sein verziertes Skapulier. Er zog es sich im Gehen auf seinem Rücken zurecht. Die beiden Stoffbahnen waren schlicht verziert und hingen beinahe bis zum Boden herab. Der Priester hatte seinen dunklen Mantel mit dem Kapuzenkragen nicht an und Rungholt konnte etwas Schmutz auf der weißen Tunika sehen. Sie war an den Knien ganz staubig. Wahrscheinlich hatte er mit Daniel in der Sünderkapelle auf dem Boden gekniet. Der Mann lächelte milde und offen.

»Ja? Was kann ich für Euch tun, mein Sohn?«

»Pater, ich komme wegen Daniel.«

»Der Junge ist ein Verurteilter, und ich denke, es wäre nicht gut, wenn jemand –«

»Gewiss«, unterbrach Rungholt, »aber der Junge steht unter meiner Munt. Daniel Brederlow ist mein Lehrling, Pater.«

Der Priester verstand. Er blieb vor Rungholt stehen und schüttelte ihm nett die Hand. Er verneigte sich leicht, was Rungholt wohlwollend registrierte.

»Pater Ambrosius. Folgt mir.« Er zeigte überflüssigerweise den Weg. Rungholt musste warten, bis der Pater an ihm vorbei und voraus war, dann schritt er hinter dem Mann her.

Daniel kniete auf dem derben Kopfsteinboden vor einigen Kerzen, die entzündet worden waren. Die Nische mit der Kapelle war Teil der Burgkirche. Sie war kaum größer als Rungholts Schreibstube. Vor rund fünfundzwanzig Jahren hatten die Predigermönche zugestimmt, in der Burgkirche eine Kapelle für Verurteilte einzurichten. Hier sollten die Sünder ihre letzte Beichte ablegen. Und Rungholt wusste, wie wichtig es war, dass Daniel genau dies nicht tat. Er durfte auf keinen Fall seine Sünden gestehen oder Buße tun. Nur so war der Blutbann am Köpfelberg aufzuschieben. Auch wenn es ihnen nicht gelang, den Scharfrichter zu stoppen, vielleicht konnten sie Daniels Erhängen kurze Zeit aufhalten. Vielleicht noch einen ganzen Tag. Rungholts Tag. Seinen versprochenen Tag.

Als Daniel Rungholt bemerkte, sprang er auf. Zumindest versuchte er dies, doch sein zerschundener Körper ließ es nur bedingt zu. Er stöhnte auf und taumelte etwas zurück. Die Schwellungen um sein Auge waren noch nicht abgeklungen. Er sah erbärmlich aus. Sein derbes Leinenhemd war zerrissen. Rungholt konnte sehen, dass selbst seine Füße mit Blutergüssen überzogen waren. Daniel fiel Rungholt in die Arme.

Aufmunternd klopfte Rungholt dem Jungen die Schulter. Er stank, aber Rungholt bereitete mehr Sorge, dass er Rippen spürte, als er den Jungen umarmte. Er war dünn geworden, hatte bestimmt acht Pfund über die Tage verloren. Daniel kamen die Tränen, und er schluchzte an Rungholts Schulter gelehnt. Rungholt strich ihm aufmunternd über das fettige und verklebte Haar, dann sprach er ihm leise zu. Er wandte sich an den Priester. »Entschuldigt Pater Ambrosius, aber könnte ich vielleicht allein mit meinem Schützling reden?«

Der Pater überlegte kurz, dann pflanzte sich wieder das milde Lächeln auf seine Lippen. Rungholt kam es falsch und aufgesetzt vor. Eine Maske.

»Aber sicher. Noch ist es Euer Schützling, so soll er es denn so lang er auf Erden weilt auch sein. Redet nur mit ihm. Dem Jungen wird es gut tun.«

Rungholt bedankte sich. Der Pater griff sich seinen Mantel, den er über einen großen, leeren Leuchter gelegt hatte. Er verabschiedete sich und ging. Sie warteten. Rungholt hielt Daniel fest im Arm, bis er die Schritte des Paters nicht mehr hören konnte und sicher war, dass der Mann mit den Wachen in den Hof getreten war.

Sanft ließ er Daniel zu Boden gleiten. Er lüpfte das grobe Leinenhemd, das sie Daniel angezogen hatten, und konnte starke Prellungen sehen. Darius oder die Männer des Frons hatten ihm in die Rippen getreten. Flecken, so groß wie Handteller, teilweise dunkelblau, teilweise ins Dunkelrot changierend.

Ich nehme ihn einfach mit, schoss es Rungholt für einen Moment durch den Kopf. Ich nehme Daniel mit und flüchte mit ihm nach Hause. Ich päppele ihn auf, und dann werden wir in Ruhe sehen, wer für die Morde am Muselmann und an Calve verantwortlich ist. Der Gedanke verschwand so schnell, wie er gekommen war. Eine Flucht hätte alles nur verschlimmert. Außerdem floh ein Mann von Ehre nicht. Daniel war rechtskräftig verurteilt, da musste er andere Wege einschlagen, um seine Hinrichtung aufzuhalten. Selbst wenn ich den Mörder stelle, so muss ich den Rat überzeugen, das Urteil zurückzunehmen. Sie werden sicher Angst haben vor den Handwerkern, dem niederen Volk und dem Gesindel das Ansehen zu verlieren. Seit dem Knochenhaueraufstand ist der Glaube an die Obrigkeit Lübecks bei den Bürgern angeschlagen genug. Und wenn ich es richtig anstelle, dann werde ich

Kerkring und die Ratsmitglieder überzeugen, dass es ein Akt der Gnade ist, Daniel freizulassen. Und dass es Weisheit ist, das wahre Böse zu bestrafen. Lübeck wird zu den Ratsherren wieder aufsehen, mehr als vorher, und Kerkring kann eine Bursprake vom Laubengang ans Volk halten, die ihn wie den Erlöser erscheinen lässt. Wenn ich ihm nicht vorher den Kopf abschlage.

»Soll ich Tücher holen lassen? Feuchte Tücher für deine Prellungen?«

Daniel schüttelte den Kopf.

»Es – Es geht… geht schon«, stammelte er.

Auch wenn er tapfer ist, dachte Rungholt. Er tut nur stark. Ich glaube, sie haben ihn beinahe gebrochen. Der Junge erträgt nicht mehr viel Leid. Es wird Zeit, diesen Albtraum zu beenden und ihn nach Hause zu holen. Und wenn sein zukünftiges Zuhause einer der zwanzig Höfe in der Tyskebrygge von Bergen werden sollte. Daniel war zäh, er würde auch das Leben in der deutschen Brücke, dem Kontor, im kargen Norwegen aushalten. »Blutest du? Haben sie dich ausgepeitscht?«

Daniel verneinte. Rungholt glaubte ihm. Der Junge gab nicht gern Schwächen zu, aber er war nicht so dumm, ernstliche Verletzungen zu verschweigen.

»Die hängen mich morgen… Was stören blaue Flecken?« Er zog den Rotz hoch, bemüht, nicht wieder zu weinen.

»Psssst…«, beruhigte Rungholt. »Ich weiß, ich weiß. Aber niemand wird morgen gehängt. Hörst du? Du schon gar nicht.« Er bemerkte, dass der Junge ihm nicht glaubte. »Ich weiß, wer den Mann umgebracht hat«, flüsterte er. Daniel schreckte auf, wollte hastig nachfragen, aber Rungholt hielt ihm die Hand vor den Mund.

Ich habe es an Nyebur immer gehasst, wenn er mich angelogen hat, nur um Schaden von mir fern zu halten, dachte Rungholt. Irgendwann war die Notlüge stets herausgekommen, und dann hatte sich Rungholt klein und unmündig gefühlt. Er sah nach, ob der Pater noch in der Kirche war. Er lugte aus der Kapellennische heraus. Sie waren nicht allein. Die Wachen standen noch immer an den Säulen.

Rungholt wandte sich leise an Daniel, ermahnte ihn zur Ruhe. Er erklärte, auf Daniels Frage nach dem Täter noch nicht eingehen zu können, und sagte Daniel, dass er morgen freikäme. Er knüpfte dies jedoch an eine Bedingung, die niemand hören durfte:

»Selbst vor Gott verstecke deinen Glauben. Hörst du! Selbst wenn dein Glaube dir befiehlt, etwas zu sagen, selbst wenn sie locken und auf dich einreden … Sage nichts«, flüsterte er dem Jungen die Mahnung ins Ohr.

Daniel verstand nicht.

»Diesen Priestern sind manchmal die Ketzer lieber als der gnädige Gott. Im Sünder sehen sie ihre Herausforderung, und im Bekehren zur Beichte sieht der Ordo Praedicatorum seine Aufgabe. Der Orden des heiligen Dominikus ist eng verbandelt mit unserer Kirche, Daniel. Und auch mit dem Rat, von dem dieser Bettlerorden reichlich beschenkt wird.«

»Aber jeder Christ sollte spenden und Buße tun für …«

»Ja, aber sei nicht naiv. Ich kenne den Rat, und ich kenne die Rychtevoghede. Sie haben die Kapelle hier eingerichtet, damit die Dominikaner die Sünder zur Buße bekehren. Doch wenn du keine Buße ablegst, wenn du das Sakrament der Beichte ablehnst, werden sie sich scheuen …« Er sprach nicht weiter.

»Mich zu hängen? … Ihr habt den Mörder nicht? Ihr habt mich angelogen, Ihr –«

Rungholt unterbrach den Jungen indem er ihm den Mund zuhielt. »Sei still!«, zischt er. »Ich habe den Mörder, glaub mir, aber ich brauche noch Zeit. Wenn du schweigst, können wir vielleicht noch einen Tag herausschinden.«

»Herausschinden? *Mich* werden sie schinden! Ich komme nicht in den Himmel, wenn …«

»Wenn du ein Sünder bist?«

Daniel nickte.

Rungholt sah den Jungen scharf an. »Hast du denn? Gesündigt, meine ich?« Daniel sagte nichts. Rungholt lehnte sich vor und flüsterte Daniel ins Ohr: »Hast du meine jüngste Tochter entehrt, Daniel Brederlow?«

Daniel schreckte hoch. »Ich? Nein. So wahr ich hier vor Jesu knie, Herr. Ich habe Mirke nicht angefasst.«

Rungholt knurrte. »Ich weiß, dass ihr euch bei der Mühle am Krähenteich getroffen habt. Und sonst wohl auch des Öfteren an verschwiegenen Orten, hm?« Rungholt konnte sehen, wie es in dem Jungen arbeitete. Er ist überrascht, dass ich es weiß, stellte Rungholt fest.

»Ja. Wir… wir haben uns getroffen. Ja. Aber… aber wir haben uns… wir haben uns nicht einmal geküsst…«

Rungholt warf ihm seinen bösen Blick zu. Er starrte den Jungen an. Lange.

»Sicher?«

Daniel wich dem Blick aus, blickte zu Boden. »Es gibt keinen Grund, auf mich im Himmel zu warten.«

Rungholt war sich sicher, dass der Junge Mirke nicht berührt hatte und nicht log, obwohl er genuschelt und zu Boden geblickt hatte. Dennoch bemerkte er vage, dass Daniels Satz im Widerspruch zu seiner Aussage stand. Wieso sollte man sonst im Himmel nicht auf ihn warten? Rungholt dachte nicht, dass Daniel Mirke meinte. Er ging davon aus, dass der Junge sich selbst und die Heiligen gemeint hatte. Doch wieso hielt er sich für einen solch großen Sünder? Log er also doch und hatte Mirke entehrt? Rungholt griff Daniel und zog ihn zu sich heran.

»Du hast sie nicht befleckt? Du hast nicht unsere Ehre in den Dreck gezogen?«

»Ich schwöre.«

»Vor Gott?«

»Vor Gott.« Daniel sah Rungholt offen an.

Nein, er lügt nicht, dachte Rungholt und war sogleich beruhigt. Der Junge lügt nicht. Wahrscheinlich haben sie sich ein wenig befingert und betatscht, wie Verliebte es tun – aber sie haben nicht miteinander geschlafen. Mirke war noch Jungfrau. Rungholt war erleichtert. Vielleicht würde sich doch noch alles zum Guten wenden. Er musste sich bei Mirke entschuldigen. Vielleicht sollte er mit ihr einmal gründlich über die Heirat reden, und darüber, was für Pläne er die nächsten Jahre hatte. Die Kompanei mit Attendorn, der Handel nach Brügge durch ihren Ehemann und den Bau einer Brauerei auf dem Grundstück in der Marlesgrube, das Attendorn als Brautgabe geben wollte. Aber vorher würde er Daniel retten. Erst den Mörder finden, danach blieb ihm genug Zeit, Mirke alles zu erklären. Wahrscheinlich war sie nur toll vor Liebe, wie es Mädchen in ihrem Alter manchmal sind, wenn die Säfte verrückt spielen.

»Wenn dir dein Leben lieb ist und du nicht aufgeknüpft werden möchtest, dann schweige. Hörst du? Selbst vor Gott lege keine Buße ab und schweige. Gleichgültig, wer dich fragt, gleich, was für Sünden du noch begangen haben solltest. Begrabe sie da drin.« Er boxte dem Jungen liebevoll gegen die Brust, doch Daniel zeigte nicht, ob er verstanden hatte. Also setzt er nach: »Halt's Maul! Hörst du, Daniel? Kein Wort.«

Dann besann er sich und legte seine speckigen Finger dem Jungen an die Lippen.

Endlich nickte Daniel.

Aufmunternd strich Rungholt dem Jungen über das Haar. »Gut.«

29

Mirke unterdrückte einen Aufschrei, als sie hineinsprang und bis zur Hüfte plötzlich von der Kälte umschlossen wurde. Das Wasser war an vielen Stellen schon harsch und viel eisiger, als sie angenommen hatte.

Sie stand einen Moment da, um sich an die Kälte zu gewöhnen und versuchte, sich nicht zu verkrampfen. Mirke sah sich um. Niemand hatte sie bemerkt. Kurioserweise empfand sie in diesem Moment ein wenig Stolz darüber, tatsächlich den ersten Schritt getan zu haben. Sie würde sich nicht entleiben. Sie würde einfach hinausschwimmen. Ein paar Züge ins Dunkle tun und warten. Warten, wie Gott über sie befand. Es war keine Sünde, sich den Tod zu wünschen. Es war nicht einmal Frevel, ihn herbeizusehnen und um ihn zu bitten. Sie durfte nur nicht Hand an sich selbst anlegen. Andererseits hatten Saul und Ahitofel sich selbst entleibt. Der eine durch sein eigenes Schwert, der andere hatte sich erhängt. Dies sagte die Bibel. Aber waren es Sünder wie Judas? Mirke wusste es nicht. Sie wusste nicht, ob diese Männer mit der Hölle bestraft worden waren. Sie wusste nur, dass sie nicht an sich sündigen durfte, sonst würde sie kein ewiges Leben mehr haben. Nicht gegen das fünfte Gebot verstoßen: Du sollst nicht töten.

Aber war es schon Sünde, sich im Wasser etwas abzustoßen? Oder musste sie ausharren und beten, dass Gott sie auf den See hinauszöge? Sie betete. Nichts geschah. Sie betete noch einmal, tiefer und fester. Noch immer geschah nichts. Mirke drehte sich im Kreis, bis sie nicht mehr wusste, wo sie war. Erst dann stieß sie sich mit geschlossenen Augen leicht ab. Gott hatte es in der Hand, ob sie gegen die Mauer der Mühle stieß oder …

Sie trieb einige Klafter weiter in den Krähenteich. Nochmals durchfuhr sie der Schock, als das Wasser über ihre Brust und über den Rücken schwappte. Sofort bekam sie eine Gänsehaut. Sie konnte es spüren, wie sich schlagartig alle Härchen aufrichteten. Sie wollte sich hinstellen, aber unter ihr war plötzlich kein Schlick mehr zu spüren.

Der Grund war abgefallen, das Wasser tief.

Sie bemühte sich, nicht mit den Zähnen zu klappern. Ihr Plan, einfach dazuliegen und abzuwarten, was Gott mit ihr vorhatte, wollte nicht gelingen. Ihre Kleider hatten sich voll gesogen und klebten an ihrem Körper. Sie waren schwer und machten es unmöglich, sich einfach auf das Wasser zu legen und abzuwarten. Stattdessen musste sie mit den Armen rudern, um über Wasser zu blieben.

Das ewige Wasserschaufeln strengte an. Sie konnte nicht schwimmen, nur ein bisschen wie Hunde paddeln. Daniel hatte sich im Sommer immer darüber lustig gemacht, wenn sie zusammen am Mühlenteich waren und vor dem Mehlholen im Seichten herumalberten.

Ihr wurde wärmer, bald spürte sie die Kälte des Wassers nicht mehr. Sie paddelte noch ein paar Klafter in den Nebel hinaus. Nur mit Mühe gelang es ihr, den Kopf über Wasser zu halten. Immer wieder kam es ihr in den Rachen, und sie musste husten. Sie wollte an Daniel denken, an den göttlichen Himmel. Aber hier auf Erden musste sie sich zu sehr anstrengen, nicht zu schreien. Dies war das Einzige, an das sie dachte: Schrei nicht.

»Ich kann nicht glauben, was Ihr mir da sagt.« Kerkring wischte sich mit dem Handrücken das Fett aus den Mundwinkeln. Er schob den Teller von sich und begann, mit seinen Fingernägeln zwischen den Zähnen Hähnchenreste wegzupulen.

Unglaublich, dachte Attendorn, es ist mitten in der Nacht und dieser Rychtevoghede frisst noch immer. Und er frisst wie ein Schwein. Keine Manieren hat dieser junge Mann.

»Ich habe Eurer Bitte entsprochen und die Verhandlung vorgezogen«, fuhr Kerkring schmatzend fort. »Gott steh mir bei, dass Rungholt mir dafür nicht den Schädel einschlägt.« Er rülpste und schlug sich auf den Bauch. »Ihr wolltet kein Blutgericht an Eurer Toslach, das habe ich wohl respektiert. Aber nun wollt ihr eine Hinrichtung?« Kerkring stand auf. Nochmals stieß er auf, diesmal leise, um dann erneut mit der Zunge nach Resten zwischen seinen Zähnen zu fühlen.

Attendorn leerte den Weinkelch und erhob sich ebenfalls. Seit einer geschlagenen Stunde saß er nun schon beim Rychtevoghede und redete auf ihn ein. Im Gegensatz zu Kerkring, der während des Gesprächs zwei Hähnchen mit Kraut verspeist hatte, trank Attendorn nur ein wenig Wein und aß Obst. »Lasst das meine Sorge sein.«

»Eure Sorge?« Kerkring wischte sie in der Luft weg. »Eure Sorgen sind nichts verglichen mit den meinen. Ich stehe vor Rungholt wie ein Lügner da. Ich stand bei dem Mann im Wort, Attendorn.«

Attendorn nickte. Er tat, als würde er über den Einwand nachdenken, aber insgeheim pausierte er nur, damit seine Worte überlegter klangen. Er stellte sich zu dem jungen Mann und flüsterte scharf: »Er hat Euch angegriffen. Das kann man wohl kaum ein Versprechen nennen, es war wohl eher Erpressung.«

Kerkring grunzte. Nach kurzer Überlegung musste er Attendorn beipflichten. »Gut. Vielleicht habt Ihr in diesem Punkt Recht. Ihr seid länger als ich im Rat, und als Bürgermeister dieser Stadt mögt Ihr vielleicht nicht mehr amtieren, aber Ihr wisst, was für Lübeck gut ist.«

Attendorn lächelte. »Dieser Wein ist fantastisch.«

Er füllte zwei Kelche. Kerkring schenkte er bis zum Rand ein, sich nur einen Schluck. So hatte er es die Stunde über gehalten, und es schien zu wirken. Er reichte Kerkring den Kelch.

»Danke. Ich kann nicht glauben, was Ihr sagt, Attendorn.« Kerkring trank. »Rungholt wollte Beweise beschaffen. Er wollte zu mir kommen.«

»Beweise, wer der Mörder ist?«

»Ja.«

»Und er wollte heute kommen?«

Kerkring kratzte sich hinter dem Ohr. »Er wollte morgen kommen.«

»Morgen?« Attendorn lächelte. Dann trank er seinen Becher zur Neige. »Er wollte auch gestern schon mit Beweisen kommen. Und die Tage davor. Hab ich Recht?«

Kerkring blickte den Boden an, als könnten die ausgetretenen Bohlen des Rathauses ihm einen Weg weisen. Er murmelte ein »Ja«.

»Und wisst Ihr, weswegen er nicht kommt?«

Kerkring drehte sich zu Attendorn um, der fortfuhr: »Weil Rungholt keine Beweise hat. Weil es keine gibt. Weil er es selbst ist.«

»Das… Es fällt mir schwer, das zu glauben, Attendorn.«

»Meint Ihr, mir fällt es nicht schwer? Ich will seine Tochter heiraten, ich…« Einen kurzen Moment überlege sich Attendorn, ob er den Kelch an die Wand schmeißen sollte, doch die Geste kam ihm zu theatralisch vor. Also hob er ihn nur an, um das Gefäß dann unsicher auf den Tisch zurückzustellen.

»Ihr wollt sie noch immer heiraten?«

»Gewiss. Dieses Mädchen, sie ist ein Geschenk des Himmels. Selbst wenn das Hochgericht Rungholt verurteilen sollte, ich werde Mirke ehelichen. Wo soll sie sonst hin, das arme Ding.«

Kerkring seufzte zustimmend. Es hörte sich für Attendorn wie ein gutmütiges Knurren an. Es dauert nicht mehr lange. Wie eines seiner geliebten Hähnchen hatte er den jungen Richteherr bald durchgebraten. Nein, dachte Attendorn, der Vergleich hinkt. Es ist eher wie bei den Fröschen: Bei seinem Besuch in Burgund hatte er gesehen, wie die Köche Philipp des Kühnen sie in lauwarmes Wasser warfen und dann die Grapen langsam erhitzten, so dass die Frösche nicht merkten, wie sie peu à peu gekocht wurden. Sie waren nicht aus den Töpfen gesprungen, sondern waren von innen her jämmerlich krepiert, ohne zu ahnen, was mit ihnen geschah. Attendorn hatte sie mit feinstem Knoblauch und Genuss verspeist.

»Es wird nicht leicht werden, gewiss. Aber das Mädchen hat einen besseren Vormund verdient als ihren, entschuldigt, cholerischen Vater, der auch vor Mord nicht zurückschreckt.« War er zu direkt? Er hatte befürchtet, Kerkring wehre sich sofort gegen die Unterstellung, doch der Richteherr blieb stumm. Er stellte sich vor dem Fenster in Pose. Attendorn konnte regelrecht sehen, wie Kerkring weiser erscheinen wollte, indem sein Blick das Weite suchte. Attendorn musste fortan wie ein Bittsteller zu seinem Rücken sprechen. Er spielte mit Attendorn, doch Attendorn musste innerlich grinsen. Kerkring wusste nicht, dass sein Spiel unnütz und durchschaut war. Der Richteherr war selbst nur eine Figur auf Attendorns Spielfeld. Wen kümmert's, ob der Läufer ein eitler Pfau ist, wenn er eine Hand benötigt, die ihn auf dem Schachbrett zieht?

»Ich gehe seit Tagen wegen der Toslach in diesem Haus ein und aus. Ich habe es mit eigenen Augen gesehen. Rungholt hat sich mit Marek, seinem Kapitän, abgesprochen.« Attendorn gesellte sich zu Kerkring, genau so, wie der Richteherr es wohl gewollt hatte. Er fuhr fort: »Dieser Mann, den wir am Ufer der Lastadie fanden, er ist hier in Lübeck gewesen, um Geschäfte abzuschließen, und zwar mit Hinrich Calve. Ich kann es nur noch einmal eindringlich sagen, Kerkring. Jeder im Rat und jeder Kaufmann von Lübeck weiß doch, dass Calve hoch hinauswill – wollte. Er steckte voller Ehrgeiz. Er war gerade in der Zirkelgesellschaft aufgestiegen. Calve hätte uns bald alle überrundet. Er wollte mit Florenz Handel treiben. Mit Florenz.«

»Über die Alpen?«

»Ja. Über Land. Seine Frau hat es mir gesagt.«

Kerkring war beeindruckt. »Riskant«, sagte er. »Schön und gut. Aber was hat das alles mit den Morden am Fremden und Calve zu tun?«

Attendorn wollte die Antwort gerade ausführen, als sich die Tür zur Kammer öffnete. Schnell wich Attendorn ein wenig von Kerkring zurück. Es war der hagere Fiskal, der abgekämpft in die Schreibstube trat. Er hatte ein Schreibpult unter den Arm geklemmt, das man sich vor den Bauch schnallen konnte. In der Hand hielt er ein paar Griffel, eine Feder und ein Fässchen voll Tinte. Sein Hut mit dem Lübecker Wappen saß schief.

»Ich kann nicht arbeiten. Überall diese Bierfässer! Und das Gegacker. Unerträglich. Entschuldigt, Herman«, meinte er. »Ich sah noch Licht brennen. Sagt, der ganze Flur steht voll. Ich bin kaum durchgekommen zu –« Er brach ab, als er Attendorn sah und wandte sich glücklich an Kerkrings Besuch: »Attendorn! Gut, Euch zu sehen. Rungholt lässt sich ja nicht blicken. Lässt hier alles in die Wege stellen, aber streckt seine dicke Nase nicht durch die Tür. Nur der Herrgott weiß, was er alles für Eure Toslach bestellt hat, aber die Fässer können hier im Gang nicht bleiben. Ich kann so nicht arbeiten, es ist kein Durchkommen mehr. Heute Abend hat mir eine von den Gänsen, die der Wirt hier mit seinen unfähigen Gehilfen rumlaufen lässt, eine Grundstücksurkunde gefressen. Einfach so. Happs, war sie weg. Allein das Gegacker!«

Kerkring und Attendorn sahen sich an. Sie mussten schmunzeln.

»Ich werde dem Wirt die Ohren lang ziehen«, antwortete Attendorn. »Aber ich befürchte, das Danzelhus ist auch schon voll. Sie müssen die Nacht über schmücken, haben sie gesagt.«

»Schön und gut, aber dafür die Gänsekäfige und die Fässer in meine Stube zu stellen und die Treppe voll zu rümpeln... Eure Toslach in allen Ehren, Attendorn.«

Attendorn verneigte sich leicht. Keine Ursache, sollte es bedeuten. Er hoffte, der Fiskal würde verschwinden. Er war ein wenig genervt, dass der Mann seine Ansprache unterbrochen hatte. Im selben Moment wurde ihm klar, dass er nur so gereizt war, weil er Angst hatte, dass er den Faden nicht mehr aufnehmen könnte und seine Überzeugungsarbeit hinfällig geworden war.

»Ihr seid nicht der Einzige, der wegen der prunkvollen Verlobung etwas zurückstecken muss.« Kerkring wies neben den Fiskal zur Tür hin. Dort stapelten sich Kisten mit Gemüse. »Sie haben Rüben gebracht und Bier. Sie wollten gar nicht mehr aufhören, meine Kammer voll zu stellen. Ich hab ihnen gesagt, sie sollen das Bier hinaus in den Laubengang schaffen.« Kerkring zog einen Stuhl vom Tisch. »Bevor Euch noch mehr weggefressen wird, esst doch lieber selbst.«

Attendorn musste mit ansehen, wie der Fiskal sich dankend niederließ. Er würde die nächste halbe Stunde kaum gehen. Attendorn warf Kerkring einen fragenden Blick zu, doch dessen Nicken sagte ihm, dass der Richteherr keine Geheimnisse vor dem Fiskal hatte. Attendorn spürte, wie ihm augenblicklich der Schweiß ausbrach, als sich Kerkring an den Fiskal wandte, um ihn in die Diskussion einzubeziehen und ungeniert begann, Attendorns Anschuldigungen preiszugeben. Attendorn ließ sich seine Angst nicht anmerken.

»Auch einen Wein?«, fragte Attendorn nachdem Kerkring zu Ende berichtet hatte.

Der Fiskal nickte und langte nach dem Brot und dem Obst. Er sah nachdenklich aus. Attendorn stellte ihm den Wein hin und stützte sich auf seinen Dupsing. Möglichst sicher und standfest wollte er wirken, als er sich vor dem Tisch aufbaute.

»Dazu brauchte er aber einen Partner«, meinte der Fiskal schließlich. »Wenn Calve nach Florenz Handel treiben wollte.«

»Ganz recht.« Attendorn fiel ein Stein vom Herzen. Der Mann hatte die richtige Frage gestellt, um in gewohnter Bahn fortzufahren. »Calve brauchte einen Partner aus dem Süden, jemanden, der die südlichen Gefilde kannte. Einen Händler wie er selbst. Rungholt hat nicht gelogen, als er sagte, der Mann sei aus Konstantinopel, ein Türke oder Araber.«

»Hat er das gesagt?«, fragte der Fiskal und sah Kerkring an. Der junge Richteherr wusste es nicht genau. Er wankte, und Attendorn wurde bewusst, dass er Scheite nachlegen musste, damit das Feuer weiterbrannte. Schnell sprach er weiter. »Es ist ganz einfach, Kerkring. Der Fremde mietet sich im Travekrug ein. Rungholt schickt seinen Lehrling vor, damit er dem Fremden auf den Zahn fühlt. Ihr wisst ja, wie eifersüchtig Rungholt ist. Und wie er wüten kann. Er hat von Calves Geschäft gehört und will nicht, dass der neue Händler ihn übertrumpft. Er schickt also seinen Lehrling zum Fremden, um selbst das Geschäft mit Florenz in Gang zu bringen.«

»Daniel.«

»Ja. Daniel. Er soll dem Mann ein Geschäft vorschlagen. Aber der Fremde will nicht darauf eingehen. Er will warten, bis Calve wieder in Lübeck ist. Es kommt zum Streit zwischen Daniel und dem Fremden.«

»Der tödlich endet«, meinte Kerkring.

»Wie wir wissen, ja. Nachdem Daniel eingesperrt ist, muss Rungholt etwas unternehmen. Er will noch immer Calves Handelsverbindung in den Süden. Er schickt Leute aus, die Calve überfallen. Das Attentat misslingt. Nun muss Rungholt selbst Calve in eine Falle locken. Er brennt den Keller des Fremden nieder, um alle Verbindung zwischen Calve und dem Fremden zu löschen. Er setzt einen Brief auf und lockt Calve hier in Lübeck in einen Hinterhalt. Es kommt zum Kampf. Rungholt wird verletzt, aber er kann Calve töten. Der Böttcher Wulffram hat Rungholt im Hafen gesehen. Und eine Wache hat vorgesprochen, bei der Calve um Hilfe gebeten hatte. Sie sprach auch davon, dass Calve Rungholts Namen erwähnte.«

»Aber wieso forschte Rungholt dann nach dem Mörder? Ich verstehe nicht, was das soll.« Kerkring hielt sich den Kopf. »Entweder der Wein ist sehr stark oder Ihr seid es, der mich schwindelnd macht.«

»Das lag nicht in meiner Absicht, Kerkring. Ich wollte Euch nur darlegen, wieso Rungholt diese ganzen Morde begangen hat.«

»Wenn ich auch ein Wort sagen dürfte«, mischte sich der Fiskal ein. Attendorn zuckte zusammen. Der Fiskal war nicht dumm, er würde genau die richtigen Fragen stellen und …

»Als Sprecher der Stadt muss ich sagen, dass Attendorns Worte Sinn ergeben. Bedenkt, Kerkring, dass Rungholt mit einer angeblichen Nachforschung uns nur hingehalten hat.«

Attendorn nickte. »Seht Ihr. Das wollte ich sagen. Er will Euch hinhalten. Er will seinen Gehilfen, seinen Daniel Brederlow, aus der Fronerei haben. Wenn es Zweifel an Daniels Schuld gegeben hätte, so hätten wir Daniels Verfestung längst aufgelöst. Doch es gab keine Zweifel. Rungholt jedoch braucht Zeit.«

»Um die Mordspur zu verwischen…«, warf der Fiskal grübelnd ein.

Attendorn beobachtete, wie Kerkring sich wieder an den Tisch setzte und nach dem Wein griff.

»Ganz recht«, sagte Attendorn. »Um die Spuren zu verwischen. Der Angriff auf Calve vor Lübeck, der Brand, schließlich auch Calves Tod selbst. Er brauchte Zeit, um die Spuren zu vernichten.«

Kerkring seufzte tief. »Es klingt plausibel, und ich gebe zu, dass alles erst mit Daniels Eintrag ins Buch der Verfestung begann, aber…«

Attendorn bemerkte, dass sich Kerkring noch immer gegen den Gedanken wehrte, Rungholt sei ein Mörder.

»Entschuldigt, ich bin nicht gekommen, um mitten in der Nacht so leichtfertig Anschuldigungen zu erheben. Ich kann verstehen, wenn Ihr ein ordentliches Verfahren wollt und alles bei Licht besehen.« Attendorn setzte sich. »Aber vergesst nicht: Er hat Euch angegriffen. Er ist Euch mit dem Messer an die Gurgel. Und sein Lehrling lügt und verbreitet Unwahrheiten bei der Beichte. Er will nichts gestehen und lieber im Fegefeuer schmoren. Und das, nachdem Rungholt bei ihm war, wie der geschätzte Dominikaner Ambrosius sagte.«

Kerkring schwieg. Er wollte wieder den Wein greifen, aber Attendorn schob den Krug beiseite und beugte sich zu ihm über den Tisch. Er flüsterte absichtlich so laut, dass es auch der Fiskal hören konnte: »Der wird Euch auch nichts nützen. Ihr müsst der Fratze des Bösen ins Gesicht blicken, Kerkring. Ihr seid noch jung, es ist verständlich, dass Ihr an das Gute im Menschen glauben wollt und nicht seht, wie Eure Mitbürger…«

Kerkring erhob sich. Befriedigt stellte Attendorn fest, dass er den Richteherr bei seiner Ehre gepackt hatte. Sich vorwerfen zu lassen, noch ein Jungspund zu sein und zu unbeleckt für sein Amt, konnte Kerkring nicht auf sich sitzen lassen.

»Wir alle waren einmal jung und frisch im Amt. Jeder hat

Fehler gemacht, im guten Glauben, dass er richtig handelt«, stichelte Attendorn weiter. Zu seiner Freude nickte auch der Fiskal, der den Schachzug nicht bemerkte.

»Zu gnädig? Bin ich zu gnädig?« Kerkring wusste nicht, was er sagen sollte.

»Nein«, beschwichtige Attendorn. »Das seid Ihr gewiss nicht. Ihr seid weise und wollt nur das Beste für Lübeck. Das können wir verstehen.« Attendorn nahm den Fiskal ungefragt mit in seine Argumentation auf und fasste Kerkring brüderlich bei der Schulter. Jetzt hatte er ihn dort, wo er ihn haben wollte. Er holte zum letzten Stich aus: »Ich verstehe Euren Zwiespalt, immerhin habe ich um Rungholts Tochter angehalten und war auch tagelang im Zweifel. Aber ich habe Beweise.«

»Beweise?« Kerkring blickte ungläubig. Auch der Fiskal hielt im Kauen inne.

»Ruft den Rat zusammen. Wir treffen uns bei Rungholt.«

»Wieso? Ich verstehe nicht…«

Attendorn ging nicht darauf ein, wendete sich stattdessen zur Tür. Um Kerkrings letzte Unsicherheit zu brechen, warf er dem Richteherr den Mantel zu und zog die Tür auf. »Wir werden es klären, noch diese Nacht. Und dann entscheidet.«

Einen kurzen Augenblick stand Kerkring reglos da und suchte Beistand, indem er dem Fiskal einen Blick zuwarf. Der Verwalter nickte stumm.

Kurz darauf schickten sie Boten aus. Sie sollten die Ratsherren wecken. Sie sollten so viele der ehrbaren Bürger wie möglich zusammentrommeln. In einer halben Stunde würde Attendorn Beweise vorlegen. Sie würden zu Rungholt in die Engelsgrube gehen und sich ansehen, was für ein ehrloser Mensch der Saufkopf und Wüterich Rungholt war. Ein Lügner, ein frevelhafter Mörder und ein Sünder vor dem Herrn.

30

Eine innere Unruhe hatte Rungholt erfasst, doch er versuchte, sie zu unterdrücken. Er sah sich im Nebel um, der schwer und nass in den Straßen lag, und war sich für einen Moment unsicher, wohin er als Nächstes gehen sollte. Dass Marek ihn hatte schlafen lassen und er dadurch einige Stunden verloren hatte, hatte ihn mehr verwirrt, als er dachte. Es war schon weit nach dem Komplet und die Sonne längst untergegangen.

Nachdenklich blieb Rungholt vor dem Haus eines Böttchers stehen. Normalerweise wäre er jetzt wohl in eine Kneipe gegangen und hätte bei einem guten Schluck Hamburger Bier überlegt, was als Nächstes zu tun sei. Doch die Zeit rannte ihm davon. Sie hatten Calves Leiche gefunden, und Rungholt hatte Marek zum Arzt geschickt, um zu erfahren, wohin sie den Leichnam gebracht hatten. Marek sollte sehen, ob er etwas Neues herausfand. Rungholt bezweifelte dies, deswegen war er nicht selbst hingeeilt.

Er zog das kleine Stück Metall, das Marek ihm gegeben hatte, aus dem Mantel. Es war ganz blank gerieben und etwas länger als ein Dolch. Die Kanten waren rund, und ein Ende war, wie bei einem Löffel, etwas gebogen. Es war nicht breiter als Rungholts Daumen. Ein kleines Brecheisen? Rungholt packte es mit beiden Händen und drückte zu. Es ließ sich biegen. Wenn auch schwer. Für ein Brecheisen war es zu weich.

Rungholt sah in das offene Tor zum Böttcher hin. Der Fassmacher war gerade dabei, die Eichendauben mit einem Hammer in die Holzringe einzupassen. Einen kurzen Moment musste Rungholt an Wulffram denken, der bestimmt zu dieser Zeit seine Hunde ausführte, anstatt Böden und Dauben einzupassen. Sollte er sich bei Wulffram bedanken? War es nötig, den Mann und seine Tölen aufzusuchen? Rungholt entschied sich dagegen. Wulffram hatte nur getan, was er auch getan hätte: einem Mann am Boden zu helfen. Ein Fass würde er, sollte einmal seine Brauerei stehen, nicht von Wulffram kaufen. Lieber von diesem Böttcher hier, denn angesichts der Gründlichkeit, mit dem der Fassmacher vorging, war Rungholt fasziniert stehen geblieben.

Als er sah, wie sorgfältig der Mann mit Schilf die Ritzen eines weiteren Fasses abdichtete und alles bierdicht verschloss, wunderte sich Rungholt über die Gründlichkeit des Mannes und wie behände er vorging. Er durfte sich keinen Fehler erlauben. Weder aus Pfusch, dass er eine Ritze übersah, noch aus Faulheit, indem er entschied, dass das Fass vorzeitig fertig sei. Rungholt entschied, die Schmieden abzugehen. Gründlich. Er würde jeden Schmied in der Stadt nach dem Stück Eisen fragen. Bestimmt hatte es jemand aus Lübeck hergestellt und mit etwas Glück konnte derjenige ihm auch verraten, für wen er es gemacht hatte und was es war.

Rungholt machte sich auf den Weg. Er schob sich durch die letzten Marktbesucher, die auf dem Heimweg noch ein Schwätzchen hielten.

Zwei Weiber mit gefüllten Körben standen am Schrangen und regten sich über die Unordnung auf, die einer der Marktschreier hinterlassen hatte. Zerschlagene Krüge und ein kaputtes Fass lagen neben Essensresten und einem ausgekippten Fuder gammelnden Fisches. Hier hatte jemand seinen Müll einfach auf die Straße gekippt. Der Rat würde denjenigen zur Rechenschaft ziehen und den Müll hinter einem Haus verscharren lassen. Oder man würde ihn zur Befestigung des Hafens nutzen. Beim Anblick des Chaos sah er mit einem Mal Mirkes Zimmer vor sich. Ihre aufgeräumte, so ordentliche, beinahe leere Kammer erschien vor seinen Augen.

Als ich mit ihr stritt, lag alles herum. Heute Mittag war das Zimmer noch ein Durcheinander. Wie es immer war. Alles liegt bei ihr herum, dachte er. Wie oft musste ich sie auffordern, ihre Spielsachen und die Handarbeit wegzuräumen. Wie oft war er auf ihren Murmeln ausgerutscht oder hatte ihr eine neue Holzpuppe schnitzen lassen müssen, weil er darauf getreten war?

Rungholt steckte das Metall zurück in seine Tasche. Das Zimmer war so untypisch, so ordentlich und… abgeschlossen. Die Ordnung in ihrem Zimmer schien so vollkommen. So endgültig. Mirke schien einfach alles aufgeräumt zu haben.

Sie sperrt ihre Sachen weg und hängt alles auf, macht sogar ihr Bett, als wolle sie einen guten Eindruck hinterlassen.

»Es gibt keinen Grund, auf mich im Himmel zu warten.« Daniels Worte klangen unerwartet in Rungholt an. Sie hallten dumpf, so als kämpften sie sich mit den letzten Marktschreiern und Gänsemüttern durch den Nebel, der sich weiter zusammengezogen hatte.

Es gibt keinen Grund, auf mich im Himmel zu warten. Die Worte wollten nicht aus seinem Kopf. Mirke hatte aufgeräumt, um einen guten Eindruck zu hinterlassen. Hinterlassen. Eine Ordnung wie ein Schlussstrich.

Im Himmel zu warten. Auf Daniel warten? Wieso? Im Himmel. Im Himmel warten.

Rungholt erschrak. Sie hatte nicht ihm zuliebe aufgeräumt, sie hatte nicht wegen der Verlobung aufgeräumt. Sie hatte ihr Leben weggeräumt. Rungholt wollte sofort nach Marek rufen, da wurde ihm bewusst, dass er ihn ja zum Arzt geschickt hatte, um nach Calves Leiche zu sehen.

Fluchend lief er die Straße hinunter. Marek hatte gesagt, dass Mirke zum Markt gegangen sei, um Schmalz zu besorgen, doch eigentlich war es für einen Einkauf viel zu spät. Die Buden und Litten waren allesamt geschlossen. Und Rungholt bezweifelte, dass einer der Fleischhauer ihr noch etwas geben würde. Er wischte den Gedanken beiseite. Wahrscheinlich saß sie zu Hause in der Küche und wärmte sich. Wahrscheinlich sorgte er sich nur unnötig.

War dieses dumme Ding wirklich in der Lage, sich etwas anzutun? Mirke war immer so ungestüm, so unüberlegt. Immer mit dem Kopf durch die Wand.

Die Mühle, schoss es Rungholt durch den Kopf. Wenn sie sich wegen Daniel etwas antut, dann dort, wo die beiden oft waren. Dann dort, wo man sie finden würde und bedauern. Während Rungholt schon die Hüxstraße hinuntereilte, verfestigte sich in ihm der Albtraum, dass sie tatsächlich eine Todsünde begangen und sich selbst entleibt hatte. Der Gedanke daran machte ihn schier wahnsinnig. Er begann zu laufen, obwohl seine Knöchel bei jedem Schritt schmerzten.

Nicht noch einmal, schoss es ihm durch den Kopf. Dich verliere ich nicht. Diesmal nicht.

Alheyd konnte nicht verhindern, dass die Ratsmänner das Haus in der Engelsgrube betraten. Als Attendorn an der Tür erschien, dachte sie, er sei wegen Mirke gekommen, um mit ihnen über die morgige Toslach zu reden. Doch dann waren hinter ihm Riddere aufgetaucht, und Alheyd hatte sofort gedacht, dass etwas Schlimmes geschehen sein musste. Mirke, schoss es ihr durch den Kopf. Sie war noch immer nicht nach Hause gekommen. Vor einer Stunde hatte Alheyd einen Boten zu Marek geschickt, dass Rungholt sie suchen gehe. Doch Rungholt war nicht bei Marek gewesen. Der Bote war ohne Antwort zurückgekehrt, und noch immer war Mirke nicht heimgekommen. Noch bevor Alheyd die Riddere fragen konnte, ob sie wegen Mirke gekommen waren, hatten sich die Männer schon brüsk einen Weg an ihr vorbei in die Diele gebahnt.

»Ist Rungholt hier?« Attendorns Frage klang wie ein Befehl. Seine Stimme wirkte verstellt, kalt und knapp.

Alheyd verneinte. Verwirrt rief sie nach dem Knecht. Die Männer in der Diele ängstigten sie. Sie drängten Hilde, die hinzugeeilt war, einfach zur Seite. Alheyd rief erneut um Hilfe. Da stoppte Attendorn sie sanft. Er sah Alheyd an und zügelte seinen Ton.

»Frau Alheyd, es ist alles in Ordnung. Wir... Entschuldigt unser Eindringen, aber wir müssen in Rungholts Dornse. Wir haben Grund anzunehmen, dass er mit Daniel paktiert.«

Redet er wirr? Das war das Erste, was Alheyd dachte. Attendorn ist verrückt geworden.

»Mein Mann? Paktiert? Rungholt?«

»Ja. Ich bin mir bewusst, es klingt verwirrend... Aber es kann sein, dass er Daniel deckt.«

Langsam begriff Alheyd, was die Männer wollten. Sie stellte sich Attendorn in den Weg. »Rungholt paktiert nicht. Und eine Blutschande deckt er auch niemals. Nicht mein Mann!«

Sie baute sich vor den Männern auf, aber Attendorn nickte einem der Riddere zu. Der trat vor und drückte sie entschieden beiseite. Alheyd trat nach seinem Schienbein, der Mann schrie fluchend auf, packte sie dann mit einer Hand. Hilde lief herbei, wurde jedoch von der anderen Hand gepackt. Er drängt die beiden Frauen zurück an die Wand.

Die Knechte kamen angestürmt, doch ein anderer Riddere versperrte ihnen den Weg. Er deutete nur an, nach seinem Schwert zu greifen, und schon waren die Knechte ruhig.

»Seid Ihr närrisch?«, keifte Alheyd. »Lasst mich. Ihr habt kein Recht, hier einzudringen. Attendorn! Was ist los? Was ist denn passiert? Seid Ihr noch bei Sinnen?«

Attendorn ging nicht auf sie ein, nickte den Ratsmitgliedern zu und ging voraus in Rungholts Scrivekamere.

»Wir sind hier ja gleich fertig«, sagte er bloß.

Da sah Alheyd, dass auch Winfried unter den Ratsherren war. Der Greis hielt seinen kahlen Kopf schamvoll gesenkt, als er den Ratsherrn in die Kammer folgte. Als Alheyd ungläubig nachfragte, was sie wollten, antwortete er nicht.

Attendorn schritt durch die Kammer. »Ihr wollt Beweise, Kerkring? Ich werde Euch einen Beweis geben. Ich war Zeuge, als Rungholt die Kleider des Ermordeten versteckte.«

Kerkring verstand nicht, denn Rungholt hatte ihm nie von dem Kleidertausch erzählt. »Was für Kleider?«

Attendorn blieb stehen. Neben Kerkring waren Winfried und der Fiskal in die kleine Kammer getreten, die anderen Herren mussten mit einem Platz in der Diele vorlieb nehmen.

»Rungholt hat, nachdem Daniel den Fremden erschlug, dem Toten andere Kleider angezogen und ihn dann in die Trave geworfen. Er wollte verbergen, wer der Fremde ist. Aber leider hat er in seinen Bemühungen, seine Tochter an mich zu verheiraten – nun ja, und in seinem Suff –, ganz vergessen, die wirklichen Kleider aus der Mordnacht zu vernichten.«

Attendorn öffnete Rungholts Versteck und zog die Kleider des Muselmannes neben dem Wacholderschnaps und den Bieren heraus. Ein ungläubiges Tuscheln setzte ein. Auch Winfried stand steif da und wusste nicht, was er sagen sollte.

»Was soll das, Attendorn? Ihr kennt Rungholt doch auch«, wandte Winfried schließlich ein. »Er hat die Kleider gefunden.«

»Gefunden?« Attendorn lächelte. »Ich kenne ihn. Leider kenne ich Rungholt nur zu gut. Dieser Kaufmann predigt Wasser und trinkt Wein. Er ist ein Judas!« Attendorn warf die Kleider Kerkring zu, der sie musterte. Sie waren tatsächlich voller Blut.

»Er hat die Kleider nicht gefunden. Er hat sie aus dem Zimmer des Fremden im Travekrug entfernt, wie ich hörte. Die Wirtin wird bezeugen können, wie er mehrfach dort war und nachfragte, ob noch Kleider gefunden worden sind. Er hat sogar einen Gast belästigt, als er versuchte, Spuren zu vernichten.«

Winfried tupfte sich die Lippen ab. Er musterte Attendorn, der ernst in die Runde blickte. »Warum hätte Rungholt so einen Aufwand betreiben sollen? Ich versteh es nicht.«

Winfried wartete auf eine Erklärung.

»Er hat uns alle glauben machen wollen, dass er den wahren Verbrecher sucht. Was blieb ihm auch übrig, als wir Daniel schon gefasst hatten? Er dachte wohl, so Daniel vor dem Galgen zu bewahren und sich selbst reinzuwaschen.«

»Aber warum hat er den Fremden überhaupt erstechen sollen?«

»Er war es nicht. Es war Daniel. Aber das werde ich Euch

gleich erklären. Seht her. Ich habe sogar gesehen, dass er den Dolch hier versteckt hat.« Wieder griff Attendorn in das Versteck. Niemand sah, wie er ein Misericord aus seinem Ärmel rutschen ließ. Er zog ihn aus dem Versteck mit den Krügen und zeigte ihn herum. Vor wenigen Stunden hatte der Einhändige damit eine kranke Taube von ihren Leiden erlöst.

»Seht Ihr«, sagte Attendorn. »Er hat versucht, ihn abzuwischen, aber es ist noch Blut daran. Wahrscheinlich Calves, wenn wir Wulffram und dem Wächter glauben.«

Kerkring runzelte die Stirn. Er sah sich den Dolch genau an und gab ihn dann weiter an die anderen Ratsherren. Im geriffelten Handgriff des Dolches war das angetrocknete Blut gut zu erkennen.

Noch immer tobte Alheyd in der Diele. Sie versuchte, nach dem Riddere zu schlagen und zu treten. Doch es half nicht. Wehrlos musste sie durch die Tür zusehen, wie Attendorn den Dolch herumreichte.

»Lüge!«, schrie sie.

Und während die Lüge zusehends Gestalt annahm und die Ratsmitglieder auf Attendorns Seite wechselten, verfluchte Alheyd die Männer, bis sie vom Schreien heiser war. Der Verlobungsschmuck unter den Balken schwang unberührt in der Nachtluft, als die Männer das Haus wieder verließen.

Atemlos erreichte Rungholt das Hüxtertor. Die Wachen waren gerade im Begriff, es zu schließen. Rungholt rief, dass sie mit dem Riegel warten sollten.

Die Schließer hielten tatsächlich inne, lehnten den mächtigen Holzstamm beiseite und sahen interessiert auf den fetten Händler, der angerannt kam.

Ein Hellebardenträger trat Rungholt entgegen und wollte ihn aufhalten. Er sagte, dass es zu spät sei, aus der Stadt zu gehen, und er dann nicht mehr eingelassen werde. Als Rungholt ihm keine Antwort gab, was er draußen noch zu so später

Stunde zu schaffen habe, trat ein zweiter Wachhabender vor. Sie versperrten ihm den Weg.

Rungholt hatte keine Zeit für Erklärungen. Außer Atem sagte er den Männern, er sei gleich zurück und wolle nur jemanden suchen. Er wollte vor, doch der Hellebardenträger verstellte ihm weiterhin den Weg. Rungholt sah sich hektisch um. Er wollte den Mann angehen, besann sich dann eines Besseren und zückte seinen Geldbeutel. Ein Streit nützte ihm nicht. Er zählte keine Münzen ab, sondern warf dem Wächter den Beutel vor die Füße. Nach der Bezahlung des kranken Bettlers waren nur noch Pfennige darin.

»Wenn Ihr das Geld aufhebt, dann lasst mich vorher durch.«

Der Mann musterte Rungholt. Ihm war anzusehen, dass er sich nicht sicher war, ob der Händler ihn verschaukeln wollte. Er hatte aber am Klimpern des Beutels gehört, dass Geld darin war.

»Lass ihn durch«, mischte sich sein Kumpan ein. »Was soll's. Soll er draußen krepieren.«

»Und wenn er gesucht wird?«

»Dann holen ihn die Wölfe.«

Der Hellebardenträger musterte noch einmal Rungholt, der ungeduldig wartete. Endlich nickte er den Schließern zu. Noch bevor der Mann nach dem Beutel im Matsch gegriffen hatte, war Rungholt schon aus dem Tor geschlüpft.

Links von ihm konnte er im Nebel den Schlachthof sehen. Die Gebäude des Küterhofes standen auf Pfählen bis in die Wakenitz. Jetzt, zu so später Stunde, war der Hof ruhig, doch am Tage konnte man die Schlachttiere schreien hören und das Klatschen der Fleischreste, die die Küter einfach in den Fluss warfen.

Rechts von ihm lagen die Bleichwiesen, auf denen die Bleicher und die Frauen am Tage ihre Tücher auslegten. Eines der riesigen Schöpfräder ragte dort aus dem Dunst des Nebels. Es war beinahe so hoch wie die Stadtmauer und drehte sich ächzend. Das monotone Plätschern des Wassers, das von diesem

Wasserspiel in die unterirdischen, hölzernen Rohre gedrückt wurde, hallte über die Wiesen. Rungholt lief über den kleinen Hüxterdamm und gelangte auf die andere Flussseite. Hier verstellte ihm erneut ein Wächter den Weg. Atemlos raunte er dem schläfrigen Mann etwas entgegen. Schwerfällig öffnete der Wächter Rungholt das äußere Tor. Er hatte kein Interesse zu erfahren, was Rungholt nachts zu Fuß vor den Toren wollte.

Rungholt lief am Ufer entlang und wäre beinahe gestolpert. Der Nebel war hier draußen am Krähenteich so dicht, dass er keine zehn Wagenlängen weit sehen konnte. Er stolperte über die Steine und das Gebüsch, versuchte, in der Finsternis dem Trampelpfad der Treidler zu folgen. Endlich sah er die zerstörte Mühle aus dem Nebel ragen.

Er lief hin und trat auf das Stück eingefallene Mauer, das umgekippt war und ins Wasser ragte. Er hielt sich am bröckelnden Backstein fest, kroch auf die umgestürzte Wand und blickte hinaus in den Nebel.

Es war, als dampfe der Krähenteich. Der Nebel lag wie eine Decke auf dem Wasser, und der Teich schien darunter in ruhigen Schlaf gefallen zu sein. Wie tot, so leblos lag der See vor ihm.

Es war nichts zu sehen. Keine Spur von Mirke.

Er rief nach ihr.

Von drüben drang das Rattern des Wasserspiels zu ihm. Nichts.

Er sah sich um. Durch den Nebel konnte er die Stadtmauer auf der anderen Uferseite nicht sehen. Nur schwach drang ab und an der Schein einer Öllampe vom Wehrgang. Sein Atem ging schnell. Er hatte unter seinem schweren Tappert zu schwitzen begonnen. Er setzte sich, und sein Blick fiel auf das restliche Mauerstück, das weiter vorne ins Wasser schrägte. Langsam sah er zur Wassergrenze. Der Anblick des Sees ließ ein flaues Gefühl in seinen Magen schießen. Er sah lieber auf, wieder in den Nebel. Nochmals rief er.

Da. Dort war etwas. Einen Moment hatten sich die Nebelschwaden bewegt, und er konnte einen Schatten im Wasser erahnen. Vielleicht zehn Klafter weit im Teich. Es sah aus wie ein Stück Holz, ein dunkler Baumstamm der reglos auf dem Wasser trieb. Dann jedoch sah Rungholt, dass sich der Stumpf bewegte. Es waren Kleider, es war Stoff, der den Schatten dort draußen umhüllte. Mirke.

Sie musste es sein.

Er rief, doch er erhielt keine Antwort. Er konnte sie draußen im schwarzen Wasser nun besser sehen. Es war nicht zu erkennen, ob sie mit dem Gesicht im Fluss dümpelte. Er musste hinein.

Er schlitterte die schräge Mauer bis zum Wasser hinunter. Seine Füße tauchten ins kalte Nass, schnell zog er sie zurück. Beim Anblick des Wassers setzte der Sog ein. Als schlüge ihm jemand in den Magen, risse ihn zurück.

Geh nicht ins Wasser. Das Wasser ist dein Feind. Es wird dich verschlingen. Du wirst sterben. Du wirst auf dem Grund verfaulen. Deine Schwester und deine Mutter und dein Vater – sie wollen nicht, dass es dich herabzieht ins nasse Grab.

Rungholt wurde schlecht. Willst du auf dem Grund des Meeres verrecken? Willst du ertrinken oder erfrieren? Nein. Geh. Hol Hilfe.

Er sah sich um, wollte zurück zum Hüxtertor rennen, aber dann würde es zu spät sein. Seine Kehle war wie zugeschnürt. Es rauschte in seinen Ohren. Und er wusste nicht, was er tun sollte. Alles in ihm wehrte sich. Aber er musste in diesen dunklen Albtraum steigen. Er musste hinein in diese bodenlose, kalte Hölle aus eisigem Wasser.

Rungholt schloss die Augen. Er wollte losgehen, wurde sich jedoch bewusst, dass er seinen Tappert noch trug. Er legte den schweren Mantel und seinen Einhänder ab. Noch einmal: Die Augen schließen, einatmen, ausatmen. Nicht nachdenken. Tief Durchatmen, lange und ruhig. Er setzte einen Fuß vor den anderen, nicht nachdenken. Den Blick ins Weite, die Gedanken bei einem sonnigen Tag. Er stellte sich vor, wie er in Aachen zum ersten Mal das Münster betreten hatte und in Novgorod zum ersten Mal das Kontor. Er war stolz und glücklich durch die Pforte geschritten. Und um ihn war alles warm und voller Licht gewesen.

Mit diesem Gefühl trat Rungholt in den Krähenteich.

Das kalte Wasser schwappte seine Beine hoch, dann seinen Bauch. Es umspülte sein Vorderdeck. Er konnte nicht schwimmen. Er zitterte. Er wollte rufen, aber konnte nicht. Geh weiter!

Die Kälte war brutaler als die Salven einer Truppe von Bogenschützen. Täppisch setzte er noch einen Fuß vor und rutschte gänzlich ins Nass. Ungeschickt ruderte er mit den Armen. Sein Atem ging stoßartig, weil die Kälte seine Lunge zuschnürte. Er musste sie greifen. Er musste sie festhalten und an Land ziehen. Sein Mädchen. Es schwamm dort draußen, zu weit weg, um sie zu packen. Noch ein Klafter, einen Armzug und er war bei ihr. Er konnte ihre Haare sehen, die leblos auf dem Wasser schwammen. Ihr Kleid hatte sich aufgebauscht und umwogte ihren Körper wie eine riesige Qualle.

Er griff nach ihr, doch er griff nur ins Wasser.

Er rief nach Hilfe, schrie, so laut er konnte. Er wusste nicht, ob ihn jemand hörte. Mirke jedenfalls schien nichts zu hören, sie bewegte sich nicht.

Überall war das Meer, und er war nirgends.

Er spürte seinen Körper nicht und fühlte sich wie eine von Mirkes geschnitzten Puppen. Ein weiterer Stoß durchs Wasser, ein heftiges Rudern mit den Armen. Endlich war er bei ihr. Er griff ihren kleinen Kopf, zog ihn aus dem Wasser. Panisch paddelte er mit den Armen, dass er nicht unterging. Er zog ihren Kopf an sich, legte ihn sich auf seinen Bauch. Schluckend sah er sich zur Stadt um. In einigen Häusern brannte noch Licht.

Er begann zu rufen. Er rief und rief. Er schrie so lange, bis ihm die Stimme versagte und er die Kälte des Wassers spürte.

Sie lähmte seine Muskeln. Er konnte die Stadt nicht mehr sehen. Wo war er? Schwamm er den Fluss hinauf anstatt ans Ufer? Wo war Lübeck? Wo die Mühle?

Rungholt umklammerte Mirkes Kinn mit der rechten und paddelte mit der anderen Hand. Auf dem Rücken schwimmend kam er voran. Langsam zwar nur, aber es ging Stück um Stück dem Land entgegen. Zug um Zug. Er konnte das Schöpfrad am Stadtufer erkennen. Endlich stieß er mit dem Kopf gegen einige Bohlen, die zur Befestigung des Ufers in die Erde gerammt worden waren. Er drehte sich mit Mirke herum, drückte sie so gut es ging auf das glitschige Holz, versuchte, sich irgendwo festzuhalten, damit er sie anstoßen und hinaufschieben konnte, doch es ging nicht recht.

Keuchend zog er sich aus dem Wasser, darauf achtend, dass Mirke nicht zurückglitt. Er packte seine Tochter an den Armen und zog, so schnell wie er konnte, ihren nassen Leib auf die Wiese. Endlich waren sie an Land. Rungholt drückte sie herunter, das Gesicht in den Dreck, auf die ausgelegten Knüppel am Ufer. Sie gab keinen Ton von sich. Er konnte nicht mal ihren Atem hören. Etwas Speichel und Wasser rannen ihr aus dem Mund und vermischten sich mit dem Sand und dem Dreck auf ihren Wangen, den das Holz hinterlassen hatte. Er drückte sie herunter und hoffte, sie würde spucken. Sie zuckte, aber sie atmete nicht. Er presste Mirkes Kopf so fest es ging in den Matsch, während sie unter ihm zuckte und unkontrolliert mit den Armen schlug. Er weinte. Tränen rannen Rungholt über die angestrengten Wangen. Atme. Er hatte jede Scheu verloren, ihr wehzutun. Es ging um ihr Leben.

Rungholt steckte ihr den Finger in den Mund, drehte sie herum. Doch er schaffte es nicht, seinen Finger wirklich nach hinten an ihr Zäpfchen zu bekommen. Ihr Mund war so klein und sie wollte immer die Zähne aufeinander beißen. Es ging einfach nicht. Ihre Augen waren weggetreten. Sie atmete nicht. Er musste den Mund mit der anderen Hand aufsperren, ihren Kopf einklemmen, sie irgendwie beruhigen.

Er schrie um Hilfe. Niemand hörte ihn. Er schüttelte sie. Ihre Zuckungen wurden zu einem schnellen Beben. Er versuchte noch einmal, dass sie endlich würgte. Er drückte ihren Magen, um das Wasser aus ihr herauszubekommen. Nichts. Das Schlagen der Arme wurde schlaffer, dann sackte sie in sich zusammen. Das Rattern des Wasserspiels erschien ihm unnatürlich laut. Er zog seine Finger aus ihrem Mund und ließ sie los. Mirke lag zwischen seinen Knien gebettet da. Ruhig.

Rungholt beugte sich zu seiner Tochter herunter. Sie atmete nicht. Sie war ganz kalt. Und ihre Lippen waren blau.

Und ihre Lippen waren blau. Und ihre Haut war Pergament.

Und Rungholt verstand nicht, was sie rief.

Und sie war unter dem Eis. Irena. Und sie würde für immer dort unten sein. Im Eis begraben.

Rungholt schrie. Ein gellender Schrei voller Verzweiflung. Voller Trauer. Er riss die Hände zu Gott empor und verfluchte ihn, den Allmächtigen. Warum nur war er so hungrig? Warum nur war er so gierig? Gott schien nicht aufzuhören, ihn und seinesgleichen zu peinigen. Rungholts Schrei hallte von der Backsteinmauer der Stadt wider.

Vor ihm lag sein Kind. Kalt und reglos auf der Bleicherwiese… Und irgendwo dort im Dunkeln kauerte er. Winzig. Und er war voller trauernder Wut. Er schluchzte laut. Er schrie um Hilfe und weinte dabei. Das schwarze Meer brach seine Wellen über ihn.

Mirke spuckte. Mit einem gewaltigen Röcheln sog sie die Luft ein und hustete gleichzeitig. Spuckend und würgend öffnete sie die Augen und blickte sich verwirrt um. Sie begriff, dass sie an Land lag und Rungholt sie im Arm hatte. Sie musste nochmals husten. Dann übergab sie sich. Sie atmete. Zitternd vor Kälte nahm Rungholt sie in seine Arme. Als sie sich nass an ihn schmiegte, konnte er ihr aufgeregtes Atmen an seinem Ohr hören und das Klappern ihrer Zähne.

Während er versuchte, seine nasse Schecke auszuziehen,

wollte Mirke ihn gar nicht mehr loslassen. Zärtlich legte er seinem Mädchen die schwere Jacke um und begann, sie warm zu reiben. Nasser Stoff war besser als nichts. Rungholt blickte sich in die Nacht um. Die Gebäude waren zu weit weg, aber der Hüxterdamm lag vor ihm.

Mirke zitterte am ganzen Körper. Er selbst spürte die Kälte durch die Hektik nicht, aber sie musste so schnell es ging ins Warme. Da fiel Rungholts Blick auf Attendorns, nein, auf *sein* Kapitänshaus. Aus einem der oberen Fenster sah er den Schein von Öllampen. Er beschloss, zum Tor zurückzugehen.

Die schluchzende Mirke halb über der Schulter, halb im Arm taumelte er über den Hüxterdamm zurück zum Stadttor. Noch bevor er es erreichte, kamen ihm der Hellebardenträger und sein Kumpan entgegengelaufen. Sie hatten seinen Schrei gehört und waren mit Öllampe gewappnet aus dem Tor geeilt, während zwei weitere Wachen auf dem Wehrgang patrouillierten und in den Nebel starrten. Sie wollten einen Arzt rufen, doch Rungholt lehnte ab. Er wollte keinen Arzt, der Mirke nachher noch den Tod brachte. Das Kapitänshaus war nur wenige Schritte entfernt. Es war kein Mensch mehr auf der Straße. Zur Engelsgrube hätte er durch die ganze Stadt laufen müssen.

Hinter den zugezogenen Läden war Licht zu erahnen. Schwach konnte er erkennen, wie Lampen flackerten. Jemand hatte es sich im warmen Haus gemütlich gemacht. Vielleicht ist Attendorn gar selbst dort, dachte Rungholt. Auf jeden Fall wird Feuer im Kamin sein, und wir werden uns wärmen können.

Die kalte, feuchte Luft und die stechende Nässe hatten schon stärkeren Männern Fieber beschert. Nyebur war damals beinahe an so einem Fieber gestorben. Er hatte mehrere Wochen im Bett gelegen und unablässig gehustet. Erst nachdem sein Leibarzt ihn vom schädlichen Livor befreit und ihn besserer Luft ausgesetzt hatte, war er genesen. Doch niemals mehr hatte er ruhig schlafen oder atmen können. Die Luft in seinem

Körper war seitdem immer schlecht gewesen, und er hatte beim Atmen gerasselt.

Rungholt lief schneller. Er fasste nach und hob Mirke etwas weiter über die Schulter, dann taumelte er voran durch den Nebel, nur das Leuchten aus dem Kapitänshaus vor Augen.

Am Haus angelangt blieb Rungholt stehen, denn Stimmen drangen zu ihm. Er konnte schwer ausmachen, woher sie genau kamen, jedoch klangen sie, als kämen sie nicht direkt aus dem Haus.

»Wenn er wieder über seine Scheißtauben faselt und uns bescheißen will, schmeiß ich ihn in ’nen Fluss rein. Schwör ich dir«, maulte eine tiefe Stimme. Jetzt hörte Rungholt, dass sie durch den Gang an der Seite des Hauses zu ihnen drang. Der Durchgang führte an Mauern vorbei, die von wildem Efeu überwuchert waren, geradewegs zur Stadtmauer, wo er an einer schmalen mit Eisen beschlagenen Tür endete.

Jemand antwortete: »Vielleicht stinkt er nach’m Bad mal nich’ so nach seinen Scheißviechern.« Die Stimme war sehr hoch, sie klang beinahe wie eine Frau, doch Rungholt vermutete, dass es sich um einen Jungen oder ein Kind handelte. Er schob sich in den Gang und auf das eisenbeschlagene Tor in der Mauer zu, über dem der Wehrgang entlangführte und am Kapitänshaus endete. Das Tor war ein Ausgang zur Wakenitz. Lachen drang zu ihm. Rungholt schätzte, dass noch ein dritter Mann hinter dem Haus war.

»Hallo?«, rief er. Vielleicht waren es Freunde des Kapitäns oder der Kapitän selbst, der mit seinen Jungs hinten an der Wakenitz stand? Doch weswegen sollten sie sich bei einem solchen Wetter hinter dem Haus treffen.

Keine Antwort. Die Männer hatten ihn wohl nicht gehört, denn sie redeten einfach weiter. Er konnte alles nur undeutlich vernehmen. Sie lästerten über einen Mann, der sich scheinbar im Haus befand, aber beim Verladen nicht mithelfen wollte. Rungholt verstand nicht, was sie mit Verladen meinten oder wer der Mann war, über den sie schimpften. Er wollte erneut auf sich aufmerksam machen, als ihm bewusst wurde, dass die Stimmen dumpfer wurden. Sie entfernten sich. Sehen konnte er durch die weiße Brühe nichts, doch es klang, als würden die Männer ins Haus gehen.

»Hallo? Peterson?« Rungholt blieb kurz stehen, um besser horchen zu können. Er kannte den Kapitän der *Heiligen Berg*, der das Desaster überlebt hatte, nicht.

Das Blut rauschte in seinen Ohren, und noch immer trug er Mirke. Sie wurde merklich schwerer. Er keuchte laut.

Er erreichte das Tor aus schwerem Holz. Starke Verschläge hielten es zusammen, massive Eisenstäbe waren in Schürzen verankert. Rungholt ließ Mirke von seiner Schulter rutschen und lehnte sie an den Efeu. Sie versuchte, etwas zu sagen. Rungholt beruhigte sie, sie solle ihre Kräfte schonen. Aufmunternd rieb er die Schecke, die er ihr über die Schulter geworfen hatte. Die Jacke war eisig. Der klitschnasse Stoff war durch die kalte Luft außen beinahe gefroren. Er steckte seine Hand unter die Jacke und fühlte an Mirkes Bauch. Es war zwar alles nass, aber in der durchnässten Kleidung war es einigermaßen warm. Er konnte es riskieren, sie einen Moment hier sitzen zu lassen, um Hilfe zu holen. Er versicherte ihr, gleich wieder da zu sein, und trat an das Tor.

Es war nicht verschlossen. Das schwere Kugelschloss hing geöffnet an einer Kette. Rungholt zögerte einen Moment, bevor er durch das Tor wieder nach draußen vor die Stadt trat. Plötzlich spürte er die Kälte viel intensiver, weil Mirkes Körper ihn nicht mehr vor dem klammen Wetter schützte. Die Kälte zog an seinem nassen Wams und schien Nägel in seinen Oberschenkel zu schlagen. Die Stimmen waren verstummt.

Rungholt sah sich um. Die Wachtürme verschwanden im Nebel; irgendwo die Wiese hinunter weiter zum Damm hin, war er wohl mit Mirke an Land gekommen. Vor ihm lag die Wakenitz, die direkt an der Mauer entlangströmte und sich in den Krähenteich ergoss. Er stand auf roh geschlagenen Bohlen, die sich an der Mauer entlangzogen und zur Hinterseite des Kapitänshauses führten. Es war ein schmaler Kai auf Pfählen in der Wakenitz. Er war gebaut worden, um schnell anzulegen und Waren vom Fluss durch das Tor in die Stadt bringen zu können. Die groben Holzstämme des Kais waren ausgetreten. Rungholt konnte erkennen, dass an einigen der Poller das Wettermoos und die Muscheln von Seilen abgerieben waren. Hinten auf dem Steg konnte er einige Fässer und Kisten am Kapitänshaus sehen. Verschnürte Pakete und jede Menge Lasten von Tuch und Geschirr waren auf dem Kai gestapelt worden. Der Berg aus Waren und der Kai verloren sich im Nebel.

»Na endlich, wurde auch Zeit«, hörte Rungholt plötzlich den Mann mit der tiefen Stimme neben sich. Er fuhr herum, konnte jedoch niemanden ausmachen. Der Mann musste nur ein paar Klafter weiter im Nebel stehen. Irgendwo an der Seite des Kapitänshauses. Wohl hinter den Kisten und Fässern.

»Verflucht«, maulte die helle Fistelstimme. »Wette, die hab'n gesoffen anstatt zu rudern. Der Kapitän muss'n Jungs mal innen Hintern treten!«

»Was für'n Hintern? Die Jungs ham doch keinen.« Sie lachten. Dann meinte die tiefe Stimme: »Wenn sie getreidelt wären anstatt dumm zu rudern, wären wir schon fertig! Hol mal 'n Haken, dann ziehen wir sie ran.«

Die Fistelstimme bejahte, und Rungholt konnte hören, wie er im Haus verschwand. Der andere Mann rief ihm nach, er solle dem Krüppel Bescheid geben.

Erst wollte Rungholt die Männer, die er noch immer nicht erkennen konnte, ansprechen, doch etwas in ihm ließ ihn schweigen. Hier stimmte etwas nicht. Nicht allein die Tatsache, dass zu so später Stunde noch gearbeitet wurde, auch die Männer kamen Rungholt merkwürdig vor. Wollten sie etwas stehlen? Waren sie deswegen hier? Aber so viele Diebe auf einmal? Es waren mindestens drei Mann, und noch mehr kamen wohl auf dem Fluss. Außerdem waren sie für Diebe zu gelassen. Sie schienen sich gut zu kennen und solch nächtliche Treffen schon des Öfteren abgehalten zu haben.

Keine Diebe, nein. Rungholt kam es eher vor, als seien die Männer zu einer Verabredung erschienen – einem nächtlichen Gelage. Statt sich bemerkbar zu machen, duckte Rungholt sich hinter einen der Poller.

»Da!«, rief die helle Stimme. Schemenhaft sah Rungholt einen hageren, jungen Mann bei einem dicken, lockenköpfigen Seemann stehen. Die beiden zeigten auf die Wakenitz und frotzelten.

Kurz darauf sah Rungholt Boote auf dem aufgestauten Fluss. Zwei schlanke Ruderboote und eine Prahme glitten durch den milchigen Schleier. Sie ließen die Schwaden des trägen Nebels hinter sich, stachen durch den Dunst und nahmen Kurs auf den Steg. Die Prahme sah aus wie eines der Schiffe, mit denen sie gewöhnlich die Koggen auf der Trave löschten. Rungholt konnte sehen, wie ein Mann sich aufrecht hielt und durch den Nebel zeigte. Geradewegs auf *ihn* zeigte. Sie hatten ihn gesehen, sie…

Rungholt drückte sich hinter den Poller. Er spürte das feuchte Moos an seiner Wange. Die Wunde im Kiefer begann wieder zu bluten. Er hatte sich geirrt. Der Mann hatte nur auf den Steg gedeutete. Die Boote nahmen Kurs auf den Kai. Rungholt hielt sich versteckt und konnte erkennen, dass die beiden Ruderboote aussahen wie gewöhnliche Wakenitzschiffe. Jedoch hatten sie weder Netze noch die gewohnten Kisten für den Fisch an Bord.

Ein Klimpern… Das leise Klirren, das Rungholt schon im Keller und Marek im Wald gehört hatte. Rungholt versuchte, im Nebel jemanden auf dem Steg zu erkennen. Tatsächlich stand ein Schatten direkt neben ihm. Keine zwei Klafter entfernt. Ein Mann blickte auf den Fluss und die Boote, die näher kamen. Der Mann verströmte einen eigentümlichen Gestank. Er roch nach Kot und nach süßlichem Moder. Als seien feuchte Bettkissen muffig geworden. Dann wurde es Rungholt bewusst: Er riecht nach einem Nest. Der Mann stinkt nach Vogelkot. Wie ein altes Vogelnest, in dem Flaum, Federn und Beutetiere verrotten. Der Schatten sah irgendwie verschroben aus, schief. Obwohl kein Wind ging, schien es, als stemme er sich gegen eine Böe. Er hatte eine Öllampe in der einen Hand, die andere war verkrüppelt und wurde von einem Lederband gestützt, an dem ein Kettchen hing. Rungholt konnte im Nebel nicht sehen, wozu das Kettchen, das bei jeder Bewegung des Mannes klimperte, gut war. Im schwachen Schein der Öllampe, die der Mann schwang, war der Einhändige nicht gut zu erkennen. Dennoch war sich Rungholt sicher, den Kerl schon einmal gesehen zu haben. Er wusste nicht genau, wann er ihm begegnet war, aber er war sich sicher, es war nur wenige Tage her.

Es musste der Mann sein, der den Keller abgebrannt und der Calve umgebracht hatte. Rungholt hatte den Mörder gefunden.

Auch wenn dieser Schatten dort nicht der Auftraggeber ist, dachte Rungholt, so ist dieser Mann an Calves Tod schuld. Ich habe ihn gesehen, es war dieser Kerl, der Calve erstochen hat. Ich sollte ihm meine Gnippe in die Seite rammen. Hier und jetzt. Aus dem Nebel heraus. Instinktiv griff er nach dem Klappmesser, aber er hatte es wohl im Krähenteich verloren.

Ein leises Tapsen ließ ihn herumfahren. Mirke! Sie war durch das Tor getaumelt und lehnte nun zitternd am Fachwerk des Kapitänshauses. Er bedeutet ihr hektisch, sich hinzukauern und ruhig zu sein. Der Krüppel hatte sie noch nicht bemerkt. Mirke hatte Rungholt gesehen und nickte schwach, dennoch glaubte Rungholt nicht, dass sie begriff, wo sie waren und was geschehen war.

Kurz darauf legten die Boote an. Der Mann mit der hellen Stimme zog sie mit einem Enterhaken an die richtige Stelle vor den Fässerstapel. Der Einhändige nahm die Schiffer in Empfang. Er blaffte den Mann an, der auf den Steg gewiesen hatte. Es war ein stattlicher Kerl, den sie mit »Kapitän« anredeten. Auch der Einhändige war erbost, dass die Männer sich so viel Zeit gelassen hatten. Einige der Burschen, es waren insgesamt fünf Mann, die angelandet hatten, wollten schon die Fässer verladen, doch der Einhändige hielt sie zurück. Rungholt konnte nur schwer verstehen, was er ihnen sagte, doch die Worte »Löschen« und »Dach« drangen durch den Nebel zu ihm. Es dauerte nicht lange und alle verschwanden im Innern des Kapitänshauses.

Rungholt zögerte nicht. Er huschte zu Mirke hinüber, die noch immer zitternd auf dem Steg kauerte. Es brach ihm das Herz, sie so elend mit blauen Lippen und unheimlicher, weißer Haut auf den Bohlen zu sehen. Es sieht aus, dachte er, als hielte der Tod sie noch immer unter Wasser fest. Wenn dies überstanden ist, muss ich mich hinsetzen und in Ruhe nachdenken. Ich ekele mich an. Ich muss sehen, dass sich etwas ändert. Ich kann nicht zulassen, dass mein Kind sich entleiben will. Ich will kein rachsüchtiger, böser Mann sein.

Er küsste ihre Stirn und tröstete sie sanft. Er fragte, ob es ihr gut gehe. Sie nickte, aber er war unsicher und hob sie auf. Als er mit ihr gehen wollte, fragte sie nach Daniel. Rungholt setzte sie ab. Nochmals fragte sie besorgt nach Daniel. Er wusste keine Antwort. Sollte er zurück zum Haus? Ihr flehentliches Gesicht ließ ihn hadern. Erneut prüfte er, ob die Wärme sich unter ihren Kleidern hielt. Er versprach ihr, sofort wiederzukommen. Sie hatte ihn verstanden und brachte ein »Gut« heraus. Schließlich trug er Mirke zurück in den Gang. Hier konnte man sie nicht sehen. Ein letztes Mal zögerte er, ob er wirklich gehen sollte, doch Mirke nickte. Er küsste ihre Wange, dann huschte er schweren Herzens erneut auf den Steg hinaus. Er wollte nur kurz sehen, was die Männer taten und würde gleich zu ihr zurückkehren.

Der Hagere mit der hellen Stimme stand bei den Booten und kontrollierte, ob sie gut vertäut waren. Dann verschwand auch er im Nebel. Rungholt gab seine Deckung auf. Er schlich geduckt über den Steg des Hauses, um die Tuchballen und Fässer herum und hinter dem Mann her. Er war den Männern durch eine breite Tür ins Haus gefolgt. Rungholt konnte sehen, dass der Nebel groteskerweise ins Haus gezogen war. Hier war er zwar schwächer, doch man konnte den Dunst deutlich sehen. Er ließ alles fade und konturlos erscheinen. So, wie wenn Rungholt ohne Brille seine Verträge studierte. Die Tür war aus den Angeln genommen, ihre zwei Flügel an die Seite gelehnt worden. Er konnte erkennen, dass sie normalerweise mit schweren Schlössern gesichert waren. Rungholt huschte hindurch und drückte sich sofort zur Seite.

Die Brautgabe ist noch immer eindeutig zu wenig, argwöhnte er, als er den Blick durch die Diele gleiten ließ. Denn das Kapitänshaus, musste Rungholt feststellen, war eine Bruchbude. Billiger, es abzureißen, anstatt es auszubauen. Attendorn hat mich übers Ohr gehauen. Das war der erste Gedanke, der ihm kam.

Drinnen war es eisig. Genauso kalt wie draußen. Und es war staubig. Die Diele war leer, zwar mit Fässern, Holzkisten und Tuchballen voll gestellt, doch es gab keine Einrichtung. Die umlaufenden Sitzbänke waren herausgerissen, muchtige Leinentücher vor die Fenster gehängt worden. An die Deckenbalken hatte man Flaschenzüge gebunden, um Kippkarren zu beladen. In einer Ecke waren Heringe zu einem Haufen aufgeschippt worden. Ein Fass war aufgeplatzt und hatte seine Ladung auf den dreckigen Steinboden der Diele ergossen. Ratten huschten im Dunkel umher. Er konnte ihr schrilles Quieken hören, es roch nach ihrem Kot und verfaultem Fisch.

Er hielt sich weiter hinter einem Berg aus Leuchtern, Spielsachen und alten Decken versteckt. Es stank so erbärmlich, dass er sich die Hand vor den Mund halten musste. Die Männer standen bei dem Krüppel, der Anweisungen gab. Er befahl dem Lockenkopf und dem Jungen mit der Fistelstimme, die Tuchballen und die Altäre aus dem oberen Stock zu holen. Was sie nicht tragen konnten, sollten sie per Winde herablassen. Er ermahnte sie wie Kinder, vorsichtig zu sein und nichts übrig zu lassen. Sein Tadeln provozierte den Jungen zu einem frostigen Kommentar. Doch er schien sich nicht wirklich mit dem Krüppel anlegen zu wollen. Murrend verzog er sich mit dem Lockenkopf in den ersten Stock, während der Krüppel hinter einigen Regalen mit Waren verschwand. Die anderen Männer packten fluchend Kisten aus der Diele auf einen Kippwagen und hievten erste Fässer mit den Seilzügen herab. Sie wollten alles auf den Kai bringen.

Es ist ein Lager, dachte Rungholt. Ein verstecktes Lager, das nur einen Ausgang hat: Zur Wakenitz hin. Selbst die Fenster haben sie vernagelt, aber dennoch die Bretter mit Leinen bespannt, so dass es von außen aussieht, als sei das Haus bewohnt.

An der Tür zur Straße, die mit Kugelschloss und Kette zugesperrt war, lehnten noch die Werkzeuge. Übrig gebliebene Bretter, ein Hammer und ein ganzer Arm voll von angerosteten Schwertern. Vielleicht sollte ich eines an mich nehmen, überlegte Rungholt.

Doch die Männer, die ächzend den ersten Karren nach draußen gezogen hatten, kamen zurück. Schnell sah Rungholt sich um. Wohin? In die Küche?

Er huschte quer durch die Diele.

Erstaunt blieb er stehen. Die Küche war bis zur Decke mit Tuchballen, Papyrusrollen und Büchern zugerümpelt. Man hatte die Rollen und Bücher achtlos auf einen Stapel geworfen, während nur einige aussortiert in einem Regal lagen. Viele der schweren Bücher waren längst von Würmern und Ratten zerfressen, die meisten Pergamente so brüchig, dass sie lautlos auseinander fielen, als er an ihnen vorbeihuschte. Einige Bücher lagen beim Ofen bereit, um damit das kleine Feuer zu schüren.

Auf dem Boden rings vor dem Kamin, der sich in der Wand hinaufzog, lagen wahllos Tuchballen. Rungholt konnte kaum zwischen ihnen hindurch. Der Kamin sah aus, als sei er seit Jahren nicht mehr angefeuert worden. Dennoch glühten einige Äste an einer Seite. Den Rest der Feuerstelle hatte man mit

Steinplatten abgedeckt. Überall auf den Steinen und am Kamin waren rötlich gelbe Spuren zu sehen. Rungholt trat vorsichtig heran und sah sich die Reste genauer an. Es waren eindeutig Wachsspuren. Er kratzte etwas davon mit dem Fingernagel ab. Es war hartes Wachs dem fein gemörsertes Arsenicum beigemengt worden war. Siegelwachs mit Königsgelb. Hier waren Siegel eingeschmolzen worden. Selbst Spuren von Blei konnte Rungholt an den Steinplatten und am Gitterrost erkennen, als er sich nah darüber beugte. Er wollte seine Brille greifen, aber sie lag wohl auf dem Grund des Sees. Reste von Bullen, die einst wichtige Verträge und Dokumente geschützt hatten. Auf dem Boden vor dem Kamin entdeckte Rungholt einige Fäden aus Hanf. Man hatte sie wohl abgerissen, als man die Siegel entfernt hatte. Sie stammten zweifellos von den Waren, die nun in die Boote verladen wurden und von den Dokumenten, die hier vergammelten.

Er horchte. Von draußen drang das Fluchen und Gestöhne der Männer zu ihm. Sie feuerten sich gegenseitig an, während sie die Kisten und Ballen auf den Steg schleppten. Rungholt ging in die Knie. Er hörte seine Gelenke knacken, aber immerhin schoss kein Schmerz mehr durch seinen Zahn. Er schnaufte und tastet im Rattenkot und Ruß vor dem Kamin herum. Tatsächlich waren dort noch Splitter der Siegel liegen geblieben. Es mussten hunderte sein, die hier vernichtet worden waren. Er bekam einige der größeren Splitter zwischen die Finger, schabte eine ganze Hand voll zusammen und schüttete sie auf die kalten Steinplatten am Rande des Kamins.

Die abgeschnittenen Siegel stammten von verschiedenen Händlern; schon die unterschiedliche Größe und die verschiedenen Abstufungen zwischen Rot und Gelb ließen auf eine Vielzahl von Siegelinhabern schließen. Auf einem halb zerbrochenen Wachstaler meinte Rungholt, das Cachet eines Zirkelmitglieds zu erkennen: das Gepräge vom Heringshändler Dröhler, zu dessen Ehren Jakob Bringer und seine Schonenfreunde den Leichenschmaus im Travekrug abgehalten hatten.

Rungholt wühlte weiter in den zerschlagenen Stücken, las prüfend einige von ihnen auf. Bei einem der Splitter hielt er inne. Das Siegel sah noch sehr unberührt aus. Niemand war darauf herumgetrampelt, und es schien noch nicht sehr lange im Staub und Ruß gelegen zu haben. Rungholt war sich nicht sicher, und ihm blieb auch nicht die Zeit, noch weitere Bruchstücke zu suchen, aber es sah nach Calves Gepräge aus. Prüfend hielt er es sich ganz nah vor das Gesicht, als schnüffele er daran. Es sah aus, wie das Cachet, das er in Calves Schreibkammer gesehen hatte. Die drei Händler – Hinrich Calve mit seinen beiden Söhnen, Egbert und Johannes. Drei stilisierte Köpfe.

Sie plündern Koggen aus, schoss es Rungholt durch den Kopf. Sie bringen Koggen auf, und dann verstauen sie die Waren hier, um sie in Lübeck zu verkaufen.

Er stopfte sich so viel wie möglich von dem Bruch in seine Taschen. Dann wandte er sich vom Kamin ab und den Tuchballen zu. Sie alle trugen Siegel, doch der Abdruck sah neu aus. Sie waren erst kürzlich gepresst worden. Vielleicht war das Versiegeln sogar erst Stunden her. Rungholt riss eine der schweren Wachsoblaten vom Ballen ab. Das Siegel lag gut in der Hand. Er musste es zur Öllampe drehen, damit er etwas erkennen konnte. Eine Kogge. Eingeprägt war eine Kogge, die einen Stapel Tuchballen als Segel hatte. Attendorns Siegel.

Ihm war durchaus bewusst, dass er den Beweis vor sich hatte, doch noch immer weigerte er sich, seine Schlussfolgerung anzuerkennen. Der Gedanke war zu brutal, zu abrupt. Es ist sein Kapitänshaus und… Heiliger Vater. Mirke hatte Recht. Wenn es stimmt, dass die *Heilige Berg* nicht gesunken ist, dann reden die Männer von dieser Kogge, von Attendorns Schiff, wenn sie davon sprechen, die Waren zu verladen. Attendorn bringt mit seinen Helfern und der *Heiligen Berg* Schiffe im Sund auf. Die Waren bekommen sein eigenes

Siegel, und er verkauft sie in Lübeck. Wahrlich ein gutes Geschäft.

Von draußen hörte er die Männer fluchen. Der Lockenkopf moserte, ob sie nicht lieber das Haus hätten abbrennen sollen. Die strenge Stimme des Einhändigen drang in die Küche. Er befahl schroff, endlich die letzten Fässer hinauszuschaffen und schon mit der ersten Prahme loszufahren. Die Küche würden sie gleich leeren.

Rungholt nahm die Worte kaum wahr. Noch immer hingen seine Gedanken bei Attendorn. Und bei dessen Betrug. Er hat die Schiffe wie ein räudiger Vitalienbruder aufbringen lassen.

Nun will Attendorn alles schnell fortschaffen, weil ich ihm das Haus abgerungen habe. Er wird sich ein anderes Versteck suchen, vielleicht außerhalb von Lübeck. Vielleicht haben ihn auch meine Nachforschungen aufgeschreckt, und deswegen lässt er alles wegbringen. Und er wird das Haus ungehindert ausräumen können, schoss es Rungholt durch den Kopf. Ich kann die Männer nicht aufhalten. Ich kann nichts tun. Ich muss mich um Mirke kümmern.

Schritte nährten sich. Rungholt sah sich schnell um. Er konnte sich hinter den Ballen verstecken, aber diese würden sie bald abräumen. Die Kiste in der Ecke? Zu klein. Durchs Fenster? Halb vernagelt, zu schmal. Der Kamin?

Der Kamin. Schnell trat er auf die Steinplatten und schob seinen Kopf in den dunklen Schlot. Er passte gerade so hinein. Ihm blieb unter Ächzen und Zwängen noch Platz, seine dicken Beine anzuziehen. Endlich einmal hatte seine Fettlebigkeit etwas für sich: Er musste nur die Luft in den Bauch pressen und war quasi eingeklemmt. Rungholt zog die Beine an und verkeilte seine Füße so gut es ging an den groben Backsteinmauern rechts und links, so dass man sie nicht sah, wenn man direkt in den Kamin blickte. Eine seiner Trippen verhakte sich in einer Backsteinfuge und rutschte beinahe vom Schuh, hielt sich gerade noch. Er hörte, wie die Männer die Küche betraten und über die noch anstehende Arbeit fluchten. Sie waren zu dritt. Der Einhändige hielt sich scheint's zurück. Angesichts des massigen Bergs an Tuchballen begannen die anderen Männer zu stöhnen. Sie packten dennoch zügig zu.

Rungholt wusste nicht, wie lange er im Kamin klemmte, jedoch kamen und gingen die Männer an die zehn Mal. Und jedes Mal brachten sie, ihrem Ächzen nach zu urteilen, eine schwere Last nach draußen und zur Prahme und dem Treidelboot.

Rungholts Beine und Arme wurden taub. Er stemmte seine Ellbogen gegen das Mauerwerk und fürchtete, noch lange reglos ausharren zu müssen. Die Männer waren in die Küche zurückgekehrt, als er spürte, wie sich seine Trippe gänzlich löste und vom Schuh zu rutschen drohte. Er wagte nicht mehr, sich zu bewegen, das Bein anzuziehen oder es gegen die Steine zu drücken, denn er hatte Angst, ein Geräusch zu machen. Sie werden mich wegen einer Trippe umbringen. Sie werden mich wie Calve abstechen, weil ich das Holz für meine Schuhe verliere. Viele tapfere Männer starben, weil ihr Schwert brach. Ich sterbe, weil meine Trippe fällt. Ich sterbe in einen Kamin gepfropft wie ein Korken auf einem meiner Geneverkrüge. Passend. Gut, dass Marek mich nicht sieht.

Schweiß rann ihm in die Augen und ließ sie schmerzen. Er hätte beinahe geflucht. Ganz vorsichtig hob er den Fuß und versuchte zu verhindern, dass die Trippe weiter hinabglitt. Sachte spreizte er seine Zehen, doch sie steckten in Schnabelschuhen, und der Stoff bewegte sich kaum. Die Spitze hob sich keinen Finger breit. Rungholt konnte nichts machen.

Die Trippe fiel auf den Gitterrost. Ein Knall. Rungholt hielt den Atem an. Sie hatten ihn entdeckt, sie hatten ihn bestimmt entdeckt, und er steckte hier fest wie eine Made im Speck. Wie eine fette Ratte in einer Falle. Im dunklen Schacht konnte er hören, wie es mit einem Mal still wurde. Sie kamen näher, sie würden den Kamin anschauen, die Holzsohle sehen und den Schlot hinaufblicken.

»Was war das?« Die Stimme des Krauskopfs, dann ein Zischen, das befahl: »Smoljek, sieh nach!« Es war der Einhändige. Ächzend ließen sie die Tuchballen auf die Erde fallen. Dann waren Schritte zu hören. Das Klappern von Trippen wurde lauter. Einer der Männer kam offenbar zum Kamin. Rungholt hielt den Atem an und betete, der Mann möge nicht in die Glut und aufs Gitter sehen. Er schloss die Augen und schickte ein Stoßgebet den Schlot hinauf. Vollkommen reglos wartete er auf den Aufschrei des Mannes. Die verbrannte Haut auf seiner Hand begann etwas zu pochen. Er spürte den Schweiß auf seinem Rücken und bemerkte, wie seine Unterarme durch die Anspannung zu zittern begannen. Halt durch, ermahnte er sich. Du hast schon Schlimmeres überlebt.

Die Schritte kamen näher.

Sie huschten vorbei.

Rungholt konnte hören, wie sie sich entfernten und zur Diele hin weitergingen.

»Ach«, hörte er die Fistelstimme fluchen. »Die Idioten sind nur zu dämlich, den Altar aufzuladen.« Dann rief er in die Diele hinaus: »He! Ihr sollt gefälligst eine Decke drüberschlagen. Wisst ihr eigentlich, wie viel das Zeug wert ist?«

»Weg da!« Der Einhändige. Rungholt hörte, wie er direkt am Kamin vorbeiging und anscheinend den Lockenkopf beiseite stieß. Dann blaffte der Krüppel die Männer an und stutzte selbst den Kapitän zurecht. Gedämpft war aus dem Lager ihr Streiten zu hören. Aber Rungholt wagte noch immer nicht, sich zu bewegen. Er wartete, bis er den Mann mit der hellen Stimme und dann den Lockenschopf gehen hörte. Sie waren ebenfalls aus der Küche getreten.

Vorsichtig löste er sich aus der Starre. Er rutschte mehr, als dass er kraxelte und schob sich mit steifen Gliedern aus dem Kamin. Draußen stritten noch immer die Männer. Mittlerweile ging es um die Beladung der Prahme. Die beiden Boote konnten nicht alle Waren aufnehmen. Der Kapitän wollte die Wakenitz hinauftreideln, später zurückkommen und den Rest holen, während der Einhändige darauf bestand, sofort alles wegzubringen. Notfalls sollten sie den Rest durch das Tor in die Stadt schaffen und nicht zur *Heiligen Berg*.

Mirke, dachte Rungholt. Ich muss sie aus dem Gang wegholen. Wenn die Männer sie sehen… Sie werden ihr noch etwas antun. Hoffentlich hat meine Schecke sie gewärmt. Ich muss hier fort und sie ins Warme bringen.

Er griff sich schnell die Trippe und zog sie über. Zum Festbinden blieb keine Zeit. Er sah sich um, schnappte sich einen Schürhaken und riss eines der glühenden Bretter aus dem Kamin. Das schwelende Stück fiel auf den Boden. Rungholt trat es zu einem der letzten Tuchballen. Das Brett rutschte darunter, die Wolle fing augenblicklich Feuer. Rungholt war selbst überrascht, wie schnell sich die Flammen ausbreiteten. Er versteckte sich hinter einem Stapel mit Pergamentbüchern. In diesem Moment kamen die Männer zurück in die Küche und schrien angesichts der Flammen nach Hilfe.

Der Kapitän und seine Leute liefen zum Fluss hin, während der Junge mit der Fistelstimme und der Einhändige mit Stoffen auf die lodernden Ballen einschlugen. Doch den beiden gelang es nicht, die Flammen zu ersticken. Goldener Feuerschein hüllte sie ein. Der Lockenkopf rannte durch die Diele, den Männern hinterher. Er schrie, sie sollen Eimer holen, Fässer aufschlagen und sie füllen.

Hektisch sah sich auch Rungholt um. Die beiden Männer waren mit dem Brand beschäftigt, und noch war keiner der anderen zurückgekehrt. Außerdem war der Qualm so dicht, dass man hindurch und…

Jetzt oder nie. Rungholt gab seine Deckung auf, huschte hinter dem Einhändigen und dem Jungen entlang und im Rauch durch die Tür.

Mit einem Mal stand er ohne Deckung in der Diele, und die Männer kamen schon mit Krügen und Decken zurück. Noch hatte ihn niemand gesehen. Er rannte zu einigen Fässern, die am Tor zum Kai schon zum Verladen bereitstanden. Der Lockenkopf schlug draußen weitere Fässer auf, kurz darauf kam er mit den Männern in die Diele gelaufen. Rungholt überlegte, ob er über den Kai flüchten konnte. Es war jedoch kaum möglich, denn die Männer waren zu zahlreich und zu schnell. Sie schöpften unablässig Wasser, reichten die Fässer und Eimer durch. Das Feuer schien jetzt einigermaßen unter Kontrolle zu sein. Dicke Rauchschaden zogen zwar in die Diele und hüllten alles ein, aber Rungholt entdeckte nirgends Anzeichen, dass der Brand die Balken oder Wände angegriffen hatte.

Er schlich durch den Qualm an das andere Ende der Diele und orientierte sich dabei an den zugenagelten Fenstern. Mit dem Schürhaken hebelte er am Kugelschloss herum, das die alte Eingangstür verschloss. Es wollte nicht aufgehen. Er setzte beim Scharnier an, an das die Kette gebunden worden war, und es gelang ihm, das Eisen aus dem Holz zu brechen.

Er hetzte durch die Tür und um das Haus. Mirke lag noch am Gitter. Er hob sie auf. Sie hatte die Augen geschlossen und zitterte erbärmlich. Seine Tochter wollte etwas sagen, aber er legte sich das Kind über die Schulter und lief, so schnell es seine Knöchel und seine Ausdauer zuließen.

Niemand sah Rungholts massige Gestalt im Nebel verschwinden.

31

Die Engelsgrube lag im Dunkeln. Der Nebel hatte sich am unteren Ende gesammelt und lag dort zur Kiesau hin wie der schwere Rauch von Quendelkraut. Rungholt eilte mit Mirke durch die Schwaden. Er trug seine Tochter die Engelsgrube hinauf, obwohl seine Knie entsetzlich schmerzten und das Ziehen in seiner Seite stärker denn je einsetzte.

Auf halbem Wege durch die Stadt hatte Mirke unbedingt selbst gehen wollen, und er hatte sie abgesetzt, aber ihre Beine waren immer wieder weggeknickt. Außerdem hatte sie zu husten begonnen, und Rungholt hatte Angst bekommen, dass sie sterben könnte. Er hatte sie wieder hochgenommen und war noch schneller durch die Nacht geeilt.

In seinem Haus brannte noch Licht. Rungholt vermutete, dass Alheyd und Hilde auf sie warteten, denn gewöhnlich hatte seine Frau zu so später Stunde schon alle Kienspäne und Öllampen gelöscht. Tran und Wachs waren teuer, und wenn Rungholt nachts nach Hause kam – nach einer Zechtour oder einer anständigen Sitzung im Ratskeller – wartete Alheyd oben in der Schlafkammer, während das Haus stets im Dunkeln lag.

Rungholt fasste nach dem Eisenschnabel des Sperlings und drückte die Tür mit der freien Schulter auf. In Vorfreude auf die Wärme und die Sicherheit bugsierte er Mirke in die Diele und redete beruhigend auf sie ein. Sie braucht einen Wäschezuber voll heißem Wasser, dachte er. Mirke muss ins Bett und einen Sud trinken. Alles wird gut. Alles wird sich richten.

Als er den Kopf hob, waren drei Hellebarden auf ihn gerichtet, und zwei Riddere, die vor seinem noch frischen Wandgemälde standen, hielten ihre Hände auf die Knäufe ihrer Einhänder gestützt. Bereit, die Schwerter sofort zu ziehen.

»Was«, mehr brachte Rungholt nicht hervor. Langsam ließ er Mirke von seiner Schulter rutschen, drückte ihren Kopf schützend an seine Seite und starrte die Männer an, die im Begriff waren, ihn zu umzingeln.

»Nehmt die Waffen runter. In Gottes Namen, was wollt ihr? Wer seid ihr? Was …?«

Alheyd und Hilde kamen aus der Küche gerannt. Rungholt sah, dass seine Frau geweint hatte. Ihre Wangen waren rot und aufgesprungen. Sie sieht entsetzlich aus, schoss es Rungholt durch den Kopf. So ruppig und zerzaust wie die Küken meines Rotrückchens. Rotrücken? Zerzaust? Er konnte keinen klaren Gedanken fassen. Ihm war eiskalt. Mirke hustete.

»Sie muss aus den nassen Kleidern heraus, Alheyd! Nimm sie. Was geht hier vor?«

Alheyd wollte etwas erwidern, wollte zwischen den Männern hindurch zu ihrem Mann, aber einer der Riddere stieß sie nach hinten. Wütend trat Rungholt vor und wollte den Angreifer angehen, besann sich dann jedoch eines Besseren. Letztlich waren es nicht die Waffen, die ihn davon abhielten, sich den Mann vorzuknöpfen, sondern seine Tochter. Er konnte Mirke nicht einfach loslassen.

»Dies ist ein ehrbares Haus! Ihr habt kein Recht, hier einzudringen«, sagte er. »Was wollt ihr?« Die Männer antworteten nicht. Waren sie von Attendorn geschickt?, fragte er sich. Standen die Männer unter dessen Sold?

Da hörte er eine feste Stimme durch die Diele hallen: »Wir haben das Recht, Rungholt.«

Kerkring. Er trat aus der Dornse, hatte eines von Rungholts Handelsbüchern in der Hand und kam zu den Männern.

»Ihr spioniert in meinen Büchern? Legt das hin. Sofort!«, sagte Rungholt. »Was tut Ihr hier?«

»Lasst erst einmal Eure Tochter los, Rungholt. Und schickt die Weiber fort.«

Rungholt begriff noch immer nicht, aber er bemerkte, dass Kerkring bemüht war, Ruhe zu bewahren. Der Richteherr hatte neben Rungholts Büchern auch die beiden Tasseln in der Hand und setzte ein sanftes Lächeln auf. Doch seine Haltung verriet das Gegenteil von Gelassenheit, denn Kerkring stand leicht gedreht zu Rungholt, zeigte ihm nicht die offene Seite, sondern streckte ihm die Schulter hin. Genau, wie Rungholt sich gestellt hätte, um schnell sein Schwert zu ziehen. Zumindest die skeptische Haltung konnte Rungholt ihm nicht gänzlich übel nehmen, denn er selbst gab wohl ein beängstigendes Bild ab: mitten in der Nacht mit seiner Tochter in den Armen. Nur mit einem Wams bekleidet, alles dreckig und nass, als habe er gesoffen und sich dann am Ufer geprügelt.

Vorsichtig schob Rungholt Mirke, die Riddere nicht aus den Augen lassend, von sich. Sofort stürzte Alheyd vor, zog ihre

Tochter zu sich. Hilde kam, sie kümmerte sich um Mirke und führte das Mädchen zur Küche.

Rungholt sah, wie blau Mirkes Lippen waren. Erbost wandte er sich an Kerkring, doch der Rychtevoghede hielt ihn mit einer Geste zurück. Bebend wartete Rungholt, bis die Frauen in der Küche verschwunden waren, bevor er Kerkring anfuhr. Der junge Richteherr schien jedoch überhaupt nicht beeindruckt.

»Ruhe! Ihr werdet beschuldigt, Hinrich Calve – Kaufmann und Brüggefahrer aus der Ellerbrook – ermordet und mit Daniel Brederlow, einem Friedlosen und verurteilten Mann, zusammengearbeitet zu haben.«

Rungholt verstand nicht. Es dauerte einen Augenblick, bis ihm gewahr wurde, was Kerkring eben gesagt hatte. »Ihr sprecht wirr. Nehmt Attendorn fest, aber nicht mich.«

»Attendorn? Nun, Sebalt hat geahnt, dass Ihr versuchen würdet, ihn zu bezichtigen. Ich habe genug von Eurem Unsinn, Rungholt. Ihr wolltet den Mörder niemals entlarven, und warum? Weil Ihr es selbst seid! Alles, was Ihr tatet, war, mehr Zeit herauszuschinden, damit Ihr alle Spuren, die zu Daniel führen, vernichten könnt. Und Euer feiner Lehrling nicht am Galgen baumelt.«

Rungholt wollte diesem pausbäckigen Richteherr in seinem feisten Pelzmantel die Nase brechen, ermahnte sich jedoch zur Ruhe.

Er steckt mit Attendorn unter einer Decke, schoss es ihm durch den Kopf. Der Gedanke ließ ihn beinahe taumeln. Er mochte Kerkring nicht, aber dass der Richteherr mit Attendorn paktieren könnte, wäre ihm nie in den Sinn gekommen. Beide wollen Schande über mein Haus bringen, dachte Rungholt. Sie klagen erst meinen Lehrling an, dann mich selbst. Und jetzt? Jetzt wollen sie mir meine Tochter entreißen. Was kommt als Nächstes? Welch stinkende Jauche werden sie noch über mich auskippen, welchen Kot auf mein ehrenvolles Ansehen schütten?

»Ihr werdet niemals die zwölf Schöffen Lübecks von meiner angeblichen Schuld überzeugen, Kerkring. Niemals.«

»So? Aber vielleicht wird der Fron Euch Eure Geheimnisse entlocken und damit die Schöffen umstimmen. Man sagt viel über Euch, erzählt sich schauderhafte Geschichten, was Ihr alles in Russland und Riga erlebt haben sollt …«

»Wer erzählt Geschichten?«

»Nun, Winfried …«

Winfried! Also doch. Dieser greise Lügner, dieser Teufel. »Ihr habt keine Beweise.«

»Für was? Für Eure Ketzereien von damals? Oder für Eure lästerlichen Taten gestern? Am Hafen.«

»Weder noch«, knurrte Rungholt leise.

Kerkring hatte die Worte nicht verstanden, aber er konnte sich denken, was Rungholt gesagt hatte: »Wir haben sie, Rungholt. Beweise.« Er baute sich vor Rungholt auf. »Wir haben Wullfram. Er hat gesehen, wie Ihr Hinrich Calve in der Nacht ermordet habt und vom Kampf bewusstlos am Kai lagt. Wir haben Calves Frau, die bestätigte, dass Ihr Euch mit Calve in jener Nacht treffen wolltet. Wir haben obendrein die Kleider des Fremden, die Ihr versteckt habt.« Er brach ab. »Ihr habt nicht nur Eurem Lehrling befohlen, den Fremden umzubringen und die Tassel bei mir aus der Rathauskämmerei gestohlen – nein, Ihr habt auch Calve umgebracht! Wir werden Euch einen ordentlichen Prozess nach lübischem Recht machen. Nichts ist ein schändlicherer Fehler als Habgier, Rungholt. Eine Todsünde.«

»Ich bin frei von Sünde.«

Kerkring lachte auf. Rungholt wollte schon auf ihn zustürmen, aber sofort waren die Wachen da.

»Ich denke, Ihr seid ein Frevler, Rungholt. Und ein noch größerer Sünder, als wir alle ahnen«, fuhr Kerkring streng fort. »Und was die Schöffen anbelangt … Ich denke, der Fron wird Euch bestimmt bei einer peinlichen Befragung ein paar Sünden entlocken. Bestimmt auch ein Geständnis.«

»In Gottes Namen, Kerkring! Hört Euch reden. Ihr wollt mich foltern?«

»Wenn es sein muss.« Er nickte die beiden Riddere zu sich.

Die Männer packten Rungholt, der sie anknurrte. Als er versuchte, sie abzuschütteln, griffen ihn die Büttel. Rungholt belferte, ob Kerkring den Verstand verloren habe? Doch alles Wehren half nicht. Die Schar hatte Rungholt fest im Griff. Diesmal würden sie nicht zulassen, dass er zu viel Widerstand leistete. Diesmal nicht. Zwei Männer drückten Rungholts Kopf nach unten, so dass er nach vorne taumelte und mit der Schulter gegen die Haustür krachte. Sie rissen seine Arme auf seinen Rücken und banden sie fest.

Bevor sie ihn aus seinem Haus stießen und die Engelsgrube hinauftrieben wie ein Schwein zum Küterhof, sah er noch einmal zurück in seine Diele: Alheyd und Hilde kümmerten sich fieberhaft um Mirke. Ein Knecht brachte einen Zuber mit warmem Wasser, sie hatten Mirke die nassen Kleider ausgezogen und rieben sie trocken.

Einen kurzen Moment sah sich Alheyd um, und Rungholt fing ihren Blick auf. Er war voller Angst, und – für Rungholt noch schlimmer – er konnte sehen, wie angestrengt sie tapfer sein wollte, wie sie sich zwang, in ihren Blick Mut und Zuversicht zu legen. Aber ihr Blick blieb voller Sorge.

Rungholt wurde auf die Straße gestoßen und ließ plötzlich seinen Kopf brüllend gegen die Stirn eines der Hellebardenträger krachen, der zu Boden ging. Einem zweiten Angreifer trat er in den Magen. Der Mann flog stöhnend zurück. Rungholt wollte sich einem der Riddere widmen, doch da traf ihn ein Schwertknauf am Kopf. Einen Atemzug lang wurde ihm schummrig, dann knickten ihm die Knie ein. Bevor Rungholt stürzen konnte, hatten sie ihn untergehakt. Sie schleiften ihn vom Haus weg und die Engelsgrube hinauf.

Benommen öffnete er auf halbem Weg die Augen. Den Gedanken an Gegenwehr hatte er aufgegeben. Sein Blick fiel noch einmal an den Bütteln vorbei, die stöhnend neben ihm

Schritt zu halten versuchten, und die gewundene Engelsgrube hinunter. Wie ein dunkles Band schlängelte sich die Gasse den Hügel hinab. Sein Haus war das einzige, dessen Lichter noch brannten. Einer der Männer stieß ihn weiter, und Rungholt hob den Blick zu den Staffelgiebeln der stolzen Kaufmannshäuser. Sie zogen im Mondlicht an ihm vorbei, und ihm kam es vor wie ein Traum. Er hätte schwören können, die Raben zu hören. Wie sie sich auf die Staffeln setzten und ihm krähend nachsahen. Und er würde aus einem seiner schlimmen Träume hochfahren, weil Daniel eine von Alheyds Schüsseln hatte fallen lassen. Doch er erwachte nicht.

Der Trupp bog auf dem Koberg in die Breite Straße. Rungholt wurde in den Rücken getreten, er riss den Kopf herum, und alles schwankte. Dennoch war ihm klar, dass es kein Traum war. Der wachsende Groll auf Winfried, seinen alten Freund, erinnerte ihn daran, nicht zu schlafen.

Es ist eine Sache, dass Kerkring mich aus dem Weg schaffen will, weil er mit Attendorn zusammenarbeitet, dachte Rungholt. Aber es ist eine andere, dass mein Freund mich hintergangen hat. Wenn ich nicht mehr bin, wenn sie mich aus der Stadt geworfen oder mich auch umgebracht haben, dann kann Winfried mit Kerkring und Attendorn in wenigen Stunden Daniel hängen. Und es ist dann, als sei der Fremde niemals an Land gespült worden. Es ist dann, als seien Calve und Johannes nur zufällige weitere Opfer. Wenn ich vertrieben werde oder sterbe, dann ist es, als sei der Kanal niemals geplant worden. Sie wollen Ruhe. Sie wollen, dass Lübeck wieder einschläft. Dass die Geschäfte ungehindert weiterlaufen. Hier will jeder, dass alles seinen gewohnten Gang geht. Ein neues Vorhaben wie der Kanal stört die Ruhe nur. Die Vitalienbrüder sind das kleinere Übel, weil man es kennt und weil man es kalkulieren kann. Mich kann man nicht abschätzen, und deswegen muss ich begraben werden, wie der Kanal begraben bleibt.

Die Männer bogen in den Schrangen, als vier stämmige Büttel sie freundlich grüßten. Rungholt war so in Gedanken versunken, dass er erst spät Winfried erkannte, der den Bütteln folgte. Der Greis war außer Atem, stützte sich auf seinen Stock und tupfte sich unablässig die Stirn. Rungholt wollte ihm einen seiner bösen Blicke zuwerfen, aber Winfried vermied es, ihm in die Augen zu sehen. Seinen Freund in Fesseln vor sich zu haben, schien den Greis zu belustigen.

»Rungholt, Rungholt. Dass mir dieses Bild noch zuteil wird. Beneficium senectutis. Eine Wohltat des Alters... Wahrlich...«

Der Greis lächelte hustend und schüttelte Kerkring die Hand. Nachdem er den Richteherr für seine Arbeit gelobt hatte, stellte er sich vor Rungholt. Sein buckliger Körper reichte ihm gerade bis zur Brust. Am liebsten hätte Rungholt ihm auf die Glatze gespuckt.

»Gut, dass Ihr endlich ein Machtwort gesprochen habt«, sagte Winfried süßlich zu Kerkring und tätschelte Rungholts Wange. Rungholt konnte die kalten Ringe an Winfrieds dürren Fingern spüren. Er schwieg, denn er wusste vor Zorn auch nicht, was er Winfried hätte sagen sollen. Die Wut, die sonst in solchen Augenblicken in Rungholt aufstieg, war zu Hass geworden, der sich mit Trauer mischte. Dieser gallige Groll schien in seinen Adern wie ein zäher Fluss zu strömen und alles auszufüllen.

Sie waren keine Freunde mehr, und er wollte sich nicht herablassen, seinen Feind zu verfluchen. Er hatte schon einmal seine Hände um den Hals des Alten gelegt – und wenn er eine weitere Möglichkeit bekommen sollte, würde er fester zudrücken. Ganz gewiss.

Winfried warf den Riddere einen verächtlichen Blick zu. Insbesondere den beiden Bütteln, die Rungholt verletzt hatte. Diese Überheblichkeit des Siegers, dachte Rungholt und bemerkte, wie gering der Greis die Leistung der Männer schätzte. Er zeigte auf seine Begleiter. Allesamt wesentlich stämmigere Männer als er. Zwei von ihnen waren mit Schwertern bewaffnet, der dritte hatte eine Kette in der Hand, mit der er nervös herumspielte. Sie stierten Rungholt an, als hätten sie einen Wolf vor sich.

»Ich hörte, Kerkring, dass Ihr ihn friedlos gesprochen habt?«, fragte Winfried.

Kerkring nickte.

»Gut. Ich habe schon mit Attendorn gesprochen. Ich denke, es ist besser für Euer Ansehen, wenn ich meinen *Freund…«* Er spie das Wort förmlich aus und richtete hustend seine Haare über der Glatze. »Wenn ich diesen Frevler von Ratsmitglied, wenn ich ihn in die Fronerei schmeiße. Gönnt mir den Triumph. Man muss den zukünftigen Bürgermeister ja nicht unbedingt mit so einem Abschaum sehen. In solch schlechter Begleitung und dann auch noch in der Nacht.« Winfried musste erneut husten.

»Das du so weit gehst…« Fassungslos blickte Rungholt den Greis an. »Ich schwöre dir, Winfried, du wirst mit mir verfestet, wenn ich dem Rat von der Stadtkasse –«

Winfried unterbrach ihn schroff. »Nehmt ihn mit, diesen Abschaum, und werft ihn in den Kerker!«

Er nickte Kerkring lächelnd zu. Der junge Richteherr zögerte einen Moment. Rungholt fing seinen Blick auf und spürte, dass etwas nicht stimmte.

Sie haben etwas Schreckliches vor, schoss es ihm durch den Kopf. Was, wenn Kerkring doch nicht mit Attendorn zusammenarbeitet und Winfried mich meucheln will?

»Nimm deine Finger weg!«, fuhr er den Greis an. »Ich warte in der Hölle auf dich und werde dir die Eingeweide rausdreschen!«

Er wollte mehr sagen, doch da gab Kerkring schon Weisung, Rungholt zu übergeben. Sofort drückte ihm einer der Männer ein Tuch in den Mund, und sie legten ihm die Kette um.

»Seid nicht all zu grob zu ihm«, sagte Kerkring. »Ich will wahrlich kein Aufsehen. Er soll seinen Prozess bekommen wie jeder andere.«

Die Männer nickten zwar, zurrten Rungholt dennoch fest. Er spürte, wie die Kette in seine Haut schnitt, doch er starrte Winfried nur reglos an.

Dann gingen die Riddere mit Kerkring und seinen Bütteln zurück zum Rathaus, während Winfrieds Männer Rungholt den Schrangen hinab zur Fronerei stießen.

Rungholt fluchte mit dem Tuch im Mund. Am liebsten hätte er diesem Greis den Hals umgedreht. Mit aller Kraft stemmte er sich gegen die Kette, aber sie stießen und traten ihn weiter. Er konnte nichts tun. Winfried verfolgte Rungholts Toben, das angesichts der Männer aussichtslos war, mit einer gehörigen Portion Zufriedenheit.

»Schön zu sehen, dass man deine Wutanfälle durchaus bändigen kann, Rungholt«, sagte er, und das schiefe Grinsen des Alten ließ Rungholt nur noch mehr erzürnen.

Ein paar Vetteln steckten ihre Nasen aus dem Fenster, aber Winfried blaffte sie derart laut an, dass sie schnell die Köpfe einzogen. Beim anschließenden Hustenanfall musste er stehen bleiben. Nur mit Mühe konnte er sich auf seinen Stock stützen.

Auf Höhe der Fronerei nickte er seinen Begleitern zu. Rungholt wollte sich losreißen, damit sie ihn nicht zur Tür der Fronerei drücken konnten, doch es war nicht nötig. Winfrieds Büttel traten und stießen ihn an der Fronerei entlang und auf die dunkle Via Regia zu.

Sie bringen mich tatsächlich um, wurde es Rungholt klar. Sie werden mich erdolchen und in die Trave schmeißen. Ich habe Recht gehabt.

»Was? Was wird das? Winfried!« Rungholts unterdrückte Rufe drangen durch den Knebel. Er rief in Todesangst, doch die beiden Männer drückten seinen Kopf herunter und pressten ihm den Mund zu. Er bekam keine Luft mehr.

Sie drehten Rungholt die Arme auf den Rücken, kugelten sie beinahe aus und stießen ihn in einen dunklen Durchgang zwischen zwei Häuser.

Winfried trat zu ihm. Er fixierte den großen, fässernen Mann und winkte ihn zu sich herunter. Rungholt beugte sich knurrend herab und konnte wieder Winfrieds Geruch von Alter und Tod riechen. Je länger wir leben, als wir schon gelebt haben, desto drängender will unsere Seele vorzeitig aus unseren Knochen und zu Gott hinauf. Sie will in den Himmel fahren, obwohl wir noch auf den Beinen stehen und vergreisen, dachte Rungholt. Und weil wir in den Himmel wollen, aber noch auf Erden wandeln, werden wir zynisch und sadistisch und gemein. Und wir riechen nach der fauligen Seele, die unseren Körper Tag für Tag mehr verlässt.

»Du solltest wahrlich hier verrotten. Du bist das Gebein nicht wert, das dein fetter Wanst umschließt. Amicus certus in re incerta cernitur. Asinus!« Winfrieds gezischte Worte waren schneidend. Wieder nickte er einem seiner Begleiter zu.

Der Mann zog eine Gnippe, klappte sie gekonnt und schnell auf. Er setzte Rungholt die Klinge an den Hals und nahm ihm den Knebel ab.

»Wie viel? Wie viel hat er dir bezahlt?«, keuchte Rungholt Winfried entgegen.

»Attendorn?«

»Ja, Attendorn. Dein Herr, dem du den Kot vom Stiefel kratzt. Der dir in dein verfaultes Kreuz tritt. Du genießt es, die Drecksarbeit für ihn zu machen. Hab ich Recht?« In seinem Zorn duzte Rungholt den Alten.

Zwei Männer drückten Rungholts Schädel an die Backsteinmauer. Rungholt wollte sich wehren, aber sie hatten ihn im Griff. Der Mann mit dem Messer kam näher. Plötzlich sah Rungholt aus dem Augenwinkel das Leuchten einer Lampe. Ein Nachtwächter. Winfrieds Schergen hatten den Büttel noch nicht gesehen. Ein letztes Mal nahm Rungholt seine Kraft zusammen, strengte sich an, die Männer abzuschütteln, und wollte sich bemerkbar machen. Doch seine Peiniger deckten ihn geschickt mit ihren Körpern ab, pressten ihm den Mund zu und begannen, mit Winfried zu reden. Sie sprachen so laut, dass der Wächter nichts von Rungholts erstickten Rufen mitbekam. Er grüßte sogar, als er Winfried sah, und ging nichts ahnend am Durchgang vorbei. Winfried und die Männer horchten, bis seine Schritte verklungen und sie wieder allein waren.

»Wenn du nur halb so viel Verstand hättest, wie du dir einbildest«, zischte Winfried. »Dann würdest du einfach mal den Mund halten, Rungholt.« Er nickte dem Mann mit der Gnippe zu. Das Messer blitzte auf, dann wurde es eingeklappt. Ein anderer Mann öffnete die Kette.

Rungholt verstand nicht.

»Aber… Aber?«, stammelte er.

»Silent leges inter arma.«

Winfried zwinkerte Rungholt zu. »Im Waffenlärm schweigen die Gesetze… Apropos Gesetze. Wenn du mir noch einmal Übles nachredest, bringe ich dich wirklich zum Fron, und du fährst noch vor mir in die Grube, mein Freund.«

Tatsächlich blieb Rungholt stumm. Seine Armknöchel schmerzten von der Kette. Er rieb sie, während er den zierlichen Mann verdattert ansah. Endlich dämmerte ihm, dass Winfried ihn befreit hatte.

»Es ist… Also… Manchmal, da… Ich – Ich will sagen…« Sein Gestammel war peinlich. Es wollte nicht in Rungholts Kopf, wie er über Winfried so viel Schlechtes hatte denken und reden können. Er musste etwas sagen, doch Entschuldigungen waren nicht seine Stärke und die letzte schon einige Zeit her.

Winfried schnaubte in seinen Ärmel und strich sich die Haare über die Glatze.

»Es gibt Momente im Leben, da zeugt eine Entschuldigung durchaus von Größe, Rungholt.« Er schüttelte den Kopf. »Dass du dich nicht im Griff hast, ist schlimm genug, aber dass du zu *feige* bist, einen Fehler zuzugeben, ist…«

»FEIGE! Ich?«, brüllte Rungholt. Die Lautstärke ließ Winfried erschrocken auf die Straße zurückweichen. Angesichts der Männer, die ebenfalls zusammengezuckt waren, konnte Rungholt das Lachen nicht mehr unterdrücken.

»Entschuldigt. Ich konnte nicht anders«, sagte er und packte den zierlichen Winfried bei den Schultern. Er drückte den Alten an seinen Bauch und küsste ihm die Glatze.

»Entschuldigt. Vor allem die letzten Tage. Bitte entschuldigt, Winfried. …Entschuldigt mein… mein schändliches Benehmen. Verzeiht mir, dass ich an unserer Freundschaft gezweifelt habe, und entschuldigt auch…«

Winfried schüttelte den Kopf. »Ja. Gewiss, gewiss. Es reicht, Rungholt. Cetera mitte loqui!«

Noch immer erschrocken über Rungholts scherzhafte Attacke holte Winfried Luft, dann musste er ebenfalls lachen.

Kurz darauf drückte sich Rungholt nur in Laken gewickelt zu Winfrieds Kompagnon auf die Bank. Weil ihm selbst die Kleider des stämmigsten Knechts zu eng gewesen waren, hatte Winfrieds Freund ein Betttuch holen lassen und dabei unentwegt über sein ganzes Mondgesicht gelächelt.

Knut Grittson und Winfried hatten seit beinahe einem halben Jahrhundert eine Handelskompanei. Es war nicht Winfrieds einzige Wedderlegginge, aber die beständigste. Im Gegensatz zu Winfried wirkte Grittson gesünder. Der Schein trog jedoch, denn wahrscheinlich sah Winfrieds alter Kompagnon nur besser aus, weil er dicker war und nicht so eingefallen wie Winfried.

Grittson hatte Rungholt sofort in seinem imposanten Backsteinhaus nahe des Domviertels aufgenommen. Der Alte hatte den geschundenen, dicken Mann und Winfried nur verschlafen angesehen, sich gleichgültig mit einem Holzstab am Rücken gekratzt und dann durch seine verfaulten Stummelzähne gebabbelt, dass die beiden gefälligst eintreten sollen, bevor er sich den Tod hole.

Auch nach gut zwei Stunden hatte Grittson keine Fragen gestellt und Winfrieds Erklärungen, weswegen Rungholt vor Dreck stank und Fesselspuren hatte, nicht hören wollen. Im Gegensatz zu Winfried scherte Grittson die Politik nicht. Er hatte sich immer aus den Ratsgeschäften herausgehalten und sich – ganz in alter Hansemanier – neutral gestellt.

Wie Rungholt nach einem Blick durch die bemalte und mit kostbarem Holz ausgeschlagene Dornse feststellte, gab der Reichtum Grittson Recht. Die drei Männer wärmten sich bei einem Schluck Branntwein und warteten auf Marek, dem sie eine Nachricht geschickt hatten. Der Kapitän sollte Kleider aus der Engelsgrube mitbringen und Alheyd und Mirke ausrichten, dass es Rungholt gut ging.

Rungholt nahm noch einen Schluck Branntwein. Ihm wurde bewusst, dass er schon eine ungewöhnlich lange Zeit keinen Alkohol getrunken hatte. Der Schnaps tat gut. Auch wenn er nicht so schmackhaft war wie Rungholts Genever, wärmte er augenblicklich. Rungholt wollte wissen, warum Winfried das Geldborgen nicht schon früher gestanden hatte? Er wäre ein gutes Stück in seinen Nachforschungen weitergekommen, hätte er vom Kanalbau und dem, wie er es nun vorsichtig nannte, Leihen des Stadtgeldes gewusst.

Winfried hatte keine Antwort, aber Rungholt sah ein, dass es wohl am ihm selbst lag. Er hatte seinem greisen Freund mit seiner wütenden Art einfach Angst gemacht. Ich würde mir selbst auch nichts gestehen, überlegte Rungholt heiter. Er wandte sich erneut Winfried zu.

»Wieso habt Ihr zugelassen, dass die Leiche unseres Muselmannes vergraben wird?«

»Du. Waren wir nicht beim Du?«, antwortete Winfried.

Es fiel Rungholt weiterhin schwer, den Alten zu duzen, immerhin hätte Winfried Rungholts Vater sein können. Sein Großvater. Immer wieder fiel Rungholt in die alten Gewohnheiten zurück. Seit fünfzehn Jahren kannten sie sich, aber aus Respekt vor dem Greis hatte Rungholt ihn nie geduzt. Bis vor wenigen Stunden, doch da war es voller Hass gewesen.

»Vergraben? Beerdigt wurde er. Ich habe versucht, es aufzuschieben, aber ich konnte es vor dem Rat nicht durchsetzen. Du weißt, wie es Recht und Sitte ist? ›Weil niemand mit Rat und Tat, noch in Fluchen und Schwören daran schuldig, so muss man das Gottesgericht befehlen lassen. Die Leiche ist nach üblicher Weise mit Gesang und Glockengeläute zu bestatten.‹ So steht es in unserem Gesetz, Rungholt.«

Rungholt nickte.

Wenig später brachte Marek die Kleider. Rungholt war so froh, den Kapitän zu sehen, dass er den verdutzten Marek umarmte. Nachdem alle mit einem weiteren Schluck Branntwein versorgt waren, musterte Marek seinen dicken Händlerfreund in den weibischen Tüchern, und Rungholt erwartete, wie er es gewohnt war, einen Spruch, doch Marek sagte stattdessen: »Jetzt hab ich meinen Tagessold wohl verspielt, hm?«

Er klang beinahe traurig.

»Wovon redest du?«

»Na, ich meine, ich sollte doch auf dich aufpassen…«

Rungholt wischte den Einwand fort. »Wichtiger ist, was mit Alheyd und Mirke ist. Hast du sie gesehen?«

»Ja. Die lassen dich grüßen. Sie sind wohlauf, soweit das möglich ist, mein ich. Also eben den Umständen entsprechend, wenn jemand Vater und Ehemann aus dem Haus holt… Mirke geht's gut. Sie hat keine Erfrierungen, hat Hilde gesagt. Sie hat geschlafen, als ich da war. Ach, und Alheyd hat ihren bekannten Sud gemacht. Für Mirke. Habe auch was davon bekommen. Wirklich lecker.«

»Jaja.« Diese Schonen, dachte Rungholt, am Tratschen wie die Waschweiber. »Schön. Hast du gut gemacht, Marek.«

Er klopfte seinem Kapitän auf die Schulter und nahm das Essen, das Alheyd ihm mitgegeben hatte. Er stellte es erst einmal auf Grittsons Schreibpult und nahm sich die Kleider vor. Er begann, sich anzuziehen.

Winfried trank seinen Schnaps zur Neige. Es war schon sein dritter Becher. Während Marek und Grittson miteinander plauderten, sah Winfried merklich besorgt Rungholt beim Ankleiden zu. »Verlasse die Stadt. Ich bitte dich, Rungholt. Als Freund, hörst du?«

Winfried legte Rungholts alte, zerschlissene Kleider beiseite. »Geh aus der Stadt. Nur, bis sich die Wogen geglättet haben. Bitte. Sie haben dich friedlos gesprochen.«

»Verfestet? Ich stehe im *liber proscriptionis*?«

»Ja. Attendorn hat dich hineinschreiben lassen. Nachdem er uns bei dir zu Hause die Beweise gezeigt hat, haben wir im Ratskeller eine außerordentliche Sitzung abgehalten. Die meisten der edlen Herren waren auf Attendorns Seite. Auch Kerkring. Er ist noch immer überzeugt, das Richtige zu tun. Ich bitte dich, verlass die Stadt. Geh nach Novgorod, nach Bergen… von mir aus nach Riga.«

Rungholt hielt im Knöpfen seines Wamses inne. »Novgorod, Riga… Niemals.«

»Du kennst das Sprichwort?«, fragte Winfried. Er hatte das Metallstück entdeckt, das noch immer in Rungholts Tasche gewesen war. Rungholt blickte Winfried fragend an. Marek sprang ein.

»*Es ist dahyn geschriben, daß es keyn Kuowe ablecket, noch keyn Krae außkratzet.* Was im *liber proscriptionis* steht, bleibt darin zu ewigen Zeiten«, sagte der Kapitän.

Winfried nickte. »Es kann die Kuh nicht ablecken und die Krähe nicht auskratzen.« Der Alte sah zu Marek hin, er sollte Rungholt den Mantel reichen.

»Was in den Stadtbüchern steht, und vor allem im Buch der Verfestung, Rungholt, das steht für immer dort«, sagte Winfried.

»Ich fliehe nicht.« Rungholt zog sein Wams zurecht. »Ich fliehe nicht, Winfried. Ich weiß, dass du dich um mich sorgst, aber ich kann nicht einfach verschwinden. Es geht um meine Ehre. Ich werde nicht wie eine Hure aus der Stadt schleichen.«

Winfried seufzte. Mit zittrigen Fingern fuhr er über das Metall.

»Und ich werde nicht zulassen, dass Mirke einen wie Attendorn heiratet. Außerdem hast du Daniel vergessen.«

Rungholt blickte Winfried an, und ihm schien es fast, als sei dessen Gesicht im Schein des Feuers plötzlich noch faltiger geworden. Er wird nicht mehr lange leben, dachte er plötzlich, und der Gedanke traf ihn hart. Er wird bald sterben, und ich habe mich ihm nicht offenbart. Er hat mich vor dem Galgen gerettet, aber ich habe ihm noch nie von der Scheune erzählt und ihm die Wahrheit über mein Leben gesagt.

Rungholt wandte sich ab, bevor der Eindruck des schwächlichen Winfrieds ihn wirklich übermannen konnte. Schweigend sah er kurz aus dem Fenster, obwohl durch die kostbaren Butzenscheiben nicht viel zu erkennen war.

»Mach dir keine Sorgen«, sagte er zu Winfried.

Draußen war die Sonne im Begriff aufzugehen. An den Butzen hatte sich Wasser gesammelt. Die Tropfen glitzerten wie Tau im diffusen Licht.

»Woher hast du das?«, riss ihn Winfried aus den Gedanken. Der Richteherr zeigte das Metall hoch.

»Ich hab's gefunden«, warf Marek ein. »Im Wald. Ich bin so einem Kerl nachgerannt, ich meine, ich glaube, es war ein Kerl und…«

»Ja. Er hat's gefunden. Es gehört wohl dem Mörder«, bremste Rungholt ihn.

»Eurem Krüppel? Sieht mir aus wie eine Schiene.« Winfried gab Rungholt das Stück, der es sich an den Arm hielt. Es passte in der Tat gut. Die Länge stimmte, und die leichte Wölbung passte sich gut am Ellbogen an. Warum war nicht er darauf gekommen?

»Ich kenne viele mit verkrüppeltem Arm. Das bringt der Beruf des Richteherr mit sich.« Rungholt verstand erst nicht, was Winfried ihm damit sagen wollte. »Wir schlagen so einigen die Hand ab oder lassen sie verbrennen. Außerdem arbeiten einige Büttel für uns.«

»Was willst du damit sagen?«

Winfried wies Rungholt auf den Tag hin, als er gekommen war, um Daniel zu holen. Er hatte einem Mann den Auftrag erteilt, den Lehrling abzuführen. Einem Boten aus dem Rathaus.

»Ihr… *Du* meinst den Mann mit der verwachsenen Hand?«

»Ja. Er heißt Arndt Weber. Er verdient sein Geld als Laufbursche. Er ist Büttel für unsere Schreibstube. Überbringt Vorladungen, Dokumente und Beschlüsse. Ein tüchtiger Kerl.«

Winfried hustete und deutete auf das Metall in Rungholts Händen. »Arndts Rückgrat ist das einer alten Vettel. Alles verbogen wie die Äste einer Weide. Er ist klein. Sieht aus, als würde er immer gegen den Wind laufen.«

»Arndt Weber?« Rungholt und Marek sahen sich an. Konnte es sein? Hatten sie den Mörder?

Rungholt grübelte.

Auch Winfried überlegte, tupfte sich die Lippen. »Und ich glaube auch, dass er sich im Sommer eine solche Schiene hat machen lassen, weil sein Arm schmerzte«, sagte er schließlich.

Rungholt konnte es nicht fassen. »Ich stand ihm schon direkt gegenüber. Ich hatte meine dreckige Hand an seinem Wams…«

Ein Lächeln ergriff Winfrieds fleckiges Gesicht. »*Daß es keyn Kuowe ablecket, noch keyn Krae außkratzet«,* sagte er noch einmal leise und fuhr dann nachdenklich fort: »Nun, Rungholt. Quod non in actis, non in mundo. Was nicht in den Akten, ist nicht in der Welt. Ich werde dir helfen, deinen Namen aus dem Stadtbuch zu tilgen… Du sollst die erste Krähe sein, die aus dem *liber proscriptionis* ihren Namen kratzt.«

Rungholt nickte. »Und Daniels Namen. Wir holen den Jungen vom Galgen und legen die Schlinge um Attendorns Hals. So Gott will.«

»Ja. So Gott will«, pflichtete Marek bei.

Hinter den Scheiben hellte sich langsam der milchige Dunst auf. Niemand konnte ausmachen, von wo das Licht in den Nebel drang, doch der Tag war im Begriff anzubrechen. Die Männer tranken schweigend ihren Branntwein aus.

»Du weißt, wo er wohnt?«, fragte Runghold.

Winfrieds Antwort ging in einem Hustenanfall unter.

32

Der Nebel hing über den schwarzen Äckern wie feine Gaze. Saatkrähen suchten nach den letzten Körnern. Kurz nach Sonnenaufgang setzte sich der Tross in Bewegung. Die Ratsmitglieder und einfachen Bürger zogen von der Burg durch das mächtige Tor. Psalmen singend schritten sie in einer langen Prozession durch das Burgtor und weiter zwischen den Äckern hindurch. Ihre Litanei wehte über die flachen Felder. Angeführt wurde der Tross von Pater Ambrosius und den Bettelmönchen des Dominikanerordens. Sie schwenkten Weihrauchfässer, und die Rauchschwaden vermischten sich mit dem Nebel des frühen Tages.

Man hatte Daniel auf einen Pferdewagen gebunden. Gefesselt wie am Kaak stand er an einen Pfahl gebunden da. Damit er schwieg, hatte man ihn mit einem Leinentuch geknebelt. Kinder tobten um die Prozession, rannten lachend um den Wagen. Sie neckten ihn und warfen mit Steinen und ihren Trippen nach ihm. Daniels Stirn blutete bereits. Etwas hatte ihn über der rechten Augenbraue getroffen. Obwohl die Männer und Frauen die Kinder ermahnten, konnten sie sie nicht davon abbringen, den Verurteilten zu bewerfen.

Die Sonne hing tief über dem Boden und war zu schwach, den Nebel aufzulösen. Sie ließ ihn nur erstrahlen, und es sah aus, als ob die helle Scheibe am Horizont zu Eis gefroren wäre.

Langsam und unter Gesängen zog die Gemeinde weiter. Hinter Pater Ambrosius und den Bettelmönchen folgten Winfried und Kerkring. Winfried blickte sich ständig um und war Kerkring nun schon zweimal in die Hacken getreten, weil er nicht aufgepasst hatte. Er hatte nur Sinn für Rungholt, der hoffentlich den Einhändigen stellen würde. Den beiden Männern folgten der Fiskal, die Bürgermeister und alle Ratsmitglieder. Hinterher zog sich die Schlange aus Bürgern. Arm und Reich schritt über die Äcker, voller Erwartung auf die Erlösung des Mörders, auf den Tod des jungen Sünders, der ihr Stadtleben so grob gestört und der Gott so frevelhaft gehöhnt hatte.

Abseits des Trosses marschierte der Fron mit seinen Männern. Auch Darius war darunter. Niemand wollte mit dem unehrenhaften Scharfrichter und seinen Gehilfen etwas zu tun haben. Sie würden erst am Köpfelberg dazustoßen und ihrer Arbeit nachgehen.

Es war nicht weit bis zum Hügel. Die zwei Galgen stachen schon aus dem Nebel, und bei den ersten Bürgern breitete sich eine feierliche Spannung aus. Auch wenn sie in den letzten Tagen schon einige Frevler auf dem Schindacker und bei den Hurengräbern vergraben hatten, die letzte ordentliche Hinrichtung lag bereits einige Monate zurück.

Die Gröpelgrube war in Aufruhr. Einige Bettler und Krüppel hatten sich bereits vor den Holzbuden versammelt. Rungholt und Marek waren mit vier Seemännern in die Gasse gekommen, und die Bewohner hatten ihre Arbeit stehen gelassen und sich hinter den Störenfrieden zusammengerottet. Rungholt blickte in die dreckigen Gesichter und war froh, dass sich seine Friedlosigkeit noch nicht herumgesprochen hatte. Sie hätten ihn wohl für ein paar Pfennige erschlagen und zu Kerkring geschleift. Doch auch so war er in der Gröpelgrube ein Eindringling. Ratsherren sah man hier im Stadtteil hinter dem Heiligen-Geist-Hospital selten – und noch seltener waren sie im Begriff, eine der Buden zu stürmen.

Die Bewohner verfolgten, wie sich Marek mit den Seeleuten an einer der Türen zu schaffen machte. Marek gab den Männern still Zeichen, ihm in die Hütte zu folgen und sich im Innern umzusehen. Der eine rechts, der andere links.

Rungholt sah, wie sich der Schone unruhig die vernarbten

Oberarme kratzte während er mit den bewaffneten Männer sprach. Es waren stämmige Seeleute, allesamt in Mareks Mannschaft. Er hatte ihnen eine fürstliche Heuer versprochen und diese wie üblich von Rungholt eingetrieben.

Mit einem unguten Gefühl nickte Rungholt seinem Kapitän zu. Daraufhin trat Marek mit aller Wucht die Tür aus vernagelten Brettern ein. Sie flog krachend aus den Angeln, und Marek stürmte mit seinen Männern ins Innere. Rungholt starrte auf die gebrochene Tür, und es schien ihm, als habe die Dunkelheit der Bude die Männer geschluckt. Noch einmal blickte er sich zur Menge um, die tuschelnd um ihn stand, dann hielt er den Atem an und folgte mit erhobenem Schwert seinem Freund.

Das Holzhäuschen war dreckig und unaufgeräumt. Kinderspielzeug lag herum, überall war Stroh und Reisig verstreut.

»Hinten durch!« hörte Rungholt Marek befehlen, bevor er ihn im Qualm einer Feurstelle sah. Der Schone wies zu einem der Ausgänge hinter einem zerstörten Webstuhl. Nur schlecht war im Rauch der Ausgang auf der anderen Seite der Holzbude auszumachen. Rungholt schob sich weiter in den Raum.

»Ihr! Knut, Jasper, Hendrik« Marek zeigte mit dem Schwert in die andere Richtung. »Ihr nach steuerbord! Ausgang zum Hof finden.« Seine Befehle kamen knapp. Da sah Rungholt plötzlich einen Schatten im Nebenraum. Undeutlich war der Schemen hinter den Spalten der Bretter zu erahnen gewesen.

»Dort! Dahinten!«, schrie er.

Marek und zwei der Männer nahmen die Verfolgung auf. Rungholt musste zur Seite treten, beinahe hätten die Männer ihn umgestoßen. Er sah, wie sie hinter den Brettern verschwanden. Lange geschah nichts, dann plötzlich Schreie. Ein Kind plärrte. Das Keifen einer Frau. Schrill. Laut. Da, Mareks Rufe. Rungholt hörte ihn streiten, konnte ihn hinter der Bretterwand jedoch nicht gut zu sehen. Der Kapitän brüllte die Frau an, wo der Einhändige sei. Immer wieder rief er »Arndt?«, doch das Weib verstand ihn nicht oder wollte nicht verstehen.

Rungholt wandte sich ab und sah sich um. Für einen Lidschlag stockte ihm der Atem. Durch die Rauchschwaden schrägte das spärliche Licht der Öllampen aus den anderen Räumen. Es fiel durch die schlecht vernagelten Bretter, und Rungholt konnte ringsum Schatten erkennen. Hinter beinahe jeder Wand huschten Männer und Frauen vorbei. Flüchteten sie? Bereiteten sie einen Angriff vor? Die Gestalten waren dunkle Geister im flackernden Licht. Als er wieder zu Marek blickte, riss der gerade die Frau zur Seite und drang in die nächste Bude vor. Die Frau drückte ihr Kind an die Brust. Sie begann zu weinen.

Rungholt schob sich an der glimmenden Feuerstelle des unübersichtlichen Raumes vorbei und weiter vor in das Gewirr aus Holzwänden. Er folgte Marek nicht, sondern versuchte, sich einen anderen Weg durchs Labyrinth der Wände zu bahnen. Einer der Seeleute schloss sich ihm an. Das Licht seines Kienspans flackerte unregelmäßig. Es fiel durch die Bretter und erzeugte wandernde Muster auf den Wänden. Immer wieder verloren sich Ecken und halbe Räume gänzlich im Dunkeln. Durchgänge zweigten ab, rechts, links, schräg vorne. Wohin? Hier war Bude an Bude gebaut worden. Von überall drang Lärm zu Rungholt. Aufgeregtes Gemurmel, Husten und Lachen. Kleine Kinder plärrten, und andere spielten singend im Hof.

Einige der armen Bewohner fluchten, als Rungholt mit dem Seemann an ihnen vorbeischlich. Er hatte sie beim Schlafen auf den Strohsäcken gestört. Feindselig sahen sie zu den Eindringlingen auf.

Es ist einfach zu geschäftig hier, dachte Rungholt. Zu viele Menschen, zu viele Feinde. Zu viele Schatten, die uns angreifen können.

Er stieß gegen einen Stapel mit Holzdauben. Klappernd rutschten sie über den Boden. Unwillkürlich zuckte Rungholt zusammen, spürte, wie ihm der Schweiß ausbrach. Er sah sich um. Er hatte geglaubt, dass beinahe alle Lübecker bei der Hinrichtung sein würden, doch die Ärmsten der Stadt waren nicht aufgebrochen. Entweder waren sie von Krankheit zu sehr gezeichnet, oder sie nutzten die Zeit, um ihren zumeist liederlichen Geschäften nachzugehen.

Rungholt winkte seinem Begleiter. Er sollte vorausgehen und um die Ecke spähen. Sie drangen in die nächste Bude vor. Es stank beißend nach Urin, und der Seemann stieß an eine dreibeinige Öllampe unter der Decke. Sie schwang an ihrem Kettchen hin und her. Als der Mann danach griff, stupste er sie nur an. Tanzende Schatten, verzerrte Gestalten und trunken sich neigende Ecken. Der Seemann eilte voraus und verschwand. Panik packte Rungholt. Er spürte mit einem Mal die verbrannte Haut seiner Hand wieder pochen, als er das Schwert fester griff.

Wir sollten alles niederbrennen, dachte er. Wie man Ratten jagt, so sollten wir die Buden einfach abbrennen und sehen, wer herauskommt. Er schüttelte den Gedanken ab. Hatte er nicht vorgehabt, weniger herzlos zu sein? Barmherziger? Den Armen hatte man zu geben, vom Essen und vom Geld, man brannte ihre Hütten nicht ab. Reiß dich zusammen.

Er hob sein Schwert und war überrascht über das Gewicht. Er hatte schon lange keines mehr gehalten. Seine Muskeln waren über die Jahre schlaff geworden. Wenn dies alles vorbei ist, schoss es ihm durch den Kopf, sollte ich bei Marek ein wenig Kampfunterricht nehmen. Nur zum Vergnügen ein bisschen mit ihm kämpfen. Es würde meinen trägen Knochen nicht schaden. Eigentlich wusste er mit dem Schwert umzugehen, zumindest war noch einiges an Waffenkunst übrig geblieben. Nyebur hatte ihn damals einen Sommer lang zu einem Riddere in die Gänsewiesen geschickt. Es hatte Rungholt Freude bereitet, mit dem Mann zu üben, und schließlich verstand er sich auf das Schwertschwingen recht gut. Ein paar Jahre später verstand er sich auch auf das Töten gut. Zu gut.

Damals im Schnee hatte er die schwere Waffe herumwirbeln können. Damals war er selbst auch noch anderthalb Zentner leichter gewesen und wendiger auf den Beinen. Jetzt hatte er ein ganz anderes Gefühl, als er das Schwert hob. Er hatte das Gefühl, dass es ihn verletzlicher machte, anstatt ihn zu stärken.

Irgendwer schrie. Es kam von hinten. Rungholt fuhr herum, konnte aber nicht genau ausmachen, von wo das Rufen wirklich stammte. Es schien von draußen zu kommen, vom Hof her. Tatsächlich war auch das Kindersingen verstummt.

Vorsichtig folgte er seinem Begleiter um die Ecke und stand mit einem Mal unter freiem Himmel. Er war aus dem Gewirr von Buden herausgetreten, dennoch war es hier nur ein wenig heller.

Im Schatten konnte er eine Sickergrube erkennen, die an einer Backsteinmauer ausgehoben worden war. Zwei Bettler saßen vor ihm und schissen in eine offene Grube. Als sie Rungholt und das Schwert sahen, warfen sie sich verwunderte Blicke zu, schissen aber weiter. Rungholt fragte stumm mit einem Kopfnicken. Sie antworteten auf die gleiche Weise. Dort drüben, sagte ihre Geste. Rungholt sah sich um.

Ein schmaler Gang führte zwischen der Mauer mit der Sickergrube und den Buden entlang. Rungholt zögerte. Die Flucht war sehr eng und bot kaum Platz zum Kämpfen. Sie war nur wenig breiter als die Schultern eines Mannes und endete an einer weiteren Bude, die anstatt einer Tür nur ein schiefes Gatter besaß. Rungholt sah genauer hin. Kleine Schädel waren an das Gatter genagelt worden oder hingen auf Schnüre gebunden als Schmuck herab. Er erkannte, dass es Vogelschädel waren. Zu klein und zierlich für Rabenköpfe und zu massig für Sperlinge. Es waren Taubenköpfe. Jemand hatte mehr als fünfzig Taubenschädel zur Verzierung an den Rahmen geschlagen. Die Ketten aus ihren Knochen pendelten klirrend in der Luft. Erneut musste Rungholt an den Nestgeruch, den Gestank des Mannes denken, den er auf dem Kai gesehen hatte.

Da sah Rungholt seinen Begleiter aus dem Schatten treten und auf das Gatter zurennen. Viel zu langsam folgte Rungholt ihm, rief immer wieder, noch zu warten. Doch der Mann hörte nicht. Er wollte die Pforte gerade aufstoßen, da gellte sein Schrei durch die Flucht. Sofort blieb Rungholt stehen. Er konnte nicht genau sehen, was geschehen war, aber der Seemann schien plötzlich zu taumeln. Er hielt sich den Hals, aus dem rhythmisch Blut spritzte, fiel zur Seite. An der Backsteinmauer rutschte er zu Boden und blieb zittern liegen. Jemand hatte ihn durch das Gatter hindurch in den Hals gestochen.

Fluchend lief Rungholt los. Er rief nach Marek, nahm das Schwert weiter hoch und schob sich den Gang entlang vorwärts. Er musste über die Leiche des Mannes steigen. Aber war er überhaupt schon tot? Rungholt konnte es nicht sagen. Er zuckte nicht mehr, aber das Blut rann dennoch, als würde sein Herz noch pumpen. Der Angreifer hatte ihm direkt in den Kehlkopf gestochen. Geradewegs durch Speise- und Luftröhre. Präzise. Seine Augen waren starr. Rungholt wischte sich den trockenen Mund und umklammerte den Schwertknauf. Er war noch einen Klafter vom Gatter entfernt, gute zwei Armeslängen. Er versuchte, durch die Stäbe jemanden zu sehen oder den Raum dahinter abzuschätzen, doch alles war im Schatten verborgen. Die Dunkelheit hinter der Pforte blieb undurchsichtig. Endlich kamen Marek und zwei seiner Männer in den Gang. Sie liefen an der Sickergrube vorbei.

Rungholt bedeutete ihnen sofort, still zu sein, und wies auf die Finsternis hinter dem Gatter. Etwas schien sich hinter den Stäben mit den aufgefädelten Taubenschädeln zu bewegen. Er kniff die Augen zusammen. Der Schweiß rann ihm in die Augen, und er spürte jeden Tropfen auf seiner Haut. Im faden Morgenlicht, das kaum bis in den schmalen Gang drang, geschweige denn hinter das Gatter fiel, war nichts auszumachen. Er wollte schon herantreten und es öffnen, als sich Marek an ihm vorbei drückte und ohne zu zögern gegen die Stäbe trat. Doch anstatt dass das Gatter aufschwang, krachten ein paar Verstrebungen weg, und Marek steckte bis zum Oberschenkel in der Pforte. Schutzlos. Hektisch versuchte er, das Bein herauszuziehen, bevor es ihm jemand aus dem Dunkeln aufschlitzen konnte, doch er verfing sich und ging zu Boden.

»Scheiße! Teufel! Bølge, du Döskopp! Verfluchte Bretter!« Die Angst ließ ihn wie einen Rohrspatzen schimpfen. Zwei seiner Männer mussten zupacken und ihn herausziehen. Aber Marek ließ es sich nicht nehmen, daraufhin gleich noch einmal gegen das Gatter zu laufen. Diesmal mit der Schulter. Ein Kugelschloss riss weg, zog mit seiner Kette die Streben entzwei.

Hatte es von draußen ausgesehen, als sei der Raum tief und als rage die Finsternis weit in ihn hinein, so wurden sie nun eines Besseren belehrt. Der Eingang mit dem Gatter war nur einen Klafter tief und wurde von einem mit Pech geschwärzten Vorhang geteilt.

Rungholt befahl den Männern, Wache zu halten, dann trat er zu Marek. Die beiden sprachen sich mit einem Nicken Mut zu. Ängstlich griff Rungholt in den Vorhang und zog ihn zur Seite. Er war schwer und seit Jahren nicht gewaschen worden. Beinahe wächsern, schien der Stoff in Rungholts Hand mehr zu brechen, als sich zu falten. Marek ließ seinen Einhänder durch den Schlitz vorschnellen, den Rungholt offen hielt. Nichts.

Der Kapitän trat näher heran. Es stank grauenhaft. Der Geruch ließ Rungholt die Augen tränen. Wie Marek hielt er sich die Hand vor Mund und Nase. Er sah, wie sein Freund durch den Vorhang trat, und ihm blieb nichts, als ihm zu folgen.

Überrascht stellte Rungholt fest, dass sie inmitten eines Taubenschlags standen. Obwohl der Verschlag recht groß war, hatten die Vögel kaum Platz. Es waren einfach zu viele Tauben darin. Rungholt konnte ihre Zahl nicht genau abschätzen, aber es mussten über zweihundert Tiere sein. Der Boden, die winzigen Schläge und die Stangen, alles war mit Kot bedeckt, und einige der Tauben, das sah Rungholt sofort, hatten sich bereits gegenseitig die Federn ausgerupft. Die Vögel liefen dennoch verhältnismäßig ruhig umher. Ihr Gurren hallte von den Wänden wider und wurde nur vom Vorhang geschluckt.

»Hier ist er nicht. Er hätte sie doch sonst aufgeschreckt«, meinte Marek.

Rungholt befahl mit einem Zeichen, dass Marek gefälligst still sein solle. Er hatte auch erst gedacht, dass die Vögel aufgeregt hätten sein müssen, doch nun war er sich sicher, dass die Tauben dem Einhändigen gehörten. Sie kannten den Mann, oder er wusste sehr genau, wie er sich zwischen den Tieren bewegen musste.

»Er muss hier sein. Es war wohl kaum eine der Tauben, die unserem Mann in den Hals gestochen hat«, flüsterte Rungholt.

Es schien keinen weiteren Ausgang als durch den Vorhang zu geben. Rungholt trat näher an die Stäbe, winkte Marek leise zu folgen. Vorsichtig, um kein Geräusch zu machen und die Vögel nicht aufzuschrecken, schob er sich zwischen die Vögel. Marek folgte.

Sie sahen sich um. Es war unmöglich etwas auszumachen, denn dazu waren zu viele Tiere auf den Stäben und auf dem Boden.

Die beiden sahen den Einhändigen nicht, der reglos über ihren Köpfen verharrte. Er war an der Wand der Bude hinaufgeklettert, hielt sich an den groben Brettern fest, die Füße auf einen Holzzapfen gestellt. Durch die Ritzen zwischen den Brettern fiel ein wenig Licht vom nächsten Hinterhof zu ihm. Reglos verharrte er an der Bretterwand und lauschte.

»Kannst du ihn sehen?« Rungholt schien es, als würde seine Frage im Gurren der Tauben untergehen. Er blickte nach oben, aber er konnte im Dunkeln nichts erkennen.

»Nein. Hier ist er nicht. Er ist sicher irgendwie schon in die Buden zurück. Ich mein, hier muss es noch einen Ausgang geben.«

»Ja, du hast Recht.«

Rungholt wandte sich ab, während einige Tauben um ihn herumflogen und gurrten. »Verflucht. Lass uns raus hier. Lass uns draußen nachsehen, wo er hin ist.«

Einen grausamen Moment lang befiel Rungholt der Gedanke, dass sie ihn verloren hatten. Arndt Weber ist einfach weggerannt und wird sich verstecken, dachte er. Attendorn wird ihn mit Geld versorgen, und er wird für immer unauffindbar bleiben. Daniel wird gehängt, und ich werde aus der Stadt gejagt. Und Mirke? Sie wird diesen Aufwiegler und Mörder ehelichen.

Die beiden traten den Rückzug an, gingen zum Vorhang, da brach plötzlich die Hölle los. Rungholt riss den Kopf herum. Hatte Marek sich zu hektisch bewegt? Waren sie zu schnell gegangen? Die Tauben flatterten los. Sie gurrten nicht mehr, sie schrien eher und flogen haltlos im Kreis. Rungholt und Marek standen mit einem Mal in einem Regen aus Federn und flatternden Vögeln. Sie mussten die Arme vor das Gesicht reißen, um sich vor den vielen Tieren zu schützen. Es war nichts zu sehen wegen der aufgeregten Vögel, der Federn und des aufgewirbelten Staubs.

»Was ist? Was ist los?«, brüllte Marek hustend.

»Ich weiß es nicht!«

Der Lärm der Flügel, das Gurren und Kreischen war ohrenbetäubend. Mehr und mehr Federn tanzten in der Luft wie Schneeflocken. Für einen winzigen Moment musste Rungholt an seine Träume denken. Für einen Augenblick waren die Tauben wieder die vermaledeiten Raben. Und Rungholt starrte in das Meer aus Federn und versuchte, nicht an den Schnee und die Scheune zu denken. Und vor allem nicht an Irena.

Angestrengt sah Rungholt durch den Federregen hinauf zu dem schmalen Brett, auf das unablässig Tauben flogen. War dort jemand? Er konnte nicht genau erkennen, was vor sich ging. Auch Marek hatte den Kopf in den Nacken gelegt, spuckte Federn und versuchte, etwas zu erkennen. Nachdem sich die Aufregung legte, erblickte Rungholt den kleinen Spalt unter der Decke der Bude. Durch ihn konnten die Tauben herein, aber nicht hinausfliegen, denn die Tiere drückten Stäbchen auf, die hinter ihnen zufielen und verhinderten, dass sie wieder ins Freie gelangten. Aber irgendwie gelang es den Tieren nun doch zu fliehen. Einige Vögel schlüpften nach draußen. Die Stäbchen waren zerschlagen.

Arndt, schoss es Rungholt durch den Kopf. Ihr Mann war entkommen, war durch diesen Spalt geschlüpft.

»Andersrum«, hörte er sich rufen. »Lauf! Marek! Los doch! Los!«

Der Köpfelberg lag im Norden vor den Mauern Lübecks. Er war ein Hügel aus Schlamm. Längst war das Gras heruntergetreten. Zwei Galgen schrägten in den Himmel. Erde und Lehm. Die derben Gerüste aus schweren Holzbalken waren einzig gezimmert worden, um die Schuldigen aufzuknöpfen. Dahinter lag der Schindacker mit den Hurengräbern.

Daniel sah sich um, als sie ihn vom Wagen luden. Obwohl es hier draußen auf den kargen Schollen kaum etwas zu sehen gab, konnte er sich nicht konzentrieren. Seine Augen sprangen herum, und sein Herz raste. Der Junge sah nur Formen, nur verwischte Gesichter, und er hörte Stimmen, die sich zu einem Brei aus Tönen vermischten. Blut schoss in seinen Kopf. Bei jedem Herzschlag so stark und drängend, dass er unwillkürlich mit den Wangenmuskeln zuckte. Er wollte das Zucken abstellen, aber es gelang ihm nicht.

Daniel wehrte sich. Sie mussten ihn zu zweit vorschieben, bis sie bei dem ersten Galgen waren. Auch wenn er nicht schrie – und auch nicht weinte –, wehrte er sich dennoch, so gut er konnte. Obwohl ihm seine Hände auf den Rücken gebunden waren, versuchte er, die Männer abzuschütteln. Ein dritter Gehilfe musste schließlich herbeieilen, um Daniel festzuhalten.

Rings um den Hügel standen die Schaulustigen. Die Gaffer. Es war weniger die Freude, Daniel hängen zu sehen, als vielmehr der feste Glaube an Gottes Gerechtigkeit, an die Sühne des Sünders, die die Menschen auf das Feld getrieben hatte. Sie alle hofften auf die Erlösung des Täters.

Der Fron schubste Daniel zum Galgenstrick, den ein zweiter Mann herabgelassen hatte. Der Junge versuchte, das Gleichgewicht zu halten und nicht zu stolpern. Die Schlinge aus gut geschlagenem Hanf hing schon auf Daniels Kopfhöhe. Daniel wusste, was Sitte war: Sie würden ihn langsam hinaufziehen. Er sollte nicht in den Genuss des Fallens kommen, sondern er würde vom Scharfrichter und seinem Gehilfen ganz bedächtig in die Höhe gezogen werden, so dass er baumelnd langsam ersticken musste.

Und Daniel wusste auch, dass er zuerst mit der Schlinge um den Hals dastehen musste und gezwungen sein würde, die lange Prozedur der Rychtevoghede und der Bürgermeister über sich ergehen zu lassen. Er sollte dastehen, als Gemahnung aller Ketzer, Diebe und Mörder. Früher hatten sie die Verbrecher und Ungläubigen an den Grenzbaum vor der Stadt gehängt, doch vor einigen Jahrzehnten hatte man im Rat abgestimmt, eigene Galgen aufzustellen.

»Bitte! Ich bin es nicht. Ich war es doch nicht. Bitte!«, flehte er, als der Fron ihm den Knebel abnahm. Er hatte längst aufgegeben, sich die Worte zurechtzulegen. Beim Anblick des Galgens sprudelte es aus ihm heraus: »Bitte! Ich habe nichts … Ja, ich bin ein Sünder. Ja! Ich wollte ein Mädchen verführen. Ich beichte. Vor Gott. Ich – aber … Aber Gott kann bezeugen, dass ich unschuldig bin!« Ihm versagte die Stimme.

Der Fron drückte Daniels Kopf gegen den Strick, und Daniel kam die Morgensuppe hoch, die sie ihm in der Klosterkirche gegeben hatten. Er hatte nicht gebeichtet, hatte nichts zugegeben. Ganz, wie es Rungholt gesagt hatte. Sie hatten mit Engelszungen auf ihn eingeredet, ihn bekniet und ihn geschlagen. Eine Zeit lang waren sie ratlos gewesen. Dann hatten sie Angst bekommen ihre Furcht hatte Daniel sehr wohl bemerkt. Sie hatten Angst bekommen, jemanden hinzurichten, der vor Gott nicht Buße tun wollte und sich der Beichte verweigerte. Es hatte Daniel zwei Stunden Zeit eingebracht. Zwei Stunden, in denen Attendorn, die Bürgermeister und Kerkring diskutiert hatten, ob man Daniel ohne Beichte hängen sollte. Dann hatten sie ihn geholt.

Sie legten ihm die Schlinge um. Daniels Muskeln versagten. Er spürte, wie ihm aus seiner Bruche der Urin auf seine nackten Füße tropfte. Jemand in der Menge begann zu lachen. Es war ein hysterisches und schrilles Kichern. Daniel konnte nicht ausmachen, von wo es genau kam. Andere fielen ein. Die ersten Stimmen riefen nach der Vollstreckung, und Daniel begann still zu beten.

Marek lief den Gang hinunter, an den beiden Bettlern und an der Sickergrube vorbei. Er musste sie aus dem Weg stoßen, um zurück ins Labyrinth der Buden zu gelangen.

Endlich erreichte er den Ausgang, stieß die zerschlagene Tür zur Gröpelgrube auf. Er stand auf der Straße, war jedoch plötzlich von Bettlern umringt. Einige streckten ihm ihre Hand entgegen, andere riefen, was er hier verloren habe? Sie stießen ihn und wollten ihn daran hindern weiterzulaufen. Marek steckte in einem Pulk aus Leibern fest, und als er einige zu Boden stieß und sie anschrie, Platz zu machen, bedrängten sie ihn nur noch mehr. Er zückte sein Schwert. Endlich wichen einige der Bettler zurück. Da tauchte Rungholt hinter ihm auf.

Verwirrt registrierte Rungholt, dass der Kapitän nicht weiter als fünf Klafter vom Eingang gekommen war. Eilig blickte er sich um, suchte die Menge ab, ließ seinen Blick über die Buden schweifen. Da! Auf dem Dach. Vor dem grauen, zähen Himmel balancierte eine Gestalt auf den Dachschindeln. Der Einhändige.

Rungholt erkannte, dass der Mann nicht nur fliehen, sondern für immer aus der Stadt entkommen wollte. Arndt Weber hatte seine Habseligkeiten gepackt. Er warf einen Sack auf das Dach des nächsten Hauses und sprang. Nochmals sah Rungholt Hilfe suchend zu Marek, doch die Meute hatte den Kapitän immer noch in Beschlag. Marek stieß die Leute so gut es ging von sich und fuchtelte mit dem Schwert herum, aber sie wollten nicht von ihm ablassen. Dafür bedrängten nur wenige der Bettler und ärmlichen Handwerker Rungholt, der seine Chance erkannte. Flugs drückte er sich mit seinem Bauch den Weg frei, rempelte die wenigen Bettler zur Seite und begann, die Gröpelgrube hinaufzurennen. Er achtete nicht auf die Flüche der Armen, sondern steckte im Laufen sein Schwert ein und eilte durch die Pfützen voran.

Den Blick nicht von den Dächern nehmend, auf denen noch immer der Einhändige umhersprang, lief Rungholt die Gasse entlang. Der Einhändige hatte ihn noch nicht gesehen. Bestimmt fühlt er sich sicher, dachte Rungholt. Er glaubt, unbemerkt fliehen zu können, doch das werde ich nicht zulassen.

Rungholt lief an einem Seiler vorbei, der sich ein Hanf umgebunden hatte, um es fürs Spinnen aufzuziehen. Er warf den schmächtigen Mann geradewegs mit seinem Bauch um. Dessen Gehilfe am Spinnrad lachte laut. Keine Zeit, sich zu entschuldigen. Rungholt blickte erneut hoch und hatte Arndt Weber verloren.

Auf den Dächern war niemand mehr. Verwirrt sah Rungholt sich um, stürzte dann an den aufgezogenen Stricken des Seilers vorbei den Lohberg hinauf.

Plötzlich tauchte ein Schatten in seinem Augenwinkel auf. Der Einhändige hatte es geschafft, über die Gasse zu springen, und war nun auf den Backsteinhäusern, die den Hügel hinaufführten. Immer wieder verschwand er hinter den Giebelstaffeln, schlitterte halbwegs die Schindeln herab, um dann auf das nächste der steilen Dächer zu springen. Rungholt reckte den Kopf, um den Krüppel zu verfolgen, rannte dann fluchend weiter, fiel mehr vorwärts, als dass er lief.

Dann musste auch der Mörder innehalten. Die Häuser standen hier nicht dicht an dicht, immer wieder klaffte eine Baulücke in der Häuserzeile. Rungholt frohlockte. Der Sprung aufs nächste Dach war zu weit. Mehr als vier Klafter hatte dieser Krüppel zu überwinden. Niemals würde Arndt Weber das schaffen. Der Mann war viel zu klein, seine Knochen zu sehr zerfressen und krumm.

Wie gebannt blieb Rungholt stehen und blickte nach oben aufs Haus, wo der Einhändige mit seinem Sack stand. Fassungslos verfolgte er, wie der Mann seine Habe kurzerhand vorauswarf und Anlauf nahm. Sein Sprung war trotz seiner schiefen Statur kraftgeladen. Der Krüppel landete knapp oberhalb der Traufe auf dem reetgedeckten Dach. Bevor er auch nur eine Armlänge hinunterrollen konnte, hatte er schon in die festen Reetbündel gegriffen und sich auf die Beine gezogen.

Rungholt lief taumelnd weiter. Er verstand nun, weswegen Arndt Weber für Botendienste ausgesucht wurde. Seine Muskeln waren gesund und hart, obwohl sein Körper derart verformt war. Er vollführte Balanceakte, die Rungholt nicht mal auf dem ebenen Dielenboden seines Hauses geschafft hätte.

Er ist zu schnell, schoss es ihm durch den Kopf. Wenn er die Wakenitzmauer erreicht und es schafft, auf den Wehrgang zu springen ... Wenn keine Wache ihn aufhält, wird er einfach die vier Klafter auf der anderen Seite hinabsteigen, wie die Katze einen Baum. Oder er wird am Schlachthof bei den Kütern einen Weg über die Stadtmauer finden. Und wenn er außerhalb der Stadt ist, ist er außerhalb der Welt.

Dann fiel es Rungholt ein: Er will zum Kapitänshaus. Der Wehrgang endet dort, und er weiß nicht, dass ich es weiß. Er weiß nicht, dass ich schon dort war.

Aber wollte der Einhändige wirklich zum Kapitänshaus? War es nicht zu gefährlich, dort auf dem Wehrgang einer der Wachen zu begegnen? Und war es wirklich so einfach, die hohe Mauer zu überwinden? Verwünschungen brummelnd hielt Rungholt inne. Er grübelte über den Fluchtweg und fluchte vor sich hin, weil er sich nicht mehr sicher war, wohin der Mann rennen würde. Und außerdem konnte er sich nicht entscheiden, was er tun sollte. Das Nachdenken braucht zu viel Zeit, zürnte er mit sich selbst. Lass dir was einfallen. Der

Mann gewinnt an Vorsprung, aber dir stechen die Eingeweide bis in den Hals, und du weißt nicht, ob du beim nächsten Wachturm Alarm schlagen oder einfach hinter dem Krüppel herlaufen sollst.

Hinterherlaufen? Schon jetzt keuchte er wie ein fettes Waschweib beim Walken der Kleider. Sein Blick fiel voraus, streifte an den Verkaufsbuden und Handwerksständen des Lohbergs vorbei und blieb an einem der wenigen Bäume haften, die nicht abgeholzt worden waren. Es war eine Eiche, deren Krone über die Häuser ragte. Nur noch wenige Blätter hingen an den knorrigen Ästen, die schwarz in den Himmel ragten.

Benommen rannte Rungholt los. Er stieß Passanten beiseite, bahnte sich einen Weg durch eine Schar Kinder, die mit Kreiseln in der Gasse spielten, wich einem Wagen mit Rüben aus und hielt seinen Blick stets zu den Staffeln der Häuser erhoben.

Der Einhändige zog sich am nächsten Haus hoch. Sie waren beinahe auf gleicher Höhe. Rungholt betete, dass die nächste Lücke zwischen den Häusern immerhin so weit war, dass der Mann wieder seinen Sack vorauswerfen musste. Das würde ihm Zeit geben. Er war sich jetzt beinahe sicher, dass der Einhändige in den Baum klettern und dann hinab auf die Straße springen wollte. So würde ihn keine Wache sehen und keiner der Handwerker etwas bemerken. Wahrscheinlich würde er dann tun, als habe er eine Katze gejagt und von dannen schleichen. Der Krüppel würde einfach durch eines der Stadttore spazieren und niemals wiederkehren.

Rungholt schloss auf. Tatsächlich war noch eine weitere Lücke vor dem Einhändigen. Der Mann warf den Seesack, Rungholt überholte ihn und erreichte schnaufend den Baum. Er lehnte sich an ihn. In seinem Schädel hämmerte es, und er meinte, seinen Backenzahn erneut zu spüren. Seine Fußknöchel brannten höllisch, und die Schmerzen in seiner Seite ließen ihn beinahe ohnmächtig werden. Bei jedem Herzschlag wurde ihm schummerig vor Augen. Er konnte keinen Schritt weiter. Nach Luft ringend, drückte er sich um den mächtigen Baumstamm und rieb seine stechende Brust.

Ein Knacken. Einige Blätter segelten zu Boden. Arndt Weber war in die Krone gesprungen. Rungholt zog sein Schwert, hörte, wie die Füße des Einhändigen auf den Stämmen Halt suchten. Wie er heruntersprang.

Rungholt versuchte zu schlucken, aber er hatte keine Spucke mehr. Zitternd nahm er das Schwert hoch, atmete so gut es ging ein und drehte sich plötzlich auf die andere Seite des Baumstammes. Er hielt Arndt Weber die Klinge an den Kehlkopf.

»Eine Bewegung und es wird mir ein Vergnügen sein, dir einen zweiten Mund zu schnitzen.«

Der Einhändige erstarrte. Nur seine Hand tastete nach dem Misericord, den er hinten am Gürtel trug. Auch er war außer Atem. Langsam näherten sich seine Finger der tödlichen Waffe. Er würde diesem Rungholt die Kehle durchschneiden, noch bevor dieser Fettwanst etwas bemerkte. Er zog –

Rungholt schlug zu. Sein Schwert schnitt dem Mann glatt durch die Lederschürze in den verletzten Arm. Der Einhändige schrie auf, griff sofort mit der heilen Hand an die Wunde. Blut sickerte unter dem Leder hervor. Fluchend hielt er die Schürze und presste die Wunde zusammen. Der Dolch war vergessen.

»Gutes Leder«, sagte Rungholt. »Sonst wäre der Arm wohl ab. Warte. Ich nehme den heilen.« Er holte aus. Der Einhändige erstarrte vor Schreck.

Rungholt umfasste den Griff des Schwertes und rang nach Luft. Er sah dem Mann in die Augen.

Ich sollte dir den Kopf abschlagen, du taubenfressender Teufel, dachte Rungholt. Ich sollte dich von deinen Sünden befreien und dich in die Hölle schicken!

Doch anstatt mit dem Schwert zuzuschlagen, stieß Rungholt zu. Keuchend rammte er die Klinge tief in die Schulter des

Einhändigen. Der Mann biss die Zähne zusammen. Er zuckte leicht, aber jede Bewegung schmerzte so sehr, dass er trotz der Schmerzen versuchte stillzuhalten. Sich von der Klinge loszureißen, gab er sofort auf. Rungholt spürte den Druck des Leibes am Schwert und presste den Mann fester an den Baum.

Der Einhändige schrie auf. »Nehmt es raus! Zieht es raus!«

Rungholt sah, wie sein Stich das Blut langsam durch das Hemd des Krüppels sickern ließ. Etwas davon floss ihm aus dem weiten Ärmel. Der Einhändige atmete stoßhaft. Tränen waren ihm gekommen.

Ich sollte in deinem Blut baden, du Teufel. Ich sollte mich damit einreiben, und ich sollte Daniel in deine dampfenden Eingeweide legen, um ihn zu wärmen. Ich sollte mit deinem Fleisch Dinge anstellen –

– die nicht getan werden dürfen. Diese Dinge hast du mir angetan.

Weißer Schnee blutet.

Was habe ich an dir gesündigt, dass du über mich und über mein Königreich eine so große Sünde gebracht hast?

Irena? …Rungholt musste den Blick abwenden, ließ die Klinge jedoch stecken. Sie war vier, fünf Fingerbreit in den Leib des Krüppels gedrungen. Er konnte diesen Wehrlosen nicht mehr ansehen, sein Wimmern nicht ertragen.

In seinen Wutanfällen hatte Rungholt oft Angst gehabt, jemandem die Klinge ins Fleisch zu bohren. Gott sei Dank hatte er schon seit Jahren niemanden mehr verletzt, doch nun packten ihn der Ekel und die Erinnerungen. Die Erinnerungen an den Schnee und an Irena. Der Bildersturm war ähnlich dem Schaudern über das Meer, dessen Sog er letzte Nacht im Krähenteich widerstanden hatte. Er war jedoch grausamer als jeder Albtraum aus dunklem Wasser. Jetzt drohte Irena, ihn herabzuziehen.

Alles war Schnee. Und rot war der Schnee vor der Scheune. Seine Augen tränten. Er konnte nichts mehr erkennen. Weder Freund, noch Feind.

Damals. Damals, als er einen Mörder verfolgt hatte und mit Irena dann selbst auf der Flucht gewesen war. Damals im Schnee vor der Scheune, als Rungholt nur die Hälfte wog. Als er blind geliebt und vor Blindheit gemordet hatte. Damals hatte er den Schnee bluten lassen.

Dat bose vemeide unde acht de ryt! – Das Böse vermeide und achte das Recht!

Rungholt blickte auf den weinenden Mann herab, der noch immer das Schwert in der Schulter stecken hatte und vor ihm auf die Knie gesunken war. Doch Rungholts Blick war leblos und schien nicht von dieser Welt. Der Einhändige begann erneut zu flehen.

Auch Irena hatte gefleht, hatte russische Worte geschrien. Tränen waren ihr auf den Wangen gefroren wie die fein verästelten Schlieren in überfrierendem Eis.

Und ihre Haut war Pergament. Und ihre Lippen waren blau.

Und Rungholt verstand nicht, was sie rief.

Rungholt blickte den Krüppel an, doch er sah ihn nicht. Er sah nur Irenas Augen. Und in ihnen sah er die Angst. Die Angst vor ihm. Dann war sie tot, und es war seine Schuld.

Und sie war unter dem Eis. Irena. Und sie würde für immer dort unten bleiben. Im Eis begraben.

Und ihr Blick war Hass.

Und er hatte sie getötet.

Zitternd hatte er auf den kunstvoll bearbeiteten Knauf des Dolches gestarrt, bevor die Reiter durch die Bäume preschten. Irena. Er hatte sie getötet. Sie würde für immer im Eis begraben bleiben.

Diese Sünde war die seine.

Weißer Schnee blutet.

Der Gedanke ließ ihn erschaudern. Er rief nach Marek. Er konnte das Schwert kaum noch halten. Bei jedem Zittern brüllte der Einhändige, und in diesem Geschrei rief Rungholt nach seinem Freund.

Er rief, bis ihm schwarz vor Augen wurde.

»Sein Name ist in dem Schwarzbuche verzeychnet – wie wir das Buoch der Ubelthat nennen.« Kerkring war in den Kreis vorgetreten. Er stand auf seiner Kiste und sah in die Runde. Zu den Ratsmitgliedern und dann zu den Bürgern. Die Männer und Frauen lauschten. Einige hatten ihre Kinder mitgebracht und drückten sie an sich. Kerkring fuhr sichtlich stolz fort: »Da er nun vom hohen Gerychte verurtheilt und yhr Prediger ihm seine Synd genommen, so buytt ich den Radt, sie sollen sein Leben auf der heilgen Erd außlyschen, so er kann erlanghen den Himmel. So Got wyill. Und diß Gedechtnuß unsrer Stadt bleibt, den grossen Herren Gedencken lang, von derlei Synd reine.«

Daniel konnte nur verschwommen die Menge auf dem Hügel sehen. Er verharrte nun schon eine geschlagene Stunde mit dem Strick um den Hals. Seine Beine waren schwer, und seine Füße, die nackt im eiskalten Schlamm steckten, hatten aufgehört zu brennen. Er spürte sie nicht mehr. Daniel hatte aufgegeben zu beten und stand nur noch still da.

Vor wenigen Minuten, Kerkring und der Fiskal waren mit den Bürgermeistern mitten in der ritualisierten Ansprache gewesen, da hatte er noch einmal den Männern entgegengeschrien, dass sie verrecken sollten. Allesamt. Dass er unschuldig sei. Er hatte all seine Kraft zusammen genommen, und es den feinen Ratsherren entgegengebrüllt. So lange, bis er Mirke entdeckt hatte.

Sie hatte sich entgegen Alheyds Verbot zum Köpfelberg aufgemacht. Daniel hatte gesehen, wie sie zu ihm wollte, aber ein Mann sie zurückzog. Die Schaulustigen hielten sie fest, so dass sie nicht aus erster Reihe alle Einzelheiten mit ansehen musste. Da hatte er geschwiegen.

Wie lange war es her, dass sie seine Schramme auf der Lastadie versorgt hatte? Wie viele Stunden waren vergangen, seitdem er ihre Brust gesehen und das Verlangen verspürte hatte, sie zu berühren? Wie lange? Tage? Wochen?

Wegen seines Geschreis hatte der Fron ihn hochgezogen.

Nur ein paar Handbreit und langsam, gerade so, dass die Schlinge sich langsam um Daniels Hals legte. Plötzlich hatte er in der Luft gehangen und nicht mehr atmen können. Sie hatten ihn ein wenig baumeln lassen. Einige Weiber hatten vor Schreck aufgeschrien, andere hatten gejuchzt, und Daniel hatte gebaumelt wie die Schweinehälften beim Küter. In seinem linken Auge waren Adern geplatzt, es war blutunterlaufen. Er konnte kaum sehen, und es schwoll bereits zu. Da hatte er zu Gott gebetet. Da hatte er Mirke im Geiste zu sich gerufen. Und Rungholt. Den dicken Rungholt, der so gerne vor Wut tobte.

Kerkring war mit seiner Ansprache noch immer nicht zu Ende. Es galt, das Protokoll bis ins Kleinste einzuhalten. Undenkbar, wenn sie den Jungen zu schnell aufknüpften, er so nicht in den Himmel steigen konnte oder die Blutschuld nicht von der Stadt genommen wurde. Kerkring zog seinen Umhang zurecht und widmete sich wieder seinem Text:

»So haben wir Blutgericht gehalten und diesen Mann zum Tode verurteilt. Er soll gehängt werden. Das Urteil wird nun vor Gottes Augen und den Augen der Bürger Lübecks vollstreckt. Auch wenn Daniel Brederlows Todsünde vor dem Gesetz nicht verziehen werden kann, so möge der gnäd'ge Herrgott es tun. Er stehe uns bei. Der Herr stehe uns bei. Wir können nur die Schandtat vor dem Gesetze sühnen. Möge Daniel Bredelow in den Himmel eingehen und Gott ihm alle Sünden verzeihen.«

Ruhe kehrte ein.

»So dann.« Kerkring gab dem Fron und seinen Männern ein Handzeichen.

Daniel konnte die Krähen auf dem Acker schreien hören. Er sah sich um. Alle waren stumm. Verschwommen nahm er wahr, wie Kerkring dem Fron zunickte und dieser wiederum Darius und einem anderen Gehilfen zeigte, dass sie anpacken sollten. Es war soweit. Sie griffen das Seil. Daniel hatte wieder zu beten begonnen. Er schloss die Augen. *Vater unsir. du in himile bist. din riche chome…*

Da wurde die andächtige Stille gestört. Aufgeregtes Gemurmel war zu hören. Die Ratsmitglieder wichen vor etwas zurück. Daniel spürte, wie der Druck auf seinen Hals nachließ und das Seil gelockert wurde. Kurz darauf sah er verschwommen Rungholts Statur in der Menge. Sein Herr schubste einen Mann geradewegs durch die Reihen der versammelten Zuschauer, zog den Kerl zurück und schleuderte ihn in Richtung der Ratsherren. Mit seinen auf den Rücken gebundenen Armen konnte der Einhändige sich nicht halten und fiel keinen Klafter von Kerkring und den anderen Ratsherren entfernt in den Schlamm. Angewidert wich Kerkring zurück.

»Rungholt?« Kerkring sah aufgebracht auf den Krüppel vor seinen Füßen, sah zu Rungholt und zu Daniel, der noch immer hustend dastand. »Der Komplize will also gleichfalls gehängt werden?«, überspielte Kerkring Rungholts Auftreten und trat auf ihn zu. »Haltet ihn fest.«

Zwei Bürger griffen zu ihren Dolchen, doch drei Riddere kamen ihnen zuvor. Sie wollten Rungholt entgegentreten, aber der zog plötzlich Kerkring zu sich heran, drehte ihn herum und hielt ihm seinen Einhänder an den Hals.

»Ruft Eure Hunde zurück«, zischte er.

»Rungholt!«

»Ich sage, ruft sie zurück!«

Widerwillig folgte Kerkring der Anweisung. Rungholt konnte hören, wie der junge Richteherr ihm fassungslos zuflüsterte, ob er wisse, was er tue? Er sei im Begriff einen Rychtevoghede zu ermorden.

Rungholt gab keine Antwort, auch als Kerkring lauter wurde und ihn verfluchte, schob er ihn nur knurrend an der Riege der Ratsmitglieder vorbei. Entsetztes Tuscheln hatte eingesetzt.

Rungholt blieb bei Attendorn stehen und musterte seinen Schwiegersohn in spe. Der wich seinem Blick aus, doch dann wurde Attendorn gewahr, dass er direkt auf den Galgen und auf Daniel sah. Abermals wandte er den Blick ab. Rungholt lächelte Attendorn an, stieß plötzlich mit einem Ruck Kerkring von sich und hieb Attendorn so stark er konnte ins Gesicht. Ein einziger Schlag auf die Nase. Attendorns Blut spritzte auf seinen Tappert.

Entsetzt traten die Ratsmitglieder zur Seite. Ein Aufschrei ging durch die Menge. Attendorn taumelte zurück und keifte schrill.

»Verflucht«, schrie er, und sein Ruf übertönte die Menge. Mit schmerzverzerrtem Gesicht hielt er sich die Nase. Das Blut lief unter seiner Hand hindurch.

Rungholt konnte sehen, wie es sein Zwirbelbärtchen entlang- und übers Kinn hinabtroff. Ruhig zeigte Rungholt auf den Einhändigen, der im Matsch kniete.

»Dieser Mann ist der Mörder!«, sagte er zu Kerkring. »Er ist es, der den Fremden ermordete. Nicht der Junge hier. Nicht Daniel. Daniel hat nichts gebeichtet, weil seine Seele rein ist. Es ist der Krüppel hier. Zusammen mit Attendorn.«

»Der ist verrückt geworden! Er… Knüpft ihn auf. Ihr da! Los!« Attendorns Befehl war scharf. Doch niemand folgte ihm. Zufrieden blickte Rungholt zu den unschlüssigen Riddere. Sie wussten nicht recht, was sie mit Attendorns Blick, der zwischen schierer Panik und Aufrechterhalten der Lüge pendelte, anfangen sollten. »Dieser Mann dort ist nicht bei Verstand. So Leid es mir tut«, sagte Attendorn, so ruhig er konnte. Dennoch wirkte es wie ein Keifen. Er wischte sich das Blut vom Kinn und zog Kerkring von Rungholt weg.

»Rungholt ist bereits verfestet, Kerkring. Er ist schuldig! Der Balken hält auch sein Gewicht«, sagte er zum Rychtevoghede und nickte zum Galgen.

Kerkring musterte Rungholt, der die Angst in den Augen des jungen Richteherrn sehen konnte. Er befürchtete wohl, Rungholt spränge erneut vor und packe ihn. Doch Rungholt lächelte nur milde. Gerade als sich Kerkring zu einem ersten Wort durchrang, trat Winfried vor und unterbrach ihn. Die beiden Rychtevoghede tuschelten, niemand verstand etwas.

Auch Attendorn nicht, den Rungholt gründlich im Auge behielt.

Nachdem sich Winfried wieder von Kerkring gelöst hatte, beobachtete Rungholt, wie der Rychtevoghede zögerte. Er wusste anscheinend noch immer nicht recht, was er befehlen sollte. Mehrmals hatte Winfried zu Daniel und zu Rungholt gewiesen, hatte schließlich auf Attendorn gezeigt. Daniel – Rungholt – Attendorn. Und nun stand Kerkring inmitten dieses Dreiecks und wusste wohl einfach nicht weiter.

Rungholt ging zum Einhändigen und packte ihn bei den Haaren.

»Kerkring, seid kein Narr. Er wird Euch alles gestehen. Auch ohne Folter. Er will seine Seele retten…« Rungholt beugte sich zum Einhändigen hinunter: »Hab ich Recht oder soll ich Marek holen?«

Der Mann am Boden nickte, und Rungholt stieß ihn zurück in den Matsch. »Er will seine Seele retten, weil er es nicht war, der die Morde befohlen hat. Er hat sich nur billig bereichert. Denn Ihr wart es.« Rungholt zeigte auf Attendorn.

Aug in Aug standen sich die Männer gegenüber, und Rungholt konnte förmlich spüren, wie eifrig Attendorn überlegte, was er als Nächstes tun könnte.

Er spielt gut, dachte Rungholt. Kein Wunder, dass er einst als Händler so erfolgreich war. Er verstellt sich meisterhaft.

Ein wenig bewunderte Rungholt Attendorn, der trotz seiner Lage so ruhig blieb. Ihn selbst hätten Verzweifelung und Wut sicher schon zur Raserei gebracht.

»Ich war gar nichts«, sprach Attendorn. »Ich will seine Tochter heiraten. Ich arme Seele.« Er klang ruhig. Vernünftig. »Ich Trottel will heiraten, und mein Schwiegervater greift die Rychtevoghede Lübecks an.«

Plötzlich lachte Attendorn auf und schüttelte das Blut mit einem Wisch von seinem Kinn in den Dreck. Er lachte lauthals, dann sah er sich zu den Männern um. »Ich habe Euch gesagt, dass es geschehen wird. Ich habe Euch den Dolch gezeigt, mit dem Calve ermordet worden ist. Und die Kleider des Fremden aus der Trave! Dieser Mann hier – Vater meiner zukünftigen Braut und Herr von Daniel Bredelow – ist verfestet gesprochen. Er ist friedlos und vogelfrei. Er hat seine Ehre verwirkt!«

Kerkring sah zu den Ratsmitgliedern und hoffte, dass diese etwas sagten. Doch er selbst war der verantwortliche Rychtevoghede. Er hatte das Urteil gesprochen und sich des Falles angenommen, also hatte er zu entscheiden. Demonstrativ wandten sich einige der älteren Herren ab oder sahen wie beiläufig auf den Matsch zu ihren Füßen. Unsicher blickte Herman Kerkring zu Attendorn.

Rungholt trat zu ihm und vermied jede hastige Bewegung, um den Mann nicht zu verschrecken. Langsam zog er ein paar der Siegelstücke aus der Tasche, die er im Kapitänshaus aufgelesen hatte. »Seht in seinem Haus an der Wakenitz nach, Kerkring. Ich bin mir sicher, Ihr werdet dort noch Spuren finden. Und schickt ein bewaffnetes Schiff nach Travemünde und weiter in die Mecklenburger Bucht. Dort werdet Ihr einen unglaublichen Fang machen.« Rungholt musterte den jungen Richteherr, aber er konnte nicht ablesen, wie sich Kerkring entschieden hatte.

»Kerkring«, zischte Attendorn. »Rungholt ist friedlos gesprochen. Er muss Lübeck verlassen oder hängen. Und ich sage: zu Recht. Er ist ein Mörder. Ein Mörder und ein Anstifter! Er ist Euch an die Gurgel gegangen. Nicht nur hier, schon früher! Was wollt Ihr noch? Er hat die belastenden Sachen versteckt. Den Dolch, die Tasseln… Und er hat allen Grund, mit dem da gemordet zu haben.« Er zeigte auf Daniel. »Habt Ihr das vergessen? Er ist ein Frevler und Sünder! Möge Gott über ihn außerhalb der Stadt Gericht halten. Oder wir am Galgen.«

Rungholt wollte etwas erwidern, doch er sah, wie Kerkring vor Attendorn zurückwich. Je stärker sich Attendorn ereiferte, desto offensichtlicher war der Richteherr nicht bereit, ihm zu glauben. Außerdem stellte Rungholt zufrieden fest, dass

Attendorns Maske angesichts Kerkrings zunehmendem Zweifel bröckelte.

Schließlich verfiel er ins Brüllen. »Er hat Euch angefallen!« Plötzlich packte er Kerkring an der Schaube. Er rüttelte den Rychtevoghede, so dass dessen Tassel zerriss und sein Umhang zu Boden fiel. Dennoch rührte sich Kerkring nicht.

Panik ergriff Attendorn angesichts der Schweigens. »Ich war es nicht, Kerkring. Ich ermorde niemanden. Ich lüge nicht. Ich bin ein ehrhafter Mann. Ich würde selbst Rungholts Tochter jetzt noch heiraten, um das Mädchen zu retten.«

»Um dich selbst zu retten. Du mit deinen Schulden und Krediten.« Der Einhändige hatte sich aufgesetzt. Er presste mit seiner heilen Hand die Stichwunde zu und spie aus. »Du hast soviel Ehrgefühl, wie eine Hure Jungfrau ist.«

»Sei still! Was weißt du schon von meinen Krediten!«, fuhr Attendorn seinen Handlanger an und wandte sich dann hektisch an die Bürger und Ratsmitglieder. »Glaubt ihm nicht. Dieser Fettsack, dieser Frevler. Er wollte Euch umbringen, Kerkring. Rungholt wollte Euch morden. Und Euch auch. Euch – Winfried. Seinen Freund. Er wollte …«

Alle sahen ihn nur stumm an.

»Welche Schmach wollt Ihr Euch noch von ihm bieten lassen?« Attendorns Blick sprach nur noch von Lüge und schierer Verzweifelung. Schließlich bemerkte er, wie sehr er sich im Kreis drehte, und hielt abrupt inne. Sein fahriges Herumzeigen endete, indem er sich zusammenriss und auf seinen Dupsing stützte. Für einen Moment wirkte er wieder wie ein Edelmann, wie der prächtige Kaufmann, der in Brügge Geschäfte mit dem Flandrischen König getätigt hatte.

Ruhig und bestimmt fuhr Attendorn fort: »Entschuldigt. Das Gefühl ging mit mir durch – Ihr wisst, ich verlobe mich morgen.« Er reckte sein Kinn vor und musterte die Menge geringschätzig.

»Ich unterbreche die Hinrichtung«, war Kerkring plötzlich zu hören. »Ich unterbreche. Schneidet ihn los.«

»Das könnt Ihr nicht machen!« Attendorn tat einen Schritt auf Kerkring zu, doch sofort waren die Riddere da.

»Mitnehmen«, befahl Kerkring knapp. »Und den Krüppel dort auch.«

Kerkring nickte zum Einhändigen, der noch immer im Matsch saß und kicherte. Die Riddere packten Attendorn. Er schlug wild um sich, und sie mussten ihm die Arme verdrehen, damit sie ihn zum Wagen stoßen konnten.

Kerkring sah den Männern stumm zu, dann wandte er sich an Rungholt. »Wir werden mit Gottes Hilfe sehen, wer Recht hat.«

Die beiden Männer standen beinahe Bauch an Bauch. Rungholt musterte den jungen Richteherr und nickte schließlich.

»Ihr habt weise entschieden«, sagte er.

Kerkring antwortete nicht. Doch als Winfried vortrat und ihm auf die Schulter klopfte, nahm er die Geste wohlwollend zur Kenntnis.

»Wir werden sehen«, sagte Kerkring und wandte sich zum Gehen. »Ich will ein gottgefälliges Gericht, Rungholt. Ein gottgefälliges Gericht. Wir werden noch einmal Gericht halten.«

Er trat den Hügel hinab und ging zum Karren, der sich langsam in Bewegung setzte und wo die anderen Ratsmitglieder schon auf ihn warteten. Die Menge umringte den Wagen grölend. Ohne sich umzudrehen rief Kerkring im Weggehen: »Unter meiner Gerichtsbarkeit wird kein Unschuldiger entleibt, und kein Sünder wird seinen Kopf auf den Schultern behalten. Nicht in dieser Stadt. Ihr könnt Euch drauf verlassen, Rungholt. Wir werden sehen.«

Der dünner werdende Nebel verschluckte den Tross. Attendorns Schreie hallten über den aufgewühlten Ackerweg und schreckten die Raben auf, die sich um den Köpfelberg in den schwarzen Krumen niedergelassen hatten. Krähend stoben die Vögel auseinander. Sie sammelten sich zu einem Schwarm und zogen Kreise.

Es dauerte, bis sich Ruhe über die Äcker gelegt hatte.

Daniel stank, und er war noch wackelig auf den Beinen. Kot und Urin hatten ihn verdreckt. Mirke war es egal. Sie war zu ihm gelaufen und hatte ihn umarmt. Sie hatte Daniel geküsst, erst auf die Wangen, dann auf die Lippen. Noch zittrig von der Tortur hatte er ihren Kopf genommen und ihr Haar gestreichelt. Er hatte etwas sagen wollen, aber die Stimme hatte ihm versagt.

Mirke war so glücklich und aufgeregt, dass sie jede Vorsicht fahren ließ und Daniel immer stürmischer küsste. Zu spät fiel ihr ein, dass Rungholt die ganze Zeit neben ihnen stand. Scheu blickte sie sich nach ihrem Vater um. Hatte er etwa gesehen, wie…?

Er hatte.

Rungholts massige Statur zeichnete sich vor dem Nebel ab, während er die Hand an die Augen hob, um Attendorn nachzusehen. Über Mirke schüttelte er nur den Kopf. Sein eigener Kaufmannslehrling. Ein Lehrling. Ein frecher Rotzlöffel mit mehr Glück im Leben als Verstand im Schädel.

Sein Blick traf den von Mirke. Er sah seine Tochter fest an, sie wich sofort von Daniel zurück. Schnell blickte sie weg. Aber Rungholt hatte die Angst in ihren Augen gesehen.

Hat sie wirklich so viel Furcht vor mir?, schoss es ihm durch den Kopf. Hat sie wirklich so viel Angst vor ihrem eigenen Vater? Bin ich wirklich so unausstehlich?

Ihn fror.

Er sah das Paar vor dem Galgen an, musterte den Jungen neben seiner Tochter genau. Daniel Brederlow. Der Junge mit den Sommersprossen und noch mehr patzigen Widerworten. Ein Junge, der nicht halbwegs so trocken hinter den Ohren war wie seine Tochter selbst. Hier würde die Braut den Bräutigam heiraten.

»Nicht mal ein Geselle«, brummte Rungholt und wandte sich ab. »Da müssen wir wohl etwas ändern, Daniel.«

Bei seinem Namen zuckte Daniel zusammen. Erschrocken sah auch er zu Rungholt, doch der hatte sich wieder der blinden Sonne zugewandt und ging den Hügel hinab. Er grummelte Unverständliches. Die Worte waren kaum zu verstehen: Etwas über den ›Stand des Handelsgesellen‹ und darüber, wo in Gottes Namen die beiden unterkommen sollen. Dann meinte er lauter: »Wartet gefälligst bis zur Hochzeitsnacht mit dem Küssen.«

Plötzlich fiel Hagel. Die Körner begannen lautlos vom grauen Himmel zu rieseln. Sie sprangen auf dem Boden. Rungholt blieb stehen. Er knurrte leise, dann wandte er sich um und lächelte Mirke an. Sein Lächeln war mild, und Mirke sah in seinem Blick das gütige Ja eines stolzen Vaters. Er nickte kaum merklich. Bevor sie etwas sagen konnte, hatte er sich schon wieder umgewandt.

Er kniff die Augen zusammen und blinzelte in die kalte Herbstsonne, schaute ihrem Kampf mit dem Nebel zu und sah über den Köpfelberg. Hinter den Hurengräbern und den Galgen erhob sich Lübeck. Die Königin der Hanse. Ihre Silhouette verblasste im Graupelschleier. Die sonst roten Dächer der Backsteinhäuser und der Kirchtürme waren bereits weiß. Rauch stieg aus jedem Schornstein. Der Qualm bildete Wölkchen in der schneeigen Luft.

Rungholt blickte hinab auf seine lehmbesudelten Stiefel. Ringsum begann sich der Morast weiß zu färben.

Der Winter würde früh kommen dies Jahr.

Er streckte die Hand aus. Die Körner prasselten hinein. Er sah ihnen zu, dann ballte er eine Faust.

Es war erst September.

Der Hagel schmolz schnell.

Nachwort

»Rungholts Ehre« handelt von Menschen vergangener Zeit. Zwar werden dank Archäologie und Forschung immer mehr faszinierende Details über das damalige Leben der Menschen entdeckt, dennoch bleiben aber viele Fakten aus dem Mittelalter widersprüchlich oder im Dunkeln.

Ich habe mir erlaubt, frei zu erfinden, wo die Sachlage unklar war, und habe versucht, das Puzzle an historischen Fakten zu einer anderen Form von Geschichtsschreibung zusammenzusetzen. Zu einer Fiktion. Dabei habe ich mir die Freiheit herausgenommen, die Erkenntnisse über die Geschichte – sei es über die Stadt Lübeck oder über die Hanse – neu zu verknüpfen und abzuändern.

Alle kleinen und großen Irrtümer, die ich bei dem Nachzeichnen der Historie begangen habe, gehen zu meinen Lasten.

Einen Kälteeinbruch 1390 hat es in dieser Form wohl nicht gegeben, und auch das Kapitänshaus an der Wakenitz ist meiner Phantasie entsprungen. Ebenso wurde die Trigonometrie im mittelalterlichen Europa erst gute hundert Jahre später entwickelt. Im Gegensatz dazu wurden jedoch zu jener Zeit sehr wohl große Anstrengungen unternommen, Kanäle zu bauen.

So wurde zwischen 1392 und 1398 der Stecknitzkanal gebaut, der erste Kanal Europas, der eine Wasserscheide überwand. Er war gute elf Kilometer lang und führte vom Nebenfluss der Elbe, der Delvenau, zum Möllner See. Von dort aus konnte man über die Stecknitz zur Trave gelangen und hatte so einen treidelbaren Wasserweg zwischen Lübeck und Lüneburg – und damit den Zugang zum begehrten Salz. Der Kanal war eine technische Großtat, denn er musste rund 20 Meter Höhenunterschied überwinden. Dazu waren wohl mehr als 13 Schleusen notwendig.

Auch der Gedanke, Lübeck mit Hamburg zu verbinden und damit eine Art mittelalterlichen Nord-Ostsee-Kanal zu schaffen, dürfte in jener Zeit weit fortgeschritten gewesen sein, denn schon knapp 60 Jahre nach dem Stecknitzkanal sollte mit dem Bau des Alster-Trave-Kanals begonnen werden.

1452 stellte Hamburg jedoch die kostspieligen Arbeiten ein, da die Böschung des Kanals immer wieder einsackte. Mehr als ein halbes Jahrhundert ruhte das Projekt. Erst 1529 fuhren erste Schiffe zwischen Lübeck und Hamburg auf einem Kanal.

Damit war tatsächlich eine Wasserstraße zwischen den beiden Meeren vollendet. Mehr als 350 Jahre vor dem heute bekannten Nord-Ostsee-Kanal.

Diese beiden Kanäle, Stecknitz- und Alster-Trave-Kanal, diese beiden Großleistungen, sind der Hintergrund dieses Buchs.

Dieser Roman wäre niemals ohne zahlreiche Helfer zustande gekommen. Mein besonderer Dank gilt meinem Agenten, meiner Lektorin und den vielen Autorenkollegen, die mir mit ihrem Rat und ihrem Wissen zur Seite standen, sowie ganz besonders meiner Frau. Insbesondere möchte ich an dieser Stelle auch Kai Hafemeister, Eckhardt Weiß, Gunther Eschke und Stefanie Bierwerth danken. Sie alle haben nicht nur kritisch gelesen und immer den Finger in die richtigen Wunden gelegt, sondern auch meine Launen ertragen müssen.

»Rungholts Ehre« ist der Auftakt zu einer Reise in die dunklen, aber auch amüsanten Tiefen des raubeinigen Kaufmanns Rungholt, dessen Bestimmung es ist, Morde aufzuklären.

Ich würde mich freuen, wenn Sie Rungholt auf seinen weiteren Abenteuern begleiten würden.

Derek Meister
Berlin, im August 2005

Mehr Information über die
historische Krimireihe Rungholt finden Sie unter:
www.derekmeister.com
oder direkt beim Verlag unter
www.blanvalet-verlag.de

Glossar

Amicus certus in re incerta cernitur. Asinus!	In der Not erkennst du den wahren Freund. Dummkopf!
Balliste	Zweiarmige Belagerungswaffe. Ähnlich einer riesenhaften Armbrust.
Biikebrennen	Traditionelles Fest vom 21. auf den 22. Februar. Mit Feuern wird die Saison des Seehandels eingeleitet.
Brutlacht	Weltliches Gepräge der Hochzeitfeier. Die Festlichkeiten nach dem Kirchgang, teilweise ein tagelanges Besäufnis. Siehe als Gegensatz Upslag.
Cetera mitte loqui!	Sprich nicht weiter!
Dornse	Im Mittelalter (vor allem im niederdeutschen Sprachgebiet) ein beheizter Raum. Allgemeiner jedoch die Schreibstube an der Diele, die durch die Feuerstelle der Küche mitgeheizt wurde.
Dupsing	Schwerer Ledergürtel, der über der Schecke um die Hüfte getragen wurde. Oftmals mit eingelegten Beschlägen aus Emaille, die Wappen o.Ä. zeigten. Nicht zu verwechseln mit Dusing (Schellengürtel) und Dupfing (aufgestickter Gürtel).
Facit experientia cautos.	Erfahrung macht vorsichtig.
Fatetur facinus, qui iudicium fugit.	Es gesteht sein Vergehen, wer vor dem Richter flieht.
Friedelehe	Spezielle Form der Ehe im Mittelalter. Bei der Friedelehe hatten Mann und Frau gemeinsam den Wunsch zu heiraten. Sie beruhte auf einer

klaren Willensübereinkunft zwischen den Geschlechtern. Gemeinhin also eine Heirat aus Liebe (oft zwischen verschiedenen Ständen). Der Mann wird außerdem nicht Vormund der Frau.

Friedeschiff	Euphemistische Bezeichnung für Kriegsschiff. Gebräuchlicher Ausdruck für aufgerüstete Koggen in der Hanse.
Gnippe	Klappmesser. In einigen Gegenden galt das Tragen der Gnippe als unehrlich und war strengstens untersagt, da es sich um eine »heimliche«, aber tödliche Waffe handelte, die man hinterlistig einsetzen konnte.
Gugel	Standesübergreifend. Kapuze mit angesetztem Kragen. Diverse Ausführungen und Trageformen. So konnte sie auch mit Öffnung fürs Gesicht turbanähnlich um den Kopf gebunden werden.
Habent sua fata libelli.	Bücher haben ihre Schicksale.
Heuke	Mantelartiger Umhang ohne Ärmel. Die Heuke bestand meist aus Wolle, konnte auch gefüttert werden oder eine Kapuze haben.
Holzvogt	Forstbeamter mit Aufsicht über einen Teil eines Forstdistrikts und die dortige Jagd.
Hudewald	Lichter Wald, der durch intensives Hineintreiben des Viehs auf Bisshöhe gelichtet wurde.
Kaak	Auch Pranger oder Schandpfahl. An ihn wurden Delinquenten gefesselt. In Lübeck war es untersagt, den Delinquenten mit festen Gegenständen (Holzschuhen, Steinen o.ä.) zu bewerfen.
Klafter	Alte Maßeinheit. Sowohl Hohl- als auch Längenmaß. Ein Klafter entspricht etwa 1,8 Meter. Die Breite ausgestreckter Arme eines erwachsenen Mannes.
Lastadie	Alte Bezeichnung für Werft.
Leprosium	Einrichtungen außerhalb der Stadt für Menschen mit ansteckenden Krankheiten. Vornehmlich für an Lepra Erkrankte.
Litte	Verkaufstand, Bude auf dem Markt. Der Rat verfügte über die Zuteilung der Litten bei Bäcker und Knochenhauer. (Andere Zünfte waren vom Marktzwang befreit.) Nur ein Meister

	durfte eine Litte besitzen, die Anzahl war begrenzt. Die Litten wurden jährlich von der Zunft unter Aufsicht der Kämmereiherrn unter den Meistern verlost. Jeder Meister musste hierzu eine Mark und 6 Pfennige »Latelgeld« entrichten.
Livor	Saft (livor = lat. Blauer Fleck)
Morgengabe	Geschenk des Mannes an die Ehefrau am Morgen nach der Hochzeitsnacht. Ursprünglich gedacht als Entschädigung für die verlorene Jungfräulichkeit. Die Morgengabe stand zur freien Verfügung der Frau und konnte so bei Versterben des Mannes zur Versorgung der Witwe dienen.
Munt	Herrschafts- und Schutzgewalt. Daher *Vormundschaft* eines Herrn, des Ehemannes, auch des Königs, der den ihm Anbefohlenen oder sich ihm Unterwerfenden Rechtsschutz bietet.
O tempora, o mores!	O Zeiten, o Sitten!
Par nobile fratrum.	Ein sauberes Brüderpaar.
Paternostermaker	Bernsteindreher. Bernstein wurde häufig zu Rosenkränzen (Paternoster) verarbeitet – daher »Paternostermaker«.
Quod deus bene vertat.	Gott möge es zum Guten wenden.
Religentem esse oportet, religiosum nefas.	Gottesfürchtig muss man sein, abergläubisch sein ist Sünde.
Riddere	*Ritter* (eigentlich ein Adelstitel) – in Lübeck die Leibwache des Rates.
Rychtevoghede	Richteherr. Eine frühe Berufsart von mittelalterlichem Rechtsprecher. In Lübeck hießen diese Herren Vögte, obwohl sie keiner Feudalherrschaft angehörten.
Salunenmaker	Tuchmacher. Im Gegensatz zum Schneider war es den Salunenmakern untersagt, die Stoffe zu zerschneiden.
Sequitur ver hiemem.	Frühling folgt auf den Winter.
Serovere	Seeräuber – s. Vitalienbrüder
Si vis pacem, para bellum.	Wenn du den Frieden willst, bereite den Krieg (vor).
Suum cuique.	Jedem das Seine.
Tappert	Langes Obergewand für Männer, meist ärmellos. Reichte bis zum Knie oder zum Knöchel hinab.

Tassel	Paarig angeordnete Scheibenfibeln, die mit einer Kette oder einer Kordel verbunden wurden. Mit Hilfe der Tassel konnten Mäntel und Umhänge zusammengehalten werden.
Tempus fugit.	Die Zeit entflieht.
Thing	Ursprünglich eine Volksversammlung unter Vorsitz des Herrschenden. Später Zusammenkunft für Rechtsprechungen. Der Thing musste an einem öffentlichen Ort unter freiem Himmel abgehalten werden und bis zum Sonnenuntergang beendet sein.
Toslach	Verlobung – als Ehebindung vor Zeugen (meist dem Rat).
Trebuchet	Wurfmaschine zur Belagerung. Ähnlich einem Katapult.
Treideln	Bezeichnet das Ziehen eines Schiffes durchs Wasser vom Ufer aus. Meist per Hand oder per Pferd.
Trippe	Sohle aus Holz zum Unterschnallen, damit der Schuh geschützt ist.
Upslag	Rein kirchliche Zeremonie der Hochzeit. Der Einzug in die Kirche und das Gelöbnis. Im Gegensatz dazu s. »Brutlacht«.
Varrecht	Ein rechtliches Verfahren, das darin bestand, im Angesicht des Getöteten das »peinliche Gericht zu erheben« – also die allgemeine Klageerhebung wegen Mordes auszusprechen. (Auch Barrecht, peinliches Goding, Notrecht genannt.) Das Varrecht fand Anwendung bei der Auffindung Ermordeter, tödlich Verunglückter und Selbstmörder.
Vitalienbrüder	So genannt die Seeräuber der Nord- und Ostsee. Die Herkunft des Wortes ist umstritten.
Vitalienses	Lateinisch für Vitalienbrüder.
Wedderlegginge	Eine von drei damaligen Rechtsformen einer Handelsgesellschaft. Die Wedderlegginge war die häufigste Art, in ihr brachte man gegenseitig Kapital ein. Man betrieb das Geschäft demnach auf gemeinschaftlichen Gewinn hin, aber auch mit gemeinschaftlichem Risiko.
Witten	Silbermünze, mit dem Wert von 4 Pfennigen. Auch »Vierfach-Pfennig« genannt.